Knaur

Von P. D. James sind außerdem erschienen:

Ende einer Karriere
Der Beigeschmack des Todes
Ein Spiel zuviel
Ihres Vaters Haus
Wer sein Haus auf Sünden baut
Vorsatz und Begierde
Im Land der leeren Häuser
Tod an heiliger Stätte

Über die Autorin:

Phyllis Dorothy James, seit 1981 Baroness James of Holland Park, wurde 1920 geboren. Da ihr Mann unheilbar krank aus dem Weltkrieg zurückkehrte, mußte sie für sich und die beiden Töchter selbst sorgen. Erst nach langen Jahren in der Krankenhausverwaltung und in der Kriminalabteilung des Innenministeriums konnte sie sich ab 1962 ganz der Schriftstellerei widmen. *Was gut und böse ist* ist ihr vierzehnter Roman.

P. D. James

Was gut und böse ist

Roman

Aus dem Englischen von
Christa E. Seibicke

Knaur

Die englische Originalausgabe erschien unter dem Titel
A Certain Justice
bei Faber & Faber, London.

Besuchen Sie uns im Internet:
www.knaur.de

Vollständige Taschenbuchausgabe 2003
Droemersche Verlagsanstalt Th. Knaur Nachf., München
Dieser Titel erschien bereits unter den Bandnummern 61689 und 61967

Umschlaggestaltung: büroecco, Augsburg
Umschlagabbildung: The Image Bank, München
Druck und Bindung: Clausen & Bosse, Leck
Printed in Germany
ISBN 3-426-62346-3

2 4 5 3 1

Meinen Enkelkindern
Katherine, Thomas, Eleanor, James und Beatrice
in Liebe

I

Eine brillante Verteidigung

1

Mörder pflegen sich normalerweise nicht vorher anzumelden. Mord ist eine Todesart, bei der dem Opfer, ungeachtet der grauenvollen Erkenntnis in letzter Sekunde, die Schrekken und Ängste im Vorfeld gnädig erspart bleiben. Als Venetia Aldridge sich am Nachmittag des 11. September, einem Mittwoch, erhob, um die wichtigste Zeugin der Anklage in dem Fall »Die Krone gegen Ashe« ins Kreuzverhör zu nehmen, hatte sie noch vier Wochen, vier Stunden und fünfzig Minuten zu leben. Ihre zahlreichen Bewunderer und die wenigen, die sie wirklich gemocht hatten, ließen sich nach ihrem Tod im Bemühen um eine Stellungnahme, die sich abheben sollte von dem unpersönlichen Standardvokabular für Betroffenheit und Empörung, zu der Behauptung verleiten, Venetia hätte es sicher als Genugtuung empfunden, daß ihr letzter Mordprozeß im Bailey, dem Schauplatz ihrer größten Triumphe, verhandelt wurde, und obendrein in ihrem Lieblingssaal.

Geistlose Worte, die gleichwohl einen wahren Kern enthielten.

Der Gerichtssaal Nummer eins hatte sie in seinen Bann gezogen, seit sie seiner als Referendarin zum erstenmal ansichtig geworden war. Sie hatte sich stets bemüht, selbstkritisch gegenüber ihrer Schwäche für Tradition und Geschichte zu sein, und doch vermittelte ihr dieser elegante holzgetäfelte Saal einen ästhetischen Genuß und ein geistiges Hochgefühl, die zu den größten Freuden ihres Berufslebens zählten. Ausmaße und Proportionen waren wunderbar stimmig, das reichgeschnitzte Wappen über dem Podium und das funkelnde Schwert der Gerechtigkeit aus dem siebzehnten Jahrhundert darunter sorgten für das rechte Maß an Würde, der Kontrast zwischen dem überdachten Zeugenstand, gleichsam einer Kanzel in Miniaturformat, und der geräumigen Anklagebank, die den Beschuldigten in Augenhöhe mit dem Richter brachte, war augenfällig und beredt. Wie jeder genau auf seine Zwecke zugeschnittene Raum, in dem nichts fehlt und nichts zuviel ist, rief dieser Saal ein Gefühl zeitloser Ruhe hervor, ja die Illusion, daß menschliche Leidenschaft sich kontrollieren und bändigen lasse. Einmal hatte sie sich aus Neugier auf die Besuchergalerie gesetzt und minutenlang hinuntergeschaut in den leeren Saal, und es war ihr vorgekommen, als sei nur hier, wo sich sonst die Schaulustigen drängten, die Luft gedrosselt von jahrzehntelang aufgestauten Ängsten, von Hoffnung und Verzagen. Und nun war sie also wieder da, wo sie hingehörte. Sie hatte nicht damit gerechnet, daß man diesen Fall im berühmtesten Saal des Old Bailey verhandeln oder daß ein Richter des Obersten Gerichtshofs den Prozeß führen würde, aber eine vorher anberaumte Verhandlung hatte sich zerschlagen, und die Sitzungstermine für Richter und Saal waren neu verteilt worden: ein gutes Omen. Sie hatte im Saal eins auch schon verloren, aber die Erinnerung an dortige Niederlagen schmerzten sie nicht, zumal die Siege überwogen.

Wie immer während einer Verhandlung beschränkte sie auch heute den Blickkontakt auf Richter, Geschworene und Zeugen. Ganz selten nur beriet sie sich mit ihrem Assistenten, wechselte ein Wort mit dem vor ihr sitzenden Solicitor von Ashe oder sorgte für eine kurze Verzögerung, indem sie in ihren Unterlagen nach einem bestimmten Vermerk suchte. Kein Verteidiger ging besser vorbereitet in einen Prozeß. Und die wenigen Male, die sie ihren Mandanten ansah, drehte sie den Kopf so unauffällig wie möglich in Richtung Anklagebank, obwohl er mit seiner stummen Gegenwart ihre Gedanken genauso beherrschte, wie er – auch das spürte sie – die Aufmerksamkeit des Gerichts gefangennahm. Garry Ashe, Alter einundzwanzig Jahre und drei Monate, angeklagt des Mordes an seiner Tante, Mrs. Rita O'Keefe. Mit einem einzigen sauberen Schnitt, der die Blutgefäße durchtrennte, war ihr die Kehle durchschnitten worden. Und dann hatte der Mörder mehrmals wie rasend auf den halbnackten Leichnam eingestochen. Nicht selten macht der Angeklagte, besonders wenn es sich um einen sehr brutalen Mord handelt, einen eher mitleiderregend kläglichen Eindruck, weil er einfach so gewöhnlich wirkt, ein untauglicher Pechvogel, dem man das Gewaltpotential, das in seiner Tat zum Ausdruck kam, gar nicht zugetraut hätte. Aber an diesem Angeklagten war nichts Gewöhnliches. Venetia hatte das Gefühl, sich jeden Zug seines Gesichts ins Gedächtnis rufen zu können, ohne auch nur einmal zu ihm hinzusehen.

Er hatte dunkles Haar, finster blickende Augen unter dichten, geraden Brauen und eine schmale, scharfgeschnittene Nase. Sein breiter Mund war dünnlippig und hart, und der lange, auffallend schlanke Hals gab dem Kopf etwas raubvogelhaft Strenges. Er war nie fahrig oder unruhig, sondern hielt sich durchwegs, flankiert von zwei Wachbeamten, unbeweglich und sehr aufrecht in der Mitte der Anklagebank. Nur selten wanderte sein Blick nach links, dorthin, wo die Geschworenen saßen. Ein einziges Mal, während des Eröffnungsplädoyers des Staatsanwalts, hatte sie ihn zur Besuchergalerie hinaufblicken sehen. Mit leicht angewidertem Stirnrunzeln, so als beklage er das Niveau des Publikums, das er angezogen hatte, musterte er die Zuschauerreihen, ehe er sich wieder ganz auf den Richter konzentrierte. Aber in seiner Reglosigkeit wirkte er durchaus nicht angespannt oder ängstlich. Vielmehr erweckte er den Eindruck eines Menschen, der an öffentliche Auftritte gewöhnt ist: ein junger Prinz etwa, der in Begleitung seiner adeligen Kammerherren an einer Volksbelustigung teilnimmt, die er eher erduldet als genießt. Ganz anders die Geschworenen, jener übliche Querschnitt aus Männern und Frauen, deren Spruch über sein Schicksal entscheiden würde und die Venetia anmuteten wie ein zwielichtiger Haufe von Schurken, den man hier zur Verurteilung zusammengetrieben hatte. Vier von ihnen, die im offenen Hemd und mit Pullover erschienen waren, sahen aus, als wollten sie zum Autowaschen antreten. Im Unterschied zu ihnen war der Angeklagte sorgfältig gekleidet. Er trug einen marineblauen gestreiften Anzug und ein so blütenweißes Hemd, daß man es für eine Waschpulverreklame hätte halten können. Der Anzug war frisch gebügelt, aber schlecht geschnitten, die zu stark wattierten Schultern verliehen der kräftigen Statur etwas von der ranken Schlaksigkeit eines Halbwüchsigen. Er war gut gewählt, dieser Anzug. Aus der Mischung aus Selbstachtung und Verletzlichkeit, die er nahelegte, hoffte sie, Kapital zu schlagen.

Den Staatsanwalt Rufus Matthews respektierte Venetia, ohne daß sie ihn gemocht hätte. Die Zeiten, da man im Gerichtssaal mit flammender Rhetorik überzeugte, waren vorbei, und den Anklagevertretern hatten die theatralischen Effekte ohnehin nie zu Gesicht gestanden, aber Rufus liebte den Sieg. Sie würde ihm Punkt für Punkt einzeln abringen müssen. In seinem Eröffnungsplädoyer hatte er die Fakten so knapp, schlicht und klar referiert, daß der Eindruck entstand, um einen Fall von so eindeutiger Beweislage durchzufechten, bedürfe es keines rhetorischen Aufwands.

Garry Ashe hatte die letzten zwanzig Monate vor ihrem Tod bei Mrs. Rita O'Keefe, seiner Tante mütterlicherseits, am Westway 397 gewohnt. Seine Kindheit hatte er unter Aufsicht der Fürsorge abwechselnd in Waisenhäusern und bei insgesamt acht verschiedenen Pflegefamilien verbracht. Zweimal hatte er in London Unterschlupf bei Hausbesetzern gefunden, und zwischenzeitlich hatte er in einer Bar auf Ibiza gearbeitet, bevor er bei seiner Tante einzog. Das Verhältnis zwischen Tante und Neffe konnte man schwerlich als normal bezeichnen. Mrs. O'Keefe pflegte ständig wechselnde Männerbekanntschaften, und Garry hatte sich gezwungenermaßen oder auch freiwillig dazu hergegeben, seine Tante und ihre diversen Partner beim Geschlechtsakt zu fotografieren. Fotos, die aufgenommen zu haben der Angeklagte gestanden hatte, sollten als Beweismittel vorgelegt werden.

Am Freitag, den 12. Januar, am Mordabend also, wurden Mrs. O'Keefe und Garry von sechs bis neun Uhr zusammen in der Gaststätte »Duke of Clarence« in Cosgrove Gardens, etwa anderthalb Meilen vom Westway entfernt, gesehen. Dann kam es zum Streit, Garry verließ den Pub und ging angeblich nach Hause. Seine Tante, die an dem Abend sehr viel trank, blieb. Gegen halb elf weigerte sich der Wirt, ihr noch etwas auszuschenken, und sie wurde von zwei Freunden in ein Taxi verfrachtet. Zu dem Zeitpunkt war sie zwar blau, aber keineswegs volltrunken, und die Freunde waren der Ansicht, sie würde allein zurechtkommen. Der Taxifahrer setzte sie vor Nummer 397 ab und sah sie gegen Viertel vor elf durch die Seitenpforte das Grundstück betreten.

Zehn Minuten nach Mitternacht rief Garry Ashe die Polizei an und erklärte, er sei eben von einem Spaziergang ins Haus seiner Tante zurückgekehrt und habe ihre Leiche vorgefunden. Als die Polizei um null Uhr zwanzig eintraf, fanden die Beamten Mrs. O'Keefe fast nackt mit durchschnittener Kehle auf einem Diwan im vorderen Wohnzimmer liegen. Die Tote war nachträglich mit einem Messer malträtiert worden: Die Leiche wies insgesamt neun Einstiche auf. Der Gerichtsmediziner, der den Leichnam um null Uhr vierzig untersuchte, war der Ansicht, Mrs. O'Keefe müsse kurz nach ihrer Heimkehr getötet worden sein. Nichts deutete auf einen Einbruch hin, und es gab auch keine Anzeichen dafür, daß sie an diesem Abend Besuch gehabt oder erwartet hatte.

Ein verschmierter Blutfleck, der am Duschkopf über der Wanne im Bad sichergestellt worden war, konnte später ebenso Mrs. O'Keefe zugeordnet werden wie die beiden Blutstropfen auf dem Treppenläufer. In einem Vorgarten, keine hundert Meter vom Westway 397 entfernt, hatte man hinter einer Ligusterhecke ein großes Küchenmesser gefunden. Das Messer, dessen Griff eine ungewöhnliche Dreieckskerbe aufwies, hatten sowohl der Angeklagte als auch die Putzfrau eindeutig identifiziert: Es stammte aus der Bestecklade in Mrs. O'Keefes Küche. Sämtliche Fingerabdrücke waren sorgfältig abgewischt worden.

Der Beklagte hatte vor der Polizei ausgesagt, er sei nicht auf direktem Weg von der Gaststätte nach Hause gegangen, sondern habe noch einen Spaziergang durch die Straßen hinter dem Westway bis hinunter nach Shepherd's Bush gemacht und sei erst nach Mitternacht heimgekommen, wo er dann den Leichnam seiner Tante entdeckte. Dem Gericht lag indes die Aussage einer Nachbarin vor, die beteuerte, sie habe gesehen, wie Garry Ashe um Viertel nach elf am Mordabend das Haus Westway 397 verließ. Die Anklage ging davon aus, daß Garry Ashe von der Gaststätte »Duke of Clarence« auf direktem Weg nach Hause zurückgekehrt sei, dort auf seine Tante gewartet und sie dann mit dem Küchenmesser getötet habe. Wahrscheinlich hatte er die Tat in nacktem Zustand verübt, anschließend geduscht, sich angezogen und um elf Uhr fünfzehn das Haus verlassen, um sich mit seinem Spaziergang ein Alibi zu verschaffen.

Rufus Matthews' abschließende Worte hatten fast beiläufig geklungen. Falls die Geschworenen aufgrund der ihnen vorliegenden Beweise davon überzeugt seien, daß Garry Ashe seine Tante ermordet habe, sei es ihre Pflicht, ihn schuldig zu sprechen. Sollten sie bis zum Schluß des Verfahrens berechtigte Zweifel an seiner Schuld hegen, dann habe der Angeklagte ein Recht darauf, vom Mord an Mrs. Rita O'Keefe freigesprochen zu werden.

Das Kreuzverhör mit Stephen Wright, dem Wirt des »Duke of Clarence«, am dritten Prozeßtag hatte Venetia wie erwartet keine Schwierigkeiten bereitet. Großspurig wie einer, der unbedingt zeigen will, daß er sich von Perücken und scharlachroten Roben nicht einschüchtern läßt, hatte er den Zeugenstand betreten und die Vereidigung mit einer Nonchalance über sich ergehen lassen, die nur zu deutlich machte, was er von diesem überkommenen Ritual hielt. Venetia war seinem leicht anzüglichen Lächeln mit einem langen, kühlen Blick begegnet. Die Anklage hatte ihn aufgefordert, ihren Standpunkt zu erhärten und zu bestätigen, daß die Unterhaltung zwischen Ashe und seiner Tante bei jenem gemeinsamen Pub-Besuch rasch in Feindseligkeit umgeschlagen sei, ja daß Mrs. O'Keefe sich ständig vor ihrem Neffen gefürchtet habe. Aber da Wright so merklich voreingenommen war, wirkte sein Auftritt nicht überzeugend, und er hatte kaum eine Chance, die Aussagen der übrigen Zeugen aus dem Pub zu erschüttern, denen zufolge Ashe nur wenig gesprochen und noch weniger getrunken hatte. »Er war immer sehr still, das war so seine Art«, sagte Wright, den seine Hybris zu der Torheit verleitete, sich vertrauensvoll bei den Geschworenen anzubiedern. »Gefährlich still, wenn Sie mich fragen. Und wie er sie dann immer anstarrte, mit diesem Blick, den er hat. Bei dem brauchte es keinen Alkohol, um ihn gefährlich zu machen.«

Venetia hatte das Kreuzverhör mit Stephen Wright genossen, und als er aus dem Zeugenstand entlassen wurde, konnte sie sich einen mitleidigen Blick hinüber zu Rufus nicht versagen, der sich redlich um Schadensbegrenzung bemühte. Sie wußten beide, daß in den letzten Minuten mehr verlorengegangen war als nur die Glaubwürdigkeit eines einzelnen Zeugen. Jedesmal, wenn ein Zeuge der Staatsanwaltschaft in Mißkredit geriet, erschütterte dies generell das Vertrauen in den Standpunkt der Anklage. Im übrigen hatte Venetia von Anfang an den großen Vorteil, daß bei diesem Fall das instinktive Mitleid mit dem Opfer fehlte. Wenn man den Geschworenen Bilder von der geschändeten Leiche eines Kindes zeigt, das zart und verletzlich wirkt wie ein Vogeljunges, dann meldet sich unfehlbar ein Urinstinkt im Innern des Betrachters und flüstert: »Dafür muß einer büßen.« Und dieses Bedürfnis nach Rache, so leicht zu verwechseln mit der Forderung nach Gerechtigkeit, kommt immer der Anklage zugute. Die Geschworenen wollen nicht den Falschen verurteilen, aber sie haben sehr wohl das Bedürfnis, einen Schuldigen auszumachen. Die Beweise der Staatsanwaltschaft wiegen desto schwerer, je größer das Bedürfnis ist, an sie zu glauben. Hier aber weckte das Opfer auf den Polizeifotos mit seinem schwabbeligen, schlaffen Bauch und den Hängebrüsten, ja selbst mit den durchtrennten Gefäßen, die so gräßlich an einen Schweinekadaver am Metzgerhaken erinnerten, eher Ekel als Mitleid. Rita O'Keefes Ruf hatte man gründlich zerstört – kein Kunststück in einem Mordfall, wo das Opfer sich schließlich nicht mehr verteidigen konnte. Eine Trinkerin, eine unattraktive, streitsüchtige Fünfundfünfzigjährige mit einem unstillbaren Appetit auf Gin und Sex – mehr war die Tote nicht gewesen. Bei vier der Geschworenen handelte es sich um junge Leute, zwei waren nur knapp über der vorgeschriebenen Altersgrenze, und Jugend kannte keine Nachsicht mit Alter und Häßlichkeit. Die innere Stimme der vier würde ihnen eine ganz andere Botschaft zuflüstern: »Das mußte ja so kommen mit der.«

Und jetzt, in der zweiten Prozeßwoche und am siebten Verhandlungstag, war man endlich bei dem in Venetias Augen alles entscheidenden Kreuzverhör von Mrs. Dorothy Scully angelangt: Hauptzeugin der Anklage, Nachbarin des Opfers, eine Witwe von neunundsechzig Jahren – eben die Frau, die erst bei der Polizei und nun auch vor Gericht ausgesagt hatte, sie habe Garry Ashe um Viertel nach elf in der Mordnacht das Haus Nummer 397 verlassen sehen.

Venetia hatte sie schon während der ersten Zeugenvernehmung beobachtet, sich ihre Stärken gemerkt und ihre Schwachstellen abzuschätzen versucht. Sie hatte es sich zur Aufgabe gemacht, alles über Mrs. Scully in Erfahrung zu bringen, was sie wissen mußte. Die Frau lebte in einfachen Verhältnissen, aber nicht unter der Armutsgrenze: eine Witwe, die sich mit ihrer Rente über Wasser hielt. Der Westway war schließlich einmal eine relativ wohlhabende Gegend gewesen, eine ruhige Enklave anständiger und achtbarer, gesetzestreuer Kleinbürger, die alle ihr eigenes Häuschen hatten und stolz waren auf ihre sauberen Spitzengardinen und die liebevoll gepflegten Vorgärten, von denen jeder einen kleinen Triumph der Individualität über das triste Einerlei der Großstadt darstellte. Aber ihre Welt stürzte mit ihren Häusern ein, die der Reihe nach in großen, beißenden, schwefelgelben Staubwolken aufgingen, während die Arbeiten zur Erweiterung des Straßennetzes unaufhaltsam fortschritten. Inzwischen standen nur noch ein paar der Häuser, und selbst die Protestparolen an den Bretterzäunen, die die unbebauten Grundstücke von der Straße trennten, verblaßten bereits. Bald würde hier nichts mehr übrig sein als eine Asphaltwüste und das endlose Motorengedröhn und Bremsenquietschen der Autoschlangen, die von London nach Westen brausten. Mit der Zeit würde selbst die Erinnerung nicht mehr die Kraft haben, die Bilder von früher heraufzubeschwören. Mrs. Scully würde zu den letzten gehören, die das Feld räumten. Ihre Erinnerungen wären dann nur noch unwirkliche Chimären. Als sie in den Zeugenstand trat, brachte sie ihre Vergangenheit mit, die es schon bald nicht mehr geben würde, ihre ungewisse Zukunft, ihre Rechtschaffenheit und Ehrlichkeit. Eine unzulängliche Rüstung, um sich einer der gefürchtetsten Strafverteidigerinnen des Landes im Kreuzverhör zu stellen.

Venetia sah, daß Mrs. Scully sich für den Auftritt vor Gericht keinen neuen Mantel zugelegt hatte. Ein neuer Mantel für diesen Zweck wäre eine extravagante Anschaffung gewesen; nur der Einbruch eines besonders kalten Winters oder der Verschleiß des alten Mantels hätten eine solche Ausgabe gerechtfertigt. Aber den Hut, den hatte sie sich offensichtlich eigens für diesen Anlaß gekauft: ein hellblaues Filzhütchen mit schmaler Krempe und einer großen weißen Blume, eine Zierde, die wie ein frivoler kleiner Fremdkörper über dem strapazierfähigen Tweed saß.

Den Eid hatte sie nervös, mit kaum hörbarer Stimme abgelegt. Zweimal während ihrer Aussage war der Richter gezwungen gewesen, sich vorzubeugen, sie mit altmodischer Höflichkeit zu bitten, sie möge doch etwas lauter sprechen. Im Laufe der Befragung hatte sich ihre Befangenheit allerdings ziemlich gelegt. Rufus hatte versucht, es ihr leichter zu machen, indem er gelegentlich eine Frage wiederholte, bevor sie darauf antwortete, aber Venetia hatte den Eindruck, daß er seine Zeugin damit eher verwirrt hatte. Sie spürte auch, daß Mrs. Scully seine überlaute, etwas herrische, kultivierte Upperclass-Stimme und die Angewohnheit, seine Kommentare über die Köpfe der Geschworenen hinweg in die Luft zu sprechen, unangenehm war. Rufus war immer dann in Höchstform, wenn er einen feindseligen Zeugen ins Kreuzverhör nehmen konnte. Mrs. Scully, eine alte, bemitleidenswerte und ein bißchen schwerhörige Frau, brachte den Despoten in ihm zum Vorschein. Aber sie war eine gute Zeugin gewesen, die ihre Antworten schlicht und überzeugend formulierte.

An besagtem Abend hatte sie um sieben gegessen und sich dann bei einer Freundin, Mrs. Pierce, die fünf Häuser weiter wohnte, *»The Sound of Music«* auf Video angesehen. Sie selber besaß kein Videogerät, aber ihre Freundin lieh sich jede Woche einen Film aus und lud sie dann für gewöhnlich am Abend zu sich ein, damit sie ihn gemeinsam anschauen konnten. Normalerweise ging Mrs. Scully spätabends nicht mehr aus dem Haus, aber Mrs. Pierce wohnte so nahe, daß es ihr nichts ausmachte, das kurze Stück nach Hause zu laufen, zumal die Straße gut beleuchtet war. Was die Zeit anging, so war sie sich ganz sicher. Als der Film zu Ende war, hätten sowohl sie als auch ihre Freundin sich gewundert, weil es so viel später gewesen sei, als beide angenommen hatten. Die Uhr auf dem Kaminsims von Mrs. Pierce hatte zehn Minuten nach elf gezeigt, und sie hatte extra noch auf ihre Armbanduhr gesehen, vor lauter Staunen darüber, daß die Zeit so rasch verflogen war. Garry Ashe kannte sie, seit er bei seiner Tante eingezogen war, und sie war sich ganz sicher, daß er es war, den sie aus Nummer 397 hatte herauskommen sehen. Er war mit raschen Schritten den kurzen Gartenweg entlanggegangen, nach links in den Westway eingebogen und hatte sich eilig in entgegengesetzter Richtung entfernt. Sie hatte ihm nachgesehen, bis er außer Sicht war, und sich gewundert, daß er so spät noch fortging. Dann hatte sie bei sich, auf Nummer 396, die Haustür aufgeschlossen und war hineingegangen. Sie konnte sich nicht erinnern, ob nebenan irgendwo Licht gebrannt hatte, meinte aber eher, das Haus habe im Dunkeln gelegen.

Rufus war mit seiner Vernehmung fast zu Ende, als Venetia den Zettel bekam. Ashe hatte wohl seinem Solicitor ein Zeichen gegeben, worauf der zur Anklagebank trat, die Notiz entgegennahm und an Venetia weiterreichte. Sie war mit schwarzem Kugelschreiber geschrieben: keine impulsiv und hastig hingekritzelte Nachricht, sondern ein mit fester, kleiner Steilschrift notierter Satz. »Fragen Sie sie, was für eine Brille sie in der Mordnacht aufgehabt hat.«

Venetia hütete sich, jetzt zur Anklagebank hinüberzusehen. Sie wußte, daß dies einer jener entscheidenden Momente war, die über den Ausgang des Prozesses entscheiden konnten. Ein Moment, der jene oberste Regel des Kreuzverhörs betraf, die sie bereits als junge Referendarin gelernt hatte: Stelle niemals eine Frage, deren Antwort du nicht schon kennst! Ihr blieben fünf Sekunden, um sich zu entscheiden, bevor sie ins Kreuzverhör eintreten mußte. Wenn sie diese Frage vorbrachte und die falsche Antwort bekam, dann war Ashe verloren. Aus zwei Gründen tendierte sie dennoch dazu, das Wagnis einzugehen: Zum einen war sie zuversichtlich, die Antwort bereits zu kennen, denn Ashe hätte ihr diesen Zettel nicht geschrieben, wenn er sich seiner Sache nicht sicher gewesen wäre. Der zweite Grund war nicht weniger schwerwiegend. Sie mußten, wenn irgend möglich, Mrs. Scully in ein schlechtes Licht rücken. Die Aussage, die sie mit so unverkennbar ehrlicher Überzeugung gemacht hatte, war für Ashe mehr als belastend gewesen.

Sie schob den Zettel zwischen ihre Akten, als handele es sich um eine unwichtige Kleinigkeit, mit der es keine Eile hatte, und stand in aller Ruhe auf.

»Verstehen Sie mich so gut, Mrs. Scully?«

Die Frau nickte und flüsterte: »Ja.«

Venetia lächelte ihr flüchtig zu. Das genügte schon. Die Frage, das ermutigende Lächeln und der warme Tonfall sagten es ganz deutlich: Ich bin eine Frau. Wir stehen auf derselben Seite. Diese aufgeblasenen Männer können uns nicht einschüchtern. Und von mir haben Sie nichts zu befürchten.

Venetia ging die Aussage nochmals so behutsam mit ihr durch, daß ihr argloses Opfer, als sie schließlich zum vernichtenden Schlag ausholte, ganz willfährig war. Die Nachbarin erzählte von den Krächen, die sie nebenan gehört hatte und an denen eine männliche Stimme beteiligt gewesen war und eine mit starkem irischen Akzent, unverkennbar die von Mrs. O'Keefe. Sie meinte, es sei immer die gleiche Männerstimme gewesen. Aber Mrs. O'Keefe hatte ständig Freunde zu Gast. Kunden wäre vielleicht der passendere Ausdruck. Konnte sie mit Bestimmtheit sagen, daß die Männerstimme die von Garry gewesen war? Mrs. Scully konnte es nicht. Geschickt wurde der Verdacht lanciert, daß sich da vielleicht eine verständliche Animosität gegenüber der Tante auf den Neffen übertragen hatte. Die beiden waren nicht die Art Nachbarn, an die Mrs. Scully gewöhnt war.

»Kommen wir jetzt zu dem jungen Mann, Mrs. Scully, den Sie in der Mordnacht das Haus Nummer 397 verlassen sahen und in dem Sie den Angeklagten zu erkennen meinten. Haben Sie oft gesehen, daß Garry die Vordertür benutzte?«

»Nein, für gewöhnlich ging er hinten durch den Garten, wegen seines Motorrads.«

»Dann waren Sie also daran gewöhnt, ihn sein Motorrad durch den Garten zum Tor hinausschieben zu sehen?«

»Manchmal konnte ich ihn von meinem Schlafzimmerfenster aus sehen. Das geht nach hinten raus.«

»Und da sein Motorrad im Garten abgestellt war, ergab es sich wohl ganz natürlich, daß er den Hinterausgang benutzte?«

»Wahrscheinlich, ja.«

»Haben Sie ihn mitunter auch dann den Hinterausgang benutzen sehen, wenn er das Motorrad nicht bei sich hatte?«

»Ich denke, so ein-, zweimal.«

»Ein-, zweimal insgesamt oder ein-, zweimal die Woche? Es

macht nichts, wenn Sie das nicht mit absoluter Bestimmtheit sagen können. So was schreibt man sich ja schließlich nicht auf.«

»Ich denke, ich hab ihn so zwei-, dreimal die Woche hinten rausgehen sehen. Manchmal mit, manchmal ohne Motorrad.«

»Und wie oft sahen Sie ihn den Vordereingang benutzen?«

»Das weiß ich nicht mehr. Einmal, als er sich ein Taxi bestellt hatte. Da ist er vorne rausgegangen.«

»Was man ja auch nicht anders erwarten würde. Aber haben Sie ihn öfter die Vordertür benutzen sehen? Schauen Sie, was ich herausfinden möchte, weil ich denke, daß es den Geschworenen weiterhelfen wird, ist, ob Garry normalerweise den Vorder- oder den Hintereingang benutzt hat, wenn er das Haus verließ.«

»Ich glaube, meistens sind sie hinten rausgegangen, alle beide.«

»Verstehe. Hauptsächlich benutzten sie den Hintereingang.« Und dann, immer noch ganz ruhig und mit der gleichen verständnisvoll interessierten Stimme: »Die Brille, die Sie da aufhaben, Mrs. Scully, ist die neu?«

Die Frau hob die Hände und betastete das Gestell, wie um sich zu vergewissern, daß die Brille noch da war. »Ziemlich neu, ja. Ich hab sie an meinem Geburtstag bekommen.«

»Und der war?«

»Am 16. Februar. Darum weiß ich auch noch so genau, seit wann ich die Brille habe.«

»Und sind Sie sich da ganz sicher?«

»Aber ja.« Geflissentlich, wie in dem Bestreben, ihr Argument zu verdeutlichen, wandte sie sich an den Richter. »Ich war bei meiner Schwester zum Tee eingeladen, und unterwegs bin ich beim Optiker vorbeigegangen und hab sie abgeholt. Ich wollte meiner Schwester das neue Gestell zeigen und sie fragen, wie es ihr gefällt.«

»Und Sie sind sicher, daß das am 16. Februar war – fünf Wochen nach dem Mord an Mrs. O'Keefe?«
»Ja, ganz, ganz sicher.«
»Und Ihre Schwester? Fand sie, daß Ihnen die neue Brille steht?«
»Ihr war sie ein bißchen zu ausgefallen, aber ich wollte mal was anderes. Man wird es leid, immer dasselbe alte Gestell auf der Nase zu tragen. Und da dacht ich, ich probier mal was Neues.«
Und jetzt die brenzlige Frage, doch Venetia kannte die Antwort im voraus. Eine Frau, die sich mühsam mit einer kleinen Rente durchbringt, gibt weder unnötig Geld für einen Sehtest aus, noch betrachtet sie ihre Brille als modisches Accessoire.
»Haben Sie sich deshalb eine neue Brille zugelegt, Mrs. Scully?« fragte sie. »Weil Sie das alte Gestell leid waren?«
»Nein, nicht deshalb. Ich konnte mit der alten Brille nicht mehr gut sehen. Und da bin ich zum Augenarzt gegangen.«
»Und was genau konnten Sie nicht mehr erkennen?«
»Na ja, eigentlich hab ich's vor allem beim Fernsehen gemerkt. Da waren auf einmal die Gesichter so verschwommen.«
»Wo steht Ihr Fernseher, Mrs. Scully?«
»Vorne im Wohnzimmer.«
»Und das ist genauso groß wie das nebenan?«
»Muß wohl. Die Häuser sind ja alle gleich gebaut.«
»Also kein besonders geräumiges Zimmer. Die Geschworenen haben Fotos von Mrs. O'Keefes Wohnzimmer gesehen. Ungefähr zwölf Quadratmeter, was meinen Sie?«
»Ja, das dürfte stimmen. So ungefähr.«
»Und wie weit sitzen Sie vom Bildschirm weg?«
Das erste Zeichen von Erschrecken, ein banger Blick zum

Richter, dann sagte Mrs. Scully: »Na ja, ich sitze neben dem Gasofen, und der Fernseher, der steht gegenüber, in der Ecke neben der Tür.«

»Es ist kein angenehmes Gefühl, wenn man den Bildschirm zu dicht vor sich hat, nicht wahr? Aber versuchen wir doch mal, ob wir das ein bißchen präziser angeben können!« Ein Blick zum Richter. »Mit Ihrer Erlaubnis, Euer Ehren.« Er nickte zustimmend. Sie deutete auf Neville Saunders, Ashes Solicitor. »Wenn ich den Herrn hier bitte, langsam auf Seine Lordschaft zuzugehen, sagen Sie mir dann bitte, wann der Abstand zwischen den beiden in etwa dem zwischen Ihnen und Ihrem Fernsehgerät entspricht?«

Neville Saunders schien zwar etwas überrascht, setzte jedoch automatisch die ernste Miene auf, die einem Akteur, der die Bühne betrat, angemessen war, und erhob sich. Das Spiel »Herr Kaiser, wie viele Schritte gibst du mir?« konnte beginnen. Als er an die drei Meter vom Richtertisch entfernt war, nickte Mrs. Scully. »So ungefähr.«

»Drei Meter oder ein bißchen weniger.«

Venetia wandte sich wieder der Zeugin zu. »Mrs. Scully, ich weiß, Sie sind eine ehrliche Zeugin. Sie bemühen sich, die Wahrheit zu sagen, weil Sie dem Gericht helfen wollen und weil Sie wissen, wie wichtig die Wahrheitsfindung dabei ist. Die Freiheit, die ganze Zukunft eines jungen Menschen hängt davon ab. Sie haben dem Gericht erzählt, daß Sie Ihr Fernsehbild auf drei Meter Entfernung nur noch verschwommen sehen konnten. Aber zuvor haben Sie unter Eid ausgesagt, daß Sie den Angeklagten in einer dunklen Nacht und im Schein einer sehr hoch installierten Straßenbeleuchtung aus fast zehn Meter Entfernung erkannt hätten. Können Sie mit absoluter Sicherheit ausschließen, daß Sie sich geirrt haben? Können Sie ganz sicher sein, daß es nicht ein anderer junger Mann war, der in jener Nacht aus dem Haus kam, einer, der etwa im

gleichen Alter und von gleicher Größe war wie Mr. Ashe? Lassen Sie sich Zeit, Mrs. Scully! Niemand drängt Sie.«
Ganze neun Worte waren es, die die Zeugin hätte sagen müssen: »Es war Garry Ashe. Ich habe ihn deutlich erkannt.« Jeder professionelle Verbrecher hätte sie gesprochen, hätte gewußt, daß man im Kreuzverhör stur an seiner Geschichte festhalten muß, nichts verändern und nichts beschönigen darf. Aber so ein Krimineller ist auch mit dem System vertraut. Mrs. Scully hatte den Nachteil, daß sie ehrlich war, aufgeregt und bemüht, es ihrem Gegenüber recht zu machen. Einen Moment herrschte Schweigen, dann sagte sie: »Ich dachte, es war Garry.«
Und nun? Es so stehenlassen oder noch einen Schritt weitergehen? Das war immer die Gefahr beim Kreuzverhör. Venetia sagte: »Weil es sein Haus war, weil er dort wohnte. Da haben Sie verständlicherweise angenommen, daß er es war. Aber konnten Sie ihn auch wirklich genau erkennen, Mrs. Scully? Können Sie da ganz sicher sein?«
Die Frau sah sie mit großen Augen an. Endlich sagte sie: »Vielleicht hätte es jemand sein können, der so aussah wie er. Aber seinerzeit dachte ich, es war Garry.«
»Sie dachten damals, es sei Garry, aber es hätte auch jemand anders sein können. Genau. Ein ganz natürlicher Irrtum, Mrs. Scully, aber ich möchte Ihnen doch nahelegen, daß es ein Irrtum war. Haben Sie vielen Dank!«
Selbstverständlich konnte Rufus das nicht auf sich beruhen lassen. Er hatte das Recht, noch einmal in die Befragung einzusteigen, wenn ein Aussagepunkt der nachträglichen Klärung bedurfte. Also erhob er sich gewichtig, zog seine Robe zurecht und inspizierte die Luft über der Geschworenenbank mit dem verdutzten Gesichtsausdruck eines Mannes, der sich mit einem unvorhergesehenen Wetterumschwung konfrontiert sieht. Mrs. Scully sah ihn an wie ein schuldbewußtes,

ängstliches Kind, das weiß, wie sehr es die Erwachsenen enttäuscht hat. Rufus bemühte sich nicht ohne Erfolg, seinen Ton zu mäßigen.

»Mrs. Scully, es tut mir leid, daß es so lange dauert, aber wir haben da einen Punkt, von dem ich meine, daß er den Geschworenen einiges Kopfzerbrechen bereiten könnte. Während Ihrer ersten Vernehmung haben Sie ausgesagt, für Sie bestehe kein Zweifel daran, daß es Garry Ashe war, den Sie um Viertel nach elf aus dem Haus seiner Tante kommen sahen. Doch während der Vernehmung durch meine geschätzte Kollegin sagen Sie auf einmal – und ich zitiere: ›Vielleicht hätte es jemand sein können, der so aussah wie er. Aber seinerzeit dachte ich, es war Garry.‹ Nun werden Sie gewiß einsehen, daß nicht beide Aussagen zutreffen können und daß es den Geschworenen womöglich schwerfällt nachzuvollziehen, was genau Sie eigentlich sagen wollten. Ich gestehe Ihnen gern, daß ich selber ein bißchen verwirrt bin. Und darum rasch noch einmal die Frage: Der Mann, den Sie an dem bewußten Abend aus dem Haus Nummer 397 kommen sahen – wer, glauben Sie, war das?«

Jetzt wollte Mrs. Scully nur noch aus dem Zeugenstand entlassen, wollte nicht länger zwischen zwei Personen hin und her gezerrt werden, die beide eine klare Antwort von ihr forderten, aber eben nicht dieselbe. Wie in der Hoffnung, er möge für sie antworten oder ihr zumindest bei der Entscheidung behilflich sein, sah sie den Richter an. Das Gericht wartete. Schließlich kam die Antwort, eine Antwort, geprägt vom verzweifelten Ringen um die Wahrheit.

»Ich glaube, es war Garry Ashe.«

Venetia wußte, daß Rufus kaum eine andere Wahl hatte als seine nächste Zeugin, Mrs. Rose Pierce, aufzurufen, damit sie bestätigte, um wieviel Uhr Mrs. Scully ihr Haus verlassen hatte. Der Zeitfaktor war von entscheidender Bedeutung. Falls

Mrs. O'Keefe unmittelbar oder kurz nach ihrer Rückkehr aus dem Pub umgebracht worden war, dann hätte Ashe eine halbe Stunde Zeit gehabt, sie zu töten, zu duschen, sich anzuziehen und seinen Spaziergang anzutreten.

Mrs. Pierce, eine mollige, rotwangige Frau mit wachem Blick, trug einen wallenden schwarzen Wollmantel und einen flachen Hut und paßte so gut in den Zeugenstand wie Noahs Frau in ihre Kajüte auf der Arche. Es gibt, dachte Venetia, ohne Zweifel auch Orte, die Mrs. Pierce einschüchtern können, aber der Oberste Gerichtshof des Old Bailey gehört bestimmt nicht dazu. Als ihren Beruf gab sie »pensionierte Kinderschwester« an, und so wie sie das sagte, hatte man den Eindruck, sie traue es sich ebenso zu, mit dem Erwachsenenunfug des männlichen Geschlechts fertig zu werden wie vordem mit den kindlichen Vergehen ihrer Zöglinge. Sogar Rufus schienen bei ihrem Anblick unangenehme Erinnerungen an die strenge Disziplin im Kinderzimmer heimzusuchen. Seine Befragung währte nur kurz, und die Zeugin antwortete ihm mit selbstsicherer Zuversicht: Mrs. Scully hatte das Haus der Freundin verlassen, kurz bevor deren Stiluhr, das Geschenk eines früheren Arbeitgebers, ein Viertel nach elf schlug.

Venetia erhob sich eilig, um ihre einzige Frage zu stellen: »Mrs. Pierce, können Sie sich erinnern, ob Mrs. Scully an dem Abend Mühe hatte, dem Videofilm zu folgen?«

Vor lauter Verblüffung wurde Mrs. Pierce unerwartet redselig: »Komisch, daß Sie mich ausgerechnet das fragen, verehrte Frau Anwältin. Dorothy hat nämlich just an diesem Abend darüber geklagt, daß das Bild so verschwommen sei. Da hatte sie allerdings noch ihre alte Brille. Sie redete schon eine ganze Weile davon, daß sie ihre Augen mal wieder untersuchen lassen müsse, und ich sagte zu ihr, je eher, desto besser, und dann haben wir uns darüber unterhalten, ob sie bei dem alten Gestell bleiben oder mal was Neues ausprobieren solle. ›Trau dich nur mal an was Neues!‹ hab ich ihr zugeredet. Man lebt schließlich bloß einmal. Ja, und an ihrem Geburtstag, da kriegte sie dann die neue Brille, und seither hat sie keine Beschwerden mehr.«

Venetia dankte ihr und setzte sich. Fast hatte sie Mitleid mit Rufus. Wie leicht hätte es sein können, daß Mrs. Scully ausgerechnet am Mordabend nicht über ihre schwache Sehkraft geklagt hatte. Aber nur besonders naive Menschen glauben, daß das Glück in der Strafgerichtsbarkeit keine Rolle spielt.

Am nächsten Tag, Donnerstag, den 12. September, erhob sich Venetia, um das Eröffnungsplädoyer der Verteidigung zu halten. Dessen Schwerpunkte hatte sie schon im Kreuzverhör wirkungsvoll herausgestellt. Am frühen Nachmittag dann blieb nur mehr ein Zeuge, den sie aufzurufen hatte: der Angeklagte.

Sie wußte, daß sie Ashe in den Zeugenstand holen mußte. Er hätte darauf bestanden. Im Umgang mit ihm hatte sie frühzeitig seine Eitelkeit erkannt, jene Mischung aus Dünkel und Prahlerei, die selbst jetzt noch all die Pluspunkte, die sie im Kreuzverhör bei den Zeugen der Anklage errungen hatte, zunichte machen konnte. Aber Ashe würde sich seinen letzten öffentlichen Auftritt nicht nehmen lassen. Die vielen Stunden, die er geduldig auf der Anklagebank hatte sitzen müssen, waren für ihn nur der Auftakt gewesen zu jenem großen Augenblick, da er endlich für sich selbst sprechen und es sich entscheiden würde, ob er den Prozeß gewann oder verlor. Sie kannte ihn inzwischen gut genug, um zu wissen, wie zuwider es ihm gewesen sein mußte, still dabeizusitzen, während die anderen redeten und seinen Fall verhandelten. Dabei war er doch die wichtigste Person in diesem Gerichtssaal. Seinetwegen saß ein Richter des Obersten Gerichtshofs mit seiner scharlachroten Schärpe zur Rechten des königlichen Wappens, seinetwegen harrten zwölf Männer und Frauen geduldig Stunde um Stunde aus, um zuzuhören, wie renommierte Juristen – wieder nur seinetwegen – Verhöre und Kreuzverhöre anstellten und gegeneinander argumentierten. Venetia wußte, wie leicht ein Angeklagter das Gefühl bekommen konnte, er sei nur der unbedeutende Spielball für die Interessen anderer, das System habe ihn vereinnahmt und benutze ihn, ja führe ihn gar vor, damit diese anderen an ihm ihre Klugheit und ihren Sachverstand demonstrieren konnten. Aber jetzt würde Ashe seine Chance bekommen. Sie wußte, daß sie ein Risiko einging; wenn Eitelkeit und Prahlsucht sich als stärker erwiesen denn seine Selbstbeherrschung, dann war es schlecht um ihn bestellt.

Schon nach den ersten Minuten ihrer Befragung erkannte sie, daß ihre Sorge gegenstandslos gewesen war. Sein Auftritt – und sie zweifelte nicht daran, daß es sich um einen solchen handelte – war großartig kalkuliert. Er hatte sich natürlich auf ihre erste Frage vorbereitet, auf seine Antwort war sie allerdings nicht gefaßt.

»Garry, haben Sie Ihre Tante geliebt?«

Eine kurze Pause und dann: »Ich hatte sie sehr gern, und sie hat mir leid getan. Ich glaube, ich weiß nicht, was die Leute unter Liebe verstehen.«

Bis auf die knappe, formelhafte Unschuldserklärung, die er zu Beginn des Prozesses mit fester, leiser Stimme abgegeben hatte, war dies seine erste Einlassung vor Gericht. Im Saal war es vollkommen still, und seine Worte fielen in eine Atmosphäre gespannter Erwartung. Venetia konnte die Reaktion der Geschworenen genau verfolgen. Natürlich wußte er nicht, was Liebe war, wie sollte er auch? Ein Junge, der seinen Vater nie gekannt und den seine Mutter aus dem Haus gejagt hatte, als er noch keine acht Jahre alt war; den die Fürsorge von einer Pflegefamilie zur nächsten verschoben, von einem Kinderheim ins andere gesteckt und den man vom Augenblick seiner Geburt an als lästig empfunden hatte. Zärtlichkeit, Geborgenheit, uneigennützige Zuneigung, das alles hatte er nie gekannt. Wie sollte er da wissen, was Liebe war?

Während der Befragung konnte sie sich des sonderbaren Gefühls nicht erwehren, daß sie zusammenarbeiteten wie zwei Schauspieler, die schon seit Jahren gemeinsam auf der Bühne standen, wechselseitig ihre geheimen Zeichen erkannten, jede Pause auf ihre Wirkung hin kalkulierten und sorgsam darauf achteten, dem Partner keinesfalls seinen stärksten Moment zu verpatzen – nicht, weil sie einander schätzten oder auch nur respektierten, sondern weil sie ein Duett waren, dessen Erfolg von dem instinktiven gegenseitigen Verständnis abhing, mit dem beide zum gewünschten Ergebnis beitrugen.

Ashes Geschichte hatte den Vorzug, einfach und stimmig zu sein. Was er anfangs bei der Polizei ausgesagt hatte, wiederholte er jetzt vor Gericht, ohne etwas zu verändern oder zu beschönigen.

Ja, er und seine Tante hatten im »Duke of Clarence« eine Meinungsverschiedenheit gehabt. Es war dabei einmal mehr um den leidigen alten Streit gegangen: Sie wollte, daß er sie weiter dabei fotografiere, wenn sie mit ihren Kunden schlief, er wollte damit aufhören. Es war eher eine Auseinandersetzung gewesen als ein handfester Krach, aber sie war betrunken, und so hielt er es für vernünftig, zu gehen und sich bei einem ruhigen Nachtspaziergang darüber klarzuwerden, ob es nicht an der Zeit sei, sich eine neue Bleibe zu suchen.

»Das wollten Sie also: Ihre Tante verlassen?«

»Teils, teils. Einerseits wollte ich weg, aber ich hatte sie auch gern. Ich glaube, sie brauchte mich, und für mich war es ein Zuhause.«

Also war er durch die Straßen hinterm Westway gebummelt und bis hinunter nach Shepherd's Bush geraten, bevor er kehrtmachte. Unterwegs begegneten ihm Passanten, aber nicht viele. Besonders aufgefallen war ihm niemand. Er war nicht einmal sicher, durch welche Straßen er gegangen war. Als er kurz nach Mitternacht heimkam, fand er den Leichnam seiner Tante auf dem Diwan im Wohnzimmer. Er hatte sofort die Polizei verständigt. Nein, die Leiche hatte er nicht angerührt. Als er ins Zimmer kam, hatte er auf den ersten Blick gesehen, daß seine Tante tot war.

Auch im Kreuzverhör blieb er unerschütterlich, und bei bestimmten Fragen räumte er bereitwillig ein, daß er sich nicht mehr erinnere oder nicht ganz sicher sei. Nicht einmal sah er zur Geschworenenbank hin, aber sie, die zwölf Männer und Frauen rechts von ihm, blickten ihn unverwandt an. Als er schließlich den Zeugenstand verließ, wunderte Venetia sich, daß sie je an ihm gezweifelt hatte.

In ihrem Abschlußplädoyer griff sie die Argumente der Staatsanwaltschaft Punkt für Punkt auf und zerpflückte sie erfolgreich. Zu den Geschworenen sprach sie so vertraulich, als enthülle sie ihnen die Wahrheit über ein Geschehen, das ihnen und ihr Sorge bereitet hatte, und zwar aus gutem Grund, das man aber jetzt in einem Licht sehen konnte, das logischen Argumenten standhielt und die Unschuld des Angeklagten offenbarte. Wo, bitte, war sein Motiv? Man hatte ihm unterstellt, darauf spekuliert zu haben, seine Tante zu beerben, aber alles, was Mrs. O'Keefe in Aussicht hatte, war das Geld für den zwangsweisen Verkauf des Hauses, wenn der rechtskräftig wurde, und die Summe hätte nicht einmal ausgereicht, um ihre Schulden zu bezahlen. Ihr Neffe wußte, daß sie das Geld mit vollen Händen ausgab, vor allem für Alkohol, daß ihre Gläubiger sie bedrängten und die Schuldeneintreiber bei ihr ein und aus gingen. Was konnte er da noch für sich erwarten? Durch ihren Tod hatte er nichts gewonnen, sondern nur ein Heim verloren. Dann waren da dieser einzelne Blutspritzer

auf dem Duschkopf und die beiden Blutflecken auf der Treppe. Man hatte Ashe unterstellt, er habe seine Tante nackt getötet und sich anschließend geduscht, bevor er aus dem Haus ging, um sich mit einem Spaziergang ein Alibi zu verschaffen. Aber auch die Besucher der Tante, namentlich ihre Stammkunden, kannten sich im Hause aus und wußten, daß der Hahn am Waschbecken im Badezimmer sich nur schwer aufdrehen ließ und zudem furchtbar spritzte. Was hätte da nähergelegen, als sich die Hände unter der Dusche zu waschen?
Die Anklage hatte sich im wesentlichen auf *eine* Zeugin gestützt, die Nachbarin Mrs. Scully, die in ihrer ersten Vernehmung ausgesagt hatte, sie habe gesehen, wie Garry das Haus um Viertel nach elf durch den Vordereingang verließ. Die Geschworenen hatten Mrs. Scully im Zeugenstand erlebt. Wahrscheinlich hatten sie, wie jeder, der ihr zuhörte, den Eindruck gewonnen, hier handle es sich um eine aufrichtige Zeugin, die redlich um die Wahrheit bemüht war. Aber was sie – flüchtig – gesehen hatte, das war eine männliche Gestalt, nächtens, unter hohen Natriumdampflampen, die zwar eine belebte Fahrbahn zufriedenstellend ausleuchten, dafür aber oft verwirrende Schatten auf die angrenzenden Häuserfronten werfen. Mrs. Scully trug zu der Zeit noch eine Brille, mit der sie nicht einmal die Gesichter auf einem Fernsehschirm in knapp drei Meter Entfernung klar erkennen konnte. Im Kreuzverhör hatte sie den Geschworenen erklärt: »Ich dachte, es war Garry … Vielleicht hätte es auch jemand sein können, der so aussah wie er.« Die Geschworenen müßten doch zugeben, daß Mrs. Scullys Identifizierung von Garry Ashe, dieser so zentrale Baustein der Anklage, nicht unbedingt verläßlich ist.
Sie kam zum Schluß. »Garry Ashe hat Ihnen erzählt, daß er diesen nächtlichen Spaziergang machte, um seiner Tante nicht begegnen zu müssen, wenn sie – wie er wohl wußte, betrunken – aus dem ›Duke of Clarence‹ heimkam. Er brauchte

Zeit, um über ihr Zusammenleben nachzudenken, über seine Zukunft und darüber, ob es an der Zeit sei, sich eine neue Bleibe zu suchen. Wörtlich hat er im Zeugenstand gesagt: ›Ich mußte mich entscheiden, was ich aus meinem Leben machen wollte.‹ In Anbetracht dieser obszönen Fotos – und ich bedaure, daß wir Sie mit ihnen konfrontieren mußten – mögen Sie sich jetzt fragen, warum er das Haus seiner Tante nicht schon viel früher verlassen hat. Nun, er hat Ihnen den Grund genannt. Sie war seine einzige lebende Verwandte. Das Heim, das sie ihm bot, war das einzige Zuhause, das er je hatte. Zudem dachte er, sie brauche ihn. Meine Damen und Herren Geschworenen, es ist schwer, jemanden im Stich zu lassen, der auf uns angewiesen ist, egal, wie belastend, ja wie pervers seine Bedürfnisse auch sein mögen. So irrte er denn, ziellos und ohne daß ihn jemand sah, durch die Nacht und traf zu später Stunde auf das Horrorszenario dieses blutbespritzten Zimmers. Kriminaltechnisch gesehen, gibt es keinerlei Beweise, die ihn mit dem Verbrechen in Verbindung bringen. Die Polizei hat weder an seiner Kleidung noch an seinem Körper Blutspuren gefunden, seine Fingerabdrücke waren nicht auf dem bewußten Messer. Dagegen ist es sehr wohl vorstellbar, daß irgendeiner ihrer zahlreichen Kunden in dieser Nacht bei Mrs. O'Keefe eingedrungen ist. Meine Damen und Herren, kein Mensch verdient es, durch Mord zu enden. Ein Menschenleben bleibt ein Menschenleben, gleichgültig, ob das Opfer eine Prostituierte oder eine Heilige ist. Vor dem Gesetz sind wir alle gleich – im Tode wie im Leben. Mrs. O'Keefe hat den Tod gewiß nicht verdient. Aber wie alle Prostituierten – und nichts anderes war sie – hat sie sich durch ihren Lebenswandel einem besonders hohen Risiko ausgesetzt. Sie haben die Fotos gesehen, die zu machen sie ihren Neffen veranlaßt oder gezwungen hat. Sie war eine sexhungrige Frau, die großzügig und liebevoll sein konnte, die aber, sowie sie unter Alkoholeinfluß stand, ausfallend und gewalttätig wurde. Wir wissen nicht, wen sie in jener Nacht eingelassen oder was sich zwischen ihr und ihrem Besucher abgespielt hat. Die gerichtsmedizinische Untersuchung hat ergeben, daß das Opfer unmittelbar vor seinem Tode keinen Geschlechtsverkehr hatte. Aber, meine Damen und Herren Geschworenen, ist es nicht mehr als wahrscheinlich, daß sie von einem ihrer Kunden getötet wurde – sei es aus Eifersucht, Wut, Frustration, Haß oder schierer Mordlust? Es war ein ungemein brutaler Mord. Betrunken wie sie war, öffnete sie ihrem Mörder die Tür. Das wurde ihr zum tragischen Verhängnis. Eine Tragödie auch für den jungen Mann, der heute in diesem Gerichtssaal auf der Anklagebank sitzt. Mein geschätzter Kollege hat Ihnen Ihre Aufgabe in seinem Eröffnungsplädoyer klipp und klar dargelegt. Wenn Sie ohne jeden Zweifel davon überzeugt sind, daß mein Mandant seine Tante ermordet hat, dann müssen Sie ihn schuldig sprechen. Falls Sie aber nach Abwägung aller Indizien und Beweise auch nur *einen* berechtigten Zweifel daran hegen, daß Mrs. O'Keefe durch seine Hand niedergestreckt wurde, dann ist es Ihre Pflicht, auf nicht schuldig zu erkennen.«

Alle Richter sind Schauspieler. Richter Moorcrofts Kunst, die er nun schon seit so vielen Jahren praktizierte, daß sie ihm in Fleisch und Blut übergegangen war, stützte sich auf Verbindlichkeit und Sachverstand, bisweilen aufgelockert durch seinen messerscharfen Witz. Bei seinen Resümees pflegte er sich mit deutlicher Körpersprache an die Geschworenen zu wenden und sie, während er behutsam einen Bleistift zwischen beiden Zeigefingern balancierte, als ebenbürtige Partner anzusprechen, die sich freundlicherweise bereit gefunden hatten, ihre kostbare Zeit zu opfern, um ihn bei der Klärung eines Problems zu unterstützen, das seine Tücken hatte, aber – wie alle menschlichen Belange – letztlich doch mit Vernunft zu lösen war. Das Resümee fiel wie stets bei diesem Richter beispielhaft fair und umfassend aus. Kein Gerichtshof hätte nach diesem Schlußwort eine Revision aufgrund unrichtiger Rechtsbelehrung der Geschworenen zugelassen; einen solchen Antrag hatte dieser Richter auch noch nie erlebt.

Die Geschworenen hörten ihm mit ausdrucksloser Miene zu. Venetia beobachtete sie und dachte wie so oft, daß dies ein merkwürdiges Rechtssystem war, eines, das gleichwohl erstaunlich gut funktionierte, vorausgesetzt, man stufte den Schutz des Unschuldigen höher ein als die Bestrafung des Schuldigen. Es war nicht darauf ausgerichtet – wie hätte es das auch sein können? –, die Wahrheit, die ganze Wahrheit und nichts als die Wahrheit an den Tag zu bringen. Selbst das auf dem Untersuchungsgrundsatz fußende System des Kontinents konnte das nicht leisten. Andernfalls wäre es um ihren Mandanten auch schlecht bestellt gewesen.

Für den konnte sie jetzt nichts mehr tun. Die Geschworenen erhielten ihre letzten Weisungen und verfügten sich im Gänsemarsch hinüber ins Beratungszimmer. Der Richter stand auf, die Gerichtsangehörigen verbeugten sich und warteten stehend, bis er den Saal verlassen hatte. Venetia merkte an dem Raunen und Schlurfen von oben, daß die Besuchergalerie sich leerte. Und ihr blieb nun nichts weiter übrig, als sich in Geduld zu fassen und auf das Urteil zu warten.

2

Im Pawlet Court am Westrand des Middle Temple flammten langsam die Gaslaternen auf. Und wie an jedem Abend seit nunmehr vierzig Jahren, wenn er in der Kanzlei gearbeitet hatte, stand deren Seniorchef Hubert St. John Langton am Fenster und schaute zu. Er hatte eine besondere Vorliebe für diese Stunde, zumal zu dieser Jahreszeit. Über den kleinen Innenhof, einen der schönsten im Middle Temple, legte sich der weich glänzende Schimmer eines frühen Herbstabends, das Geäst der mächtigen Roßkastanie verdichtete sich gleichermaßen vor seinen Augen, und die Lichtkarrees in den georgianischen Fenstern brachten die wohlgeordnete, fast intim anmutende Atmosphäre, in der noch immer der Geist des achtzehnten Jahrhunderts zu walten schien, so recht zur Geltung. Unter ihm glänzten die Kieselstege zwischen dem Natursteinbelag wie frisch poliert. Drysdale Laud trat zu ihm ans Fenster. Einen Moment lang verharrten sie schweigend nebeneinander, dann wandte Langton sich ab.

»Das wird mir am meisten fehlen«, sagte er, »hier zu stehen und zuzugucken, wie die Laternen angehen. Seit sie zentral betrieben werden, ist es freilich nicht mehr ganz dasselbe. Wie gern habe ich früher nach dem Laternenanzünder Ausschau gehalten. Als der plötzlich nicht mehr in den Hof kam, war es, als sei eine ganze Ära unwiederbringlich dahin.«

Er wollte also doch zurücktreten, hatte sich endlich durchgerungen. Mit einer Stimme, die tunlichst weder Überraschung

noch Bedauern verriet, sagte Laud: »Man wird Sie hier vermissen.«
Banaler, dachte er, hätte der Dialog über diese Entscheidung, die er seit mehr als einem Jahr mit Ungeduld erwartete, kaum ausfallen können. Für den alten Mann war es Zeit zu gehen. Gar so alt war er zwar nicht, noch keine dreiundsiebzig, aber Lauds kritisch-wacher Blick hatte während des letzten Jahres das ebenso allmähliche wie unaufhaltsame Schwinden der geistigen und körperlichen Kräfte des Seniorchefs sehr wohl registriert. Jetzt beobachtete er, wie Langton sich schwerfällig hinter seinem Schreibtisch niederließ, dem Schreibtisch, der schon seinem Großvater gehört und von dem er gehofft hatte, ihn eines Tages seinem Sohn übergeben zu können. Eine Hoffnung, die jene Lawine oberhalb von Klosters zusammen mit vielen anderen Träumen unter sich begraben hatte.
»Der Baum wird wohl auch verschwinden müssen«, sagte er. »Die Leute beschweren sich, weil er angeblich im Sommer zuviel Licht wegnimmt. Ich bin froh, daß ich nicht mehr hiersein werde, wenn er der Axt zum Opfer fällt.«
Laud konnte sich eines gewissen Unmuts nicht erwehren. Langton hatte sich bislang nie sentimental gezeigt. »Man würde ihm nicht mit der Axt zu Leibe rücken, sondern mit einer Hochleistungskettensäge«, sagte er, »aber ich glaube nicht, daß es dazu kommt. Der Baum ist doch geschützt.« Er ließ einen Moment verstreichen und fragte dann scheinbar obenhin: »Und wann werden Sie sich zurückziehen?«
»Zum Jahresende. Wenn so eine Entscheidung einmal getroffen ist, hat es keinen Sinn, das Ganze noch lange hinauszuzögern. Ihnen sage ich es jetzt schon, weil wir uns schließlich Gedanken über meinen Nachfolger machen müssen. Im Oktober steht die nächste Vollversammlung an. Ich dachte, da könnten wir die Sache besprechen.«
Besprechen? Was gab es da zu besprechen? Er und Langton

leiteten die Kanzlei nun schon seit zehn Jahren gemeinsam. Die beiden Erzbischöfe – so wurden sie von den Kollegen heimlich genannt. Und auch wenn dabei meist ein leicht gereizter, vielleicht sogar spöttischer Unterton mitschwang, war der Titel gleichwohl zutreffend. Laud fand, es sei Zeit für ein offenes Wort. Langton gab sich zwar zunehmend vage und unentschlossen, aber einen so wichtigen Punkt würde er doch gewiß nicht dem Zufall überlassen. Man mußte herausbringen, auf welcher Seite der Alte stand. Falls es zum Kampf kommen sollte, war man besser vorbereitet.

»Ich hatte eigentlich den Eindruck«, sagte er, »daß Sie mich als Nachfolger im Auge haben. Unsere Zusammenarbeit läßt doch nichts zu wünschen übrig, und auch die Kanzlei hat sich, denke ich, bereits darauf eingestellt.«

»Daß Sie der Kronprinz sind? Damit rechnet man wohl, ja. Trotzdem geht es vielleicht nicht so einfach, wie ich mir das vorgestellt hatte. Venetia hat Interesse bekundet.«

»Venetia? Das höre ich zum erstenmal. Sie hat sich nie auch nur das mindeste aus der Position des Kanzleichefs gemacht.«

»Bis jetzt nicht, nein. Aber ich habe munkeln hören, daß sie ihre Meinung geändert hat. Und natürlich ist sie die Dienstältere. Knapp nur, aber immerhin. Sie ist eine Amtsperiode länger bei uns als Sie.«

»Vor vier Jahren«, sagte Laud, »als eine Vollversammlung ohne Sie stattfinden mußte, weil Sie für zwei Monate wegen Drüsenfiebers ausfielen, da hat Venetia ihren Standpunkt unmißverständlich klargelegt. Ich fragte sie, ob sie den Vorsitz übernehmen wolle, und ich weiß noch genau, was sie geantwortet hat: ›Ich habe keinerlei Ambitionen auf diesen Sessel – weder vorübergehend noch dann, wenn Hubert sich entschließen sollte, ihn freizumachen.‹ Was hat sie je zum Wohl unserer Praxis beigetragen, wenn es um die stumpfsinnige Knochenarbeit ging oder auch nur um die Finanzen? Gut, sie erscheint zu den Sitzungen und stimmt gegen die Vorschläge der anderen, aber worin konkret besteht ihr Beitrag? Für sie steht die persönliche Karriere doch immer an erster Stelle.«

»Vielleicht geht es ihr ja um die eigene Karriere. Ich habe mich schon gefragt, ob sie nicht vielleicht den Ehrgeiz hat, ein Richteramt anzustreben. Ihre nebenamtliche Tätigkeit als stellvertretende Richterin scheint ihr jedenfalls großen Spaß zu machen. Und wenn dem so ist, dann wäre es wichtig für sie, hier in der Kanzlei meine Nachfolge anzutreten.«

»Für *mich* ist es wichtig. Hubert, um Gottes willen, Sie können doch nicht zulassen, daß sie mich aussticht, bloß weil ich zur Unzeit 'ne Blinddarmentzündung hatte! Sie ist nur deshalb Dienstälteste, weil ich an dem Tag, als sie in die Anwaltskammer aufgenommen wurde, auf dem Operationstisch lag. Das hat mich um eine Amtsperiode zurückgeworfen. Aber ich glaube nicht, daß die Kanzlei sich für Venetia entscheiden wird, bloß weil sie im Herbst berufen wurde und ich bis zum nächsten Frühjahr warten mußte.«

»Trotzdem gibt ihr das die älteren Rechte«, sagte Langton. »Und wenn sie den Posten haben möchte, wäre es delikat, sie abzulehnen.«

»Weil sie eine Frau ist? Dachte ich mir doch, daß es darauf hinausläuft. Nun, das mag den Hasenfüßen unter den Kollegen Angst einjagen, dennoch denke ich, daß auch sie letztlich lieber fair als politisch korrekt entscheiden werden.«

Langton entgegnete sanft: »Aber hier handelt es sich ja eigentlich gar nicht um politische Korrektheit, oder? Wir haben uns einem Grundsatz verschrieben. Und die Verfahrensregel in puncto Gleichstellung ist eindeutig. Wenn wir Venetia übergehen, wird man uns das als Diskriminierung auslegen.«

Bemüht, den aufsteigenden Zorn aus seiner Stimme herauszuhalten, fragte Laud: »Hat sie mit Ihnen gesprochen? Hat sie ausdrücklich gesagt, daß sie den Posten haben will?«

»Mir persönlich nicht, nein. Aber irgend jemand – ich glaube, es war Simon – hat erwähnt, daß sie ihm gegenüber so was angedeutet habe.«
Natürlich, dachte Laud, Simon Costello, wer sonst. Die Kanzlei Pawlet Court Nummer acht war wie alle Anwaltspraxen eine Brutstätte des Klatsches, Simon galt aber obendrein als notorisch unzuverlässiger Gerüchtezuträger. Wer hieb- und stichfeste Informationen wollte, ging nicht zu Simon Costello.
»Das sind doch bloße Spekulationen«, sagte Laud. »Wenn Venetia wirklich die Werbetrommel für sich rühren will, dann wird sie wohl kaum bei Simon anfangen. Der gehört nicht zu ihren Freunden. Und«, fügte er hinzu, »einen Konkurrenzkampf sollten wir unter allen Umständen vermeiden. Wenn wir uns auf solche Gerüchte einlassen, wird das verheerende Folgen haben und aus der Kanzlei ein Tollhaus machen.«
»Ach, das glaube ich kaum«, entgegnete Langton unwirsch. »Wenn es tatsächlich zu einem Kopf-an-Kopf-Rennen kommen sollte, dann werden wir eben abstimmen. Und die Kollegen werden das Votum der Mehrheit akzeptieren.«
Laud dachte mit einer gewissen Bitterkeit: Ja, natürlich, was kümmert's dich! Du wirst dann schon nicht mehr dazugehören. Zehn Jahre haben wir zusammengearbeitet, habe ich deine ewige Zauderei gedeckt, dich diskret und so unauffällig, daß es keiner merkte, beraten. Und jetzt rührst du keinen Finger für mich. Begreifst du denn nicht, wie unerträglich demütigend es wäre, ihr zu unterliegen?
Laut sagte er: »Ich kann mir nicht vorstellen, daß sie viel Unterstützung finden wird.«
»Ach, ich weiß nicht. Sie ist wahrscheinlich unsere beste Juristin.«
»Nun aber mal halblang, Hubert! Unser bester Jurist, das ist ohne Frage Desmond Ulrick.«

Darauf hatte Langton eine naheliegende Antwort parat: »Aber Desmond würde den Posten gar nicht haben wollen. Sollte mich wundern, wenn ihm ein Wechsel an der Spitze überhaupt auffällt.«
Laud überschlug im Geiste rasch die Chancen. »Die Kollegen drüben im Neubau, im Salisbury Annex, und unsere freien Mitarbeiter, die werden sich wahrscheinlich weniger für den Wechsel interessieren als diejenigen, die ständig in der Kanzlei sind. Und ich bezweifle, daß Venetia mehr als eine Minderheit für sich mobilisieren kann. Verbindlichkeit ist nicht ihre Stärke.«
»Aber ist es das, was wir brauchen, jemand Verbindlichen? Man wird sich auf Veränderungen einstellen müssen, Drysdale. Und so froh ich bin, daß ich sie nicht mehr mitzuerleben brauche, weiß ich doch, daß sie über kurz oder lang kommen werden. Ein anderes Management heißt die Devise. Es werden neue Gesichter in die Kanzlei einziehen und neue Methoden.«
»Ein anderes Management! Modeparolen, weiter nichts. Daß sie für Veränderungen sorgt, würde ich Venetia schon zutrauen, aber ob es auch die wären, die der Kanzlei guttäten? Mit Systemen kann sie umgehen, aber im Umgang mit Menschen ist sie katastrophal.«
»Und ich dachte, Sie mögen sie. Ich war immer der Meinung, Sie beide seien – na ja, befreundet.«
»Doch, ich mag sie. Und sofern sie in der Kanzlei überhaupt einen Freund hat, bin ich es, das stimmt. Wir haben beide ein Faible für die Kunst der fünfziger Jahre, gehen gelegentlich miteinander ins Theater und etwa alle zwei Monate zum Essen. Ich unterhalte mich gern mit ihr, und das gilt vermutlich auch umgekehrt. Was aber noch lange nicht heißt, daß ich sie für eine gute Kanzleichefin halten würde. Und außerdem: Wollen wir denn einen Strafverteidiger an der Spitze? Die sind

doch bei uns in der Minderheit. Wir haben uns unseren Vorstand noch nie in den Reihen der Strafrechtler gesucht.«
Langton beantwortete den impliziten, aber nicht ausgesprochenen Einwand. »Ist das nicht eine recht snobistische Einstellung? Ich dachte, von *der* Philosophie wären wir allmählich abgekommen. Wenn die Juristerei etwas mit Gerechtigkeit zu tun hat, mit den Grundrechten der Menschen und ihrer Freiheit, ist Venetias Arbeit dann nicht wichtiger als Desmonds obsessive Beschäftigung mit den Feinheiten des internationalen Seerechts?«
»Mag sein. Aber wir diskutieren hier nicht über gesellschaftliche Relevanz und Bedeutung, sondern über die Wahl des Kanzleivorstands. Venetia wäre eine Katastrophe. Und dann wären da noch ein, zwei weitere Punkte, die bei der Vollversammlung zur Sprache kommen müßten und bei denen sie sich bestimmt querstellen würde. Zum Beispiel die Frage, welche Referendare wir ins Haus aufnehmen. Sie wird gegen Catherine Beddington sein.«
»Sie ist Catherines Betreuerin.«
»Das macht ihren Einspruch nur um so überzeugender. Und noch etwas. Falls Sie auf eine Vertragsverlängerung für Harry gehofft haben, vergessen Sie's. Sie will den Büroleiter abschaffen und einen Kanzleimanager einstellen. Und das wäre noch die harmloseste Veränderung, falls sie hier das Sagen bekommt.«
Wieder trat Schweigen ein. Langton hinter seinem Schreibtisch wirkte erschöpft. Endlich sagte er: »Sie ist mir in den letzten Wochen ein bißchen nervös vorgekommen. Schien nicht ganz auf der Höhe. Ob ihr was fehlt, was meinen Sie?«
Es war ihm also aufgefallen. Das war das Prekäre an vorzeitiger Senilität. Man konnte nie sicher sein, wann die Hirnschaltung doch wieder auf vollen Touren lief und ob der alte Langton sich nicht aufs neue behaupten würde.

»Ihre Tochter ist nach Hause gekommen«, sagte Laud. »Octavia hat im Juli das Internat abgeschlossen und tut seitdem, soviel ich weiß, gar nichts. Venetia hat ihr die Souterrainwohnung überlassen, damit sie sich nicht gegenseitig auf die Füße treten, aber die Situation ist trotzdem nicht einfach. Octavia ist knapp achtzehn, sie braucht Rat und Führung. Und die Erziehung im Kloster war wohl kaum die beste Vorbereitung dafür, unbeaufsichtigt in London herumzustromern. Venetia hat schon ohne die Sorge um ihre Tochter genug um die Ohren. Verstanden haben die beiden sich ja noch nie. Venetia ist kein mütterlicher Typ. Einer schönen, klugen, ehrgeizigen Tochter wäre sie wohl eine ganz passable Mutter, aber so eine hat sie nun mal nicht.«

»Was ist eigentlich nach der Scheidung aus dem Ehemann geworden? Spielt der noch eine Rolle?«

»Luke Cummins? Ich glaube, den hat sie seit Jahren nicht mehr gesehen. Ich weiß nicht mal, ob er den Kontakt zu Octavia aufrechterhält. Er hat, habe ich gehört, wieder geheiratet und lebt jetzt irgendwo an der Westküste. Die zweite Frau töpfert oder webt, betreibt jedenfalls irgendein Kunsthandwerk. Ich hab das Gefühl, sie stehen sich finanziell nicht besonders gut. Venetia spricht nie von ihm. Aber sie hat ihre Fehlschläge immer schon rigoros abgeschrieben.«

»Und das ist alles, was sie umtreibt, die Sorge um Octavia?«

»Ich würde meinen, das reicht, aber ich kann da auch nur spekulieren. Mit mir spricht sie nicht darüber. Unsere Freundschaft reicht nicht bis zu persönlichen Vertraulichkeiten. Und daß wir gelegentlich zusammen in eine Ausstellung gehen, heißt nicht, daß ich sie verstehe – sie oder, was das betrifft, irgendeine andere Frau. Es ist allerdings interessant zu beobachten, wieviel Macht sie in der Kanzlei hat. Ist Ihnen schon mal der Gedanke gekommen, daß eine Frau, wenn sie ein Machtmensch ist, jeden Mann übertrifft?«

»Vielleicht gehen die Frauen mit der Macht auch nur anders um.«
Laud sagte: »Ihre Macht gründet zum Teil auf Angst. Einer atavistischen Angst möglicherweise, die auf Erinnerungen aus der frühesten Kindheit zurückgeht. Schließlich sind es die Frauen, die den Babys die Windeln wechseln, ihnen die Brust geben oder sie verweigern.«
»Heutzutage anscheinend nicht mehr«, entgegnete Langton mit mattem Lächeln. »Mittlerweile wechseln die Väter die Windeln, und die Babys kriegen normalerweise die Flasche.«
»Trotzdem liege ich mit meiner Theorie über Macht und Angst richtig, Hubert. Außerhalb dieser vier Wände würde ich es zwar nicht laut sagen, aber wir hätten ein wesentlich leichteres Leben in der Kanzlei, wenn Venetia unter diesen praktischen Elfer-Bus käme.« Er hielt einen Moment inne, bevor er die Frage stellte, auf die er so dringend eine Antwort brauchte. »Dann darf ich also auf Ihre Unterstützung rechnen, ja? Kann ich davon ausgehen, daß Sie mich als Ihren Nachfolger in der Kanzleiführung favorisieren?«
Die Frage hatte den Alten offenbar unangenehm berührt. Die müden Augen blickten in die seinen, und Langton schien sich in seinem Sessel zusammenzuducken, als wappne er sich gegen einen körperlichen Angriff. Als er das Wort an ihn richtete, hörte Laud sehr wohl den zittrig-verdrießlichen Unterton heraus.
»Natürlich haben Sie meine Unterstützung, falls die Kanzlei es so will. Aber wenn Venetia den Posten haben möchte, dann sehe ich keinen gangbaren Weg, ihn ihr vorzuenthalten. Es geht nun mal nach Dienstalter, und die Dienstältere ist Venetia.«
Das reicht nicht, dachte Laud bitter. Das reicht bei Gott nicht.
Wie er so dastand und auf den Mann hinuntersah, den er für seinen Freund gehalten hatte, überwog das Abschätzige in

seinem Blick zum erstenmal während ihrer langen Zusammenarbeit die Zuneigung. Es war, als sähe er Langton mit den kritischen, klaren Augen eines Fremden und konstatiere kühl und distanziert die ersten Spuren der unbarmherzig voranschreitenden Zeit in seinem Gesicht. Die ausgeprägten, gleichmäßigen Züge wirkten eingefallen. Die Nase war spitzer geworden, und die Wangen unter den vorspringenden Jochbeinen wirkten hohl. Die tiefliegenden Augen blickten nicht mehr so wach, ja verrieten den ersten Anflug verwirrter Altersresignation. Der vormals so entschlossene, kompromißlose Mund erschlaffte, die Lippen öffneten sich mitunter bebend und feucht. Einst war dieser Kopf – oder zumindest schien es so – wie geschaffen dafür, die Perücke eines Richters zu tragen. Und darauf hatte auch Langton selbst gewiß immer gehofft. Trotz des Erfolges und der Genugtuung, als Kanzleichef in die Fußstapfen seines Großvaters zu treten, hatte ihn stets ein peinlicher Hauch unerfüllter Erwartungen umweht, das Gefühl, hier habe eine große Begabung mehr verheißen als eingelöst. Und wie sein Großvater war auch er zu lange im Amt geblieben.

Auch mit ihren Söhnen hatten beide gleichermaßen Pech gehabt. Als Huberts Vater aus dem Ersten Weltkrieg zurückkehrte, hatte das Gas seine Lunge halb zerfressen, und sein Geist wurde von Greueln gemartert, über die er nie sprechen konnte. Zwar hatte er die Kraft aufgebracht, ein einziges Kind zu zeugen, aber wirklich arbeitstauglich war er bis zu seinem Tod im Jahre 1925 nicht mehr. Und Huberts einziger Sohn Matthew, ebenso klug und ehrgeizig wie sein Vater und ein ebenso engagierter Jurist, war, zwei Jahre nachdem er seine Zulassung als Anwalt bekommen hatte, beim Skifahren von einer Lawine erschlagen worden. Nach dieser Tragödie geriet der letzte Funken Ehrgeiz seines Vaters ins Flackern und war dann langsam erloschen.

Aber in mir ist er nicht erloschen, dachte Laud. Ich habe Hubert die letzten zehn Jahre zur Seite gestanden, habe seine kleinen Ausfälle vertuscht, ihm die lästigen Pflichten abgenommen. Mag er die Verantwortung abgeben, aber um diese Entscheidung kommt er bei Gott nicht herum.
Doch mußte er sich bangen Herzens eingestehen, daß er sich selber etwas vormachte. Seine Gewinnchancen standen gleich Null. Wenn er einen Konkurrenzkampf erzwang, würde das die Kanzlei in eine erbitterte Fehde stürzen, die sich zum öffentlichen Skandal ausweiten und jahrzehntelang hinziehen konnte. Und gesetzt den Fall, er gewann mit knappem Vorsprung, wieviel Autorität besaß er dann wohl? Verzeihen würde man ihm so oder so nicht ohne weiteres. Wenn er sich allerdings nicht zur Wehr setzte, dann war Venetia Aldridge der nächste Kanzleivorstand.

3

Es war nie möglich, vorab zu schätzen, wie lange die Geschworenen beraten würden. Mitunter mußte man bei einem vermeintlich hieb- und stichfesten Fall, bei dem die Schuld des Angeklagten außer Frage zu stehen schien, stundenlang warten, während die Urteilsfindung bei einem scheinbar zweifelhaften und komplexen Verfahren erstaunlich rasch vonstatten ging. Die Anwälte überbrückten die tote Zeit auf unterschiedliche Weise. Wurden hin und wieder Wetten darüber abgeschlossen, wie lange die Geschworenen brauchen mochten, um sich zu einigen, so sorgte das zumindest für Ablenkung. Ansonsten spielten manche Schach oder Scrabble, andere gingen hinunter in den Zellentrakt, um die Nervenanspannung ihres Mandanten zu teilen, ihm beizustehen, ihn zu ermuntern, vielleicht auch vor übertriebenen Hoffnungen zu warnen, während wieder andere mit ihren Kollegen bereits das Beweismaterial nachsichteten, um für den Fall einer Niederlage die Strategie für den Revisionsantrag zu entwerfen. Venetia verbrachte die Wartezeit am liebsten allein.

Als junge Nachwuchsanwältin war sie früher durch die Korridore des Old Bailey spaziert, von der edwardianischen Barockpracht des alten Flügels hinüber in den schlichten Neubau und vor in die prunkvolle, marmorgetäfelte Eingangshalle, wo sie unter der Kuppel zwischen Lünetten und blauen Mosaiken promenierte und sich jedesmal wieder in den Anblick der vertrauten Sehenswürdigkeiten versenkte, während sie ihren Kopf freimachte von Spekulationen darüber, was sie hätte besser oder auch schlechter machen können, um sich statt dessen für den Urteilsspruch vorzubereiten.

Inzwischen sah sie in diesen Streifzügen ein zu offensichtliches Schutzmanöver gegen die eigene Angst. Lieber setzte sie sich in die Bibliothek, wo sie meist niemand störte, da ihr Hang zum Alleinsein hinlänglich bekannt war. Sie zog ein Buch aus dem Regal, ohne auf den Titel zu achten, und nahm es, obwohl sie gar nicht vorhatte, darin zu lesen, mit an einen Tisch.

»Garry, haben Sie Ihre Tante geliebt?« Der Satz brachte ihr eine ganz ähnlich formulierte Frage in Erinnerung, die – wann? – vor vierundachtzig Jahren, im März 1912, gestellt worden war, als man Frederick Henry Seddon des Mordes an seiner Mieterin, Miss Eliza Barrow, für schuldig befunden hatte. »Seddon, mochten Sie Miss Barrow?« Und wie hätte er darauf eine überzeugende Antwort finden sollen, nachdem er die Frau, von der die Rede war, erst um ihr Vermögen gebracht und sie am Ende in einem Armengrab hatte beisetzen lassen? Den »Frosch« hatte dieser Fall fasziniert. Anhand dieses einen Exempels hatte er demonstriert, welch verheerende Folgen eine einzige Frage für den Ausgang eines Prozesses haben kann. Aber der »Frosch« hatte auch noch andere Beispiele angeführt: den Gutachter im Rouse-Prozeß (dem Fall mit dem verbrannten Auto), dem man keinen Glauben schenkte, weil er den Ausdehnungskoeffizienten für Metall nicht angeben konnte; den Ehrenwerten Richter Darling, der sich während der Verhandlung gegen Major Armstrong plötzlich vorbeugte, unvermittelt das Wort ergriff und wissen wollte, warum der Angeklagte, der die fragliche Menge Arsen angeblich zur Bekämpfung von Löwenzahn gekauft hatte, sich dann die Mühe gemacht habe, das Gift portionsweise abzupacken. Und sie, ein fünfzehnjähriges Mädchen, hatte in diesem kleinen, kärglich eingerichteten möblierten Zimmer ge-

sessen und gesagt: »Aber ein Urteil darauf zu gründen, daß ein Gutachter eine wissenschaftliche Formel vergessen hat oder ein Richter beschließt, in die laufende Verhandlung einzugreifen? Ist das gerecht?«
Einen Moment lang hatte der »Frosch« sie schmerzerfüllt angesehen, denn für ihn war es ungemein wichtig, sich seinen Glauben an die Gerechtigkeit, an das Gesetz zu bewahren. *The Frog,* der »Frosch«, war Edmund Albert Froggett, Magister der philosophischen Fakultät, auch wenn man ihm das kaum zugetraut hätte. Den Titel hatte er im Fernstudium an einer obskuren Universität erworben. Edmund Froggett, durch den sie zur Juristerei gekommen war. Was sie diesem seltsamen, geheimnisvollen, mitleiderregenden kleinen Mann dankbar anrechnete, auch wenn sie sich sein Bild nur selten freiwillig ins Gedächtnis rief. Die Erinnerung an den Tag, mit dem ihre Freundschaft endete, war so schmerzlich, daß die Dankbarkeit von Verlegenheit, Furcht und Scham überschattet wurde. Wenn sie an ihn dachte, dann in Augenblicken wie diesem, in denen die Erinnerung ihr einen Streich spielte, sich der Gegenwart bemächtigte und sie unversehens wieder fünfzehn war, in seinem möblierten Zimmer saß und aus den Geschichten des »Frosches« die Grundregeln des Strafrechts erlernte.
Für gewöhnlich saßen sie sich rechts und links vom schmalen Kamin gegenüber, dessen zischende Gasspiralen nur zur Hälfte brannten, weil der »Frosch« den Zähler mit Münzen füttern mußte, und der »Frosch« war arm. Aber neben dem Kamin stand noch eine kleine Kochplatte, und auf der bereitete er für sie beide Kakao, stark und nicht zu süß, gerade so, wie sie ihn gern trank. Bestimmt war sie auch im Sommer bei ihm gewesen, im Frühling und im Herbst, aber erinnern konnte sie sich nur an die Winterabende, wenn die ungefütterten Vorhänge zugezogen waren und die Geräusche der Schule nur noch ge-

dämpft heraufdrangen, weil die Jungen um diese Zeit schon in den Betten lagen. Ihre Eltern, die im Haupthaus im Wohnzimmer saßen, machten sich ihretwegen keine Sorgen, da sie sie in ihrem Zimmer über den Hausaufgaben wähnten. Um neun pflegte sie ihr Gespräch mit dem »Frosch« zu unterbrechen, um hinunterzugehen, gute Nacht zu sagen und die immer gleichen Fragen nach ihren schulischen Erfolgen und dem Stundenplan für den nächsten Tag zu beantworten. Aber hinterher kehrte sie jedesmal in den einzigen Raum des Hauses zurück, in dem sie sich je wirklich wohl gefühlt hatte, zurück zu der zischenden Gasflamme, dem Lehnsessel mit den kaputten Sprungfedern, in dem man trotzdem bequem saß, weil der Magister ein Kissen von seinem Bett nahm und ihr in den Rücken stopfte, zurück zum »Frosch«, der ihr auf einem einfachen Holzstuhl gegenübersaß, neben sich, auf dem Boden gestapelt, seine sechsbändige Ausgabe »Bedeutende britische Prozesse«.

Unter den Lehrern der privaten Vorbereitungsschule fürs Gymnasium, die ihr Vater in dem Vorort Danesford betrieb, war er derjenige gewesen, den man am wenigsten achtete und am meisten ausnützte. Angestellt war er als Englisch- und Geschichtslehrer für alle Klassen, doch je nach Laune des Direktors mußte er sich nebenher für fast jede anfallende Arbeit verdingen. Er war ein adretter Mensch, feingliedrig und klein von Statur, mit einer Stupsnase, kleinen, wachen Augen hinter seinen dickgeschliffenen Brillengläsern und rötlichem Haar, das ihm tief in die Stirn fiel. Sein Nachname brachte ihm unter den Jungen zwangsläufig den Spitznamen *the frog* ein. Er wäre womöglich ein guter Lehrer geworden, wenn man ihm nur eine Chance gegeben hätte, aber die kleinen Wilden in ihrem jugendlichen Dschungel, die eine untrügliche Witterung für das geborene Opferlamm hatten, machten dem »Frosch« das Leben schwer, machten es zu einer geduldig er-

tragenen Hölle aufsässiger Meuterei und gezielter Grausamkeiten.
Wenn Freunde oder Bekannte Venetia nach ihrer Kindheit fragten – was selten genug vorkam –, dann hatte sie eine Antwort parat, mit der es ihr, immer gleich formuliert und im Ton beiläufiger Bereitwilligkeit vorgetragen, stets irgendwie gelang, alle weitere Neugier im Keim zu ersticken.
»Mein Vater unterhielt ein Internat für Knaben im Alter von sechs bis zehn. Nicht gerade Summerfields oder The Dragon. Vielmehr eine von diesen preiswerteren Schulen, auf die Eltern ihre Kinder schicken, wenn sie sie aus dem Weg haben wollen. Ich weiß nicht, wer dort am meisten gelitten hat, die Schüler, die Lehrer oder ich. Aber mit hundert kleinen Jungen aufzuwachsen war vermutlich keine schlechte Vorbereitung auf den Beruf eines Strafverteidigers. Als Pädagoge hat mein Vater übrigens durchaus was getaugt. Die Schüler hätten es schlechter treffen können.«
Was man von ihr schwerlich behaupten konnte. Die Schule, ein pompöser Klinkerbau aus dem neunzehnten Jahrhundert, den eine Lokalgröße (und einstiger Bürgermeister) sich als Landsitz hatte errichten lassen, stand ursprünglich gut zwei Meilen außerhalb des hübschen Berkshire-Städtchens, das damals ohnehin kaum mehr als ein Dorf gewesen war. Doch als Clarence Aldridge die Schule 1963 mit Hilfe einer väterlichen Erbschaft erwarb, war das Dorf schon zu einer kleinen Stadt angewachsen, freilich noch mit eigenständigem Charakter und intakter Identität. Nach weiteren zehn Jahren war daraus eine Schlafstadt geworden, deren Backstein- und Betonbauten sich mit Verwaltungstrakten, kleinen Einkaufsvierteln, Bürogebäuden und Wohnblocks wie Krebsgeschwüre immer weiter in die grüne Landschaft hineinfraßen. Die Felder zwischen Danesford und der Stadt waren von der ortsansässigen Gesellschaft für sozialen Wohnungsbau aufgekauft worden,

aber als den Behörden das Geld ausging, blieben die restlichen Grundstücke unbebaut, obwohl erst ein Teil der Siedlung fertiggestellt war, und verwandelte sich mit der Zeit in eine Wildnis voller Unrat, mit Gestrüpp und umgestürzten Bäumen, die den Anrainern gleichermaßen als Spielplatz und Müllkippe diente. Venetia radelte auf dem Weg zur Oberschule durch dieses Gelände, und auch wenn ihr vor dem Weg graute, nahm sie ihn immer wieder, weil die Ausweichstrecke doppelt so lang war und zudem über die Hauptstraße führte, die zu benutzen ihr der Vater untersagt hatte. Einmal hatte sie sich über das Verbot hinweggesetzt und war prompt von einem seiner Freunde gesehen worden, der im Auto an ihr vorbeibrauste. Der Zorn des Vaters war furchtbar gewesen, und sie hatte ihn schmerzhaft und nachhaltig zu spüren bekommen. Die werktägliche Fahrt durchs Unland, über die Eisenbahnbrücke, die die Ödnis von der Stadt trennte, und durch die Sozialsiedlung war eine Tortur. Tag für Tag war sie höhnischen Zurufen und obszönen Pöbeleien ausgesetzt, die der Anblick ihrer Schuluniform provozierte. Tag für Tag versuchte sie, möglichst unbemerkt ans Ziel zu gelangen. Sie war auf der Hut vor den größeren Jungen, die sie am meisten fürchtete, beschleunigte oder drosselte ihr Tempo, um dem wartenden Mob auszuweichen, und war dabei voll Verachtung für sich selbst ob ihrer Feigheit und voll Haß auf ihre Peiniger.

Die Oberschule bot ihr dann Zuflucht vor mehr als der Siedlung. Hier war sie glücklich, soweit sie überhaupt zum Glücklichsein fähig war. Aber ihr Dasein als Oberschülerin war so verschieden von dem Leben, das sie als Einzelkind bei den Eltern in Danesford führte, daß sie die ganze Schulzeit hindurch das Gefühl hatte, in zwei Welten zu leben. Auf die eine bereitete sie sich vor, wenn sie die dunkelgrüne Uniform anzog und sich die Schulkrawatte band, und sie nahm sie förmlich in Besitz, sobald sie vom Fahrrad stieg und es durchs

Schultor schob. Die andere erwartete sie an jedem Spätnachmittag, wenn sie wieder zurückmußte, eine Welt aus Knabenstimmen, hallenden Schritten auf nackten Dielen, klappernden Pultdeckeln, Küchendünsten, dem Geruch trocknender Kleidungsstücke und schlecht gewaschener junger Körper und dem alles überlagernden Mief von Furcht, Beklemmung und Versagensängsten. Aber auch dieses Dasein hatte einen Trost, und den fand sie allabendlich in dem kleinen, mangelhaft ausgestatteten möblierten Zimmer des »Frosches«.
Seine sechs Bände »Bedeutende britische Prozesse« benutzte er als Lehrbücher und Übungsvorlagen, die sie gemeinsam nachspielten. Dabei vertrat zunächst er die Anklage und sie die Verteidigung, bis sie in einem zweiten Durchgang die Rollen tauschten. So wurde ihr jede Figur in den einschlägigen Prozessen vertraut, jeder Mord vermittelte ein ebenso eindrucksvolles wie lebhaftes Bild und nährte eine Phantasie, die wucherte, aber stets von einem wachen Realitätssinn gebändigt blieb, denn er führte ihr unablässig vor Augen, daß diese schrecklichen Männer und Frauen, von denen einige unter einer Schicht Löschkalk im Gefängnishof begraben lagen, nicht ihrer Vorstellungskraft entsprungen waren, sondern tatsächlich gelebt und geatmet hatten, daß sie gestorben waren und ihre tragische Existenz sich analysieren, diskutieren und plausibel erklären ließ. Alfred Arthur Rouse mit seinem brennenden Automobil, das wie ein verräterisches Leuchtfeuer auf einem Feldweg irgendwo in Northampton loderte. Madeleine Smith, die eine Tasse Kakao – vielleicht mit Arsen versetzt – durch die Gitterstäbe eines Souterrainfensters in Glasgow reichte. George Joseph Smith, der in einer Pension in Highgate Harmonium spielte, während der Leichnam der Frau, die er verführt und ermordet hatte, einen Stock höher im Badezimmer lag. Herbert Rowse Armstrong, der seinem Rivalen das mit Arsen bestäubte Hörnchen mit den Worten reichte:

»Darf ich dir's gleich so anbieten?« William Wallace, der systematisch die Vororte von Liverpool durchkämmte, immer auf der Suche nach der nicht vorhandenen Adresse Menlove Gardens East.

Der Seddon-Fall fesselte die beiden, wie gesagt, ganz besonders. Wenn sie auf den zu sprechen kamen, pflegte der »Frosch« kurz die Fakten zu rekapitulieren, bevor sie sich abermals dem Prozeßprotokoll zuwandten.

»Das Jahr: 1910. Der Angeklagte: Seddon, Frederick Henry. Habgierig, geizig, versessen auf Geld und Profit. Wohnt mit seiner Frau Margaret Anne und den fünf Kindern, seinem alten Vater und einem Dienstmädchen am Torrington Park in Islington. Macht einträgliche Geschäfte als Vertreter der London & Manchester-Unfallversicherung. Hat außer dem eigenen Haus nach und nach noch eine Reihe kleinerer Wohnungen in verschiedenen Stadtteilen Londons erworben. Und dann, am 25. Juli 1910, zieht eine neue Mieterin ein. Eliza Mary Barrow ist neunundvierzig, eine unsympathische Frau mit unangenehmen Gewohnheiten, aber sie hat Geld. Und außerdem ein achtjähriges Waisenkind, Ernie Grant, den Sohn einer Freundin, der bei ihr Unterschlupf findet und das Bett mit ihr teilt. Wahrscheinlich hat er sie geliebt: Wenn ja, so war er der einzige. Ernies Onkel, Mr. Hook, kam mit seiner Frau ebenfalls ins Seddonsche Haus, doch die beiden blieben nicht lange. Nach einem Streit mit Miss Barrow und einer Szene mit Seddon, dem sie vorwarfen, er habe es nur auf Miss Barrows Geld abgesehen, zogen sie wieder aus. Es dauerte kaum mehr als ein Jahr, bis sich ihr Vorwurf bewahrheitete. Der Coup lohnte sich. Du mußt bedenken, wir reden hier von 1910. Indische-Handelskompanie-Aktien zu dreieinhalb Prozent im Wert von eintausendsechshundert Pfund, der Pachtzins für eine Gaststätte und ein Friseurgeschäft. Ein Guthaben von zweihundertundzwölf Pfund auf der Sparkasse und ein

Barvermögen in Goldmünzen und Banknoten, das die Frau unter ihrem Bett verwahrte. Das alles wurde auf Seddon überschrieben, der ihr dafür eine Leibrente von etwas über einhundertfünfzig Pfund jährlich versprach. Leibrente bedeutet, daß Seddon das ganze Geld einsteckte und sich im Gegenzug verpflichtete, ihr Jahr für Jahr den vereinbarten Betrag auszuzahlen – solange sie lebte.«

Venetia sagte: »Sie hat ihren Tod geradezu herausgefordert, nicht? Sobald er Zugriff auf ihr ganzes Vermögen hatte, war sie nur noch eine Belastung.«

»Bestimmt hätte kein Anwalt seinem Mandanten zu einem solchen Vertrauensbeweis geraten. Aber Kaltblütigkeit und Geldgier machen einen Menschen noch nicht zum Mörder. Wenn du ein brauchbares Plädoyer für die Verteidigung halten willst, mußt du versuchen, unvoreingenommen zu bleiben.«

»Sie meinen, ich muß dran glauben, daß er's nicht getan hat?«

»Nein, dein Glaube steht nicht zur Debatte. Deine Aufgabe ist es, die Geschworenen davon zu überzeugen, daß es dem Gericht nicht gelungen ist, die Schuld des Angeklagten hinreichend zu beweisen. Aber du solltest niemals eine Entscheidung fällen, ohne zuerst die Tatsachen gründlich geprüft zu haben.«

»Wie hat er's angestellt? Schon gut: Wie *soll* er es laut Staatsanwalt angestellt haben?«

»Mit Arsen. Am 1. September 1911 klagte Miss Barrow über Magenschmerzen, Übelkeit und andere Beschwerden. Man rief einen Arzt, der zwei Wochen lang regelmäßig Hausbesuche machte, aber in den frühen Morgenstunden des 14. September suchte Seddon den Doktor auf, um ihm mitzuteilen, daß seine Patientin verstorben sei.«

»Hat der Arzt keine Obduktion beantragt?«

»Vermutlich sah er dazu keine Veranlassung. Er stellte einen

Totenschein aus, demzufolge Miss Barrow an einer chronischen Diarrhöe verstorben war. Seddon ordnete noch am selben Vormittag ihre Beisetzung für vier Pfund in einem Gemeinschaftsgrab an und verlangte eine Bescheinigung vom Leichenbestatter, um sofort alles Nötige in die Wege leiten zu können.«

»Das mit dem Gemeinschaftsgrab war ein Fehler, nicht wahr?«

»Genau wie seine rüde Art, mit Miss Barrows Verwandten umzuspringen, als die Nachforschungen anzustellen begannen. Er war arrogant, herzlos und beleidigte sie. Kein Wunder, daß sie mißtrauisch wurden und beschlossen, sich mit der Staatsanwaltschaft in Verbindung zu setzen. Man exhumierte Miss Barrows Leiche, und bei der Obduktion wurde Arsen gefunden. Erst kam Seddon in Haft, sechs Monate später auch seine Frau. Die beiden wurden des gemeinschaftlich begangenen Mordes angeklagt.«

»Aber gehängt wurde er, weil er geizig war und habgierig«, hatte sie gesagt, »nicht aufgrund eindeutigen Belastungsmaterials. Angeblich ließ er sich das Arsen von seiner fünfzehnjährigen Tochter Maggie besorgen, aber die hat das im Prozeß geleugnet. Ich glaube nicht, daß auf die Aussage des Apothekers – ein Mr. Thorley, stimmt's? – wirklich Verlaß war. Glauben Sie, Sie hätten ihn freibekommen?«

Ein leises Lächeln, das dennoch eine gewisse Genugtuung verriet, war über das Gesicht des »Froschs« gehuscht. Er hatte durchaus seine eitlen Anwandlungen, und Venetia machte sich manchmal den Spaß, die zu provozieren.

»Du fragst mich«, hatte er geantwortet, »ob ich mehr hätte erreichen können als Edward Marshall Hall. Also das war mal ein vorbildlicher Verteidiger. Den hätte ich gern im Gerichtssaal erlebt, aber er ist ja schon 1927 gestorben. Kein großer Jurist, es heißt, er habe eine Heidenangst vor dem Berufungsgericht gehabt. Aber einer der ganz großen Strafverteidiger, wunderbar wortgewandt, ein bemerkenswert talentierter Redner. Was heute natürlich nicht mehr ausreichen würde. An einem modernen Gerichtshof ist kein Platz mehr für solch theatralisch-dramatische Advokaten. Aber einen Ausspruch von ihm, den habe ich nie vergessen. Ich werde ihn dir aufschreiben. ›Ich habe keine Kulissen zur Unterstützung, keinen vorgefertigten Text, an den ich mich halten kann – nicht einmal einen Vorhang. Aber ich habe die lebendigen Traumbilder aus dem Leben eines anderen, und mit denen muß ich eine Atmosphäre schaffen – denn darin besteht die Aufgabe eines Verteidigers.‹ Mit den lebendigen Traumbildern aus dem Leben eines anderen – das gefällt mir.«

»Mir auch«, hatte sie gesagt.

»Ich denke, du hast die richtige Stimme für so etwas. Natürlich bist du noch zu jung, als daß man es mit Bestimmtheit sagen könnte. Möglich, daß sie sich nicht weiterentwickelt.«

»Was ist denn das für eine Stimme?«

»Angenehm fürs Ohr. Auf keinen Fall schrill. Flexibel, warm im Tonfall, vollendet moduliert und beherrscht. Überzeugend – vor allem überzeugend.«

»Ist das so entscheidend?«

»Unbedingt. Norman Birkett hatte so eine Stimme. Die hätte ich zu gern einmal gehört. Die Stimme ist für einen Verteidiger ebenso wichtig wie für einen Schauspieler. Ich wäre vielleicht Anwalt geworden, wenn ich die richtige Stimme gehabt hätte. Aber leider fehlt es der meinen an Kraft. Die würde nicht mal bis zur Geschworenenbank dringen.«

Venetia hatte sich über den aufgeschlagenen Band der »Bedeutenden britischen Prozesse« gebeugt, um ihr Lächeln vor ihm zu verbergen. Es lag nicht nur an seiner Stimme, dieser hohen, pedantischen Fistelstimme, die bisweilen in ein aufreizendes Quieken umkippte, nein, schon sich eine Perücke über dieser spröden, rötlichen Mähne vorzustellen oder einen Talar an dem gar so zierlich geratenen, linkischen Körper war einfach lächerlich. Und sie hatte zu oft die geringschätzigen Kommentare ihres Vaters über die mangelnde Qualifikation des »Froschs« mit angehört, um nicht zu ahnen, wie gering seine Chancen im Leben gewesen waren. Trotzdem sonnte sie sich in seinem Lob, und das Spiel, das sie miteinander spielten, bekam mit der Zeit Suchtcharakter. Außerdem befriedigte es ihr Bedürfnis nach Sicherheit und Ordnung. Das möblierte Zimmer mit dem schwachen Gasgeruch und den beiden kümmerlichen Sitzgelegenheiten war ein Refugium, das sie noch verläßlicher dünkte als ihr Pult in der Oberschule. Es war ein wechselseitiges Geben und Nehmen, bei dem beide auf ihre Kosten kamen. Er war ein wunderbarer Lehrer und sie eine intelligente, begeisterungsfähige Schülerin. Abend für Abend erledigte sie in Windeseile ihre Hausaufgaben und paßte den Moment ab, da sie unbemerkt aus dem Haupthaus hinüber in den Anbau schlüpfen und die linoleumbelegte Treppe zu seinem Zimmer hinaufhuschen konnte, wo sie seinen Geschichten lauschte und beide ihrer gemeinsamen Passion frönten.

Das Spiel endete drei Tage nach ihrem fünfzehnten Geburtstag. Der »Frosch« hatte in der Ortsbücherei einen Bericht über den Florence-Maybrick-Prozeß ausgeliehen, den sie an diesem Abend erörtern wollten. Er hatte ihr das Buch über Nacht geborgt, aber sie traute sich nicht, es mit in die Schule zu nehmen, und in ihrem Zimmer mochte sie es auch nicht lassen, aus Angst, es könnte die Neugier von einem der beiden Hausmädchen der Schule wecken oder gar ihren Eltern in die Hände fallen. Sie hatte von jeher nur sehr wenig Vertrauen darauf, daß man daheim ihre Privatsphäre respektierte. Und so beschloß sie denn, die Abhandlung im Zimmer des »Froschs« zu deponieren. Sie klopfte nur pro forma, da sie

kaum mit seiner Anwesenheit rechnete. Es war halb acht, und um diese Zeit beaufsichtigte er die Jungen beim Frühstück. Die Tür war, wie erwartet, unverschlossen.
Zu ihrem Erstaunen war der »Frosch« noch da. Auf dem Bett stand ein großer Segeltuchkoffer – der verbeulte Deckel war aufgeklappt. Hemden, Schlafanzüge und Unterwäsche lagen kunterbunt auf der Tagesdecke verstreut; nur die Socken waren ordentlich zusammengerollt. Ihr war, als habe sie gleichzeitig den entsetzten Blick bemerkt, mit dem er sie hereinplatzen sah, und die Hose mit den Flecken im Zwickel, die er, ihren Augen folgend, mit zitternden Händen unter den Kofferdeckel stopfte.
»Wo wollen Sie hin?« fragte sie. »Warum packen Sie? Gehen Sie weg?«
Er wandte sich ab. Als er sprach, war seine Stimme so leise, daß sie ihn kaum verstand. »Es tut mir leid, wenn ich dir Kummer gemacht habe. Es war nicht meine Absicht … ich habe nicht bedacht … Jetzt sehe ich ein, daß es töricht war und selbstsüchtig.«
»Mir Kummer gemacht – was soll das heißen? Und was war töricht?«
Sie trat ins Zimmer, schloß die Tür hinter sich, lehnte sich dagegen und zwang ihn durch schiere Willenskraft, sich umzudrehen und sie anzuschauen. Doch als sie dann sein Gesicht sah und darin die verlegene Scham las und ein verzweifeltes Mitleidsheischen, da erkannte sie, daß sie ebensowenig begriff, was vorging, wie es in ihrer Macht stand, ihm zu helfen. Ihr war auf einmal schrecklich beklommen zumute, und sie bekam es mit der Angst zu tun, was ihrer Stimme unwillkürlich einen scharfen Ton verlieh.
»Mir Kummer gemacht? Sie haben mir keinen Kummer gemacht. Was ist eigentlich los?«
Und er sagte mit einer kläglichen Förmlichkeit: »Es scheint,

daß dein Vater die Art unserer Beziehung mißverstanden hat.«

»Was hat er zu Ihnen gesagt?«

»Das ist unerheblich, man kann ohnehin nichts mehr tun. Er will mich hier raushaben. Ich muß die Schule verlassen, noch bevor der Unterricht beginnt.«

Und obwohl sie wußte, daß es leere Worte waren und ein bedeutungsloses Versprechen, sagte sie: »Ich werde mit ihm reden. Ich erklär's ihm. Ich bringe das wieder in Ordnung.«

Er schüttelte den Kopf. »Nein, bitte nicht, Venetia! Das würde es nur noch schlimmer machen.« Abermals wandte er sich ab, und sie schaute zu, wie er ein Hemd zusammenfaltete und in den Koffer legte. Sie sah, wie seine Hände zitterten, und hörte die beschämte Resignation aus seiner Stimme heraus: »Dein Vater hat mir eine gute Referenz versprochen.«

Natürlich, die Referenz. Ohne die hätte er keine Aussicht gehabt, anderswo als Lehrer unterzukommen. Ihr Vater hatte es in der Hand, ihm Schlimmeres anzutun, als ihn hinauszuwerfen. Es gab also nichts mehr zu sagen und nichts, was sie hätte tun können. Trotzdem stand sie noch eine Weile in seinem Zimmer herum, in dem Gefühl, daß es einer letzten Geste, eines Abschiedswortes bedürfe, verbunden mit der Hoffnung auf ein Wiedersehen. Aber sie würden sich niemals wiedersehen, und was sie in diesem Moment empfand, das war nicht Zuneigung, sondern Furcht und Scham. Er packte gerade seine Ausgabe der bedeutenden Prozesse zusammen. Der Koffer war bereits übervoll, und sie fragte sich, ob er das zusätzliche Gewicht aushalten würde. Ein Band lag noch auf dem Bett, und den reichte er ihr. Es war der Seddon-Fall. Ohne sie anzusehen, sagte er: »Bitte, nimm! Ich möchte, daß du ihn bekommst.«

Mit noch immer abgewandtem Blick flüsterte er: »Bitte geh jetzt! Und entschuldige, es war unbedacht von mir.«

Die Erinnerung war wie ein Film mit lauter scharfkonturierten Bildern, ein Film mit kompletter, hell ausgeleuchteter Dekoration, spielbereiten Akteuren, festgeschriebenen und bereits memorierten Dialogen, aber ohne Übergänge. Und während sie jetzt in der Bibliothek saß, vor sich ein aufgeschlagenes, aber von ihren ins Leere starrenden Augen nicht wahrgenommenes Buch über Vertragsrecht, sah sie sich im Geiste wieder auf ihrem Platz gegenüber dem des Vaters im überladenen Eßzimmer und hatte das durchdringende morgendliche Duftgemisch von Kaffee, Toast und Speck in der Nase. Das herunterklappbare Seitenteil, mit dem sich der massive Eichentisch bei Bedarf vergrößern ließ, drückte unangenehm gegen ihre Knie, die Sprossenfenster sperrten das Tageslicht eher aus, als es hereinzulassen, auf der Anrichte mit der reichverzierten Rückwand und den klobigen Füßen standen die Wärmeplatten und ein paar zugedeckte Schüsseln. Ihr Vater hatte einmal im Theater gesehen, wie die feinen Leute sich ihr Frühstück von einem Büfett auf dem Sideboard zusammenstellten. Ihm war das als der Inbegriff kultivierter Lebensart erschienen, weshalb er diese Sitte prompt in Danesford einführte, auch wenn man dort keine andere Auswahl hatte als die zwischen Eiern mit Speck oder Speck und Würstchen. Wie merkwürdig, daß sie ihn immer noch spüren konnte, den beißenden Groll, angesichts dieser lachhaften Angeberei und der zusätzlichen Arbeit, die ihrer Mutter dadurch entstanden war.

Sie nahm sich ein paar Speckstreifen, setzte sich an den Tisch und zwang sich, ihren Vater anzusehen. Er langte herzhaft zu, und seine Augen wanderten zwischen dem gehäuften Teller und der »Times« hin und her, die ordentlich gefaltet neben seinem Gedeck lag. Sein Mund unter dem struppigen kleinen Schnurrbart glänzte rosig feucht. Er schnitt den Toast in kleine Würfel, die er mit Butter und Marmelade bestrich und dann in diesen derb pulsierenden Spalt einwarf, der ein gefräßiges Eigenleben zu führen schien. Seine Hände waren eckig und kräftig, und auf den Fingerrücken sprossen stachelige schwarze Haare. Sie hatte eine wahnsinnige Angst vor ihm. Seit sie denken konnte, hatte sie sich vor ihm gefürchtet und gewußt, daß sie von ihrer Mutter keinen Beistand erwarten konnte, weil deren Angst noch größer war als die ihre. Als Kind hatte er sie wegen jeder Übertretung seiner kleinlichen Hausregeln, seines festgeschriebenen Verhaltens- und Leistungskatalogs geschlagen. Das hatte körperlich nicht so weh getan, war aber seelisch unerträglich demütigend. Jedesmal nahm sie sich fest vor, nicht zu schreien, denn sie hatte grauenhafte Angst davor, daß die Jungen sie hören könnten. Aber alle Versuche, standhaft zu bleiben, waren sinnlos, da er die Züchtigung stets so lange fortsetzte, bis sie laut zu weinen anfing. Und das schlimmste daran war die Gewißheit, daß er diese Prügelszenen genoß. Als sie in die Pubertät kam, hörte er damit auf. Ein kleines Opfer seinerseits, denn er hatte schließlich immer noch die Jungen.

Jetzt, hier in der stillen Bibliothek, sah sie wieder sein Gesicht vor sich, die breiten Wangenknochen und die fleckige Haut unter den Augen, die sie, soweit sie sich erinnerte, nicht ein einziges Mal zärtlich oder auch nur wohlwollend angeblickt hatten. Eine ihrer Lehrerinnen hatte ihr bei einer Schulfeier, nachdem ihr die Preise überreicht worden waren, gesagt, ihr Vater sei sehr stolz auf sie. Eine Behauptung, die ihr damals unerhört vorgekommen war und die sie bis heute nicht glauben konnte.

Sie hatte versucht, ihre Stimme ruhig und unerschrocken klingen zu lassen. »Mr. Froggett sagt, daß er fortgeht.«

Ihr Vater blickte immer noch nicht auf. Emsig weitermampfend sagte er: »Er hätte dich vor seinem Weggang eigentlich nicht mehr sprechen sollen. Du hast ihm hoffentlich keine

schriftlichen oder anderweitigen Kontakte in Aussicht gestellt.«
»Natürlich nicht, Daddy. Aber warum hast du ihn entlassen? Er sagte, es habe irgendwas mit mir zu tun.«
Ihre Mutter hatte aufgehört zu essen. Sie warf Venetia einen langen, ängstlich flehenden Blick zu und begann dann, ihren Toast zu zerkrümeln. Ihr Vater, der immer noch nicht aufsah, blätterte seine Zeitung um.
»Es wundert mich, daß du da noch fragen mußt. Mr. Mitchell hielt es für angezeigt, mich davon in Kenntnis zu setzen, daß meine Tochter sich buchstäblich jeden Abend bis in die Nacht hinein im Schlafzimmer einer untergeordneten männlichen Lehrkraft aufhält. Wenn du schon kein Gefühl für deine Position an dieser Schule hast, hättest du wenigstens auf die meine Rücksicht nehmen können.«
»Aber wir haben nichts gemacht, nur geredet. Über Bücher, über Rechtsfälle. Und es war nicht in seinem Schlaf-, sondern im Wohnzimmer.«
»Darüber wünsche ich nicht zu diskutieren. Ich frage dich nicht einmal, was sich zwischen euch abgespielt hat. Falls du etwas zu gestehen hast, empfehle ich dir, dich deiner Mutter anzuvertrauen. Soweit es mich betrifft, ist die Affäre hiermit beendet. Ich wünsche nicht, daß Edmund Froggetts Name in meinem Hause je wieder erwähnt wird, und von jetzt an wirst du deine Hausaufgaben nicht mehr in deinem Zimmer machen, sondern hier an diesem Tisch.«
Hatte sie schon an dem Tag begriffen, worum es in Wahrheit ging, oder erst später? Ihr Vater war auf der Suche nach einem Vorwand gewesen, um den »Frosch« loszuwerden. Froggett war bienenfleißig, aber er konnte nicht für Disziplin sorgen, bei den Jungen war er unbeliebt, und auf Schulfesten machte er eine peinliche Figur. Gewiß, er war billig, aber so billig auch wieder nicht. Und die Schule steckte in einer finanziellen

Krise; wie groß die war, sollte sie erst später erfahren. Irgend jemand mußte gehen, und der »Frosch« war entbehrlich. Ihr Vater hatte es sehr geschickt angestellt. Seine Anschuldigungen, die zweifellos nicht ins Detail gingen, dem Kern nach aber von perfider Deutlichkeit waren, zielten auf etwas so Ungeheuerliches, daß der »Frosch« es nie wagen würde, sich öffentlich dagegen zur Wehr zu setzen.
Sie hatte ihn nie wiedergesehen und auch nichts mehr von ihm gehört. Die Dankbarkeit für das, was er ihr zweifelsohne mit auf den Weg gegeben hatte, war immer überschattet von der Scham über die eigene Schwäche und ihren Verrat. Sie war fasziniert gewesen von ihrem gemeinsamen Spiel, aber nie von ihm als Mann. Und sie wußte, daß sie sich geniert hätte, wenn sie von einer Klassenkameradin mit ihm zusammen gesehen worden wäre.
Das Bewußtsein, daß sie nicht für ihn eingetreten war, ihn nicht entschiedener, geschweige denn leidenschaftlich verteidigt hatte, daß Scham und die Angst vor dem Vater ihr Mitgefühl überwogen hatten, dieses Bewußtsein ließ sich nicht abschütteln und trübte die Erinnerung an jene gemeinsamen Abende. Mittlerweile kam ihr der »Frosch« nur mehr selten in den Sinn. Manchmal ertappte sie sich bei der Frage, ob er wohl noch am Leben sei, und dann sah sie in beunruhigenden und erstaunlich lebhaften Traumbildern, wie er sich von der Westminster-Brücke stürzte, während ungläubige Passanten sich über die Brüstung beugten und in den schäumenden Fluß hinabstarrten, oder sie sah ihn in einer möblierten Dachkammer auf dem schmalen Bett sitzen, sich Aspirintabletten in den Mund stopfen und mit billigem Wein hinunterspülen.
Was, überlegte sie, was hatte das fünfzehnjährige Mädchen für ihn empfunden? Liebe sicher nicht. Zuneigung war da gewesen, das Bedürfnis nach Gesellschaft, nach Anregung und das Gefühl, angenommen zu werden. Vielleicht hatte sie sich

einsamer gefühlt, als ihr bewußt gewesen war. Aber sie erkannte auch beschämt, was sie eigentlich schon immer hätte wissen müssen: daß sie ihn ausgenutzt hatte. Denn wenn sie ihm nach der Schule in Begleitung ihrer wenigen Freundinnen auf der Straße begegnet wäre, dann hätte sie an ihm vorbeigesehen.

Ein abergläubisches Gemüt hätte es für eine Art Gottesstrafe halten können, daß es nach der Entlassung des »Froschs« mit der Schule erst recht bergab ging. Sie hätte sich indes halten, hätte vielleicht sogar wieder einen gewissen Aufschwung erleben können, da die Eltern der Gegend, enttäuscht von der staatlichen Schule und auf der Suche nach vermeintlichem Prestige, nach Disziplin und guten Manieren, Danesford als einigermaßen preiswerte Lösung ihrer familiären Probleme schätzten. Aber dann kam dieser Selbstmord und machte alle Hoffnungen zunichte. Der langgezogene Hals über dem blutjungen Körper, der im Anbau am Treppengeländer baumelte, das sorgsam verfaßte Briefchen, in dem ein harmloser Rechtschreibfehler so gewissenhaft ausgebessert war, als besitze der Zorn des Direktors sogar über diesen letzten Akt kläglicher Rebellion noch Gewalt – das war nichts, was sich vertuschen oder wofür sich eine plausible Erklärung finden ließ. Venetia hatte den Eindruck, als sei mit dem Durchtrennen jener straff gespannten Pyjamakordel mehr als nur der Leichnam abgeschnitten worden. Die folgenden Wochen mit der gerichtlichen Untersuchung, dem Begräbnis, den Zeitungskommentaren und den Vorwürfen, in Danesford habe man die Schüler geschlagen und übertriebene Strenge walten lassen, lösten sich auf in den Bildern von abfahrenden Autos und kleinen Jungen, die mit betretenen Gesichtern oder triumphierender Miene ihre überquellenden Koffer zu den wartenden Wagen schleppten. Die Schule verendete in einem Krankenzimmergestank aus Skandal und Tragödie und, zum

Schluß, fast Erleichterung darüber, daß die Qual ausgestanden war und der Leichenwagen endlich vor der Tür stand.

Die Familie zog nach London. Vielleicht, dachte Venetia, war ihrem Vater die Hauptstadt wie so vielen vor ihm als urbaner Dschungel erschienen, in dem die Einsamkeit wenigstens mit schützender Anonymität einherging, in dem keine ungebetenen Fragen gestellt wurden und die Aasgeier lohnendere Beute fanden als einen in Schande gefallenen Schulmeister. Der Verkauf des Internatsanwesens, das in ein Rasthaus mit Motel umgewandelt werden sollte, brachte genug Geld, um hinter Shepherd's Bush ein kleines Reihenhaus zu kaufen und der Familie obendrein ein Einkommen zu sichern, das den Hungerlohn, den der Vater mit Gelegenheitsarbeiten erzielte, beträchtlich aufbesserte. Nach ein paar Monaten fand er eine unterbezahlte Stelle bei einem Fernlehrinstitut, für das er Klausuren korrigierte und benotete, eine Aufgabe, der er sich ebenso gewissenhaft widmete wie seiner früheren Lehrtätigkeit. Als das Institut schließen mußte, suchte er über Annoncen Privatschüler. Ein paar erkannten seine Qualitäten als Lehrer, anderen war es zu deprimierend, in dem kleinen dunklen Vorderzimmer zu sitzen, zu dessen Renovierung sich weder Aldridge noch seine Frau aufraffen konnten und das wohnlicher zu gestalten Venetia nicht erlaubt war.

Sie ging jeden Tag zu Fuß in die Gesamtschule des Viertels. Es war eine der ersten in London und demzufolge ein Vorzeigeobjekt der neuen Bildungspolitik. Zwar hatten die üblichen Probleme einer Großstadtschule die erste Begeisterung und den von oben verordneten Optimismus der Anfangsjahre mittlerweile aufgezehrt, aber ein kluges und fleißiges Kind konnte hier immer noch etwas erreichen. Für Venetia war der Wechsel von der alteingeführten Mädchenoberschule in der Provinz mit ihren etwas snobistischen Gepflogenheiten und lokalen Traditionen nicht so traumatisch, wie sie erwartet hatte. Und als Einzelgängerin konnte man sich an der neuen Schule ebenso gut behaupten wie an der alten. Mit den wenigen Rabauken wurde sie fertig, indem sie sie in einem Ton abkanzelte, der auch die schlimmsten Rüpel zum Schweigen brachte; es gab immerhin mehr als eine Methode, sich Respekt zu verschaffen. In der Schule arbeitete sie fleißig, daheim noch fleißiger. Sie kannte ihr Ziel ganz genau. Ihre ausgezeichneten Abiturnoten sicherten ihr ein Stipendium für Oxford. Dem sehr guten allgemeinen Universitätsabschluß folgte ein ebenso brillantes Ergebnis bei den juristischen Examina. Als sie nach Oxford ging, glaubte sie, alles Wissenswerte über die Männer zu wissen. Die starken konnten teuflisch sein; die schwachen waren moralische Feiglinge. Es mochte Männer geben, die sie begehrten, sogar bewunderten, die sie mit der Zeit liebgewinnen und vielleicht sogar würde heiraten wollen. Aber niemals wieder würde sie sich einem Manne ausliefern.

Die Tür ging auf, und das Geräusch holte sie in die Gegenwart zurück. Sie schaute auf die Uhr. Fast zwei Stunden. Hatten die Geschworenen wirklich so lange gebraucht? Ihr Assistent versuchte seine Erregung zu zügeln.

»Sie sind zurück, Ma'am.«

»Irgendwelche Fragen?«

»Keine Fragen. Wir haben einen Urteilsspruch.«

4

Gemessenen Schrittes und sorgsam jegliche Theatralik oder offensichtliche Anspannung unterdrückend, versammelten sich die Parteien wieder im Saal und warteten auf das Erscheinen von Richter und Geschworenen. Genau in dem Moment fiel Venetia ihr alter Präzeptor ein. Für diesen eingefleischten Traditionalisten war eine Frau mit Amtsperücke ein Anachronismus gewesen, den es mit stoischem Gleichmut zu ertragen galt, vorausgesetzt, daß das Gesicht unter der Perücke hübsch, das Auftreten der Dame charmant und ehrerbietig war und er ihren Verstand nicht zu fürchten brauchte. In der Kanzlei herrschte seinerzeit allgemeine Verwunderung, als ausgerechnet er eine weibliche Referendarin einstellte; dahinter konnte nur eine Unbotmäßigkeit stecken, die so schwerwiegend war, daß sie sich durch keine weniger drakonische Strafe abbüßen ließ. Wenn Venetia an ihn dachte, dann eher mit Respekt denn Zuneigung, aber er hatte ihr zwei Ratschläge mit auf den Weg gegeben, für die sie heute noch dankbar war.

»Bewahren Sie alle Ihre Arbeitsbücher über den Prozeß hinaus auf! Nicht nur für den vorgeschriebenen Zeitraum, sondern auf Dauer. So eine Protokollsammlung ist immer hilfreich, und langfristig können Sie aus Ihren Anfangsfehlern lernen.«

Der zweite Hinweis war nicht weniger hilfreich gewesen: »Es gibt Momente, da ist es äußerst wichtig, die Geschworenen anzusehen, es gibt andere, in denen es sich empfiehlt, und wieder andere, in denen man sich selbst den flüchtigsten Blick in ihre Richtung versagen sollte. Zu letzteren gehört der Moment, in dem sie mit dem Urteilsspruch zurückkehren. Lassen Sie sich im Gerichtssaal nie Ihre Erregung anmerken. Und wenn Sie sich wacker geschlagen haben, die Geschworenen aber trotzdem gegen Sie entscheiden, dann würden Ihre Blicke sie bloß in Verlegenheit bringen.«

Letzteres war im Saal Nummer eins des Bailey nur schwer zu beherzigen, da sich hier die Geschworenenbank und der Tisch der Verteidigung unmittelbar gegenüberstanden. Aber Venetia heftete ihren Blick fest auf den Richterstuhl und ließ ihn auch dann nicht abschweifen, als der Gerichtsdiener nach den üblichen Präliminarien den Obmann der Geschworenen aufforderte, sich zu erheben. Der Mann, der jetzt aufstand, war mittleren Alters, weniger salopp gekleidet als die übrigen und machte einen gebildeten Eindruck. Venetia hatte es nur natürlich gefunden, daß er zum Sprecher gewählt worden war.

Der Gerichtsdiener fragte: »Sind Sie zu einer Entscheidung gelangt?«

»Jawohl, Sir.«

»Erkennen Sie den Angeklagten Garry Ashe des Mordes an Rita O'Keefe für schuldig oder nicht schuldig?«

»Nicht schuldig.«

»Und ist dies Ihr einstimmiges Urteil?«

»Jawohl, Sir.«

Unten im Gerichtssaal war kein Laut zu hören, aber von der Besuchergalerie drang gedämpftes Murmeln an Venetias Ohr, ein Geraune zwischen Ächzen und Zischen, das sowohl Ausdruck des Erstaunens wie auch ein Zeichen von Unmut oder Erleichterung sein konnte. Sie schaute nicht hinauf. Erst nach der Verlautbarung des Obmanns hatte sie überhaupt an das Publikum gedacht, an diese dichtbesetzten Bankreihen, in denen sich Angehörige und Freunde des Angeklagten und des

Opfers Kopf an Kopf mit den Mordfetischisten zusammendrängten, mit den Sensationsgierigen und Schaulustigen, die von der Tribüne her ungerührt zugesehen hatten, wie das Gericht unter ihnen seine gravitätischen Vorstöße und Rückzugsgefechte vollführte. Jetzt war das Schauspiel vorbei, und sie würden sich die blanken Stufen hinunterdrängeln, draußen die reine Luft einatmen und ihre Freiheit genießen.
Venetia sah auch Ashe nicht an, aber sie wußte, daß sie nicht darum herumkommen würde, mit ihm zu sprechen. Es ließ sich kaum vermeiden, wenigstens ein paar Worte mit einem Mandanten zu wechseln, für den man gerade einen Freispruch erzielt hatte. Der Klient hatte in dieser Situation das Bedürfnis, seine Freude zum Ausdruck zu bringen und mitunter auch seine Dankbarkeit. Wenngleich Venetia argwöhnte, daß diese Dankbarkeit nie lange währte – bei manchen nicht länger als bis zu dem Moment, da sie ihnen ihre Liquidation präsentierte. Venetia ihrerseits empfand höchstens für die Verurteilten eine Spur Zuneigung oder Mitleid. In selbstkritischen Augenblicken fragte sie sich, ob sie nicht an unbewußten Schuldgefühlen litt, die sich nach einem Sieg (namentlich einem gegen alle Erwartungen errungenen Sieg) in einer Abwehrhaltung gegenüber Mandanten manifestierten. Ein interessanter Gedanke, der sie aber nicht weiter beunruhigte. Für andere Anwälte mochte es zum Beruf gehören, die Klienten aufzumuntern, ihnen Beistand und Trost zu gewähren. Venetia sah ihre Aufgabe weniger differenziert: Ihr ging es einzig um den Sieg.
Nun, den hatte sie errungen, doch ihm folgte wie so oft nach dem flüchtigen Hochgefühl des Triumphes eine bleierne Müdigkeit, die sich sowohl physisch wie psychisch bemerkbar machte. Diese Anwandlungen dauerten nie lange, aber manchmal, nach einem Fall, der sich über Monate hingezogen hatte, nahm das Wechselbad von Triumph und Erschöp-

fung sie doch so sehr mit, daß sie sich nur mit äußerster Willensanstrengung dazu aufraffen konnte, ihre Akten einzusammeln, aufzustehen und die Glückwünsche ihres Assistenten und der Solicitors entgegenzunehmen. Heute kam ihr die Gratulation recht gedämpft vor. Ihr Assistent war noch jung, und es fiel ihm schwer, sich über ein Urteil zu freuen, das er für ungerecht hielt. Dafür war ihre Müdigkeit ausnahmsweise im Nu verflogen, und sie spürte förmlich, wie Kraft und Energie in Muskeln und Sehnen zurückfluteten. Niemals zuvor jedoch hatte sie eine solche Abneigung gegen einen Mandanten empfunden. Sie hoffte inständig, ihn nie wiedersehen zu müssen, aber dieses letzte Zusammentreffen war unvermeidlich.
Und da kam er auch schon auf sie zu, gefolgt von seinem Solicitor Neville Saunders. Letzterer hatte wie gewöhnlich die Miene eines tadelnden Schulmeisters aufgesetzt, als wolle er dem Klienten ins Gewissen reden und ihn ermahnen, ja nicht rückfällig zu werden, sondern künftig die Finger von den Geschäften zu lassen, die sie zusammengeführt hatten. Mit seinem freundlichen, sparsamen Lächeln auf den Lippen streckte er ihr die Hand entgegen und sagte: »Gratuliere!« Und dann, an Ashe gewandt: »Sie haben großes Glück gehabt, junger Mann. Sie verdanken Miss Aldridge sehr, sehr viel.«
Die dunklen Augen schauten fest in die ihren, und sie glaubte erstmals einen Funken von Humor in seinem Blick zu entdecken. Die stumme Botschaft war jedenfalls unmißverständlich: Wir beide wissen, was los ist. Ich weiß, was meinen Hals gerettet hat, und Sie wissen es auch.
Doch alles, was er sagte, war: »Sie wird bekommen, was ihr zusteht. Ich krieg Prozeßkostenhilfe. Und die ist dafür, daß die Anwälte armer Leute zu ihrem Geld kommen, falls Sie's vergessen haben sollten.«
Saunders, der rot angelaufen war, machte den Mund auf, um

ihn zurechtzuweisen, aber Venetia kam ihm zuvor. »Guten Tag, die Herren«, sagte sie und kehrte ihnen den Rücken. Sie hatte keine vier Wochen mehr zu leben. Und sie fragte ihn weder jetzt noch später, woher er wußte, welche Brille Mrs. Scully in der Mordnacht getragen hatte.

5

Am selben Abend verließ Hubert Langton pünktlich um sechs Uhr die Kanzlei. Das war seine übliche Feierabendzeit, und in den letzten Jahren achtete er geradezu zwanghaft auf die Einhaltung solch tröstlicher kleiner Alltagsrituale. An diesem Abend sah er freilich keinen Grund, gleich nach Hause zu gehen zu den langen einsamen Stunden, die ihn dort erwarteten. Mehr instinktiv als bewußt wandte er sich nach rechts, überquerte den Middle Temple Lane, gelangte unter dem Torbogen in den Pump Court und durch den Kreuzgang zur Temple-Kirche. Sie war offen, und als er durch das reichornamentierte normannische Portal trat, empfing ihn Orgelklang. Jemand übte eine moderne Komposition, die in seinen Ohren aggressiv klang. Trotzdem setzte er sich auf den Platz im Chorgestühl, auf dem er seit fast vierzig Jahren Sonntag für Sonntag saß, und streckte endlich die Waffen vor jener eintönigen Mattheit, die ihn schon den ganzen Tag verfolgt hatte. »Zweiundsiebzig ist kein Alter.« Er sagte es laut, aber hier in dieser entspannten Atmosphäre klangen die Worte weniger nach einer trotzig vorgebrachten Beteuerung, sondern eher wie eine zaghafte Verzweiflungsklage. War es denn wirklich denkbar, daß jener entsetzliche Vorfall drüben im Saal zwölf vor nur drei Wochen ihn mit einem Schlag um so vieles gebracht hatte?

Die qualvolle Erinnerung daran verfolgte ihn in fast jeder wachen Minute. Allein der Gedanke an den panischen Schrekken ließ ihn erstarren.

Er hatte sich mitten im Schlußplädoyer befunden, und der Fall war eher juristisch interessant als kompliziert gewesen: ein lukratives Mandat einer internationalen Gesellschaft und ein Prozeß, bei dem es ebensosehr um die prinzipielle Klärung einer Rechtsfrage wie um einen spannenden Interessenkonflikt ging. Und dann, von einer Sekunde auf die andere, ließ ihn sein Sprachvermögen im Stich. Er hatte die Worte, die als nächste an der Reihe waren, nicht präsent, weder im Kopf noch auf der Zunge. Der vertraute Gerichtssaal, in dem er über vierzig Jahre lang gewirkt hatte, mutierte zu einem ihm völlig fremden Horrorszenario. Er konnte sich an nichts mehr erinnern, weder an den Namen des Richters oder die der beiden Parteien noch an den seines Assistenten oder des gegnerischen Anwalts. Eine halbe Minute lang schienen alle den Atem anzuhalten, und aller Augen waren überrascht, verächtlich oder neugierig auf ihn gerichtet. Irgendwie schaffte er es schließlich, bevor er sich hinsetzte, seinen Satz zu Ende zu bringen. Lesen konnte er immerhin noch. Und auch den Sinn der geschriebenen Worte erfaßte er. Als er nach seinem Schriftsatz griff, zitterten seine Hände so heftig, daß sie gewiß jedem im Saal seine Not signalisierten. Und doch sprach ihn niemand darauf an, es fiel kein Wort. Nach einer kleinen Pause und einem verstohlenen Blick auf ihn erhob sich der gegnerische Anwalt.

Aber so etwas durfte sich nicht wiederholen. Noch einmal würde er diese Peinlichkeit, diese entsetzliche Angst nicht überleben. Er war zu seinem Hausarzt gegangen, hatte ganz allgemein von einer Schwäche des Kurzzeitgedächtnisses gesprochen und von der Befürchtung, diese Störungen könnten ein Symptom für Schlimmeres sein. Er hatte sich gezwungen, das angstbesetzte Wort auszusprechen: Alzheimer. Die Untersuchung förderte jedoch keinerlei verdächtigen Befund zutage. Der Arzt sprach beruhigend von Überarbeitung, riet ihm dringend, kürzerzutreten, vielleicht einmal auszuspannen, Ferien zu machen. Die Schaltfunktionen seines Gehirns würden mit wachsendem Alter allmählich nachlassen; ein ganz natürlicher Vorgang. Er erinnerte ihn an die Anekdote von Samuel Johnson: »Wenn ein junger Mann seinen Hut verlegt, sagt er: ›Ich habe meinen Hut verlegt.‹ Ein alter Mann aber sagt: ›Ich habe meinen Hut verloren. Mir scheint, ich werde langsam alt.‹« Langton argwöhnte, daß allen älteren Patienten diese kleine Schnurre als Trostpflaster angeboten wurde. Ihm half sie nicht weiter. Aber er hatte auch keine Hilfe erwartet.

Ja, es war an der Zeit, sich zur Ruhe zu setzen. Er hatte nicht vorgehabt, sich Drysdale Laud anzuvertrauen, und die ihm gegenüber gemachte Andeutung bereute er, kaum daß sie ausgesprochen war. Da hatte er übereilt gehandelt. Aber auch klüger, als ihm in dem Moment bewußt war. Es war richtig, den Sessel des Kanzleivorstands für einen Jüngeren freizumachen. Oder für eine Jüngere. Drysdale oder Venetia, ihn kümmerte es kaum, wer von beiden sein Nachfolger wurde. Oder wünschte er sich vielleicht doch, selber weitermachen zu können? Sogar hier, im Zentrum der Juristenzunft, hatte sich der Kanzleialltag verändert. Der Temple-Bezirk war jetzt weniger das Domizil einer eingeschworenen Bruderschaft als eine zweckmäßige Institution mit überfüllten Räumlichkeiten, in denen Männer und Frauen so isoliert ihrem Beruf nachgingen, daß man mitunter wochenlang keinen Kontakt zueinander hatte. Er trauerte den alten Zeiten nach: Damals, als er Mitglied wurde, war die Juristerei längst noch nicht so spezialisiert gewesen. Die Kollegen besuchten sich noch gegenseitig in ihren Büros, um über einen Schriftsatz oder heikle Aspekte der Rechtswissenschaft zu diskutieren, um beim anderen Rat zu suchen oder wichtige Argumente durchzuspielen. Es war eine freundlichere Welt gewesen, damals. Heute hatten die Systemanalytiker mit ihren Rechnern und ihrer ganzen Technologie die Führung übernommen: lauter Manager, wahnhaft auf Resultate fixiert. Tat er da nicht besser daran, sich zu verabschieden? Bloß, wo sollte er hin? Für ihn gab es keine andere Welt, er hatte nichts außer diesem Planquadrat aus Gassen und Höfen mit dem Middle Temple als Herzstück, durch den immer noch der Geist eines kleinen Jungen mit romantischen Träumen und ebenso ehrgeizigen wie naiven Plänen wandelte.

Sein Großvater Matthew St. John Langton hatte ihn von Geburt an zum Juristen bestimmt. Auch wenn in ihrem Namen etwas von geistlicher Würde mitschwang, war die Familie arm gewesen. Sein Urgroßvater hatte eine kleine Eisenwarenhandlung in Sudbury, Suffolk, betrieben, seine Urgroßmutter war bei einer alteingesessenen Adelsfamilie in Stellung gewesen. Sie hatten ihr Auskommen, aber nie einen Penny mehr, als sie zum Leben brauchten. Doch ihr einziges Kind entpuppte sich als hochintelligent, ehrgeizig und fest entschlossen, einmal Rechtsanwalt zu werden. Der Junge errang Stipendien, die Familie brachte Opfer, und die Herrschaft seiner Mutter protegierte ihn. Mit vierundzwanzig Jahren war Matthew St. John Langton in den erlauchten Kreis des Middle Temple aufgenommen worden.

Und nun wanderte die Erinnerung einem Suchscheinwerfer gleich gründlich und konzentriert über Huberts eintöniges Leben, hielt hin und wieder inne, um mit schattenloser Klarheit einen Moment, der sekundenlang reglos stillstand, auszuleuchten und dann, als ob es in seinem Gedächtnis Klick gemacht hätte, weiterzugleiten. Er spazierte als Zehnjähriger mit seinem Großvater durch die Anlagen des Middle Temple, bemüht, mit den ausgreifenden Schritten des alten Mannes mitzuhalten, und hörte zu, wie der Großvater die Namen der berühmten Männer aufzählte, die Mitglieder der ehrwürdigen Gemeinschaft gewesen waren: Sir Francis Drake, Sir Walter Raleigh, Edmund Burke, der amerikanische Patriot John Dickinson, die Lordkanzler und obersten Richter des Landes sowie illustre Schriftsteller wie John Evelyn, Henry Fielding, William Cowper, de Quincey und Thackerey. Er und der Großvater pflegten vor jedem Gebäude haltzumachen, um nach dem Wahrzeichen des Templerordens Ausschau zu halten: Ein rotes Kreuz auf weißem Grund, umgeben von einem Strahlenkranz, in dem das Pessach-Lamm das Banner der Unschuld trug. Er erinnerte sich an seinen inneren Jubel, wenn er das Wahrzeichen über einer Tür oder auf einem Fallrohr entdeckte. Der Großvater machte ihn mit der Geschichte des Ordens vertraut und mit den Legenden, die sich um ihn rankten. Gemeinsam zählten sie die Goldfische in dem Teich im Brunnenhof und standen Hand in Hand unter der vierhundert Jahre alten doppelten Stichbalkendecke der Middle Temple Hall, des ehemaligen Speise- und Versammlungssaals. Und hier war es auch gewesen, wo er in jenen Kinderjahren die Geschichte, die Romantik, die stolze Tradition der altehrwürdigen Gemeinschaft förmlich aufgesogen und insgeheim beschlossen hatte, daß auch er eines Tages dazugehören würde. Er war wohl erst acht oder vielleicht noch jünger gewesen, als sein Großvater ihm zum erstenmal die Temple-Kirche zeigte. Gemeinsam waren sie zwischen den Grabplatten aus dem zwölften und dreizehnten Jahrhundert herumgegangen, und er konnte die Namen der Ritter so geläufig aufsagen, als ob es vertraute Freunde gewesen wären: William Marshal, Earl of Pembroke, und seine Söhne William und Gilbert. William Marshal war vor der Magna Charta König Johanns Ratgeber gewesen. Geoffrey de Mandeville, Earl of Essex, mit seinem zylindrischen Helm ... Hubert pflegte mit seiner hohen Kinderstimme die Namen herunterzuspulen, was den Großvater als Gedächtnisleistung beeindruckte, und wenn er dann – eine beherzte Mutprobe – die kleinen Hände auf den kalten Stein

legte, war ihm, als hüteten diese flachen, ausdruckslosen Gesichter ein nobles Geheimnis, das sie nun an ihn weiterreichten. Die Kirche hatte den Orden und seine wechselvolle Geschichte ebenso überdauert, wie sie ihn überdauern würde. Sie würde die endlosen Stürme, mit denen das Jahrtausend gegen ihre Pfeiler anbrandete, überstehen, wie sie jene Nacht des 10. Mai 1941 überstanden hatte, als die prasselnden Flammen an ihren Mauern emporgezüngelt waren wie eine anrückende Armee, als der Altarraum zum Hochofen wurde, die Marmorsäulen barsten und das Dach in der sengenden Hitze explodierte und in lauter lodernden Trümmern auf die Grabplatten niederstürzte. Damals hatte es so ausgesehen, als habe der Brand eine siebenhundertjährige Geschichte in Schutt und Asche gelegt. Aber man hatte die Säulen erneuert, die Grabplatten restauriert, das reichverzierte viktorianische Chorgestühl durch eine schlichte Konstruktion nach Art der Kollegiatskirchen ersetzt, und Lord Glentanar hatte anstelle der zerstörten alten Orgel ein herrliches Harrison-Instrument aus seinem Privatbesitz gestiftet.
Heute, da er selber ein alter Mann war, argwöhnte Hubert, der Großvater habe sich bemüht, den leidenschaftlichen Stolz auf seinen Beruf und die Wertschätzung der altehrwürdigen Gemeinschaft, der er angehörte, zu zügeln, und habe es sich nur dem Kinde gegenüber gestattet, Gefühlen freien Lauf zu lassen, für deren Intensität er sich fast ein bißchen schämte. Seine Geschichten erzählte er ziemlich schnörkellos, aber als die blühende Phantasie der Pubertät die schlichte Glaubenshaltung der Kindheit verdrängte, fing Hubert an, die Historie romantisch zu verklären. Da spürte er, wie die prächtigen Gewänder Heinrichs III. und seiner Edelleute seine Jacke streiften, während sie am Himmelfahrtstage des Jahres 1240 in feierlicher Prozession zur Weihe des neuen Chorraums in der Rundkirche Einzug hielten; hörte das schwächer und schwä-

cher werdende Stöhnen des Ritters, der in der eineinhalb Meter langen Büßerzelle hinter dem Triforium zum Hungertode verdammt war. Eine Geschichte, die der Achtjährige eher interessant als erschreckend gefunden hatte.

»Was hatte er denn verbrochen, Großvater?«

»Eine Ordensregel hat er übertreten. Ungehorsam gegen den Großmeister ist er gewesen.«

»Werden heute auch noch Verbrecher da drinnen eingesperrt?« Er hatte zu den beiden schmalen Schlitzen in der Wand hinaufgestarrt und sich eingebildet, er sehe verzweifelte Augen herausspähen.

»Nein, schon lange nicht mehr. Der Templerorden ist anno 1312 aufgelöst worden.«

»Aber was ist mit den Anwälten?«

»Ich freue mich, sagen zu können, daß der Lordkanzler sich mit weniger drakonischen Strafmaßnahmen begnügt.«

Hubert lächelte, in Erinnerungen versunken. So still und reglos, wie er dasaß, hätte auch er aus Stein gemeißelt sein können. Die Orgel war verstummt, ohne daß er es bemerkt hatte. Er wußte gar nicht, wie lange er schon hier saß, so sehr hatte er sich in die Vergangenheit versenkt: Wohin waren sie entschwunden, die Jahre und Jahrzehnte seit damals, als er mit seinem Großvater zwischen den steinernen Rittern umhergegangen war und Sonntag für Sonntag neben ihm in der Morgenandacht gesessen hatte? Der schlichte, schöne Ritus des Gottesdienstes und die erhabene Musik waren ihm damals wie ein Spiegelbild des Berufs erschienen, zu dem er von Geburt an bestimmt war. Er ging immer noch jeden Sonntag zur Kirche. Es war ihm ebenso zur Gewohnheit geworden wie der Kauf der immer gleichen beiden Sonntagszeitungen am gleichen Stand auf dem Heimweg, wie der Imbiß, den er mittags aus dem Kühlschrank nahm und gemäß Eriks schriftlichen Anweisungen aufwärmte, wie die nachmittägliche Runde durch den Park mit dem anschließenden Nickerchen und der Fernsehabend. Die Ausübung seiner Religion, die, so wollte es ihm jetzt scheinen, nie mehr gewesen war als ein formelhaftes Bekenntnis zu einer Reihe überkommener Werte, galt ihm heute kaum mehr als ein sinnentleertes Ritual, das er beibehielt, um der Woche Kontur zu verleihen. Wunder und Mysterium, der Sinn für die historische Tradition – alles dahin. Die Zeit, die einem so vieles nahm, hatte auch das genommen, wie sie ihm seine Kraft raubte und sogar seinen Verstand. Aber nein, bitte, lieber Gott, nicht den Verstand! Alles, nur das nicht. Unwillkürlich betete er mit den Worten Lears: »Oh, laßt mich nicht wahnsinnig werden, nicht wahnsinnig, ihr Götter! Laßt mich klar; ich will nicht wahnsinnig sein!«

Und dann kam ihm ein demütigeres, ein fügsameres Gebet in den Sinn. »Höre mein Gebet, o Herr, und mit deinen Ohren vernimm mein Flehen. Denn ich bin ein Fremder vor dir und ein Pilgrim wie alle meine Väter. Laß ab von mir, daß ich mich erquicke, ehe denn ich hinfahre und nicht mehr hier sei.«

6

Am Dienstag, den 8. Oktober, nachmittags um vier zog Venetia energisch den Talar über den Schultern gerade, raffte ihre Papiere zusammen und verließ einen Saal im Old Bailey. Es sollte ihr letzter Prozeß gewesen sein. Der Anbau aus dem Jahre 1972 mit den lederbezogenen Bankreihen war wie ausgestorben. In der Luft lag jene erwartungsvolle Stille, mit der eine sonst belebte Stätte sich, endlich befreit von menschlichen Disharmonien, auf ihren Abendfrieden vorbereitet.
Das Verfahren hatte sie nicht sonderlich beansprucht, trotzdem fühlte sie sich überraschend erschöpft und wünschte sich nichts sehnlicher, als so schnell wie möglich in den Damenumkleideraum zu gelangen, um sich ihrer Amtstracht zu entledigen. Sie hatte nicht erwartet, daß dieser Fall im Bailey verhandelt werden würde. Der Prozeß gegen den der schweren Körperverletzung beschuldigten Brian Cartwright war ursprünglich am Zivilgericht in Winchester angesetzt, dann aber nach London überwiesen worden, weil vor Ort mit Ressentiments gegen den Angeklagten zu rechnen war. Der hatte auf diese Änderung eher verdrossen als dankbar reagiert und sich während des zweiwöchigen Prozesses bitterlich über den ungünstigen Verhandlungsort beklagt und darüber, wieviel Zeit ihm durch die ständige Fahrerei von seiner Fabrik nach London und zurück verlorenging. Sie hatte gewonnen, und damit waren – für ihn – alle Unannehmlichkeiten vergessen. Impulsiv und redselig, wie er in seiner Siegesfreude war, hatte er es auf einmal gar nicht mehr eilig. Doch für Venetia, die ihn so

rasch wie möglich loswerden wollte, war es ein unbefriedigender Fall gewesen: seitens der Staatsanwaltschaft schlecht vorbereitet, unter dem Vorsitz eines Richters, von dem sie annahm, daß er sie nicht leiden konnte (und der aus seinen Vorbehalten gegen das Mehrheitsurteil keinen Hehl gemacht hatte), und endlich trostlos in die Länge gezogen von einem Staatsanwalt, dem es einfach nicht in den Kopf wollte, daß Geschworene imstande waren, einen Sachverhalt zu begreifen, den man ihnen nicht mindestens dreimal erklärt hatte.

Und jetzt hatte sie noch Brian Cartwright auf dem Hals, der mit der schusseligen Hartnäckigkeit eines gar zu anhänglichen Hundes neben ihr den Korridor entlanghastete, ganz trunken von einem Sieg, auf den selbst er mit seinem Optimismus kaum zu hoffen gewagt hatte. Über dem frisch gestärkten Kragen und der sorgfältig gebundenen alten Schulkrawatte triefte der Schweiß fett wie Salböl aus den großen Poren seines derben, rotwangigen Gesichts.

»Na, den Scheißkerlen haben wir's aber gegeben! Gute Arbeit, Miss Aldridge. Aber ich hab mich im Zeugenstand auch wacker geschlagen, was?«

Dieser unvorstellbar arrogante Mensch gierte plötzlich wie ein Kind nach ihrem Lob.

»Sie haben's geschafft, die Fragen zu beantworten, ohne Ihre ausgeprägte Abneigung gegen die Lobby der Jagdsportgegner einfließen zu lassen, ja. Aber gewonnen haben wir, weil sich nicht eindeutig beweisen ließ, daß es Ihre Peitsche war, durch die der junge Mills sein Augenlicht verlor, und weil die Geschworenen Michael Tewley für einen unzuverlässigen Zeugen hielten.«

»Verdammt unzuverlässig! Und Mills ist nur auf einem Auge blind. Für den Jungen tut es mir leid, selbstverständlich. Aber diese Querulanten sind fanatisch genug, auf Andersdenkende loszugehen, und wenn sie dabei zu Schaden kommen, dann ist das Geschrei groß. Tewley kann mich auf den Tod nicht ausstehen. Da war Feindseligkeit im Spiel, das haben Sie selbst gesagt, und die Geschworenen waren auch der Meinung. Feindseligkeit, jawohl. Diese Leserbriefkampagne! Und der Telefonterror! Nun, Sie haben nachgewiesen, daß er mir an den Kragen wollte. Sie haben ihn sauber aufs Kreuz gelegt, und dieser Schlenker zum Schluß, als Sie Ihr Plädoyer gehalten haben, der hat mir besonders gut gefallen. ›Wenn mein Mandant so ein unbeherrschtes Temperament hat, wenn er im Ruf steht, grundlos gewalttätig und jähzornig zu sein, dann dürfte es Sie verwundern, meine Damen und Herren Geschworenen, daß er mit seinen fünfundfünfzig Jahren keine einzige Vorstrafe hat, oder?‹«

Sie machte Anstalten, sich zu entfernen, doch er ließ sich nicht abschütteln. Venetia glaubte, seinen Triumph förmlich riechen zu können.

»Ich glaube nicht, daß wir den Fall rekapitulieren müssen, Mr. Cartwright.«

»Aber Sie haben nicht gesagt, daß ich noch nie vor Gericht gestanden hätte, nicht wahr?«

»Das wäre ja auch eine Lüge gewesen. Und ein Verteidiger belügt das Gericht nicht.«

»Aber die Wahrheit hübsch dosieren, das können Sie, stimmt's? Also nicht schuldig – diesmal genau wie beim letztenmal. Glück gehabt! Als Vorbestrafter vor Gericht zu erscheinen, das hätte sich nicht gut gemacht. Und ich glaube nicht, daß den Geschworenen aufgefallen ist, was genau Sie gesagt haben.« Er lachte. »Oder nicht gesagt haben.«

Sie dachte: Der Richter hat es gemerkt. Und der Staatsanwalt auch. Aber das behielt sie für sich.

Als hätte er ihre Gedanken erraten, fuhr er fort: »Aber die konnten nichts machen, oder? Ich wurde damals schließlich freigesprochen.« Er ließ den Blick durch die nun fast leere

Halle schweifen, zögerte einen Moment und sagte dann mit gedämpfter Stimme: »Sie wissen doch noch, was ich Ihnen über das letzte Mal erzählt habe? Was mich da rausgeboxt hat?«

»Ich erinnere mich, Mr. Cartwright.«

»Ich hab das sonst keiner Menschenseele anvertraut, aber ich dachte, Sie würden's gern wissen. Wissen ist Macht.«

»Manchmal kann's auch gefährlich sein. Und ich hoffe in Ihrem eigenen Interesse, daß Sie dieses Wissen für sich behalten werden. Meine Honorarforderung wird Ihnen fristgerecht zugestellt. Ich brauche keine Extrazahlung in Form von vertraulichen Informationen.«

Doch die blutunterlaufenen Schweinsäuglein hatten einen scharfen Blick. In manchen Dingen war Cartwright ein einfältiger Mensch, aber nicht in allen. »Es interessiert Sie trotzdem«, stellte er lakonisch fest. »Dacht ich mir. Schließlich gehört Costello ja zu Ihrer Kanzlei. Und machen Sie sich mal keine Sorgen. Ich hab's vier Jahre lang für mich behalten. Bin also weiß Gott kein Klatschmaul. Einer, der nicht weiß, wann er die Klappe halten muß, der baut sich kein so gutgehendes Geschäft auf. Und die Geschichte würde ich wohl kaum an die Boulevardpresse verkaufen, oder? Nicht, daß mir einer was nachweisen könnte. Ich hab beim letztenmal gut bezahlt, und ich wär auch bereit, diesmal anständig zu löhnen. Zu meiner Frau Gemahlin hab ich gesagt: ›Ich nehm mir den besten Strafverteidiger von ganz London. Egal, was es kostet. Da, wo's nötig ist, soll man nicht knausrig sein, rentiert sich nicht. Wir werden den Mistkerlen schon heimleuchten.‹ Dieses Pack, das verstädterte! Keinen Mumm in den Knochen: Nich mal 'n Strandeselchen würden die reiten. So einen Weichling tät ich gern mal auf 'n Jagdpferd setzen! Keine Ahnung vom Landleben. Und denen geht's ja auch gar nicht um die Tiere. Was denen gegen den Strich geht, sind Menschen, die ihren Spaß haben, das vertragen sie nicht. Neid und Mißgunst, das steckt dahinter.« Und halb triumphierend, halb überrascht, so als sei er selbst erstaunt über seine plötzliche Eingebung, setzte er hinzu: »Die tun das nicht aus Liebe zu den Füchsen, sondern weil sie die Menschen hassen.«

»Ja, das Argument höre ich nicht zum erstenmal, Mr. Cartwright.«

Er bedrängte sie jetzt förmlich. Fast konnte sie seine unangenehme Körperausdünstung durch den Tweed hindurch spüren. »Meine Jagdpartner werden nicht grade begeistert sein über das Urteil. Ein paar von denen möchten mich gern rausekeln. Die hätten nichts dagegen gehabt, wenn dieser Saboteur gewonnen hätte. Jedenfalls haben sie sich im Zeugenstand nicht gerade ein Bein für mich ausgerissen, oder? Aber wenn die weiter auf meinem Grund und Boden jagen wollen, dann sollten sie sich lieber dran gewöhnen, mich im roten Rock zu sehen.«

Wie berechenbar er doch war, dachte sie. Der typische sattel- und trinkfeste Schürzenjäger, ein Möchtegern-Landedelmann. War es nicht Henry James, der gesagt hatte: »Bilde dir niemals ein, ein Menschenherz ergründen zu können.« Aber James war Romancier gewesen, einer, zu dessen Aufgaben es gehörte, die Vielschichtigkeit, die Anomalien und unvermuteten Spitzfindigkeiten der menschlichen Natur auszuloten. Venetia hatte, seit sie ins reifere Alter kam, den Eindruck, daß die Männer und Frauen, die sie verteidigte, ebenso wie die Kollegen, mit denen sie zusammenarbeitete, zusehends berechenbarer wurden. Jedenfalls überraschte sie heutzutage kaum noch jemand mit einer für ihn völlig untypischen Handlungsweise. Es war, als ob Instrument, Tonart und Melodie in ganz jungen Jahren festgelegt würden, und so genial man später auch die Kadenzen variieren mochte: Das Grundthema blieb immer unverändert.

Brian Cartwright hatte indes auch seine Meriten. Seine Fabrik, in der Zubehörteile für Agrarmaschinen hergestellt wurden, florierte. So einen Betrieb baute man nicht aus dem Nichts auf, ohne etwas auf dem Kasten zu haben. Er hatte Arbeitsplätze geschaffen. Und bei der Belegschaft galt er als großzügig und freigebig. Was für verborgene Talente, welch heimliche Leidenschaften mochten wohl unter diesem maßgeschneiderten Tweedjackett stecken? Wenigstens hatte er soviel Verstand gehabt, sich für seinen Auftritt vor Gericht dezent zu kleiden; Venetia hatte schon befürchtet, er würde in Breeches und mit verwegenem Karomuster daherkommen. Hatte er vielleicht eine Schwäche für deutsche Kunstlieder? Für die Orchideenzucht? Oder Barockarchitektur? Unwahrscheinlich. Und was um Himmels willen sah die Frau Gemahlin in ihm? Hatte es etwas zu bedeuten, daß sie nicht zur Verhandlung erschienen war?
Venetia stand vor der Tür zum Damenumkleideraum. Jetzt konnte sie ihn endlich abhängen. Ein letztes Mal setzte sie ihre Hand seinem schraubstockartigen Griff aus und sah ihm nach, als er sich zum Gehen wandte. Hoffentlich muß ich ihn nie wiedersehen, dachte sie, aber so reagierte sie schließlich auf jeden Mandanten eines erfolgreich abgeschlossenen Falles.
Ein Gerichtsdiener war unbemerkt neben sie getreten. »Draußen ist ein ziemlicher Auflauf, Ma'am. Die Jagdgegner demonstrieren vor dem Haus. Die sind alles andere als einverstanden mit dem Urteil. Vielleicht … vielleicht wäre es ratsam, den anderen Ausgang zu benutzen.«
»Ist die Polizei da?«
»Ein paar Beamte, ja. Ich glaube, die hören sich gewalttätiger an, als sie sind – ich meine die Demonstranten.«
»Danke, Barraclough. Aber ich nehme denselben Ausgang wie immer.«

Und erst dann, als sie durch die Halle Richtung Haupttreppe ging, sah sie die beiden. Octavia und Ashe. Sie standen neben der Statue von Charles II. und blickten ihr über den weitläufigen Wandelgang hinweg unverwandt entgegen. Selbst auf die Entfernung konnte sie erkennen, daß sie zusammengehörten und daß dies keine Zufallsbegegnung war, sondern ein geplantes Treffen, dessen Ort und Zeit die beiden bestimmt hatten. Die Ruhe, die von dem Paar ausging, war ungewöhnlich für ihre Tochter; von Ashe dagegen war sie diese disziplinierte Haltung gewöhnt. Sie zögerte nur eine Sekunde, dann straffte sie sich und ging scheinbar gefaßt auf die beiden zu. Als sie in Hörweite kam, sah sie, wie Octavias Hand nach der von Ashe tastete. Da der nicht reagierte, zog sie die Hand verstohlen wieder zurück. Aber der Blick ihrer Tochter senkte sich nicht vor dem ihren.

Ashe trug ein allem Anschein nach frischgestärktes weißes Hemd, Bluejeans und Jeansjacke. Venetia sah, daß die Jakke nicht billig gewesen war, irgendwie war er also zu Geld gekommen. Neben seiner selbstbewußten, modischen Erscheinung wirkte Octavia sehr jung und fast ein bißchen armselig. Das lange Baumwollkleid, das sie ständig über ihren T-Shirts trug, war sauberer als sonst, aber sie sah darin immer noch aus wie ein frisch aus dem Heim entlassenes viktorianisches Waisenkind. Über diesen Schlabberklamotten trug sie die Jacke eines Tweedkostüms. Die klobigen Turnschuhe an ihren Füßen, die aussahen, als seien sie zu schwer für ihre schmalen Fesseln und die dünnen Beine, unterstrichen noch das Bild von einem verletzlichen Kind. Das spitze, wissende Gesicht, das so rasch den Ausdruck verschlagener Einfalt oder stummen Trotzes annehmen konnte, wirkte jetzt friedvoll, beinahe glücklich, und zum erstenmal seit Jahren sah Octavia ihre Mutter unverwandt mit ihren dunkelbraunen Augen an – das einzige, was sie von Venetia geerbt hatte.

Ashe sprach als erster. Er streckte ihr die Hand hin und sagte: »Guten Tag, Miss Aldridge, und Glückwunsch. Wir waren auf der Besuchergalerie. Sie haben uns schwer beeindruckt, nicht wahr, Octavia?«
Venetia übersah seine Hand geflissentlich, auch wenn sie wußte, daß er genau damit gerechnet hatte. Ohne ihn anzusehen, den Blick weiter fest auf ihre Mutter gerichtet, nickte Octavia.
Venetia sagte: »Ich hätte gedacht, Sie hätten ein für allemal genug vom Bailey. Soviel ich sehe, kennt ihr beiden euch?«
Octavia antwortete schlicht: »Wir lieben uns. Und wir haben vor, uns zu verloben.«
Hastig sprudelte sie die Worte mit ihrer hohen Kinderstimme heraus, aber der triumphierende Unterton entging Venetia trotzdem nicht.
»Ach ja?« sagte sie ruhig. »Dieses Vorhaben würde ich mir an deiner Stelle schleunigst wieder aus dem Kopf schlagen. Du bist vielleicht nicht besonders intelligent, aber einen gewissen Selbsterhaltungstrieb wirst du doch haben. Und Ashe paßt nun überhaupt nicht zu dir.«
Ashe setzte sich keineswegs lautstark zur Wehr, aber das hatte sie auch nicht erwartet. Er stand nur da und musterte sie mit seinem schmallippigen Lächeln, ironisch, herausfordernd, mit einem Anflug von Verachtung.
»Das zu entscheiden ist allein Octavias Sache«, sagte er. »Sie ist ja volljährig.«
Venetia ignorierte ihn und wandte sich wieder direkt an ihre Tochter. »Ich bin auf dem Weg zurück in die Kanzlei. Ich möchte, daß du mich begleitest. Wir haben offenbar einiges zu besprechen.«
Sie fragte sich, was sie tun würde, wenn ihre Tochter sich weigerte, aber Octavia sah Ashe an, und der nickte. »Sehn wir uns heute abend? Wann soll ich vorbeikommen?«

»Ja, bitte. Komm, so früh du kannst! Um halb sieben. Ich werde uns was kochen.«

Venetia verstand sehr wohl, wie diese Einladung gemeint war: als indirekte Kampfansage gegen sie. Ashe nahm Octavias Hand und führte sie an die Lippen. Venetia wußte, daß er sich ihretwegen zu dieser Pseudoförmlichkeit bequemte, daß dieses ganze Theater – ebenso wie der Kuß – für sie inszeniert war. Plötzlich überkam sie ein solch wütender Abscheu gegen diesen Menschen, daß sie die Hände verschränken mußte, um ihm nicht ins Gesicht zu schlagen. Leute gingen vorbei, Anwälte, die sie kannte und mit flüchtigem Lächeln grüßte. Sie mußten hier heraus.

Venetia sagte: »Also dann, wollen wir?« Und ohne Ashe noch einmal anzusehen, ging sie voran.

Die Straße draußen war fast menschenleer. Entweder waren die Demonstranten es leid geworden, auf sie zu warten, oder sie hatten sich damit begnügt, Brian Cartwright in die Mangel zu nehmen. Immer noch schweigend, überquerten sie und Octavia die Fahrbahn.

Venetia hatte die Angewohnheit, nach einem Prozeß im Bailey zu Fuß zur Kanzlei zurückzukehren. Mitunter änderte sie die Route dieses Spaziergangs, aber in der Regel bog sie bei der Bouverie Street von der Fleet Street ab, ging dann den Temple Lane hinunter und betrat den Inner Temple durch den Eingang an der Tudor Street. Von dort gelangte sie über die Crown Office Row und den Middle Temple Lane zum Pawlet Court. Auf der Fleet Street herrschte an diesem Nachmittag das übliche geschäftige Treiben, und in dem Gedränge auf dem Bürgersteig konnten sie und Octavia kaum nebeneinander gehen. Gegen den Verkehrslärm war mit normaler Lautstärke überhaupt nicht anzukommen. An ein ernsthaftes Gespräch war hier draußen nicht zu denken.

Selbst als sie in die vergleichsweise ruhige Bouverie Street

einbogen, zögerte Venetia noch. Aber sobald sie den Inner Temple betreten hatten, sagte sie, ohne Octavia anzusehen: »Ich habe eine halbe Stunde Zeit. Laß uns einen Spaziergang durch die Anlagen machen. So, und nun erzähl mir, was los ist! Wann hast du ihn kennengelernt?«
»Vor ungefähr drei Wochen. Am 17. September.«
»Ich nehme an, er hat dich angequatscht. Wo? In einem Pub? Irgendeinem Club? Du willst mir doch nicht weismachen, daß ihr euch offiziell vorgestellt worden seid? Womöglich bei einer Versammlung der Jungen Konservativen?«
Die Worte waren kaum über ihre Lippen, da wußte sie, daß sie einen Fehler begangen hatte. Bei ihren Auseinandersetzungen mit Octavia hatte sie es nie geschafft, sich billigen Spott und wohlfeilen Sarkasmus zu verkneifen. Schon sank ihr der Mut, und sie spürte, daß auch dieses Gespräch – falls man es denn so nennen konnte –, bitterlich zum Scheitern verurteilt war.
Octavia antwortete nicht. Und Venetia wiederholte mit mühsam beherrschter Stimme: »Ich frage dich, woher du ihn kennst.«
»Er ist oben bei uns an der Straße vom Fahrrad gestürzt. Das Rad war hin, und er hat mich gefragt, ob er es bei uns im Keller unterstellen kann. Im Bus hätte er es nicht mitnehmen dürfen. Und für ein Taxi hatte er nicht genug Geld dabei.«
»Also hast du ihm zehn Pfund geliehen, und – man höre und staune – am nächsten Tag war er wieder da und hat sie dir zurückbezahlt, ja? Und was ist aus dem Fahrrad geworden?«
»Das hat er weggeworfen. Er braucht es nicht mehr. Er hat nämlich ein Motorrad.«
»Das Rad hatte vermutlich seinen Zweck erfüllt, wie? Ganz schöner Zufall, was, ausgerechnet vor meinem Haus einen Unfall zu bauen?«

Mein Haus – nicht: unser Haus. Der zweite Fehler. Wieder schwieg Octavia. War es ein Zufall gewesen? Es hatte schon merkwürdigere gegeben. Als Strafverteidiger bekam man fast jede Woche die launischen Kapriolen des Geschicks vor Augen geführt.
Octavia sagte gekränkt: »Ja, er ist zurückgekommen. Und danach hat er mich wieder besucht, weil ich ihn eingeladen habe.«
»Mit anderen Worten, du kennst ihn noch nicht mal einen Monat, weißt rein gar nichts über ihn, aber erzählst mir, ihr wollt euch verloben. Du bist doch nicht so dumm, dir einzubilden, daß er dich liebt. Nein, derart weltfremd kannst nicht mal du sein.«
Octavias Stimme klang wie ein schmerzlicher Aufschrei: »Er liebt mich wohl! Daß du's nicht tust, heißt noch lange nicht, daß niemand anders mich je lieben wird. Ashe liebt mich. Und ich weiß Bescheid über ihn. Er hat mir alles erzählt. Ich weiß mehr von ihm als du.«
»Das bezweifle ich. Wieviel hat er dir über seine Vergangenheit erzählt, seine Kindheit, darüber, was er die letzten Jahre getrieben hat?«
»Ich weiß, daß er keinen Vater hat und von seiner Mutter rausgeworfen wurde, als er erst sieben Jahre alt war. Sie hat ihn der Fürsorge überlassen. Inzwischen ist sie gestorben. Bis zu seinem sechzehnten Lebensjahr war er in Heimen oder bei Pflegeeltern. Der Staat nennt das: so ein Kind in Obhut nehmen. Garry sagt: es der Hölle ausliefern.«
»Seine Mutter hat ihn rausgeworfen, weil sie seiner nicht mehr Herr wurde. Beim Sozialamt hat sie gesagt, sie habe Angst vor ihm. Angst vor einem siebenjährigen Kind! Gibt dir das nicht zu denken? Jahrelang hat man ihn erfolglos von einem Heim oder einer Pflegefamilie zur nächsten weitergereicht. Alle haben versucht, ihn wieder loszuwerden, sowie sie

jemand anderen überreden konnten, sich seiner anzunehmen. Natürlich war es nie seine Schuld.«

Octavia hielt den Kopf gesenkt, was sie sagte, war kaum zu verstehen. »Ich nehme an, das hättest du mit mir am liebsten auch gemacht, mich in Pflege gegeben. Nur konntest du's dir nicht leisten, weil die Leute geredet hätten, und du hast mich statt dessen ins Internat gesteckt.«

Venetia zwang sich, ruhig zu bleiben. »Das müssen ja drei unterhaltsame Wochen gewesen sein, die ihr zwei in der von mir bereitgestellten Wohnung gesessen, euch aus meinem Kühlschrank ernährt, das von mir verdiente Geld ausgegeben und euch dabei an Gruselgeschichten über eure leidvolle Kindheit delektiert habt. Hat er dir auch von dem Mord erzählt, ja? Ich nehme an, du weißt, daß er unter Mordanklage stand, unter dem Verdacht, seiner Tante die Kehle durchgeschnitten zu haben, und daß ich ihn verteidigt habe? Ist dir auch klar, daß dieser Mord erst ganze neun Monate her ist?«

»Er hat mir gesagt, daß er's nicht getan hat. Sie war eine furchtbare Person, die dauernd wildfremde Männer ins Haus schleppte. Einer von denen hat sie schließlich umgebracht. Er war nicht mal in der Wohnung, als es passierte.«

»Ich kenne die Verteidigungsstrategie. Ich hab sie aufgesetzt.«

»Er ist unschuldig. Und du weißt es. Du selbst hast dem Gericht gesagt, daß er's nicht war.«

»Nein, das habe ich dem Gericht nicht gesagt. Ich hab dir das alles schon x-mal erklärt, aber du hörst nie richtig zu, weil's dich nicht interessiert. Dem Gericht geht es nicht darum, was ich denke. Und ich bin nicht dazu da, den Geschworenen meine Meinung kundzutun. Meine Aufgabe ist es, die Beweisführung der Staatsanwaltschaft zu prüfen und in Frage zu stellen. Um ihn verurteilen zu können, hätten die Geschworenen zweifelsfrei von seiner Schuld überzeugt sein müssen.

Ich konnte ihnen klarmachen, daß berechtigte Zweifel an der Schuld des Angeklagten bestanden. Er hatte das Recht auf einen Freispruch, und er hat seinen Freispruch gekriegt. Du hast vollkommen recht, er ist nicht schuldig – zumindest nicht, was dieses Verbrechen angeht. Da ist er – vor dem Gesetz – unschuldig. Aber das heißt noch lange nicht, daß er der passende Ehemann für dich wäre – oder für irgendeine andere Frau. Seine Tante war keine angenehme Person, aber irgendwas verband die beiden. Mit ziemlicher Sicherheit hatten sie ein Verhältnis miteinander. Er war zwar nur einer von vielen, aber ihm hat sie's zweifellos umsonst gemacht.«

»Du lügst!« schrie Octavia. »Das ist nicht wahr. Und du kannst mich nicht daran hindern, ihn zu heiraten. Ich bin inzwischen achtzehn.«

»Ich weiß, daß ich dich nicht daran hindern kann. Was ich tun kann – und wozu ich als deine Mutter geradezu verpflichtet bin –, ist, dich auf die Gefahr hinzuweisen, in die du dich begibst. Ich kenne diesen jungen Mann. Ich mache es mir zur Aufgabe, soviel wie möglich über meine Mandanten herauszufinden. Und ich sage dir, Garry Ashe ist gefährlich. Vielleicht sogar bösartig, was immer das heißen mag.«

»Warum hast du ihn dann verteidigt?«

»Du hast kein Wort von dem verstanden, was ich dir grade erklärt habe, stimmt's? Also gehen wir's praktisch an. Wann habt ihr vor zu heiraten?«

»Bald, in einer Woche wahrscheinlich. Vielleicht auch erst in zwei oder drei. Wir haben uns noch nicht festgelegt.«

»Schlaft ihr miteinander? Ach, natürlich, warum frag ich das überhaupt.«

»Du hast kein Recht, das zu fragen.«

»Nein, entschuldige. Du bist schließlich volljährig. Da hab ich kein Recht mehr, dir solche Fragen zu stellen.«

Octavia sagte schmollend: »Aber wenn du's wissen willst:

Nein, wir schlafen nicht miteinander. Noch nicht. Ashe meint, wir sollten warten.«

»Sieh mal an, wie klug von ihm! Und wie, bitte sehr, will er dich ernähren? Die Frage darf ich mir ja wohl erlauben, wenn er schon mein Schwiegersohn werden soll.«

»Er wird arbeiten, und ich habe meinen Wechsel. Das Geld hast du mir vertraglich zugesichert, das kannst du nicht so einfach streichen. Und vielleicht verkaufen wir auch unsere Geschichte an die Zeitungen. Ashe meint, die würden sich dafür interessieren.«

»Oh, da hat er zweifellos recht. Ihr werdet kein Vermögen dafür kriegen, aber ein bißchen was wird schon abfallen. Ich kann mir auch vorstellen, mit welcher Masche er hausieren gehen wird. ›Benachteiligter junger Mann wird ungerechterweise eines abscheulichen Verbrechens beschuldigt. Brillante Verteidigerin erzielt triumphalen Freispruch. Überraschendes Happy-End durch junges Liebesglück.‹ Ja, das könnte euch ein paar Pfund einbringen. Und falls Ashe bereit wäre, den Mord an seiner Tante zu gestehen, dann könntet ihr sogar eine sechsstellige Summe verlangen. Und warum sollte er das nicht tun? Er kann schließlich nicht zweimal wegen desselben Verbrechens belangt werden.«

Während sie Seite an Seite durch die sinkende Dämmerung schritten, neigten sie unwillkürlich die Köpfe dichter zueinander, was freilich keine echte Annäherung mit sich brachte. Venetia bebte förmlich vor Erregung, außerstande, der Gefühle, die auf sie einstürmten, Herr zu werden oder sie auch nur halbwegs zu begreifen. Er würde die Story verkaufen, wenn ein Blatt ihm ein wirklich lohnendes Angebot machte. Er fühlte sich ihr gegenüber ebensowenig zur Loyalität verpflichtet, wie sie imstande war, Sympathie für ihn aufzubringen. Er hatte sie gebraucht; vielleicht hatten sie sich sogar gegenseitig gebraucht. Und hinterher, bei dieser kurzen Unterredung, hatte sie die Verachtung in seinen Augen gelesen, seinen Dünkel, und hatte gespürt, daß er ihr gegenüber keine Dankbarkeit empfand, sondern nur erbitterte Ablehnung. O ja, er würde sie mit Freuden demütigen, falls es in seiner Macht lag. Und die Macht hatte er nun. Aber warum graute ihr ungleich mehr vor der Vorstellung einer solch kitschig-ordinären Enthüllungsstory, vor dem Mitleid und der Schadenfreude ihrer Kollegen, als davor, daß Octavia diesen Menschen heiraten könnte? Gab es da wirklich einen Winkel in ihrem Kopf – diesem Kopf, auf den sie doch so stolz war –, in dem sie sich mehr um den eigenen Ruf sorgte als um das Wohlergehen ihrer Tochter?

Einen Versuch wenigstens mußte sie noch machen. Eben hatten sie die Anlagen hinter sich gelassen.

Sie wartete noch einen Moment, dann sagte sie: »Es gibt da eine Sache über ihn, die du wissen solltest. Vielleicht nicht das Schlimmste, was er angestellt hat, aber für mich war's entscheidend. Es erklärt, warum ich ihn für bösartig halte, ein Wort, das ich leichtfertig nicht in den Mund nehme. Hör zu: Mit fünfzehn war er in einem Kinderheim außerhalb von Ipswich untergebracht. Dort war ein Sozialarbeiter angestellt – der Mann heißt Michael Cole –, der sich wirklich um Ashe gekümmert hat. Er hat ihm sehr viel Zeit gewidmet, glaubte, ihm helfen zu können, hat ihn vielleicht sogar liebgehabt. Und diesen Mann hat Ashe zu erpressen versucht. Er drohte, wenn Coley, wie er ihn nannte, ihm nicht einen Teil seines Wochenlohns abtreten würde, dann werde er ihn wegen Notzucht anzeigen. Cole weigerte sich und wurde prompt denunziert. Man beraumte eine offizielle Untersuchung an, bei der zwar nichts herauskam, aber die Behörden hielten es trotzdem für klüger, Cole auf einen anderen Posten zu versetzen, wo er nicht mit Kindern in Berührung kommen würde. Der Verdacht wird dem Mann sein ganzes Berufsleben hindurch anhaften – falls er überhaupt noch ein Berufsleben hat. Denk an diesen Coley, bevor du dich zur Heirat entschließt. Ashe hat noch jedem, der ihm zu helfen versuchte, das Herz gebrochen.«

»Das glaube ich nicht. Und mir bricht er bestimmt nicht das Herz. Vielleicht bin ich ja wie du und hab gar keins.«

Plötzlich hatte sie sich brüsk abgewandt, und schon rannte sie durch die Anlagen zurück zu dem Ausgang, der hinunter ans Themseufer führte. Ihre Bewegungen waren so eckig wie die eines verzweifelten Kindes; die Beine über den plumpen Turnschuhen wirkten steckendürr, die Jackenschöße flatterten wild um ihre Hüften. Als Venetia ihr nachsah, spürte sie auf einmal einen schmerzhaften Stich, und etwas wie zärtliches Mitleid durchzuckte sie. Aber die Anwandlung ging rasch vorüber, verdrängt von flammendem Zorn und dem Gefühl, man habe ihr unrecht getan. Letzteres empfand sie so deutlich wie einen harten, qualvollen Knoten gleich unter dem Herzen. Ihr war, als habe Octavia ihr nie auch nur einen Augenblick ungetrübter Zufriedenheit geschenkt, von Freude ganz zu schweigen. Was war nur schiefgegangen? fragte sie sich. Was, wann und wie? Sogar als Baby hatte sie sich schon gegen die Versuche ihrer Mutter, sie zu knuddeln und zu liebkosen, gewehrt. Das spitze Gesichtchen, das von klein auf das Gesicht einer Erwachsenen gewesen war, färbte sich dann jedesmal puterrot und verwandelte sich in eine plärrende Maske aus blankem Haß; die erstaunlich kräftigen Säuglingsbeinchen stemmten sich gegen ihren Bauch und stießen sie zurück; der kleine Körper bäumte sich auf und wurde stocksteif. Später, in der Schule, hatte es den Anschein gehabt, als suche das Kind sich für seine Gefühlskrisen immer just den Zeitpunkt aus, an dem Venetia sich ohnehin in einer beruflich schwierigen Lage befand. Jeder Elternsprechtag, sämtliche Schulfeste fielen auf einen Termin, an dem sie sich unmöglich freimachen konnte, was Octavias Groll gegen sie ebenso steigerte wie die eigenen nagenden Schuldgefühle.

Sie erinnerte sich an die Zeit, da sie mit einem der kompliziertesten Betrugsfälle befaßt gewesen war, den sie je zu verteidigen hatte. Gleich nachdem das Gericht sich an einem Freitag vertagte, hatte man sie angerufen, damit sie Octavia abholen komme, die soeben aus ihrem zweiten Internat geflogen war. Die Unterredung mit Miss Egerton, der Direktorin, hatte sie noch Wort für Wort im Gedächtnis.

»Es ist uns nicht gelungen, sie glücklich zu machen.«

»Ich habe sie nicht zu Ihnen geschickt, damit man sie glücklich macht, sondern damit sie eine anständige Schulbildung bekommt.«

»Eins schließt das andere nicht aus, Miss Aldridge.«

»Nein, aber es ist gut zu wissen, welche Prioritäten Sie in Ihrem Lehrprogramm setzen. Und das Kloster übernimmt also die Fälle, an denen Sie gescheitert sind?«

»Es gibt da keine offizielle Absprache zwischen uns, aber mitunter empfehlen wir Eltern das Klosterpensionat, ja. Ich möchte freilich nicht, daß Sie einen falschen Eindruck bekommen. Es handelt sich nicht um eine Schule für Problemkinder, ganz im Gegenteil. Und der Notendurchschnitt, der dort im Abitur erzielt wird, der kann sich sehen lassen. Ein hoher Prozentsatz der Absolventen geht anschließend auf die Universität. Darüber hinaus aber sind die Nonnen eher auf Mädchen eingestellt, die eine mehr seelsorgerische Erziehung brauchen und um die wir uns mit unserer rein akademischen Ausrichtung nicht so kümmern können.«

»Oder nicht wollen.«

»Miss Aldridge, wir sind eine Eliteschule. Wir bilden unsere Mädchen ganzheitlich aus, nicht nur geistig, auch wenn die Schülerinnen, die sich bei uns am besten zurechtfinden, in der Regel hochintelligent sind.«

»Verschonen Sie mich mit Ihren Werbesprüchen, die hab ich gelesen. Hat sie Ihnen gesagt, warum sie das gemacht hat?«
»Ja. Damit wir sie von der Schule verweisen.«
»Das hat sie zugegeben?«
»Nicht mit diesen Worten.«
»Mit welchen dann, Miss Egerton?«
»Sie sagte wörtlich: ›Ich hab's getan, damit ich von dieser Scheißschule wegkomme.‹«
Venetia hatte gedacht: Da war also endlich doch noch eine ehrliche Antwort aus ihr herauszukriegen.
»Die Nonnen«, hatte Miss Egerton gesagt, »gehören dem anglokatholischen Bekenntnis an, aber ich denke, Sie brauchen keine Angst vor einer besonderen religiösen Beeinflussung zu haben. Die Mutter Oberin ist gewissenhaft darauf bedacht, die Wünsche der Eltern zu respektieren.«
»Von mir aus kann Octavia Tag und Nacht ihr Knie vor dem heiligen Sakrament beugen, falls sie Spaß daran hat und vorausgesetzt, das bringt ihr ein paar anständige Noten im Abiturzeugnis ein.«
Trotzdem hatte dieses Gespräch sie hoffnungsvoll gestimmt. Ein Mädchen, das Miss Egerton gegenüber einen solchen Ausdruck zu benutzen wagte, hatte immerhin Mut. Vielleicht gab es da irgendeine bislang brachliegende, unbewässerte Geisteslandschaft, in der sie und Octavia doch noch gemeinsame Berührungspunkte finden konnten. Und vielleicht würde sich Achtung, ja sogar Sympathie zwischen ihnen entwikkeln, wenn sie einander schon nicht lieben konnten. Aber bereits auf der Heimfahrt mußte sie einsehen, daß sich in Wahrheit nichts geändert hatte. Wenn sie Octavia in die Augen sah, stieß sie nach wie vor auf diesen ausdruckslosen Blick obstinater Feindseligkeit.
Das Kloster war zumindest insofern mit ihr fertig geworden, als Octavia es bis zum siebzehnten Lebensjahr dort ausgehal-

ten und die Mittlere Reife in vier Fächern mit durchschnittlichen Noten bestanden hatte. Venetia aber hatte sich bei ihren wenigen Besuchen in der Schule immer unbehaglich gefühlt, besonders in Gegenwart der Mutter Oberin. Das erste Gespräch mit ihr war folgendermaßen verlaufen.

»Wir müssen uns damit abfinden, Miss Aldridge, daß Octavia als Scheidungskind ihr Leben lang benachteiligt sein wird.«

»Da das ein Nachteil ist, an dem außer ihr Tausende anderer Kinder leiden, sollte sie wohl besser lernen, damit zurechtzukommen.«

»Und wir werden versuchen, ihr dabei zu helfen.«

Venetia hatte ihren Ärger nur mit Mühe unterdrücken können. Wagte es diese Frau mit dem schwammigen Gesicht und den unerbittlich scharfen Augen hinter der Nickelbrille am Ende, sich die Rolle des Anklägers anzumaßen? Doch dann hatte sie gemerkt, daß die Worte der Oberin nicht als Kritik gedacht waren, daß sie keine Verteidigung erwartete und auch nicht zu irgendwelchen entlastenden Argumenten aufforderte. Nein, es war lediglich darum gegangen, daß die Mutter Oberin ihr Leben nach bestimmten Regeln lebte, und eine davon besagte eben, daß jede Handlung ihre Konsequenzen nach sich zieht.

Diese neuerliche Krise, ihr Zorn auf Octavia und nicht zuletzt auf sich selbst, die drohende Katastrophe, gegen die sie kein Mittel wußte – all das nahm sie so sehr in Anspruch, daß sie den kurzen Weg über den Pawlet Court und ins Gebäude ihrer Kanzlei fast unbewußt zurückgelegt hatte. Valerie Caldwell saß am Empfang und sah Venetia mit steinerner Miene entgegen.

»Wissen Sie, ob Mr. Costello in seinem Büro ist?« erkundigte sich Venetia.

»Ja, ich glaube schon, Miss Aldridge. Nach der Mittagspause ist er raufgegangen, und ich wüßte nicht, daß er seitdem noch mal weg gewesen wäre. Ach, und Mr. Langton bat mich, ihm Bescheid zu sagen, wenn Sie wieder im Haus sind.«

Langton wollte sie also sprechen. Da würde sie am besten gleich zu ihm gehen. Simon Costello lief ihr nicht davon.

Als sie Huberts Büro betrat, war Drysdale Laud gerade bei ihm. Was sie nicht überraschte: Die Erzbischöfe arbeiteten ja fast immer Hand in Hand.

Laud sagte: »Es geht um die Vollversammlung am 31. Sie werden doch dabeisein, Venetia, oder?«

»Komme ich nicht zu allen Sitzungen? Ich glaube, ich habe noch nicht mehr als eine Vollversammlung versäumt, seit Sie auf einen halbjährlichen Turnus umgestellt haben.«

Langton warf ein: »Es werden ein, zwei Punkte zur Sprache kommen, zu denen wir gern schon vorab Ihre Meinung gehört hätten.«

»Sie meinen, wenn Sie bereits im Vorfeld ein bißchen Meinungsbildung betreiben, gibt es nachher in der Sitzung nicht mehr so viele konträre Stimmen, was? Also ich wär da nicht zu optimistisch.«

Wieder ergriff Drysdale das Wort. »Als erstes müssen wir entscheiden, wen von den Referendaren wir übernehmen. Wir haben uns ja bereits darauf geeinigt, daß wir guten Gewissens zwei mehr beschäftigen können. Nur: Wen sollen wir nehmen? Keine leichte Wahl, das.«

»Ach nein? Nun machen Sie mir doch nichts vor, Drysdale! Wollen Sie mir wirklich einreden, Sie hätten nicht schon eine der Stellen für Rupert Price-Maskell reserviert?«

»Sein Präzeptor hat ihm ein glänzendes Zeugnis ausgestellt«, sagte Langton, »und in der Kanzlei ist Rupert auch beliebt. Ganz abgesehen von seiner glänzenden akademischen Karriere: Eton-Stipendiat, Oxford-Stipendiat, King's-College-Absolvent mit summa cum laude.«

»Und sein Onkel sitzt im Oberhaus«, fiel Venetia ein, »sein Ur-

großvater hat einmal diese Kanzlei geleitet, und seine Mutter ist die Tochter eines Earls.«
Langton runzelte die Stirn. »Sie wollen doch nicht andeuten, daß wir ... äh ... also, daß wir ...« Er stockte, und man konnte ihm am Gesicht ablesen, wie peinlich berührt er war. »Daß wir uns von sachfremden Faktoren beeinflussen lassen?«
»Nein. Es wäre ebenso unlogisch und unverantwortlich, Eton-Schüler zu diskriminieren wie jede andere Gruppierung. Es trifft sich gut, daß Ihr Wunschkandidat zufällig auch die besten Qualifikationen mitbringt. Mich brauchen Sie nicht zu überreden, damit ich für Price-Maskell stimme; das hatte ich ohnehin vor. In zwanzig Jahren wird er zwar genauso ein aufgeblasener Gockel sein wie sein Onkel, aber wenn wir den Hang zur Selbstgefälligkeit als Kriterium berücksichtigen würden, dann käme von Ihren Geschlechtsgenossen keiner zum Zug. Ich nehme an, als zweiter rangiert Jonathan Skollard? Der kann zwar nicht mit ganz so glänzenden Zeugnissen aufwarten, aber wer weiß, ob sich nicht langfristig zeigen wird, daß er den besseren Kopf und mehr Stehvermögen hat.«
Laud trat ans Fenster. Seine Stimme klang ganz unbekümmert und gleichmütig, als er sagte: »Wir hatten eigentlich an Catherine Beddington gedacht.«
»Die Herren Kollegen in unserer Kanzlei verbringen eine Menge Zeit damit, an Catherine Beddington zu denken, aber wir veranstalten hier doch keinen Schönheitswettbewerb. Skollard ist nun mal der bessere Jurist.«
Natürlich, darum ging es! Im Grunde hatte sie es schon in dem Moment gewußt, als sie in Huberts Büro gekommen war.
»Ich glaube nicht«, versuchte Langton zu vermitteln, »daß Simon, Catherines Präzeptor, Ihnen da unbedingt zustimmen würde. Er hat ihr ein sehr gutes Zeugnis ausgestellt. Und das Mädchen hat einen überaus regen Verstand.«
»Sicher hat sie den. Wenn sie dumm wäre, hätte sie ja wohl

kaum ein Referendariat in dieser Kanzlei bekommen. Catherine Beddington wird mal eine attraktive und kompetente Anwältin abgeben, aber als Juristin kann sie sich nicht mit Jonathan Skollard messen. Vergessen Sie nicht, ich bin ihre Betreuerin. Ich habe mich eingehend mit ihr beschäftigt und mir einige ihrer Arbeiten gründlich angesehen. Und so überzeugend, wie Simon behauptet, sind ihre Leistungen nicht. Lassen Sie mich Ihnen ein Beispiel geben: Wenn ich im Tutorengespräch über die Rechtslage bei Totschlag diskutiere, dann erwarte ich von einem Referendar schon, daß er weiß, inwieweit da ›Dawson gegen Andrews‹ relevant ist. Über solche Standardfälle hätte sie bereits im Bilde sein müssen, bevor sie in die Kanzlei eintrat.«
Laud sagte leichthin: »Sie schüchtern das Mädchen zu sehr ein, Venetia. Wenn ich mit ihr arbeite, ist sie sehr anstellig.«
»Wenn sie sich von mir einschüchtern läßt, wie soll sie sich dann einmal gegen Richter Carter-Wright behaupten, an einem Tag, an dem den seine Hämorrhoiden plagen?«
Wie lange, dachte sie, wollen sie wohl noch um den heißen Brei herumschleichen? Wie sie doch jeden Streit innerhalb der Kanzlei verabscheuten, ja schon vor einer handfesten Meinungsverschiedenheit zurückschreckten! Und wie typisch, daß Hubert sich Drysdale zur Unterstützung geholt hatte, auf daß die beiden Erzbischöfe gemeinsam handeln konnten – wie gewöhnlich. War das nicht gleichzeitig ein Wink mit dem Zaunpfahl, um sie wissen zu lassen, daß Drysdale der designierte Erbe war und sie getrost die Hoffnung aufgeben konnte, vielleicht selbst Huberts Nachfolge als Kanzleivorstand anzutreten? Immerhin wußten sie, daß ihre Stimme bei dieser Abstimmung Gewicht haben, ja mehr noch: daß sie vielleicht sogar das Zünglein an der Waage sein würde.
Sie sah, wie die beiden Männer einen raschen Blick wechselten, dann sagte Drysdale: »Ist das nicht auch eine Frage der

Ausgewogenheit? Ich meine, wir hätten uns darauf geeinigt – bei der Vollversammlung im Frühjahr '94, wenn ich mich recht erinnere –, daß, falls einmal zwei Anwärter auf eine freie Stelle zur Wahl stehen, und zwar ein Mann und eine Frau, die fachlich ebenbürtig sind …«

»Das gibt's nicht, daß zwei Kandidaten genau gleich gut sind«, fiel ihm Venetia ins Wort. »Schon weil wir's hier mit Menschen zu tun haben und nicht mit Klonen.«

Laud fuhr so gleichmütig fort, als sei er gar nicht unterbrochen worden. »Wir hatten uns damals geeinigt, daß wir, falls keine fachlichen Unterschiede bestehen, aus Gründen der Ausgewogenheit, die Frau nehmen.«

»Wer fachliche Unterschiede leugnet, der will sich in Wahrheit nur um die Entscheidung drücken.«

Langtons Stimme wurde allmählich störrisch: »Wir hatten uns darauf geeinigt, in diesem Fall für die Frau zu votieren.« Er zögerte und setzte dann hinzu: »Oder den Schwarzen, angenommen wir hätten einen schwarzen Referendar.«

Das ging denn doch zu weit. Venetias mühsam beherrschter Zorn brach sich ungestüm Bahn. »Frauen? Schwarze? Wie praktisch, uns in einen Topf zu werfen! Schade, daß wir keine schwarze lesbische ledige Mutter haben, die obendrein noch behindert ist. In dem Fall könnten Sie vier Gebote politischer Korrektheit auf einen Schlag erfüllen. Wissen Sie eigentlich, wie verdammt überheblich das mir gegenüber ist? Glauben Sie im Ernst, als erfolgreiche Frau möchte man das Gefühl haben, das, was man erreicht hat, dem Umstand zu verdanken, daß die Männer so nett waren, uns einen unverdienten Bonus einzuräumen? Jonathan Skollard ist der bessere Jurist! Sie wissen das, und Catherine weiß es auch. Glauben Sie, es wird Ihrer Karriere förderlich sein, wenn er überall damit renommieren kann, daß man ihn um einen Posten bei uns gebracht hat, weil wir den für eine weniger befähigte Frau freihalten

wollten? Was wäre denn damit für die Sache der Gleichberechtigung gewonnen, hm?«
Nach einem Blick auf seinen Kollegen sagte Langton trotzig: »Ich kann mir nicht vorstellen, daß es dem Ruf unserer Kanzlei dienlich wäre, wenn man uns als frauenfeindliche Clique beargwöhnt, die nicht Schritt hält mit den Veränderungen in der Gesellschaft und in unserem Berufsstand.«
»Unser Ruf stützt sich auf die hervorragende Arbeit, die wir leisten. Unsere Kanzlei ist relativ klein, aber dafür haben wir auch keinen Blindgänger unter uns. Im Gegenteil, auf einigen Gebieten können wir mit den besten Anwälten ganz Londons aufwarten. Und überhaupt, wovor fürchten Sie sich eigentlich? Hat uns etwa irgend jemand am Zeug flicken wollen?«
Es entstand eine Pause. Dann sagte Langton: »Inoffiziell hat man uns Vorhaltungen gemacht, ja.«
»Ach nein! Und darf man auch fragen, von welcher Seite? Bestimmt waren es nicht diese feministischen Aktionistinnen, die sich unter dem Namen Redress zusammengeschlossen haben. Die gehen ja nur auf uns Frauen los, jedenfalls auf diejenigen, die ihrer Meinung nach nicht genug zur Förderung des eigenen Geschlechts beitragen: Bankerinnen, Geschäftsfrauen, Anwältinnen, Verlegerinnen, Topmanagerinnen. Dieser Feministenclub erstellt jetzt sogar eine Liste von Frauen, die sich nicht aktiv für ihre weniger privilegierten Schwestern einsetzen. Es überrascht Sie gewiß nicht, daß ich da auch draufstehe. Sicher hat Ihnen längst irgendwer ein Exemplar von ihrem Käseblatt zugespielt. In der letzten Ausgabe von ›Redress‹ steht was über mich. Könnte für eine Verleumdungsklage reichen. Ich lass' das grade von Henry Makins prüfen. Wenn er mir dazu rät, werde ich diese Weiber anzeigen.«
»Ist das klug?« gab Laud zu bedenken. »Eine Entschädigung kriegen Sie nur, wenn der Verein versichert ist. Und anson-

sten – sind diese Fanatiker wirklich die Zeit und den ganzen Ärger wert?«

»Vermutlich nicht, aber so abgefeimt und gehässig wie gewisse Journalisten heutzutage sind, wäre es auch nicht klug, den Eindruck zu erwecken, als mache man sich gar nicht mehr die Mühe, solche Elemente juristisch zu belangen. Sie wissen doch so gut wie ich, daß man eingeschworene Prozeßhansel in der Regel ungeschoren läßt. Nehmen Sie nur Robert Maxwell. Hinzu kommt, daß *ich* mir Henry Makins leisten kann, die Redress-Weiber aber nicht. Übrigens: Wenn Sie wirklich so besorgt sind um den Ruf unserer Zunft, warum befassen Sie sich dann nicht mal mit diesem Aspekt der Chancengleichheit? Wieviel verlangen Sie zur Zeit für eine Stunde, Drysdale? Vierhundert Pfund, nicht wahr? Oder sind's schon fünfhundert? Damit ist dem Gros unserer Gesellschaft der Zugang zur Gerechtigkeit effektiv versperrt. Und daran was zu ändern dürfte wesentlich schwieriger sein, als im Interesse der Ausgewogenheit eine Handvoll Frauen in Positionen zu hieven, für die sie nicht genügend qualifiziert sind ...«

Sie hielt inne. Als keiner der Männer Miene machte, ihr zu antworten, fuhr sie fort: »Und wo drückt Sie noch der Schuh? Sie sprachen doch von zwei Problemen. Ich nehme an, es geht um Harry Naughtons Pensionierung.«

Langton sagte: »Harry wird Ende dieses Monats fünfundsechzig. Sein Vertrag läuft dann zwar aus, aber er würde gern noch drei Jahre dranhängen. Sein Sohn Stephen hat einen Studienplatz bekommen – in Reading. Er ist jetzt im ersten Semester. Für die Familie ist das eine große Sache. Aber es bedeutet natürlich auch, daß der Junge auf absehbare Zeit nichts verdient, und da macht Harry sich natürlich Sorgen. Sie kommen zwar grade so über die Runden, aber leichter ginge es schon, wenn Harry noch ein, zwei Jahre bei uns weitermachen könnte.«

Laud fügte hinzu: »Drei Jahre packt er das noch spielend. Fünfundsechzig ist doch kein Alter, in dem man einen kerngesunden Menschen in Rente schickt, der gern noch weiterarbeiten würde. Wir könnten ihm einen Verlängerungsvertrag anbieten, der jährlich erneuert wird, und sehen, wie's läuft.«

»Als Kanzleisekretär ist überhaupt nichts gegen ihn zu sagen«, bestätigte Venetia. »Er ist gewissenhaft, arbeitet zuverlässig und akkurat und sorgt dafür, daß die Honorare pünktlich eingehen. Ich kann wirklich nicht über ihn klagen, aber die Zeiten haben sich nun mal geändert, seit er die Nachfolge seines Vaters angetreten hat. Und er hat keinerlei Anstalten gemacht, sich an die neue Technologie zu gewöhnen. Gut, das haben dafür seine beiden jüngeren Mitarbeiter getan, Terry und Scott. Ihre Generation tut sich da leichter, die sind praktisch mit dem Computer aufgewachsen. Und dank ihres Know-hows sind uns keine Verluste entstanden, ich weiß. Im übrigen habe ich durchaus Verständnis für Harry. Ich mag seine alten Karteien, sein Ablagesystem und den Wandplan mit den kleinen Fähnchen, die anzeigen, wer von uns vor welchem Gericht erscheint. Aber wenn seine Zeit gekommen ist, sollte er abtreten. Wie wir alle. Sie kennen meine Einstellung. Was die Kanzlei heutzutage braucht, das ist ein Manager. Wenn wir expandieren – und das tun wir ja bereits –, dann muß der Bürobetrieb modernisiert werden.«

»Das wird ihn hart ankommen. Er hat dieser Kanzlei neununddreißig gute Jahre seines Lebens geopfert, und vor ihm war schon sein Vater Kanzleisekretär bei uns.«

Venetia rief ungeduldig: »Um Gottes willen, Hubert, Sie werfen den Mann doch nicht raus! Er hat hier neununddreißig gute Jahre gehabt, und nun hat er die Pensionsgrenze erreicht, basta! Er kriegt seine Rente, und sicher fällt nebenher auch noch ein schöner Bonus für ihn ab. Ich verstehe schon, daß Sie ihn behalten möchten. Auf die Weise können Sie eine heikle Entscheidung mehr vor sich herschieben. Wenn Harry bleibt, brauchen Sie weitere drei Jahre nicht darüber zu befinden, was der Kanzlei wirklich nottut und wie man eine Modernisierung ins Werk setzen könnte. So, und jetzt müssen Sie mich entschuldigen, meine Herren, ich habe noch zu arbeiten. Meine Antwort kennen Sie. Wenn ich in dieser Kanzlei auch nur ein bißchen Einfluß besitze, dann kriegt Jonathan Skollard die zweite freie Stelle, und Harrys Vertrag wird nicht verlängert. Und Ihnen beiden rate ich dringend, endlich ein wenig Mut zu zeigen. Warum nicht zur Abwechslung mal eine Entscheidung treffen, ohne auf den taktischen Vorteil zu schielen – nur, weil sie sinnvoll ist?«

Sie sahen ihr schweigend nach, als sie zur Tür ging. Gott, dachte sie, was für ein schrecklicher Tag! Ein wahrhaft entsetzlicher Tag. Und nun mußte sie auch noch Simon Costello zur Rede stellen. Das hatte natürlich Zeit, aber sie war nicht in der Stimmung, es auf die lange Bank zu schieben, wie sie heute überhaupt nicht in der Stimmung war, bei irgendeinem Mann Gnade vor Recht ergehen zu lassen. Doch eins mußte sie den Erzbischöfen noch unter die Nase reiben. An der Tür wandte sie sich um und sah Laud an.

»Und falls Sie wirklich Angst haben, die Kanzlei könnte in den Ruf geraten, frauenfeindlich zu sein, kann ich Sie beruhigen. Ich bin nach Hubert das dienstälteste Mitglied. Wenn der nächste Kanzleivorstand eine Frau ist, dürfte das allen Lästerern den Wind aus den Segeln nehmen.«

7

Um halb sieben, hatte er gesagt, würde er bei ihr am Pelham Place sein. Octavia war schon um sechs mit allem fertig und tigerte ruhelos von ihrer kleinen Kochnische links neben dem Eingang ins Wohnzimmer, wo sie vom Fenster aus durchs Geländer der Kellertreppe auf die Straße sehen konnte.

Es war das erste Mal, daß sie für ihn kochte, und er würde zum erstenmal in ihre Wohnung kommen. Bisher hatte er sie zwar immer zu Hause abgeholt, aber wenn sie ihn hereinbitten wollte, hatte er jedesmal geheimnisvoll »noch nicht« gesagt. Worauf mochte er wohl gewartet haben? Auf größere Gewißheit, ein Zeichen eindeutigen Verbundenseins, den rechten symbolischen Augenblick für den Eintritt in ihr Leben? Aber sie konnte sich ihm unmöglich stärker verbunden fühlen, als sie es jetzt schon war. Sie liebte ihn. Er war ihr Mann, ihre Bezugsperson, ihr Geliebter. Sie hatten bislang nicht miteinander geschlafen, nein, aber das würde schon noch kommen. Auch dafür würde er den richtigen Zeitpunkt wissen. Und bis dahin genügte es ihr, sich in der Gewißheit zu sonnen, daß sie geliebt wurde.

Wenn es nach ihr gegangen wäre, hätte es die ganze Welt wissen sollen. Sie hätte große Lust gehabt, ihn mit ins Kloster zu nehmen und dort vorzuführen, um diesen ekelhaften, arroganten Mädels zu beweisen, daß auch sie imstande war, sich einen Mann zu angeln. Ihre Sehnsucht richtete sich auf ganz gewöhnliche Dinge: einen Verlobungsring, eine Hochzeit mit allem Drum und Dran, darauf, ihm ein Heim zu schaf-

fen. Er brauchte jemanden, der für ihn sorgte, er brauchte Liebe.
Und da war noch etwas, das ihm Macht über sie verlieh, etwas, das sie sich selber nur zur Hälfte eingestand: Er war gefährlich. Sie wußte nicht, wie und warum, aber er kam jedenfalls nicht aus ihrer Welt. Ja, er gehörte in keine der Welten, die sie je gekannt oder mit deren Bekanntschaft sie bislang gerechnet hatte. Mit ihm waren nicht nur dieser Drang, diese Erregung wachsenden Verlangens in ihr Leben getreten, sondern auch jener Gefahrenkitzel, der ihrem rebellischen Geist entgegenkam und ihr zum allerersten mal das Gefühl gab, wirklich zu leben. Was sie beide verband, das war nicht nur eine banale Liebesaffäre, das war eine Art Waffenbrüderschaft, ein zugleich offensives und defensives Bündnis gegen die angepaßte Welt daheim, gegen ihre Mutter und alles, wofür die Mutter stand. Und zu Ashe gehörte das Motorrad. Wenn sie hinter ihm auf der Maschine saß, die Arme um seine Taille geschlungen, dann spürte sie den Sog der kühlen Nachtluft, sah die Straße wie ein graues Band unter den Rädern dahinsausen und hätte im Hochgefühl ihres Triumphes am liebsten laut aufgejauchzt.
Sie hatte noch nie einen Menschen wie ihn gekannt. Sein Benehmen ihr gegenüber war korrekt, beinahe formell. Wenn sie sich begrüßten, beugte er sich über sie und küßte sie auf die Wange, oder er führte ihre Hand an die Lippen. Sonst berührte er sie nicht, und das steigerte ihr Verlangen nach ihm so sehr, daß sie es von Mal zu Mal schlechter verbergen konnte. Er mochte es nicht, wenn man ihn anfaßte, doch obwohl sie das wußte, konnte sie kaum die Hände von ihm lassen.
Er sagte ihr nie, wohin er sie einlud, und ihr war es recht so. Sie landeten regelmäßig in einem Pub auf dem Lande; die Pubs in London schienen ihm nicht zu gefallen, und deshalb

gingen sie selten in der Stadt aus. Aber er mochte auch die schicken Country Pubs nicht mit ihrer protzigen Parade von Porsches und BMWs auf dem Parkplatz, mit den Blumengehängen vor dem Haus, der Bar mit dem offenen Kamin und den raffinierten Dekorationen, die ein rustikales Ambiente vortäuschten, und mit dem separaten Restaurant, wo immer die gleichen Modegerichte serviert wurden und die selbstbewußten, affektierten Stimmen der Hautevolee den Ton angaben. Er suchte immer ein ruhigeres, unauffälliges Lokal aus, wo statt der Schickeria die Einheimischen verkehrten. Dort ließ er sie in einer Nische Platz nehmen, während er vorn an der Bar den Medium Sherry oder das Glas Lager, um das sie bat, und seine Halbe Dunkles holte. Dazu aßen sie eine Kleinigkeit, Snacks, die man an der Bar bekam, meistens Käse oder irgendeine Pastete mit Baguette. Das Reden übernahm für gewöhnlich sie, und er hörte zu. Jedenfalls erzählte er ihr nur sehr wenig von sich. Sie spürte, daß er sie zwar wissen lassen wollte, wie furchtbar seine Kindheit und frühe Jugend gewesen waren, andererseits aber ihr Mitleid nicht ertragen hätte. Wenn sie ihm Fragen stellte, beantwortete er die nur knapp, manchmal bloß mit einem einzigen Wort. Der Eindruck, den er erweckte, war der eines Menschen, der sich in der Gewalt hatte, der immer schon Herr seiner Gefühle gewesen und zum Beispiel bei jeder Pflegefamilie nur so lange geblieben war, wie er bleiben wollte, und nicht länger. Sie lernte das Terrain zu sondieren, entwickelte einen Instinkt dafür, wann Vorsicht geboten war. Nach dem Essen pflegten sie noch eine halbe Stunde durch die Gegend zu streifen – er mit großen Schritten voran, sie hinterdrein hastend, um nicht den Anschluß zu verlieren –, bevor sie die Rückfahrt nach London antraten.

Manchmal fuhren sie auch bis ans Meer. Er war gern in Brighton, und wenn sie dorthin wollten, brausten sie über die

Straße Richtung Rottingdean, die über weite Strecken einen freien Blick auf den Kanal bot, suchten sich am Ziel ein kleines Café, wo sie einen Happen essen konnten, und fuhren dann weiter in die Hügellandschaft der South Downs. Obwohl er keine Schickeria-Lokale mochte, war er doch sehr anspruchsvoll, wenn es ums Essen ging. Ein Brötchen, das nicht mehr ganz frisch war, schob er ebenso energisch beiseite wie trockenen Käse oder ranzig schmeckende Butter.

»Laß das Zeug stehen, Octavia!« sagte er in so einem Fall zu ihr.

»So schlecht schmeckt's gar nicht, Darling.«

»Laß es stehen! Wir kaufen uns auf dem Heimweg 'n paar Fritten.«

Das gefiel ihr am besten: auf der Böschung zu sitzen, während auf der Straße der Verkehr vorbeirauschte, in der Nase den Frittengeruch und in der Hand das warme Pergamentpapier, im Herzen das erregende Gefühl, frei zu sein und ungebunden, auf Achse und mobil und dabei doch sicher und geborgen in ihrer eigenen kleinen Welt. Die violette Kawasaki war zugleich Vehikel und Symbol ihrer Freiheit.

Heute indes würde sie zum erstenmal für ihn kochen. Sie hatte sich für Steaks entschieden. Die mochten doch angeblich alle Männer. Auf Empfehlung des Metzgers hatte sie Filet genommen, und nun lagen die beiden dicken roten Fleischstücke, die sie erst in letzter Minute grillen würde, auf einem Teller bereit. Sie war bei Marks & Spencer gewesen und hatte eine Packung vorgeputztes und vorgeschnittenes Gemüse gekauft – Erbsen, Möhrchen, neue Kartoffeln. Zum Nachtisch sollte es Zitronenkuchen geben. Der Tisch war bereits gedeckt. Sie hatte Kerzen gekauft und sich zwei silberne Leuchter aus dem Wohnzimmer ihrer Mutter ausgeliehen. Als sie mit ihnen in die Küche im Erdgeschoß kam, wo Mrs. Buckley, die Haushälterin, Kartoffeln schabte, sagte sie brüsk: »Falls

Mutter wissen will, wo ihre Leuchter sind: Ich hab sie mir geborgt.«
Ohne eine Antwort abzuwarten, ging sie an den Getränkeschrank und nahm, Mrs. Buckleys mißbilligendem Blick trotzig standhaltend, die erstbeste Flasche Bordeaux heraus. Die Frau machte schon den Mund auf, als wolle sie etwas einwenden, besann sich aber eines Besseren und beugte sich wieder über ihre Arbeit.
Octavia dachte: Dumme Kuh, was kümmert sie's? Wahrscheinlich wird sie nachher durch die Gardine linsen, um zu sehen, wer kommt. Und dann wird sie's Mutter petzen. Soll sie ruhig. Das kann uns jetzt egal sein.
Als sie, in einer Hand die Leuchter, in der anderen die Weinflasche, vor der Küchentür stand, sagte sie: »Vielleicht halten Sie mir mal die Tür auf. Sehen Sie denn nicht, daß ich beide Hände voll habe?«
Wortlos kam Mrs. Buckley um den Tisch herum, um ihr zu öffnen. Octavia rauschte an ihr vorbei und hörte die Tür hinter sich ins Schloß fallen.
Unten im Souterrain, in ihrem eigenen kleinen Wohnzimmer, musterte sie zufrieden den gedeckten Tisch. Die Kerzen gaben dem Ganzen erst den richtigen Touch. Und sie hatte sogar daran gedacht, Blumen zu kaufen, einen Strauß bronzeroter Chrysanthemen.
Auf einmal sah das Wohnzimmerchen, das ihr eigentlich nie gefallen hatte, festlich und einladend aus. Vielleicht würden sie heute abend miteinander schlafen.
Doch als er erschien – pünktlich, wie immer ohne ein Lächeln auf dem Gesicht – und sie ihm aufmachte, da wollte er noch nicht hereinkommen.
»Zieh dir Motorradsachen an!« sagte er. »Ich will dir was zeigen.«
»Aber Darling, ich hab doch gesagt, ich würde für dich kochen. Ich hab extra Steaks gekauft.«

»Die können warten. Wir essen, wenn wir zurück sind. Dann brate ich die Steaks.«
Als sie ein paar Minuten später zurückkam, den Helm in der Hand und eben dabei, den Reißverschluß ihrer Lederjacke hochzuziehen, fragte sie: »Wo fahren wir denn hin?«
»Das wirst du schon sehen.«
»Klingt ja nach ganz was Wichtigem.«
»Ist es auch.«
Sie stellte keine weiteren Fragen. Eine Viertelstunde später waren sie im Kreisverkehr am Holland Park und bogen in den Westway ein. Nach weiteren fünf Minuten hielt er vor einem der Häuser an der langgezogenen Ausfallstraße, und da wußte sie auf einmal, wo sie waren.
Die äußerst trostlose Szenerie wollte ihr unter der grellen Straßenbeleuchtung seltsam unwirklich und bizarr erscheinen. Die Häuser zu beiden Seiten der Fahrbahn waren mit einer Art rostfarbener Metallplatten verbarrikadiert. Es waren lauter einheitliche Doppelhäuser, alle mit Seiteneingang und überdachter Terrasse. Parterre und Obergeschoß hatten je ein dreigeteiltes Erkerfenster, und quer über die Dreiecksgiebel an der Stirnseite der Häuser waren dunkle Holzleisten genagelt. Fenster und Türen hatte man verrammelt, die Zäune der Vorgärten bereits eingerissen, so daß die kleinen Parzellen, in denen sie zum Teil noch niedergetretene Rosenbüsche und Ziersträucher mit abgeknickten Ästen sah, zum Gehsteig hin offenstanden.
Er schob das Motorrad in die Einfahrt von Nummer 397, und sie folgte ihm. »Warte hier!« sagte er, zog sich mit einem lockeren Klimmzug an der Mauer hoch und kletterte übers Tor. Im nächsten Moment hörte sie, wie der Riegel zurückgeschoben wurde. Sie hielt das Tor auf, damit er das Motorrad in den Garten hinter dem Haus schieben konnte.
»Wer hat denn nebenan gewohnt?« fragte sie.

»Eine Mrs. Scully. Die ist jetzt weg. Das Haus hier ist das letzte, das noch geräumt werden muß.«

»Gehört es dir?«

»Nein.«

»Aber du wohnst hier?«

»Momentan ja. Aber nicht mehr lange.«

»Gibt's hier noch Strom?«

»Im Moment noch, ja.«

Von dem Garten konnte sie kaum etwas erkennen. Seitlich machte sie die Umrisse eines kleinen Schuppens aus. Vielleicht, dachte sie, stellt er da sein Motorrad unter. Dann war ihr, als sehe sie einen umgekippten weißen Plastiktisch und die staksigen Silhouetten umgefallener kaputter Gartenstühle. Auch ein Baum hatte offenbar hier gestanden, aber jetzt war nur noch ein abgehauener schwarzer Stumpf übrig, dessen schartige Zacken sich scharf gegen den strahlenden, zwischen Tiefblau und Blutrot changierenden Abendhimmel abhoben. Die staubige Luft verstopfte ihr die Nasenlöcher, es roch durchdringend nach Ziegelstaub, Schutt und verkohltem Holz.

Ashe zog einen Schlüssel aus der Tasche, sperrte die Hintertür auf und tastete nach dem Lichtschalter. Als die Lampe aufflammte, stand Octavia in einer unnatürlich hell ausgeleuchteten Küche. Sie sah eine kleine Steinspüle, die billige Anrichte, an der die Hälfte der Haken fehlte, den Tisch mit der fleckigen, abblätternden Kunststoffbeschichtung, die vier schäbigen Stühle. Hier drinnen roch es anders, schal und muffig, als habe man jahrelang nur sehr nachlässig saubergemacht, aber auch nach verdorbenen Lebensmitteln und ungewaschenem Geschirr. Sie sah wohl, daß er sich bemüht hatte, dem abzuhelfen und gründlich zu putzen. Sie wußte ja, was für ein Ordnungsfanatiker er war. Wie mußte er sich vor dieser Behausung geekelt haben. Er hatte ein Desinfektionsmittel be-

nutzt – der beißende Chemikaliengeruch hing noch in der Luft. Aber die abgestandenen Küchendünste ließen sich nicht so leicht vertreiben.
Sie wußte nicht, was sie sagen sollte, doch er schien keinen Kommentar zu erwarten und forderte sie lediglich nach einer Weile auf: »Komm und sieh dir den Flur an!«
Der Flur wurde von einer einzelnen nackten Glühbirne hoch oben an der Decke erhellt. Als Ashe das Licht anknipste, verschlug es Octavia vor Staunen den Atem. Die Wände zu beiden Seiten des schmalen Gangs waren mit bunten Bildern beklebt, offenbar Ausschnitte aus Büchern und Illustrierten, zusammengefügt zu einer phantastischen Collage von Hochglanzfotografien, die ihr, als sie verwundert von einer Seite zur anderen blickte, mit ihren lebhaft schillernden Farben förmlich auf den Leib zu rücken schienen. Über so beschauliche Motive wie Berge, Seen, Kathedralen und Marktplätze waren nackte Frauen mit gespreizten Beinen gekleistert, entblößte Busen und Pos, sinnliche Schmollmünder und männliche Torsi, die Genitalien in schwarzglänzende Tangas gezwängt, das Ganze unterlegt mit Sommerblumenkränzen, Landschaftsgärten mit perspektivischen Durchblicken und Skulpturenalleen, Landhausidyllen nebst Tieren und Vögeln. Und dazwischen waren Gesichter eingefügt, ernste, gütige, arrogante Porträts, ausgeschnitten aus Reproduktionen der berühmtesten Gemälde des Abendlandes, Gesichter, die so plaziert waren, daß sie den Tumult kruder sexueller Animation teils widerwillig, teils mit aristokratischer Verachtung zu beäugen schienen. Lückenlos waren die Wände mit diesen abenteuerlichen Montagen zugekleistert. Am Ende des Flurs, ihr gegenüber, sah Octavia die Eingangstür, deren Glasfüllung von außen mit Brettern verschalt war. Als sie die schweren Sicherheitsriegel oben und unten an der Tür gewahrte, beschlich sie ein beklemmendes Gefühl, fast wie Platzangst.

Sobald sich der erste Überraschungsschock gelegt hatte, sagte sie: »Das ist verrückt, aber ich find's wunderbar. Hast du das selber gemacht?«
»Tantchen und ich, wir beide zusammen. Ich habe die Auswahl getroffen, aber die Idee stammte von ihr.«
Merkwürdig, wie er immer nur von Tantchen sprach, sie nie beim Namen nannte. Und in der Art, wie er es sagte, schwang eine Spur von Geringschätzung mit, Verlogenheit und auch ein Anflug eines intensiveren, aber sorgsam beherrschten Gefühls. Doch das war noch nicht alles: So, wie er das Wort aussprach, klang es nach einer Drohung.
Sie sagte: »Mir gefällt's. Gott, wie raffiniert. Ja, es ist wirklich raffiniert. So was Ähnliches könnte ich mir auch für meine Wohnung vorstellen. Aber da mußt du ja monatelang dran gearbeitet haben.«
»Zwei Monate und drei Tage.«
»Und wo hattest du all die Bilder her?«
»Die meisten stammen aus Illustrierten. Tantchens Männer haben ihr die immer mitgebracht. Ein paar hab ich auch geklaut.«
»Aus Büchereien?«
Sie erinnerte sich an einen Artikel über zwei Männer, die das gemacht hatten, ein Stückeschreiber und sein Liebhaber. Sie hatten die Wände ihrer Wohnung mit Stichen aus gestohlenen Bibliotheksbüchern tapeziert und waren erwischt worden. Hatte man sie nicht sogar eingesperrt?
»Nein«, sagte er, »das wäre zu riskant. Ich hab die Schinken an Bücherständen mitgehen lassen. Ist sicherer, leichter und nicht so zeitaufwendig.«
»Und nun wird man das alles abreißen. Ist das nicht schlimm für dich? Ich meine, nachdem du soviel Arbeit reingesteckt hast.«
Sie konnte es sich direkt vorstellen, wie die gewaltige Abriß-

birne gegen die Mauern donnerte, Schwaden von Schutt und Mörtel aufwirbelte und wie diese phantasievolle Collage in einer stickigen Staubwolke gleich einem zerstörten Puzzle auseinanderbrach.

»Das macht mir nichts aus«, sagte er. »Was mit diesem Haus passiert, kümmert mich nicht mehr. Es ist an der Zeit, daß sie's abreißen. Guck mal da rein! Das war Tantchens Zimmer.«

Er öffnete eine Tür zur Rechten und tastete nach dem Schalter. Im nächsten Augenblick badete der Raum in rotem Licht. Das Zimmer hatte keine zentrale Deckenbeleuchtung, sondern drei auf niedrigen Tischen im Raum verteilte Lampen mit Rüschenschirmen aus scharlachrotem Satin. Das Rot, das sie ausstrahlten, war so intensiv, daß es Octavia vorkam, als atme sie Blut ein. Und als sie verstohlen auf ihre Hände hinunterblickte, war die Haut rosig übergossen. Die schweren Vorhänge vor den mit Brettern vernagelten Fenstern waren aus rotem Samt. Die Tapete hatte ein pinkfarbenes Rosenmuster. Das breite, durchgesessene Sofa vor dem Fenster und die beiden Sessel rechts und links des Gasofens waren mit Überwürfen aus indischer Baumwolle in satten Purpur- und Goldtönen drapiert. An der Wand gegenüber vom Ofen stand ein Diwan, über dem eine graue Decke lag, das einzig triste Requisit inmitten dieser grellen Operettendekoration. Auf einem niedrigen Tischchen vor dem Ofen lag neben einer Glaskugel ein Päckchen Spielkarten.

Er sagte: »Tantchen hat sich auch als Wahrsagerin betätigt.«

»Für Geld?«

»Für Geld. Für Sex. Zum Spaß.«

»Hat sie hier ihre Liebhaber empfangen?«

»Auf der Couch da. Das war ihr Lieblingsplatz. Alles hat sich hier abgespielt.«

»Und wo warst du? Was hast du gemacht? Ich meine, wo

warst du, wenn sie hier drin war und mit einem ihrer Freier schlief?«
»Ich war dabei. Sie wollte es so. Sie hatte es gern, wenn ich zuguckte. Hat deine Mutter dir das nicht gesagt? Sie wußte davon. Es kam beim Prozeß zur Sprache.«
Seine Stimme verriet nichts von dem, was er fühlen mochte. Octavia schauderte. Sie wollte ihn fragen: »Und? Hat dir das gefallen? Warum bist du geblieben? Hattest du sie gern? Hast du sie geliebt?« Aber das Wort hätte sie nicht über die Lippen gebracht. Liebe. Ihr war nie ganz klar gewesen, was Liebe bedeutete, nur daß sie bisher keine gekannt hatte, das wußte sie. Und daß sie in diesem Raum bestimmt nicht zu finden war.
Fast flüsternd fragte sie: »Ist es hier passiert? Hat man sie in diesem Zimmer umgebracht?«
»Auf der Couch da.«
Fasziniert betrachtete sie das Möbelstück, und es klang beinahe verwundert, als sie sagte: »Aber die sieht so sauber aus, ganz normal.«
»Sie war voller Blut, die Polizei hat das Laken mitsamt der Leiche fortgeschafft. Wenn du unter die Decke guckst, dann kannst du die Flecken noch sehen.«
»Nein, danke.« Sie bemühte sich, einen unbeschwerten Ton anzuschlagen. »Hast du die Decke drübergelegt?«
Er antwortete nicht, doch Octavia spürte, daß er sie ansah. Sie sehnte sich nach seiner Nähe, danach, ihn zu berühren, doch ihr Instinkt sagte ihr, daß das unklug wäre und vielleicht mehr als das: Womöglich hätte er sie in dieser Situation zurückgestoßen. Sie merkte, wie ihr Atem rascher ging, und spürte ein Gefühl in sich aufsteigen, in dem außer Furcht und Erregung noch etwas anderes mitschwang, etwas, das ebenso berauschend wie beschämend war: Sie wünschte sich, er würde sie in seine Arme nehmen, zu dieser Couch hinübertragen und

dort mit ihr schlafen. Ich habe Angst, dachte sie, aber wenigstens empfinde ich etwas.
Er schaute sie immer noch an, als er sagte: »Da wär noch was, das ich dir zeigen könnte. Oben, in der Dunkelkammer. Willst du's sehen?«
Plötzlich hatte sie das Gefühl, aus diesem Zimmer herauszumüssen. Das viele Rot tat ihren Augen weh.
»Okay«, sagte sie lässig, »warum nicht.« Und setzte dann ernsthaft hinzu: »Das war dein Zuhause, hier hast du gelebt, ich will alles sehen.«
Und so gingen sie nach oben. Ashe voran. Die Treppe war mit einem undefinierbar gemusterten Läufer ausgelegt; der schmutzverkrustete Flor war an manchen Stellen so weit durchgescheuert, daß sie einmal mit dem Fuß in einem Riß hängenblieb und sich am Geländer festhalten mußte, um nicht das Gleichgewicht zu verlieren. Er sah sich nicht nach ihr um. Sie folgte ihm in ein Zimmerchen, das nach hinten hinausging und von den Ausmaßen her eine Abstellkammer hätte sein können, vielleicht aber auch als Schlafraum gedacht war. Eine dicke schwarze Stoffbahn, die das einzige hohe Fenster bedeckte, war rundum am Holzrahmen festgenagelt. Darunter hatte man drei Regalbretter angebracht. Rechts davon war über einer Bank ein wuchtiges Gerät montiert, das sie an ein riesengroßes Mikroskop erinnerte. Auf der Bank standen drei rechteckige, mit diversen Flüssigkeiten gefüllte Schalen. Es roch nach Ammoniak und Essig und ganz leicht auch nach Gas.
Er sagte: »Hast du so was schon mal gesehen?«
»Nein. Aber das ist die Dunkelkammer, oder? Ich weiß bloß nicht, wozu man die braucht.«
»Hast du denn gar keine Ahnung vom Fotografieren? Hattest du nie einen Fotoapparat? Das gehört bei deinesgleichen doch dazu.«

»Die anderen Mädchen in der Schule hatten alle eine Kamera. Aber ich wollte keine. Was hätte ich schon fotografieren sollen?«

Wie hatte ihr immer vor diesen besonderen Anlässen gegraust – Schulfeiern, Sommerfest, Weihnachtssingen, der jährlichen Theateraufführung.

Im Geiste sah sie wieder den hochsommerlichen Garten vor sich und die Mutter Oberin mit zwei Ehemaligen, deren Töchter inzwischen auch das Pensionat besuchten, und um sie herum das Gedränge aufgeregt herumspringender Kinder mit gezückter Kamera. »Schauen Sie mal hierher, ehrwürdige Mutter. Oh, bitte! Mummy, du guckst ja gar nicht in die Kamera.« Venetia war nicht dabeigewesen; Venetia war nie dabei. Immer hatte sie einen Gerichtstermin oder eine Sitzung in der Kanzlei, irgendeine dringende Verpflichtung, die sich nicht verschieben ließ. Sie war auch nicht unter den Zuschauern gewesen, als Octavia die Paulina im »Wintermärchen« spielen durfte.

»In der Schule gab es keine Dunkelkammer«, sagte sie. »Man ließ die Filme in einer Drogerie oder anderswo entwickeln. Hat deine Tante dir das hier eingerichtet?«

»Erraten. Tantchen hat die Kamera bezahlt, die Einbauten hier oben, die Geräte. Sie wollte ja, daß ich Fotos mache.«

»Was für Fotos?«

»Aufnahmen von ihr und ihren Liebhabern, wenn sie es miteinander trieben. Es hat ihr Spaß gemacht, sich das hinterher anzuschauen.«

»Und was ist aus den Bildern geworden?«

»Erst hatte sie mein Solicitor. Sie gehörten zu den Beweismitteln der Verteidigung. Keine Ahnung, wo sie jetzt sind. Die Fotos sollten beweisen, daß Tantchen jede Menge Liebhaber hatte. Die Polizei hat sie natürlich auch gesehen. Und hat versucht, die Männer aufzutreiben, um deren Alibi zu überprüfen. Aber sie haben nur einen gefunden, und der hatte eines. Ich glaub nicht, daß sie sich bei den anderen sehr angestrengt haben. Wozu auch, sie hatten ja schließlich mich, oder? Für die war der Fall von vornherein klar. Da haben sie doch keine Zeit mehr damit vergeudet, nach Spuren oder Indizien zu suchen, die sie gar nicht finden wollten. So arbeiten die nämlich bei der Polizei: Erst bilden sie sich ein Urteil, und dann sammeln sie das passende Beweismaterial.«

Plötzlich hatte sie ein Bild vor Augen – eine lebhafte, anstößige, beschämend erregende Vision: das knallige Wohnzimmer unten und zwei nackte Leiber, die sich stöhnend auf der Couch wälzten, und über ihnen stand Ashe, der seine Kamera einstellte, ehe er um die beiden herumschlich und in die Hocke ging, um die Bilder einzufangen, die er haben wollte. Fast hätte sie gesagt: Warum hast du's getan? Wie konnte sie dich dazu zwingen? Aber sie wußte, daß sie keine solchen Fragen stellen durfte. Und immer noch beobachtete er sie mit konzentriertem, ernstem Blick.

Jetzt legte er eine Hand auf das Gerät über der Bank und fragte: »Weißt du, was das ist?«

»Natürlich nicht. Ich hab dir doch gesagt, ich versteh nichts vom Fotografieren.«

»Das ist ein Vergrößerungsapparat. Soll ich dir zeigen, wie er funktioniert?«

»Wenn du willst.«

»Wir wären dabei eine Weile im Dunkeln.«

»Das macht mir nichts.«

Er ging zur Tür und knipste das Licht aus. Dann trat er wieder neben sie, hob den Arm, und eine rote Glühbirne leuchtete auf, ein klobiges, kerzenförmiges Ding, das seine durchscheinenden Finger in karmesinrotes Licht tauchte. Fast gleichzeitig ging an dem Vergrößerungsapparat eine kleine weiße Lampe an. Ashe zog einen Umschlag aus der Tasche und ent-

nahm ihm einen schmalen Filmabschnitt, ein einziges Negativ.
Er sagte: »Fünfunddreißig Millimeter. Das gebe ich jetzt in einen Rahmen, und den schiebe ich in den Vergrößerungsapparat.«
Ein Bild, das sie nicht zu deuten vermochte, fiel auf eine weiße Tafel, über die kreuzweise schwarze Metallstreben verliefen, die aussahen wie Lineale. Während Ashe die Versuchsanordnung aufmerksam durch eine Art kleines Teleskop betrachtete, ergab sie für Octavia immer noch keinen Sinn.
»Was ist das?« fragte sie. »Ich kann nichts erkennen.«
»Gleich, warte nur!«
Er knipste das Lämpchen am Vergrößerungsapparat aus, und nun lag der Raum bis auf einen kleinen Hof um den schummrigen roten Glühkolben im Finstern. Sie sah, wie er ein Blatt Papier aus einer Schachtel vom untersten Bord nahm, in den Rahmen spannte und die schwarzen Metallstreben zurechtrückte.
»Komm«, sagte sie, »erklär mir, was du da machst! Es interessiert mich.«
»Ich bin dabei, die Größe festzulegen.«
Er knipste das Licht am Vergrößerungsapparat wieder an, aber höchstens für sechs oder sieben Sekunden. Dann streifte er rasch ein Paar Plastikhandschuhe über, hob den Rahmen hoch und warf das Negativ in die nächststehende Schale, wo es, sobald er die Flüssigkeit vorsichtig herumschwenkte, schlangengleich auf und nieder zu schaukeln begann wie ein lebendiges Wesen. Fasziniert schaute Octavia zu.
»Jetzt paß auf! Sieh genau hin!« Es klang wie ein Befehl.
Fast im gleichen Augenblick kam das Bild zum Vorschein, eine hart konturierte Schwarzweißkomposition. Als erstes erkannte sie die Couch, über die jetzt allerdings eine gemusterte Decke mit Karos und Kringeln gebreitet war. Und auf der

Couch erkannte man den Körper einer Frau. Sie lag auf dem Rücken, nackt bis auf ein dünnes Negligé, das über dem Leib auseinandergeglitten war und die schwarze, buschige Scham und die Brüste entblößte, weiß und schwer wie zwei riesige Quallen. Der dichte Haarschopf hob sich wirr und zerzaust gegen das weiße Kissen ab. Der Mund stand halb offen, und die Zunge hing ein Stück weit heraus, als wäre die Frau erdrosselt worden. Sie starrte den Betrachter aus weit aufgerissenen schwarzen Augen an, aber es waren tote Augen. Die klaffenden Stichwunden in Brust und Bauch waren wie offene Münder, aus denen das Blut wie schwarzer Auswurf sickerte. Aber aus einem langen Schnitt quer über den Hals war das Blut regelrecht herausgeschossen, ja schien vor Octavias Augen weiterzusprudeln, ein Springquell von Blut, der sich über die Brüste der Frau ergoß und über den Diwan bis auf den Boden tropfte. Das Bild pulsierte so lebhaft in der Schale, daß man fast hätte glauben können, das Blut sei aus der Aufnahme ins Entwicklerbad geflossen und habe die Emulsion rot gefärbt.
Octavia vernahm das dumpfe, rhythmische Schlagen ihres Herzens – so laut, daß er es gewiß auch hören mußte, dieses Pochen, das die beängstigend enge Kammer aufzuladen schien wie ein Dynamo. Sie flüsterte: »Wer hat das aufgenommen?«
Er antwortete nicht gleich, sondern musterte den Abzug, als gelte es, die Qualität der Aufnahme zu prüfen.
Während er fortfuhr, die Entwicklerflüssigkeit behutsam hin und her zu schwenken, sagte er endlich ruhig: »Ich. Als ich zurückkam und sie tot auffand, hab ich sie fotografiert.«
»Bevor du die Polizei gerufen hast?«
»Natürlich.«
»Aber warum?«
»Weil ich Tantchen immer auf der Couch fotografiert habe. Ihr hat das gefallen.«

»Hattest du denn keine Angst, daß die Polizei das rauskriegen könnte?«

»So ein kleiner Filmschnipsel ist leicht zu verstecken, und die Polizei hatte ja die Fotos, auf die sie scharf war. Nach dem hier haben die gar nicht erst gesucht. Was die haben wollten, das war das Messer.«

»Und, haben sie's gefunden?«

Er antwortete nicht. Sie wiederholte ihre Frage. »Hat man das Messer gefunden?«

»Ja. Er hatte es in einem Vorgarten vier Häuser weiter an der Straße unter einer Ligusterhecke versteckt. Es war eins von Tantchens Küchenmessern.«

Mit den behandschuhten Fingern nahm er den Abzug aus der Schale und tauchte ihn kurz hintereinander erst ins zweite, dann ins dritte Emulsionsbad. Er schaltete die Deckenbeleuchtung ein, fischte das Bild aus dem flachen Gefäß, ließ es über einem Behälter kurz abtropfen und konnte dann gar nicht schnell genug damit nach nebenan ins Badezimmer kommen. Dort stand in der Wanne eine weitere Schale, die durch einen an den Hahn angeschlossenen Gummiduschschlauch stetig mit kaltem Fließwasser versorgt wurde.

Er sagte: »Ich muß das im Bad machen. Nebenan gibt's keinen Wasseranschluß.«

»Warum hast du Handschuhe angezogen? Ist diese Flüssigkeit giftig?«

»Jedenfalls ist sie nichts für die Hände.«

Als sie so neben ihm stand, während das Bild des nackten, blanken Grauens sich leise schaukelnd unter dem reinigenden Strahl drehte, dachte Octavia: Er hat das alles hergerichtet, bevor er mich heute abend abgeholt hat. Ja, so muß es gewesen sein. Er wollte, daß ich das sehe. Um mich auf die Probe zu stellen.

Sie wandte den Blick ab und versuchte, sich auf den Raum zu

konzentrieren, auf diese enge, kleine Zelle ohne jeden Komfort, die fleckige Wanne mit dem fettigen Schmutzrand, das kahle Fenster mit der blickdichten Scheibe, den braunen Linoleumbelag, der sich rings um den Sockel der Toilette wellig aufgeworfen hatte. Doch immer wieder kehrten ihre Augen zu dem sanft schaukelnden Bild zurück. Sie dachte: Sie war ja alt. Alt, häßlich, zum Fürchten. Wie konnte er es nur ertragen, mit ihr zusammenzuleben? Sie hörte die Stimme ihrer Mutter: »Seine Tante war keine angenehme Person, aber irgendwas verband die beiden. Mit ziemlicher Sicherheit hatten sie ein Verhältnis miteinander. Er war zwar nur einer von vielen, aber ihm hat sie's zweifellos umsonst gemacht.« Es ist nicht wahr, dachte sie. Das hat sie nur gesagt, um mich gegen ihn aufzubringen. Aber jetzt kann sie nichts mehr ausrichten. Nicht, nachdem er mir das hier gezeigt hat. Er vertraut mir, wir gehören zusammen.

Plötzlich hörte man Stimmen, lautes Rufen und dumpfe Schläge gegen die Hintertür, als ob jemand versuchte, sie einzutreten. Wortlos rannte Ashe nach unten. In panischer Angst schnappte Octavia sich den Abzug und warf ihn in die Kloschüssel. Unterm Wasser riß sie das Bild entzwei und dann noch einmal in kleinere Schnipsel und zog in fliegender Hast die Spülung. Ein Gurgeln war zu hören, gefolgt von einem dünnen Rinnsal, dann kam nichts mehr. Mit einem verzweifelten Schluchzen zog sie erneut an der rostigen Kette. Im nächsten Moment schoß das Wasser in die Kloschüssel und schwemmte die Papierfetzen samt ihrer Hochglanzabbildung mit sich fort. Mit einem Stoßseufzer lief auch sie nach unten.

In der Küche hatte Ashe einen Halbwüchsigen gegen die Wand gedrängt und hielt ihm ein Küchenmesser an die Kehle. Der Blick des Jungen, der vor Angst wie gelähmt war, schwenkte flehend zu ihr herüber.

Ashe sagte: »Wenn ihr noch mal über den Zaun klettert, du

oder deine Kumpels, dann merk ich das. Und das nächste Mal stech ich zu. Ich weiß einen Ort, wo ich deine Leiche vergraben kann, ohne daß man sie jemals finden wird. Hast du verstanden?«

Das Messer rückte um Haaresbreite vom Hals des Jungen ab. Der nickte in panischer Angst. Ashe ließ ihn los, und er stürzte so hastig aus der Küche, daß er gegen den Türpfosten prallte.

Ashe legte das Messer ganz ruhig in die Schublade zurück. »Einer von den Bengels aus der Siedlung«, sagte er. »Das sind lauter Vandalen.« Und dann sah er Octavias Gesicht. »Mann, du bist ja weiß wie die Wand. Was dachtest du denn, wer da kommt?«

»Die Polizei. Ich hab das Bild zerrissen und im Klo runtergespült. Ich hatte solche Angst, daß sie's finden. Entschuldige bitte!«

Plötzlich fürchtete sie sich vor ihm, vor seinem Unmut, seinem Zorn, aber er zuckte nur mit den Achseln und stieß ein kurzes, freudloses Lachen aus. »Die dürfen das ruhig sehen. Ich könnt's an eine Illustrierte verkaufen, ohne daß die was dagegen machen könnten. Man darf nicht zweimal wegen desselben Verbrechens belangt werden. Hast du das nicht gewußt?«

»Doch, ich glaub schon. Ich hab bloß nicht dran gedacht. Entschuldige!«

Da trat er zu ihr, nahm ihren Kopf in beide Hände, neigte sich über ihr Gesicht und küßte sie auf den Mund. Es war das erste Mal. Seine Lippen waren kühl und überraschend weich, aber es war ein nachdrücklicher Kuß, wenn auch mit geschlossenem Mund. Sie erinnerte sich an andere Küsse und daran, wie sie sich davor geekelt hatte: vor dem sabberigen Speichel, dem Geschmack von Bier und Essen, der glitschigen Zunge, die sich ihr bis in den Schlund rammte. Dieser Kuß dagegen,

das wußte sie, war wie ein Siegel: Sie hatte die Prüfung bestanden.
Und dann nahm er etwas aus der Tasche und griff nach ihrer linken Hand. Sie spürte die Kühle des Rings, bevor sie ihn sah, einen schweren, alten Goldreif mit blutrotem Stein, in einen Kranz aus milchigen Perlen gefaßt. Octavia betrachtete ihn, während er sie erwartungsvoll ansah, und dann erschrak sie und holte zitternd Luft, als sei es plötzlich eiskalt im Raum geworden. Sehnen und Muskeln zogen sich angstvoll zusammen, und sie hörte wieder das dumpfe Pochen ihres Herzens. Sie hatte diesen Ring schon einmal gesehen, ganz gewiß, und zwar am kleinen Finger seiner toten Tante. Die Fotografie tauchte vor ihrem inneren Auge auf, sie sah die klaffenden Wunden, die aufgeschlitzte Kehle.
Sie wußte, daß ihre Stimme brüchig klang. Aber sie zwang sich, es auszusprechen: »Es war doch nicht ihrer, oder? Den hat sie nicht getragen, als sie starb, nein?«
So sanft und zärtlich wie jetzt hatte sie seine Stimme noch nie gehört: »Würde ich dir das antun? Sie trug so einen ähnlichen, ja, aber der Stein hatte eine andere Farbe. Den hier habe ich extra für dich gekauft. Er ist antik. Ich dachte, er würde dir gefallen.«
Sie sagte: »Und ob er mir gefällt.« Sie drehte den Ring am Finger hin und her. »Er ist ein bißchen weit.«
»Dann trag ihn fürs erste am Mittelfinger! Wir lassen ihn enger machen.«
»Nein«, sagte sie. »Ich will ihn nie mehr abnehmen. Und ich werde ihn nicht verlieren. Er sitzt genau am richtigen Finger. So sieht jeder, daß wir zusammengehören.«
»Ja«, sagte er. »Wir gehören zusammen. Wir sind in Sicherheit. Jetzt können wir heimgehen.«

8

Simon Costello und seine Frau Lois wohnten noch nicht einmal ein Jahr am Pembroke Square, als er einsehen mußte, daß er sich mit dem Hauskauf übernommen hatte. Von einem Besitztum, das man sich nur mittels rigoroser Sparmaßnahmen leisten kann, sollte man lieber gleich die Finger lassen. Seinerzeit war der Umzug allerdings nicht nur wünschenswert, sondern auch durchaus vertretbar erschienen. Er hatte auf eine ganze Reihe erfolgreicher Fälle zurückschauen können, und an neuen Aufträgen herrschte kein Mangel. Lois hatte zwei Monate nach der Geburt der Zwillinge ihre Arbeit bei der Werbeagentur wiederaufgenommen und auch gleich eine Gehaltserhöhung durchgesetzt, die ihr ein Jahreseinkommen von fünfunddreißigtausend Pfund garantierte. Lois war diejenige gewesen, die sich in erster Linie für einen Wohnungswechsel stark gemacht hatte, und er hatte sich der scheinbar so zwingenden Logik ihrer Argumente kaum widersetzt: Die Etagenwohnung sei für eine Familie wirklich nicht mehr geeignet; sie bräuchten mehr Platz, einen Garten, ein Extrazimmer für das Au-pair-Mädchen. All das hätte man natürlich auch in einem Vorort oder in einer weniger mondänen Gegend als ausgerechnet am Pembroke Square haben können, aber Lois' Ambitionen waren mit einem Mehr an Wohnfläche allein nicht zu befriedigen. Mornington Mansions war in ihren Augen nie eine vorzeigbare Adresse für einen aufstrebenden jungen Barrister und eine erfolgreiche Geschäftsfrau gewesen, und wann immer sie sie angeben mußte, konnte sie sich des Verdachts nicht erwehren, dadurch ihre Stellung (gesellschaftlich wie finanziell) um eine feine, aber entscheidende Nuance zu schmälern.

Er wußte, daß sie sich ihr neues gemeinsames Leben im Geiste ganz genau ausgemalt hatte und daß nach ihrer Vorstellung dazu unbedingt auch große Abendeinladungen gehörten – zwar von einem Partyservice ausgerichtet oder mit fertigen Speisen von Marks & Spencer bestritten, aber doch elegante, sorgfältig geplante Soireen mit erlesenen Gästen, die für anregende und amüsante Unterhaltung sorgten. Kurz, was ihr vorschwebte, war die kulinarisch aufbereitete Zurschaustellung ehelicher Harmonie und beruflichen Erfolges. Aber die Dinge hatten sich nicht nach ihren Wünschen gefügt. Heute waren beide nach einem langen Arbeitstag so müde, daß sie sich nur noch zu einer rasch zubereiteten Mahlzeit aufraffen konnten, die sie entweder gleich am Küchentisch verzehrten oder auf einem Tablett vor dem Fernseher. Und keiner von beiden hatte sich auch nur entfernt eine Vorstellung davon gemacht, wie anstrengend die Zwillinge werden würden, sobald sie aus der fügsamen Wickel-, Wiegen- und Flaschenbabyphase herausgewachsen wären und sich zu strammen, ausgelassenen Rackern von achtzehn Monaten entwickelt hatten, deren Anspruch auf Verpflegung, Zuwendung, frische Windeln und Aufmerksamkeit schier unersättlich schien.

Eine Phalanx von Au-pair-Mädchen unterschiedlicher Kompetenz beherrschte fortan Simons und Lois' Leben, und manchmal hatte er den Eindruck, daß sie beide sich mehr mit dem Wohlergehen der Au-pair-Mädchen befaßten als mit dem eigenen. Die meisten ihrer Freunde waren kinderlos; wenn die sie hin und wieder davor gewarnt hatten, wie schwierig es sei, heutzutage verläßliche Hilfe zu bekommen, so schien daraus eher uneingestandener Neid auf Lois' Schwangerschaft zu sprechen als persönliche Erfahrung. Eingetroffen waren die Prophezeiungen trotzdem. Ja, bisweilen hatte es den Anschein, als würden die Mädchen, weit davon entfernt, ihnen ein paar Pflichten abzunehmen, diese nur noch vermehren; man hatte einfach eine Person zusätzlich im Haus, die betreut, verpflegt und bei Laune gehalten werden mußte.

Hatten sie einmal ein annehmbares Mädchen gefunden, zitterten sie ständig davor, daß sie sie wieder verlassen könnte. Was sie unweigerlich auch tat, schon weil Lois als Arbeitgeberin über die Maßen hohe Ansprüche stellte. War es umgekehrt notwendig, ein Au-pair-Mädchen loszuwerden, stritten sie darüber, wer es ihr beibringen sollte, und zermarterten sich den Kopf über die schwierige Frage, wo und wie Ersatz zu beschaffen sei. Abends im Bett diskutierten sie ständig über die Fehler und Eigenheiten des jeweiligen Mädchens, wobei sie im Dunkeln flüsterten, als fürchteten sie, ihre Kritteleien könnten zwei Stockwerke höher im Zimmer des Mädchens, das gleich neben dem der Zwillinge lag, belauscht werden. Ob sie trank? Man konnte ja wohl kaum den Pegelstand der Flaschen markieren. Lud sie sich untertags Verehrer ins Haus? Unmöglich, die Bettlaken zu inspizieren. Ließ sie die Kinder unbeaufsichtigt? Vielleicht sollte einer von ihnen hin und wieder unerwartet daheim vorbeischauen, um das nachzuprüfen. Bloß wer? Simon beteuerte, er könne nicht einfach aus dem Gerichtssaal rausmarschieren. Auch Lois konnte sich unmöglich zwischendurch freinehmen; ihre Gehaltserhöhung mußte sie sich mit längeren Arbeitszeiten und wachsender Verantwortung in der Firma schwer verdienen. Sie hatte einen neuen Chef, mit dem sie nicht auskam. Dem wäre nichts lieber gewesen, als sie unter dem Vorwand, verheiratete Frauen mit Kindern seien unzuverlässig, hinausekeln zu können.

Lois hatte beschlossen, daß einer von ihnen aus Sparsamkeitsgründen mit öffentlichen Verkehrsmitteln zur Arbeit fahren müsse. Ihre Firma lag in den Docklands, folglich mußte Simon sich für die Sparmaßnahme opfern. Aus der Fahrt mit der überfüllten U-Bahn, die er anfangs mit Neid und Unwillen angetreten hatte, wurde bald ein unergiebiges halbstündiges Brüten über die unerquicklichen Zustände daheim. Sehnsüchtig erinnerte er sich dabei an das Haus seines Großvaters in Hampstead, wo er als Junge oft zu Gast gewesen war, und gedachte der bereitgestellten Sherrykaraffe, der köstlichen Essensdüfte aus der Küche und der beharrlichen Überzeugung seiner Großmutter, der Ernährer der Familie müsse, wenn er erschöpft von seinem anstrengenden Tag bei Gericht heimkehrte, Ruhe und Frieden vorfinden sowie ein bißchen verwöhnt und von allen kleinen häuslichen Kümmernissen abgeschirmt werden. Sie war die geborene Anwaltsfrau gewesen, unermüdlich im Dienste wohltätiger Juristeneinrichtungen tätig, eine elegante Erscheinung bei jedem großen Kanzleiempfang und allem Anschein nach zufrieden mit der Nische, in der sie sich ihr Leben eingerichtet hatte. Tja, diese Welt war auf immer dahin. Lois hatte ihm schon vor der Hochzeit klargemacht, daß ihre Karriere ebenso wichtig sei wie die seine. Was sich freilich fast von selbst verstand; schließlich führten sie eine moderne Ehe. Und ihre Arbeit war nicht nur für sie wichtig, sondern für alle beide. Das Haus, das Au-pair-Mädchen, ihr ganzer Lebensstandard hätte sich ohne zwei Gehälter gar nicht finanzieren lassen. Aber nun stand womöglich ihre so mühsam aufgebaute und noch keineswegs gesicherte Existenz auf dem Spiel, nur weil dieses verdammte Luder, dieses selbstgerechte Biest sich überall einmischen mußte.

Venetia, die sich offenbar direkt vom Bailey in die Kanzlei begeben hatte, war schrecklich schlechter Laune gewesen. Irgend etwas oder irgend jemand mußte sie verärgert haben. Aber das war ein viel zu schwaches und zu harmloses Wort für die flammende Entrüstung, mit der sie auf ihn losgegangen war. Irgendwer hatte sie anscheinend über die Maßen gereizt. Er hätte sich selbst verfluchen können. Wenn er nicht mehr im Büro gewesen, wenn er nur eine Minute früher gegangen wäre, dann hätte diese Begegnung nicht stattgefunden. Venetia hätte über Nacht zur Besinnung kommen und sich überlegen können, was, wenn überhaupt, sie unternehmen solle. Wahrscheinlich gar nichts. Am nächsten Morgen wäre sie vielleicht wieder zur Vernunft gekommen. Aber so? Wort für Wort hatte er ihre wütenden Anschuldigungen im Gedächtnis.

»Ich hab heute Brian Cartwright verteidigt. Erfolgreich. Er hat mir gesteckt, daß Sie, als Sie vor vier Jahren sein Anwalt waren, vor Prozeßbeginn gewußt hätten, daß er drei der Geschworenen bestochen hat. Und Sie hätten nichts dagegen unternommen, sondern den Fall einfach weiterlaufen lassen. Ist das wahr?«

»Er lügt. Das stimmt nicht.«

»Er behauptet auch, daß er Ihrer Verlobten ein paar Aktien seiner Firma zugeschustert habe. Und zwar ebenfalls vor dem Prozeß. Trifft das zu?«

»Ich sage Ihnen doch, der Kerl lügt. Kein Wort davon ist wahr.«

Er hatte so instinktiv geleugnet, wie man den Arm hebt, um einen Schlag abzuwehren, und seine Beteuerungen klangen selbst für die eigenen Ohren unglaubwürdig. Seine ganze Reaktion war ein einziges Schuldbekenntnis. Nach dem ersten kalten Entsetzensschauder, der ihn kalkweiß werden ließ, stieg ihm die heiße Röte ins Gesicht, begleitet von der schmachvollen Erinnerung an die hochnotpeinlichen Befragungen im Arbeitszimmer seines Internatspräfekten und an die Angst vor der unausweichlichen Prügelstrafe. Er hatte sich gezwungen, ihr in die Augen zu sehen, und was er dort las, war

ungläubige Verachtung. Wenn er nur ein bißchen vorgewarnt gewesen wäre. Jetzt wußte er, was er hätte sagen sollen: »Cartwright hat es mir nach dem Prozeß erzählt, aber ich habe ihm nicht geglaubt. Und das tue ich bis heute nicht. Der Mann würde alles behaupten, um sich wichtig zu machen.«
Aber er hatte eine direktere und somit gefährlichere Lüge gebraucht, eine, die sie natürlich sofort durchschaute. Und doch, warum dieser Zorn, diese Empörung? Was ging Venetia eine so lange zurückliegende Verfehlung an? Wer hatte sie zum Tugendwächter der Kanzlei bestellt? Wie kam sie dazu, sich als Hüterin seines Gewissens aufzuspielen? War ihr eigenes denn so rein, waren ihre Methoden im Gerichtssaal immer so einwandfrei? Hatte sie ein Recht, seine Karriere zu zerstören? Ja, das Wort war nicht zu hoch gegriffen. Er war zwar nicht sicher, was genau sie unternehmen würde oder wie weit sie zu gehen bereit war, aber wenn das rauskam, wenn es, und sei's nur als Gerücht, die Runde machte, dann konnte er sein Ziel, Kronanwalt zu werden, vergessen.
Sowie er die Haustür aufschloß, schlug ihm das Geplärr entgegen. Ein fremdes Mädchen kam die Treppe herunter und hielt ungeschickt seine Daisy im Arm. Er war auf Anhieb überzeugt davon, daß sie geradezu fahrlässig unerfahren war im Umgang mit Kindern: Da genügte ein Blick auf die Gel-gestylten roten Haare, die schmutzige Jeans, die seitlich abstehenden Ohrstecker, die unsicher über die blanken Treppendielen balancierenden hochhackigen Sandalen. Er rannte ihr entgegen und riß ihr die schreiende Daisy fast mit Gewalt aus den Armen.
»Wer zum Teufel sind Sie? Und wo ist Estelle?«
»Ihr Freund ist mit Rad gestürzt. Sie müssen zu ihm ins Krankenhaus. Sehr schlimm. Ich passen auf Babys auf, bis Mrs. Costello kommt nach Hause.«
Ein verräterischer Geruch lieferte zumindest einen Grund für

das frenetische Gebrüll: Das Kind mußte frisch gewickelt werden. Er trug Daisy, sie fast auf Armeslänge von sich abhaltend, hinauf ins Kinderzimmer. Amy stand noch in der Tageslatzhose in ihrem Bettchen, klammerte sich an die Gitterstäbe und quengelte.

»Haben Sie die beiden schon gefüttert?« Er hätte auch von Tieren sprechen können.

»Ich haben Milch gegeben. Estelle sagt, ich warten auf Mrs. Costello.«

Er verfrachtete Daisy in ihr Bettchen, und prompt wurde das Plärren lauter. Sie weint, dachte er, weniger aus Not, denn vor Zorn. Jedenfalls sprach aus ihren Blicken, die sie aus schmalen Augenschlitzen auf ihn schoß, pure Boshaftigkeit. Amy, die nicht hinter ihrer Zwillingsschwester zurückstehen wollte, stimmte ein klägliches Schluchzen an, das bald in lautes Heulen ausartete. Erleichtert hörte er, wie unten heftig die Haustür zugeschlagen wurde. Gleich darauf erklangen Lois' Schritte auf der Treppe. Er ging ihr entgegen und sagte: »Sieh um Gottes willen zu, daß du das Chaos da drinnen in den Griff kriegst. Estelle ist mit irgendeinem verletzten Galan auf und davon und hat die Kinder einem ausgeflippten Teenager überlassen. Ich brauche erst mal was zu trinken.«

Der Getränkeschrank stand im Salon. Simon warf den Mantel über einen Stuhl und goß sich einen großen Whisky ein. Aber das Geschrei verfolgte ihn bis hier unten; Lois' wütende Stimme wurde schrill, die Kinder brüllten mit unverminderter Lautstärke weiter; erneut Schritte auf der Treppe, ein Wortwechsel im Flur.

Die Tür ging auf. »Ich muß das Mädchen bezahlen. Sie verlangt zwanzig Pfund. Hast du das passend?«

Schweigend zog er zwei Zehner aus der Tasche und reichte sie ihr. Die Haustür fiel nachdrücklich ins Schloß, und nach ein paar Minuten kehrte heiliger Friede ein. Es dauerte frei-

lich noch ganze vierzig Minuten, bis Lois endlich wieder herunterkam.
»Sie schlafen jetzt. Du hast dich ja nicht gerade nützlich gemacht. Wenigstens die Windeln hättest du ihnen wechseln können.«
»Dazu blieb mir keine Zeit. Ich war gerade dabei, als du kamst. Was ist denn nun mit Estelle?«
»Weiß der Himmel. Ich hab noch nie von diesem angeblichen Freund gehört. Ich nehme an, sie wird irgendwann wiederauftauchen, wahrscheinlich gerade rechtzeitig zum Abendessen. Das ist wirklich der Gipfel! Die fliegt! Gott, war das ein Tag. Mach mir was zu trinken, sei so gut, ja? Aber keinen Whisky. Ich hätt Lust auf einen Gin Tonic.«
Lois hatte sich ermattet in die Sofaecke gekuschelt, als er ihr den Drink brachte. Sie trug ihre Arbeitskluft, wie er es in Gedanken nannte. Er haßte diese Aufmachung: den schwarzen Rock mit dem Schlitz in der Mitte, den gutgeschnittenen Blazer, die weich schimmernde Seidenbluse, die schlichten Pumps. Das alles repräsentierte jene Lois, der er sich zusehends entfremdet fühlte, und eine Welt, die ihr so wichtig wie ihm bedrohlich schien. Nur die feuchte Haut und eine abklingende Rötung der Stirn verrieten noch den eben bestandenen Kampf mit den Zwillingen. Wer hätte gedacht, daß man sich an Schönheit gewöhnen konnte? Es hatte eine Zeit gegeben, da wäre es ihm jeden Preis wert gewesen, sie zu besitzen, zu wissen, daß sie ausschließlich ihm gehörte, er sich an ihr laben und trösten, berauschen, ja vielleicht sogar durch sie geläutert werden könnte. Aber man konnte Schönheit ebensowenig besitzen wie einen Menschen.
Rasch leerte sie ihr Glas, stand auf und sagte: »Ich geh mich jetzt umziehen. Es gibt Spaghetti bolognese zum Abendessen, und falls Estelle inzwischen zurückkommt, so möchte ich sie erst zur Rede stellen, wenn ich was im Magen habe.«

Er erwiderte: »Warte noch einen Moment. Ich muß dir was sagen.«
Es war kein günstiger Augenblick für sein Geständnis, aber was war schon der rechte Zeitpunkt für eine unangenehme Nachricht? Hauptsache, er brachte es rasch hinter sich. Er schilderte ihr in knappen Worten, was vorgefallen war.
»Kurz bevor ich gehen wollte, kam Venetia Aldridge zu mir ins Büro. Sie hat gerade Brian Cartwright verteidigt, und der hat ihr gesteckt, daß ich von drei Geschworenen gewußt hätte, die er in dem Prozeß wegen Körperverletzung bestochen hatte, 1972, als ich sein Anwalt war. Er hat ihr auch von den Cartwright-Agricultural-Company-Aktien erzählt, die er dir vor diesem Prozeß zugeschanzt hat. Ich hab nicht den Eindruck, daß Venetia die Sache auf sich beruhen lassen wird.«
»Was soll das heißen, daß sie's nicht auf sich beruhen lassen wird?«
»Na ja, schlimmstenfalls kann sie mich bei der Anwaltskammer anzeigen oder bei meinem Verband.«
»Aber nein! Dazu ist das viel zu lange her. Und überhaupt, es geht sie doch gar nichts an.«
»Sie sieht das anscheinend anders.«
»Du hast hoffentlich alles abgestritten?« Und in schärferem Ton: »Du hast es doch geleugnet, oder?«
»Ja, natürlich, was denn sonst.«
»Dann ist ja alles in Ordnung. Beweisen kann sie dir nichts. Und wenn's hart auf hart kommt, steht dein Wort gegen das von Cartwright.«
»So einfach ist es nun auch wieder nicht. Was die Aktien angeht, könnte sie vermutlich Beweise finden. Und wenn man Cartwright richtig in die Mangel nimmt, dann gibt der womöglich die Namen der Geschworenen preis.«
»Das wär aber doch kaum in seinem Interesse, oder? Warum hat er ihr überhaupt was davon erzählt?«

»Weiß der Himmel. Ich nehme an, das ist seine Art, sich erkenntlich zu zeigen. Vielleicht spielt auch Eitelkeit mit, und er wollte sich brüsten, ihr beweisen, daß es seine Schlauheit war und nicht die Kunst des Anwalts, die ihm beim letztenmal aus der Patsche geholfen hat. Warum macht ein Mensch so was? Ist es nicht müßig, sich nach den Gründen zu fragen? Er hat's nun mal getan, Punktum.«
»Na und? Selbst wenn er ihr die Namen nennt, steht immer noch dein Wort gegen seines und das seiner Geschworenen. Und warum hätte er mir die Aktien nicht geben sollen? Du weißt doch, wie das war. Ich kam zu dir in die Kanzlei, als er eben gehen wollte, und wir sind ins Gespräch gekommen. Waren uns auf Anhieb sympathisch. Du hattest noch zu tun, und da hab ich mir mit ihm ein Taxi geteilt. Ich fand ihn ehrlich nett. Wir haben uns über Kapitalanlagen unterhalten. Eine Woche später kriegte ich einen Brief von ihm mitsamt den Aktien. Du hattest damit überhaupt nichts zu tun. Wir waren damals ja noch gar nicht verheiratet.«
»Eine Woche später waren wir es.«
»Aber er hat sie *mir* geschenkt. Mir persönlich. Das kann doch wohl keinesfalls gesetzwidrig sein, wenn ein Freund mir ein paar Aktien übereignet. Mit dir hatte das absolut nichts zu tun. Er hätte mir die Papiere auch dann gegeben, wenn wir nicht verlobt gewesen wären.«
»Ach ja?«
»Jedenfalls könnte ich sagen, daß du überhaupt nichts von den Aktien gewußt hast. Ich hab's dir nie erzählt, damit bist du aus dem Schneider. Und du kannst sagen, daß du Cartwright die Sache mit der Bestechung nicht geglaubt hast. Du dachtest, das wäre seine Art von Humor. Kein Mensch kann dir das Gegenteil beweisen. Und vor dem Gesetz zählen doch nur handfeste Beweise, nicht wahr? Na bitte, in dem Fall gibt's keine. Das wird auch Venetia Aldridge einsehen. Wo sie doch

angeblich eine so glänzende Juristin ist. Bestimmt wird sie die Sache nicht weiterverfolgen. So, und jetzt brauch ich noch einen Drink.«
Lois hatte die Juristerei nie verstanden. Sie schätzte das Prestige, mit einem Barrister verheiratet zu sein, und am Anfang ihrer Ehe hatte sie gelegentlich auch seine Prozesse im Gerichtssaal verfolgt, bis die Langeweile sie aus dem Raum vertrieb.
»Ganz so einfach ist es nicht«, sagte er. »Sie braucht keine direkten Beweise, jedenfalls nicht solche, die vor Gericht standhalten würden. Wenn das rauskommt, kann ich mir den Traum vom Kronanwalt ein für allemal abschminken.«
Jetzt hatte er sie endlich doch erschreckt. Die Ginflasche in der Hand, drehte sie sich abrupt nach ihm um. »Du meinst«, fragte sie mit ungläubiger Stimme, »du meinst, Venetia Aldridge könnte tatsächlich verhindern, daß du Kronanwalt wirst?«
»Wenn sie sich ordentlich dahinterklemmt, ja.«
»Dann mußt du sie aufhalten.« Er antwortete nicht, und sie sagte: »Irgend jemand muß sie aufhalten. Ich werde mit Onkel Desmond sprechen. Der wird sie zur Rede stellen. Du sagst doch immer, daß er der angesehenste Anwalt in der ganzen Kanzlei ist.«
Jetzt schlug er einen scharfen Ton an. »Nein! Nein, Lois. Ich verbiete dir, mit ihm darüber zu sprechen. Siehst du denn nicht, was du damit anrichten würdest? Desmond Ulrick wäre der letzte, der für eine solche Situation Verständnis hätte.«
»Vielleicht nicht, wenn's um dich geht. Für mich hat er immer ein offenes Ohr.«
»Ich weiß, du glaubst, Desmond würde alles für dich tun. Ich weiß auch, daß er völlig vernarrt ist in dich. Und ich weiß, daß du dir von ihm Geld geliehen hast.«
»*Wir* haben uns von ihm Geld geliehen. Wir hätten dieses

Haus nicht, wenn er uns nicht das Darlehen gegeben hätte. Zinslos. Dank der Cartwright-Aktien und Onkel Desmonds Darlehen haben wir die Anzahlung geleistet, das solltest du nicht vergessen.«

»Wie könnte ich. Vor allem, wo unsere Chancen, das Geld zurückzuzahlen, so fabelhaft stehen.«

»Er erwartet gar nicht, daß wir's zurückzahlen. Als Darlehen hat er es doch nur bezeichnet, um deinen Stolz nicht zu verletzen.«

Geholfen hatte ihm das nicht. Selbst in dieser wirklich üblen Notlage quälte ihn die alte Eifersucht, die ebenso unsinnig wie hartnäckig war, so schmerzhaft wie eine altvertraute Wunde. Ulrick war vernarrt in Lois – wer hätte das besser verstanden als er? Was er abstoßend fand, das war ihre Art, sich in seiner Huldigung zu sonnen, sie auszunutzen.

»Ich verbiete dir, mit ihm darüber zu sprechen!« wiederholte er. »Hörst du, Loïs? Mitwisser wären in dem Fall das Allerschlimmste. Ganz besonders in der Kanzlei. Unsere einzige Chance ist, die Geschichte zu vertuschen. Cartwright geht bestimmt nicht damit hausieren. Er hat schließlich vier Jahre dichtgehalten. Es wäre ja auch nicht gerade in seinem Interesse, wenn's rauskommt. Und ich werd noch mal mit Venetia reden.«

»Das würde ich dir auch raten, und zwar bald. Du kannst dich nämlich nicht weiter auf mein Gehalt verlassen.«

»Nicht ich verlasse mich darauf, *wir* tun's. Und du hast am meisten darauf bestanden, wieder arbeiten zu gehen.«

»Aber ich bin nicht mehr so scharf drauf wie früher. Und von Carl Edgar hab ich endgültig die Nase voll. Der Kerl wird langsam unerträglich. Ich such mir einen anderen Job.«

»Vorläufig solltest du dich mit dem zufriedengeben, den du hast. Das ist ja wohl kaum der richtige Zeitpunkt, die Kündigung einzureichen.«

»Tut mir leid, aber mit dem Rat kommst du zu spät. Ich hab nämlich schon gekündigt – heute nachmittag.«
Bestürzt sahen sie einander an, und dann sagte sie es noch einmal: »Du tätest gut daran, das mit Venetia Aldridge zu regeln, hörst du? Und zwar schnell.«

9

Der Anruf erreichte Mark Rawlstone in seinem Haus in Pimlico, als eben die Neun-Uhr-Nachrichten der BBC zu Ende gingen. Im Unterhaus hatte nichts Wichtiges mehr angestanden, und da er noch an einer Rede für die Debatte der kommenden Woche arbeiten mußte, hatte er allein daheim gegessen. Lucy war zu ihrer Mutter nach Weybridge gefahren und würde über Nacht bleiben. Mutter und Tochter hatten ja auch allerhand zu bereden, vor allem jetzt. Aber sein Abendessen hatte sie ihm wie so oft bereitgestellt: eine Entenkasserolle, die er nur aufzuwärmen, und einen einfachen Salat, den er bloß noch anzumachen brauchte, sowie etwas Käse und Obst. Mark hatte schon mit einem Anruf gerechnet, und das konnte er jetzt sein. Kenneth Maples war zum Essen im Parlament verabredet, wollte aber eventuell später noch auf einen Kaffee und einen Plausch vorbeikommen. Wenn ja, würde er ihm telefonisch Bescheid geben. Ken saß im Schattenkabinett; dieser Plausch konnte also wichtig werden. Alles, was sich jetzt im Vorfeld der Wahl abspielte, konnte von Wichtigkeit sein. Wahrscheinlich war Ken am Apparat, der ihm sagen wollte, daß er auf dem Weg sei.

Statt dessen vernahm er, halb enttäuscht und halb verärgert, Venetias Stimme. Sie sagte: »Bin ich froh, daß ich dich erreiche. Ich hab's zuvor im Parlament probiert, ehrlich. Hör zu, ich muß dich unbedingt sprechen. Kannst du auf einen Sprung vorbeikommen?«

»Hat das nicht Zeit? Ich erwarte noch einen Anruf.«

»Nein, es ist dringend. Sonst hätte ich nicht angerufen. Du kannst doch eine Nachricht auf dem Anrufbeantworter hinterlassen. Ich werde dich auch nicht lange aufhalten.«
Sein anfänglicher Unmut war matter Resignation gewichen. »Also gut«, sagte er schroff, »ich nehm ein Taxi.«
Erst als er auflegte, fiel ihm ein, daß es nicht Venetias Art war, ihn unter seiner Privatnummer anzurufen; jedenfalls kam es so selten vor, daß er sich an das letzte Mal schon gar nicht mehr erinnern konnte. Sie hatte ebenso penibel wie er auf eine strikte Trennung zwischen ihrer Affäre und dem jeweiligen Privatleben geachtet, war ebenso zwanghaft auf Diskretion und Sicherheitsvorkehrungen bedacht gewesen – nicht, weil sie soviel zu verlieren hatte wie er, sondern weil ihr davor graute, daß ihr Sexualleben zum Kasinoklatsch der Kanzlei werden könnte. Daß er Mitglied im Lincoln's Inn war und nicht im Middle Temple, hatte ihr Versteckspiel begünstigt. Und die vielen Termine, die er als Abgeordneter wahrnehmen mußte und deren Dauer sich nie mit Bestimmtheit voraussagen ließ, sowie die Reisen in seinen Wahlkreis in den Midlands hatten Gelegenheit zu heimlichen Treffen geboten, mitunter sogar zu einer gemeinsamen Nacht bei ihr am Pelham Place. Aber seit einem halben Jahr sahen sie sich nicht mehr so oft, und wenn, dann ging die Initiative immer häufiger von Venetia aus. Das Verhältnis bekam allmählich die eintönige Routine einer Ehe, ohne indes deren Geborgenheit und Bequemlichkeiten zu bieten. Und das lag nicht allein an der abklingenden Leidenschaft. Heute fiel es ihm schwer, sich den Rausch jener ersten Wochen vorzustellen, mit dem ihr Verhältnis begonnen hatte; es war ihm unmöglich, jene prickelnde Mischung nachzuempfinden aus gefahrengewürzter sexueller Faszination und der hochgemuten, stolzen Gewißheit, daß eine schöne und erfolgreiche Frau ihn begehrenswert fand. Tat sie es noch? Oder war ihre Beziehung für beide zur

Gewohnheit geworden? Alles fand irgendwann einmal ein natürliches Ende, sogar verbotene Leidenschaft. Wenigstens konnte man diese Affäre anders als ein paar seiner früheren törichten Eskapaden mit Anstand zu Ende bringen.
Er hatte ohnehin Schluß machen wollen, noch bevor Lucy ihm gesagt hatte, daß sie schwanger war. Die Rendezvous mit Venetia wurden langsam zu riskant, schon wegen der ständig um sich greifenden Jagd nach Skandalgeschichten. Die britische Öffentlichkeit, insbesondere die Presse mit ihrem Talent zur Heuchelei, hatte entschieden, daß sexuelle Freiheiten, die ein Journalist sich durchaus erlauben konnte, bei einem Volksvertreter skandalös und unverzeihlich seien. Und nun schickte man sich an, die ohnehin unbeliebte Spezies der Politiker damit zu schikanieren, daß man ihnen eine lupenreine Sexualmoral abverlangte. Er zweifelte nicht daran, daß seine Affäre für eine Schlagzeile gut war, falls ein Reporter an einem nachrichtenflauen Tag Wind von ihr bekam: Aufstrebender junger Labour-Abgeordneter, favorisierter Anwärter auf einen Staatssekretärsposten, verheiratet mit einer praktizierenden Katholikin, hält sich eine der führenden Strafrechtlerinnen des Landes als Geliebte. Er würde sich nicht der üblichen erniedrigenden Farce unterziehen und der Öffentlichkeit den possenhaften Auftritt samt Foto vom reuigen Schürzenjäger und dem treuen kleinen Frauchen bieten, das hochherzig zum ehebrecherischen Gatten hält. Derlei würde er Lucy nicht zumuten, nie und nimmer. Venetia mußte dafür Verständnis haben. Zum Glück hatte er es nicht mit einer eifersüchtigen, nachtragenden, geltungsbedürftigen Selbstdarstellerin zu tun. Einer der Vorzüge einer unabhängigen, intelligenten Geliebten war, daß man so ein Verhältnis jederzeit taktvoll beenden konnte.
Lucy hatte abgewartet, bis ihre Schwangerschaft zweifelsfrei feststand, bevor sie ihn einweihte. Eine typische Eigenschaft von ihr, dieses Wartenkönnen, zu wissen, was sie tun, sich ge-

nau zurechtlegen, was sie sagen würde. Er hatte sie in die Arme genommen und gespürt, wie eine halb vergessene Leidenschaft, eine alte fürsorgliche Liebe wieder auflebte. Sie hatte darunter gelitten, während er es gelinde bedauerte, daß ihre Ehe kinderlos geblieben war. In diesem Moment aber hatte er schlagartig begriffen, daß er sich fast ebenso verzweifelt ein Kind gewünscht hatte wie sie und daß er, nur weil ihm Niederlagen unerträglich waren, eine Hoffnung unterdrückt hatte, an deren Erfüllung er irgendwann nicht mehr glauben konnte. Als sie sich aus seiner Umarmung löste, hatte Lucy ihm ihr Ultimatum gestellt: »Mark, damit wird sich vieles ändern, für uns und für unsere Ehe.«

»Aber natürlich, Darling, ein Kind verändert jede Beziehung. Wir werden bald eine Familie sein. Mein Gott, ist das wunderbar! Ich freue mich ja so! Ich weiß nicht, wie du das vier Monate lang für dich behalten konntest.«

Der Satz war ihm kaum über die Lippen, da wußte er schon, daß er das vielleicht besser nicht gesagt hätte. In Zeiten, da sie einander noch sehr nahe standen, hätte sie ihr Geheimnis nicht so leicht für sich behalten können, aber sie ließ ihm die Bemerkung stillschweigend durchgehen.

»Was unsere Ehe betrifft«, sagte sie, »wer immer es ist, mit der du dich eingelassen hast – ich will nicht wissen, wie sie heißt, will überhaupt nichts davon hören –, aber es muß ein Ende haben. Das siehst du doch ein!«

Und er sagte: »Es ist vorbei. Es hatte nichts zu bedeuten. Geliebt habe ich immer nur dich.«

In dem Augenblick hatte er es geglaubt, und er glaubte es noch: Soweit er fähig war zu lieben, gehörte sein Herz ihr.

Beide waren sich, auch ohne daß darüber gesprochen wurde, im klaren darüber, welche Verpflichtungen sich an ihren Pakt knüpften.

Die Dinnerpartys am Freitagabend waren ein Teil davon.

Lucy würde tun, was man von ihr erwartete, und sie würde ihre Sache gut machen. Ihr Interesse an der Politik hielt sich in Grenzen. Die Welt, in der er an die Spitze drängte, diese Welt mit ihren Intrigen, komplizierten Überlebensstrategien, mit ihren Rivalitäten und ihrer Cliquenwirtschaft war ihrem elitären Geist fremd. Aber sie interessierte sich aufrichtig und scheinbar ohne Ansehen von Status, Rang oder Position für andere Menschen, und ihre Gäste hatten von jeher auf diesen sanft fragenden Blick angesprochen, sich wohl gefühlt in ihrem Salon und geborgen in ihrer Gegenwart. Seine Welt, dachte er bei sich, brauchte eine Lucy; er brauchte Lucy.

Als das Taxi in den Pelham Place einbog, sah er, wie ein junger Mann auf einem Motorrad von Venetias Haus wegfuhr. Wohl ein Freund von Octavia. Er hatte ganz vergessen, daß die Tochter jetzt im Souterrain wohnte. Noch ein Grund, Schluß zu machen. Solange sie im Internat war, konnte man sich am Pelham Place immerhin die meiste Zeit des Jahres vor Störungen sicher fühlen. Und Octavia war ein unattraktives Mädchen, mit dem er nicht einmal indirekt zu tun haben wollte.

Er klingelte. Venetia hatte ihm selbst in der stürmischsten Phase ihrer Beziehung keinen eigenen Schlüssel gegeben. Nicht ohne eine gewisse Gereiztheit vergegenwärtigte er sich, daß es immer Privatzonen gegeben hatte, die aufzugeben Venetia nie bereit gewesen war. Sie hatte ihn in ihr Bett gelassen, aber nicht in ihr Leben.

Nicht die Haushälterin, Mrs. Buckley, sondern sie selbst ließ ihn ein und führte ihn hinauf ins Wohnzimmer. Auf dem niedrigen Tisch vor dem Kamin stand schon die Whiskykaraffe bereit. Er dachte (nicht zum erstenmal, aber heute fand er sich durch den Gedanken bestärkt), daß ihm ihr Wohnzimmer nie wirklich gefallen, daß er ihr Haus nie gemocht oder sich darin wohl gefühlt hatte. Was ihm fehlte, waren Gemütlichkeit, die individuelle Note, eine einladende Atmosphäre. Man hätte glauben können, sie habe eines Tages beschlossen, ein georgianisches Stadthaus verlange nach einer stilgerechten Einrichtung, und daraufhin die Auktionshäuser abgegrast, um sich eine passende Grundausstattung zusammenzusteigern. Er argwöhnte, daß nichts in diesem Raum aus ihrer Vergangenheit stammte oder gekauft worden war, weil sie ihr Herz daran gehängt hatte – weder die gepolsterte Chaiselongue, die hübsch anzusehen, aber nicht wirklich bequem war, noch der Silbertisch mit den paar erlesenen Stücken, von denen er wußte, daß sie die alle an einem einzigen Nachmittag in den Silver Vaults erstanden hatte. Immerhin verriet das einzige Bild im Zimmer, eine Vanessa Bell über dem Kamin, ein wenig persönlichen Geschmack: Sie hatte tatsächlich ein Faible für die Malerei des zwanzigsten Jahrhunderts. Blumen dagegen suchte man in ihrem Haus vergebens. Mrs. Buckley mußte sich um andere Dinge kümmern, und Venetia war erst recht zu beschäftigt, um welche zu kaufen und in eine Vase zu stellen.

Im nachhinein wurde ihm klar, daß er ihre Aussprache vom ersten Augenblick an falsch angefangen hatte. Ohne daran zu denken, daß sie sich bei ihm hatte Rat holen wollen, fiel er mit der Tür ins Haus. »Es tut mir leid, aber ich kann nicht bleiben. Kenneth Maples hat sich nämlich bei mir angesagt, weißt du. Dabei wollte ich schon längst mal wieder bei dir vorbeischauen. Die letzten paar Wochen waren bloß so hektisch, daß ich gar nicht mehr weiß, wo mir der Kopf steht. Trotzdem, ich muß dir was sagen. Ich glaube, wir sollten uns nicht mehr treffen. Es wird zu gefährlich, zu kompliziert für uns beide. Und ich hab schon seit einiger Zeit das Gefühl, daß du ähnlich denkst.«

Sie trank keinen Whisky, und so stand für sie ein dekantierter Rotwein auf dem Silbertablett, von dem sie sich jetzt ein Glas eingoß. Ihre Hand war völlig ruhig, aber die dunklen, melassebraunen Augen maßen ihn mit einem so vorwurfsvoll verächtlichen Blick, daß er instinktiv zurückschreckte. Er hatte sie noch nie so gesehen. Was war nur mit ihr los? Nie zuvor hatte er das Gefühl gehabt, daß sie um Selbstbeherrschung rang.

Sie sagte: »Also deshalb warst du so gnädig, herzukommen, obwohl du dadurch Gefahr läufst, Kenneth Maples zu verpassen. Du willst mir sagen, daß es aus ist zwischen uns.«

»Ich dachte, das sei auch in deinem Sinne. Schließlich waren wir die letzten Wochen nicht gerade oft zusammen.« Entsetzt vernahm er den flehenden Unterton in seiner Stimme. Trotzdem fuhr er mit dem Mut der Verzweiflung fort: »Hör zu, wir hatten ein Verhältnis, aber keiner hat dem anderen irgendwelche Versprechungen gemacht. Und wir haben auch nie so getan, als ob es die große Liebe wäre. Das war nicht die Basis unserer Beziehung.«

»Und auf welcher Basis, bitte sehr, stand sie deiner Meinung nach? Sag's mir, ich möcht's wissen.«

»Ich nehme an, auch das beruhte auf Gegenseitigkeit: erotische Faszination, Respekt, Zuneigung. Ab irgendeinem Punkt wahrscheinlich auch Gewohnheit.«

»Eine sehr bequeme Gewohnheit. Eine Frau fürs Bett, die dir, wie und wann du Lust hattest, zur Verfügung stand, der du vertrauen konntest, weil sie genausoviel zu verlieren hatte wie du, und die du nicht mal zu bezahlen brauchtest. Eine Gewohnheit, in die ihr Männer euch sehr leicht reinfindet, und ein Politiker wie du natürlich erst recht.«

»Das ist unter deiner Würde! Außerdem ist es nicht fair. Ich dachte, ich hätte dich glücklich gemacht.«

Jetzt war eine Eiseskälte in ihrer Stimme, die ihm das Blut in den Adern gefrieren ließ.

»Dachtest du, Mark? Dachtest du das wirklich? Bist du dermaßen eingebildet? So einfach ist es auch wieder nicht, mich

glücklich zu machen. Dazu gehört schon etwas mehr als ein ansehnlicher Schwanz und ein Quentchen technisches Geschick im Bett. Nein, du hast mich nicht glücklich gemacht, niemals, nicht einmal am Anfang. Was du mir gegeben hast – von Zeit zu Zeit, wenn's sich gerade einrichten ließ, wenn deine Frau dich nicht zur Unterhaltung ihrer Gäste brauchte, wenn du mal einen Abend frei hattest –, das war ein Augenblick sexueller Befriedigung. Die ich mir auch selber hätte verschaffen können, nur vielleicht nicht so intensiv. Aber von glücklich machen ist das nun wirklich weit entfernt.«
Bemüht, sich aus diesem Sumpf in seinen Augen unlogischer Argumente auf sicheren Grund zu retten, sagte er: »Falls ich dich schlecht behandelt habe, so tut mir das leid. Ich wollte dich nicht kränken. Das ist das letzte, was ich gewollt hätte.«
»Du kapierst einfach nicht, Mark, oder? Du hörst nicht zu. Du wärst gar nicht fähig, mich zu kränken. Dazu bist du mir nicht wichtig genug. Du nicht und auch kein anderer Mann.«
»Aber worüber beklagst du dich dann? Wir hatten ein Verhältnis. Das wir beide wollten. Beide haben wir davon profitiert. Und nun ist es vorbei. Wenn's dir nicht mal wichtig war, wo ist dann der Schaden?«
»Worüber ich mich beklage, das ist deine unerhörte Vorstellung davon, wie du meinst, mit Frauen umspringen zu können. Die eigene Frau hast du betrogen, weil dich die Abwechslung reizte, ein sexuelles Abenteuer mit dem Kitzel der Gefahr. Und ich bot mich an, weil du wußtest, ich bin diskret. Jetzt brauchst du deine Lucy auf einmal, sie ist wichtig für dich. Du mußt ein ehrbares Ambiente vorzeigen, und dazu gehört die pflichtbewußte, liebende Ehefrau: Daraus schlägt ein Politiker Kapital. Also ist Lucy bereit, über den Seitensprung hinwegzusehen, dich im Wahlkampf zu unterstützen, hinterher die vollkommene Abgeordnetengattin zu spielen, wofür du im Gegenzug zweifellos versprechen mußtest, dein kleines

Verhältnis zu beenden. ›Ich werde sie nie wiedersehen. Ernsthaft hat mir dies sowieso nie was bedeutet. Geliebt habe ich immer nur dich.‹ Sind das nicht die Sprüche, mit denen Ehebrecher sich mit ihren armen Gattinnen zu versöhnen pflegen?«

Plötzlich fand er Erleichterung im Zorn. »Halt gefälligst Lucy da raus! Sie braucht weder deine Fürsorge noch dein so gottverdammt herablassendes Mitgefühl. Und dafür, dich als Anwalt des schwachen Geschlechts aufzuspielen, ist es wohl ein bißchen spät, nicht? Um Lucy kümmere ich mich schon selber. Unsere Ehe geht dich nichts an. Außerdem liegst du mit deinen Vermutungen völlig falsch. Dein Name ist überhaupt nicht gefallen. Lucy weiß nichts von unserem Verhältnis.«

»Ach nein? Mark, werd doch endlich erwachsen! Selbst wenn sie nicht weiß, daß ich es war – daß es da eine andere gab, weiß sie garantiert. Frauen haben einen sechsten Sinn für so was. Und wenn sie den Mund gehalten hat, dann, weil sie wußte, daß sie damit langfristig besser fährt. Du hattest schließlich nicht vor, dich scheiden zu lassen, oder? Es war bloß ein kleiner Seitensprung. Und so was kommt bei Männern nun mal vor.«

»Lucy ist schwanger.«

Er wußte nicht, was ihn dazu veranlaßt hatte, das zu sagen. Aber jetzt war es heraus.

Es entstand eine Pause. Dann sagte sie ruhig: »Ich denke, Lucy kann keine Kinder kriegen?«

»Das dachten wir, ja. Wir sind immerhin schon acht Jahre verheiratet. Da gibt man halt irgendwann die Hoffnung auf. Und Lucy wollte dieses ganze Theater mit Infertilitätstests und In-vitro-Behandlungen nicht – sie fand, so eine Prozedur wäre für mich zu demütigend gewesen. Tja, und nun war's ja auch gar nicht nötig. Das Kind soll am zwanzigsten Februar kommen.«

»Genau zum passenden Zeitpunkt. Vermutlich habt ihr das mit Beten und Kerzenanzünden bewirkt. Oder war's gar eine unbefleckte Empfängnis?«
Sie stockte und hielt ihm die Whiskykaraffe hin. Er schüttelte den Kopf. Venetia goß sich noch ein Glas Wein ein und sagte betont beiläufig: »Weiß sie von der Abtreibung? Als ihr dieses kleine Versöhnungsgespräch hattet, hast du da auch daran gedacht zu erwähnen, daß ich vor zwölf Monaten dein Kind abgetrieben habe?«
»Nein, davon weiß sie nichts.«
»Natürlich nicht. Eine Sünde dieser Größenordnung würdest du ihr nicht zu beichten wagen. Eine kleine Bettgeschichte, ein Techtelmechtel nebenher, das ist verzeihlich, aber ein ungeborenes Kind zu töten? Nein, darüber würde sie bestimmt nicht so großmütig hinwegsehen. Eine fromme Katholikin, prominentes Mitglied der *Pro-Life*-Bewegung, und jetzt auch noch selber schwanger. Diese brisante Information würde die Monate bis zum Februar schon sehr überschatten, nicht wahr? Wäre da für sie nicht immer ein unsichtbares Geschwisterchen, während dein Sohn oder deine Tochter heranwachsen? Würde sie nicht ständig dessen stummen Vorwurf hören? Und jedesmal, wenn du euer Kind auf den Arm nimmst, den Geist dieses abgetriebenen Babys vor Augen haben?«
»Tu ihr das nicht an, Venetia! Wo bleibt denn dein Stolz? Du wirst dich doch nicht wie eine billige Erpresserin aufführen!«
»Ah, nicht billig, Mark, nicht billig! Erpressung kommt nie billig. Du als Strafrechtler solltest das wissen.«
Nun mußte er um Gnade betteln und haßte sich ebenso dafür wie sie.
»Nein, das würdest du ihr nicht antun. Sie hat dir doch nie im Leben was zuleide getan.«

»Wahrscheinlich hast du recht, aber du wirst dir nie sicher sein, Mark, nicht wahr?«

Er hätte es dabei bewenden lassen sollen. Hinterher verfluchte er sich ob seiner Torheit. Nicht nur im Kreuzverhör mußte man wissen, wann es Zeit war aufzuhören. Er hätte seinen Stolz bezähmen, vielleicht noch einen letzten Appell an sie richten und dann gehen sollen. Aber er war so erbost über die Ungerechtigkeit, mit der sie ihm allein die ganze Verantwortung zuschieben wollte und so tat, als habe er sie gezwungen, sein Kind abzutreiben.

Er sagte: »Du warst es doch, die sich plötzlich einbildete, die Pille sei schädlich und du solltest sie eine Zeitlang absetzen. Du bist das Risiko ganz bewußt eingegangen. Und an dem Abbruch war dir genauso gelegen wie mir. Du warst doch regelrecht in Panik, als du merktest, daß du schwanger warst. Ein uneheliches Kind wäre eine Katastrophe gewesen. Nein, ein Kind wäre für dich generell eine Katastrophe gewesen, das hast du selbst gesagt. Und du wolltest ja auch nie ein zweites. Du kümmerst dich ja nicht mal um das eine, das du hast.«

Sie sah ihn nicht an. Ihre zornfunkelnden Augen starrten plötzlich so entsetzt an ihm vorbei, daß er sich umwandte und ihrem Blick folgte. Octavia stand mit einem Paar silberner Kerzenleuchter in der Tür. Niemand sagte ein Wort. Mutter und Tochter waren wie zu einem Tableau erstarrt.

Er murmelte: »Es tut mir leid. Bitte entschuldige«, drängte sich an Octavia vorbei und lief wie gejagt die Treppe hinunter. Mrs. Buckley war nirgends zu sehen, aber die Haustür war nicht verschlossen, und so blieb ihm die Schmach erspart, darauf zu warten, daß jemand kam und ihm aufsperrte.

Erst als er schon ein ganzes Stück weit vom Haus entfernt war und im Laufschritt verzweifelt nach einem Taxi Ausschau hielt, fiel ihm ein, daß er Venetia gar nicht gefragt hatte, warum sie ihn habe sprechen wollen.

10

Drysdale Laud wußte wohl, daß seine Freunde – nicht ohne einen Anflug von Neid – der Ansicht waren, er habe sich sein Leben recht vorteilhaft eingerichtet. Und er teilte ihre Einschätzung, auch wenn er sich seine privilegierte Stellung zumindest teilweise als eigenes Verdienst anrechnete. Als erfolgreicher Anwalt, spezialisiert auf Verleumdungsklagen, hatte er in der Praxis reichlich Gelegenheit mitanzusehen, wie gründlich sich manche Leute ihr Leben verkorksten, was er mit dem angemessenen professionellen Verständnis beobachtete, ohne aber sein Erstaunen darüber unterdrücken zu können, daß Menschen, die immerhin die Wahl hatten zwischen Ordnung und Chaos, Vernunft und Dummheit, so sehr gegen ihre eigenen Interessen verstießen. Auf hartnäckiges Befragen hätte er eingeräumt, daß er stets vom Glück begünstigt gewesen sei. Aufgewachsen war er als verwöhntes Kind wohlhabender Eltern. Intelligenz und ungewöhnlich gutes Aussehen hatten ihn in der Schule und später in Cambridge erwartungsgemäß von einem Erfolg zum nächsten geführt, und bevor er sich der Jurisprudenz zuwandte, konnte er bereits einen glänzenden Studienabschluß in Altphilologie vorweisen. Sein Vater war zwar kein Jurist, doch mit ein paar Rechtswissenschaftlern befreundet, wodurch es nicht weiter schwierig war, ein passendes Referendariat für den jungen Drysdale zu finden. Er war zu gegebener Zeit in die Kanzlei übernommen worden und bei der ersten sich bietenden Gelegenheit zum Kronanwalt aufgestiegen.

Als sein Vater vor zehn Jahren starb, ließ er seine Mutter wohlversorgt zurück, was den Sohn drückender Kindespflichten enthob; sie erwartete lediglich, daß er ein Wochenende pro Monat in ihrem Haus in Buckinghamshire verbrachte, an dem sie jedesmal eine Dinnerparty arrangierte. Drysdales Beitrag zu diesem inoffiziellen Handel bestand lediglich in seiner Anwesenheit, der ihre in erlesenen Speisen und darin, Gäste einzuladen, die ihn nicht langweilten. Die Besuche auf dem Land boten ferner Gelegenheit, sich von seiner alten Kinderfrau verwöhnen zu lassen, die seine Mutter als Faktotum behalten hatte, sowie für eine Runde Golf oder einen flotten Geländelauf. Ein Sack voll schmutziger Hemden wurde gewaschen und wunderschön gebügelt, was ihn billiger kam, als wenn er sie über die Straße in die nächste Wäscherei gegeben hätte, und außerdem Zeit sparte. Seine Mutter war eine hingebungsvolle Gärtnerin, und nach einem Wochenende bei ihr kehrte er, der Jahreszeit entsprechend, mit Blumen, frischem Obst und Gemüse in seine Wohnung am Südufer der Themse nahe der Tower Bridge zurück.
Die Zuneigung, die er und seine Mutter füreinander empfanden, gründete in der Achtung, die einer dem grundlegenden Egoismus des anderen zollte. Das einzige, was sie an ihm auszusetzen hatte, aber nur in Andeutungen und nie explizit zur Sprache brachte, war, daß er sich mit dem Heiraten gar soviel Zeit ließ. Sie wünschte sich Enkelkinder; sein Vater hätte von ihm erwartet, daß er den Familiennamen vor dem Aussterben bewahrte. Eine ganze Phalanx passender Mädchen wurde zu den Dinnerpartys eingeladen. Gelegentlich tat er seiner Mutter den Gefallen und verabredete sich später mit einer von ihnen. In selteneren Fällen führte die Dinnerbekanntschaft zu einer kurzen Affäre, die freilich meist in gegenseitigen Beschuldigungen endete. Als die letzte Kandidatin unter Zornestränen erbittert hatte wissen wollen: »Was ist deine Mutter ei-

gentlich? Eine Art Kupplerin?«, da entschied er, daß Ärger und Gefühlsaufruhr in keinem Verhältnis zum erzielten Vergnügen standen, und kehrte zurück zu seinem früheren befriedigenden Arrangement mit einer Dame, die zwar sündhaft teuer, dafür aber heikel in der Wahl ihrer Kunden, phantasievoll in ihren individuellen Dienstleistungen und absolut diskret war. Allein, dergleichen hatte eben seinen Preis. Er hatte nie erwartet, billig an sein Vergnügen zu kommen.

Er wußte, daß seine Mutter, die an einem altmodischen Vorurteil gegenüber Geschiedenen, besonders solchen mit Kindern, festhielt und der Venetia bei ihrer einzigen Begegnung sofort unsympathisch gewesen war, eine Zeitlang Angst gehabt hatte, er könne diese Frau heiraten. Der Gedanke war ihm tatsächlich einmal durch den Kopf gegangen, aber nicht länger als eine Stunde. Er hegte den Verdacht, Venetia habe bereits einen Liebhaber, auch wenn seine Neugier nicht so weit ging, daß er sich die Mühe machte, den Namen des Betreffenden herauszufinden. Er wußte auch, daß in der Kanzlei über ihre Freundschaft geklatscht wurde, aber in Wirklichkeit hatten sie nie etwas miteinander gehabt. Erfolgreiche oder starke Frauen wirkten auf ihn nicht erotisch, und gelegentlich sagte er sich mit einem mokanten Lächeln, daß eine Nacht mit Venetia zu sehr einer Prüfung gleichkäme, bei der seine Leistung anschließend einem strengen Kreuzverhör unterzogen würde.

Einmal im Monat kam seine Mutter, eine energiegeladene, immer noch gutaussehende fünfundsechzigjährige Dame, nach London, um sich mit einer Freundin zu treffen, einen Einkaufsbummel zu machen, in eine Ausstellung zu gehen und zur Kosmetikerin. Zum Schluß kam sie dann zu ihm in die Wohnung, wie sie es auch an diesem Abend getan hatte. Sie gingen miteinander zum Essen, meistens in ein Restaurant am Fluß, und anschließend setzte er sie in ein Taxi zur Marylebone-Station, wo sie ihren üblichen Zug nahm. Es war, dachte er, typisch für ihren unabhängigen Geist, daß sie sich zu fragen begann, ob es sinnvoll sei, am Ende eines anstrengenden Tages noch einen solchen Umweg zu machen. Die Verbindung vom West End zur Tower Bridge war ungünstig, und besonders im Winter kam seine Mutter ungern spät nach Hause. Er mutmaßte, daß ihre abendlichen Treffen über kurz oder lang ein Ende finden und daß sie dies beide nur mäßig bedauern würden.

Das Telefon klingelte, als er in die Wohnung zurückkam. Er meldete sich und vernahm am anderen Ende Venetias Stimme. Sie klang apodiktisch.

»Ich muß Sie sprechen. Heute abend noch, wenn's geht. Sind Sie allein?«

Er sagte vorsichtig: »Ja. Ich hab eben meine Mutter ins Taxi gesetzt. Hat es nicht Zeit? Es ist schon nach elf.«

»Nein, es muß gleich sein. Ich komme, so schnell ich kann.«

Eine halbe Stunde später öffnete er ihr die Tür. Es war das erste Mal, daß sie in seine Wohnung kam. Drysdale, der in solchen Sachen untadelig und korrekt war, pflegte sie, wenn sie verabredet waren, zu Hause abzuholen und hinterher heimzubringen. Aber sie betrat sein Wohnzimmer, ohne das geringste Interesse an dem Raum zu bekunden oder an der weiten, schillernden Wasserfläche draußen vor den Fenstern und dem in Flutlicht getauchten, funkelnden Wunderwerk der Tower Bridge. Einen Augenblick lang ärgerte er sich darüber, daß ein Ambiente, mit dem er sich soviel Mühe gegeben hatte, so schnöde ignoriert wurde. Ohne die phantastische Aussicht, die Besucher normalerweise als erstes ans Fenster zog, auch nur eines Blickes zu würdigen, riß sie den Mantel herunter und reichte ihn Laud, als ob er ein Dienstbote wäre.

Er fragte: »Was trinken Sie?«

»Nichts. Irgendwas. Das gleiche wie Sie.«
»Whisky.«
Ein Getränk, von dem er wußte, daß sie es nicht mochte.
»Also, dann Rotwein«, sagte sie. »Was immer Sie gerade offen haben.«
Er hatte gar keinen offenen Wein, holte jedoch einen Hermitage aus dem Regal, schenkte ihr ein Glas ein und stellte es vor sie hin auf den niedrigen Tisch.
Ohne den Wein anzurühren, fiel sie gleich mit der Tür ins Haus: »Entschuldigen Sie, daß ich Sie einfach so überfalle, aber ich brauche Ihre Hilfe. Sie erinnern sich doch an diesen Garry Ashe, den ich vor drei oder vier Wochen verteidigt habe?«
»Natürlich.«
»Gut. Heute, als ich aus einer Verhandlung im Bailey kam, habe ich ihn wiedergetroffen. Er hat sich an Octavia rangemacht. Sie behauptet, sie wären verlobt.«
»Das ging aber schnell! Wann haben sie sich denn kennengelernt?«
»Nach dem Prozeß natürlich, wann denn sonst? Er spielt ihr offensichtlich was vor, und ich will der Sache ein Ende machen.«
Drysdale sagte besonnen: »Ich verstehe, daß Ihnen diese Freundschaft nicht gefällt, aber ich wüßte nicht, wie Sie sie unterbinden könnten. Octavia ist doch volljährig, oder? Und selbst wenn sie's nicht wäre, hätten Sie einen schweren Stand. Was können Sie gegen ihn vorbringen? Er wurde freigesprochen.«
Die Worte, die er ungesagt ließ, boten sich so zwingend an, daß er sie auch laut hätte aussprechen können: Und das hat er Ihnen zu verdanken.
»Mit Octavia haben Sie wohl schon geredet?« fragte er.
»Natürlich. Aber sie stellt sich stur. Was nicht anders zu er-

warten war. Ein Teil seiner Faszination besteht darin, daß er ihr die Macht gibt, mich zu kränken.«

»Ist das nicht ein bißchen ungerecht? Warum sollte sie Sie kränken wollen? Es könnte doch sein, daß sie ihn wirklich gern hat.«

»Mein Gott, Drysdale, seien Sie doch realistisch! Meinetwegen ist sie in ihn vernarrt. Vielleicht auch fasziniert. Angezogen vom Kitzel der Gefahr – das kann ich verstehen, er ist nämlich gefährlich. Aber was ist mit ihm? Sie wollen mir doch nicht einreden, Ashe hätte sich in Octavia verliebt, noch dazu binnen drei Wochen. Nein, dahinter steckt ein Plan, und einer von beiden oder auch alle zwei zusammen haben ihn ausgeheckt. Ein Komplott gegen mich.«

»Von Ashe? Aber wieso? Er hätte doch allen Grund, Ihnen dankbar zu sein.«

»Ist er aber nicht, und ich will auch gar keinen Dank von ihm. Ich will, daß er aus meinem Leben verschwindet.«

Drysdale sagte ruhig: »Geht's hier nicht eher um Octavias Leben als um das Ihre?«

»Ich sag Ihnen doch, mit Octavia hat es nichts zu tun. Er benutzt sie, um mich unter Druck zu setzen. Sie spielen sogar mit dem Gedanken, sich den Zeitungen anzudienen. Können Sie sich das vorstellen? Ein rührseliges Bild der beiden – er hält sie im Arm – in der Regenbogenpresse. ›Mummy hat meinen Freund vor dem Gefängnis bewahrt. Tochter von Staranwältin erzählt die Geschichte ihrer jungen Liebe.‹«

»So was, glauben Sie, würde sie tun?«

»O ja.«

»Wenn Sie sich nicht einmischen«, sagte Drysdale, »dann geht die Sache wahrscheinlich von allein auseinander. Einer von beiden wird den anderen über kurz oder lang leid kriegen. Wenn er Schluß macht, wird sie das zwar in ihrem Stolz verletzen, aber mehr auch nicht. Kommt es nicht vor allem

darauf an, daß Sie Octavia nicht gegen sich aufbringen? Ihr das Gefühl geben, Sie sind für sie da, wenn sie Sie braucht? Haben Sie keinen Freund der Familie, vielleicht Ihren Anwalt, den Hausarzt, irgend so jemanden? Einen älteren Menschen, den sie respektiert und der auf sie einwirken könnte?«
Er konnte es selbst kaum glauben, daß er es war, der so daherredete. Ich höre mich ja an, dachte er, wie eine Briefkastentante, die abgedroschene Ratschläge an aufsässige Töchter und die ihnen entfremdeten Mütter verteilt. Überrascht stellte er fest, welch heftiger Groll in ihm aufwallte. Er war der letzte, der Venetia bei einem solchen Problem helfen konnte.
Gut, ja, sie waren befreundet, einer schätzte des anderen Gesellschaft. Er zeigte sich in der Öffentlichkeit gern mit einer schönen Frau. Sie langweilte ihn nie. Und wenn sie gemeinsam ein Restaurant betraten, drehte man sich nach ihnen um. Ihm gefiel das, auch wenn er es ein bißchen verachtenswert fand, einer so banalen, so gewöhnlichen Eitelkeit zu erliegen. Aber sie hatten ihr Privatleben immer ausgeklammert. Octavia sah er nur höchst selten, und wenn, dann erschien sie ihm teilnahmslos, launisch, feindselig. Irgendwo hatte das Mädchen auch einen Vater. Sollte der doch die Verantwortung übernehmen! Einfach aberwitzig von Venetia, zu erwarten, daß er sich da einmischen würde.
Sie sagte gerade: »Es gibt ein Mittel, sich ihn vom Leib zu schaffen. Geld. Er dachte, er würde seine Tante beerben. Sie erweckte gern den Eindruck, Geld zu haben, und gab es auch mit vollen Händen aus. Nicht zuletzt für ihn. Die Fotoausrüstung, das Motorrad – beides war nicht billig. Aber bei ihrem Tod hinterließ sie nur Schulden. Sie hatte größere Kredite aufgenommen und als Sicherheit die Entschädigung angegeben, die sie beim Zwangsverkauf des Hauses bekommen sollte. Davon wird jetzt das meiste die Bank kassieren. Er kriegt keinen

Penny. Übrigens hatten die beiden mit ziemlicher Sicherheit ein Verhältnis.«
Er sagte: »Das ist beim Prozeß aber nicht zur Sprache gekommen, oder, daß Ashe und seine Tante ein Verhältnis gehabt haben?«
»Es gibt einiges über Garry Ashe, das in der Verhandlung nicht ans Licht gekommen ist.« Sie blickte ihn offen an. »Ich dachte, Sie könnten ihn vielleicht aufsuchen, herausfinden, wieviel er haben will, und ihn kaufen. Ich wäre bereit, bis zehntausend Pfund zu gehen.«
Er war entsetzt. Was für ein haarsträubender Gedanke! Gefährlich obendrein. Daß sie überhaupt darauf verfallen konnte, bewies, wie verzweifelt sie war. Daß sie ernsthaft von ihm erwartete, er würde sich da mit hineinziehen lassen, war entwürdigend für sie beide. Es gab Dinge, die durfte man auch von Befreundeten nicht verlangen.
Er zwang sich, ruhig zu bleiben. »Tut mir leid, Venetia. Aber wenn Sie ihn auszahlen wollen, dann müssen Sie das entweder selber machen oder es über Ihren Anwalt versuchen. Ich kann mich darauf nicht einlassen. Wahrscheinlich würde ich ohnehin mehr Schaden anrichten als nützen. Und wenn Sie die Presse schreckt, dann stellen Sie sich nur vor, was es für Schlagzeilen gibt, falls das schiefläuft! ›Freund von Spitzenanwältin will Liebhaber ihrer Tochter bestechen.‹ Für die Zeitungen wär das doch ein gefundenes Fressen.«
Sie stellte ihr Glas hin und stand auf.
»Sie wollen mir also nicht helfen?«
»Von wollen ist keine Rede. Ich kann nicht.«
Um der zornigen Verachtung in ihrem Blick auszuweichen, trat er ans Fenster. Unter ihm zog mit kräftiger Strömung der Fluß vorbei; silbrige Lichtreflexe züngelten auf den bewegten Wellen. Die Brücke mit ihren angestrahlten Türmen und Pfeilern wirkte wie immer bei Nacht so schillernd und unwirklich

wie eine Fata Morgana. An dieser Aussicht hatte er sich mit einem Glas in der Hand nach einem anstrengenden Tag Abend für Abend gelabt. Jetzt hatte sie ihm den trostreichen Anblick vergällt, und das erfüllte ihn mit dem gereizten Unmut eines Kindes.

Ohne sich umzudrehen, sagte er ruhig: »Wieviel bedeutet Ihnen das wirklich? Wieviel wären Sie bereit, dafür aufzugeben? Ihre Stellung? Den Posten des Kanzleivorstands?«

Es entstand eine Pause, dann sagte sie ebenso gefaßt: »Machen Sie sich nicht lächerlich, Drysdale! Ich feilsche nicht.«

Er wandte sich um. »Das hab ich auch nicht behauptet. Ich war nur neugierig zu erfahren, was bei Ihnen Vorrang hat. Was ist Ihnen wirklich wichtig, wenn's drauf ankommt? Octavia oder Ihre Karriere?«

»Wenn's nach mir geht, werde ich weder das eine noch das andere opfern. Aber ich bin entschlossen, Ashe loszuwerden.«

Wieder entstand eine Pause, dann sagte sie: »Ich versteh Sie also richtig, Sie werden mir nicht helfen?«

»Es tut mir leid, aber ich kann mich auf so was nicht einlassen. Nein.«

»Können Sie nicht, oder wollen Sie nicht?«

»Beides, Venetia.«

Sie griff nach ihrem Mantel. »Na ja, wenigstens hatten Sie den Mut, ehrlich zu sein. Machen Sie sich keine Umstände! Ich finde allein raus.«

Er folgte ihr dennoch bis zur Tür und fragte: »Wie sind Sie hergekommen? Kann ich Ihnen ein Taxi rufen?«

»Nein, danke. Ich geh noch ein paar Schritte und nehm mir drüben eins, auf der anderen Seite der Brücke.«

Er begleitete sie im Lift nach unten und sah ihr noch einen Moment lang nach, als sie unter den gleißenden Lichtern am Themseufer entlangschritt. Sie blickte sich nicht um. Ihr Gang war forsch und selbstbewußt wie immer. Und dann war ihm auf einmal, als ob ihre Schritte vor seinen Augen unsicher würden und zögernd. Ihr Körper sackte unmerklich zusammen, und mit dem ersten aufrichtigen Anflug von Mitleid, der sich seit ihrem unerwünschten Auftauchen in ihm regte, erkannte er, daß er den Gang einer alten Frau beobachtete.

II

Ein Mord in der Kanzlei

11

Am 10. Oktober verließ Harold Naughton morgens um sieben Uhr dreißig sein Haus in Buckhurst Hill, legte zu Fuß die Viertelmeile bis zum Bahnhof zurück und bestieg knapp Dreiviertel acht einen Zug der Central Line, der ihn direkt bis zum Chancery Lane bringen würde. Diese Strecke fuhr er nun seit fast vierzig Jahren. Schon seine Eltern hatten in Buckhurst Hill gewohnt, und in seiner Kindheit hatte der Vorort noch etwas von dem unverwechselbaren Flair eines kleinen Landstädtchens besessen. Und selbst heute, wo er zu einem der gesichtslosen Pendlervorposten der Metropole abgesunken war, hatten sich die noch begrünten Straßenzüge und die paar kleinen Siedlungen mit den Häusern im Cottage-Stil ein gewisses Maß an ländlichem Frieden bewahrt. Harold und Margaret waren, bald nachdem sie geheiratet hatten, in einen der damals noch raren modernen Wohnblöcke als Mieter eingezogen.

Er hatte ein Mädchen aus Essex geheiratet; ihr Bild von der freien Natur war geprägt vom Epping Forest; Anblick und Duft des Meeres waren ihr gleichbedeutend mit dem Southend Pier; die Central Line bis zur Liverpool Street, die einen zu den gefährlichen Lustbarkeiten Londons brachte, benutzte sie nur sehr selten. Sein Vater war ein knappes Jahr nach der Pensionierung gestorben, und nach dem Tod der Mutter, drei Jahre später, hatte er das kleine Häuschen geerbt, in dem er in der klaustrophobisch-überbehüteten Welt eines Einzelkindes herangewachsen war. Nach und nach arbeitete er sich hoch, und das war gut so, denn die Kinder, Stephen und Sally, brauchten, als sie älter wurden, ein eigenes Zimmer, zudem wünschte sich Margaret einen größeren Garten. Das elterliche Häuschen wurde verkauft, und der Erlös diente als Anzahlung auf die moderne Doppelhaushälfte, in die Margaret sich verguckt hatte. Die langgestreckte Gartenparzelle konnte nach ein paar Jahren vergrößert werden, denn ihr betagter Nachbar, der Geld brauchte und seinen Grund ohnehin nicht mehr allein bearbeiten konnte, war froh, ein Stück abzutreten. Diesem Heim und seiner Behaglichkeit, der Erziehung der Kinder, dem Garten mit dem Gewächshaus, der Kirchengemeinde und ihren Patchworkdecken hatte Margaret mit Freuden ihr Leben gewidmet. Sie hatte nie den Wunsch gehabt, wieder arbeiten zu gehen, und Harold war seine häusliche Bequemlichkeit zu kostbar gewesen, als daß er sie je ermuntert hätte, sich eine Stelle zu suchen. Als sein Einkommen während einer Durststrecke der Kanzlei gekürzt wurde, hatte sie vorsichtig angedeutet, daß sie vielleicht ihre Sekretariatskenntnisse wieder auffrischen könne. Worauf er geantwortet hatte: »Wir schaffen es auch so. Die Kinder brauchen dich daheim.«

Und sie hatten es geschafft. Aber als heute der Zug nach der momentanen Helligkeit am Bahnhof Stratford wieder ins Tunneldunkel ratterte, saß er vor seinem immer noch zusammengefalteten »Daily Telegraph« und fragte sich, wie er es jetzt schaffen sollte. Ende des Monats, nach der Vollversammlung, würde er wissen, ob man ihm eine Vertragsverlängerung zubilligte; wenn er Glück hatte, auf drei Jahre, andernfalls für ein Jahr, eventuell mit Verlängerungsmöglichkeit. Aber wenn sein Ersuchen abschlägig beschieden wurde, was blieb ihm dann? Fast vierzig Jahre lang hatte die Kanzlei sein Leben bedeutet. Mehr vom eigenen als dem Bedürfnis seiner Chefs getrieben, hatte er seine ganze Zeit und Energie mit hundertprozentigem Einsatz in den Dienst des Hauses gestellt. Er hatte keinerlei Hobbys; dazu hatte ihm die Zeit gefehlt, und an den Wochenenden schlief er sich gründlich aus, sah fern oder fuhr mit Margaret raus aufs Land, wenn er nicht den Rasen mähte und ihr bei anstrengenden Gartenarbeiten half. Was hätte er sich auch für ein Hobby suchen sollen? In der Pfarrgemeinde, wo er sich vielleicht hätte nützlich machen können, saß bereits Margaret im Kirchenrat, war Mitglied des Blumen- und Reinigungskomitees sowie Teilzeitsekretärin der Mittwochsrunde der Frauengemeinschaft. Der Gedanke, als lästiger Bittsteller vor den Pfarrer hinzutreten, war ihm zuwider: Bitte, finden Sie irgendeine Beschäftigung für mich! Ich werde alt. Und ich hab nichts Richtiges gelernt, also auch nichts zu bieten. Bitte helfen Sie mir, damit ich mich wieder nützlich fühlen kann!

Es hatte immer zwei Welten gegeben, seine und die Margarets. Seine Welt – so glaubte sie mit der Zeit oder hatte es sich eingeredet – war eine geheimnisvolle Männerenklave, in der ihr Harold nach dem Kanzleivorstand die wichtigste Rolle spielte. So abgehoben war diese Welt, daß sie von ihr nichts verlangte, nicht einmal ihr Interesse. Dafür beklagte Margaret sich nie über die Ansprüche, die dort an ihren Mann gestellt wurden, weder über den frühen Arbeitsbeginn noch über die späte Heimkehr. Wenn er sich einmal über Gebühr verspätete, vergaß er nie, zu Hause anzurufen, bevor er die Kanzlei verließ, und sie kalkulierte auf die Minute genau die Garzeit für die Kasserolle, den Moment, da der Braten vor dem Anschneiden aus der Röhre konnte, und wann sie das Gas unter dem Gemüse anzünden mußte, damit es gerade so wurde, wie er es gern hatte. Seine Arbeit war wichtig, und er mußte entsprechend versorgt werden, da er das Einkommen verdiente, ohne das ihre Welt eingestürzt wäre.

Aber was für einen Platz hatte er in dieser Welt? Sein und Margarets einzig gemeinsames Interesse hatte in der Erziehung der Kinder bestanden, und selbst die war vor allem in Margarets Ressort gefallen. Wenn er abends nach Hause kam, waren Sally und Stephen immer schon im Bett gewesen. Margaret war diejenige, die ihnen das Abendessen machte und die Gutenachtgeschichte vorlas und die sich, als sie später zur Schule gingen, ihre kleinen Triumphe anhörte oder ihre Kümmernisse. Wenn sie ihren Vater gebraucht hätten – falls das je vorkam –, dann war er nicht dagewesen. Und den beiden galt immer noch ihre gemeinsame Sorge – das hörte bei Kindern ja nie auf. Stephen hatte nur knapp den erforderlichen Notendurchschnitt geschafft, um seinen Studienplatz in Reading zu bekommen, und nun befürchteten sie, daß er das erste Jahr nicht überstehen würde. Sally, die Ältere, hatte eine Ausbildung als Physiotherapeutin gemacht und arbeitete in einem Krankenhaus in Hull. Sie kam nur selten nach Hause, rief ihre Mutter aber mindestens zweimal wöchentlich an. Margaret, die sich Enkelkinder wünschte, hatte Angst, daß Sally keinen Freund finden würde oder daß sie jemanden gefunden hat, der nicht so war, daß sie sich traute, ihn mit heimzubringen und ihren Eltern vorzustellen. Wenn die Kinder zu Hause waren, verstand Harold sich mit beiden gut. Der Umgang mit Fremden war ihm noch nie schwergefallen.

Als sein Vater seinerzeit die gleiche Strecke von Buckhurst Hill in die Innenstadt gefahren war, pflegte er an der Liverpool Street von der U-Bahn in den Bus umzusteigen und durch die Fleet Street bis zum Middle Temple Lane zu fahren. Er dagegen nahm lieber drei Stationen weiter die U-Bahn und ging dann zu Fuß den Chancery Lane hinunter, denn er schätzte die Morgenfrische der Stadt um diese frühe Stunde, da sie sich langsam wie ein Riese, der nach dem Aufwachen seine Glieder streckt, zu regen begann, und er schnupperte genüßlich den Kaffeeduft aus den kleinen Cafeterias, die für Arbeiter geöffnet hatten, die zur Früh-, oder für diejenigen, die von der Nachtschicht kamen. Die vertrauten Schaufenster und die stattlichen Regierungsgebäude am Chancery Lane grüßten ihn wie alte Freunde: die Londoner Silver Vaults; Ede & Ravenscroft, Perückenmacher und Robenschneider, mit dem königlichen Wappen über der Tür und feierlich drapiertem Scharlach und Hermelin in der Auslage; das imposante Public Record Office, das Königliche Staatsarchiv, an dem er nie vorbeigehen konnte, ohne sich daran zu erinnern, daß hier die Magna Charta aufbewahrt wurde; und direkt gegenüber, hinter schmiedeeisernem Geländer und vergoldeten Löwenköpfen, die Law Society, die Berufsorganisation der Anwälte.

Üblicherweise bog er hier in die Fleet Street ein und betrat den Middle Temple Lane durchs Wren Gatehouse, vor dessen Portal er nie vergaß, zum Wahrzeichen des Pessach-Lamms mit dem Banner der Unschuld hinaufzuschauen. Der kurze Augenaufschlag zu dem altehrwürdigen Symbol war sein einziger Aberglaube. Und manchmal dachte er, dieses morgendliche Ritual sei auch sein einziges Gebet. Aber seit ein paar Monaten war der Eingang an der Fleet Street wegen Renovierungsmaßnahmen gesperrt, und so mußte er die schmale Gasse gegenüber dem neogotischen Gerichtsgebäude der Law Courts hinaufgehen, vorbei am Pub »George«, bis er an die kleine schwarze Pforte kam, die in dem großen Tor eingelassen war.

Als er heute morgen in die Gasse einbog, hatte er auf einmal das Gefühl, dem Arbeitstag noch nicht gewachsen zu sein, weshalb er fast ohne zu zögern kräftig ausschritt und weiterging in Richtung Trafalgar Square. Er brauchte Zeit zum Nachdenken, brauchte auch die körperliche Entspannung, die die Bewegung brachte, während er versuchte, sich in dem Gewirr aus Zagen und Hoffen, Schuldgefühlen und halb bewußten Ängsten zurechtzufinden. Wenn man ihm das Angebot machte zu bleiben, sollte er darauf eingehen? Hieße das nicht, das Unvermeidliche feige hinausschieben? Und was wollte Margaret wirklich? Gesagt hatte sie: »Ich weiß nicht, wie die Kanzlei ohne dich zurechtkommen wird, aber du mußt tun, was du für das Beste hältst. Wir kommen auch mit deiner Rente aus, und es ist an der Zeit, daß du endlich mal dein eigenes Leben führst.« Was für ein Leben? Er liebte sie, hatte sie immer geliebt, auch wenn es ihm heute schwerfiel zu glauben, daß sie immer noch dieselben waren wie damals als jungvermähltes Paar, das sich Tag für Tag nur danach gesehnt hatte, daß endlich Schlafenszeit war und sie einander in die Arme sinken konnten. Mittlerweile war selbst der eheliche Beischlaf zur Gewohnheit geworden, so angenehm, wohltuend und unanstrengend wie das Abendessen. Sie waren seit zweiunddreißig Jahren verheiratet. Wußte er da wirklich so wenig von ihr? War er allen Ernstes der Ansicht, daß ein Leben daheim mit Margaret unerträglich werden würde? Ein Gesprächsfetzen, den er letzten Sonntag nach der Abendmahlsfeier zufällig aufgeschnappt hatte, fiel ihm wie ein Stein aufs Gemüt: »Und dann hab ich zu George gesagt – George, hab ich gesagt, du mußt dir eine Beschäftigung suchen. Ich halt's nicht aus, wenn du mir den ganzen Tag im Weg rumstehst.«

Ja, Margaret hatte recht, sie konnten mit seiner Rente auskommen. War es da anständig gewesen, Mr. Langton gegenüber anzudeuten, daß ihm das Geld nicht reichen würde? Er hatte Mr. Langton nie zuvor angelogen. Sie waren zur gleichen Zeit in die Kanzlei eingetreten, Mr. Langton als neu ernannter Barrister, er als Famulus seines Vaters. Sie waren zusammen alt geworden. Ohne Mr. Langton konnte er sich die Kanzlei gar nicht vorstellen. Aber irgendwas stimmte in letzter Zeit nicht mit dem Chef. Die Kraft, das Selbstvertrauen, sogar die Autorität des Kanzleivorstandes schienen seit ein paar Monaten nachzulassen. Er sah auch gar nicht gut aus. Irgend etwas bedrückte ihn. Konnte es sein, daß er an einer unheilbaren Krankheit litt und es geheimhalten wollte? Oder plante er seinen Rückzug aus der Kanzlei und sah sich gleich ihm mit dem Problem einer ungewissen, nutzlosen Zukunft konfrontiert? Und wenn er wirklich zurücktrat, wer würde sein Nachfolger werden? Gesetzt den Fall, Miss Aldridge rückte nach, würde er dann noch bleiben wollen? Nein, die Frage wenigstens konnte er eindeutig beantworten. Er würde nicht weiter Bürovorsteher sein mögen, wenn Miss Aldridge Kanzleichefin wäre. Und sie würde ihn auch nicht behalten wollen. Er wußte, daß es bei der Abstimmung über seine Vertragsverlängerung mit Sicherheit eine Gegenstimme geben würde, die ihre. Was nicht einmal daran lag, daß sie ihn nicht leiden mochte. Und trotz einer leisen Furcht vor ihr, vor dieser raschen, autoritären Stimme, dieser Unduldsamkeit, die stets prompte Erledigung forderte, war auch er nicht wirklich gegen sie eingestellt, selbst wenn er nicht unter ihr als Kanzleivorstand hätte arbeiten wollen. Aber Miss Aldridge würde gar nicht Mr. Langtons Nachfolgerin werden, schon der Gedanke war lächerlich. Die Kanzlei beschäftigte nur vier Strafrechtler, da würde man sicher einen Kronanwalt mit einem anderen Fachgebiet an der Spitze vorziehen. Der wahrscheinlichste Kandidat war Mr. Laud; schließlich führten die beiden Erzbischöfe die Kanzlei ja ohnehin schon gemeinsam. Aber wenn Mr. Laud Kanzleichef würde, wäre er dann stark genug, um sich gegen Miss Aldridge zu behaupten? Falls Mr. Langton in Pension ging, hätte Miss Aldridge freie Bahn und würde noch stärker drängen, daß man einen Manager als Büroleiter einsetzte, der neue Methoden und neue Technologien einführte. Gab es da noch einen Platz für ihn in dieser modernen Welt, in der Systeme mehr zählten als Menschen?

Eine halbe Stunde lief er jetzt schon durch die Gegend. An den Weg, den er gegangen war, konnte er sich nur verschwommen erinnern, wußte allerdings, daß er rastlos am Themseufer auf und ab gelaufen und am Temple Place vorbeigekommen war, bevor er in eine obskure Straße nordwärts Richtung Aldwych-Bogen eingeschwenkt und über die Strand wieder zu den Law Courts gelangt war. Und nun war es Zeit, an die Arbeit zu gehen. Er hatte endlich einen Entschluß gefaßt. Wenn man ihn darum bat, würde er noch ein Jahr dranhängen, aber nicht mehr, und in diesem Jahr würde er entscheiden, was er mit dem Rest seines Lebens anfangen wollte. Der Pawlet Court war menschenleer. Nur die Lichtmosaiken in ein paar Fenstern angrenzender Kanzleien zeugten davon, daß hier ebenso pünktlich-korrekte Bürovorsteher wie er bereits bei der Arbeit waren. Die Luft roch dunstiger als an der Strand, fast als habe sich in dem kleinen Hof noch etwas von der unwirtlichen Feuchtigkeit der Oktobernacht erhalten. Rings um den mächtigen Stamm einer Kastanie lagen irgendwie unordentlich die ersten welken Blätter. Er zog seinen Schlüsselbund heraus, tastete nach dem glatten Bart des Banham-Sicherheitsschlüssels und dann nach dem kleineren Ingersoll gleich daneben, sperrte ein Schloß nach dem anderen auf und öffnete die Tür. Augenblicklich heulte die Alarmanlage auf und ließ ihr penetrant schrilles Signal ertönen. Er ließ sich nicht aus der Ruhe bringen, wußte er doch auf die Sekunde genau, wie lange er brauchte, um das Licht im Empfangsbereich anzuknipsen und den kleinsten Schlüssel an seinem Bund in die Kontrollvorrichtung zu stecken, mit der sich der Alarm abstellen ließ. Gleich neben dem Schaltkasten hing ein Holzbrett mit hin- und herschiebbaren Namenstäfelchen, die jeweils anzeigten, wer von den Kanzleimitgliedern im Hause war und wer nicht. Momentan war laut Anschlagbrett niemand anwesend. Zwar achteten nicht alle Mitarbeiter auch

pflichtbewußt darauf, ihre Namensschildchen umzustellen, ehe sie die Kanzlei verließen, aber laut Hausregel sollte jeweils der letzte sein Täfelchen verschieben und die Alarmanlage einschalten. Mrs. Carpenter und Mrs. Watson, die Putzfrauen, die um zwanzig Uhr dreißig kamen, waren normalerweise die letzten in der Kanzlei. Und beide versicherten sich gewissenhaft, daß die Alarmanlage angestellt war, ehe sie um zweiundzwanzig Uhr das Haus verließen.
Kritisch ließ Harold Naughton den Blick über den Empfangsbereich schweifen, der zugleich als Warteraum diente. Valerie Caldwells Computer thronte abgedeckt genau in der Mitte ihres Schreibtisches. Die Sitzgelegenheiten für Besucher – ein zweisitziges Sofa, je zwei Sessel und Stühle – standen an ihrem Platz, die Zeitschriften auf dem spiegelblanken Mahagonitisch lagen ordentlich sortiert in einer Reihe. Alles war so, wie er es vorzufinden erwartet hatte, mit einer kleinen Ausnahme: Es sah aus, als hätten weder Mrs. Carpenter noch Mrs. Watson den Teppich gesaugt. Der vor sechs Monaten angeschaffte neue Staubsauger war ebenso beachtlich in seiner Leistung wie in der Lautstärke und hinterließ in der Regel unübersehbare Streifen im Flor. Doch der Boden wirkte sauber. Vielleicht war eine der beiden Frauen mit dem Teppichkehrer darübergegangen. Es war nicht seine Aufgabe, die Putzfrauen zu überwachen, und bei den Kräften, die Miss Elkingtons vorzügliche Agentur beschäftigte, war in der Regel auch keine Kontrolle nötig, aber er sah eben doch gern selber nach dem Rechten. Der Empfangsbereich war sozusagen die Visitenkarte für die Besucher der Kanzlei, und dieser erste Eindruck war ausschlaggebend.
Als nächstes warf er einen flüchtigen Blick in die Bibliothek rechts vom Eingang, die auch als Konferenzraum diente. Hier war ebenfalls alles in Ordnung. Die Atmosphäre des Raumes entsprach in etwa der eines Herrenclubs, nur fehlte dessen in-

time Behaglichkeit. Er hatte gleichwohl einen gewissen Charme. Ledergebundene Folianten schimmerten zu bei den Seiten des marmornen Kamins in den verglasten Bücherschränken, die jeder von einer Marmorbüste gekrönt waren: Links sah man Charles Dickens, rechts Henry Fielding, beides Mitglieder der Gelehrten und Ehrenwerten Gesellschaft des Middle Temple. Die eingebauten offenen Bücherregale an der Wand gegenüber dem Eingang beherbergten die eigentliche Handbibliothek: Prozeßprotokolle, broschierte Gesetzestexte, Halsburys »Laws of England« sowie Abhandlungen über verschiedene Aspekte des Straf- und Zivilrechts. Auf den unteren Borden standen, in rotes Maroquin gebunden, die Jahrgänge des Satiremagazins »Punch« von 1880 bis 1930, das Abschiedsgeschenk eines ehemaligen Kanzleimitglieds, dessen Frau angeblich darauf bestanden hatte, daß man sich der Sammlung vor dem Umzug auf einen kleineren Altersruhesitz entledigte.

Die vier ausladenden Ledersessel waren unter obstinater Mißachtung aller Voraussetzungen für ein vertrauliches Gespräch im Raum verteilt. Ein großer rechteckiger Eichentisch, vom Alter fast schwarz, nahm samt den zehn dazugehörigen Stühlen sehr viel Platz ein. Für interne Sitzungen wurde der Saal nur selten benutzt: Die hielt Mr. Langton lieber in seinem eigenen Büro ab, und wenn die Sitzgelegenheiten nicht ausreichten, brachten die Kollegen ihre eigenen Stühle mit und stellten sie zwanglos im Kreis auf. Trotzdem wurden gelegentliche Vorschläge, den Konferenzraum doch im Interesse einer effektiveren Platzausnutzung einem neuen Mitglied der Kanzlei als Arbeitszimmer zur Verfügung zu stellen, immer wieder abschlägig beschieden. Der Tisch, der einmal John Dickinson gehört hatte, war der Stolz der Kanzlei und wäre in keinem anderen Raum gebührend zur Geltung gekommen.

Eine Flügeltür führte vom Empfangsbereich in die Registra-

tur, wurde allerdings weitaus seltener benutzt als der Zugang von der Flurseite her. Als Harold eintrat, hörte er das unregelmäßige Rattern des Faxgeräts, das die gestrigen Gerichtsurteile ausspuckte. Er trat näher, überflog ein paar Mitteilungen, zog dann seinen Mantel aus und hängte ihn auf den Holzkleiderbügel, der seinen Namen trug, an den Haken hinter der Tür. Hier in diesem vollgestopften, überladenen Raum hatte er sich sein Allerheiligstes, sein Königreich, eingerichtet; dies war das zentrale Kraftfeld im Herzen der Kanzlei. Wie alle Kontore, die er kannte, platzte auch dieses aus allen Nähten – außer seinem Schreibtisch standen noch die seiner beiden Mitarbeiter darin, jeder mit einem Computer ausgerüstet. Sogar er hatte sich endlich an den Computer gewöhnt, auch wenn er immer noch dem frühmorgendlichen Gang hinüber zu den Law Courts nachtrauerte und seinem kleinen Plausch mit dem Registrator. Hier hing seine Plantafel, die in seiner kleinen, gestochen scharfen Schrift die Gerichtstermine aller Kanzleimitglieder aus den Büros am Pawlet Court verzeichnete. Hier lagen, zusammengerollt in dem großen Wandschrank, die Unterlagen zu jedem Fall, die Dokumente der Verteidigung mit einem roten, die der Anklage mit einem weißen Band verschnürt. Der Raum mit seinem unverwechselbaren Geruch und dem geordneten Durcheinander, der Stuhl, auf dem schon sein Vater gesessen, der Schreibtisch, an dem schon sein Vater gearbeitet hatte, all das war ihm vertrauter als das eigene Schlafzimmer.
Das Telefon klingelte. Seltsam, um diese Zeit kamen normalerweise noch keine Anrufe. Die Stimme am anderen Ende war ihm unbekannt, eine Frauenstimme, hoch, ängstlich und mit einem Anflug beginnender Hysterie.
»Hier spricht Mrs. Buckley, die Haushälterin von Miss Aldridge. Bin ich froh, daß ich endlich wen erreiche! Ich hab's schon ein paarmal probiert. Sie hat mir immer gesagt, für den

Fall, daß mal was Wichtiges wäre, Sie würden das Büro gleich nach halb neun aufmachen.«

»Die Kanzlei ist um acht Uhr dreißig noch nicht für den Publikumsverkehr geöffnet«, sagte er abwehrend, »aber ich bin um die Zeit für gewöhnlich schon im Hause, ja. Was kann ich für Sie tun?«

»Es geht um Miss Aldridge. Ist sie da?«

»Bis jetzt ist von den Anwälten noch niemand eingetroffen. Hat Miss Aldridge gesagt, daß sie heute früher kommen wollte?«

»Sie haben mich falsch verstanden.« Jetzt hatte die Stimme unüberhörbar einen hysterischen Ton. »Sie ist letzte Nacht nicht nach Hause gekommen, darum bin ich so in Sorge.«

Er sagte: »Vielleicht hat sie bei Freunden übernachtet.«

»Das würde sie nicht tun, nicht, ohne mir Bescheid zu geben. Und es war schon halb elf, als ich mit der Arbeit Schluß gemacht habe und raufgegangen bin in mein Zimmer. Sie hatte nicht vorgehabt, über Nacht wegzubleiben. Ich habe auf die Haustür gehorcht, aber sie schließt sie immer sehr leise, wenn sie kommt, so daß ich sie manchmal nicht höre. Jedenfalls, als ich ihr heute morgen um halb acht den Tee bringen wollte, da war ihr Bett noch unberührt.«

»Ich denke«, sagte er, »es wäre ein bißchen voreilig, sich jetzt schon ernsthaft Sorgen zu machen. Daß sie hier ist, glaube ich allerdings nicht. Als ich kam, brannte nach vorn raus nirgendwo Licht, aber ich werde einmal nachsehen. Wenn Sie sich einen Augenblick gedulden wollen?«

Er ging hinauf in den ersten Stock, wo Miss Aldridge im vorderen Zimmer ihr Büro hatte. Die schwere Doppeltür war verschlossen. Das war an sich nicht so verwunderlich: Kanzleimitglieder, die vertrauliche Dokumente auf dem Schreibtisch liegenlassen wollten, sperrten manchmal ihre Zimmer ab, bevor sie nach Hause gingen. Aber es war doch üblicher, die Außentür offenzulassen und nur die Innentür zu sichern.

Er ging zurück in sein Büro und griff zum Hörer. »Mrs. Buckley? Ich glaube nicht, daß sie in ihrem Zimmer ist, aber ich werde zur Sicherheit mal aufsperren. Moment noch, es dauert nicht lange.«

Er hatte für jedes Zimmer Nachschlüssel, die er mit Anhängern versehen in der untersten Schreibtischschublade aufbewahrte und mit Argusaugen bewachte. Der Schlüssel für Miss Aldridges Zimmer, der sowohl für die äußere wie für die Innentür paßte, lag an seinem Platz. Als er zum zweitenmal hinaufging, spürte er ein erstes ängstliches Prickeln im Nacken, er sagte sich aber, daß dies ganz grundlos sei. Eine Anwältin der Kanzlei hatte sich erlaubt, die Nacht anderswo als im eigenen Bett zu verbringen. Das war ihre Sache, und nicht die seine. Wahrscheinlich sperrte Miss Aldridge eben jetzt daheim ihre Haustür auf.

Er schloß die Außentür auf und schob den Schlüssel ins Schloß der Innentür. Augenblicklich wußte er, daß etwas nicht in Ordnung war. Er merkte es an dem Geruch im Zimmer, einem fremden, ganz schwachen, aber doch schrecklich vertrauten Geruch. Er tastete nach dem Lichtschalter, und vier Wandleuchten flammten auf.

Das Bild, das sich ihm bot, war bei allem Grauen so grotesk, daß er eine halbe Minute lang reglos in ungläubigem Staunen verharrte, indes sein Verstand sich weigerte, wahrzunehmen, was ihm doch so klar und deutlich vor Augen stand. Es war nicht möglich. Es konnte nicht möglich sein. In diesen wenigen Sekunden ungläubiger Verwirrtheit war er nicht einmal fähig, in Panik zu geraten. Doch dann wußte er, daß es real war. Sein Herz machte einen jähen Satz und begann so heftig zu hämmern, daß sein ganzer Körper ins Zittern geriet. Er hörte ein leises, undeutliches Stöhnen und wußte, daß

dieser fremde, geisterhafte Laut aus seiner eigenen Kehle kam.
Langsam, wie von einem unnachgiebig an ihm zerrenden Marionettenfaden gezogen, trat er näher. Sie saß weit zurückgelehnt in dem Drehstuhl hinter ihrem Schreibtisch, der links von der Tür stand, mit Blick auf die beiden hohen Fenster. Ihr Kopf war nach vorn auf die Brust gesunken, die Arme lagen schlaff auf den geschwungenen Stuhllehnen. Er konnte ihr Gesicht nicht sehen, aber er wußte auch so, daß sie tot war.
Auf ihrem Kopf saß eine Allongeperücke, deren steife Roßhaarlocken mit rötlichbraunem Blut verklebt waren. Als er neben ihr stand, legte er den rechten Handrücken gegen ihre Wange. Sie war eiskalt. Eigentlich konnte nicht einmal totes Fleisch so kalt sein. Seine Berührung, so behutsam sie auch gewesen war, löste ein Klümpchen Blut von der Perücke. Starr vor Entsetzen sah er es stockend über die leblose Wange rollen und zitternd an der Kinnspitze hängenbleiben. Erschrocken stöhnte er auf. Mein Gott, dachte er, sie ist kalt, starr und kalt, aber das Blut ist noch klebrig! Instinktiv klammerte er sich Halt suchend an den Stuhl, der zu seinem Schrecken langsam in Bewegung geriet und sich, ihre Füße auf dem Teppich mitschleifend, so weit drehte, daß ihr Gesicht der Tür zugewandt war. Mühsam nach Luft ringend, taumelte er zurück und blickte angewidert auf seine Hand, als erwarte er, Blut daran zu sehen. Dann beugte er sich vor, ging in die Knie und versuchte, ihr ins Gesicht zu schauen. Stirn, Wangen und ein Auge waren mit geronnenem Blut bedeckt. Einzig das rechte Auge war frei. Der tote, leere Blick, der starr auf eine ferne Ungeheuerlichkeit gerichtet war, schien sich vor seinen Augen mit furchtbaren Rachegedanken zu füllen.
Langsam, wie hypnotisiert, wich er zurück. Irgendwie schaff-

te er es, aus dem Zimmer zu kommen. Mit zitternden Händen, aber leise und achtsam, als könnte eine ungeschickte Bewegung das Furchtbare dort drinnen wecken, schloß er beide Türen ab. Dann steckte er den Schlüssel ein und schleppte sich vor bis zur Treppe. Er fror entsetzlich und war nicht sicher, ob seine Beine ihn tragen würden, aber irgendwie stolperte er doch die Stufen hinunter. Und zumindest sein Kopf war klar, wie durch ein Wunder völlig klar. Als er den Hörer aufnahm, wußte er, was er zu tun hatte. Aber seine Zunge schien geschwollen und unbeweglich in dem plötzlich so verkrampften, trockenen Mund. Er brachte die Worte heraus, die er sagen wollte, doch sie klangen seltsam schroff und fremd. Er sagte: »Ja, Mrs. Buckley, sie ist hier, aber sie darf nicht gestört werden. Es ist alles in Ordnung.«

Er legte auf, bevor die Haushälterin etwas erwidern oder weitere Fragen stellen konnte. Die Wahrheit durfte er ihr nicht sagen, die hätte sich sonst womöglich wie ein Lauffeuer in ganz London verbreitet. Die Frau würde zeitig genug erfahren, was geschehen war. Fürs erste aber gab es Dringlicheres zu erledigen: Er würde die Polizei verständigen müssen.

Harold griff abermals nach dem Hörer und zögerte dann. Auf einmal sah er lebhaft vor sich, wie die Polizeifahrzeuge den Middle Temple Lane heraufbrausten, er hörte laute, markige Stimmen Kommandos rufen, malte sich aus, wie die Mitglieder der Kanzlei der Reihe nach eintrafen und den Hof abgesperrt fanden. Nein, einer hatte selbst vor der Polizei noch Vorrang: Er mußte den Kanzleivorstand anrufen. Schon nach dem ersten Klingeln meldete sich eine Männerstimme. Mr. Langton habe sich vor einer Viertelstunde auf den Weg in die Kanzlei gemacht.

Er spürte, wie eine ungeheure Last von seinen Schultern wich. Es würde nur noch zwanzig Minuten dauern, bis der Kanzleivorstand eintraf. Aber die Nachricht würde ein furchtbarer Schock für ihn sein. Er würde Beistand brauchen und Unterstützung. Mr. Laud mußte her. Harold wählte dic Nummer der Wohnung in Shad Thames und hörte gleich darauf die vertraute Stimme.

Er sagte: »Hier spricht Harry Naughton, Sir, ich rufe aus der Kanzlei an. Habe eben mit Mr. Langtons Diener telefoniert. Könnten Sie bitte sofort herkommen, Sir? Miss Aldridge ist tot. In ihrem Büro. Sie ist keines natürlichen Todes gestorben, Sir. Ich fürchte, es sieht so aus, als wäre ein Mord geschehen.« Er wunderte sich, daß seine Stimme so kräftig, so ruhig klang. Am anderen Ende blieb es still. Er fragte sich, ob Mr. Laud ihn verstanden, ob es ihm vor Schreck die Sprache verschlagen oder ob er am Ende seine Worte gar nicht gehört hatte. Vorsichtig begann er von neuem: »Mr. Laud, Sir, hier spricht Harry Naughton …«

Und dann antwortete die Stimme. »Ich weiß. Ich hab schon verstanden, Harry. Wenn Mr. Langton kommt, sagen Sie ihm, ich bin gleich da.«

Er hatte vom Empfang aus telefoniert, aber jetzt ging er zurück in den Flur und wartete dort. Schritte erklangen, doch sie waren schwerer als die von Mr. Langton. Die Tür ging auf, und Terry Gledhill, einer seiner jungen Mitarbeiter, kam herein, unter dem Arm wie gewöhnlich eine ausgebeulte Aktenmappe mit seinen Vesperbroten, einer Thermosflasche und seinen Computerzeitschriften. Er warf nur einen Blick auf Harolds Gesicht und fragte erschrocken: »Was ist denn los? Fühlen Sie sich nicht wohl, Mr. Naughton? Sie sind ja weiß wie die Wand.«

»Es … ich … Miss Aldridge. Sie ist tot. Oben in ihrem Büro. Ich habe sie gefunden.«

»Tot? Sind Sie sicher?«

Terry machte einen Schritt auf die Treppe zu, aber Harry trat instinktiv vor und versperrte ihm den Weg.

»Natürlich bin ich sicher. Sie ist schon ganz kalt. Wär sinnlos raufzugehen. Ich habe ihre Tür abgeschlossen.« Nach einer kleinen Pause setzte er hinzu: »Es war … sie ist keines natürlichen Todes gestorben, Terry.«
»Mann! Sie meinen, man hat sie umgebracht? Was ist passiert? Woher wissen Sie das?«
»Es ist alles voller Blut. Und sie ist kalt, Terry. Eiskalt. Aber das Blut, das ist noch klebrig.«
»Und Sie sind ganz sicher, daß sie tot ist?«
»Freilich bin ich sicher. Ich sag Ihnen doch, sie ist kalt.«
»Haben Sie die Polizei verständigt?«
»Noch nicht. Ich warte auf Mr. Langton.«
»Was kann der dabei tun? Wenn's Mord ist, muß die Polizei her, und wir sollten sie jetzt gleich anrufen. Wir dürfen nicht warten, bis sämtliche Angestellten eintrudeln. Die würden höchstens den Tatort durcheinanderbringen und Spuren unkenntlich machen. Die Polizei muß sowieso her, und je eher sie kommt, desto besser. Es würde einen komischen Eindruck machen, wenn Sie die nicht sofort verständigen. Und am besten sagen wir gleich auch dem Sicherheitsdienst Bescheid.«
Die Worte klangen wie das unangenehme Echo jener Bedenken, die auch Harold schon gekommen waren. Aber er verspürte den widerspenstigen Drang, seine ursprüngliche Entscheidung durchzusetzen. Immerhin war er der Bürovorsteher, brauchte sich also vor seinen Untergebenen nicht zu rechtfertigen. Er sagte: »Mr. Langton ist der Kanzleichef. Es gehört sich, ihn als ersten zu verständigen, und er ist bereits auf dem Weg hierher. Ich habe, wie gesagt, bei ihm zu Hause angerufen, und auch mit Mr. Laud habe ich telefoniert. Er kommt, so rasch es irgend geht. Außerdem – Miss Aldridge kann ohnehin niemand mehr helfen.« In schärferem Ton setzte er hinzu: »Und Sie machen lieber, daß Sie ins Büro kom-

men, Terry! Wir wollen doch nicht auch noch mit der Arbeit in Verzug geraten. Falls die Polizei das Gebäude räumen will, dann wird man uns das schon mitteilen.«
»Die werden uns eher alle zur Vernehmung hierbehalten wollen. Hören Sie, Mr. Naughton, soll ich Ihnen eine Tasse Tee machen? Sie sehen mir ganz so aus, als ob Sie eine vertragen könnten. Mann o Mann! Ein Mord – in unserer Kanzlei!«
Er legte die Hand aufs Treppengeländer und blickte halb entsetzt, halb neugierig-fasziniert nach oben.
Harold sagte: »Ja, machen Sie ruhig Tee! Mr. Langton wird eine Stärkung brauchen können, wenn er kommt ... obwohl, für ihn brühen Sie dann besser einen frischen auf.«
Keiner von beiden hörte, daß sich Schritte näherten. Die Tür ging auf, und Valerie Caldwell, die Empfangssekretärin, schloß sie hinter sich und lehnte sich dagegen. Ihr neugieriger Blick forschte zuerst in Harolds, dann in Terrys Gesicht. Keiner sprach ein Wort. Harry kam es vor, als wären sie alle drei für einen Moment zu Wachsfiguren erstarrt: Valerie an der Tür, Terry mit der Hand auf dem Treppenlauf und er mit schreckensstarrem, bestürztem Blick wie ein Schuljunge, den man bei einer kindlichen Untat ertappt hat. Er sah, wie das Blut aus Valeries Gesicht wich, wie ihre Züge sich veränderten, alt wurden und fremd, und ihm war, als schaue er einem Menschen beim Sterben zu. Nein, er konnte es nicht länger ertragen.
»Sagen Sie's ihr!« befahl er Terry brüsk. »Und dann machen Sie Tee! Ich gehe nach oben.«
Harold hatte keine Ahnung, wo genau er hin wollte oder was er tun wollte. Er wußte nur, daß er jetzt allein sein mußte. Er hatte aber kaum den ersten Treppenabsatz erreicht, als er einen dumpfen Aufprall vernahm und dann Terrys Stimme.
»Helfen Sie mir mal, Mr. Naughton! Sie ist ohnmächtig geworden.«

Er lief wieder hinunter, und zu zweit trugen sie Valerie in den Empfangsraum und legten sie aufs Sofa. Terry schob ihr die Hand unter den Nacken und bog ihren Kopf mit sanfter Gewalt bis hinunter zwischen ihre Knie. Nach etwa einer halben Minute, die Harold freilich viel länger dünkte, entfuhr ihr ein leises Stöhnen.

Terry, der jetzt anscheinend doch die Führung an sich gerissen hatte, sagte: »Sie ist gleich wieder auf dem Damm. Vielleicht holen Sie ihr erst mal ein Glas Wasser, Mr. Naughton, und dann koch ich den Tee – schön stark und heiß.«

Doch bevor sich einer von beiden rühren konnte, hörten sie die Eingangstür gehen, und als sie aufschauten, stand Hubert Langton auf der Schwelle. Er hatte noch kein Wort gesagt, da nahm Harold schon seinen Arm und geleitete den Vorstand behutsam durch den Flur hinüber ins Konferenzzimmer. Der verdutzte Mr. Langton folgte ihm fügsam wie ein Kind.

Harry schloß die Tür und brachte ihm die schreckliche Nachricht mit den Worten bei, die er sich vorher sorgsam zurechtgelegt hatte: »Es tut mir sehr leid, Sir, aber ich muß Ihnen etwas Furchtbares sagen. Es betrifft Miss Aldridge. Als ich heute früh ins Büro kam, rief ihre Haushälterin an, um sich nach ihr zu erkundigen. Sie sei die ganze Nacht nicht nach Hause gekommen. Ich habe dann oben nachgesehen, Sir. Beide Türen waren verschlossen, aber ich habe ja den Ersatzschlüssel. Sir, ich ... ich fürchte, Miss Aldridge ist tot, Sir. Und es sieht ganz nach einem Mord aus, Sir.«

Mr. Langton antwortete nicht gleich. Sein Gesicht war eine undurchdringliche Maske. Endlich sagte er: »Ich sollte mir das wohl mal ansehen. Haben Sie die Polizei verständigt?«

»Noch nicht, Sir. Ich wußte ja, daß Sie schon auf dem Weg hierher waren, und da hielt ich es für besser zu warten. Ich habe aber Mr. Laud angerufen, und er sagte, er komme sofort.«

Harry folgte Mr. Langton die Treppe hinauf. Der Kanzleivorstand hielt sich am Geländer fest, schien aber sicher auf den Beinen zu sein. Er wartete ruhig, mit gleichbleibend ausdruckslosem Gesicht, während Harry den Schlüssel aus der Tasche zog, die beiden Türen aufschloß und für ihn offenhielt. Sekundenlang hatte er, während der Schlüssel sich im Schloß drehte, das unsinnige Gefühl gehabt, das Ganze werde sich als Irrtum herausstellen, der blutbesudelte Kopf sei nur ein Hirngespinst gewesen, und das Zimmer werde leer sein. Doch dann war die Wirklichkeit noch furchtbarer als beim erstenmal. Er wagte nicht, Mr. Langton ins Gesicht zu sehen. Dann hörte er ihn sprechen. Die Stimme klang ruhig, aber es war die Stimme eines alten Mannes.

»Das ist eine Abscheulichkeit, Harry.«

»Jawohl, Sir.«

»Und Sie haben sie so gefunden?«

»Nicht ganz, Sir. Sie saß mit dem Gesicht zum Schreibtisch. Ich bin versehentlich an den Stuhl gestoßen, und da hat er sich gedreht.«

»Haben Sie jemandem von dem Blut und der Perücke erzählt – Terry oder Valerie vielleicht?«

»Nein, Sir, nur, daß ich sie tot aufgefunden habe. Das heißt, ich habe allerdings gesagt, daß es nach einem Mord aussieht. Oh, und Terry gegenüber habe ich das frische Blut erwähnt. Aber das ist auch alles, Sir.«

»Das war sehr vernünftig von Ihnen. Behalten Sie die Einzelheiten auch weiterhin für sich! Die Medien würden wunder weiß was für einen Skandal herbeireden, wenn das durchsickert.«

»Früher oder später wird es aber rauskommen, Sir.«

»Dann versuchen wir wenigstens, so lange wie möglich Zeit zu gewinnen. Ich werde jetzt die Polizei verständigen.« Er machte einen Schritt auf den Schreibtisch und das Telefon zu,

stockte dann aber und meinte: »Nein, ich telefoniere lieber von meinem Zimmer aus. Je weniger wir hier anrühren, desto besser. Und den Schlüssel, den nehme ich auch an mich.«
Harold reichte ihn wortlos hinüber. Langton knipste das Licht aus und verschloß beide Türen. Harold, der ihn beobachtete, dachte bei sich, daß der alte Mann den Schock besser verkraftete, als er zu hoffen gewagt hätte. Das war der Kanzleichef, wie er ihn in Erinnerung hatte: respekteinflößend, ruhig, ganz Herr der Lage. Doch dann sah er in Langtons Gesicht und begriff mit einer Aufwallung von Mitleid, was den Vorstand dieses Aufgebot an Selbstbeherrschung kostete.
»Was soll ich den übrigen Angestellten sagen, Sir?« fragte er. »Und den Kanzleimitgliedern? Mr. Ulrick kommt donnerstags immer schon sehr früh, wenn er in London ist. Die Herren werden doch in ihre Büros wollen.«
»Ich habe nicht die Absicht, sie daran zu hindern. Falls die Polizei die Kanzlei zu schließen wünscht, dann sollen die das anordnen. Vielleicht kommen Sie mit, während ich telefoniere, und anschließend sollten Sie den Eingang im Auge behalten. Den eintreffenden Mitarbeitern erzählen Sie sowenig wie möglich. Versuchen Sie, die Leute ruhig zu halten. Und meine Kollegen bitten Sie, mich freundlicherweise umgehend in meinem Arbeitszimmer aufzusuchen.«
»Jawohl, Sir. Da wäre aber noch die Haushälterin von Miss Aldridge, Mrs. Buckley. Die war vorhin schon ganz aufgeregt. Und wir dürfen die Tochter nicht vergessen. Jemand muß sie verständigen.«
»O ja, die Tochter, die hatte ich in der Tat vergessen. Überlassen wir das doch der Polizei und Mr. Laud. Er kennt die Familie.«
Harold sagte: »Miss Aldridge hatte um zehn einen Gerichtstermin in Snaresbrook. Sie rechnete damit, daß der Prozeß heute nachmittag zum Abschluß kommt.«

»Darum wird sich ihr Assistent kümmern müssen. Das ist Mr. Fleming, nicht wahr? Rufen Sie ihn an! Sie werden ihm wohl sagen müssen, daß Miss Aldridge tot aufgefunden wurde, aber ansonsten geben Sie sowenig wie möglich preis.«
Inzwischen waren sie in Mr. Langtons Büro. Huberts Hand zögerte einen Moment über dem Telefon. Es klang fast verwundert, als er sagte: »Ich habe das noch nie machen müssen. Aber jetzt neun-neun-neun zu wählen scheint mir kaum angebracht. Ich sollte wohl besser das Büro des Polizeipräsidenten verständigen – oder halt, ich kenne da jemanden von Scotland Yard, nicht besonders gut, aber wir sind uns immerhin vorgestellt worden. Er ist vielleicht nicht unmittelbar zuständig, aber er weiß sicher, was zu tun ist. Er hat einen Namen, den man nicht so leicht vergißt: Adam Dalgliesh.«

12

Der Leistungstest der Detective Inspectors Kate Miskin und Piers Tarrant auf dem Schießplatz in West London war für acht Uhr angesetzt. Da sie damit rechnete, nicht ohne weiteres einen Parkplatz zu finden, verließ Kate ihre Wohnung am Themseufer schon um sieben und war um sieben Uhr fünfundvierzig vor Ort. Sie hatte bereits alle Formalitäten erledigt, die rosa Ausweiskarte vorgelegt, auf der ihre bisherigen Trefferquoten vermerkt waren, und die vorgeschriebene Erklärung abgegeben, derzufolge sie in den letzten vierundzwanzig Stunden keinen Alkohol getrunken hatte und derzeit auch keine verschreibungspflichtigen Medikamente einnahm, als sie endlich das Rumpeln des Aufzugs hörte und Piers Tarrant gemächlich mit dem Glockenschlag acht zur Tür hereinkam. Sie begrüßten sich kurz, ohne weitere Unterhaltung. Piers war normalerweise alles andere als schweigsam, aber Kate war schon beim letzten Schießtraining vor einem Monat aufgefallen, daß er während der ganzen Übung den Mund nicht aufgemacht hatte, außer, um ihr zum Schluß zu gratulieren. Sie fand sein Schweigen in Ordnung; auf dem Schießplatz ermunterte man niemanden zum Reden, das war nicht der geeignete Ort zum Plaudern oder Schäkern. Hier, wo immer die gespannte Atmosphäre latenter Gefahr herrschte, dachte man unwillkürlich an ernste Männer, die sich einem ernsten Ziel verschrieben hatten. Die Beamten des Dezernats von Commander Dalgliesh hatten eine Sondergenehmigung, die es ihnen ermöglichte, ihre Schießübungen in West London zu absolvieren. Normalerweise war dieser Schießplatz den Sicherheitskräften vorbehalten, die die königliche Familie bewachten oder anderswo zum Personenschutz abgestellt waren. Mehr als ein Menschenleben konnte von der Reaktionsschnelligkeit dieser Leute abhängen.

Kate neigte dazu, ihre männlichen Kollegen nach ihrem Schießverhalten zu beurteilen. Massingham konnte es nicht ertragen, von ihr in den Schatten gestellt zu werden, und ließ sich auch nur selten von ihr überrunden. Das Leistungsschießen war zwar nicht als Wettkampf gedacht, die Beamten sollten sich vielmehr einzig auf das eigene Können konzentrieren. Aber Massingham hatte sich einen verstohlenen Blick auf ihren Punktestand nie verkneifen können und versuchte gar nicht erst, es neidlos zu akzeptieren, wenn sie ihn einmal überflügelte. Für ihn war der Erfolg auf dem Schießstand gleichbedeutend mit einer Art Männlichkeitsbeweis gewesen. Er war mit Waffen groß geworden und hatte es nicht ertragen können, daß eine Frau, noch dazu eine Großstadtpflanze wie Kate, genauso fachmännisch mit einer Waffe umzugehen wußte. Ganz anders Daniel Aaron. Der hatte die turnusmäßigen Schießübungen als Pflichtpensum abgehakt und sich wenig darum gekümmert, wer besser abschnitt, er oder Kate, solange er nur den vorgeschriebenen Punktestand erreichte. Piers Tarrant, der vor drei Monaten sein Nachfolger geworden war, hatte bereits bewiesen, daß er ein besserer Schütze war als seine beiden Vorgänger. Wieviel ihm das allerdings bedeutete, wie beunruhigend es für ihn war, daß sie ihn trotzdem ausstechen konnte, das sollte Kate erst noch lernen.

Es war eins von vielen Dingen, die sie bislang nicht von ihm wußte. Zugegeben, sie arbeiteten erst seit drei Monaten zusammen und hatten in dieser Zeit noch keinen größeren Fall zu klären gehabt, aber er gab ihr dennoch Rätsel auf. Er war vom Dezernat für Kunst und Antiquitäten, einer Sonderkommission zur Aufklärung von Kunstdiebstählen, in das Team von Dalgliesh gewechselt. Obwohl seine alte Abteilung allgemein als Eliteeinheit galt, hatte Tarrant offenbar von sich aus um Versetzung gebeten. Einiges wußte sie schon über ihn. Für einen Polizisten war es schwer, sein Privatleben lückenlos abzuschirmen. Und was man persönlich diskret geheimzuhalten hoffte, brachten Klatsch und Gerüchte alsbald in Umlauf. Sie wußte, daß er siebenundzwanzig Jahre alt und ledig war, daß er eine Wohnung in der City hatte, von der er mit dem Rad nach New Scotland Yard fuhr, weil er, wie er sagte, im Dienst mehr als genug Auto fahren müsse und daher auf dem Weg dorthin gern darauf verzichte. Angeblich wußte er sehr viel über die Christopher-Wren-Kirchen im Banken- und Börsenviertel. Er hatte ein unbeschwertes Verhältnis zum Polizeidienst, ja, war in seiner Berufsauffassung manchmal lässiger, als es der ernsthaft engagierten Kate angemessen schien. Was sie faszinierte, waren seine gelegentlichen Stimmungsschwankungen zwischen gedämpft zynischer Belustigung und (wie jetzt) einer selbstversunkenen Distanziertheit, die ihn, ohne etwas mit den deprimierenden Auswirkungen eines launischen Gemüts gemein zu haben, dennoch unnahbar erscheinen ließ.

Sie stand vor dem verglasten Büro des Waffenkammerinspekteurs, während Piers drinnen die Formalitäten erledigte, und musterte ihn, als sehe sie ihn zum erstenmal. Er war nicht groß, keine einsachtzig, und bewegte sich leichtfüßig. Seine Schultern und die langen Arme offenbarten zudem eine zähe, agile Wendigkeit, die an einen Boxer erinnerte. Sein wohlgeformter, sensibler Mund zeugte von Humor. Selbst wenn die Lippen fest geschlossen waren, so wie jetzt, verrieten sie einen kaum gebändigten Schalk. Mit der etwas knubbeligen Nase und den tiefliegenden Augen unter den schräggestellten Brauen ähnelte seine Physiognomie in der Tat entfernt der eines Komikers. Beständig fiel ihm eine ungebärdige Strähne seines dichten mittelbraunen Haars in die Stirn. Er sah nicht ganz so gut aus wie Daniel, aber sie hatte gleich bei ihrer ersten Begegnung gespürt, daß von allen Kollegen, mit denen sie je im Einsatz gewesen war, kaum einer eine so starke sexuelle Ausstrahlung besessen hatte wie er. Die Erkenntnis war ihr nicht gerade angenehm gewesen, doch sie hatte auch nicht die Absicht, daraus ein Problem werden zu lassen. Kate war dafür, das sexuelle und das berufliche Leben streng auseinanderzuhalten. Sie hatte zu oft mit angesehen, wie andernfalls Karrieren, Ehen, ganze Existenzen in die Brüche gingen, um sich selber auf diesen tückisch verlockenden Pfad zu wagen.

Einen Monat nachdem er ins Dezernat gekommen war, hatte sie, einer spontanen Regung folgend, gefragt: »Wieso ausgerechnet Polizist?«

Es war sonst nicht ihre Art, sich gewaltsam in jemandes Vertrauen zu drängen, aber er hatte ganz locker zurückgefragt: »Wieso nicht?«

»Nun mach mal halblang, Piers! Einer, der in Oxford Theologie studiert hat, ist doch wohl kaum der typische Bulle.«

»Muß ich das denn sein? Oder du? Und überhaupt, was heißt das eigentlich, ein typischer Bulle? Wer von uns ist schon typisch? Ich? Du? AD? Max Trimlett?«

»Über Trimlett wissen wir hinlänglich Bescheid. Ein vulgärer Sexist. Trimlett giert nach Autorität, und er dachte, bei der Polizei kriegt man die am leichtesten. Anderswo hätte er sich bei seiner Intelligenz ja auch bestimmt keine verschafft. Nach der letzten Beschwerde hätte er eigentlich fliegen müssen. Aber wir reden hier nicht über Detective Constable Trimlett, sondern über dich. Wenn dir die Frage nicht gefällt – okay. Es ist dein Leben. Ich habe kein Recht, dich auszuquetschen.«

»Denk mal an die Alternativen. Hätte ich Lehrer werden sollen? Nicht bei der heutigen Jugend. Wenn ich mich schon mit Flegeln rumprügeln muß, dann doch wenigstens mit erwachsenen, wo ich zurückschlagen kann. Juristerei? Total überlaufen. Medizin? Zehn Jahre ackern, damit man am Ende einem Wartezimmer voll abgeschlaffter Neurotiker irgendwelche Rezepte in die Hand drückt. Außerdem wär ich dafür zu zartbesaitet. Leichen machen mir nichts aus, aber einem Menschen beim Sterben zuzusehen, das ist nicht mein Fall. Finanzwesen? Heikles Terrain, und ich war immer schlecht in Mathe. Staatsdienst? Langweilig und zu distinguiert, und wahrscheinlich würden die mich sowieso nicht nehmen. Sonst noch Vorschläge?«

»Du könntest dich als Dressman bewerben.«

Sie dachte, jetzt sei sie vielleicht zu weit gegangen, aber er hatte nur gleichmütig gemeint: »Nicht fotogen genug. Und du? Warum bist du bei der Polizei gelandet?«

Die Frage war nur fair, und sie hätte erwidern können: Um aus dem schäbigen Loch im siebten Stock eines Wohnblocks in der Ellison-Fairweather-Siedlung rauszukommen. Mein eigenes Geld zu verdienen. Unabhängig zu sein. Eine Chance zu haben, Armut und Elend zu entfliehen. Und dem Gestank von Urin und Versagertum. Weil es ein Beruf mit Perspektive sein sollte, und weil ich den unseren für sinnvoll halte. Nicht zuletzt, um an der Wahrung von Ordnung und Hierarchie mitzuwirken.

Statt dessen sagte sie: »Um mir auf ehrliche Weise mein Geld zu verdienen.«

»Ah, aber mit *der* Vorstellung haben wir alle mal angefangen. Vielleicht sogar Trimlett.«

Der Waffenwart vergewisserte sich anhand des Weisungsberichts, daß sie nicht für Glocks gebucht waren, sondern für sechsschüssige Smith & Wessons, Kaliber 38. Er gab die Revolver aus, dazu Ohrenschützer, Halfter, Patronentasche, Multilader und einen Satz Kugeln zum ersten manuellen Laden.

Dann sah er ihnen von seiner Glaskabine aus nach, als sie hinüber zum Schießstand gingen, wo sein Kollege sie bereits erwartete. Immer noch schweigend säuberten sie ihre Waffen mit einem einfachen Werglumpen und schoben die ersten sechs Kugeln in die Kammern.

Der vereidigte Schußwaffenexperte fragte: »Fertig, Ma'am? Fertig, Sir? Siebzig Schuß, gestaffelt in Abständen von drei bis fünfundzwanzig Metern, zwei Sekunden Zielvorgabe.«

Sie rückten die Ohrenschützer zurecht und traten rechts und links von ihm an die Drei-Meter-Linie. Vor der rötlichen Wand hoben sich in schlichtem Schwarz die elf Zielfiguren ab: nach vorn geduckt, die Waffe im Anschlag, mit einem weißen Kreis inmitten des Torsos, der den Zielbereich markierte. Dann wurden die Figuren kurz umgeklappt, so daß man nur noch ihre kahlen weißen Rücken sah, der Instrukteur bellte sein Kommando, und die geduckten schwarzen Schützen schwenkten abermals ins Blickfeld. Mündungsfeuer zerriß die Luft.

Ungeachtet der Ohrenschützer staunte Kate bei der ersten Salve jedesmal über den dröhnenden Widerhall.

Als die ersten sechs Kugeln abgefeuert waren, gingen sie nach vorn, um die Zielobjekte zu inspizieren, und versahen jedes Loch mit einem runden weißen Aufkleber. Befriedigt stellte Kate fest, daß ihre Treffer allesamt schön im Mittelfeld des markierten Bereichs saßen. Sie war stets um ein einwandfreies, konzentrisches Schema bemüht und diesem Ideal manchmal auch schon erfreulich nahe gekommen. Ein Blick hinüber zu Piers, der intensiv mit seinen weißen Aufklebern beschäftigt war, zeigte ihr, daß auch er gut abgeschnitten hatte.

Sie gingen zurück bis zur nächsten Markierungslinie und immer so weiter, bis sie endlich bei der maximalen Entfernung von fünfundzwanzig Metern angekommen waren. Auf jede Salve folgte die Überprüfung der Treffer, dann wurde wieder geladen, geschossen, kontrolliert. Als alle siebzig Kugeln abgefeuert waren, warteten sie, bis der Ausbilder ihren Punktestand ausgerechnet und eingetragen hatte. Bestanden hatten beide, aber Kates Punktestand war höher.

»Gratuliere! Wenn du so weitermachst, wird man dich noch für die Schutzmannschaft der Royals empfehlen«, sagte Piers. Es waren fast seine ersten Worte heute morgen. »Wär das nichts? Allein die Gartenpartys im Buckingham-Palast!«

Sie lieferten Waffen und Ausrüstung ab, erhielten ihre Ausweise mit den neuen Einträgen zurück und waren fast schon beim Aufzug angelangt, als sie das Telefon klingeln hörten.

Der WKI steckte den Kopf durch sein Schalterfenster und rief: »Ma'am, das ist für Sie!«

Kate erkannte Dalglieshs Stimme: »Ist Piers bei Ihnen?«

»Ja, Sir. Wir haben gerade den Leistungstest hinter uns gebracht.«

»Schön. Hören Sie zu: Mordverdacht im Middle Temple, Pawlet Court Nummer acht. Die Tote ist eine gewisse Venetia Aldridge, Kronanwältin am Schwurgericht. Holt eure Spurensicherungskoffer aus dem Dezernat, wir treffen uns dann dort. Der bewachte Eingang an der Tudor Street ist offen. Der Posten wird euch zeigen, wo ihr parken könnt.«

Kate fragte: »Sagten Sie Temple, Sir? Ist das nicht ein Fall für die City?«

»Normalerweise schon, ja, aber diesmal übernehmen wir, mit Unterstützung des City-Dezernats. Kleines Kooperationstraining. Die Grenze zwischen Westminster und der City verläuft übrigens mitten durch besagte Nummer acht. Gerichtspräsident Boothroyd und Gattin wohnen im obersten Stock, und es heißt, Lady Boothroyds Schlafzimmer gehöre zur Hälfte nach Westminster und zur anderen Hälfte in die City. Zur Zeit sind sie und der Richter nicht in London, womit wir ein Problem weniger hätten.«

»Ganz recht, Sir. Dann fahren wir jetzt los.«
Im Fahrstuhl setzte sie Piers kurz ins Bild. Er sagte: »Dann werden wir also mit den Hünen von der City zusammenarbeiten. Weiß der Himmel, woher die alle ihre Einsachtzig-Riesen rekrutieren. Womöglich 'ne eigene Züchtung. Aber was haben eigentlich wir mit dem Fall zu tun?«
»Eine Kronanwältin als Mordopfer, ein Richter nebst Gemahlin, der am Tatort residiert, das Ganze in der geheiligten Enklave des Middle Temple. Nicht gerade das Milieu, an das wir gewöhnt sind.«
Piers sagte: »Das gleiche gilt vermutlich auch für die Verdächtigen. Hinzu kommt, daß der Kanzleivorstand garantiert mit dem Polizeipräsidenten bekannt ist. AD wird's gefallen. Der kann sich zwischendurch, wenn er mal kein illustres Mitglied der Anwaltschaft in die Mangel nimmt, ins Studium der mittelalterlichen Grabplatten der Temple Church versenken. Wer weiß, vielleicht inspirieren ihn die sogar zu einem neuen Lyrikbändchen. Wär ohnehin längst fällig.«
»Warum machst du ihm nicht den Vorschlag? Würde mich interessieren, wie er darauf reagiert. Willst du fahren, oder soll ich?«
»Sei so gut. Ich möchte nämlich heil ankommen, und diese Ballerei hat meine Nerven ganz schön strapaziert. Ich hasse Krach und Radau, ganz besonders, wenn ich ihn selbst verursache.«
Kate, die eben ihren Sicherheitsgurt anlegte, sagte spontan: »Ich wüßte gern, wieso ich mich immer auf die Schießübungen freue. Ich käme nie auf die Idee, ein Tier zu töten, von einem Menschen ganz zu schweigen, trotzdem habe ich ein Faible für Waffen. Ich gehe einfach gern mit ihnen um. Ich mag das Gefühl, wie einem so eine Smith & Wesson in der Hand liegt.«
»Zum Schießen gehört auch Geschicklichkeit, und dir gefällt es, weil du sehr geschickt darin bist.«

»Das allein kann's nicht sein. Ich versteh mich schließlich auch noch auf andere Sachen. Nein, ich glaube langsam, Schießen macht süchtig.«
»Mich nicht, aber ich bin ja auch nicht so gut darin wie du. Alles, was wir gut können, gibt uns ein Gefühl von Macht.«
»Also darauf läuft's hinaus, Machtgelüste?«
»Natürlich. Du hältst was in der Hand, das töten kann. Was sollte dir das sonst vermitteln, wenn nicht Machtgefühle? Kein Wunder, daß die Dinger süchtig machen.«
Es war kein erquickliches Gespräch gewesen, und Kate zwang sich, den Gedanken an den Schießstand beiseite zu schieben. Sie waren unterwegs zu einem neuen Fall. Und wie jedesmal in diesem Stadium spürte sie, daß ein belebendes Prickeln durch ihre Adern ging. Sie dachte wie so oft, daß sie sich wahrhaft glücklich schätzen konnte. Sie hatte einen Beruf, der ihr Spaß machte und in dem sie etwas leistete, dazu einen Chef, den sie mochte und bewunderte. Und nun kam dieser Mordfall mit all den Aufregungen, die er mit sich brachte, den menschlichen Aspekten, den Herausforderungen an die Ermittler und, wenn alles gutging, dem Erfolgserlebnis zum Schluß. Aber es mußte erst jemand sterben, damit sie dieses Hochgefühl erleben konnte. Auch kein erquicklicher Gedanke.

13

Dalgliesh erschien als erster am Pawlet Court Nummer acht. Ruhig und menschenleer lag der Hof im erstarkenden Morgenlicht, von linden Lüften umspielt. Aber die blassen Dunstschwaden, die in den lauen Äther trieben, verhießen abermals einen für die Jahreszeit zu warmen Tag. Die mächtige Roßkastanie trug noch das üppig grüne Hochsommerkleid. Vereinzelt erst hatten sich ein paar Blätter in das spröde, raschelnde Braungold welken Herbstlaubs verwandelt. Als Dalgliesh mit seinem Spurensicherungskoffer, der einer ganz gewöhnlichen Aktentasche täuschend ähnlich sah, den Hof betrat, fragte er sich unwillkürlich, wofür ihn ein zufälliger Beobachter wohl halten würde. Wahrscheinlich für einen Solicitor, der zu einer Mandatsbesprechung kam. Doch niemand beobachtete ihn. Der Pawlet Court, der sich dem Morgen in erwartungsvoller Stille darbot, war dem Verkehrsgedröhn der Fleet Street und des Victoria Embankment so entrückt wie der umfriedete Domhof einer ländlichen Kleinstadt.

Die Tür von Nummer acht öffnete sich, kaum daß er auf die Schwelle trat. Man hatte ihn natürlich schon erwartet. Eine junge Frau, deren fleckig verquollenes Gesicht verriet, daß sie kürzlich geweint hatte, bat ihn mit fast unhörbarem Gruß einzutreten und verschwand gleich darauf durch eine offene Tür zur Linken in den Empfangsbereich, wo sie sich hinter einen Schreibtisch setzte und ins Leere starrte. Ein paar Minuten später traten drei Männer aus einem Zimmer rechts vom Flur, und Dalgliesh war nicht wenig überrascht, als er in ei-

nem von ihnen Miles Kynaston erkannte, den Gerichtsmediziner.
Sie gaben sich die Hand, und er sagte: »Wie kommen Sie hierher, Miles? Vorahnung?«
»Nein, Zufall. Ich hatte heute früh einen Termin in der Kanzlei E. N. Mumford im Inner Temple. Die wollen mich als Sachverständigen für die Verteidigung im Fall Manning hinzuziehen, der nächste Woche im Bailey verhandelt wird.«
Damit wandte er sich seinen Begleitern zu und übernahm die Vorstellung: Hubert Langton, der Kanzleivorstand, und Drysdale Laud, beides flüchtige Bekannte von Dalgliesh. Laud erwiderte seinen Händedruck so zögerlich, als wisse er nicht, inwieweit es klug sei, die Bekanntschaft anzuerkennen.
Langton sagte: »Sie ist in ihrem Zimmer im ersten Stock, direkt über uns. Möchten Sie gleich mit raufkommen?«
»Später vielleicht, danke. Wer hat sie gefunden?«
»Unser Bürovorsteher, Harry Naughton, als er heute früh zum Dienst kam. Das war gegen neun. Er ist jetzt in seinem Büro, zusammen mit einem seiner Mitarbeiter, Terry Gledhill. Von den Angestellten ist sonst bislang nur Miss Caldwell im Haus, die Empfangssekretärin, die Sie hereingelassen hat. Aber das übrige Personal und natürlich die Mitglieder unserer Sozietät werden auch bald kommen. Ich wüßte nicht, wie ich meinen Kollegen den Zugang zu ihren Büros verwehren kann, aber die Angestellten können wir vermutlich wieder nach Hause schicken.«
Wie ratsuchend blickte er Laud an, der denn auch mit entschiedener Stimme das Wort ergriff. »Selbstverständlich können Sie auf unsere Unterstützung zählen. Aber die Arbeit muß trotzdem weitergehen.«
Dalgliesh sagte ruhig: »Die Untersuchung eines Mordes – falls es sich um Mord handelt – hat gleichwohl Vorrang. Wir werden die Kanzlei durchsuchen müssen, und je weniger Leu-

te dabei sind, desto besser. Keine Angst, wir haben nicht vor, unnötig Zeit zu verschwenden, weder unsre noch die Ihre. Gibt es einen Raum, den wir vorübergehend als Vernehmungszimmer benutzen könnten?«

Wieder kam die Antwort von Laud: »Sie können mein Büro nehmen. Das liegt nach hinten raus im zweiten Stock. Oder das Besucherzimmer. Wenn die Kanzlei heute vormittag geschlossen bleibt, ist das frei.«

»Besten Dank, wir nehmen das Besucherzimmer. Es wäre hilfreich, wenn Sie, meine Herren, fürs erste hier zusammenbleiben könnten, bis wir uns einen vorläufigen Eindruck vom Zustand der Leiche verschafft haben. Meine beiden Inspektoren, Kate Miskin und Piers Tarrant, sind mit den Kriminaltechnikern schon auf dem Weg hierher. Eventuell müssen wir einen Teil des Hofes absperren, aber das hoffentlich nur vorübergehend. Unterdessen wäre ich dankbar für eine Liste aller Angehörigen der Kanzlei samt Adressen und, falls vorhanden, einen Plan vom Middle und Inner Temple mit sämtlichen Eingängen. Hilfreich wäre auch ein Grundriß dieses Hauses mit namentlich gekennzeichneter Raumaufteilung.«

Langton sagte: »Harry hat einen Plan des Temple-Bezirks in seinem Büro, auf dem, glaube ich, alle Zugänge markiert sind. Und die Namensliste lasse ich Ihnen von Miss Caldwell zusammenstellen.«

Dalgliesh sagte: »Bliebe noch der Schlüssel. Wer hat den?«

Langton zog ihn aus der Tasche und reichte ihn dem Commander. »Ich habe Innen- und Außentür verschlossen«, sagte er, »nachdem Laud und ich den Leichnam gesehen hatten. Dieser Schlüssel paßt für beide Türen.«

»Ich danke Ihnen.« Dalgliesh wandte sich an Kynaston. »Also dann, gehen wir, Miles?«

Er fand es bemerkenswert, aber nicht verwunderlich, daß Kynaston mit der Untersuchung der Leiche auf ihn gewartet hatte. Einen besseren Pathologen als Kynaston konnte man sich nicht wünschen. Er war rasch zur Stelle, arbeitete klaglos und ohne Getue, selbst wenn das Terrain am Fundort noch so beschwerlich zu begehen oder der Verwesungszustand der Leiche schier unzumutbar weit fortgeschritten war. Er sprach nicht viel, aber was er sagte, hatte Hand und Fuß, und er war zum Glück völlig unbeleckt von jenem makabren Humor, mit dem einige seiner Kollegen – und nicht nur die aus der zweiten Garnitur – zu demonstrieren versuchten, wie nonchalant sie mit den teils arg schaurigen Begleiterscheinungen eines gewaltsamen Todes fertig wurden.

Kynaston trug sommers wie winters die gleiche Dienstkleidung, in der er auch heute erschienen war: einen Tweedanzug mit Weste und ein leichtes Baumwollhemd mit Button-down-Kragen. Als er hinter ihm die Treppe hinaufstieg, wunderte Dalgliesh sich angesichts Kynastons schleppendem Gang wieder einmal über den Gegensatz zwischen den linkischen Bewegungen dieses stämmigen Mannes und der Behutsamkeit, mit der er seine Finger in ihrer zweiten Haut aus weißem Latex in die willfährigen Öffnungen eines Leichnams einzuführen verstand, der Ehrerbietung, mit der diese in allen Spielarten des Grauens erfahrenen Hände geschändetes Fleisch behandelten.

Alle vier Zimmer im ersten Stock hatten massiveichene, eisenbeschlagene Außentüren. Hinter der zu Venetia Aldridges Büro befand sich eine Innentür mit einfachem Schlüsselloch, ohne tastengesteuertes Sicherheitssystem. Der Schlüssel drehte sich leicht, und als sie eintraten, tastete Dalgliesh links neben der Tür nach einem Schalter und knipste das Licht an.

Der Anblick, der sich ihnen bot, war so grotesk, daß es eine Szene aus einem Schauerdramolett hätte sein können, ein gestelltes Bild, das brüskieren sollte, befremden und das Gruseln lehren. Der Schreibtischstuhl, in dem die Tote zusammengesunken saß, hatte sich gedreht, so daß sie sich den Eintretenden von vorn präsentierte. Der Kopf war ein wenig vorgeneigt, das Kinn ruhte auf der Brust. Der obere Teil der Allongeperücke war so voller Blut, daß nur noch ein paar vereinzelte drahtig-graue Löckchen sichtbar blieben. Dalgliesh trat dicht an den Leichnam heran. Das Blut war über die linke Gesichtshälfte bis hinunter auf die schwarze Strickjacke geflossen, hatte die feine Wolle durchtränkt und auch den Rand der cremeweißen Bluse rötlichbraun gefärbt. Das linke Auge war von zähflüssigen Blutklümpchen verklebt, die unter seinem Blick bebend zu gerinnen schienen. Das glasige rechte Auge, in dem sich der dumpfe Gleichmut des Todes spiegelte, sah so starr an ihm vorbei, als ob er es nicht wert wäre, daß man ihn zur Kenntnis nahm. Ihre Unterarme ruhten auf den Sessellehnen, die herabhängenden Hände mit den leicht einwärts gebogenen Mittelfingern verharrten in einer Gebärde, so anmutig wie die einer Ballettänzerin. Der schwarze Rock war hochgerutscht bis zu den Oberschenkeln, und so, wie Knie und Waden sich, eng aneinandergepreßt, nach links neigten, erinnerten sie an die einstudierte, aufreizende Pose eines Mannequins. Über die Knie spannten sich hauchdünne, glänzende Strumpfhosen, deren Schimmer die langen, wohlgeformten Beine voll zur Geltung brachte. Einer der schwarzen Pumps mit dem mittelhohen Absatz war entweder abgestreift worden oder hatte sich selbständig gemacht. Bis auf einen schmalen Trauring trug sie keinen Schmuck, mit Ausnahme der mondänen goldenen Uhr mit quadratischem Zifferblatt am linken Handgelenk.

Auf einem kleinen Tisch rechts von der Tür türmten sich Papiere und Prozeßakten, die mit roten Bändern zusammengehalten waren. Dalgliesh stellte seinen SpuSiKoffer auf den einzig freien Platz zwischen den Unterlagen, holte die Laborhandschuhe heraus und streifte sie über. Kynaston, der die seinen wie immer aus der Hosentasche gefischt hatte, riß die Zellophanhülle auf, zog die Handschuhe an und beugte sich dann aufmerksam über die Leiche. Dalgliesh hielt sich dicht neben ihm.

»Ich fange mal mit den eindeutigen Befunden an«, sagte der Pathologe. »Also das Blut wurde entweder innerhalb der letzten drei Stunden über die Perücke gegossen, oder aber es enthielt ein Antikoagulans.« Seine Finger tasteten den Hals ab, drehten den Kopf sachte hin und her, befühlten die Hände. Dann lüpfte er mit äußerster Vorsicht die Perücke, beugte sich tief über das Haar der Toten, beschnüffelte es wie ein Hund und ließ die Perücke ebenso sacht wieder darübergleiten. »Leichenstarre fast vollständig ausgebildet«, sagte er. »Der Tod dürfte vor zwölf bis vierzehn Stunden eingetreten sein. Im Kopfbereich keine äußerlich erkennbaren Wunden. Wo immer das Blut da herstammt – ihres ist es nicht.«

Ungemein behutsam öffneten die kurzen, dicken Finger die Knöpfe der Kaschmirjacke und legten die Bluse frei. Und dann sah Dalgliesh den schmalen, scharfen Schnitt direkt unter einem der Knöpfe an der Leiste links. Sie trug einen BH, und die hochgewölbten Brüste wirkten weißlich blaß gegen den sanften Cremeschimmer der Seide. Kynaston schob seine Hand unter das linke Körbchen und schälte die Brust vorsichtig aus dem BH. Zum Vorschein kam eine Stichwunde, ein kleiner Schnitt, etwa zweieinhalb Zentimeter lang, leicht einwärts gestülpt. Die eingetrockneten Sekretspuren an den Rändern waren kein Blut.

Kynaston sagte: »Der Stoß ging direkt ins Herz. Unser Mann hatte entweder großes Glück, oder er ist anatomisch bewandert. Festlegen kann ich mich erst, wenn ich sie auf dem Untersuchungstisch habe, aber der Tod ist mit Sicherheit fast sofort eingetreten.«

Dalgliesh fragte: »Und die Waffe?«
»Lang, schmal, 'ne Art Rapier. Ein schlanker Dolch. Könnte auch ein feingeschliffenes Messer gewesen sein, aber das ist eher unwahrscheinlich. Die Schneide war doppelseitig geschliffen. Ein stählerner Brieföffner käme in Frage, vorausgesetzt, er ist scharf, spitz, stabil und hat eine mindestens zehn Zentimeter lange Klinge.«
Er hatte kaum ausgesprochen, da hörten sie von draußen eilige Schritte, und schon wurde mit kräftigem Schwung die Tür aufgerissen. Beide Männer fuhren herum und stellten sich gleichsam schützend vor den Leichnam. Der Mann in der Tür bebte buchstäblich vor Zorn, und sein kalkweißes Gesicht spiegelte blanke Entrüstung. Er hielt einen Beutel in der Hand, der aussah wie eine Wärmflasche aus durchsichtigem Kunststoff, und schwenkte ihn ihnen aufgebracht entgegen.
»Was geht hier vor? Wer hat sich an meinem Blut vergriffen?«
Dalgliesh trat, ohne zu antworten, beiseite. Unter anderen Umständen wäre die Wirkung zum Lachen gewesen. Der Neuankömmling, der mit weit aufgerissenen Augen auf den Leichnam starrte, hätte eine Karikatur des Unglaubens sein können. Er öffnete den Mund, als wolle er etwas sagen, besann sich dann eines Besseren und kam stumm, mit katzenhaften Bewegungen, ins Zimmer gelaufen, als wäre der Leichnam eine Ausgeburt seiner Phantasie, ein Hirngespinst, das sich verflüchtigte, wenn er nur den Mut aufbrachte, sich ihm zu nähern. Als er dann sprach, hatte er seine Stimme wieder in der Gewalt.
»Da hat jemand einen merkwürdigen Sinn für Humor bewiesen. Darf ich erfahren, was Sie hier machen?«
Dalgliesh sagte: »Ich dachte, das sieht man. Aber bitte: Dies ist Dr. Kynaston von der Gerichtsmedizin. Mein Name ist Dalgliesh, Commander bei New Scotland Yard. Sind Sie ein Mitglied der Kanzlei?«

»Desmond Ulrick. Und ja, ich bin Mitglied dieser Kanzlei.«

»Seit wann sind Sie im Hause?«

Ulrick starrte immer noch wie gebannt auf die Leiche, doch meinte Dalgliesh in seinem Blick mehr Faszination und Neugier zu lesen als Entsetzen. »Ich kam zur üblichen Zeit. Vor zehn Minuten.«

»Und es hat Sie niemand aufgehalten?«

»Nein, wieso? Ich habe Ihnen doch gesagt, daß ich zu dieser Kanzlei gehöre. Die Eingangstür war verschlossen, was sie sonst nicht ist, aber ich habe einen Schlüssel. Miss Caldwell saß wie immer an ihrem Schreibtisch. Außer ihr war, soweit ich sehen konnte, niemand da. Ich bin dann gleich runter in mein Zimmer. Das liegt nach hinten raus im Souterrain. Als ich vor ein paar Minuten eine Tüte Milch aus dem Kühlschrank nehmen wollte, da fehlte der Beutel mit dem Blutvorrat. Das Blut ist mir vor drei Tagen abgenommen worden, und ich lagerte es hier im Kühlschrank für einen kleinen Eingriff, dem ich mich am Samstag unterziehen muß.«

»Wann haben Sie's in den Eisschrank gelegt, Mr. Ulrick?«

»Am Montag, so gegen zwölf. Gleich, als ich aus der Klinik kam.«

»Und wer wußte davon?«

»Mrs. Carpenter, die Putzfrau. Ich hatte ihr einen Zettel hingelegt mit der Bitte, den Kühlschrank die nächsten Tage nicht längere Zeit offenzulassen, etwa um ihn zu reinigen. Und ich habe auch Miss Caldwell Bescheid gesagt, für den Fall, daß sie ihre Milch in meinen Kühlschrank stellen wollte. Ich bin überzeugt, daß sie's in der ganzen Kanzlei rumerzählt hat. Hier läßt sich nichts geheimhalten. Sie sollten mal mit ihr reden.« Nach einer kleinen Pause setzte er hinzu: »Wenn ich Ihre und Ihres Kollegen Anwesenheit richtig deute, dann geht die Polizei davon aus, daß es sich um einen unnatürlichen Tod handelt.«

Dalgliesh antwortete: »Für uns ist es Mord, Mr. Ulrick.«
Ulrick machte eine Bewegung, als wolle er sich dem Leichnam nähern, wandte sich dann aber zur Tür.
»Wie Ihnen sicherlich bekannt ist, Commander, hatte Venetia Aldridge sehr viel mit Mordsachen zu tun, aber damit, daß sie einmal so direkt betroffen sein würde, dürfte sie kaum gerechnet haben. Ein schmerzlicher Verlust für uns alle. Wenn Sie mich jetzt bitte entschuldigen wollen. Ich muß wieder runter in mein Büro. Dort wartet eine Menge Arbeit auf mich.«
Dalgliesh sagte: »Mr. Langton und Mr. Laud sind in der Bibliothek, Sir. Ich wäre Ihnen sehr verbunden, wenn Sie sich auch dorthin begeben wollten. Ihr Zimmer müssen wir zuerst untersuchen und die Fingerabdrücke sicherstellen. Ich gebe Ihnen Bescheid, sobald es wieder frei ist.«
Einen Moment lang dachte er, Ulrick würde Einspruch erheben. Statt dessen hielt er ihm ratlos den Beutel hin.
»Was soll ich damit machen? Ich habe keine Verwendung mehr dafür.«
»Ich nehme ihn an mich, besten Dank.« Dalgliesh streckte die behandschuhte Rechte aus.
Vorsichtig trug er den Beutel an einem Zipfel hinüber zum Tisch, zog ein Zellophansäckchen aus seinem Koffer und steckte den Beutel hinein. Ulrick, der ihm dabei zusah, wäre offenbar lieber noch geblieben.
Dalgliesh sagte: »Da Sie gerade da sind, Sir, könnten Sie mir vielleicht etwas über diese Perücke erzählen. Gehört sie Ihnen?«
»Nein, ich habe keine Ambitionen aufs Richteramt.«
»Wissen Sie dann zufällig, ob sie Miss Aldridge gehörte?«
»Das kann ich mir nicht vorstellen. Kaum ein Barrister besitzt eine eigene Allongeperücke. Venetia hat vermutlich nur einmal in ihrem Leben eine aufgehabt, und zwar bei ihrer Ernennung zum Kronanwalt. Die da gehört wahrscheinlich Hubert

Langton. Sie stammt noch von seinem Großvater, und er bewahrt sie hier in der Kanzlei auf und borgt sie jedem Kollegen, der Kronanwalt wird. Ansonsten verwahrt Harry Naughton sie in einer großen Blechschachtel. Harry ist unser Bürovorsteher. Er kann Ihnen sagen, ob das Mr. Langtons Perücke ist.«
Kynaston streifte seine Handschuhe ab. Ohne von Ulrick Notiz zu nehmen, sagte er: »Das wär's fürs erste. Ich habe für heute abend ein paar Obduktionen angesetzt. Um acht. Da könnte ich sie einschieben.«
Er wandte sich zum Gehen, prallte aber in der Tür mit Kate Miskin zusammen. Sie sagte: »Die Leute von der Spurensicherung und die Fotografen wären jetzt da, Sir.«
»Ist gut, Kate. Sie übernehmen das hier, ja? Haben Sie Piers dabei?«
»Ja, Sir. Er und Sergeant Robbins sind noch unten, um diese Seite des Hofs abzusperren.«
Dalgliesh wandte sich an Ulrick. »Wir sollten mit Ihrem Zimmer beginnen. Wenn Sie also die Freundlichkeit hätten, sich zu Ihren Kollegen in die Bibliothek zu verfügen.«
Willfähriger, als Dalgliesh erwartet hatte, ging Ulrick hinaus. Gleich darauf stand statt seiner Charlie Ferris in der Tür. Charlie, dem man fast zwangsläufig den Spitznamen »das Frettchen« verpaßt hatte, gehörte zu den erfahrensten Beamten der Spurensicherung. Es hieß, er könne Fäden, die sich normalerweise nur unter dem Mikroskop erkennen ließen, mit bloßem Auge unterscheiden und einen verwesenden Leichnam auf hundert Meter Entfernung riechen. Heute trug er die Dienstkleidung, die vor ein paar Monaten an die Stelle seines früheren, leicht exzentrischen Outfits – weiße, bis zum Schritt gekürzte Shorts und Sweatshirt – getreten war: enganliegende Baumwolljacke und -hose, weiße Turnschuhe und seine gewohnte Plastikbadekappe, die ganz stramm sitzen mußte, um zu verhindern, daß seine eigenen Haare unter die

Spuren am Tatort gelangten. Er blieb einen Augenblick in der Tür stehen, wie um den Raum und seine Schwingungen in sich aufzunehmen, bevor er sich auf den Boden kniete und mit seiner peniblen Suchaktion begann.

Dalgliesh sagte: »Auf dem Teppich sind gleich rechts von der Tür Schleifspuren. Möglich, daß sie da getötet und dann zum Sessel geschleppt wurde. Ich möchte, daß ihr die Stelle absichert und fotografiert.«

Ferris brummte: »Jawohl, Sir«, wandte aber den Blick nicht von dem Teppichstück, das er gerade abtastete. Er hätte die Schleifspur ohnehin nicht übersehen und würde sich darum kümmern, wenn es an der Zeit war. Das Frettchen hatte seine eigene Arbeitsmethode.

Inzwischen waren auch die Fotografen eingetroffen sowie die Sachverständigen für Fingerabdrücke, und alle machten sich wortlos ans Werk. Die beiden Fotografen waren ein eingespieltes Team, das keine Zeit mit Nettigkeiten verschwendete, sondern zügig seine Arbeit erledigte und wieder verschwand. Früher, als junger Detective Sergeant, hatte Dalgliesh sich manchmal gefragt, wie es sich wohl auf sie auswirken mochte, dieses fast tägliche Dokumentieren menschlicher Unmenschlichkeit, und ob die Aufnahmen, die sie außerdienstlich machten, harmlose Urlaubsbilder oder Schnappschüsse von Familienfeiern, für sie überschattet waren von diesen Protokollen gewaltsamen Todes. Sorgsam bemüht, den anderen nicht in die Quere zu kommen, machten auch er und Kate sich an die Überprüfung des Raums.

Der Schreibtisch war ein gediegenes Magahonimöbel mit großer, lederbezogener rechteckiger Platte, nicht modern, das Holz hatte vom jahrelangen Polieren Patina angesetzt. Die Messinggriffe an den beiden dreiteiligen Schubladensockeln waren offenbar noch original. In der linken oberen Schublade lag eine Handtasche aus weichem schwarzen Leder mit golde-

ner Schließe und schmalem Griff. Dalgliesh öffnete sie und fand darin das Scheckbuch der Toten, eine Brieftasche mit Kreditkarten, eine Geldbörse mit fünfundzwanzig Pfund in Scheinen und ein paar Münzen, ein sauber gefaltetes, weißleinenes Taschentuch und einen Ring mit verschiedenen Schlüsseln. Während Dalgliesh den Schlüsselbund näher in Augenschein nahm, sagte er: »Sieht aus, als habe sie ihre Haus- und Wagenschlüssel an einem anderen Ring gehabt als die zur Kanzlei und zu ihrem Zimmer hier oben. Merkwürdig, daß der Mörder beide Türen abgeschlossen und die Schlüssel mitgenommen hat. Wenn er den Eindruck erwecken wollte, der Täter sei von außerhalb gekommen, dann hätte er die Tür eigentlich offenlassen müssen. Dürfte ihm freilich nicht schwergefallen sein, die Schlüssel loszuwerden. Die liegen wahrscheinlich längst auf dem Grund der Themse, oder er hat sie in irgendeinen Gully geworfen.«
Er zog die beiden unteren Schubladen auf, die aber auf den ersten Blick kaum Aufschlußreiches enthielten: Kartons mit Briefpapier und Kuverts, Notizblöcke, eine Holzschachtel mit einer Sammlung Kugelschreiber und, in der untersten Schublade, zwei zusammengelegte Handtücher und ein Kulturbeutel mit Seife, Zahnbürste und Zahnpasta. Ein kleineres Kosmetiktäschchen mit Reißverschluß barg Venetia Aldridges Make-up-Utensilien: Feuchtigkeitscreme, Puderdose, Lippenstift.
Kate sagte: »Teures Zeug, aber nur das Minimum.«
Dalgliesh hörte aus ihrem Tonfall das heraus, was er selbst schon so oft empfunden hatte. Es waren die kleinen, persönlichen Dinge des täglichen Lebens, die das ergreifendste Memento mori schufen.
Das einzig interessante Schriftstück fand sich in der oberen rechten Schublade. Es war die Kopie einer dilettantisch gemachten Flugschrift mit dem Titel »Redress«, die offenbar

von einer Organisation verteilt wurde, die sich für die Aufstiegschancen von Frauen in akademischen Berufen und in der Industrie stark machte. Die Deklaration stützte sich in der Hauptsache auf Vergleichsziffern der bekanntesten Großfirmen und Gesellschaften und zeigte auf, in welchem Mißverhältnis die Stärke der weiblichen Belegschaft zur Anzahl der weiblichen Direktoren und Manager stand. Die vier Namen, die unter der Titelzeile aufgeführt waren, sagten Dalgliesh nichts. Die Schriftführerin des Vereins war eine gewisse Trudy Manning mit einer Adresse im Nordosten von London. Das Pamphlet umfaßte nur vier Seiten, deren letzter eine kurze Notiz angefügt war:
»Uns erscheint es befremdlich, daß sich unter den einundzwanzig Anwälten der Kanzlei Hubert Langton im Middle Temple, Pawlet Court Nummer acht, nur ganze drei Frauen befinden. Eine davon ist die renommierte Strafrechtlerin Venetia Aldridge, der wir hiermit nahelegen möchten, sich in Zukunft etwas engagierter als bisher für die Gleichstellung des eigenen Geschlechts einzusetzen.«
Dalgliesh reichte die Flugschrift an Ferris weiter und sagte: »Nehmen Sie das zu den Beweisstücken, ja, Charlie?«
Venetia Aldridge war offenbar von ihrem Mörder bei der Arbeit überrascht worden. Auf dem Schreibtisch lagen eine Prozeßakte und ein dicker Stoß Aufzeichnungen. Ein flüchtiger Blick in die Akte verriet Dalgliesh, daß es sich um einen Fall schwerer Körperverletzung handelte, der in zwei Wochen im Bailey zur Verhandlung anstand. Die einzigen anderen Schriftstücke auf dem Schreibtisch waren ein Exemplar des »Temple News Letter«, des Mitteilungsblattes des Juristenverbands, und ein »Evening Standard« vom Vortag. Die Zeitung wirkte unberührt, aber Dalgliesh fiel auf, daß die rosafarbene Börsenbeilage, der »Business Day«, fehlte. Ein großer Umschlag, adressiert an Miss Venetia Aldridge, lag, sauber

aufgeschnitten, im Papierkorb rechts vom Schreibtisch. Dalgliesh vermutete, daß er den »Temple News Letter« enthalten hatte.

Der etwa dreißig Quadratmeter große Raum war für das Büro eines Barristers recht spärlich eingerichtet. Linker Hand nahm ein eleganter Bücherschrank, ebenfalls aus Mahagoni, fast die gesamte Wand ein. Die beiden georgianischen Sprossenfenster gegenüber waren je zwölfmal unterteilt. Der Bücherschrank enthielt eine kleine rechtswissenschaftliche Bibliothek nebst gebundenen Gesetzestexten. Darunter waren Venetia Aldridges Arbeitsbücher aufgereiht: alle, entsprechend ihrem Rang als Barrister, blau gebunden. Dalgliesh zog aufs Geratewohl ein paar Bände heraus und stellte fest, daß sie ihre gesamte berufliche Laufbahn abdeckten und sehr gewissenhaft geführt waren. Auf demselben Regal stand auch ein Band aus der Reihe der »Bedeutenden britischen Prozesse«, und zwar der über den Fall Frederick Seddon. Eine, wie ihm schien, etwas unpassende Ergänzung zu einer Handbibliothek, die ansonsten ganz auf Gesetzestexte und Kriminalstatistiken beschränkt war. Als er den Folianten aufschlug, fand Dalgliesh eine kurze, eng zusammen gekritzelte Widmung: »Für VA von ihrem Freund und Mentor EAF.«

Er wechselte hinüber an die Fensterseite und stellte sich an das linke. Unter ihm im hellen Morgenlicht, das einen sonnigen Tag verhieß, lag der Teil des Hofes, den seine Männer abgesperrt hatten. Kein Mensch war zu sehen, und doch war ihm, als spüre er die Gegenwart neugieriger Augen hinter den nackten Fenstern. Rasch inspizierte er noch die restliche Einrichtung. Links von der Tür standen ein metallener Aktenschrank mit vier Fächern und ein eintüriger Mahagonischrank, in dem an einem Kleiderbügel ein eleganter schwarzer Wollmantel hing. Die Schutzhülle mit der roten Robe fehlte. Vielleicht war Miss Aldridge mitten in einem Prozeß gewesen und

hatte Perücke und Talar bei Gericht im Umkleideraum gelassen. Der Tisch mit den sechs Stühlen vor den Fenstern war offenbar für Dienstbesprechungen gedacht, während die beiden hochlehnigen Ledersessel vor dem marmornen Kamin eher die für eine Mandantenberatung erwünschte vertrauliche Atmosphäre erweckten. Die einzigen Bilder waren eine Reihe von Karikaturen aus dem »Spy«-Magazin, entlarvende Porträts von Richtern und Anwälten in Robe und Perücke, und – über dem Kamin – ein Ölgemälde von Duncan Grant: Ein impressionistischer Sommerhimmel wölbte sich über einer ländlichen Szene mit Heuschober und Erntewagen vor einem niedrigen Gehöft, hinter dem sich ein Kornfeld erstreckte; das Ganze war in klaren, kräftigen Farben gemalt. Dalgliesh konnte sich vorstellen, daß die Karikaturen schon hier gehangen hatten, als Miss Aldridge das Zimmer übernahm. Der Duncan Grant verriet einen eher persönlichen Geschmack.
Die Fotografen waren fürs erste fertig und packten ihre Ausrüstung zusammen, aber die Beamten von der Spurensicherung waren noch damit beschäftigt, die Fingerabdrücke von Schreibtisch und Türpfosten zu nehmen. Dalgliesh versprach sich davon zwar nicht viel – alle Angehörigen der Kanzlei hatten schließlich ganz legal Zutritt zu dem Raum –, aber er überließ die Experten ihrer Arbeit und ging hinunter in die Bibliothek.
Die Herren waren inzwischen zu viert. Der korpulente, kräftiggebaute Rothaarige, der sich dazugesellt hatte, stand vor dem Kamin.
Langton sagte: »Darf ich bekannt machen, Commander – das ist Simon Costello, ebenfalls ein Mitglied unserer Kanzlei. Er hat den Wunsch geäußert zu bleiben, und ich sah keine Veranlassung, einem Kollegen den Aufenthalt in unserem Hause zu verwehren.«
Dalgliesh sagte: »Wenn er hier in der Bibliothek bleibt, stört

das unsere Ermittlungen nicht. Ich hätte allerdings gedacht, daß ein so vielbeschäftigter Herr es an einem Morgen wie diesem vorziehen würde, anderswo zu arbeiten.«

Desmond Ulrick saß in einem hochlehnigen Sessel am Kamin. Auf seinem Schoß lag ein aufgeschlagenes Buch, und mit den spitzen, zusammengepreßten Knien wirkte er so fügsam und in sich versunken wie ein gehorsames Kind. Langton stand an einem der beiden Fenster, Laud am anderen, und Costello lief, seit Dalgliesh und Kate hereingekommen waren, rastlos im Zimmer auf und ab. Bis auf Ulrick sahen ihn alle erwartungsvoll an.

Dalgliesh sagte: »Miss Aldridge wurde erstochen. Der Stich traf direkt ins Herz. Ich muß Ihnen leider sagen, daß wir es mit an Sicherheit grenzender Wahrscheinlichkeit mit einem Mord zu tun haben.«

Costellos Stimme klang schroff und streitlustig: »Und die Waffe?«

»Wurde noch nicht gefunden.«

»Warum dann diese Einschränkung? Wenn die Tatwaffe fehlt, wie kann es dann etwas anderes sein als Mord? Oder wollen Sie andeuten, Venetia hätte sich selber erstochen und jemand anders war dann so zuvorkommend, die Waffe verschwinden zu lassen?«

Umständlich, als versagten seine Beine plötzlich den Dienst, setzte Langton sich an den Tisch. Aus dem Blick, den er Costello zuwarf, sprach die Bitte um einen verbindlicheren Ton.

»Theoretisch«, sagte Dalgliesh, »wäre es denkbar, daß Miss Aldridge sich selbst erstochen und jemand anders die Waffe später beiseite geschafft hat – eventuell dieselbe Person, die ihr die Perücke überstülpte. Ich persönlich glaube allerdings nicht an diese Variante, und wir behandeln Miss Aldridges Tod als Mordfall. Die Waffe war eine Art Stilett oder etwas Ähnliches, vielleicht auch ein schlanker, feingeschliffener

Dolch. Hat einer von Ihnen etwas Derartiges hier im Hause gesehen? Die Frage mag lächerlich klingen, aber Sie werden verstehen, daß ich sie gleichwohl stellen muß.«

Nach längerem Schweigen sagte Laud: »Venetia hatte so ein Ding, einen Brieföffner, allerdings keinen herkömmlichen. Eigentlich war es ein stählerner Dolch mit Messinggriff und ebensolchem Stichblatt. Ich bekam ihn bei meiner Ernennung zum Kronanwalt von einem dankbaren, wenn auch unbedarften Mandanten geschenkt. Ich glaube gar, er hatte ihn extra anfertigen lassen und sich eingebildet, er symbolisiere so was wie das Schwert der Justitia. Ein peinliches Präsent. Ich wußte nie, was ich damit anfangen sollte. Und dann hab ich es vor ungefähr zwei Jahren an Venetia weitergegeben. Ich war zufällig in ihrem Büro, als ihr beim Öffnen der Post ihr hölzerner Brieföffner zerbrach. Also ging ich runter in mein Zimmer und holte den Dolch rauf. Ich hatte ihn ganz hinten in einer Schreibtischschublade verstaut und fast schon vergessen. Zum Brieföffner eignete er sich dann übrigens ganz hervorragend.«

»War er scharf?« fragte Dalgliesh.

»Gott, ja, verdammt scharf, aber er hatte natürlich eine Scheide. Die war, soweit ich mich erinnere, aus schwarzem Leder mit einer Messingspitze und einer Art Rose aus Messing drauf. Und auf der Klinge des Dolchs waren meine Initialen eingraviert.«

Dalgliesh sagte: »Dieser Brieföffner befindet sich jetzt nicht mehr in Miss Aldridges Büro. Kann einer der Herren sich erinnern, wann er ihn zuletzt gesehen hat?«

Zunächst kam keine Antwort. Dann sagte Laud: »Venetia verwahrte ihn in ihrem Schreibtisch, in der Schublade rechts oben, wenn sie ihn nicht in Gebrauch hatte. Ich glaube, ich hab sie schon seit Wochen nicht mehr mit ihm hantieren gesehen.«

Doch sie hatte am Abend zuvor dieses steife, kartonierte Kuvert geöffnet, und die Klappe war nicht aufgerissen worden, sondern fein säuberlich aufgeschlitzt.
Dalgliesh sagte: »Wir müssen alles daransetzen, ihn wiederzufinden. Falls es die Tatwaffe war, dann kann der Mörder den Dolch natürlich mitgenommen haben. Finden wir ihn, dann wird er selbstverständlich auf Fingerabdrücke untersucht, und das bedeutet, daß wir die Fingerabdrücke aller Personen brauchen, die gestern abend in der Kanzlei waren oder sich Zutritt verschafft haben könnten.«
»Zum Zwecke der negativen Auslese«, warf Costello ein. »Und hinterher werden unsere Abdrücke natürlich wieder vernichtet.«
»Sie sind Strafverteidiger, nicht wahr, Mr. Costello? Ich denke, Sie kennen die Gesetze.«
Langton sagte: »Ich bin sicher, daß ich für die gesamte Kanzlei sprechen darf, wenn ich sage, daß wir Sie in jeder erdenklichen Weise unterstützen werden. Natürlich brauchen Sie unsere Fingerabdrücke. Und ebenso versteht sich, daß Sie unsere Räumlichkeiten durchsuchen müssen. Wir wären Ihnen verbunden, wenn wir die Büros so bald wie möglich wieder benutzen könnten, haben aber gleichwohl Verständnis für etwaige Verzögerungen.«
»Ich sorge dafür, daß die sich absolut in Grenzen halten«, versprach Dalgliesh. »Kennen Sie die nächsten Anverwandten der Toten? Ist die Familie verständigt worden?«
Auf die Frage reagierten die Herren betreten, ja, wie Dalgliesh schien, fast bestürzt. Wieder antwortete keiner. Und abermals wanderte Langtons Blick ratsuchend zu Laud. »Ich fürchte«, sagte der, »im Schock und dem Bestreben, Sie so rasch wie möglich zu verständigen, haben wir die Angehörigen ganz vergessen. Venetia hat eine Tochter, Octavia. Vom Vater wurde sie vor elf Jahren geschieden. Sonst hatte sie, so-

viel ich weiß, keine Familie. Ihr Exmann ist wieder verheiratet und lebt auf dem Lande. In Dorset, wenn ich mich recht entsinne. Sie dürften die Adresse bei Venetias persönlichen Papieren finden. Octavia wohnt zur Zeit im Hause ihrer Mutter. Ist noch ein ganz junges Ding, gerade achtzehn. Ihren Namen verdankt sie übrigens dem Umstand, daß sie in der ersten Minute des 1. Oktober zur Welt kam. Venetia hatte ein Faible für solch beziehungsvolle Zuordnungen. Ach ja, und dann ist da natürlich noch die Haushälterin, eine Mrs. Buckley. Die hat heute morgen bei Harry angerufen. Ich wundere mich, daß sie sich nicht längst wieder gerührt hat.«
»Sagte Harry nicht, er habe sie beruhigt, Miss Aldridge sei hier?« mischte Langton sich ein. »Wahrscheinlich erwartet die Haushälterin sie nichtsahnend zum Abendessen, wie immer.«
Dalgliesh sagte: »Die Tochter sollte so rasch wie möglich verständigt werden. Ich weiß nicht, ob das ein Mitglied Ihrer Kanzlei übernehmen möchte? Ich würde auf jeden Fall gern zwei meiner Beamten zum Haus von Miss Aldridge schicken.«
Wieder entstand eine peinliche Pause, und wieder schienen die drei anderen das entscheidende Wort von Laud zu erwarten. »Ich kannte Venetia besser als jeder andere hier im Haus«, sagte er, »aber der Tochter bin ich höchstens zwei-, dreimal begegnet. Keiner von uns kennt Octavia. Ich glaube nicht, daß sie je auch nur einen Fuß in die Kanzlei gesetzt hat. Als wir uns seinerzeit vorgestellt wurden, hatte ich das Gefühl, sie mache sich nichts aus mir. Wenn eine Kollegin hier wäre, könnten wir die hinschicken, aber leider … Ich denke, es ist besser, jemand von Ihren Leuten spricht mit ihr. Es wäre bestimmt nicht gut, wenn sie's von mir erfährt. Aber falls ich irgendwie helfen kann, stehe ich natürlich zur Verfügung.« Und nach einem Blick auf seine Kollegen setzte er hinzu: »Das gilt für uns alle.«

»War es üblich«, fragte Dalgliesh, »daß Miss Aldridge noch spät abends in der Kanzlei gearbeitet hat?«
Wieder war es Laud, der antwortete: »Ja, durchaus. Manchmal saß sie noch bis zehn in ihrem Büro. Sie arbeitete nicht gern daheim.«
»Und wer hat sie gestern abend als letzter gesehen?«
Langton und Laud wechselten einen Blick. Es entstand eine Pause, dann sagte Laud: »Wahrscheinlich Harry Naughton. Er sagt, er habe ihr um halb sieben noch eine Akte raufgebracht. Um die Zeit waren wir übrigen schon weg. Ach, und eine der Putzfrauen könnte sie auch gesehen haben, Mrs. Carpenter oder Mrs. Watson. Die beiden kommen von der Agentur Elkington. Montags, mittwochs und freitags kommen sie gemeinsam von halb neun bis zehn, an den anderen beiden Werktagen ist Mrs. Watson allein.«
Ein wenig erstaunt darüber, daß Laud sich in diesen organisatorischen Belangen so gut auskannte, fragte Dalgliesh: »Und haben die Frauen beide einen Schlüssel oder nur eine von ihnen?«
Wieder kam die Antwort von Laud: »Für den Haupteingang? Alle beide und ihre Chefin, Miss Elkington, auch. Die Frauen sind absolut zuverlässig. Bevor sie gehen, schalten sie jedesmal die Alarmanlage ein.«
Langton brach sein Schweigen und sagte: »Ich habe uneingeschränktes Vertrauen in die Zuverlässigkeit und Integrität unserer Zugehfrauen. Uneingeschränktes Vertrauen.«
Es folgte betretenes Schweigen. Laud schien etwas sagen zu wollen, besann sich noch einmal und wandte sich endlich entschlossen an Dalgliesh.
»Da ist etwas, das ich vielleicht noch erwähnen sollte. Ich behaupte nicht, daß es in irgendeiner Weise mit Venetias Tod zusammenhängt, aber es könnte doch Einfluß auf Ihre Ermittlungen nehmen. Oder sagen wir, es ist vielleicht hilfreich als

Vorinformation für Ihre Beamten, die mit Octavia sprechen werden.«
Dalgliesh wartete. Er spürte die erhöhte Aufmerksamkeit im Raum, witterte eine fast greifbar knisternde Spannung. Laud fuhr fort: »Octavia hat sich mit einem jungen Mann eingelassen, den Venetia vor einem Monat verteidigt hat, einem gewissen Garry Ashe. Er war angeklagt, seine Tante in deren Haus am Westway ermordet zu haben. Ich bin sicher, Sie erinnern sich an den Fall, Commander.«
»In der Tat, ja.«
»Anscheinend hat er gleich nach seinem Freispruch versucht, Octavia kennenzulernen. Warum, weiß ich nicht, aber Venetia war überzeugt, daß er etwas im Schilde führte. Und sie war natürlich furchtbar in Sorge. Sie erzählte mir, die beiden hätten vor, sich zu verloben oder wären sogar schon verlobt.«
»Hat sie erwähnt, ob die jungen Leute ein Verhältnis haben?« fragte Dalgliesh.
»Ihrer Meinung nach wohl nicht, aber sie war sich nicht sicher. Das war natürlich das letzte, was Sie sich für ihre Tochter gewünscht hatte. Und so würde es gewiß allen Eltern gehen. Ich habe Venetia nie zuvor so aufgelöst gesehen. Sie wollte unbedingt, daß ich ihr helfe.«
»Und wie?«
»Indem ich den jungen Mann mit Geld abfinde. Ja, ich weiß, das ist lächerlich, und das hab ich ihr auch gesagt. Offenbar hat er sich eingenistet.«
»In Miss Aldridges Haus?«
»Ich glaube, die meiste Zeit ist er bei Octavia in ihrer kleinen Souterrainwohnung.«
Langton sagte: »Mir fiel auf, daß Venetia am Montag, als sie vom Bailey zurückkam, sehr verstört war. Nach dem, was ich jetzt höre, nehme ich an, sie machte sich Sorgen wegen Octavia.«

Da endlich blickte Ulrick von seinem Buch auf und sagte zu Laud: »Würde mich interessieren, was Sie auf den Gedanken bringt, das könnte – wie haben Sie sich ausgedrückt? – Einfluß auf die Ermittlungen nehmen.«

Laud antwortete kurz und knapp: »Garry Ashe stand unter Mordanklage. Auch hier geht es um Mord.«

»Und da bietet dieser Ashe sich als Verdächtiger an. Aber ich wüßte nicht, wie er oder Octavia von dem Blut in meinem Kühlschrank hätten wissen können oder wo die Allongeperücke aufbewahrt wird. Sie tun zweifellos recht daran, die Polizei auf diese Verbindung hinzuweisen, doch ich begreife nicht, warum Venetia sich solche Sorgen machte. Schließlich wurde der junge Mann doch freigesprochen. Dank einer glänzenden Verteidigungsstrategie, wenn ich mich recht erinnere. Venetia hätte sich freuen sollen, daß ihr Mandant so offensichtlich bestrebt war, die Beziehung zu ihrer Familie weiterzupflegen.«

Damit vertiefte er sich wieder in sein Buch. Dalgliesh entschuldigte sich mit zwei Worten und ging mit Kate hinaus.

Auf dem Flur sagte er: »Erklären Sie Ferris, wonach wir suchen, und dann lassen Sie sich von Harry Naughton die Adresse der Aldridges geben. Nehmen Sie Robbins mit. Falls es möglich ist herauszufinden, wo das Mädchen und Ashe gestern abend waren, ohne die Tochter zu sehr aufzuregen, dann fragen Sie sie. Oh, und ich möchte die Putzfrauen sprechen, Mrs. Carpenter und Mrs. Watson. Bestellen Sie sie her. Da sie bis spät in den Abend arbeiten, dürften Sie mindestens eine um diese Zeit noch zu Hause antreffen. Und postieren Sie einen Beamten und eine Kollegin vorm Haus der Toten, ja? Für den Fall, daß Journalisten das Mädchen belästigen. Und wenn sich eine Gelegenheit bietet, dann reden Sie unter vier Augen mit der Haushälterin, die könnte nützliche Hinweise für uns haben. Aber halten Sie sich nicht zu lange dort auf.

Wir werden später sowieso noch mal hin müssen, und die heiklen Fragen können warten, bis das Mädchen den ersten Schock überwunden hat.«
Kate würde sich durch seine Anordnungen nicht bevormundet fühlen oder derlei Routineaufgaben als lästige Unterbrechung der eigentlichen Ermittlungsarbeit ansehen, das wußte er. Und sie würde es ihm auch nicht verübeln, daß er das erste Gespräch mit der Tochter als Frauensache einstufte. Es war immer besser, eine Frau zu einer Frau zu schicken, und bis auf ein paar denkwürdige Ausnahmen verstanden Frauen sich besser darauf als Männer, tragische Nachrichten zu übermitteln. Vielleicht hatten sie darin über die Jahrhunderte hin mehr Erfahrung gesammelt. Aber Kate würde, selbst während sie Trost spendete, auch beobachten, zuhören, nachdenken, abwägen. Denn wie jeder gute Polizeibeamte wußte sie, daß die erste Begegnung mit den Hinterbliebenen nicht selten auch die erste Begegnung mit dem Mörder war.

14

Die Privatanschrift von Miss Aldridge, die Kate von Harold Naughton erhielt, lautete Pelham Place, SW 7. Nachdem sie die übrigen Anschriften verglichen und den Stadtplan konsultiert hatte, sagte sie zu Sergeant Robbins: »Im Anschluß an den Besuch bei Octavia Cummins – vorausgesetzt, daß wir sie antreffen – versuchen wir's als erstes bei Mrs. Carpenter am Sedgemoor Crescent. Das ist in Earls Court. Die andere Reinemachefrau, Mrs. Watson, wohnt in Bethnal Green. Der Earls Court liegt für uns günstiger, und wir müssen auf jeden Fall so rasch wie möglich mit einer der zwei oder, besser noch, mit allen beiden reden. Wir könnten natürlich vorher anrufen und feststellen, ob sie zu Hause sind, aber die direkte Konfrontation bringt erfahrungsgemäß mehr.«

Pelham Place war eine reizvolle Wohngegend mit ebenso reizvollen, altmodischen Häuserreihen: einheitlichen, sehr gepflegten, dreistöckigen Stadthäusern mit eleganten Lünetten, eingezäunten Vorgärten und vergitterten Souterrains. Das Straßenbild vermittelte den Eindruck nahezu einschüchternder Makellosigkeit. Kein Unkraut, dachte Kate, würde es wagen, seine Ranken durch diese manikürten Rasenflächen oder zwischen die sorgsam gehegten Blumenrabatten zu treiben. Weit und breit störte kein Lebenszeichen die beschauliche Morgenruhe des Platzes, der verdächtig nach autofreier Zone aussah. Als Kate direkt vor Miss Aldridges Haus parkte, tat sie das mit der bangen Ahnung, ihren Wagen hinterher durch eine Parkkralle blockiert oder überhaupt nicht wiederzufinden. Robbins warf einen Blick auf die gediegene Fassade und die beiden Fenstertüren im ersten Stock mit dem schmiedeeisernen Balkon davor und meinte: »Nette Hütte. Hübsche Gegend. Ich hätte nicht gedacht, daß Strafverteidiger so gut verdienen.«

»Das ist auch von Barrister zu Barrister verschieden. Venetia Aldridge hat sich nicht mit Verfahren auf der Basis von Prozeßkostenhilfe begnügt – die übrigens auch nicht so schlecht honoriert werden, wie manche Anwälte behaupten. Sie hatte immer noch eine ganze Reihe vermögender Privatklienten nebenher. Du erinnerst dich vielleicht an die zwei großen Fälle im letzten Jahr, beim einen ging's um Verleumdung, beim anderen um Steuerhinterziehung. Letzterer hat drei Monate gedauert.«

»Aber sie hat ihn nicht gewonnen, oder?« fragte Robbins.

»Nein, aber ihr Honorar dürfte sie trotzdem gekriegt haben.«

Kate brauchte nicht lange zu überlegen, warum Venetia Aldridge sich gerade hier niedergelassen hatte. Der U-Bahnhof South Kensington war nur ein paar Gehminuten vom Pelham Place entfernt, und von dort waren es bloß sechs Stationen bis zum Middle Temple. Miss Aldridge konnte, unbehelligt von Berufsverkehr und Staus, zuverlässig binnen zwanzig Minuten in der Kanzlei sein.

Robbins drückte auf die blitzblanke Klingel.

Sie hörten das leise Scheuern der Sicherheitskette, die Tür ging einen Spaltbreit auf, und eine ältere Frau starrte sie aus ängstlichen Augen an.

Kate zeigte ihren Ausweis vor. »Mrs. Buckley? Ich bin Detective Inspector Miskin, und das ist Sergeant Robbins. Dürfen wir hereinkommen?«

Die Kette wurde ausgehängt, die Tür geöffnet. Mrs. Buckley entpuppte sich als schmächtige, nervös wirkende Frau mit einem kleinen, scharf konturierten Mund zwischen prallen

Hamsterbäckchen und einem Gehabe, das Kate an unsicheren Menschen gewohnt war: eine etwas forcierte Biederkeit, gepaart mit dem Bemühen, sich gleichwohl Respekt zu verschaffen.

Sie sagte: »Oh, die Polizei. Sie wollen wahrscheinlich zu Miss Aldridge, nicht wahr? Aber die ist leider nicht da. Um diese Zeit finden Sie sie in ihrer Kanzlei im Pawlet Court.«

Kate sagte: »Wir kommen wegen Miss Aldridge, das ist richtig, aber wir müssen ihre Tochter sprechen. Leider haben wir eine sehr traurige Nachricht für sie.«

Das besorgte Gesicht erbleichte schlagartig. »O Gott!« Mrs. Buckley seufzte. »Dann ist also doch etwas passiert.« Zittrig trat sie beiseite und wies, als die beiden Beamten eintraten, mit stummer Gebärde auf die Tür zur Rechten.

»Sie sind da drin«, flüsterte sie, »Octavia und ihr Verlobter. Ihre Mutter ist tot, nicht wahr? Und Sie sind gekommen, um es uns zu sagen.«

»Ja«, sagte Kate, »leider ist es so.«

Mrs. Buckley machte überraschenderweise keine Anstalten, ihnen voranzugehen, sondern überließ es Kate, die Tür zu öffnen, und folgte selbst erst als letzte hinter Sergeant Robbins.

Schon auf der Schwelle schlugen ihnen deftige Frühstücksdüfte entgegen: Es roch nach Speck und Kaffee. Ein Mädchen und ein junger Mann saßen am Tisch, erhoben sich aber bei ihrem Eintreten und musterten sie abweisend.

Es vergingen nur ein paar Sekunden, bis Kate das Wort ergriff, doch dieser kurze Moment genügte ihr, um sich einen ersten Eindruck von der jungen Frau, ihrem Begleiter und der Raumgestaltung zu machen. Ursprünglich waren es offenbar zwei Zimmer gewesen, aber man hatte die Trennwand herausgenommen und so einen durchgehenden, langgestreckten Mehrzweckraum geschaffen. Zur Straße hin befand sich der Wohn- und Eßbereich mit einem rechteckigen Tisch

aus poliertem Holz, einer Anrichte rechts von der Tür und einem altertümlichen Kamin gleich gegenüber mit Einbauregalen zu beiden Seiten und einem Ölgemälde über dem Sims. Auf der Gartenseite schloß sich die Küche an, und Kate fiel auf, daß Spüle und Herd beide an der Wand zur Linken installiert waren, um nicht den Blick durchs Fenster auf den Garten zu verstellen. Ihr Auge wie ihr Kopf waren darauf geeicht, Nebensächlichkeiten zu registrieren: die Kräuterzucht in den Terrakottatöpfen unter dem Fenster am anderen Ende des Raums, eine bunt zusammengewürfelte, weder nach Größe noch Stilrichtung miteinander harmonierende kleine Sammlung von Porzellanfiguren, die ziemlich lieblos auf den Kaminregalen aufgestellt waren, oder den Fettrand, den ein abgeräumter Teller auf dem überfüllten Tisch hinterlassen hatte.
Octavia Cummins war ein dünnes, gleichwohl vollbusiges Geschöpf mit einem wissenden Kindergesicht. Ihre Augen mit der kastanienbraunen Iris waren schmal und unter feingestrichelten Brauen leicht schräggestellt. Diese Augen brachten etwas Exotisches in ihr Gesicht, das man, wenn nicht hübsch, so doch interessant hätte nennen können, wäre da nicht der mißmutige Zug um den übergroßen Mund gewesen, dessen Winkel schon jetzt deutlich herabgezogen waren. Sie trug ein langes, rotgemustertes ärmelloses Baumwollkleid über einer weißen Bluse. Beide Kleidungsstücke sahen aus, als gehörten sie in die Wäsche. Das einzige Schmuckstück, das Kate an ihr entdecken konnte, war ein Ring mit rotem Stein in einer Perlenfassung am linken Ringfinger.
Im Gegensatz zu ihrem schmuddeligen Aufzug wirkte der junge Mann geradezu auffallend sauber. Er hätte für ein Schwarzweißporträt Modell sitzen können mit seinen dunklen, fast schwarzen Haaren, den schwarzen Jeans, dem blassen Gesicht und seinem offenen blütenweißen Hemd. Er maß Kate halb unverschämt, halb abschätzig, sein Blick wurde indes,

sobald er dem ihren begegnete, beunruhigend leer, als habe sie für ihn plötzlich zu existieren aufgehört.
Kate sagte: »Miss Octavia Cummins? Ich bin Detective Inspector Kate Miskin, und das ist Detective Sergeant Robbins. Wir bringen leider eine sehr schlechte Nachricht, Miss Cummins. Ich denke, Sie sollten sich lieber wieder setzen.«
Immer eine nützliche Warnung vor drohendem Unheil, dieser Hinweis auf die alte Regel, schlechte Nachrichten nicht im Stehen entgegenzunehmen.
Das Mädchen antwortete: »Ich möchte mich nicht setzen. Sie können gern Platz nehmen, wenn Sie wollen. Das ist mein Verlobter, Mister Ashe. Oh, und das ist Mrs. Buckley. Sie ist die Haushälterin. Die braucht wohl nicht dabeizusein, oder?«
Aus ihrer Stimme sprach gelangweilte Geringschätzung. Dabei schien es Kate undenkbar, daß Octavia nicht wenigstens ahnte, was dieser Besuch zu bedeuten hatte. Wie oft kam die Polizei schon als Überbringer einer erfreulichen Botschaft?
Die Haushälterin ergriff unvermittelt das Wort: »Ich hätt's wissen müssen. Ich hätt gestern nacht gleich die Polizei verständigen sollen, als sie nicht nach Hause kam. Sie ist nie über Nacht weggeblieben, ohne mir Bescheid zu sagen. Als ich heute morgen in der Kanzlei anrief, da sagte mir dieser Büromensch, sie sei in ihrem Zimmer. Aber wie hätte sie dort sein sollen?«
Kate, die das Mädchen nicht aus den Augen ließ, sagte behutsam: »Doch, sie war dort, nur leider war sie tot. Der Bürovorsteher, Mr. Naughton, fand ihre Leiche, als er morgens zur Arbeit kam. Es tut mir sehr, sehr leid, Miss Cummins.«
»Mutter ist tot? Aber das kann nicht sein. Wir haben erst am Dienstag mit ihr gesprochen. Da war sie nicht mal krank.«
»Sie starb keines natürlichen Todes, Miss Cummins.«
Ashe sagte zum erstenmal etwas: »Sie wollen uns sagen, daß sie ermordet wurde.«

Es war eine Feststellung, keine Frage. Seine Stimme irritierte Kate. Obwohl sie scheinbar ganz gewöhnlich klang, kam sie ihr doch irgendwie künstlich vor, eine von vielen Stimmen, die er je nach Bedarf einsetzen konnte. Das war, dachte sie, nicht die Stimme, die er von Geburt an mitbekommen hatte. Allein, war das bei ihr etwa anders? Sie war auch nicht mehr jene Kate Miskin, die ihrer Großmutter die Einkaufstüten die sieben nach Urin stinkenden Treppen in der Ellison-Fairweather-Siedlung hinaufgeschleppt hatte. Sie sah nicht aus wie sie und hörte sich auch nicht mehr so an. Manchmal wünschte sie, daß sie auch nicht mehr so empfinden würde wie die Kate von damals.

Sie sagte: »Es deutet leider alles darauf hin, ja. Auch wenn wir Genaueres erst nach der Obduktion sagen können.« Wieder wandte sie sich an das Mädchen. »Gibt es irgend jemanden, den Sie jetzt gern um sich hätten? Soll ich Ihren Hausarzt verständigen? Möchten Sie eine Tasse Tee?«

Eine Tasse Tee. *Das* englische Heilmittel gegen Herzeleid, Schock und die entsetzliche Einsicht in unser aller Sterblichkeit. In wie vielen Küchen hatte sie während ihrer Laufbahn als Polizistin nicht schon Tee gekocht: in erbärmlich stinkenden Löchern, wo sich in der Spüle das schmutzige Geschirr türmte und daneben der Abfallkübel überquoll; in adretten Vorstadtküchen, so liebevoll gepflegt wie kleine Hausaltäre; in edlen High-Tech-Zentralen, von denen man sich kaum vorstellen konnte, daß jemals wirklich in ihnen gekocht wurde.

Mrs. Buckley warf einen Blick auf die Küche und fragte Octavia: »Soll ich?«

Das Mädchen antwortete: »Ich will keinen Tee. Und es soll niemand herkommen. Ich habe ja Ashe. Arzt brauche ich auch keinen. Wann ist sie gestorben?«

»Das wissen wir noch nicht genau. Irgendwann letzte Nacht.«

»Dann werden Sie's Ashe nicht anhängen können, so wie beim letztenmal. Wir haben nämlich ein Alibi. Wir waren unten in meiner Wohnung, und Mrs. Buckley hat für uns gekocht. Wir drei waren den ganzen Abend beisammen. Fragen Sie sie nur!«

Das waren genau die Angaben, die Kate brauchte, aber noch hatte sie nicht die Absicht, sie sich offiziell bestätigen zu lassen. Man überbringt einer Tochter nicht die entsetzliche Nachricht von der Ermordung ihrer Mutter und erkundigt sich gleichzeitig, ob sie und ihr Freund ein Alibi haben. Gleichwohl konnte sie nicht widerstehen, Mrs. Buckley einen fragenden Blick unter erhobenen Brauen zuzuwerfen.

Die Frau nickte. »Ja, das stimmt. Ich habe da drin in der Küche gekocht, und wir waren den ganzen Abend zusammen, bis ich rauf in mein Zimmer bin. Das war, nachdem ich den Abwasch gemacht hatte. Muß halb elf gewesen sein oder kurz danach. Ich weiß noch, daß ich dachte, es ist eine halbe Stunde über meine übliche Zeit.«

Damit waren Ashe und das Mädchen aus dem Schneider. Selbst auf einem schnellen Motorrad und ohne Verkehr hätten sie es kaum in weniger als einer Viertelstunde bis zum Temple geschafft. Natürlich konnte man die Zeit noch nachprüfen, aber wozu der Aufwand? Um zweiundzwanzig Uhr fünfundvierzig war Venetia Aldridge bereits seit Stunden tot gewesen.

»Da hören Sie's«, sagte Octavia. »Pech für Sie. Diesmal werden Sie den wahren Mörder suchen müssen. Warum nehmen Sie sich nicht mal ihren Liebhaber vor? Den Scheißkerl von einem Abgeordneten, Mr. Mark Rawlstone? Warum verhören Sie den nicht? Fragen Sie ihn, worüber er und meine Mutter Dienstagabend gestritten haben.«

Kate beherrschte sich nur mit Mühe. »Miss Cummins«, sagte sie äußerlich ruhig, »Ihre Mutter ist ermordet worden. Unse-

re Aufgabe ist es, herauszufinden, wer die Tat begangen hat. Im Augenblick galt meine Sorge allerdings mehr Ihnen. Aber wie ich sehe, kommen Sie auch allein zurecht.«
»Das denken Sie. Sie kennen mich ja überhaupt nicht. Warum verschwinden Sie nicht endlich?«
Plötzlich ließ sie sich auf einen Stuhl fallen und brach in lautes Schluchzen aus, das so jäh und unkontrolliert aus ihr herausbrach wie das Weinen eines Kindes. Kate machte instinktiv einen Schritt auf sie zu, aber Ashe trat stumm dazwischen. Dann stellte er sich hinter ihren Stuhl und legte ihr die Hände auf die Schultern. Kate sah Octavia krampfhaft zusammenzucken und glaubte erst, sie wolle ihn abschütteln, aber das Mädchen überließ sich den gebieterischen Händen, und nach einem Weilchen verebbte ihr markerschütterndes Weinen zu einem leisen Wimmern. Ihr Kopf war vornübergesunken, und die Tränen rannen in stetem Strom über die geballten Fäuste. Über ihren Kopf hinweg trafen die dunklen, ausdruckslosen Augen des Mannes abermals Kates Blick.
»Sie haben gehört, was sie sagt. Warum verschwinden Sie nicht? Sie sind hier nicht erwünscht.«
Kate sagte: »Wenn die Nachricht an die Presse geht, werden Sie vielleicht von Reportern bedrängt werden. Falls Miss Cummins Schutz brauchen sollte, geben Sie uns Bescheid. Im übrigen werden wir Sie beide noch eingehend befragen müssen. Sind Sie irgendwann am Nachmittag erreichbar?«
»Ich denke schon – entweder hier oder in Octavias Wohnung. Die liegt im Souterrain. Gegen sechs können Sie hier oder unten Ihr Glück versuchen.«
»Danke. Es wäre wirklich hilfreich, wenn Sie sich bemühen würden, dann im Haus zu sein. Wir bräuchten nicht unnötig Zeit zu verschwenden und womöglich noch mal wiederzukommen.«
Gefolgt von der Haushälterin gingen Kate und Sergeant Rob-

bins hinaus. An der Eingangstür wandte Kate sich zu Mrs. Buckley um.
»Auch mit Ihnen müssen wir uns noch unterhalten. Wo können wir Sie erreichen?«
Die Hände der Frau zitterten, die Mischung aus Furcht und Flehen, mit der sie Kate ansah, war der nur zu vertraut. Sie sagte: »Hier, nehme ich an. Ich meine, ab sechs bin ich normalerweise immer hier, wenn Miss Aldridge in London ist, und bereite ihr Abendessen vor. Ich habe ein kleines Wohnschlafzimmer mit Bad oben unterm Dach. Aber wie's jetzt weitergehen soll, das weiß ich nicht. Ich werde wohl ausziehen müssen. Für Miss Cummins möchte ich jedenfalls nicht arbeiten. Ich nehme auch an, daß sie das Haus verkaufen wird. Ich weiß, es klingt schrecklich, daß ich jetzt an mich denke, aber ich habe einfach keine Ahnung, was ich nun machen soll. Ich habe so viele persönliche Dinge hier, auch wenn's eigentlich nur Kleinkram ist. Einen Schreibtisch, einige Bücher von meinem verstorbenen Mann, eine Porzellanvitrine, an der ich sehr hänge. Die großen Möbel habe ich eingelagert, als Miss Aldridge mich damals anstellte. Ich kann's einfach nicht glauben, daß sie tot ist. Und auf so schreckliche Weise. Mord – damit verändert sich alles, nicht wahr?«
»Ja«, sagte Kate, »ein Mord verändert alles.«
Sie hatte, wie gesagt, bereits entschieden, daß es ungehörig gewesen wäre, die Tochter direkt zu befragen, aber mit Mrs. Buckley war das etwas anderes. Solange sie hier auf der Schwelle standen, konnte man zwar nicht offen reden, doch als sei auch ihr daran gelegen, das Gespräch fortzusetzen, folgte ihnen die Haushälterin zum Wagen.
»Wann haben Sie Miss Aldridge zum letztenmal gesehen?« fragte Kate.
»Gestern morgen beim Frühstück. Das macht sie – machte sie sich immer gern selbst. Bloß Orangensaft, Müsli und

Toast. Aber ich kam jeden Morgen runter und fragte sie, was den Tag über anstand, zu welchen Mahlzeiten sie heimkommen würde und so weiter. Kurz vor halb neun ist sie dann gegangen, sie hatte einen Termin bei Gericht, in Snaresbrook. In der Regel sagte sie mir Bescheid, wenn sie außerhalb von London zu tun hatte, für den Fall, daß sie mal dringend gebraucht wurde und jemand hier anrief statt in der Kanzlei. Gesprochen habe ich sie allerdings später noch mal. Gestern abend um Viertel vor acht habe ich in der Kanzlei angerufen.«

Kate war bemüht, sich ihre Aufregung nicht anmerken zu lassen. »Sind Sie sich mit der Zeit ganz sicher?«

»O ja. Ich hatte mir vorgenommen, bis halb acht zu warten, um sie nicht vorschnell in Unruhe zu versetzen. Und dann, als es halb acht war, griff ich zum Hörer, legte aber gleich wieder auf. Ich hab dann bis Viertel vor gewartet. Da ist kein Irrtum möglich. Ich hab auch extra noch auf meine Armbanduhr gesehen.«

»Und haben Sie Miss Aldridge persönlich gesprochen?«

»Ja, ja, das hab ich.«

»Welchen Eindruck machte sie da?«

Bevor Mrs. Buckley antworten konnte, hörten sie Schritte, und als sie sich umwandten, kam mit den zornblitzenden Augen eines aufgebrachten Kindes Octavia Cummins den Gartenweg entlanggerannt.

»Sie hat meine Mutter angerufen, um sich über mich zu beschweren!« rief sie ihnen entgegen. »Und wenn Sie mit meiner Haushälterin reden wollen, dann tun Sie das gefälligst drinnen und nicht auf der Straße!«

Mit einem Schreckenslaut hastete Mrs. Buckley aufgescheucht ins Haus zurück.

Das Mädchen warf noch einen letzten Blick auf Kate und Robbins, dann folgte sie ihr. Die Tür fiel unsanft – geradezu nachdrücklich – ins Schloß.

Als sie im Wagen saßen und sich anschnallten, sagte Kate: »Das haben wir verpatzt, vielmehr ich hab's falsch angepackt. Unsympathisches kleines Biest, was? Da fragt man sich doch glatt, warum die Leute es auf sich nehmen, Kinder zu kriegen.«

Sergeant Robbins erwiderte: »Die Tränen waren echt.« Und nach einer kleinen Pause fügte er nachdenklich hinzu: »Ist nie 'ne leichte Aufgabe, so eine furchtbare Nachricht zu überbringen.«

»Es hat ihr einen Schock versetzt, deshalb hat sie geweint, nicht vor Kummer oder Schmerz. Und war die Nachricht wirklich so furchtbar? Sie ist das einzige Kind. Jetzt gehört alles ihr – Haus, Geld, Einrichtung und das sündhaft teure Ölgemälde über dem Kamin. Und bestimmt gibt's oben im Wohnzimmer auch noch einen Haufen wertvolles Zeug.«

»Man kann einen Menschen nicht danach beurteilen, wie er auf einen Mordfall reagiert«, wandte Robbins ein. »Wir wissen nicht, was einer da denkt oder fühlt. Und manchmal kennen sich die Leute im ersten Schrecken selber nicht mehr.«

Kate sagte: »Schon gut, Sergeant, wir alle wissen, daß du im Dezernat den Gutmensch gibst, aber gar so dick brauchst du auch wieder nicht aufzutragen. Octavia Cummins hat sich nicht mal die Mühe gemacht zu fragen, wie ihre Mutter eigentlich ums Leben gekommen ist. Und denk nur an die erste spontane Reaktion! Alles, was ihr da in den Sinn kam, war, daß wir's ihrem sogenannten Verlobten nicht würden anhängen können. Merkwürdige Zustände. Die jungen Leute heutzutage verloben sich doch eigentlich gar nicht mehr, die haben einen Partner, und damit Schluß. Übrigens: Was glaubst du, wohinter der wohl her ist?«

Robbins besann sich einen Moment, dann sagte er: »Ich denke, ich weiß, wer er ist. Garry Ashe. Der war angeklagt, seine Tante umgebracht zu haben, und wurde vor etwa vier Wochen freigesprochen. Der Frau hatte man die Kehle durchgeschnitten. Ich erinnere mich so gut an den Fall, weil ein Freund von mir, der auch bei der Kriminalpolizei ist, da mitgearbeitet hat. Und dann ist da noch was Interessantes: Die Strafverteidigerin von dem Jungen, das war Venetia Aldridge.«

Sie hielten an einer roten Ampel. »Ja, ich weiß«, sagte Kate. »Drysdale Laud hat's uns in der Kanzlei erzählt. Ich hätte es dir auf der Herfahrt sagen sollen. Entschuldige, Sergeant!«

Sie war wütend auf sich selbst. Warum um alles in der Welt hatte sie es Robbins nicht erzählt? Eine solche Information entfiel einem doch nicht einfach. Gut, sie hatte nicht erwartet, Garry Ashe am Pelham Place anzutreffen, aber das war keine Entschuldigung. »Tut mir echt leid«, sagte sie.

Die Ampel sprang auf Grün. Sie fuhren jetzt durch die Brompton Road.

Es entstand eine Pause, dann sagte Robbins: »Siehst du eine Chance, dieses Alibi zu knacken? Mrs. Buckley kam mir ziemlich aufrichtig vor.«

»Mir auch. Nein, die hat die Wahrheit gesagt. Außerdem, wie hätte Ashe oder das Mädchen in die Kanzlei reinkommen sollen? Und was ist mit der Perücke und dem Blut? Hätten sie gewußt, wo das zu finden war? Man hat uns gesagt, daß Octavia sich nie in der Kanzlei blicken ließ.«

»Was ist mit dem angeblichen Liebhaber? War das nur 'ne gehässige Attacke, oder ist da was dran?«

»Sowohl als auch, würde ich meinen. Befragen müssen wir den Herrn jedenfalls. Wird ihm nicht gefallen. Aufstrebender Abgeordneter. Sitzt zwar nicht im Schattenkabinett, ist aber immerhin als zukünftiger Staatssekretär im Gespräch. Hat 'ne Mehrheit von knapp eintausend zu verteidigen.«

»Du weißt ja ganz schön viel über den Mann.«

»Kunststück! Gibt schließlich kaum eine politische Sendung im Fernsehen, in der man ihn nicht dozieren hört. Wirf doch mal 'nen Blick auf die Karte, ja? Die Straßen sind so unübersichtlich, und ich will die Abzweigung zum Sedgemoor Crescent nicht verpassen. Hoffentlich ist Mrs. Carpenter zu Hause. Je früher wir mit den Putzfrauen sprechen, desto besser.«

15

Dalgliesh und Piers suchten Harold Naughton in seinem Büro auf, denn der Commander rechnete damit, daß der Mann dort, wo er seit fast vierzig Jahren arbeitete, unbefangener reden würde als anderswo. Terry Gledhill, Naughtons jungen Mitarbeiter, hatten sie bereits vernommen und anschließend nach Hause geschickt; um eventuelle dringliche Anliegen würde sich sein Chef heute selber kümmern. Der saß jetzt an seinem Schreibtisch und schien, so wie er die Hände auf die Knie gestützt hatte, am Ende seiner Kraft. Naughton war mittelgroß und von ebensolcher Statur, wirkte indes kleiner, schmächtiger, und das müde, sorgenvolle Gesicht hätte man für älter gehalten als den Körper. Das schüttere graue Haar war penibel aus der Stirn gekämmt. Von seinem ermatteten Blick schloß Dalgliesh auf Kümmernisse, die ihn schon weit länger bedrückten als die Tragödie, die sich heute ereignet hatte. Aber in seiner Haltung lag auch die natürliche Würde eines Menschen, der sich wohl fühlt in seinem Beruf, der seine Arbeit gut macht und weiß, daß sie Anerkennung findet. Er war sorgfältig gekleidet. Der tadellose Anzug war zwar schon etliche Jahre alt, aber die Hose wies eine messerscharfe Bügelfalte auf, das Hemd war frisch gewaschen und geplättet.

Dalgliesh und Piers hatten auf den beiden freien Stühlen Platz genommen und saßen nun inmitten des scheinbar ungeordneten Papierwusts der Geschäftsstelle, dem Herzen der Sozietät. Dalgliesh wußte, daß sein Gegenüber ihm wahrscheinlich

mehr über die Zustände am Pawlet Court Nummer acht hätte erzählen können als alle hier ansässigen Anwälte zusammen; blieb die Frage, ob er sich entschließen würde, sein Wissen preiszugeben.
Zwischen ihnen, auf dem Fußboden, stand der Blechbehälter, in dem sich die Allongeperücke befunden hatte. Er war etwa sechzig Zentimeter hoch, arg zerbeult, und seitlich waren, unter einem fast nicht mehr zu entziffernden Wappen, die Initialen J. H. L. aufgemalt. Innen war der Behälter mit gefältelter rehbrauner Seide ausgeschlagen, und die gepolsterte, sockelartige Erhebung in der Mitte diente wohl als Perückenhalter. Jetzt stand der Deckel offen, die Dose war leer.
Naughton sagte: »Solange ich hier bin, hatte die Perücke ihren Platz immer bei uns im Sekretariat – und ich bin schon zusammen mit Mr. Langton gekommen, müssen Sie wissen, vor fast vierzig Jahren. Die Perücke gehörte ursprünglich seinem Großvater, der sie anläßlich seiner Ernennung zum Kronanwalt von einem Freund geschenkt bekam. Das war anno 1907. In Mr. Langtons Zimmer hängt eine Fotografie seines Großvaters, auf der er die Perücke trägt. Seither ist es so, daß, wann immer ein Mitglied der Kanzlei Kronanwalt wird, er die Perücke geliehen bekommt. Aber das können Sie selbst sehen, Sir, wenn Sie sich einmal die Fotos da anschauen wollen.«
Links neben Naughtons Schreibtisch hingen mehrere Reihen gerahmter Fotografien: ein paar ältere Schwarzweißaufnahmen und etliche Farbporträts neueren Datums. Bis auf eine einzige Ausnahme waren es lauter Männergesichter, die ernst, selbstzufrieden, strahlend oder mit eher zurückgenommenem Siegerlächeln über Spitzenkragen und Seidenrobe in die Kamera blickten. Manche posierten im Kreise der Familie, ein, zwei Bilder waren offenbar in der Kanzlei aufgenommen worden und zeigten den frischgekürten Kronanwalt

Seite an Seite mit einem in mitempfundenem Stolz erstarrten Harold Naughton. Dalgliesh erkannte Langton, Ulrick und Miss Aldridge.

»Wurde die Perückendose unter Verschluß gehalten?«

»Zu meiner Zeit nicht mehr, nein. Dafür sahen wir keine Veranlassung. Beim alten Mr. Langton, da hatte man sie noch abgeschlossen. Aber dann ging der Verschluß kaputt – das war, glaube ich, vor acht Jahren, kann auch länger her sein –, und wir dachten, es lohne sich nicht, ihn reparieren zu lassen. Ich verwahre den Behälter allerdings immer mit geschlossenem Deckel, damit die Perücke nicht verstaubt, und normalerweise wird er nur aufgemacht, wenn eine Ernennung ansteht und die Perücke gebraucht wird. Ja, und manchmal, da borgt sie sich auch einer der Kronanwälte aus, der zum Jahresgottesdienst der Richterschaft geladen ist.«

»Und wann wurde sie zuletzt getragen?«

»Vor zwei Jahren, bei Mr. Montagues Ernennung, Sir. Der hat sein Büro im Salisbury Annex und kommt daher nicht so oft zu uns in die Kanzlei. Doch das war nicht das letzte Mal, daß ich die Perücke gesehen habe. Mr. Costello war vorige Woche bei mir im Büro, und da hat er sie aufprobiert.«

»Wann war das genau?«

»Mittwochnachmittag.«

»Und wie kam es dazu?«

»Nun, Mr. Costello schaute sich das Foto von Miss Aldridge an. Terry, also mein Mitarbeiter, machte so eine Bemerkung wie: ›Sie sind als nächster dran, Sir.‹ Und daraufhin fragte Mr. Costello, ob wir immer noch Mr. Langtons Perücke hätten. Terry holte sie aus dem Schrank, und Mr. Costello machte den Deckel auf, um sie sich anzusehen – ja, und dann hat er sie aufgesetzt. Aber nur für einen Moment, Sir. Er hat sie gleich wieder abgenommen und zurückgelegt. Ich denke, es sollte so was wie ein Scherz sein, Sir.«

»Und Ihres Wissens ist der Behälter seither nicht mehr geöffnet worden?«
»Soviel ich weiß, nein. Terry hat ihn gleich wieder in den Schrank gestellt, und damit war das Thema beendet.«
»Kam es Ihnen nicht merkwürdig vor«, fragte Piers, »daß Mr. Costello sich überhaupt nach der Perücke erkundigt hat? Ich dachte, hier in der Kanzlei war allgemein bekannt, daß die Perücke in Ihrem Büro aufbewahrt wurde.«
»Ich meine schon, daß alle es wußten, ja. Aber Mr. Costellos Frage war vielleicht auch nicht so ganz ernst gemeint. Ich kann mich nicht für den genauen Wortlaut verbürgen. Er könnte es ungefähr so formuliert haben: ›Sagen Sie, Harry, Sie haben doch immer noch die Allongeperücke, oder?‹ So ähnlich hat er sich ausgedrückt. Er selbst kann es Ihnen wahrscheinlich genauer sagen.«
Dann gingen sie noch einmal die Angaben durch, die Naughton bei der ersten Einvernahme über den Leichenfund gemacht hatte. Inzwischen hatte er sich wohl vom schlimmsten Schock erholt, und doch: Dalgliesh sah, wie seine Hände, die zuvor reglos auf den Knien geruht hatten, auf einmal fahrig an den Bügelfalten seiner Hose herumzupften.
Dalgliesh sagte: »Sie haben angesichts einer grauenvollen Entdeckung sehr viel Besonnenheit gezeigt. Ihnen ist doch sicher klar, daß wir immer noch großen Wert darauf legen, daß die wenigen Menschen, die den Leichnam gesehen haben, die Sache mit der Perücke und dem Blut für sich behalten?«
»Ich werde bestimmt nicht darüber reden, Sir.« Und nach einer kleinen Pause fuhr er fort: »Das Blut war's, das hat mir den Rest gegeben. Die Leiche war kalt, eiskalt. Und trotzdem war das Blut noch feucht und klebrig. Als ich das merkte, da hätt ich fast den Kopf verloren. Ich hätte die Leiche natürlich gar nicht anrühren dürfen. Das ist mir inzwischen klargewor-

den. Aber ich glaube, das geschah irgendwie ganz instinktiv, weil ich mich doch vergewissern mußte, ob sie wirklich tot war.«

»Und Sie sind nicht auf den Gedanken gekommen, daß es sich um Mr. Ulricks Blut handeln müsse?«

»Nicht gleich. Und später eigentlich auch nicht. Natürlich hätte ich sofort merken müssen, daß es nicht das Blut von Miss Aldridge sein konnte. Im nachhinein klingt es komisch, aber ich glaube, ich hab einfach nur versucht, dieses grausige Bild zu verdrängen, schon damit ich nicht weiter drüber nachdenken mußte.«

»Aber Sie wußten, daß Mr. Ulrick einen halben Liter Blut in seinem Kühlschrank aufbewahrte?«

»Ja, das hab ich schon gewußt. Er hatte es Miss Caldwell gesagt, und sie hat's mir weitererzählt. Ich glaube, Montagabend war das bereits in der ganzen Kanzlei bekannt – jedenfalls unter den Angestellten. Mr. Ulrick war immer schon übervorsichtig, wenn es um seine Gesundheit ging. Ich weiß noch, wie Terry gesagt hat: ›Wir können bloß hoffen, daß er nie 'ne Herztransplantation braucht! Nicht auszudenken, was wir dann in seinem Kühlschrank finden würden.‹«

»Die Kollegen zogen ihn also«, hakte Piers nach, »wegen seiner übertriebenen Vorsorge gern auf?«

»Ach, das nicht gerade, aber es kommt einem schon komisch vor, nicht wahr, mit dem eigenen Blut im Krankenhaus einzupassieren.«

Dalgliesh schien wie aus einem Tagtraum aufzutauchen, als er sich unvermittelt erkundigte: »War Ihnen Miss Aldridge eigentlich sympathisch?«

Die Frage kam nicht nur unerwartet, sie war Naughton auch sichtlich peinlich. Ihm stieg das Blut in die Wangen. »Sie war mir nicht unsympathisch. Sie war eine brillante Juristin, ein hochgeachtetes Mitglied dieser Kanzlei.«

Dalgliesh sagte freundlich: »Aber das ist eigentlich keine Antwort auf meine Frage, oder?«

Naughton blickte ihn an. »Darüber, wer von meinen Chefs sympathisch oder unsympathisch ist, habe ich nicht zu befinden. Und auch bei Miss Aldridge hatte ich nur dafür zu sorgen, daß ihr so zugearbeitet wurde, wie's ihr zustand. Im übrigen wüßte ich keinen, der ihr was Böses gewollt hätte, Sir, mich eingeschlossen.«

»Können wir noch mal auf den gestrigen Tag zurückkommen?« bat Dalgliesh. »Ist Ihnen klar, daß Sie vielleicht der letzte waren, der Miss Aldridge lebend gesehen hat? Wann, sagten Sie, war das?«

»Kurz vor halb sieben. Ross & Halliwell, eine Sozietät, die Miss Aldridge sehr oft ihre Prozeßfälle übertrug, hatte ihr einen Schriftsatz angekündigt. Miss Aldridge wartete schon darauf und rief mich mit der Bitte an, ihr die Akte unverzüglich raufzubringen. Das hab ich dann auch gemacht. Terry war kurz nach sechs am Kiosk gewesen und hatte einen ›Evening Standard‹ besorgt. Den hab ich ihr dann gleich dazugelegt.«

»Und die Zeitung war vollständig? Niemand hatte einen Teil herausgenommen?«

»Nicht daß ich wüßte. Sie sah ganz unberührt aus.«

»Und was geschah oben?«

»Nichts weiter, Sir. Miss Aldridge saß an ihrem Schreibtisch und arbeitete. Sie schien ganz wohlauf, kam mir vor, wie immer. Ich wünschte ihr noch einen guten Abend und bin wieder gegangen. Von den Angestellten verließ ich als letzter das Haus, aber den Alarm habe ich trotzdem nicht eingeschaltet. In Mr. Ulricks Büro unten brannte nämlich noch Licht, ich wußte also, daß er nach mir gehen würde. Es ist so üblich bei uns, daß der letzte, der die Kanzlei verläßt, die Alarmanlage einschaltet, und wenn die Putzfrauen kommen, stellen sie sie für die Dauer ihrer Arbeitszeit wieder ab.«

Als Dalgliesh sich nach der Regelung mit der Reinigungsfirma erkundigte, erhielt er von Naughton die Bestätigung dessen, was er bereits von Laud gehört hatte. Die Raumpflege oblag der Agentur Elkington. Miss Elkington hatte sich mit ihrem Reinigungsdienst auf Anwaltskanzleien spezialisiert und beschäftigte nur absolut zuverlässige Frauen. Die beiden, die für den Pawlet Court eingeteilt waren, Mrs. Carpenter und Mrs. Watson, waren laut Plan beide gestern abend dagewesen und wie üblich um halb neun gekommen. Gemeinsam arbeiten sie montags, mittwochs und freitags von halb neun bis zehn.

Dalgliesh sagte: »Selbstverständlich werden wir die Damen auch noch persönlich befragen. Eine meiner Beamtinnen ist schon unterwegs, um sie herzuholen. Aber sagen Sie: Sind die beiden für das ganze Gebäude zuständig?«

»Ja, das heißt natürlich mit Ausnahme der Privatwohnung im obersten Stock. Mit Richter und Lady Boothroyds Etage haben sie nichts zu tun. In Ausnahmefällen kommt es auch vor, daß sie hier in eins der Büros nicht hineinkönnen, weil jemand sein Zimmer abgeschlossen hat. Das ist, wie gesagt, sehr selten, aber wenn jemand streng vertrauliche Schriftstücke auf dem Schreibtisch hat, kann es schon mal passieren. Miss Aldridge hat gelegentlich ihre Tür abgeschlossen.«

»Die aber nur ein herkömmliches Schloß hat und keine Sicherheitsvorrichtung.«

»Ja, sie konnte diese Dinger mit der Tastensteuerung nicht leiden. Die verschandelten das Gesicht des Hauses, sagte sie. Miss Aldridge begnügte sich mit einem ganz normalen Schloß, zu dem ich einen Zweitschlüssel hatte. Aber nicht nur zu ihrem: Ich habe zu allen Räumen Nachschlüssel, die ich hier in diesem Schrank aufbewahre.«

Während des Gesprächs hatte das Faxgerät mehrmals eine Nachricht ausgeworfen, und Naughton blickte schon ganz un-

ruhig zu dem Apparat hinüber. Aber eine letzte Frage hatten die beiden Kriminalisten noch, ehe sie ihn entließen:
»Sie haben uns«, sagte Dalgliesh, »in Ihrem ersten Bericht sehr genau den Verlauf des heutigen Morgens beschrieben. Wie gewöhnlich verließen Sie Ihr Haus in Buckhurst Hill um sieben Uhr dreißig und nahmen die gleiche U-Bahn wie jeden Morgen. Eigentlich hätten Sie gegen halb neun im Büro sein müssen, aber es war neun Uhr, als Sie Mr. Langton verständigten. Was, Mr. Naughton, haben Sie in den dazwischenliegenden dreißig Minuten gemacht?«
Die Frage, die implizite Unterstellung, er habe womöglich wichtige Angaben zurückgehalten, sei auf jeden Fall unbegründeterweise von einer jahrelangen Routine abgewichen, hätte Harold nicht unangenehmer treffen können, auch wenn sie noch so freundlich gestellt war. Die Antwort war indes nicht weniger überraschend.
Einen Augenblick lang wirkte Naughton so schuldbewußt, als habe man ihn des Mordes bezichtigt. Dann fing er sich wieder und erklärte: »Ich bin heute nicht auf direktem Wege ins Büro gegangen. Ich hatte gerade die Fleet Street erreicht, als mir klar wurde, daß ich erst verschiedenes durchdenken mußte. Also lief ich noch eine Weile durch die Straßen. Ich erinnere mich nicht genau, wo ich überall war, aber ein Stück weit bin ich dem Themseufer gefolgt und dann die Strand rauf.«
»Und worüber mußten Sie so dringend nachdenken, Mr. Naughton?«
»Persönliche Belange. Familienangelegenheiten ... In der Hauptsache«, fügte er hinzu, »habe ich mir überlegt, ob ich eine einjährige Vertragsverlängerung akzeptieren soll, falls sie mir angeboten wird.«
»Und wie sieht's damit aus?«
»Das weiß ich noch nicht. Mr. Langton hat davon gesprochen, aber natürlich konnte er mir keine Zusage machen, bevor

nicht auf der Kanzleisitzung allgemein darüber beraten worden ist.«
»Aber Sie rechneten nicht damit, daß sich jemand querstellen könnte?«
»Das kann ich so nicht sagen, Sir. Da fragen Sie am besten Mr. Langton. Es könnte sein, daß der eine oder andere seiner Kollegen der Ansicht war, es sei an der Zeit für gewisse Neuerungen.«
»War Miss Aldridge auch dieser Meinung?« fragte Piers unverblümt.
Naughton antwortete, diesmal direkt an ihn gewandt: »Ich glaube, ihr schwebte anstelle unserer Art der Sekretariatsleitung eine Art Büromanager vor. Ein, zwei Kanzleien haben so jemanden eingestellt und sind, glaube ich, ganz zufrieden mit dieser Lösung.«
»Trotzdem hofften Sie, bleiben zu können?« hakte Piers nach.
»Das dachte ich, ja, zumindest solange Mr. Langton der Kanzleivorstand bleibt. Er und ich, wir sind, wie gesagt, im selben Jahr eingetreten. Aber auf einmal ist nichts mehr wie früher – so ein Mord verändert alles. Ich glaube nicht, daß er jetzt noch weitermachen möchte. An dieser Sache könnte er zerbrechen. Es ist furchtbar für ihn, furchtbar für die ganze Sozietät. Einfach furchtbar.«
Die Ungeheuerlichkeit dessen, was geschehen war, schien ihn aufs neue zu überwältigen. Seine Stimme versagte, und Dalgliesh sah ihn den Tränen nahe. Stumm saßen sie sich gegenüber, bis der Klang eiliger Schritte das Schweigen durchbrach und Ferris hereingestürmt kam.
Mit mühsam beherrschter Stimme sagte er: »Verzeihen Sie die Störung, Commander, aber ich glaube, wir haben die Tatwaffe gefunden.«

16

Die vier Mitglieder der Kanzlei, die in der Bibliothek warteten, saßen die meiste Zeit schweigend beisammen. Langton hatte den Platz an der Stirnseite des Tisches mehr aus Gewohnheit eingenommen und nicht etwa, weil er den Wunsch gehabt hätte zu präsidieren. Jetzt ertappte er sich dabei, wie er seine Kollegen einen nach dem anderen so eindringlich musterte, daß fast schon zu befürchten stand, es könnte ihnen unangenehm auffallen. Allein, ihm war, als sähe er sie zum erstenmal: Nicht als drei vertraute Weggefährten erschienen sie ihm, sondern wie Fremde, die gemeinsam in eine Katastrophe hineingeraten sind, vielleicht irgendwo in der Wartehalle eines Flughafens festsitzen, gespannt darauf, wie jeder einzelne reagieren wird, neugierig auch auf die Umstände, die sie per Zufall zusammengewürfelt haben. Ich bin der Vorstand dieser Kanzlei, ging es ihm durch den Sinn, und das sind meine Freunde, meine Fakultätsbrüder, doch ich kenne sie nicht einmal, habe sie nie gekannt. Unwillkürlich erinnerte er sich an einen Tag, als er vierzehn gewesen war – es war sein Geburtstag – und er sich zum erstenmal bewußt im Badezimmerspiegel betrachtet und jeden Zug seines Gesichts einer langen und ernsthaften Musterung unterzogen und gedacht hatte: Das bin ich, so sehe ich aus. Doch dann war ihm eingefallen, daß das Bild ja spiegelverkehrt war und daß er nie, sein Leben lang niemals das Gesicht sehen würde, das die anderen sahen. Und weiter dachte er, daß es vielleicht mehr als nur sein Äußeres war, was ihm unergründbar bleiben würde.

Doch was konnte man überhaupt aus einem Gesicht herleiten? »Kein Wissen gibt's, der Seele Bildung im Gesicht zu lesen. Er war ein Mann, auf den ich gründete ein unbedingt Vertraun.« Der Unglücksbringer unter Shakespeares Stücken, »Macbeth«, jedenfalls einem alten Schauspieleraberglauben zufolge. Das Blutstück. Wie alt war er gewesen, als sie es in der Schule einstudiert hatten? Fünfzehn? Wie seltsam, daß er ausgerechnet dieses Zitat behalten hatte, während ihm soviel anderes entfallen war.

Er blickte über den Tisch hinweg auf Simon Costello, der ihm am unteren Ende gegenübersaß und ständig mit seinem Stuhl wippte, als wolle er sich so ins Gleichgewicht schaukeln. Langton betrachtete das ihm wohlbekannte, großflächige, blasse Gesicht, die scheinbar zu kleinen Augen unter den schweren, buschigen Brauen, das rotgoldene Haar, das im grellen Sonnenlicht regelrecht auflodern konnte, die mächtigen Schultern. Man hätte ihn eher für einen Rugby-Profi gehalten als für einen Juristen, allerdings nur, solange er keine Perücke trug. Unter der wurde sein Gesicht zur eindrucksvoll gravitätischen Maske von Recht und Gesetz. Aber, dachte Langton, die Perücke verwandelt uns schließlich alle; vielleicht wehren wir uns deshalb so gegen ihre Abschaffung.

Sein Blick schweifte hinüber zu Ulrick, der immer noch abseits in einem der Kaminsessel saß. Er studierte das durchsichtig zarte Gesicht, den braunen Haarschopf, der so ungebärdig in die hohe Stirn fiel, die grüblerisch stechenden Augen hinter der Nickelbrille, in die sich bisweilen eine so sanfte, ja dulderische Melancholie einschleichen konnte. Ulrick, der aussehen mochte wie ein Poet, war gleichwohl imstande, seine Sätze mit der jähen Gehässigkeit eines desillusionierten Schulmeisters herauszuschnarren. Das aufgeschlagene Buch auf seinen geschlossenen Knien sah nicht nach einem juristi-

schen Wälzer aus, dachte Langton und empfand plötzlich eine ganz unsinnige Neugier auf Ulricks Lektüre.
Von Drysdale Laud, der zum Fenster hinausschaute, sah man zunächst nichts weiter als einen tadellos geschnittenen Sakkorücken. Doch jetzt drehte er sich um. Er sagte indes nichts, sondern hob nur wie fragend die Brauen und zuckte fast unmerklich mit den Achseln. Sein Gesicht war vielleicht blasser als gewöhnlich, ansonsten aber sah er aus wie gewohnt: elegant, selbstbewußt, gelassen. Er war, dachte Langton, mit Abstand der bestaussehende Mann in der Kanzlei, womöglich sogar einer der attraktivsten in der gesamten Anwaltschaft, wo hochgemute, blendende Erscheinungen wahrhaftig keine Seltenheit waren, solange das Alter die Gesichter noch nicht verhärtet, arrogant und verdrießlich gemacht hatte. Der ausdrucksstarke Mund unter der langen, geraden Nase wirkte wie modelliert, in der dunklen, wohlfrisierten Mähne über den tiefliegenden Augen zeigten sich die ersten grauen Sprenkel. Langton fragte sich, wie er wirklich zu Venetia gestanden haben mochte. War er ihr Liebhaber gewesen? Das konnte er sich nicht recht vorstellen. Und ging nicht auch das Gerücht, daß Venetia anderweitig ein Verhältnis hatte? Mit einem Juristen? Einem Schriftsteller? Politiker? Jedenfalls eine bekannte Persönlichkeit. Bestimmt hatte er Konkreteres gehört als diese vagen alten Klatschgeschichten, vielleicht war sogar einmal ein Name gefallen. Aber wenn, dann hatte er ihn – wie so vieles andere – inzwischen wieder vergessen. Was, fragte er sich bitter, was hatte sich noch alles um ihn herum abgespielt, ohne daß er es gewahr geworden war?
Langton wandte sich von den Kollegen ab und sah mit gesenktem Blick auf seine gefalteten Hände. Und was ist mit mir? dachte er. Wie sehen sie mich? Wieviel wissen oder ahnen sie? Immerhin hatte er sich angesichts dieser unglückseligen Situation bislang in seiner Stellung als Kanzleichef behauptet.

Sein Gedächtnis hatte ihn nicht im Stich gelassen, und er hatte auch in allen Unterredungen mit dem Commander die rechten Worte gefunden. Das furchtbare, das tragische Ereignis hatte ihm gleichsam die angemessene Reaktion diktiert. Natürlich hätte Drysdale beinahe die Zügel an sich gerissen, aber doch nicht ganz, nicht grundsätzlich. Er, Langton, war immer noch der Chef gewesen, und Dalgliesh hatte sich an ihn gehalten.

Costello war der Unruhigste in ihrem Quartett. Jetzt sprang er so unvermittelt auf, daß er fast seinen Stuhl umgeworfen hätte, und begann verbissen der Länge nach neben dem Tisch auf und ab zu tigern.

»Ich begreife nicht«, sagte er, »warum wir uns hier einsperren lassen müssen wie Verdächtige. Ich meine, es liegt doch auf der Hand, daß sich irgendein Außenstehender ins Haus geschlichen und Venetia umgebracht hat. Was noch nicht heißt, daß er auch derjenige war, der ihr diese greuliche Perücke übergestülpt und das Blut draufgekippt hat.«

Ulrick sah zum erstenmal von seinem Buch auf. »Wer immer das getan hat, muß ein unvorstellbarer Rohling gewesen sein. So eine Blutentnahme ist nicht gerade angenehm. Ich habe sogar einen regelrechten Abscheu vor der Nadel. Ganz abgesehen davon, daß immer ein wenn auch minimales Infektionsrisiko besteht. Natürlich habe ich meine eigenen Nadeln mitgebracht. Trotzdem – Leute, die regelmäßig Blut spenden, behaupten immer, die Prozedur sei völlig schmerzlos, was durchaus seine Richtigkeit hat, aber ich hab's trotzdem nie als wohltuend empfunden. Und jetzt muß ich die Operation verschieben und noch mal ganz von vorne anfangen.«

Laud wandte halb belustigt, halb ungehalten ein: »Um Himmels willen, Desmond, was regen Sie sich so auf? So unangenehm es auch sein mag – alles, was Sie verloren haben, ist ein halber Liter Blut. Aber Venetia ist tot, und wir haben einen

Mordfall in der eigenen Kanzlei. Insoweit stimme ich mit Ihnen überein: Es wäre rücksichtsvoller gewesen, sie hätte anderswo das Zeitliche gesegnet.«

Costello unterbrach sein ruheloses Auf und Ab.

»Vielleicht hat sie das. Oder ist die Polizei ganz sicher, daß sie da getötet wurde, wo man sie gefunden hat?«

Laud sagte: »Wir wissen nicht, was Dalgliesh für Schlüsse zieht. Das würde er uns auch kaum anvertrauen. Solange nicht die genaue Todeszeit feststeht und damit die Frist, für die wir ein Alibi vorweisen müssen, solange werden wir wohl als verdächtig gelten. Ich bin allerdings ziemlich sicher, daß Tat- und Fundort identisch sind. Denn ich kann mir nicht vorstellen, daß ein Mörder einen Leichnam quer durch den Middle Temple schleppt, nur um ihn hier in der Kanzlei zu deponieren, damit wir belastet werden. Wie hätte er im übrigen hereinkommen sollen?«

Costello nahm seinen forschen Marsch entlang des Tisches wieder auf. »Also das wär wohl nicht weiter schwer gewesen. Wir sind hier ja doch kaum sicherheitsbewußt, oder? Ich meine, man kann dieses Gebäude nicht gerade eine Festung nennen, wie? Wenn ich reinkomme, finde ich die Haustür oft nur angelehnt oder manchmal sogar offenstehen. Mehr als einmal hab ich das moniert, aber ohne jeden Erfolg. Und herinnen sieht's nicht besser aus. Selbst die Kollegen, deren Innentür eine Sicherheitssteuerung hat, benutzen die nur nach Lust und Laune. Sie, Hubert, haben sich ja genau wie Venetia geweigert, eine solche Anlage überhaupt installieren zu lassen. Jeder hätte sich letzte Nacht Zutritt verschaffen können. Rein ins Haus und rauf in Venetias Zimmer, so einfach wär das gewesen – was sich ja offenbar auch jemand zunutze gemacht hat.«

»Das wäre ein gewisser Trost«, räumte Laud ein, »nur kann ich mir nicht recht vorstellen, wie man Dalgliesh davon über-

zeugen solle, daß dieser ominöse Eindringling gewußt hat, wo die Perücke und das Blut zu finden waren.«
»Was das angeht«, versetzte Costello, »so wußte Valerie Bescheid. Ich hab mir so meine Gedanken gemacht über die Caldwell. Sie war doch ganz außer sich, weil Venetia den Fall ihres Bruders nicht übernehmen wollte.« Als er sah, wie die Gesichter der anderen plötzlich erstarrten und wie Laud ihn angewidert musterte, setzte er betreten hinzu: »Na ja, war nur so ein Gedanke.«
»Den Sie tunlichst für sich behalten sollten«, empfahl ihm Laud nachdrücklich. »Wenn Valerie es bei der Polizei zur Sprache bringen möchte, ist das ihre Sache. Ich werde es ganz gewiß nicht tun. Die Vorstellung, Valerie Caldwell könnte etwas mit Venetias Tod zu tun haben, ist einfach lächerlich. Außerdem wird sie mit etwas Glück sowieso ein Alibi haben. Wie wir alle.«
»Ich habe schon mal keins«, hielt Desmond Ulrick dagegen, und es klang fast, als empfinde er Genugtuung dabei. »Es sei denn, der Mord wurde später als Viertel nach sieben verübt. Just um die Zeit habe ich die Kanzlei verlassen, bin nach Hause gegangen, um mich frisch zu machen, meine Aktentasche abzustellen und die Katze zu füttern, bevor ich wieder in die Stadt kam, wo ich im ›Rules‹ im Maiden Lane zu Abend gegessen habe. Gestern war nämlich mein Geburtstag, und ein Geburtstagsessen im ›Rules‹ ist seit meiner Kindheit Tradition.«
»Waren Sie allein dort?« fragte Costello.
»Versteht sich. Ein Abendessen mit mir allein ist der angemessene Ausklang für meinen Geburtstag.«
Costello mimte jetzt beinahe einen Staatsanwalt beim Kreuzverhör: »Aber warum dann der Umweg nebst Zwischenaufenthalt daheim? Ich meine, wieso sind Sie nicht direkt von hier aus ins Restaurant? Das war doch ziemlich umständlich und

zeitaufwendig, nicht wahr – und alles bloß, um die Katze zu füttern?«
»Und um meine Aktentasche loszuwerden. Die gebe ich nie an der Garderobe ab, wenn ich wichtige Papiere bei mir habe, und die Mappe im Restaurant unter meinen Stuhl zu deponieren wäre mir höchst unangenehm.«
Costello ließ noch nicht locker. »Hatten Sie reserviert?«
»Nein, ich hatte keinen Tisch bestellt. Man kennt mich im ›Rules‹. Für gewöhnlich bringen sie mich dort immer irgendwo unter. So auch gestern abend. Ich kam gegen Viertel nach acht ins Restaurant, was die Polizei zweifellos nachprüfen wird. Apropos, darf ich vorschlagen, Simon, daß Sie denen nicht ins Handwerk pfuschen?«
Und damit widmete er sich wieder seinem Buch.
Costello sagte kurz angebunden: »Ich habe die Kanzlei kurz nach Ihnen verlassen, Hubert, um sechs. Ich bin auf direktem Wege nach Hause gefahren und dort geblieben. Lois kann das bestätigen. Wie steht's mit Ihnen, Drysdale?«
Laud blieb gelassen. »Ist diese Fragerei nicht ziemlich sinnlos, solange wir nicht wissen, wann der Mord geschah? Aber gut: Auch ich war erst zu Hause und bin anschließend ins Theater ins ›Savoy‹. Sie spielten ›Warte, bis wir verheiratet sind‹.«
»Ich dachte«, warf Costello ein, »das läuft im ›Chichester‹.«
»Sie haben die Aufführung für ein achtwöchiges Gastspiel ins West End verlegt. Das dauert noch bis November.«
»Und Sie haben sich die Vorstellung allein angesehen? Gehen Sie sonst nicht immer mit Venetia ins Theater?«
»Diesmal nicht. Da war ich, wie Sie richtig bemerkten, allein.«
»Tja, das ›Savoy‹ ist jedenfalls ganz in der Nähe – praktisch, oder?«
Lauds Stimme blieb ganz ruhig. »In der Nähe wovon, Simon? Wollen Sie andeuten, ich hätte in der Pause rübersausen kön-

nen in die Kanzlei, Venetia umbringen und rechtzeitig zum zweiten Akt wieder auf meinem Platz sein? Nun, auch das wird die Polizei sicherlich nachprüfen. Ich sehe es direkt vor mir, wie einer von Dalglieshs Unterlingen aus einem Parkettsitz hochschießt, mit hängender Zunge die Strand runterrast und das Ganze mit der Stoppuhr protokolliert. Ich glaube, ehrlich gesagt, nicht, daß die Zeit reichen würde.«

In dem Moment hörte man draußen einen Wagen vorfahren. Laud trat ans Fenster. »Was für ein sinistres Gefährt«, sagte er. »Die kommen sicher, um sie abzuholen. Venetia verläßt die Kanzlei zum letztenmal.«

Man hörte die Haustür gehen, Männerstimmen im Flur, gemessene Schritte auf der Treppe.

Langton sagte: »Es scheint mir nicht recht, sie so ohne Abschied ziehen zu lassen.«

Er stellte sich vor, was jetzt in dem Zimmer über ihnen geschah, wie die Tote in den Leichensack gepackt und der Reißverschluß zugezogen wurde, ehe man sie auf die Bahre hievte. Ob sie ihr die blutige Perücke auflassen oder ob man die getrennt fortschaffen würde? Und wurden Kopf und Hände nicht mit Klebestreifen gesichert? Er entsann sich, das gesehen zu haben, als er sich das letzte Mal einen Serienkrimi im Fernsehen angeschaut hatte. »Ich finde es nicht richtig«, sagte er noch einmal, »sie einfach so gehen zu lassen. Ich habe das Gefühl, wir sollten ihr in irgendeiner Form die letzte Ehre erweisen.«

Als er neben Laud ans Fenster trat, hörte er hinter seinem Rücken Ulricks Stimme.

»Und wie sollte das aussehen? Wollen Sie Harry und Valerie dazubitten und uns dann alle als eine Art Ehrengeleit formieren? Vielleicht sollten wir Talar und Perücke dazu tragen, um dem Ganzen die angemessene Würde zu geben.«

Keiner antwortete, aber bis auf Ulrick kamen alle ans Fenster und sahen zu, wie die Bahre aus dem Haus getragen und in den Leichenwagen geschoben wurde. Jeder Handgriff erfolgte rasch und gekonnt.

Leise schlossen sich die Türen des Kombi. Die drei blieben am Fenster stehen, bis das Motorengeräusch verklungen war.

Langton brach schließlich das Schweigen. »Wie gut«, fragte er Drysdale Laud, »kennen Sie Adam Dalgliesh?«

»Nur ganz flüchtig. Und ich möchte bezweifeln, daß es überhaupt jemanden gibt, den ihn wirklich gut kennt.«

»Ich dachte, Sie haben schon mal das Vergnügen gehabt.«

»Einmal, auf einer Dinnerparty des früheren Commissioners. Dieser Dalgliesh, das ist der Sonderling vom Yard. Jede Institution braucht so einen Einzelgänger, und sei's nur, um ihren Kritikern glaubhaft zu machen, daß sie Sinn für Kreativität besitzt. Auch die Metropolitan Police will nicht als Bastion unsensiblen Machotums dastehen. Und so ein Anflug von Exzentrik hat was für sich, vorausgesetzt, diese hält sich in Grenzen und ist obendrein mit Intelligenz gepaart. Dalgliesh hat zweifellos seine Meriten. Zum einen ist er der persönliche Berater des Polizeipräsidenten. Was theoretisch alles und nichts bedeuten kann. Aber in seinem Fall bedeutet es wahrscheinlich mehr Einfluß, als er oder sein Chef zugeben würde. Dann leitet er ein kleines, mit einem unverfänglichen Namen versehenes Dezernat, das eigens für die Aufklärung von Verbrechen besonders heikler Natur eingerichtet wurde. Anscheinend fällt das unsere unter diesen ehrenvollen Sonderstatus. Vermutlich hat man sich so eine Nische für ihn ausgedacht, damit er, ohne daß es groß auffällt, überall mitmischen kann. Auch in diversen Ausschüssen tut er sich immer wieder hervor. In jüngster Zeit hat er zum Beispiel in diesem Beraterteam mitgewirkt, das die Met gebildet hatte, um auszuloten, wie man die Spione des MI5 in den konventionellen Polizeidienst integrieren könnte. Sie sehen also, da über uns köchelt ein ganz schön brisanter Zündstoff.«

Ulrick blickte von seinem Buch auf und fragte unvermutet: »Mögen Sie den Mann?«

»Ich kenne ihn zuwenig, als daß von Gefühlen die Rede sein könnte, egal ob positiv oder negativ. Aber ich hege ein gewisses Vorurteil gegen ihn, ein irrationales, wie Vorurteile nun mal so sind. Er erinnert mich nämlich an einen Sergeant, mit dem ich in Berührung kam, als ich meine Zeit in der Heimatschutztruppe abdiente. Der Mann hätte mit Leichtigkeit den Offizierslehrgang bestanden, aber er zog es vor, im Mannschaftsgrad und Unteroffizier zu bleiben.«

»Auch 'ne Art von Snobismus, oder?«

»Ich würde eher sagen, der Dünkel des kleinen Mannes. Er behauptete, als Sergeant habe er bessere Chancen, auf die Männer einzuwirken, und würde außerdem größere Unabhängigkeit genießen. Aber was er eigentlich meinte, war, daß er die Offiziere zu sehr verachtete, um selbst einer werden zu wollen. Dalgliesh könnte inzwischen Polizeipräsident sein oder wenigstens Polizeidirektor – warum also gibt er sich immer noch mit einem kleinen Distriktleiterposten zufrieden?«

»Vielleicht«, sagte Ulrick, »nehmen ihn seine Gedichte zu sehr in Anspruch.«

»Mag sein, aber auch damit könnte er mehr Erfolg haben, wenn er sich ein bißchen ins Gespräch bringen und die Werbetrommel rühren wollte.«

»Was mich interessiert«, sagte Costello, »das ist, ob der Mann begreifen wird, daß die Arbeit hier weitergehen muß. Schließlich fängt mit Michaeli ein neues Quartal an, und das bedeutet eine Menge neuer Aufträge. Da brauchen wir unbedingt Zugang zu unseren Räumen. Und was macht es für einen Eindruck auf die Mandanten, wenn dauernd irgendwelche tölpelhaften Polizisten im Treppenhaus rumtrampeln?«

»Ach, auf den Ruf unserer Kanzlei wird Dalgliesh schon Rücksicht nehmen. Wenn er einem von uns Handschellen anlegen muß, dann tut er das sicher stilvoll.«

»Und für den Fall, daß der Mörder Venetias Schlüssel hat, sollte Harry lieber sämtliche Schlösser auswechseln, und zwar so schnell wie möglich.«

Sie hatten sich zu sehr in Hitze geredet, um noch auf die Geräusche von draußen zu achten, und schraken ordentlich zusammen, als plötzlich die schwere Eichentür aufsprang und Valerie Caldwell mit kalkweißem Gesicht über die Schwelle stolperte.

»Sie haben die Tatwaffe!« keuchte sie. »Zumindest glauben sie, daß es die Tatwaffe ist: Miss Aldridges Brieföffner … sie haben ihn gefunden.«

»Wo, Valerie?« fragte Langton.

Kaum hatte sie seine Stimme gehört, stürzte sie schluchzend auf ihn zu. Er konnte nur mit Mühe verstehen, was sie sagte.

»Er war in meinem Aktenschrank. Im untersten Fach von *meinem* Aktenschrank.«

Hubert Langton sandte einen hilflosen Blick zu Laud. Der schien im ersten Moment unschlüssig, und Langton fürchtete fast, Drysdale würde nicht reagieren, würde sagen: »Sie sind der Kanzleichef. Sehen Sie zu, wie Sie damit zurechtkommen!« Aber da ging Laud auch schon auf das Mädchen zu und legte ihr den Arm um die Schultern.

Er sagte mit fester Stimme: »Also, jetzt machen Sie sich mal keine unnützen Sorgen, Valerie! Und vor allen Dingen nicht weinen – hören Sie lieber zu, was ich Ihnen sage. Kein Mensch wird glauben, Sie hätten etwas mit Miss Aldridges Tod zu tun, bloß weil man diesen Dolch in Ihrem Aktenschrank gefunden hat. Den hätte jeder dort verstecken können. Und für den Mörder war es der ideale Platz, als er sich aus dem Staub machte. Schauen Sie, die Polizei ist doch nicht

dumm! Also, reißen Sie sich zusammen, und werden Sie wieder vernünftig!« Mit diesen Worten schob er sie mit sanfter Gewalt zur Tür. »Was wir jetzt alle brauchen – Sie eingeschlossen –, das ist ein starker Kaffee. Eine schöne große Kanne heißen, frischen Kaffee. Also seien Sie ein braves Mädchen, und kümmern Sie sich drum, ja? Der Kaffee wird uns doch nicht gerade ausgegangen sein, oder?«
»Nein, Mr. Laud, ich hab gestern erst eine frische Packung mitgebracht.«
»Na fein. Die Polizisten würden sich wahrscheinlich auch über ein Täßchen freuen. Uns bringen sie ihn rein, sowie er fertig ist, ja? Und dann haben Sie doch bestimmt auch noch einiges zu tippen. Beschäftigen Sie sich, Valerie, das verscheucht die dummen Sorgen am schnellsten. Und wie gesagt: Nur keine Angst, niemand verdächtigt Sie!«
Sein gutes Zureden beruhigte das Mädchen so weit, daß sie tapfer um Haltung rang, ja sogar ein dankbares Lächeln zustande brachte.
Als sich die Tür hinter ihr geschlossen hatte, sagte Costello: »Ich nehme an, sie hat ein schlechtes Gewissen wegen der Geschichte mit ihrem Bruder. War ja auch zu töricht, Venetia das zu verübeln. Was zum Teufel hat sie erwartet? Daß Venetia sich, ihren Assessor im Schlepptau, vor ein Friedensgericht im finsteren Nordosten von London begibt, um einen Bengel zu verteidigen, der mit ein paar Gramm Cannabis gedealt hat? Valerie hätte Venetia damit gar nicht erst behelligen dürfen.«
»Ich glaube«, sagte Laud, »das hat Venetia selbst ihr mehr als deutlich zu verstehen gegeben. Sie hätte wirklich etwas mehr Mitgefühl zeigen können. Wo das Mädchen es sich so zu Herzen genommen hat. Offenbar hängt sie sehr an ihrem Bruder. Und wenn Venetia ihr schon nicht beistehen konnte oder wollte, dann hätte einer von uns was unternehmen sollen. Ich

kann mir nicht helfen, aber ich finde, wir haben Valerie im Stich gelassen.«

»Unternehmen, was denn unternehmen?« fuhr Costello ihn an. »Der Junge hatte doch einen sehr anständigen Verteidiger. Aber falls er das Gefühl gehabt hat, er brauche obendrein noch einen Barrister, dann hätte er sich nur mit Harry in Verbindung zu setzen brauchen, und einer von uns hätte sich seiner angenommen. Ich zum Beispiel, wenn ich gerade frei gewesen wäre.«

»Sie überraschen mich, Simon. Ich wußte gar nicht, daß Sie so bereitwillig in die Niederungen der Vorinstanzen hinabsteigen. Wie schade, daß Sie den Vorschlag nicht damals schon gemacht haben.«

Costello fühlte sich auf den Schlips getreten und wollte sich zur Wehr setzen, doch Desmond Ulrick kam ihm zuvor. Beim Klang seiner Stimme drehten die anderen sich schlagartig nach ihm um, gleichsam verwundert, daß er noch da war. Ohne von seinem Buch aufzuschauen, sagte Desmond: »Jetzt, wo die Polizei die Tatwaffe hat, wird man uns doch hoffentlich wieder in unsere Büros lassen, oder? Diese Warterei ist wirklich sehr lästig. Und ich bin mir gar nicht sicher, daß die befugt sind, uns hier festzuhalten. Sie sind doch Strafrechtler, Simon. Wenn ich verlange, daß man mir Zutritt zu meinem Zimmer gewährt, hat Dalgliesh dann eine juristische Handhabe, sich dem zu widersetzen?«

Doch statt Costello antwortete ihm Langton: »Ich glaube, von so einem Kräftemessen kann hier nicht die Rede sein, Desmond. Es geht doch nicht um die Kompetenzen der Polizei oder um ihre Befugnisse, sondern wir versuchen lediglich, uns soweit als möglich kooperativ zu verhalten und …«

Hier unterbrach ihn Costello: »Desmond hat ganz recht. Sie haben den Dolch gefunden. Und wenn sie den für die Mordwaffe halten, dann gibt es keinen Grund mehr, uns hier einzusperren. Wo steckt dieser Dalgliesh überhaupt? Hubert, können Sie ihn nicht herbeordern?«

Langton wurde der Antwort enthoben, da just in dem Augenblick die Tür aufging und Dalgliesh hereinkam. Er trug einen Gegenstand in einer hauchdünnen Plastiktüte vor sich her, die er vorsichtig auf den Tisch legte. Als er mit den behandschuhten Fingern erst den Dolch aus der Plastikhülle nahm und dann die Klinge aus der Scheide zog, beobachteten die vier ihn so gebannt, als vollführe er mit diesen einfachen Handgriffen den raffiniertesten Zaubertrick.

»Können Sie bezeugen, Mr. Laud«, fragte Dalgliesh, »daß dies der Brieföffner ist, den Sie Miss Aldridge geschenkt haben?«

»Ja, natürlich«, sagte Laud. »Es dürften wohl kaum zwei von diesen Dingern existieren. Nein, nein, das ist der Brieföffner, den ich Venetia gegeben habe. Sie werden meine Initialen auf der Klinge finden, gleich unter dem Herstellernamen.«

Langton musterte das Messer, und auch er erkannte es zweifelsfrei wieder. Oft genug hatte er es auf Venetias Schreibtisch gesehen, hatte sogar bei irgendeinem inzwischen vergessenen Anlaß beobachtet, wie sie damit einen kartonierten Umschlag aufschlitzte. Und doch hatte er das Gefühl, er sehe es jetzt zum erstenmal. Es war ein eindrucksvolles Stück. Die Scheide aus schwarzem Leder war mit Messing verstärkt, Griff und Gehänge waren ebenfalls aus Messing, die handwerkliche Ausführung zeugte von unaufdringlicher Eleganz. Der langen Stahlklinge sah man auf den ersten Blick an, wie scharf sie war. Nein, das war kein Spielzeug. Diesen Dolch hatte ein Waffenschmied angefertigt, und er war ganz gewiß wehrhaft. Trotzdem schwang ungläubiges Staunen in seiner Stimme mit, als er fragte: »Kann es wirklich sein, daß Venetia damit getötet wurde? Das Ding sieht doch ganz sauber aus. Es kommt mir völlig unberührt vor.«

Dalgliesh erklärte: »Der Dolch ist gründlich abgewischt

worden. Da sind keine Fingerabdrücke mehr drauf, aber das hatten wir auch nicht anders erwartet. Wir müssen zwar noch den Obduktionsbefund abwarten, um ganz sicherzugehen, aber es deutet alles darauf hin, daß das hier die Mordwaffe ist. Meine Herren, Sie sind alle sehr geduldig gewesen. Doch jetzt möchten Sie gewiß so rasch wie möglich zurück in Ihre Büros. Dem steht nichts mehr im Wege, und auch die Absperrung draußen im Hof können wir aufheben, worüber bestimmt auch Ihre Nachbarn froh sein werden. Doch bevor Sie die Kanzlei verlassen, wollen Sie bitte so gut sein und einem meiner Beamten zu Protokoll geben, wo Sie sich gestern abend ab achtzehn Uhr dreißig aufgehalten haben. Wenn Sie das zuvor in ein paar Stichworten aufnotieren könnten, sparen wir uns alle miteinander Zeit.«

Langton hatte das Gefühl, darauf antworten zu müssen. »Ich denke«, sagte er, »das wird sich einrichten lassen. Brauchen Sie darüber hinaus noch weitere Angaben?«

»Ja, richtig, gut, daß Sie mich daran erinnern, Sir. Es wäre sehr hilfreich, wenn Sie mir etwas mehr über Miss Aldridge erzählen könnten. Gewiß kannte niemand in der Kanzlei die Tote besser als Sie, ihre Kollegen. Wie würden Sie sie charakterisieren?«

»Sie meinen als Juristin?« fragte Langton.

»Ich denke, von der Juristin Venetia Aldridge habe ich schon ein ganz gutes Bild. Nein, ich meine: Was war sie für ein Mensch? Wie war sie als Frau?«

Langton sah, wie sich aller Augen auf ihn richteten. Beklemmung erfaßte ihn, die sich zu einer fast panischen Angst steigerte. Er spürte, daß die anderen von ihm erwarteten, als ihr Sprecher aufzutreten. Aber hier war mehr gefordert als die üblichen Platitüden, ein paar Floskeln des Bedauerns – nur wußte er nicht, was. Jetzt in falsches Pathos abzugleiten wäre ihm unerträglich peinlich gewesen.

Endlich sagte er: »Als Verteidigerin war Venetia brillant. Ich nenne das an erster Stelle, weil es für die vielen Menschen, die Venetias Fähigkeiten ihre Freiheit und ihren guten Ruf verdanken, das Wichtigste war. Ich glaube allerdings, auch sie selbst hätte ihrem Beruf vor allem anderen den Vorrang eingeräumt. Meines Erachtens können Sie nicht trennen zwischen der Juristin und der Frau Venetia Aldridge, Commander. Die Jurisprudenz spielte in ihrem Leben nun einmal die Hauptrolle. Als Mitglied der Sozietät, als Kollegin, konnte sie durchaus schwierig sein. Womit sie sich in bester Gesellschaft befand: Wir alle stehen im Ruf, schwierig zu sein. So eine Kanzlei ist ein Zusammenschluß intelligenter, hochgradig unabhängiger, eigenwilliger, kritischer und nicht zuletzt überarbeiteter Männer und Frauen, für die Streit und Auseinandersetzung ihr täglich Brot sind. Und wir wären ein trüber Haufen, wenn wir nicht auch unser Quantum an Exzentrikern hätten und den einen oder anderen sogenannten schwierigen Charakter, nicht wahr? Ja, Venetia konnte intolerant sein und bisweilen allzu kritisch, manchmal sogar unausstehlich. Aber zuzeiten gilt das für uns alle. Sie genoß jedenfalls den allergrößten Respekt. Und ich glaube nicht, daß sie es als Kompliment aufgefaßt hätte, wenn man sie statt dessen als allseits beliebt beschreiben würde.«

»Dann hat sie sich also Feinde gemacht?«

»Das habe ich nicht gesagt.«

Laud hielt es offenbar für an der Zeit, dem Alten beizuspringen. »Schwierig zu sein, das ist in einer Kanzlei wie der unseren gewissermaßen eine Kunstform. Venetia beherrschte sie besser als die meisten, aber allzu friedfertig liebt es keiner von uns. Und als Juristin hätte Venetia sich in jeder Sparte profiliert. Aus irgendeinem Grund hatte sie einen besonderen Hang zum Strafrecht. Sie war auch wirklich brillant im Kreuzverhör – aber sicher haben Sie sie im Gerichtssaal erlebt.«

»Verschiedentlich, ja«, sagte Dalgliesh, »und nicht immer war mir wohl dabei. Weiter können Sie mir also nichts über sie erzählen?«
Costello war mit seiner Geduld am Ende. »Was gibt's da noch zu erzählen?« fragte er unwirsch zurück. »Sie hat Menschen verteidigt, andere hat sie belangt, sie hat ganz einfach ihre Arbeit gemacht – der ich mich jetzt auch wieder zuwenden möchte, wenn Sie erlauben.«
In dem Moment ging die Tür auf. Kate steckte den Kopf herein und sagte: »Mrs. Carpenter wäre jetzt da, Sir.«

17

Dalgliesh hatte frühzeitig gelernt, sich vorschneller Urteile zu enthalten; ein Grundsatz, der ebenso für das äußere Erscheinungsbild eines Menschen galt wie für seinen Charakter. Trotzdem war er überrascht und ein bißchen verstört, als Janet Carpenter ihm im Empfangsbereich ruhig, würdevoll und mit ausgestreckter Hand entgegenkam. Der Commander, der bei ihrem Eintritt aufgestanden war, nahm die dargebotene Hand, stellte sich vor, begründete Kates Anwesenheit, was Mrs. Carpenter mit einem Nicken bedachte, und bat sie, Platz zu nehmen. Sie war gefaßt, aber das schmale, gepflegte Gesicht wirkte sehr blaß, und Dalglieshs geschultes Auge entdeckte darin die unverkennbaren Spuren von Bestürzung und Schock.

Sie setzte sich, und während er sie nachdenklich musterte, begriff er mit einem Schlag, warum sie ihm so vertraut vorkam: weil er ihr schon in ganz verschiedener Gestalt begegnet, ja weil sie geradeso ein Teil seiner Kindheit in Norfolk gewesen war wie die Glocke, die am Sonntagmorgen zum Gottesdienst rief, wie der Weihnachtsbasar oder das Sommerfest im Garten des Pfarrhauses. Das fing schon bei ihrer Kleidung an: dem Tweedkostüm mit der langen Jacke und dem Rock mit den drei Kellerfalten vorn, der geblümten Bluse, die nicht zum Kostüm paßte, der Kameenbrosche am Kragen, den strapazierfähigen Strumpfhosen, die an den Knöcheln leicht Wasser zogen, den praktischen festen Halbschuhen, die glänzten wie frische Kastanien, den Wollhandschuhen, die sie auf dem

Schoß hielt, dem Filzhut mit der altmodischen Krempe. Die Frau, die vor ihm saß, gehörte zu jener trefflichen Spezies, wie sie Barbara Pym beschreibt – eine Spezies, die zweifellos im Aussterben begriffen war, sogar in kleinen Landgemeinden, die aber einst ebenso unverrückbar zur anglikanischen Hochkirche gehört hatte wie die Abendsingandacht. Der Pfarrersfrau waren diese Damen gelegentlich ein Dorn im Auge gewesen, aber die Gemeinde hatte eine unersetzliche Stütze an ihnen: Sie beaufsichtigten die Sonntagsschule, kümmerten sich um den Blumenschmuck, polierten das Messing, hielten die Chorknaben in Zucht und leisteten ihren Lieblingen unter den Vikaren uneigennützig Beistand. Sogar die Namen fielen ihm wieder ein, eine traurige Liste sacht nostalgischer Schwermut: Miss Moxon, Miss Nightingale, Miss Dutton-Smith. Sekundenlang erheiterte ihn die Vorstellung, Mrs. Carpenter würde gleich Anstalten machen, sich über die Auswahl der Kirchenlieder vom letzten Sonntag zu beschweren.
Die Hutkrempe verdeckte ihre Augen und erschwerte es ihm, sich einen Eindruck von ihrem Gesicht zu verschaffen, aber dann hob sie den Kopf, und ihre Blicke trafen sich. Sie hatte sanfte, intelligente Augen, die Brauen waren kräftig und gerade und dunkler als die grauen Strähnen, die unter dem Hut hervorlugten. Sie war älter, als er erwartet hatte, bestimmt schon über sechzig. Ihr ungeschminktes Gesicht war von Falten durchzogen, aber die ausdrucksstarke Kinnpartie wirkte noch straff. Er fand, es war ein interessantes Gesicht, auch wenn man es auf einem Phantombild vermutlich nicht von tausend anderen hätte unterscheiden können. Ihre gefaßte Haltung verdankte sie offenbar strikter Disziplin, und man merkte ihr an, daß sie all ihre Willenskraft aufbot, um die Angst und Sorge, die er vorhin in ihren Augen gelesen hatte, zu unterdrücken. Flüchtig sah er auch noch etwas anderes in ihrem Blick: einen Anflug von Scham – oder war es Empörung?

Er sagte: »Es tut mir leid, daß wir Sie so überstürzt herholen mußten, was Ihnen obendrein gewiß sehr ungelegen kam. Hat Ihnen Inspector Miskin gesagt, daß Miss Aldridge tot ist?«
»Ja, aber wie's passiert ist, hat sie nicht gesagt.« Die Stimme war tiefer, als er erwartet hatte, aber nicht unsympathisch.
»Wir glauben, daß Miss Aldridge ermordet wurde. Wann und wie genau sie gestorben ist, können wir vor der Obduktion nicht mit Bestimmtheit sagen, aber es muß irgendwann gestern abend passiert sein. Können Sie uns erzählen, was im einzelnen hier vorgegangen ist, nachdem Sie gestern zur Arbeit kamen? Wann war das, bitte?«
»Um halb neun. Ich komme immer um die gleiche Zeit, und zwar montags, mittwochs und freitags – von halb neun bis zehn.«
»Sie allein?«
»Nein, normalerweise zusammen mit Mrs. Watson. Die hätte auch gestern hier sein sollen, aber dann rief kurz nach sechs Miss Elkington an, um mir zu sagen, Mrs. Watsons verheirateter Sohn sei bei einem Verkehrsunfall schwer verletzt worden. Da ist sie gleich nach Southampton gefahren, wo er mit seiner Familie lebt.«
»Wußte außer Ihnen und Miss Elkington noch jemand, daß Sie gestern abend allein hier arbeiten würden?«
»Das kann ich mir nicht denken. Miss Elkington verständigte mich, nachdem sie mit Mrs. Watson gesprochen hatte. Es war schon zu spät, um noch einen Ersatz zu finden, und da hat sie gemeint, ich solle sehen, wie weit ich's allein schaffe. Sicher wird sie der Kanzlei den Abend in der Monatsabrechnung entsprechend günstiger berechnen.«
»Sie kamen also zur üblichen Zeit. Durch welchen Eingang?«
»Durch das Richtertor am Devereux Court, dafür hab ich ei-

nen Schlüssel. Ich komme immer mit der U-Bahn von Earls Court und steige am Temple aus.«

»Haben Sie auf dem Weg zur Kanzlei irgend jemanden Bekannten getroffen?«

»Nur Mr. Burch vom Middle Temple Lane. Er ist der Bürovorsteher in der Kanzlei von Lord Collingford. Manchmal arbeitet er abends länger, und falls wir uns zufällig begegnen, wenn er geht und ich komme, dann grüßen wir uns, das hat sich so eingespielt. Gestern hat er mir einen guten Abend gewünscht. Aber sonst habe ich niemanden gesehen.«

»Und was geschah, als Sie zum Pawlet Court kamen?«

Es entstand eine Pause. Dalgliesh hatte Mrs. Carpenters Hände beobachtet. Ihren Körper hielt sie zwar ruhig, aber mit der linken Hand hatte sie unablässig die Finger ihrer Handschuhe langgezogen, einen nach dem anderen. Jetzt ließ sie davon ab, hob den Kopf und sah mit dem grüblerisch konzentrierten Blick eines Menschen, der sich auf eine komplizierte Ereignisfolge zu besinnen versucht, an ihm vorbei. Er wartete geduldig, und Kate und Piers saßen ebenso still und gefaßt rechts und links von der Tür. Aber merkwürdig war Mrs. Carpenters Benehmen schon, denn die Vorgänge, nach denen sie gefragt worden war, lagen schließlich erst einen Tag zurück. So betrachtet, hatte dieser scheinbar so angestrengte Erinnerungsversuch etwas Theatralisches.

Endlich sagte sie: »Als ich kam, brannte in keinem der Büros Licht, nur die Lampe im Flur war an. Die brennt normalerweise jeden Abend. Ich schloß die Haustür auf und stellte fest, daß die Alarmanlage nicht eingeschaltet war, aber das beunruhigte mich nicht weiter. Es kommt manchmal vor, daß derjenige, der als letzter geht, sie anzustellen vergißt. Ansonsten schien alles wie gewöhnlich. Die Tür zum Empfangsraum und weiter zum Geschäftszimmer hat eine eigene Sicherheitsvorrichtung, aber ich kenne die Kombination. Wenn die mal geändert wird, gibt Mr. Naughton mir vorher Bescheid, doch das passiert höchstens einmal im Jahr. Schließlich tun sich alle leichter, die gleiche Zahlenkombination zu behalten.«

Eine Erleichterung mag das sein, aber kaum ein wirksamer Sicherheitsschutz, dachte Dalgliesh, den diese Nachlässigkeit gleichwohl nicht überraschte. Selbst noch so eifrig und begeistert installierte Sicherheitssysteme waren selten länger als sechs Monate wirklich gewissenhaft im Einsatz.

Mrs. Carpenter fuhr fort: »Drei von den Anwaltsbüros haben eine ähnliche Vorrichtung, aber die Mitglieder der Kanzlei machen sich meist nicht die Mühe, sie in Betrieb zu nehmen. Sie alle haben einen Schlüssel zur Eingangstür und einen für die Außen- und Innentür ihrer jeweiligen Zimmer. Mr. Langton mag keine Extrasicherheitssysteme an den Bürotüren, und Miss Aldridge ist – war – auch dagegen.«

»Haben Sie Miss Aldridge gestern gesehen?«

»Nein. Es war keiner mehr in der Kanzlei, zumindest habe ich niemanden gehört oder gesehen. Manchmal arbeitet einer von den Anwälten oder auch Mr. Naughton noch, wenn ich komme, und dann warte ich mit deren Zimmer bis zum Schluß und hoffe, daß es bis dahin frei ist. Aber gestern waren alle fort – zumindest dachte ich, es sei keiner mehr da.«

»Und was war mit Miss Aldridges Zimmer?«

»Die Außentür war verschlossen. Ich dachte natürlich, sie sei nach Hause gegangen und habe hinter sich abgeschlossen. Das machte sie manchmal, wenn sie vertrauliche oder wichtige Schriftstücke offen liegenlassen wollte. Natürlich blieb ihr Zimmer an so einem Tag ungemacht, aber ich glaube, ein bißchen Staub stört die Juristen nicht. Manche sind auch nicht gerade ordentlich. Aber wenn man in einer Kanzlei saubermacht, muß man sich an ihre Eigenarten gewöhnen.«

»Und Sie sind sicher, daß kein Licht aus Miss Aldridges Zimmer drang?«

»Ganz sicher. Das wäre mir sonst schon von draußen aufgefallen. Ihr Zimmer liegt nämlich nach vorne raus. Nein, das einzige Licht war das im Flur. Und das habe ich ausgemacht, als ich ging: Nachdem ich die Alarmanlage eingeschaltet hatte.«
»In welcher Reihenfolge haben Sie die Zimmer geputzt? Vielleicht wäre es das beste, Sie gehen einmal Ihren ganzen Arbeitsablauf mit uns durch.«
»Also zuerst habe ich Staubtuch und Möbelpolitur aus dem Schrank im Keller geholt. Da Mrs. Watson nicht dabei war, bin ich nur mit der Teppichkehrmaschine über die Böden gegangen und hab das Staubsaugen ausfallen lassen. Angefangen habe ich mit dem Teppich im Empfangsbereich, wo ich auch gleich aufgeräumt und Staub gewischt habe. Anschließend war ich im Büro von Mr. Naughton. Das hat zusammen vielleicht zwanzig Minuten gedauert. Dann bin ich nach oben und hab die Zimmer, die offen waren, in Ordnung gebracht. Dabei ist mir dann aufgefallen, daß Miss Aldridge abgeschlossen hatte.«
»Und welche Zimmer waren außerdem nicht zugänglich?«
»Nur ihres im ersten Stock und das von Mr. Costello im zweiten Stock.«
»Aber Sie haben aus keinem von beiden Geräusche gehört?«
»Nichts, nein. Wenn da jemand drin war, muß der sich im Dunkeln aufgehalten haben und ganz leise gewesen sein. Zum Schluß bin ich dann runter ins Souterrain, wo Mr. Ulrick sein Zimmer hat. Ich höre immer mit dem Souterrain auf. Da gibt's außer Mr. Ulricks Büro nur noch die Damentoilette und den Lagerraum.«
»War es auch Ihre Aufgabe, den Kühlschrank von Mr. Ulrick zu reinigen?«
»O ja, er hat's gern, wenn ich den gelegentlich ausräume und vor allem freitags darauf achte, daß nichts Verderbliches drin ist, was übers Wochenende schlecht werden könnte. Er

braucht ihn ja in der Hauptsache für seine Milch und manchmal noch für ein Sandwich und dann halt für Mineralwasser und Eis. Und wenn er sich untertags was fürs Abendessen kauft, legt er das auch in den Kühlschrank, bis er heimgeht. Mr. Ulrick achtet sehr penibel drauf, daß immer alles pieksauber ist und frisch. Gelegentlich hat er auch mal eine Flasche Weißwein im Kühlschrank, aber das kommt wirklich nicht oft vor. Und zur Zeit kühlt er natürlich seinen Beutel mit Eigenblut drin, das er demnächst für eine Operation braucht. Das Blut ist in einem Kunststoffbeutel, der beinahe so aussieht wie eine durchsichtige Wärmflasche. Ich hätte mich wahrscheinlich ganz schön davor erschreckt, wenn er's mir nicht vorher gesagt hätte.«

»Wann haben Sie das Blut zum erstenmal gesehen?«

»Am Montag. Er hatte auf seinem Schreibtisch für mich einen Zettel hinterlegt, da stand drauf: ›Das Blut im Kühlschrank ist für meine Operation bestimmt. Bitte nicht anrühren!‹ Es war rücksichtsvoll von ihm, mich vorzuwarnen, aber mir wurde trotzdem ganz schön blümerant bei dem Anblick. Ich dachte nämlich, Blut würde in Flaschen abgefüllt, nicht in solchen Kunststoffbeuteln, wo man durchgucken kann. Er hätte mir natürlich nicht eigens zu sagen brauchen, daß ich's nicht anrühren soll. Ich fasse ja noch nicht mal die Akten an, die auf den Schreibtischen liegen, auch nicht, um sie zusammenzuräumen – mit Ausnahme der Zeitschriften im Empfang natürlich. An fremdem Blut würde ich mich nie und nimmer vergreifen.«

Dalgliesh ging ohne Umschweife zur entscheidenden Frage über, und auch seine Stimme verriet mit ihrem gleichbleibend neutralen Ton nicht im mindesten, wieviel von dieser Frage abhing. »War der Beutel mit dem Blut gestern abend noch im Kühlschrank?«

»Na, das muß er ja wohl, oder? Mr. Ulrick wartet doch noch

auf seine Operation. Allerdings habe ich gestern nicht in den Kühlschrank gesehen. Ohne Mrs. Watson mußte ich mich schon anstrengen, das Dringendste in groben Zügen zu schaffen. Und der Kühlschrank wäre ohnehin am Freitag dran gewesen. Aber ... stimmt irgendwas nicht? Ist das Blut nicht mehr da? Wollen Sie sagen, jemand hat's gestohlen? Das kann doch nicht sein! Außer Mr. Ulrick würde es schließlich niemandem was nützen, oder?«

Dalgliesh ging nicht auf ihre Fragen ein. Statt dessen sagte er: »Mrs. Carpenter, ich möchte, daß Sie jetzt genau nachdenken. Hätte, während Sie in der Kanzlei saubermachten, jemand, der sich bereits hier aufhielt – vielleicht in einem der verschlossenen Räume –, das Haus verlassen können, ohne daß Sie es bemerkt haben?«

Wieder dieser grüblerisch konzentrierte Blick, dann sagte sie: »Ich denke, solange ich im Empfangsbereich zu tun hatte, wäre niemand unbemerkt an mir vorbeigekommen. Die Tür stand nämlich offen, und selbst wenn jemand heimlich über den Flur geschlichen wäre, hätte ich wohl zumindest das Zuschlagen der Eingangstür gehört. Die ist sehr schwer und läßt sich fast nicht geräuschlos auf- und zumachen. Für die Zeit, die ich in Mr. Naughtons Büro war, kann ich mich nicht unbedingt verbürgen. Da hätte vermutlich jemand unbemerkt das Haus verlassen können. Na, und falls sich irgendwer im Keller aufgehalten hätte oder gar in Mr. Ulricks Zimmer, hätte der verschwinden können, während ich in den oberen Stockwerken saubermachte.« Sie hielt einen Augenblick inne und fuhr dann fort: »Da fällt mir gerade was ein. Ich weiß nicht, ob es wichtig ist, aber nicht lange, bevor ich kam, muß eine Frau in der Kanzlei gewesen sein.«

»Wie können Sie das wissen, Mrs. Carpenter?«

»Weil jemand die Damentoilette im Souterrain benutzt hatte. Das Waschbecken war noch feucht, und die Seife, die lag in einer richtigen kleinen Wasserlache und war pitschnaß. Ich hab mir schon so oft vorgenommen, mal eine Seifenschale für die Damentoilette mitzubringen. Wenn die Benutzer den Beckenrand nicht nachwischen, nachdem sie sich die Hände gewaschen haben – was natürlich nie jemand tut –, dann schwimmt die Seife hinterher in einer Wasserlache neben dem Hahn und löst sich langsam auf, und das ist doch eine unnötige Verschwendung.«

»Wie naß war das Waschbecken, Mrs. Carpenter?« fragte Dalgliesh. »Würden Sie meinen, daß es erst kurz vorher benutzt worden war?«

»Nun, es war nicht sehr warm gestern abend, da konnten die Wasserreste nicht so rasch trocknen. Aber der Abfluß ist auch nicht ganz in Ordnung, und das Wasser steht ewig lange im Becken. Ich hab Miss Caldwell und Mr. Naughton schon öfter gesagt, sie sollen doch mal den Klempner bestellen, aber bis jetzt hat das nichts gefruchtet. Ich glaube, es stand gut ein Fingerbreit Wasser im Becken, und ich weiß noch, daß ich dachte, sicher hat Miss Aldridge sich rasch frisch gemacht, bevor sie gegangen ist. Sie hat mittwochs oft länger gearbeitet, wissen Sie. Aber Miss Aldridge hat die Kanzlei gestern ja gar nicht verlassen, oder?«

»Nein«, sagte Dalgliesh, »Miss Aldridge hat das Haus nicht mehr verlassen.«

Die Allongeperücke ließ er unerwähnt. Es war ihm wichtig gewesen zu erfahren, ob sie am gestrigen Abend den Kühlschrank geöffnet und das Blut gesehen hatte; ansonsten galt: je weniger sie über die näheren Umstände von Venetia Aldridges Tod wußte, desto besser.

Dalgliesh dankte ihr für ihre Hilfe und verabschiedete sie. Sie hatte die Befragung langmütig wie ein Kandidat beim Einstellungsgespräch über sich ergehen lassen und verließ den Raum mit der gleichen würdig-gemessenen Haltung, in der sie gekommen war. Allein, der selbstbewußte Gang, die fast unmerkliche Entkrampfung der Schulterpartie verrieten Dalgliesh, wie erleichtert sie war. Eine interessante Zeugin. Sie hatte nicht einmal geradeheraus gefragt, wie Venetia Aldridge gestorben war, ja, sie schien ganz der makabren Neugier zu ermangeln und jener Mischung aus erregter Faszination und heuchlerischem Entsetzen, die man so oft bei denen beobachten konnte, die unschuldig in einen Mordfall verwickelt wurden. Personen, die weder Opfer waren noch unter Verdacht standen, boten tragische Unglücksfälle meist eine seltsame Art von Genugtuung – so auch ein gewaltsamer Tod. Mrs. Carpenter war sicher intelligent genug, um zu wissen, daß sie – zumindest in diesem frühen Stadium – zwangsläufig auf seiner Verdächtigtenliste stand. Das allein mochte ihre Nervosität erklären. Er war gespannt darauf, welcher seiner beiden Mitarbeiter, Kate oder Piers, etwas darüber sagen würde, wie sehr diese Zeugin vom Klischee einer Londoner Putzfrau abwich. Wahrscheinlich würden sie es sich beide verkneifen. Sie kannten schließlich seine Abneigung gegen solch gedankenlose Stereotypisierungen, die guter Polizeiarbeit ebenso abträglich waren wie sie die unendliche Vielfalt des Menschlichen herabwürdigten.

Piers ergriff als erster das Wort. »Die achtet aber gut auf ihre Hände, nicht wahr? Von allein käme man bestimmt nicht drauf, daß sie ihren Lebensunterhalt mit Putzen verdient. Trägt wahrscheinlich Gummihandschuhe. Für uns allerdings unerheblich – ich meine die Handschuhe. Sie hätte ihre Fingerabdrücke ganz legitim überall in der Kanzlei hinterlassen können. Hatten Sie den Eindruck, daß sie die Wahrheit gesagt hat, Sir?«

»Ich denke, es war die übliche Mischung: ein bißchen Wahres, ein bißchen Unwahres, und einiges bleibt ungesagt. Ja, sie verschweigt irgendwas.«

Er hatte gelernt, intuitive Eingebungen ebenso mißtrauisch zu behandeln wie oberflächliche Urteile, aber einem Kriminalisten mit langjähriger Berufserfahrung war es kaum möglich, zu übersehen, wann ein Zeuge log. Nicht immer war das schon verdächtig oder auch nur von Bedeutung. Fast jeder Mensch hat irgend etwas zu verbergen. Und es wäre allzu blauäugig gewesen, sich schon von der ersten Vernehmung die ganze Wahrheit zu erhoffen. Ein kluger Zeuge antwortet nur auf das, was er gefragt wird, und behält seine Meinung für sich; nur die Naiven verwechseln einen Polizeibeamten mit einem Sozialarbeiter.

Kate sagte: »Ein Jammer, daß sie gestern nicht in den Kühlschrank gesehen hat – immer vorausgesetzt, sie hat uns die Wahrheit gesagt. Merkwürdig, daß sie gar nicht nachgebohrt hat, warum wir uns so für Ulricks Blut interessieren. Aber falls sie es genommen hat, war es vermutlich unverfänglicher zu sagen, sie sei gar nicht am Kühlschrank gewesen, als zu behaupten, sie habe nachgesehen und das Blut nicht mehr vorgefunden. Andererseits: Wenn das Blut nicht mehr dagewesen wäre, hätten wir zumindest die Gewißheit, daß Miss Aldridge getötet wurde, bevor Mrs. Carpenter ins Haus kam.«

»So weit würde ich nicht gehen«, sagte Piers. »Der Mord kann irgendwann, nachdem die Aldridge zuletzt gesehen wurde, geschehen sein, und das Blut könnte jemand erst viel später über die Leiche ausgegossen haben. Trotzdem bleiben uns zwei sichere Anhaltspunkte: Wer immer den Leichnam so theatralisch dekoriert hat, wußte, wo die Allongeperücke aufbewahrt wurde, und auch, daß Ulricks Blut in seinem Kühlschrank war. Mrs. Carpenter hat bestimmt von der Perücke gewußt, und daß sie Ulricks Blutvorrat gesehen hat, das gibt sie ja zu.«

Dalgliesh wandte sich an Kate. »Als Sie und Robbins ihr die

Nachricht vom Tod der Aldridge überbrachten, wie hat sie's aufgenommen? War sie allein?«

»Ja, Sir. Sie wohnt in einem kleinen Appartement im obersten Stock, nur Wohn- und Schlafzimmer, glaube ich, aber weiter als bis ins Wohnzimmer sind wir nicht gekommen. Sie war allein und hatte eben Hut und Mantel angezogen, um zum Einkaufen zu gehen. Ich habe ihr meinen Ausweis gezeigt und ihr ganz nüchtern und ohne Umschweife erklärt, daß man Miss Aldridge tot aufgefunden habe, daß Mordverdacht bestehe und es hilfreich wäre für uns, wenn sie mit zurück in die Kanzlei kommen und ein paar Fragen beantworten könnte. Es hat ihr einen argen Schock versetzt. Im ersten Moment starrte sie mich an, als ob sie mich für verrückt hielte, dann wurde sie ganz blaß und taumelte. Ich habe sie aufgefangen und zu einem Sessel geführt. Sie hat sich ein paar Minuten hingesetzt, erholte sich aber erstaunlich rasch. Von da an schien sie sich völlig im Griff zu haben.«

»Und hatten Sie den Eindruck, daß sie auf die Mordnachricht ganz und gar unvorbereitet war? Ich weiß, die Frage ist nicht gerade fair, aber trotzdem ...«

»Doch, Sir. Ja, ich glaube, sie war vollkommen überrascht. Und Robbins hatte, denke ich, den gleichen Eindruck.«

»Und sie hat keine Fragen gestellt?«

»Weder in ihrer Wohnung noch auf der Fahrt hierher. Alles, was sie sagte, war: ›Ich bin bereit, Inspector. Wir können aufbrechen.‹ Unterwegs haben wir überhaupt nicht gesprochen – ach, das heißt, ich hab sie gefragt, ob sie okay sei, und sie hat ja gesagt. Ansonsten saß sie nur still da und hielt die Augen auf ihre im Schoß gefalteten Hände gesenkt. Es machte ganz den Eindruck, als ob sie nachdenken würde.«

Sergeant Robbins steckte den Kopf zur Tür herein.

»Mr. Langton möchte Sie dringend sprechen, Sir. Er hat Angst, die Presse könnte von dem Fall Wind bekommen oder es könnte anderweitig was durchsickern, bevor er die übrigen Mitglieder seiner Sozietät benachrichtigt hat. Und er läßt fragen, wie lange die Kanzlei noch geschlossen bleiben muß. Anscheinend haben sich für heute nachmittag einige Solicitors angemeldet.«

»Sagen Sie ihm, er möchte sich noch zehn Minuten gedulden. Und dann sollten Sie unseren Pressesprecher anrufen. Falls nicht noch irgendein anderer Knüller auftaucht, dürfte unser Fall morgen Schlagzeilen machen. Ach, und Robbins, wie würden Sie Mrs. Carpenters Reaktion auf die Nachricht von Miss Aldridges Tod interpretieren?«

Robbins ließ sich Zeit; das war so seine Art. »Überrascht war sie und schockiert, Sir.« Nachdenklich hielt er inne.

»Ja. Robbins?«

»Ich meine, da war noch was anderes, Sir. Schuldgefühle vielleicht. Oder Scham.«

18

Um drei Uhr mußte Dalgliesh ins Yard zu einer Sitzung des Arbeitskreises, der mit der Erstellung einer Gesetzesvorlage zur Wiedereingliederung der Abschirmdienste beauftragt war. Anschließend hatten er und Kate sich für sechs Uhr mit dem Anwalt von Venetia Aldridge am Pelham Place verabredet, und von dort sollte es weitergehen nach Pimlico zu einem ersten Gespräch mit Mark Rawlstone.

Kate, die den Termin mit dem Anwalt, Solicitor Nicholas Farnham, telefonisch vereinbart und auf Grund der tiefen, respekteinflößenden Stimme auf einen Mann im fortgeschrittenen Alter geschlossen hatte, war auf die Begegnung mit einem langjährigen Familienberater gefaßt, konservativ und von Berufs wegen mißtrauisch, der die polizeilichen Ermittlungen im Hause seiner Klientin mit Argusaugen überwachen würde. Statt dessen entpuppte sich Nicholas Farnham, der just in dem Augenblick in großen Sätzen die Stufen zur Haustür heraufgesprintet kam, da Kate auf die Klingel drückte, als erstaunlich junger Mann mit athletischer Figur und strahlender Miene, den der Verlust eines Mandanten nicht allzusehr zu erschüttern schien.

Mrs. Buckley, die die drei hereinließ, erklärte, Octavia sei noch unten in ihren Räumen, würde aber bald nachkommen. Dann führte sie die Besucher ins Wohnzimmer.

Als sie sich zurückgezogen hatte, wandte Dalgliesh sich ohne weitere Vorrede an Farnham. »Falls Sie nichts dagegen einzuwenden haben, würden wir die Unterlagen Ihrer Mandantin gern jetzt gleich einsehen. In Ihrer Anwesenheit steht dem ja wohl nichts im Wege. Danke, daß Sie sich die Zeit genommen haben.«

Farnham sagte: »Ich bin natürlich heute schon mal hier gewesen – am späten Vormittag. Wollte mich erkundigen, ob unsere Kanzlei irgendwas für Miss Aldridges Tochter tun kann, und sie dahingehend beruhigen, daß wir uns um alle Formalitäten wie Bankvollmacht und so weiter kümmern werden. Das ist nämlich fast immer das erste, was die Leute wissen wollen: ›Wie regle ich das mit dem Geld?‹ Ist ja im Grunde auch ganz natürlich. Der Tod setzt einem Leben ein Ende. Aber die Hinterbliebenen müssen trotzdem weiter für ihr Essen sorgen, Rechnungen begleichen, Löhne auszahlen.«

»Was hatten Sie für einen Eindruck von ihr?« fragte Dalgliesh.

»Von Octavia?« Farnham zögerte. »Ich würde zur Standardfloskel greifen: erstaunlich gefaßt.«

»So als hätte die Nachricht eher Schock ausgelöst denn Trauer?«

»Ich weiß nicht, ob die Unterscheidung fair wäre. Wie kann man beurteilen, was ein Mensch in einer solchen Situation empfindet? Ihre Mutter war erst ein paar Stunden tot. Und die Anwesenheit ihres Verlobten wirkte sich nicht gerade günstig aus. Er hat die meisten Fragen gestellt. Wollte die Testamentsbestimmungen erfahren. Wahrscheinlich ist auch das ganz verständlich, aber ich fand es doch recht gefühllos.«

»Hat Miss Aldridge Sie wegen der Verlobung ihrer Tochter zu Rate gezogen?«

»Nein, aber dazu wäre ja auch kaum Zeit gewesen. Und viel Sinn hätte es auch nicht gehabt, oder? Ich meine, das Mädchen ist ja nun volljährig. Was könnten wir oder sonst jemand da noch ausrichten? Als ich heute morgen ein paar Minuten allein mit ihr war, habe ich ihr zwar dezent zu verstehen gegeben, daß es nicht klug sei, wichtige Entscheidungen über das künftige Leben in einer emotional sehr belasteten Situation zu treffen, aber der Rat ist nicht gut angekommen. Ich bin eben kein alter Freund der Familie. Meine Kanzlei vertritt Miss Aldridge zwar schon seit zwölf Jahren, aber aktiv ging es dabei im wesentlichen nur um die Scheidung und diverse Eigentumsübertragungen. Das Haus hier hat sie gekauft, gleich nachdem sie geschieden wurde.«

»Und ihr Testament? Haben Sie das auch aufgesetzt?«

»Ja, allerdings. Nicht das ursprüngliche, das bei ihrer Heirat abgefaßt wurde. Es wurde nach der Scheidung revidiert, und zu dem Zeitpunkt haben wir sie bereits vertreten. Eine Kopie des Testaments müßte sich hier in ihrem Schreibtisch befinden. Wenn nicht, kann ich Ihnen die wichtigsten Verfügungen kurz skizzieren. Es ist eine ganz einfache Sache: ein paar Stiftungsgelder gehen an Wohlfahrtseinrichtungen ihres Juristenverbandes. Fünftausend Pfund bekommt die Haushälterin, Mrs. Buckley, vorausgesetzt, sie befindet sich zum Zeitpunkt ihres Todes noch in ihren Diensten. Zwei der Bilder – das von Vanessa Bell hier im Haus und der Duncan Grant in der Kanzlei – gehen an Drysdale Laud. Ansonsten fällt der gesamte Nachlaß nach Abzug aller Verbindlichkeiten an ihre Tochter Octavia – als Treuhandfonds, sofern sie beim Tode ihrer Mutter noch nicht volljährig sein sollte, andernfalls ohne jede Auflage.«

Dalgliesh sagte: »Wenn ich recht verstanden habe, *ist* das Mädchen volljährig.«

»Richtig, sie ist am 1. Oktober achtzehn geworden. Ach ja, fast hätte ich's vergessen: Ein Legat von achttausend Pfund geht noch an ihren Exmann Luke Cummins. In Anbetracht der Tatsache, daß der Gesamtwert der Erbmasse sich – das Haus nicht mitgerechnet – auf eine Dreiviertelmillion beläuft, dürfte er freilich der Ansicht sein, sie hätte ihn entweder überhaupt nicht bedenken sollen oder wennschon, dann ein bißchen großzügiger.«

»Hat er den Kontakt mit ihr oder dem gemeinsamen Kind denn aufrechterhalten?« wollte Dalgliesh wissen.
»Soviel ich gehört habe, nicht. Nein. Aber ich weiß, wie gesagt, im Grunde nicht viel über die Familienverhältnisse. Trotzdem, ich denke, sie hat ihn ganz schön massiv aus ihrem Leben rausgedrängt ... das heißt, vielleicht brauchte man ihn auch gar nicht zu drängen. Jedenfalls wirkt das mit diesen achttausend Pfund irgendwie boshaft, und Miss Aldridge hat mir nie den Eindruck einer engherzigen oder gar boshaften Frau gemacht. Doch ich habe sie eben nicht näher gekannt. Als Juristin war sie auf alle Fälle brillant.«
»Das scheint so was wie ihr Grabspruch zu werden.«
»Was nicht verwunderlich wäre«, sagte Farnham. »Vielleicht hätte sie selbst sich genau diese Inschrift ausgesucht. Ihr Beruf war ihr nun mal das Wichtigste in ihrem Leben. Sehen Sie sich beispielsweise das Haus hier an! Das wirkt doch nicht unbedingt wohnlich, oder? Was ich damit sagen will, ist, daß diese ziemlich steif und konventionell eingerichteten Räume kaum ein Bild von der Frau vermitteln, deren Heim sie gewesen sind. Ihr wahres Leben hat sich eben nicht hier abgespielt, sondern in der Kanzlei und im Gerichtssaal.«
Dalgliesh zog noch einen zweiten Stuhl an den Schreibtisch und begann mit Kate systematisch die Fächer und Schubladen zu durchsuchen. Farnham, der ihnen diese Aufgabe offenbar gern überließ, wanderte indessen im Zimmer herum und musterte jedes einzelne Möbelstück mit der Miene eines Auktionators, der den Rufpreis taxiert.
»Über diese Vanessa Bell kann Drysdale Laud sich wirklich freuen«, sagte er. »Zuzeiten war das eine ganz schön schluderige Künstlerin, aber dieses Bild gehört zum Besten, was sie je gemalt hat. Eigentlich merkwürdig, daß Miss Aldridge sich so für die Bloomsbury-Gruppe begeisterte. Ich hätte bei ihr eher auf einen etwas moderneren Geschmack getippt.«

Ein Gedanke, den Dalgliesh gut nachempfinden konnte. Die Szene, die auf dem Gemälde wiedergegeben war, wirkte heiter und gefällig: Eine dunkelhaarige Frau im langen roten Gewand lehnte am offenen Küchenfenster und blickte hinaus auf eine weite, flache Landschaft. Eine Reihe von Krügen in den verschiedensten Größen und Farben waren auf einer Kommode aufgestellt, und auf der Fensterbank stand eine Vase mit Kornblumen. Dalgliesh hätte gern gewußt, ob Drysdale Laud von der testamentarisch verfügten Schenkung wußte; und genauso interessierte ihn, warum Venetia ihn zum Erben der beiden Bilder bestimmt hatte.
Farnham setzte seinen Inspektionsgang durchs Zimmer fort und sagte nach einer Weile: »Sonderbarer Beruf, den Sie haben … in der Hinterlassenschaft eines Menschenlebens herumwühlen zu müssen … Ich weiß nicht, aber vermutlich gewöhnt man sich mit der Zeit auch daran.«
»So ganz nicht, nein«, sagte Dalgliesh.
Kate und er waren inzwischen fast fertig. Venetia Aldridge hätte, selbst wenn sie imstande gewesen wäre, ihren Tod auf den Tag genau vorauszusagen, ihre Angelegenheiten kaum besser regeln können. In einer verschlossenen Schublade lagen die Auszüge ihrer verschiedenen Bankkonten, das Testament und die Dokumente zu diversen Kapitalanlagen. Ihre Rechnungen hatte sie offenbar stets umgehend beglichen, die Quittungen sechs Monate lang aufgehoben und anschließend vernichtet. Ein brauner Pappordner mit der Aufschrift »Versicherungen« enthielt die Policen für Gebäude, Hausrat und Auto.
Dalgliesh sagte: »Ich glaube nicht, daß wir hiervon etwas mitnehmen müssen. Nein, ich denke, das wäre erledigt. Aber bevor wir gehen, hätte ich gern noch mit Miss Cummins und mit Mrs. Buckley gesprochen.«
»Dabei brauchen Sie mich wohl nicht, Commander«, sagte

Farnham. »Ich werde mich dann schon mal auf den Weg machen. Wenn Sie noch irgendwelche Fragen haben, rufen Sie mich einfach an. Ach, vielleicht sollte auch ich noch mal mit Octavia reden, bevor ich gehe. Die Testamentsbestimmungen habe ich ihr zwar schon erklärt, aber vielleicht hat sie ja noch Fragen dazu. Und dann wird sie sicher auch Beistand und Rat bei der gerichtlichen Untersuchung und den Begräbnisvorbereitungen brauchen. Wann ist übrigens der Gerichtstermin?«

»In vier Tagen.«

»Wir kommen selbstverständlich, auch wenn es wahrscheinlich verlorene Zeit ist. Ich nehme doch an, Sie werden Vertagung beantragen? Also dann, auf Wiedersehen und Weidmannsheil!«

Er schüttelte Dalgliesh und Kate die Hand, und gleich darauf hörten sie ihn auch schon die Treppe hinunterspringen. Aus der Diele drang undeutliches Stimmengemurmel herauf, als er kurz mit Mrs. Buckley sprach.

Lange hatte seine anschließende Unterredung mit Octavia offenbar nicht gedauert, denn nach knapp zehn Minuten hörten sie Schritte auf der Treppe, und das Mädchen stand in der Tür. Sie war auffallend blaß, wirkte aber im übrigen recht gefaßt. Gleich einem Kind, dem man eingeschärft hat, wie es sich in fremder Umgebung benehmen soll, setzte sie sich aufrecht auf den Rand der Chaiselongue.

Dalgliesh sagte: »Danke, daß Sie so hilfsbereit waren, Miss Cummins. Für uns war es wichtig, möglichst rasch Einblick in die Papiere Ihrer Frau Mutter zu bekommen, aber ich bedaure, daß wir Sie schon so bald belästigen mußten. Da wäre allerdings eine Frage, die ich Ihnen gern noch stellen möchte, falls Sie sich dem schon gewachsen fühlen.«

»Mit mir ist alles in Ordnung«, sagte sie in abweisendem Ton.

»Also, es geht um den Streit zwischen Ihrer Mutter und Mr. Rawlstone. Können Sie sich noch erinnern, wovon dabei die Rede war?«

»Nein, kann ich nicht. Ich hab auch gar nicht gehört, was sie sagten. Alles, was ich mitbekommen habe, war, daß sie sich gezankt haben. Aber ich will nicht weiter darüber nachdenken und auch nicht daran erinnert werden. So, und jetzt beantworte ich keine Fragen mehr.«

»Verstehe. Sie machen gerade eine furchtbare Zeit durch, und wir alle fühlen mit Ihnen. Sollte Ihnen allerdings doch noch etwas einfallen, dann lassen Sie es uns bitte wissen, ja? Ach, ist Mr. Ashe hier? Wir hatten eigentlich mit ihm gerechnet.«

»Nein. Ashe ist kein großer Freund der Polizei. Wundert Sie das? Nachdem ihr versucht habt, ihm den Mord an seiner Tante anzuhängen? Warum sollte er da jetzt noch mit euch reden? Er ist nicht dazu verpflichtet. Schließlich hat er ein Alibi. Aber das haben wir euch doch alles schon gesagt.«

Dalgliesh versetzte gelassen: »Wir melden uns, sollten wir eine weitere Aussage von ihm brauchen. So, und jetzt hätte ich gern noch Mrs. Buckley gesprochen. Wären Sie so gut, ihr das auszurichten?«

»Versuchen Sie's mal in ihrer Wohnung. Oberster Stock, nach hinten raus. Aber ich würde nicht allzuviel auf das geben, was sie Ihnen erzählt.«

Dalgliesh, der schon im Aufstehen begriffen war, ließ sich noch einmal in seinen Sessel zurücksinken und fragte interessiert, aber ruhig: »Ach nein? Und warum nicht, Miss Cummins?«

Octavia errötete. »Na ja, sie ist halt eine alte Frau.«

»Und daher nicht mehr fähig, in logischen Zusammenhängen zu denken? Ist es das, was Sie sagen wollten?«

»Ich hab nur sagen wollen, daß sie alt ist, weiter hab ich nichts damit gemeint.«

Mit Genugtuung beobachtete Kate, wie gereizt, aber auch unbehaglich das Mädchen reagierte. Doch schon im nächsten Augenblick ermahnte sie sich, ihre negativen Gefühle zu zügeln; Antipathie konnte das Urteilsvermögen eines Polizeibeamten ebenso lähmen wie spontane Zuneigung. Und schließlich hatte Octavia erst vor wenigen Stunden von der Ermordung ihrer Mutter erfahren. Wie auch immer das Verhältnis der beiden zueinander gewesen sein mochte, das Mädchen stand gewiß noch unter Schock.

Octavia wiederholte unterdessen mürrisch: »Ich hab's nicht so ernst gemeint.«

Dalglieshs Stimme war freundlicher als seine Worte. »Ach nein? Darf ich Ihnen einen Rat geben, Miss Cummins? Wenn Sie mit einem Polizisten sprechen, dann sollten Sie – noch dazu wenn es um Mord geht – unbedingt darauf achten, daß Ihre Worte nicht einfach so dahingesagt sind. Sehen Sie, wir sind hier, weil wir herausbringen wollen, wie Ihre Mutter ums Leben kam. Ich bin sicher, das ist auch in Ihrem Interesse. – Bemühen Sie sich nicht, wir finden allein nach oben.«

Schweigend stiegen sie die Treppe hinauf, wobei Dalgliesh Kate vorangehen ließ. Vom ersten Tag an hatte sie bemerkt, daß er ihr immer den Vortritt ließ, es sei denn, es drohte Gefahr oder ein besonders unerquicklicher Anblick. Sie interpretierte das als einen Ausdruck instinktiver Höflichkeit, wußte aber, daß sie mit der ruppigen Machomentalität eines Chefs, der den starken Mann markierte, leichter zurechtgekommen wäre. Ihn jetzt hier auf der Treppe so beunruhigend dicht hinter sich zu spüren brachte ihr wieder die Zwiespältigkeit ihres Verhältnisses zum Bewußtsein. Sie mochte ihn gern – einen stärkeren Ausdruck hätte sie sich nie gestattet –, sie bewunderte und respektierte ihn. Seine Anerkennung war ihr ungemein wichtig, und manchmal ärgerte sie sich auch über diese Abhängigkeit. Aber richtig unbefangen hatte sie sich in seiner

Gegenwart nie gefühlt, und zwar weil sie ihn nie verstehen konnte.
Der oberste Treppenlauf war mit einem Teppich bedeckt, aber Mrs. Buckley hatte sie offenbar trotzdem gehört. Denn als sie oben anlangten, erwartete sie sie bereits und komplimentierte sie wie zwei willkommene Gäste in ihr Wohnzimmer. Sie war gefaßter als bei der ersten Unterredung mit Kate, vielleicht, weil sie den ärgsten Schock inzwischen überwunden hatte, vielleicht auch, weil sie sich ohne Octavia und auf eigenem Terrain wohler fühlte.
»Leider ist es ziemlich eng bei mir, aber ich habe immerhin drei Stühle. Inspector Miskin nimmt vielleicht diesen hier – falls es Ihnen nichts ausmacht, daß er so niedrig ist: Es war der Krankenstuhl meiner Mutter. Als ich hier anfing, da bekam ich die Wohnung im Souterrain, aber Miss Aldridge hat mir gleich gesagt, daß ich die später, wenn ihre Tochter mit der Schule fertig sei, vielleicht würde räumen müssen. Was ja auch nur recht und billig war. Darf ich Ihnen einen Kaffee anbieten? Miss Aldridge hat mir in diesem ehemaligen Wandschrank eine Küchenzeile einbauen lassen. Da kann ich mir etwas Warmes zu trinken machen oder sogar mal eine kleine Mahlzeit in der Mikrowelle zubereiten, ohne daß ich deswegen immer gleich runter in die Küche muß. Oder wenn Miss Aldridge Gäste bewirtet hat, dann konnte ich mich, nachdem der Hauptgang serviert war, zurückziehen und ungestört für mich essen. Bei größeren Festen pflegte sie allerdings einen Partyservice zu beauftragen. Nein, meine Pflichten hier sind wirklich nicht anstrengend: nur einkaufen, Abendessen kochen und ein bißchen leichte Hausarbeit. Fürs Grobe kommt zweimal in der Woche eine Putzfrau.«
Dalgliesh fragte: »Wie haben Sie denn die Stelle bei Miss Aldridge bekommen?«
»Bitte? Verzeihen Sie, wenn ich erst den Kaffee fertigmahle.

Bei dem Krach versteht man sein eigenes Wort nicht. So, jetzt ist's besser. Hm, riecht köstlich, nicht wahr? Das ist etwas, woran mein Mann und ich nie gespart haben, an unsrem Bohnenkaffee.«

Sie machte sich mit Wasserkessel und Kaffeemaschine zu schaffen, während sie ihnen ihren Werdegang erzählte. In den Grundzügen war es eine ganz normale Geschichte, und weder Dalgliesh noch Kate hatten Schwierigkeiten, die Stellen, an denen sie sich einsilbig zeigte, auszufüllen und zu ergänzen. Mrs. Buckley war die Witwe eines Landpfarrers, der vor acht Jahren gestorben war. Sie und ihr Mann hatten von ihrer Großmutter ein Haus in Cambridge geerbt, das sie aber nach dem Tod ihres Mannes verkaufte, um ihrem einzigen Sohn mit einer größeren Summe unter die Arme greifen zu können. Sie hatte sich daraufhin aufs Land zurückgezogen, in ein Cottage in Hertfordshire, die Grafschaft, in der sie aufgewachsen war. Ihr Sohn hatte sich ein Haus gekauft, es binnen zwei Jahren mit Gewinn wieder veräußert und den Erlös in die Übersiedelung nach Kanada gesteckt, wo er sich offenbar für immer niederlassen wollte. Mrs. Buckleys Rückkehr aufs Land erwies sich als Fehlschlag. Sie fand sich von lauter Fremden umgeben und fühlte sich einsam, und die Atmosphäre in der Dorfgemeinde, auf die sie ihre Hoffnungen gesetzt hatte, gefiel ihr auch nicht mehr, als ein junger Geistlicher die Pfarrei übernahm.

»Ich weiß, daß die Kirche sich um die Jugend bemühen muß, und wir hatten diese neue Wohnsiedlung draußen vorm Dorf, die der Pfarrer unbedingt integrieren wollte. Also veranstaltete er dauernd Konzerte mit Popmusik und Dialoggottesdienste, und in der Woche, wo ein Mitglied der Gemeinde Geburtstag hatte, haben wir sonntags *›Happy Birthday to You‹* gesungen. Die Abendmahlsfeier glich mehr einem Musikfest als einem Gottesdienst, und ich hatte eigentlich keine richtige

Aufgabe in der Gemeinde. Also dachte ich mir, ich würde vielleicht mehr Erfüllung finden, wenn ich nach London ginge. Das Cottage konnte ich vermieten und mir auf die Weise einen kleinen Notgroschen sichern. Die Anzeige für diese Stelle stand in ›The Lady‹. Ich habe mich daraufhin beworben, und Miss Aldridge lud mich zu einem Vorstellungsgespräch ein. Sie war einverstanden, daß ich ein paar von meinen eigenen Möbeln mitbringe, und die um mich zu haben hat mir geholfen, mich hier einzugewöhnen.«

Kate fand das Zimmer in der Tat heimelig, so vollgestopft es auch war. Der wuchtige Schreibtisch, an dem der verstorbene Mr. Buckley vermutlich früher seine Predigten verfaßt hatte, die Vitrine mit dem bemalten Porzellan, das polierte Tischchen mit Unmengen von Familienfotos in silbernen Rahmen, der verglaste Bücherschrank mit den Lederbänden und die Reihe ziemlich blasser Aquarelle – all das vermittelte selbst einer Fremden wie ihr ein Gefühl von Sicherheit und Kontinuität, zeugte von einem Leben, das Liebe gekannt hatte. Über das schmale Bett an der Wand mit dem kleinen Regal und der Wandleuchte darüber war eine Patchworkdecke aus verschossener Seide gebreitet.

Nach einem verstohlenen Blick auf Dalgliesh Gesicht und die langen, schlanken Finger, die sich um die Kaffeetasse schmiegten, dachte Kate: »Hier fühlt er sich sichtlich wohl. Frauen wie sie hat er von klein auf gekannt. Die beiden verstehen einander.«

»Und sind Sie glücklich hier?« fragte der Commander.

»Ich würde eher sagen zufrieden. Anfangs hatte ich mir vorgestellt, daß ich Abendkurse belegen würde, aber eine Frau in meinem Alter kann sich nachts eigentlich nicht mehr auf die Straße trauen. Mein Mann hatte seinerzeit seine erste Pfarrstelle in London, doch ich hatte keine Ahnung, wieviel sich seitdem verändert hat. Aber ich gehe hin und wieder in eine

Matinee, besuche die Galerien und Museen; dann habe ich die St.-Josephs-Kirche ganz in der Nähe, und Pater Michael ist wirklich sehr verständnisvoll.«

»Und Miss Aldridge? Haben Sie die gemocht?«

»Ich hatte große Achtung vor ihr. Sie konnte einem mitunter ein bißchen Angst einjagen, und ungeduldig war sie auch. Wenn sie einem etwas auftrug, dann mochte sie das nicht zweimal sagen. Sie war eben selbst sehr tüchtig und erwartete das auch von anderen. Aber sie ist dabei immer sehr fair und fürsorglich gewesen. Ein wenig distanziert, ja, doch sie hatte ja auch wegen einer Haushälterin inseriert und nicht wegen einer Gesellschaftsdame.«

Dalgliesh sagte: »Verzeihen Sie, wenn ich Sie das noch einmal fragen muß, aber Ihr Anruf gestern abend bei Miss Aldridge in der Kanzlei – sind Sie sich da ganz sicher, was die Uhrzeit angeht?«

»O ja. Ich habe genau um Viertel vor acht angerufen. Ich hab extra noch auf die Uhr geschaut.«

»Können Sie uns was Näheres darüber sagen? Ich meine, warum Sie angerufen haben, was gesprochen wurde?«

Sie schwieg einen Moment, und als sie antwortete, tat sie es mit einer fast rührenden Würde. »Octavia hatte ganz recht mit dem, was sie sagte. Ich habe ihre Mutter angerufen, um mich über sie zu beschweren. Miss Aldridge sah es nicht gern, daß ich sie in der Kanzlei anrief, sofern es sich nicht um etwas wirklich Dringendes handelte, und darum habe ich solange gezögert. Aber Octavia und dieser junge Mann – ihr Verlobter – kamen aus der Souterrainwohnung herauf und verlangten von mir, ihnen etwas zum Abendessen zu machen. Octavia ist keine Vegetarierin, aber in dem Fall hatte sie sich ein fleischloses Gericht in den Kopf gesetzt. Eigentlich ist es so vereinbart, daß Octavia sich in ihrer Wohnung selbst versorgt. Natürlich würde es mir normalerweise nichts ausmachen, ihr einmal zur Hand zu gehen, aber sie hat sich so herrisch aufgeführt, daß ich dachte: Wenn ich ihr einmal nachgebe, wird sie erwarten, daß sie sich von mir bekochen lassen kann, wann immer es ihr paßt. Also bin ich von der Küche raufgegangen in Miss Aldridges Arbeitszimmer, hab in der Kanzlei angerufen und ihr so kurz wie möglich das Problem geschildert. Daraufhin hat sie gesagt: ›Wenn Octavia Gemüse haben will, dann kochen Sie ihr welches. Ich rede mit ihr und kläre die Sache, wenn ich nach Hause komme. In etwa einer Stunde bin ich da. Zu essen mache ich mir dann selber etwas. Im Augenblick kann ich nicht weiter darüber diskutieren, ich bin nämlich nicht allein.‹«

»Und das war alles?«

»Das war alles, ja. Sie klang sehr ungehalten, aber sie hatte, wie gesagt, immer etwas dagegen, daß ich sie in der Kanzlei anrief, und wenn sie noch dazu jemanden bei sich hatte, war es natürlich doppelt ungünstig. Also bin ich runter in die Küche im Souterrain und habe den beiden einen Zwiebelkuchen gebacken. Den mache ich nach einem Rezept von Delia Smith, und Miss Aldridge mochte ihn immer sehr gern. Aber natürlich mußte ich erst den Teig anrühren, und den sollte man am besten eine halbe Stunde in den Kühlschrank stellen, während man die Füllung vorbereitet – das heißt, es ist kein Schnellgericht. Hinterher wollten sie noch Pfannkuchen mit Aprikosenmarmelade. Ich hab die Pfannkuchen gebacken, nachdem sie den Zwiebelkuchen gegessen hatten, und direkt aus der Pfanne serviert.«

»Dann können Sie also mit Bestimmtheit sagen«, warf Kate ein, »daß die beiden die ganze Zeit in der Wohnung waren – von Viertel vor acht, als Sie in der Kanzlei anriefen, bis gegen halb elf, als Sie zu Bett gegangen sind?«

»O ja, das kann ich bezeugen. Ich bin ja ständig rein und raus, um aufzutragen oder abzuräumen, so daß ich die beiden den ganzen Abend im Visier hatte, wie man so sagt. Es war übrigens kein sehr angenehmer Abend. Octavia wollte sich wohl vor dem jungen Mann aufspielen. Jedenfalls bin ich nicht noch mal runter, nachdem ich die Küche fertiggemacht und mich hierher zurückgezogen hatte. Ich dachte, Miss Aldridge würde schon heraufkommen, wenn sie noch am selben Abend etwas mit mir würde besprechen wollen. Und für den Fall, daß sie mich noch brauchen sollte, bin ich bis nach elf im Morgenrock sitzengeblieben, ehe ich mich schlafen gelegt habe. Als ich ihr am nächsten Morgen den Tee bringen wollte, fand ich das Bett unberührt. Und da habe ich dann wieder in der Kanzlei angerufen.«

Dalgliesh sagte: »Sie werden verstehen, daß wir soviel wie möglich über Miss Aldridge in Erfahrung bringen müssen. Sie erwähnten Dinnerpartys … Wie war das, kamen ihre Freunde oft ins Haus?«

»Nicht sehr oft, nein. Sie hat eigentlich sehr zurückgezogen gelebt. Mr. Laud war alle vier, sechs Wochen da und hat sie abgeholt. Sie sind gern miteinander in Ausstellungen gegangen oder ins Theater. Ich habe ihnen dann meist vorher etwas Leichtes gekocht, aber wenn er sie anschließend heimbrachte, ist er, glaube ich, nie länger geblieben als auf einen Schlummertrunk. Ach ja, und manchmal hat er sie auch in ein Restaurant ausgeführt.«

»Und gab es da sonst noch Freunde, vielleicht einen, der länger blieb als nur auf einen Drink?«

Sie errötete und hätte sich offenbar gern um die Antwort gedrückt. Endlich sagte sie, und es klang wie eine Entschuldigung: »Miss Aldridge ist tot, Sir. Da finde ich es schon schlimm genug, daß wir überhaupt so unverblümt von ihr reden müssen. Aber irgendwelchen Klatsch über ihr Privatleben zu verbreiten wäre denn doch zu arg. Wir sollten den Ruf der Toten wahren.«

»Wenn es um Mord geht«, entgegnete Dalgliesh sanft, »kann der Schutz der Toten oft Gefahr für die Lebenden bedeuten. Schauen Sie, Mrs. Buckley, ich bin nicht hier, um über Miss Aldridge zu urteilen, dazu habe ich auch gar kein Recht. Aber ich muß mehr über sie in Erfahrung bringen, und deshalb brauche ich Fakten, Anhaltspunkte.«
Es entstand eine kleine Pause, dann sagte sie: »Ja, es gab da noch einen Bekannten. Der kam nicht sehr oft, aber ich glaube, er ist gelegentlich über Nacht geblieben. Es war Mr. Rawlstone, Mark Rawlstone – ein Abgeordneter.«
Dalgliesh erkundigte sich, wann sie ihn zuletzt gesehen habe.
»Das muß zwei, drei Monate her sein, vielleicht auch länger. Die Zeit vergeht so schnell, nicht wahr? Nein, ich erinnere mich nicht genau. Aber er könnte natürlich auch vor kurzem noch mal hiergewesen sein, vielleicht spätabends, nachdem ich schon hinaufgegangen war. Morgens war er ohnehin immer in aller Frühe wieder weg, noch ehe ich herunterkam.«
Bevor sie sich verabschiedeten, fragte Dalgliesh: »Was haben Sie denn nun vor, Mrs. Buckley? Werden Sie weiter hier im Haus bleiben?«
»Ich weiß nicht, aber Mr. Farnham, dieser nette Rechtsanwalt, hat mir geraten, nichts zu überstürzen. Seine Kanzlei und Miss Aldridges Bank sind die Testamentsvollstrecker, und ich nehme an, Mr. Farnham wird dafür sorgen, daß ich fürs erste mein Gehalt weiterbekomme. Aber ich glaube nicht, daß Octavia mich auf Dauer behalten möchte – ich bin sogar sicher, daß sie mich loswerden will. Doch jetzt, in der ersten Zeit, sollte sie nicht allein im Haus sein, und da bin ich vermutlich immer noch besser als gar keine Gesellschaft. Sie hat mit ihrem Vater telefoniert, aber sehen will sie ihn nicht. Ich glaube, ich kann sie jetzt nicht im Stich lassen, auch wenn sie mich nicht leiden mag. Aber im Moment ist alles so schrecklich, daß ich keinen klaren Gedanken fassen kann.«

»Natürlich nicht«, sagte Dalgliesh. »Das war ein entsetzlicher Schock für Sie. Sie haben uns sehr geholfen, Mrs. Buckley. Wenn Ihnen noch irgend etwas einfallen sollte, dann melden Sie sich bitte bei uns. Hier ist meine Karte. Und falls die Journalisten aufdringlich werden, sagen Sie mir Bescheid, dann sorge ich dafür, daß Sie einen Posten vors Haus bekommen. Aber ich fürchte, wenn der Mord bekannt wird, müssen Sie sich erst mal auf eine Belagerung gefaßt machen.«

Sie saß einen Moment lang schweigend da, dann sagte sie: »Hoffentlich finden Sie meine Fragen nicht ungehörig oder denken gar, daß ich sie aus gewöhnlicher Neugier stelle. Aber können Sie mir sagen, wie Miss Aldridge gestorben ist? Es geht mir nicht um Einzelheiten, ich wüßte nur gern, daß es rasch ging und daß sie nicht gelitten hat.«

Dalgliesh sagte verständnisvoll: »Ja, es ist sehr schnell gegangen, und sie hat nicht gelitten.«

»Und es ist nicht viel Blut geflossen? Ich weiß, so was ist töricht, aber ich sehe immerfort Blut.«

»Nein«, sagte Dalgliesh, »es ist kein Blut geflossen.«

Mrs. Buckley dankte den beiden auf ihre ruhige Art und brachte sie noch bis an die Haustür. Dort blieb sie auf der Schwelle stehen und sah ihnen nach, bis sie in den Wagen stiegen, und als sie abfuhren, hob sie die Hand zu einer rührenden Abschiedsgeste, geradeso, als winke sie zwei guten Freunden Lebewohl.

19

Es war kurz nach eins, als man Valerie Caldwell ausrichten ließ, die Polizei habe vorläufig keine weiteren Fragen an sie. Mr. Langton riet ihr, nach Hause zu gehen. Die Kanzlei bliebe heute geschlossen, er würde für eine entsprechende Ansage auf dem Anrufbeantworter sorgen.

Sie war froh und dankbar, einem Ort den Rücken kehren zu dürfen, an dem alles bisher Vertraute und Angenehme mit einen Schlag fremd und bedrohlich erschien, ja sich auf schwer faßbare Weise verändert hatte. Es war, als ob aus den Menschen, mit denen sie zusammenarbeitete, die sie mochte und von denen sie glaubte, daß auch sie sie mochten, auf einmal mißtrauische Fremdlinge geworden wären. Aber vielleicht, dachte sie, vielleicht geht es den anderen umgekehrt genauso. Am Ende ist es das, was ein Mord anrichtet, sogar unter den Unschuldigen.

Einen Haken hatte dieser vorzeitige Dienstschluß allerdings. Ihre Mutter, die an Klaustrophobie litt – eine Krankheit, die sich durch die depressiven Zustände seit Kennys Verhaftung noch verschlimmert hatte –, ihre Mutter also würde sich aufregen, wenn sie ohne Vorwarnung am hellichten Nachmittag zu Hause auftauchte. Zwar würde die Aufregung, sobald sie den Grund erfuhr, noch größer sein, aber es war trotzdem besser, vorher anzurufen. Zum Glück war Valeries Großmutter am Telefon. Sie hatte keine Ahnung, wie Omi die Nachricht aufnehmen würde, aber wenigstens würde sie nicht die Nerven verlieren. Und sie konnte es ihrer Mutter beibringen – hoffentlich möglichst schonend –, bevor Valerie nach Hause kam.

»Sag Mama, ich komm heute früher, ja? Es ist nämlich was passiert, Omi ... Letzte Nacht ist jemand in die Kanzlei eingebrochen und hat Miss Aldridge umgebracht. Erstochen. Ja, mir geht's gut, Omi. Nein, sonst ist niemandem was passiert, aber die Kanzlei bleibt heute geschlossen.«

Für einen Moment herrschte Schweigen in der Leitung, und dann, als ihre Großmutter sich wieder gefaßt hatte, sagte sie: »So, ermordet hat man die Dame, hm? Wundert mich eigentlich nicht. Wenn eine sich auch dauernd mit Verbrechern abgibt und diese Gauner vor der gerechten Strafe bewahrt. Wahrscheinlich ist so ein Kerl, den sie nicht rauspauken konnte, grad wieder freigekommen, und der hat sie nun erledigt, aus Rache. Deiner Ma wird das nicht gefallen. Die wird wollen, daß du dort kündigst und dir eine Stelle hier in der Nähe suchst.«

»Omi, laß uns doch nicht wieder davon anfangen! Sag ihr nur, mir geht's gut, und ich komme heute früher.«

Valerie hatte wie üblich ein Lunchpaket dabei, aber ihr war nicht danach, die Brote an ihrem Schreibtisch zu verzehren. Allein schon mit etwas Eßbarem in der Hand gesehen zu werden wäre ihr heute frevelhaft erschienen. Also schlenderte sie den Middle Temple Lane hinunter, ging dann westwärts in die Anlagen am Victoria-Embankment und setzte sich auf eine Bank mit Blick auf die Themse. Sie war nicht hungrig, dafür waren es die Spatzen, die dort herumlauerten. Valerie beobachtete die ruckartig vorschnellenden Köpfchen, die pickenden Schnäbel und die plötzlich erwachende Angriffslust unter den Rivalen. Ab und zu warf sie den kleineren Vögeln, die sich noch nicht so recht behaupten konnten und immer zu spät nach der Beute haschten, ein paar Krumen extra hin. Trotzdem war sie mit ihren Gedanken ganz woanders.

Sie hatte, wie ihr nach und nach aufging, der Polizei zuviel erzählt. Der gutaussehende Kriminalbeamte und seine Kollegin, die sie vernommen hatten, waren ihr so verständnisvoll erschienen, so einfühlsam. Aber das war natürlich Taktik gewesen: Die hatten es darauf angelegt, sich in ihr Vertrauen einzuschleichen, und sie war darauf hereingefallen. Es war aber auch eine solche Wohltat gewesen, einmal mit jemandem, der nicht zur Kanzlei gehörte, über Kenny zu sprechen, selbst wenn dieser Jemand von der Polizei kam, daß die Geschichte nur so aus ihr herausgesprudelt war.

Ihr Bruder saß im Gefängnis, weil er Drogen verkauft hatte. Aber er hatte nicht gedealt, nicht so wie die echten Rauschgiftbarone, nicht wie die organisierten Banden, über die man in der Zeitung las. Kenny hatte zur Zeit keine Arbeit, er lebte mit Freunden zusammen in einer Wohngemeinschaft im Norden von London, und auf deren Partys wurde Pot geraucht. Kenny sagte, das machten heutzutage alle. Aber er hatte das Zeug besorgt, genug Stoff für einen ganzen Abend. Die anderen bezahlten ihm jeweils ihren Anteil. Das war allgemein üblich so und die billigste Art, an Pot ranzukommen. Aber ausgerechnet ihn hatten sie geschnappt, und die verzweifelte Valerie hatte sich an Miss Aldridge gewandt und sie um Hilfe gebeten. Vielleicht hatte sie einen ungünstigen Zeitpunkt gewählt. Heute wußte sie, daß es nicht klug, ja ungehörig gewesen war. Ihr brannten noch immer die Wangen, wenn sie sich auf die Antwort besann, an die Kälte in Venetias Stimme, die Verachtung in ihrem Blick: »Ich habe nicht die Absicht, das Friedensgericht in Nord-London in Verlegenheit zu bringen, indem ich mit einem Assessor im Schlepptau dort aufkreuze, um Ihrem törichten Bruder aus der Patsche zu helfen. Besorgen Sie ihm einen guten Zivilverteidiger!«

Und dann hatte man Kenny schuldig gesprochen und ihn zu sechs Monaten Haft verurteilt.

Zu sechs Monaten Haft …
Hier hatte die Kriminalinspektorin eingeworfen: »Das ist aber ungewöhnlich für einen Ersttäter. Ihr Bruder hatte so was schon mal gemacht, oder?«
Ja, hatte sie eingeräumt, er war schon einmal straffällig geworden, aber wirklich nur ein einziges Mal und auf genau die gleiche Weise. Doch was nützte es, ihn dafür einzusperren? Das Gefängnis hatte ihn nur bitter gemacht. Und wenn Miss Aldridge ihn verteidigt hätte, dann wäre er nicht im Knast gelandet. Sie schaffte es, Leute rauszupauken, die viel, viel Schlimmeres verbrochen hatten als Kenny – Mörder, Vergewaltiger, die Drahtzieher großangelegter Betrugsaffären. Die gingen frei aus. Kenny dagegen hatte keinem weh getan und niemanden betrogen. Er war gut und freundlich, konnte keiner Fliege was zuleide tun. Trotzdem saß er jetzt im Gefängnis, und seine Mutter konnte ihn nicht besuchen, wegen ihrer Klaustrophobie, und Omi durfte es nicht erfahren, weil sie der Mutter ohnehin ständig vorwarf, daß sie ihre Kinder falsch erzogen hätte.
Die beiden Beamten hatten ihr nicht widersprochen, hatten ihre Einstellung weder kritisiert noch offene Zustimmung bekundet. Aber irgendwie hatten sie sie doch so weit aus der Reserve gelockt, daß sie ihnen Dinge anvertraute, die sie als Empfangsdame nichts angingen und von denen die Polizei nichts zu wissen brauchte. Den Kanzleitratsch über Mr. Langtons Nachfolge hatte sie erwähnt, die Gerüchte, wonach Miss Aldridge an dem Posten interessiert gewesen sei und was sie, im Falle ihrer Ernennung, für Veränderungen eingeführt hätte.
»Woher wissen Sie das alles?« hatte Inspector Miskin gefragt.
Aber natürlich hatte sie davon gewußt. Die Kanzlei war eine Brutstätte des Klatsches. Die Leute unterhielten sich ungeniert in ihrer Gegenwart, und die Gerüchte schienen sich so-

gar durch die Luft zu verbreiten wie in einem geheimnisvollen osmotischen Prozeß. Sie hatte ihnen von ihrer Freundschaft mit den Naughtons erzählt. Harry Naughton, der Bürovorsteher, hatte ihr zu dieser Stelle verholfen. Sie und ihre Mutter und die Omi wohnten ganz in der Nähe von ihm und seiner Familie, man gehörte derselben Kirche an. Sie war gerade auf Jobsuche gewesen, als in der Kanzlei die Stelle frei wurde, und er hatte sie empfohlen. Anfangs war sie nur eine untergeordnete Schreibkraft gewesen, aber als Miss Justin nach dreißig Arbeitsjahren in den Ruhestand ging, hatte man Valerie angeboten, in ihre Fußstapfen zu treten, und ihr Platz wurde dafür mit einer Aushilfskraft besetzt. Die letzte Aushilfe hatte nicht viel getaugt, und so hatte Valerie sich die vergangenen vierzehn Tage allein beholfen. Ihre Probezeit war noch nicht abgelaufen, aber sie hoffte zuversichtlich, daß die nächste Vollversammlung ihre Ernennung zur Kanzleisekretärin bestätigen würde.

Wieder war es Inspector Miskin gewesen, die gefragt hatte: »Gesetzt den Fall, Miss Aldridge wäre zur Kanzleichefin berufen worden – hätte sie Ihre Ernennung dann befürwortet?«

»Nein, das glaube ich kaum. Nicht nach dem, was passiert war. Außerdem hieß es auch, sie wolle Harry durch eine Art Manager ersetzen, und wenn das geschehen wäre, dann hätte dieser neue Büroleiter wahrscheinlich auch ein Mitspracherecht bei den weiteren Personalentscheidungen beansprucht.«

Im nachhinein wunderte Valerie sich selber über ihre Vertrauensseligkeit. Trotzdem gab es da zwei Dinge, die sie nicht ausgeplaudert hatte.

Zum Schluß hatte sie, die Tränen niederkämpfend und bemüht, wenigstens ein Fünkchen Würde zu bewahren, gesagt: »Ich war schrecklich böse auf sie, weil sie Kenny nicht helfen wollte. Oder vielleicht lag es auch daran, daß sie sich so abfällig über seinen Fall geäußert, mich so geringschätzig abgefertigt hat. Jetzt fühle ich mich ganz elend deswegen … ich meine, weil ich so einen Haß auf sie hatte, und nun ist sie tot. Aber umgebracht habe ich sie nicht. Dazu wäre ich gar nicht fähig.«

»Wir haben Grund zu der Annahme«, hatte Inspector Miskin erwidert, »daß Miss Aldridge um Viertel vor acht noch am Leben war. Sie haben ausgesagt, Sie seien um sieben Uhr dreißig daheim gewesen. Wenn Ihre Mutter und Großmutter das bezeugen können, dann kommen Sie für die Tat nicht in Betracht. Also machen Sie sich mal keine Sorgen!«

Demnach hatte die Polizei sie also gar nicht ernsthaft verdächtigt. Wozu aber dann das ausführliche Verhör? Warum hatten sie sich solange mit ihr abgegeben? Valerie glaubte die Antwort zu kennen, und ihre Wangen glühten vor Scham.

Es war ein komisches Gefühl, am frühen Nachmittag heimzufahren. Die U-Bahn war fast leer, und als der Zug an der Station Buckhurst Hill hielt, wartete gegenüber am Bahnsteig Richtung Innenstadt nur ein einziger Fahrgast. Draußen auf der Straße war es so ruhig und friedlich, daß man sich wie auf dem Lande fühlte. Sogar das kleine Reihenhaus am Linney Lane Nummer zweiunddreißig wirkte wenig vertraut und ein bißchen furchterregend, fast wie ein Trauerhaus, was wohl daher kam, daß unten im Wohnzimmer und an einem der Fenster im Obergeschoß die Vorhänge zugezogen waren. Sie wußte, was das bedeutete. Ihre Mutter hatte sich oben hingelegt und ruhte – falls man es ruhen nennen konnte, wenn jemand angespannt dalag und mit offenen Augen in die Dunkelheit starrte. Und ihre Omi saß derweil vor dem Fernseher.

Valerie steckte den Schlüssel ins Schloß und wurde, kaum daß die Tür aufging, von reißerischer Musik empfangen, in die ein paar Schüsse krachten. Ihre Großmutter hatte eine Schwäche für Kriminalfilme und schreckte auch vor kruden Sex- und Gewaltszenen nicht zurück. Als Valerie ins Wohn-

zimmer kam, drückte sie auf die Fernbedienung. Also war es ein Videofilm, andernfalls hätte Omi nie und nimmer abgeschaltet.
Ohne zu fragen, wie es ihrer Enkelin ging, fing sie gleich an, sich zu beschweren: »Die Hälfte der Zeit krieg ich nicht mit, was die reden. Kein Wunder, bei dem Genuschel. Und wenn Amerikaner mitspielen, ist es ganz aus.«
»Das liegt an den heutigen Regiekonzepten, Omi. Die Schauspieler sollen möglichst natürlich wirken, und dazu gehört, daß sie ganz locker miteinander reden wie im wirklichen Leben.«
»Und wozu soll das gut sein, wenn man kein Wort versteht? Es nützt auch nichts, lauter zu stellen, im Gegenteil, dann wird's nur noch schlimmer. Und dauernd treiben sie sich in irgendwelchen Nachtclubs rum, wo's so duster ist, daß man auch nichts mehr sieht. Nein, da lobe ich mir die alten Hitchcock-Filme. ›Bei Anruf Mord.‹ Den tät ich mir jederzeit noch mal anschauen. Da hat man jedes Wort verstanden. Zu der Zeit haben die Schauspieler noch gesprochen, wie es sich gehört. Und wieso können sie die Kamera nicht ruhig halten? Was ist los mit den Kameramännern heutzutage – sind die alle besoffen?«
»Nein, das soll so sein, Omi, das ist ja grade das Raffinierte.«
»Ach ja? Na, auf die Raffinesse pfeif ich.«
Dem Fernsehen galt Großmutters ganze Leidenschaft, es bot ihr Unterhaltung und Trost. Zwar hatte sie an fast allen Programmen etwas zu mäkeln, aber sie ließ trotzdem keines aus. Valerie fragte sich manchmal, ob sie den Kasten nur als bequemes Ventil für ihre streitbare Natur benutze: Vor dem Bildschirm konnte sie Wortwahl, Aussprache, Benehmen und Erscheinungsbild von Schauspielern, Politikern und Experten ungeniert kritisieren, ohne Widerspruch befürchten zu müssen. Mitunter wunderte ihre Enkelin sich allerdings, wieso

die Omi sich selbst gegenüber so ganz und gar unkritisch war. Wirkte es nicht ebenso peinlich wie grotesk, wenn sich eine Fünfundsiebzigjährige mit einem durch Not und Entbehrungen vor der Zeit gealterten Gesicht mit tiefen Runzeln und welker Haut die Haare kupferrot färbte? Ganz zu schweigen von dem kniekurzen, engen Rock, der den Blick auf ihre dürren, altersfleckigen Waden lenkte. Aber ihre Großmutter hatte einen Elan, den Valerie nur bewundern konnte. Und sie wußte, daß sie in ihr eine Bundesgenossin hatte, auch wenn sie von der alten Frau kein anerkennendes oder liebevolles Wort erwarten durfte. Gemeinsam stellten sie sich der Platzangst und den Depressionen ihrer Mutter, erledigten die Einkäufe, zu denen Mrs. Caldwell nicht in der Lage war, sowie Kochen und Hausarbeit, zahlten die Rechnungen und bewältigten die allfälligen Krisen des täglichen Lebens. Die Mutter aß folgsam, was man ihr vorsetzte, ohne zu fragen, wie die Speisen auf ihren Teller gekommen waren.

Und nun auch noch das Problem mit Kenny. Als er verurteilt wurde, hatte die Mutter Valerie das Versprechen abgenommen, der Omi nichts davon zu sagen, und die Tochter hatte dieses Versprechen gehalten. Obwohl das ihre Besuche im Gefängnis unnötig komplizierte. Bisher hatte sie es erst zweimal geschafft und jedesmal nur, indem sie umständliche Geschichten vom Besuch bei einer ehemaligen Schulfreundin erfand, die selbst in ihren Ohren wenig glaubhaft klangen.

Omi hatte gesagt: »Ich wette, du triffst dich mit einem Kerl. Und wer geht einkaufen?«

»Ich spring auf dem Rückweg im Supermarkt vorbei. Die haben ja samstags bis zehn Uhr auf.«

»Na, hoffentlich hast du mit dem mehr Glück als mit deinem Verflossenen. Ich wußte gleich, daß der dich sitzenläßt, sobald er auf die Universität kommt. Ist doch immer dasselbe mit den Kerlen. Allerdings hast du dich auch nicht besonders

angestrengt, um ihn zu halten. Du mußt lernen, ein bißchen mehr Schneid zu zeigen, Kind. Männer mögen das.«
Omi hatte in ihrer Jugend eine Menge Schneid bewiesen und genau gewußt, was die Männer mochten.
Die Nachricht von dem Mord nahm Omi wie erwartet ganz gelassen hin. Sie interessierte sich nur selten für Menschen, die sie nicht persönlich kannte, und war längst der Ansicht, der Pawlet Court sei die Welt ihrer Enkelin, eine Welt, die ihrem Leben zu fernstand, um daran Anteil zu nehmen. Ein wirklicher Mord, noch dazu an jemandem, den sie nicht gekannt hatte, verblaßte neben jenen grellen Bildern inszenierter Gewalt, die ihrem Leben Auftrieb gaben und ihr all den Nervenkitzel boten, nach dem sie sich sehnte. Es kam höchst selten vor, daß sie Valerie mit einer Frage nach ihrem Tagesablauf empfing oder sich danach erkundigte, was in der Kanzlei gesprochen wurde oder dort vorgefallen war. Heute freilich war ihr die Enkelin für diese Gleichgültigkeit fast dankbar, zumindest als sie die schleppenden Schritte ihrer Mutter auf der Treppe hörte und sich auf eine Erklärung vorbereitete.
Mrs. Caldwell hatte einen schlechten Tag und war so mit ihren eigenen Problemen beschäftigt, daß sie kaum wahrzunehmen schien, was ihre Tochter ihr erzählte. Aber auf jemanden, der die Hölle auf Erden durchlitt, konnte der leibliche Tod einer völlig Fremden wohl auch keine unmittelbare Wirkung haben. Valerie wußte, wie es weitergehen würde, denn sie kannte diesen Kreislauf zur Genüge: Der Hausarzt würde die Dosis der Medikamente erhöhen, ihre Mutter würde vorübergehend aus ihren Depressionen auftauchen, die Ungeheuerlichkeit dessen, was geschehen war, würde über sie hereinbrechen, und dann würden Aufregung und Sorge in den schon so oft geäußerten Appell münden, Valerie solle sich doch eine Arbeit in der Nähe suchen, eine, bei der sie sich die

lange Anfahrt sparte und früher nach Hause kommen konnte, wovon alle Beteiligten profitieren würden. Aber noch war es nicht soweit.
Langsam und träge dehnte sich der Nachmittag dem Abend entgegen. Um sieben, als ihre Mutter mit der Großmutter vor dem Fernseher saß, machte Valerie eine Dose Möhrensuppe warm und schob ein Canneloni-Fertiggericht in den Ofen. Erst nach dem Essen, als sie das Geschirr gespült und Mutter und Großmutter sich wieder vor dem Fernseher im Wohnzimmer niedergelassen hatten, wußte Valerie, was ihr not tat. Sie mußte mit den Naughtons sprechen. Harry würde inzwischen auch zu Hause sein. Sie hatte das Bedürfnis, mit ihm und Margaret in der warmen, heimeligen Küche zu sitzen, wo sie als Kind so oft nach der Sonntagsschule eingekehrt und mit selbstgemachter Limonade und Schokoladentörtchen verwöhnt worden war. Ja, sie brauchte Harrys Rat und den Trost, den sie von daheim nicht erwarten konnte.
Sie hatten nichts dagegen, daß Valerie noch einmal wegwollte. Ihre Großmutter sagte nur: »Aber daß es nicht zu spät wird«, ohne daß sie den Blick vom Bildschirm wandte. Ihre Mutter reagierte überhaupt nicht.
Sie ging zu Fuß. Für das kurze Stück lohnte es sich nicht, den Wagen zu nehmen, und die Straßen waren gut beleuchtet. Obwohl die Naughtons so nahe wohnten, unterschied sich ihr Viertel doch sehr vom Linney Lane. Harry hatte es wirklich zu etwas gebracht. Da die Mitglieder der Kanzlei ihn alle Harry riefen, nannte Valerie ihn in Gedanken auch so. Aber wenn sie mit ihm sprach, hieß es immer Mr. Naughton.
Es war fast, als ob man sie erwartet hätte. Margaret Naughton, die ihr aufmachte, zog sie gleich in die Diele und schloß sie mitfühlend in die Arme.
»Du armes Kind! Nun komm erst mal rein! Nein, was für ein Tag, was habt ihr beide durchgemacht!«

»Ist Mr. Naughton schon zu Hause?«
»Ja, seit über zwei Stunden. Wir haben gerade gegessen und räumen eben noch die Küche auf.«
In der Küche hing der köstliche Duft von Schmorbraten, und auf dem Tisch stand der Rest eines selbstgebackenen Apfelkuchens. Harry räumte gerade die Spülmaschine ein. Er hatte seinen Anzug gegen eine Freizeithose nebst Pullover vertauscht, und Valerie wunderte sich, wie anders er darin aussah, anders und älter. Doch als er sich aufrichtete und sich dabei wie Halt suchend an die Spülmaschine lehnte, dachte sie: Aber er ist ja auch alt, viel älter als gestern noch, und eine Welle des Mitleids stieg in ihr hoch. Anschließend gingen sie hinüber ins Wohnzimmer, und Margaret brachte ein Tablett mit drei Gläsern und einer Flasche halbtrockenem Sherry, den Valerie besonders gern trank. Und jetzt, da sie sich ganz wie daheim fühlte, sicher und geborgen, konnte sie endlich ihrem Herzen Luft machen.
»Sie waren sehr freundlich, diese Polizeibeamtin und ihr Kollege. Aber inzwischen ist mir klargeworden, daß sie mich nur einlullen wollten. Ich kann mich längst nicht mehr an alles erinnern, was ich denen erzählt habe – das mit Kenny natürlich, und wie wütend ich deswegen auf Miss Aldridge war, aber daß ich sie nicht getötet habe, daß ich so was überhaupt nicht fertigbrächte. Und ich hab ihnen von den Gerüchten erzählt: daß sie vielleicht die nächste Kanzleichefin geworden wäre und was das für Folgen gehabt hätte. Darüber hätte ich natürlich nicht reden dürfen. Das geht mich ja alles nichts an. Und jetzt hab ich Angst, daß Mr. Langton und Mr. Laud es erfahren und dahinterkommen, daß ich es war, die den Mund nicht halten konnte, und daß ich dann womöglich meine Stelle los bin. Verübeln würde ich es ihnen nicht, falls sie mich rauswerfen. Ich weiß nicht, wie das passieren konnte. Ich hab immer gedacht, auf mich kann man sich verlassen – Sie wissen schon, in dem

Sinne, daß ich verschwiegen bin und nichts weitererzähle, was ich in der Kanzlei zufällig aufgeschnappt habe. Wie wichtig Diskretion in einer Anwaltspraxis ist, hat Miss Justin mir von Anfang an eingebleut. Und Sie haben's mir ja auch immer wieder gesagt, Mr. Naughton. Und jetzt geh ich her und verplappere mich ausgerechnet vor der Polizei.«
Margaret sagte: »Gräm dich nicht deswegen, Kind! Die sind schließlich darauf geschult, Leute auszuhorchen, und können es entsprechend gut. Außerdem hast du ihnen ja nur die Wahrheit gesagt. Und die kann niemandem schaden.«
Doch Valerie wußte es besser, wußte, daß die Wahrheit mitunter verhängnisvoller war als eine Lüge. Sie sagte: »Aber zwei Sachen habe ich denen nicht erzählt. Und darüber wollte ich mit Ihnen sprechen.«
Sie blickte Harry an und sah, daß sein Gesicht plötzlich ganz angsterfüllt war, ja für eine Sekunde spiegelte sich etwas wie panisches Entsetzen in seiner Miene.
»Es betrifft Mr. Costello«, fuhr sie fort. »Jedenfalls das erste, was ich verschwiegen habe. Als Miss Aldridge am Dienstag aus dem Bailey zurückkam, wollte sie wissen, ob er da sei, und ich hab gesagt, ja. Später mußte ich Mr. Laud einige Unterlagen auf den Schreibtisch legen, und als ich raufkam, ging die Tür von Mr. Costellos Zimmer auf, und ich sah Miss Aldridge auf der Schwelle stehen. Er war offenbar dicht hinter ihr, denn ich konnte deutlich hören, was er sagte – er hat allerdings auch sehr laut gesprochen oder vielmehr fast gebrüllt: ›Es ist nicht wahr‹, rief er. ›Kein Wort davon ist wahr. Der Mann ist ein Lügner und versucht, Sie mit seinen saftigen Verunglimpfungen zu beeindrucken. Aber er wird das niemals beweisen können. Und wenn's hart auf hart kommt, wird er alles abstreiten. Sagen Sie doch selbst, Venetia, was würde es Ihnen oder sonst jemandem nützen, das in der Kanzlei an die große Glocke zu hängen?‹ Ich war inzwischen schon oben auf

dem Flur, aber in dem Moment bin ich schnell noch mal die Treppe runtergeflitzt und dann möglichst geräuschvoll ein zweites Mal hochgegangen. Aber da hatte Miss Aldridge die Tür schon zugemacht. Sie kam mir dann auf dem Gang entgegen. Gesagt hat sie nichts, aber ich sah ihr an, daß sie mächtig wütend war. Ja, und nun weiß ich nicht, ob ich das der Polizei auch hätte erzählen müssen? Oder was mache ich, wenn die mich danach fragen?«

Harry überlegte einen Moment, dann sagte er ruhig: »Ich denke, du hast ganz recht daran getan, es für dich zu behalten. Sollte man dich irgendwann fragen, ob du je einen Streit zwischen Miss Aldridge und Mr. Costello mitbekommen hast, dann mußt du ihnen allerdings die Wahrheit sagen. Aber vorläufig solltest du dir nicht zuviel dabei denken. Du könntest die Situation ja auch mißverstanden haben. Vielleicht hatte es gar nichts weiter zu bedeuten. Trotzdem denke ich, daß du's ihnen erzählen mußt, falls sie danach fragen.«

»Du hast aber gesagt«, warf Margaret ein, »daß es zweierlei ist, was dich bedrückt.«

»Die andere Sache ist wirklich merkwürdig. Ich weiß selber nicht, warum sie mir wichtig erscheint. Aber die Beamten haben mich gefragt, ob ich Mr. Ulrick heute morgen hätte reinkommen sehen. Und ob ich mich erinnern könne, ob er seine Aktenmappe dabeihatte.«

»Und? Was hast du ihnen geantwortet?«

»Ich hab gesagt, ich wär mir nicht sicher, weil er seinen Regenmantel über dem rechten Arm trug, und da wär es gut möglich, daß der die Aktentasche verdeckt hat. Aber es ist doch komisch, daß sie so was wissen wollen, oder?«

»Ich nehme an, sie haben ihre Gründe«, sagte Margaret. »Aber an deiner Stelle würde ich mir weiter keine Gedanken machen. Du hast ihnen ehrlich Auskunft gegeben, und damit gut.«

»Aber es war trotzdem merkwürdig. Ich hab nichts davon gesagt – es ist mir auch erst hinterher aufgefallen, wie komisch das war –, aber normalerweise bleibt Mr. Ulrick immer einen Moment in der Tür stehen, wenn er reinkommt, und sagt guten Morgen. Gegrüßt hat er auch heute, aber er ist so rasch vorbeigelaufen, als ob er's furchtbar eilig hätte, und ich kam nicht mal dazu, etwas zu antworten. Natürlich kann das purer Zufall sein, und ich weiß selber nicht, warum mir diese Kleinigkeit nicht aus dem Kopf geht. Aber da ist noch was. Wir hatten doch die ganze Zeit so schönes Wetter – fast wie im Sommer. Warum kam er da mit einem Regenmantel ins Büro?«

Es entstand eine Pause, dann sagte Harry: »Ich glaube nicht, daß du dir über solche Lappalien den Kopf zerbrechen solltest. Alles, was wir tun müssen, ist, unsere Arbeit so gut es geht weiterzuführen und die Fragen der Polizei ehrlich zu beantworten. Aber von uns aus brauchen wir denen keine Informationen anzudienen. Das ist nicht unsere Aufgabe. Und ich halte es auch nicht für richtig, daß in der Kanzlei über den Mord spekuliert wird. Ich weiß, es ist nicht leicht, sich da rauszuhalten, aber wenn wir untereinander tratschen und debattieren und womöglich noch Theorien aufstellen, könnten wir damit Unschuldigen großen Schaden zufügen. Willst du mir versprechen, Valerie, daß du dich sehr zurückhalten wirst, wenn die Kanzlei wieder öffnet? Gerede und Spekulationen wird es unweigerlich geben, aber wir sollten nicht auch noch dazu beitragen.«

»Ich will mein Bestes tun«, sagte Valerie. »Danke, daß Sie so verständnisvoll waren. Das Gespräch mit Ihnen hat mir sehr geholfen.«

Sie waren wirklich lieb. Niemand drängte sie zum Aufbruch, aber Valerie wußte von selber, daß sie nicht zu lange bleiben durfte. Margaret brachte sie zur Tür. »Harry hat mir erzählt, du bist ohnmächtig geworden, heute morgen, als du's erfahren hast«, sagte sie. »Ich kann mir denken, was für ein Schock es für dich war. Aber das dürfte denn doch nicht sein, nicht bei einem so jungen Ding. Bist du sicher, daß dir nichts fehlt, mein Kind?«

»Nein, nein, mit mir ist alles in Ordnung«, beteuerte Valerie. »Ich bin nur in letzter Zeit ziemlich übermüdet. Zu Hause gibt's soviel zu tun, und Omi schafft das alles nicht mehr. Und jetzt diese Heimlichkeiten, wenn ich mich am Wochenende fortschleichen muß, um Ken zu besuchen, ohne daß Omi was spitzkriegt. Vielleicht war es auch keine so gute Idee, daß ich versucht habe, im Büro ohne Aushilfe zurechtzukommen. Na ja, das hat mich, alles in allem, wohl ziemlich geschlaucht.«

Margaret nahm sie in den Arm. »Wir werden uns beim Sozialdienst um eine Hilfskraft bemühen. Und ich finde, du solltest mit deiner Omi reden. Alte Menschen sind zäher, als man glaubt. Und was Ken angeht, so würde es mich nicht wundern, wenn sie längst Bescheid weiß. Deiner Großmutter kann man nämlich nicht so leicht was vormachen. Und du hast Glück, daß sie und deine Mutter gestern abend zu Hause waren. Ich war nämlich nicht da. Wir hatten Gesprächskreis im Gemeindezentrum, und hinterher habe ich Mrs. Marshall heimgefahren und mich bei ihr verplaudert. Natürlich hatte ich Harry sein Abendessen vorbereitet, aber ich war nicht vor halb zehn zu Hause. Du hast jemanden, der bezeugen kann, wann du heimgekommen bist. Harry nicht. Doch genug davon! Hör zu, wenn wir dir irgendwie helfen können, sagst du uns Bescheid, ja?«

Ermutigt durch die zuversichtliche Stimme und die warmherzig mütterliche Umarmung, bejahte Valerie und machte sich getröstet auf den Heimweg.

20

Es war fünf nach sieben, etwas über seine übliche Zeit, als Hubert Langton die Wohnung betrat, die er vermutlich sein Heim nennen sollte, in der er sich aber immer noch so unwohl fühlte wie ein Besucher, den der Verdacht beschleicht, die Gastfreundschaft des Hausherrn schon zu lange in Anspruch genommen zu haben. Wenn er durch die Zimmer ging, kam er sich vor wie in dem überladenen Ausstellungsraum eines Auktionshauses, und die Möbel und Bilder von früher, die er behalten hatte, schienen, statt ihm das erhoffte Gefühl wohnlicher Vertrautheit zu vermitteln, eher auf den endgültigen Zuschlag des Auktionators zu warten.

Vor zwei Jahren, als seine Frau gestorben war, hatte seine Tochter Helen sich – sowohl im wörtlichen wie im übertragenen Sinne – anheischig gemacht, ihm bei der Neugestaltung seines Lebens zur Hand zu gehen. Helen war eine Frau, bei der eine gewisse (eher anerzogene als angeborene) Sensibilität mit dem natürlichen Hang zum Despotismus auf Kriegsfuß stand. Selbstverständlich wurde er in alle Entscheidungen mit einbezogen. Unter keinen Umständen sollte er das Gefühl bekommen, andere wären darauf aus, ihn zu bevormunden, Einfluß auf seine Lebensführung zu nehmen. Solange er noch berufstätig war, bot es sich natürlich an, seinen Lebensmittelpunkt nach London zu verlegen, vorzugsweise in ein Viertel mit verkehrsgünstiger Anbindung zum Temple. Zudem wäre es furchtbar unpraktisch für einen Witwer gewesen – gar nicht zu reden von der Extravaganz –, zwei Wohnsitze zu unterhalten. Ihm wurde bedeutet, und zwar nicht gerade zartfühlend, daß man von einem Vertreter seiner alternden Generation erwarte, den kostspieligen Familiensitz zu verkaufen und einen Teil des inflationären Erlöses an seine Enkelkinder abzutreten, um sie in die Lage zu versetzen, eine erste Sprosse auf der steilen Vermögensleiter zu erklimmen. Er erhob keine Einwände gegen Vereinbarungen, die in erster Linie zum Wohle anderer getroffen wurden. Was ihn indes bisweilen irritierte, war das Ansinnen, er solle dafür auch noch dankbar sein.

Die Wohnung, die Helen ausgesucht hatte, war Teil eines prestigeträchtigen Ensembles aus den dreißiger Jahren und lag am Bedford Walk in Kensington. Auch als er längst in den Kauf eingewilligt hatte, wurde Helen nicht müde, ihm in penetranter Manier die Vorzüge des neuen Domizils aufzuzählen. »Ein gutgeschnittener Salon, Eßzimmer und zwei große Schlafzimmer – mehr wirst du nicht brauchen. Pförtnerdienst rund um die Uhr und eine moderne Sicherheitsanlage. Kein Balkon, was einerseits schade ist, aber mit einem Balkon erhöht sich andererseits auch das Einbruchsrisiko. Alle Geschäfte, die du brauchst, in der Kensington Street, und vom U-Bahnhof High Street kommst du mit der Circle Line fast bis zur Kanzlei. Zu Fuß bleibt dir da nur noch ein kurzes Stück bergab. Wenn du auf der Heimfahrt eine Station später, also erst am Notting Hill Gate, aussteigst, kannst du den Ausgang Church Street nehmen und brauchst keine der Hauptverkehrsstraßen zu überqueren.« Ihre Ausführungen implizierten, daß Helen das Londoner U-Bahn-Netz ganz auf die Bequemlichkeit ihres Vaters hin hatte ausrichten lassen. »Beide Haltestellen haben einen Supermarkt in unmittelbarer Nähe, und in der High Street ist auch noch ein Marks & Spencer, so daß du dir bequem von Tag zu Tag besorgen kannst, was du an Nahrungsmitteln brauchst. In deinem Alter muß man sich ja nicht mehr unbedingt mit schweren Einkaufstüten abschleppen.«

Helen war es auch, die ihm über ihr weitverzweigtes Netzwerk von Kollegen und Bekannten Erik und Nigel besorgt hatte.

»Sie sind natürlich schwul, aber das braucht dich nicht zu beunruhigen.«

»Nein«, sagte er, »das stört mich nicht. Warum auch?« Aber sowohl sein Kommentar als auch seine Frage wurden überhört.

»Die beiden haben einen kleinen Antiquitätenladen südlich der High Street, aber sie öffnen nicht vor zehn und wären bereit, morgens vorbeizukommen, dir das Frühstück zu richten, dein Bett zu machen und rundum ein bißchen Ordnung zu schaffen. Fürs gründliche Putzen kannst du dir ja eine Aufwartefrau nehmen. Erik und Nigel haben sich auch erboten, abends für dein Dinner zu sorgen – na ja, Abendbrot wäre wohl der passendere Ausdruck. Nichts Aufwendiges, nur eine einfache, aber anständig zubereitete Mahlzeit. Erik, das ist der Ältere, steht im Ruf, ein ausgezeichneter Koch zu sein. Ach, und denk dran: Er schreibt sich mit *k,* darauf legt er großen Wert. Warum, ist mir schleierhaft, wo er nicht mal aus Skandinavien stammt. Wenn ich mich recht entsinne, dann sagte er, er sei in Muswell Hill geboren. Der andere, Nigel, ist ein reizender Junge, Marjorie verbürgt sich dafür. Allerdings semmelblond, aber seiner Mutter hat wahrscheinlich der Name so gut gefallen, daß sie sich um die Herleitung nicht gekümmert hat – oder sie kannte sie vielleicht auch gar nicht. Na egal, wir sollten uns lieber über den Lohn für die beiden unterhalten. Natürlich wird das eine Belastung für sie, schon rein zeitlich gesehen. Und billig kommt Dienstleistung heute ohnehin nirgends mehr.«

Hubert war versucht zu sagen, er nehme doch an, die Familie

werde ihm vom Verkauf des Hauses in Wolvercote immerhin so viel übriglassen, daß er sich davon zwei Teilzeitkräfte leisten könne.

Allein, es hatte von Anfang an gut geklappt. Erik und Nigel waren freundlich, tüchtig und zuverlässig. Inzwischen fragte er sich, wie er je ohne sie ausgekommen wäre. Erik war ein untersetzter Fünfzigjähriger mit zu rosig leuchtenden, vollendet geschwungenen Lippen über einem struppigen Kinnbart. Nigel war schmächtig, in der Tat sehr blond und der Temperamentvollere von beiden. Sie arbeiteten immer zu zweit: Während Erik kochte, putzte Nigel, sein treuer Gehilfe, das Gemüse, spülte zwischendurch ab und tat lautstark seine Bewunderung für den Meister kund. Wenn die beiden in der Wohnung waren, hörte Hubert aus der Küche unaufhörlich ihren nimmermüden Wechselgesang: Eriks gemächlichen Baß, Nigels hohen, enthusiastischen Diskant. Angenehm gesellig klangen diese Duette, und wenn die beiden einmal Urlaub machten, vermißte er alsbald ihr fröhliches Gezwitscher. Die Küche war mehr und mehr zu ihrer Domäne geworden; sogar die Gerüche, die sich in ihr ausgebreitet hatten, waren ungewohnt und exotisch. Er fühlte sich darin wie ein Fremder, hütete sich auch, die eigenen Töpfe und sonstigen Utensilien zu benutzen, aus Furcht, ihr perfekt erdachtes System durcheinanderzubringen. Statt dessen studierte er gespannt die ungeheure Vielfalt von Flaschen und Gläsern, deren Inhalt Erik für seine »guten, einfachen Rezepte« unentbehrlich war: extra reines Olivenöl, sonnengereifte Tomaten, Sojasoße. Fast schuldbewußt schnupperte er an den Kräutern, die in Blumentöpfen auf der Fensterbank standen.

Seine Mahlzeiten waren stets köstlich angerichtet und wurden mit einer Grandezza serviert, die den Speisen einen angemessenen Rahmen verlieh. Erik war immer derjenige, der ihm auftrug, während Nigel gespannt von der Tür aus zusah,

wie um sich zu vergewissern, daß die Kochkünste auch gebührend gewürdigt wurden.
Als Erik heute abend den Hauptgang brachte, verkündete er, es gebe Kalbsleber mit Speck und Kartoffelpüree, Spinat und Erbsen. Die Leber sei hauchdünn geschnitten und nur ganz kurz angebraten, genau wie er es gern habe. Es war eines seiner Lieblingsgerichte; Hubert fragte sich, wie um alles in der Welt er das Essen hinunterbringen solle. Doch zunächst dankte er Erik mit den üblichen Worten: »Sehr schön, mein Lieber, das sieht ja köstlich aus.«
Erik gestattete sich ein flüchtiges, selbstzufriedenes Lächeln, Nigel strahlte. Aber bei dieser unverfänglichen Floskel konnte er es nicht bewenden lassen. Die beiden hatten offenbar noch nichts von dem Mord gehört, von dem morgen alle Zeitungen voll sein würden. Da mußte es im nachhinein befremdlich, wenn nicht gar verdächtig wirken, wenn er heute abend kein Wort darüber verlor. Aber als er sich dann, bevor Erik zur Tür hinaus war, überwand und ihn ansprach, wurde ihm im nächsten Moment klar, daß er, ungeachtet der wohleinstudierten Nonchalance in seiner Stimme, das Falsche gesagt hatte.
»Erik, können Sie sich erinnern, wann ich gestern nach Hause gekommen bin?«
Es war Nigel, der ihm antwortete. »Sie hatten sich verspätet, Mr. Langton. Um eine Dreiviertelstunde. Wir haben uns gewundert, wieso Sie nicht angerufen haben. Wissen Sie das nicht mehr? Sie sagten, Sie hätten nach der Arbeit noch einen Spaziergang gemacht. Aber es war nicht weiter schlimm, weil Erik das Gemüse ja nie aufsetzt, bevor Sie Ihren Sherry trinken.«
Erik ergänzte ruhig: »Sie waren kurz nach halb acht zu Hause, Mr. Langton.«
Dabei durfte er es keineswegs bewenden lassen. War der

Mord einmal bekannt, würde man sich seiner Frage erinnern, darüber nachdenken, ihren tieferen Sinn erkennen. Er wollte nach der Rotweinflasche greifen, besann sich aber gerade noch rechtzeitig darauf, daß er seiner Hand nicht trauen konnte. Also strich er statt dessen die Serviette auf seinen Knien glatt und hielt den Blick auf den Teller gesenkt. Seine Stimme war ruhig. Zu ruhig?

»Das könnte unter Umständen von Bedeutung sein. Es ist nämlich leider etwas ganz Furchtbares passiert. Heute morgen wurde eine meiner Kolleginnen, Miss Venetia Aldridge, tot in ihrem Büro in der Kanzlei aufgefunden. Die Polizei weiß noch nicht genau, wie oder wann sie zu Tode kam. Man wird die Autopsie abwarten müssen, aber es besteht die Wahrscheinlichkeit – fast schon Gewißheit –, daß es Mord war. Und wenn sich der Verdacht bewahrheitet, dann wird die ganze Kanzlei über ihren jeweiligen Aufenthalt Rede und Antwort stehen müssen. Polizeiliche Routine, nichts weiter. Ich wollte mich nur vergewissern, daß meine Erinnerung mich nicht getrogen hat.«

Er zwang sich, zu den beiden aufzusehen. Eriks Gesicht war reglos wie eine Maske. Nigel dagegen reagierte ganz aufgeregt.

»Miss Aldridge? Sie meinen die Anwältin, die diese IRA-Terroristen rausgepaukt hat?«

»Sie hat drei Männer verteidigt, denen Terroraktionen zur Last gelegt wurden, das ist richtig.«

»Mord. Aber das ist ja furchtbar! Wie grauenhaft für Sie, Sir. Das waren hoffentlich nicht Sie selbst, der die Leiche gefunden hat, oder, Mr. Langton?«

»Nein, nein. Der Leichnam wurde am frühen Morgen entdeckt, das sagte ich doch schon. Noch bevor ich in die Kanzlei kam.« Und nach kurzem Zögern setzte er hinzu: »Die Tore zum Temple-Bezirk werden immer erst abends um acht ge-

schlossen. Irgend jemand muß sich vorher eingeschlichen haben.«
»Aber die Tür zur Kanzlei, die stand doch nicht offen, oder, Mr. Langton? Also muß es jemand mit einem Schlüssel gewesen sein. Oder vielleicht hat Miss Aldridge ihrem Mörder selbst geöffnet und ihn hereingelassen. Es könnte doch jemand gewesen sein, den sie kannte.«
Das war schlimmer, als er befürchtet hatte. Um Eriks Ungestüm zu zügeln, sagte er in strengem Ton: »Ich halte solche Spekulationen nicht für hilfreich. Die Polizei hat, wie gesagt, noch kein eindeutiges Ermittlungsergebnis bekanntgegeben. Vieles deutet indes auf Fremdeinwirken hin. Das ist fürs erste alles, was wir wissen. Nun könnte die Polizei vielleicht hier anrufen oder jemanden vorbeischicken, um Sie zu fragen, um welche Zeit ich gestern nach Hause gekommen bin. In dem Fall müssen Sie natürlich die Wahrheit sagen.«
Nigel riß ungläubig die Augen auf. »Oh, Mr. Langton«, sagte er, »nach meiner Erfahrung empfiehlt es sich nie, der Polizei die Wahrheit zu sagen.«
»Sie zu belügen empfiehlt sich noch weit weniger.«
Sein Ton hatte sie offenbar stärker beeindruckt, als er beabsichtigt hatte. Jedenfalls gingen sie ohne ein weiteres Wort hinaus. Fünf Minuten später kamen sie noch einmal kurz ins Eßzimmer, um ihm einen guten Abend zu wünschen, und dann hörte er die Wohnungstür ins Schloß fallen. Zur Sicherheit wartete er noch ein paar Minuten, dann nahm er seinen Teller und spülte den Rest des Essens in die Toilette. Er räumte den Tisch ab und stellte das schmutzige Geschirr für Erik und Nigel, die am nächsten Morgen abwaschen würden, in die Spüle, nachdem er es zuvor unter den Wasserhahn gehalten hatte, damit sich über Nacht keine unangenehmen Gerüche bildeten. Dabei dachte er – wie jeden Abend –, daß er die wenigen Teile genausogut auch gleich richtig hätte spülen

können, aber das war nun einmal in dem von Helen ausgearbeiteten Haushaltsplan nicht vorgesehen.
Hinterher saß er in seinem allzu makellos aufgeräumten Wohnzimmer neben dem Gasofen, dessen »lebendes Feuer« so täuschend echt aussah, daß es das wohlige Gefühl hervorrief, es habe wirklich jemand das Anmachholz aufgeschichtet und die Kohlen hochgeschleppt. Nun ließ er die lähmende Bürde aus Angst und Selbstekel sich in seinem Hirn einnisten.
Unversehens fand er sich in Gedanken bei seiner Frau wieder. Seine Ehe hatte bis zu ihrem Tode gehalten, und wenn sie ihm auch keine herzerwärmenden Freuden geschenkt hatte, so hatte sie ihm doch auch nur selten wahrhaft unglückliche Stunden beschert. Beide hatten das, was dem anderen am meisten bedeutete, eher mitfühlend geduldet als Verständnis dafür aufgebracht oder gar das Interesse daran geteilt. Die Kinder und ihr Garten hatten Marigold sehr stark beansprucht, und weder für den einen noch für die anderen konnte er sich sonderlich begeistern. Aber jetzt, da sie tot war, betrauerte und vermißte er sie mehr, als er es je für möglich gehalten hatte. Keine noch so angebetete Gattin hätte ihren Partner in solch trostloser Leere und solchem Leid zurücklassen können. Der Verlust eines so innig geliebten Wesens jedoch, dachte er hellsichtig, wäre paradoxerweise vermutlich auch leichter zu ertragen gewesen; in dem Fall hätte der Tod eine Art abschließender Vollendung bedeutet, etwas unverkennbar Menschliches, einen liebenden Abgesang, der weder Reue hinterließ noch unerfüllte Hoffnungen, nichts Unerledigtes. Sein Leben erschien ihm jetzt wie eine einzige offene Rechnung. Das Grauen, der abscheuliche Frevel dieser blutig aufgequollenen Perücke wirkten wie ein grotesker, aber nicht unpassender Kommentar zu einer Karriere, die so verheißungsvoll begonnen, sich aber wie ein Strom mit zu schwacher

Quelle in trauriger Schicksalhaftigkeit selbst verausgabt hatte und in den sandigen Untiefen unverwirklichter Ambitionen versickerte.

Er sah sein restliches Leben in erschreckender Klarheit vor sich: diese lange Zeitspanne voll erniedrigender Abhängigkeiten und unaufhaltsam wachsender Senilität. Sein Verstand, den er für das Wertvollste, den verläßlichsten Teil seines Selbst gehalten hatte, war auf dem besten Wege, ihn im Stich zu lassen. Und nun hatte sich in seiner Kanzlei dieser Mord ereignet, eine blutige, obszöne Tat, die von Wahnsinn und Rachegefühlen zeugte und einem vor Augen führte, wie zerbrechlich sie doch war, diese elegant geschwungene, ausgeklügelte Brücke der Ordnung und Vernunft, die das Gesetz im Laufe von Jahrhunderten über den Abgrund von sozialem und psychologischem Chaos geschlagen hatte. Irgendwie hatte er, Hubert Langton, mit dieser Krise fertig zu werden. Er war der Kanzleichef. Er war es, der mit der Polizei zusammenarbeiten und die Kanzlei vor den schlimmsten Übergriffen der Presse schützen mußte; er mußte die verängstigten Mitarbeiter stärken und aufrichten, die rechten Worte finden für die, die um das Opfer trauerten oder Trauer heuchelten. Entsetzen, Schock, Abscheu, Fassungslosigkeit, Bedauern; diese Gefühle stellten sich nach dem Mord an einem Kollegen ganz selbstverständlich ein. Aber Trauer? Wer würde um die tote Venetia Aldridge aufrichtige Tränen vergießen? Was fühlte denn er außer einer ominösen Furcht, die fast schon an Panik grenzte? Er hatte die Kanzlei kurz nach sechs verlassen. Simon, der um die gleiche Zeit gegangen war, hatte ihn gesehen. Das hatte er Dalgliesh gesagt, als die Polizei jedes Mitglied der Kanzlei einzeln vernommen hatte. Demnach hätte er spätestens um Viertel vor sieben zu Hause sein müssen. Wo war er während der fehlenden Dreiviertelstunde gewesen? War dieser völlige Gedächtnisverlust nur das jüngste Symptom von was immer es war, das ihn heimgesucht hatte? Oder hatte er etwas gesehen, schlimmer noch: etwas getan, das so furchtbar war, daß sein Verstand sich weigerte, es anzuerkennen?

21

Die Rawlstones bewohnten am Ostrand von Pimlico ein stuckverziertes Haus im italienischen Stil. Mit dem großen Portikus, dem leuchtend frischen Anstrich und dem fast weiß glänzenden Messingtürknauf in Form eines Löwenkopfes bot das Haus ein so nachhaltiges Bild behäbigen Wohlstandes, daß es fast schon an Großspurigkeit grenzte.

Die junge Frau, die ihnen die Tür öffnete, war tadellos korrekt gekleidet. Mit dem wadenlangen schwarzen Rock und der hochgeschlossenen Bluse unter der Strickjacke hätte sie in Kates Augen sowohl Sekretärin sein können als auch Haushälterin, eine Praktikantin des Abgeordnetenhauses oder auch Mädchen für alles. Sie empfing die Besucher agil und geschäftsmäßig, aber ohne ein Lächeln, und in ihrer Stimme schwang ein Hauch von Mißbilligung mit, als sie sagte: »Mr. Rawlstone erwartet Sie bereits. Wenn Sie mir bitte folgen wollen?«

Die weitläufige Diele war sparsam, aber erlesen eingerichtet und vermittelte nicht zuletzt durch die Bilder – ausnahmslos alte Stiche, die das London früherer Epochen zeigten und die Wände bis hinauf ins Treppenhaus schmückten – ein maskulines Flair. Der Salon im ersten Stock, in den sie geführt wurden, vermittelte dagegen eine ganz andere Atmosphäre. Es war ein traditionell ausgestatteter Raum, in dem ein weicher Türkiston dominierte. Die gerafften Vorhänge, die die beiden hohen Fenster einrahmten, die Leinenbezüge auf Sofa und Sesseln, die eleganten Beistelltischchen, die schweren Teppiche auf dem hellen Parkett – das alles zeugte von begüterten Verhältnissen. Über dem Kamin hing ein Ölgemälde aus der Epoche Eduards VII., das Porträt einer jungen Mutter mit ihren beiden Töchtern, deren rührende Pose nur die Meisterschaft des Künstlers vor dem Abgleiten ins Kitschige bewahrt hatte. An einer anderen Wand sahen sie eine Reihe von Aquarellen, an einer dritten ein zwar sehr gekonnt arrangiertes, gleichwohl aber von einem eigenwilligen, sehr persönlichen Geschmack geprägtes Potpourri, dessen Auswahl offenkundig nicht nach künstlerischen Gesichtspunkten erfolgt war. Dazu gehörten viktorianische Seidenstickereien mit religiösen Motiven, oval gerahmte Miniaturen, Scherenschnitte und ein illuminierter Sinnspruch, den nicht näher in Augenschein zu nehmen und zu lesen Kate einige Überwindung kostete. Allein, diese vollgepflasterte Wand bewahrte den Salon davor, sich als ostentatives Musterbeispiel traditionell guten Geschmacks zu präsentieren, ja verlieh ihm eine individuelle Note, die in ihrer selbstverständlichen Unbefangenheit um so reizvoller wirkte. Auf einem der Tischchen war eine kleine Silbersammlung aufgestellt, auf dem anderen eine Gruppe filigraner Porzellanfiguren. In der Ecke stand ein Flügel, über dessen geschlossenen Deckel ein großes Seidentuch drapiert war. Auf den Tischen standen kleine Blumensträuße, auf dem Flügel in einer bauchigen Vase aus ungeschliffenem Kristall ein Lilienbukett, dessen durchdringender Duft in diesem intimen Ambiente indes keine beklemmenden Assoziationen an Begräbnisfeiern weckte.

»Wie kann er sich von den Bezügen eines Abgeordneten ein solches Haus leisten?« fragte Kate staunend.

Dalgliesh stand gedankenversunken am Fenster und schien sich nur mäßig für die Ausstattung des Zimmers zu interessieren. »Kann er nicht«, sagte er ruhig. »Seine Frau ist vermögend.«

Die Tür ging auf, und Mark Rawlstone trat ein. Kates erster Gedanke war, daß er kleiner wirke als im Fernsehen und in Wirklichkeit auch nicht so gut aussah. Er hatte jene ausgeprägten, klaren Gesichtszüge, mit denen die Kamera besonders freundlich umgeht; und vielleicht auch jene Art von Ichbezogenheit, die sich für einen inszenierten Auftritt so hochzuputschen vermag, daß sie eine Aura selbstsicheren Glamours suggeriert, während sie sich im persönlichen Kontakt aus Mangel an Vitalität und echter Ausstrahlung nicht behaupten kann.

Kate hatte das Gefühl, daß er auf der Hut, aber nicht sonderlich beunruhigt war. Er begrüßte Dalgliesh kurz mit ernster Miene und machte dabei – nach Kates Empfinden absichtlich – den Eindruck, als sei er in Gedanken ganz woanders. Dalgliesh stellte Kate vor, doch Rawlstone bedachte sie nur mit einem flüchtigen Nicken.

»Verzeihen Sie, daß ich Sie habe warten lassen«, sagte er. »Aber ich war nicht darauf gefaßt, Sie ausgerechnet in diesem Zimmer zu finden. Der Salon meiner Frau ist wirklich nicht der rechte Ort für die Art von Unterredung, die uns vermutlich bevorsteht.«

Es war mehr der Ton als der Inhalt seiner Worte, den Kate als kränkend empfand.

»Wir möchten Ihr Haus in keiner Weise verunglimpfen, Sir. Vielleicht ziehen Sie es vor, mich in meinem Büro im Yard aufzusuchen?«

Rawlstone war klug genug, seinen Fauxpas nicht noch zu verschlimmern. Eine leichte Röte flog über sein Gesicht, das sich zu einem reuigen Lächeln verzog. Dadurch bekamen seine Züge auf einmal etwas Jungenhaftes und zugleich Verletzliches, das einen Teil seiner Anziehungskraft auf Frauen erklärte. Kate fragte sich, wie oft er wohl auf diese Masche zurückgreifen mochte.

»Wenn es Ihnen nichts ausmacht«, sagte Rawlstone, »schlage ich vor, wir gehen hinauf in die Bibliothek.«
Die Bibliothek lag ein Stockwerk höher zur Gartenseite hin. Als Rawlstone die Tür freigab, um ihnen den Vortritt zu lassen, entdeckte Kate zu ihrem Erstaunen, daß sie offenbar von einer Dame erwartet wurden. Sie stand vor dem einzigen Fenster des Raums, wandte sich jedoch gleich bei ihrem Eintreten zu ihnen um. Sie war zierlich, mit sanften, ebenmäßigen Zügen und einer kunstvoll geflochtenen blonden Haarkrone, die fast zu schwer schien für das feingemeißelte Gesicht und den langen schlanken Hals. Ihre Augen, die Kate im ersten Moment mit kaum verhohlener Neugier musterten, hatten einen offenen Blick, ohne Angriffslust und nicht unfreundlich. Und Kate ließ sich von ihrer scheinbaren Zerbrechlichkeit nicht täuschen. Sie sah wohl, daß sie einer starken Frau gegenüberstand.
Rawlstone übernahm die Vorstellung und sagte dann ohne Umschweife: »Ich glaube, ich kann erraten, was Sie zu mir führt. Heute nachmittag, kurz bevor Sie sich mit mir in Verbindung gesetzt haben, bekam ich einen Anruf von einem Kollegen aus meiner Kanzlei. Er hat mir mitgeteilt, daß Venetia Aldridge tot ist. Wie Sie sich denken können, hat sich die Nachricht in den Juristenverbänden wie ein Lauffeuer verbreitet. Es ist einfach unfaßbar – ein furchtbarer Schock. Aber so reagiert man wohl immer auf einen gewaltsamen Tod, zumindest wenn er jemanden trifft, den wir persönlich gekannt haben. Ich weiß zwar nicht, wie ich Ihnen helfen kann, aber falls doch, dann tue ich das natürlich sehr gern. Ach, in Gegenwart meiner Frau können Sie übrigens ganz offen sprechen, wir haben keine Geheimnisse voreinander.«
Mrs. Rawlstone sagte: »Bitte, setzen Sie sich, Commander, Inspector Miskin! Darf ich Ihnen etwas anbieten, bevor wir beginnen? Einen Kaffee vielleicht?«

Dalgliesh bedankte sich, lehnte aber, nach einem Blick auf Kate, für sie beide ab. Der Raum bot vier Sitzgelegenheiten: einen Sessel hinter dem Schreibtisch, einen kleinen Lehnstuhl mit Tischchen und Leselampe daneben und zwei massive Stühle, die mit ihrem ungepolsterten Sitz und ihrer hohen, geschnitzten Rückenlehne nicht sehr bequem aussahen. Kate dachte: Die hat man eigens für dieses Gespräch hier hereingestellt. Rawlstone hatte von Anfang an vor, uns hier zu empfangen.

Lucy Rawlstone nahm in dem niedrigen Lehnstuhl weit nach vorn gebeugt und mit im Schoß gefalteten Händen Platz. Ihr Mann ließ sich in dem Sessel hinter dem Schreibtisch nieder und nötigte Dalgliesh und Kate, sich ihm gegenüber zu setzen. Kate fragte sich abermals, ob das ein Trick war. In dieser Position wirkten sie unwillkürlich wie zwei Bewerber vor einem künftigen Arbeitgeber, nur daß es ihr unmöglich war, sich Dalgliesh in der Rolle eines Bittstellers vorzustellen. Ein verstohlener Blick auf den Chef verriet ihr, daß auch er die List durchschaut hatte, sich davon aber nicht aus dem Konzept bringen ließ.

Dalgliesh fragte: »Wie gut haben Sie Venetia Aldridge gekannt, Sir?«

Rawlstone nahm ein Lineal vom Schreibtisch und fuhr mit dem Daumen an der Kante entlang. Seine Stimme klang gefaßt, und er wich Dalglieshs Blick nicht aus.

»In gewisser Beziehung sehr gut, zumindest eine Zeitlang. Vor etwa vier Jahren fingen wir ein Verhältnis miteinander an. Das war natürlich lange nach ihrer Scheidung. Die Beziehung ging vor etwas über einem Jahr zu Ende. Mit dem genauen Datum kann ich leider nicht dienen. Meine Frau hatte ungefähr zwei Jahre lang Kenntnis von dem Verhältnis, das sie natürlich nicht duldete, und vor einem Jahr etwa versprach ich ihr dann, es zu beenden. Zum Glück deckten sich Venetias

Wünsche mit den meinen. Ja, eigentlich war sie diejenige, die Schluß gemacht hat. Aber wenn sie die Entscheidung nicht herbeigeführt hätte, dann hätte wohl ich die Initiative ergriffen. Die Affäre kann in keinerlei Bezug zu Venetias tragischem Tod stehen, aber Sie haben mich gefragt, wie gut ich sie kannte, und ich habe Ihnen – im Vertrauen, versteht sich – eine präzise Antwort gegeben.«

»Demnach«, sagte Dalgliesh, »gab es also kein böses Blut wegen der Trennung?«

»Nicht im geringsten. Wir wußten beide schon Monate vorher, daß das, was uns einmal verbunden hatte – ob realiter oder auch nur in unserer Einbildung –, erloschen war. Und um uns über den Trümmern einer gescheiterten Beziehung zu zerfleischen, dazu hatten wir beide zuviel Stolz.«

Und das, dachte Kate, ist so ungefähr die wohl kalkulierteste Rechtfertigung, die ich je gehört habe. Andererseits: wieso sollte er sich keine Verteidigungsstrategie zurechtlegen? Er muß ja gewußt haben, warum wir ihn sprechen wollten. Und er hatte reichlich Zeit, seinen Part einzuüben. Wie klug von ihm, uns nicht in Gegenwart seines Anwalts zu empfangen. Aber warum sollte er den auch brauchen? Er kennt sich selber gut genug mit Kreuzverhören aus, um Fehler zu vermeiden.

Rawlstone legte das Lineal beiseite. »Heute kann ich mir ziemlich genau erklären, wie es überhaupt zu diesem Verhältnis kam. Venetia hatte immer einen attraktiven Begleiter, ihren Kollegen Drysdale Laud, der sie ins Theater oder in ein Restaurant ausführte, aber gelegentlich wollte sie auch mal einen Mann fürs Bett. Ich war verfügbar, und ich war zugänglich. Mit Liebe hatte das Ganze allerdings herzlich wenig zu tun.«

Kate sah verstohlen zu Lucy Rawlstone hinüber. Eine fast unsichtbare Röte huschte über die feinen Züge, und Kate entdeckte ein ganz kurzes, angewidertes Zucken um die Mundwinkel. Sieht er denn nicht, dachte sie, wie erniedrigend, wie schmachvoll seine krude Offenheit für sie ist?

Dalgliesh sagte unterdessen: »Venetia Aldridge ist ermordet worden. Wen sie in ihrem Bett haben wollte und wen nicht, das geht mich nichts an, es sei denn, das Verhältnis steht in irgendeinem Zusammenhang mit ihrem Tod.« Und an Rawlstones Frau gewandt fuhr er fort: »Haben Sie Miss Aldridge auch gekannt, Mrs. Rawlstone?«

»Nicht gut. Wir haben uns von Zeit zu Zeit getroffen, meist bei juristischen Veranstaltungen. Ich bezweifle, daß ich zu irgendeinem Zeitpunkt mehr als ein Dutzend Worte mit ihr gewechselt habe. Ich fand, sie war eine hübsche Frau, aber glücklich kam sie mir nicht vor. Wenn sie sprach, hatte sie eine sehr schöne Stimme. Ja, ich habe mich sogar gefragt, ob sie nicht vielleicht irgendwann eine Gesangsausbildung genossen hat.« Und an ihren Mann gewandt: »Hat sie gesungen, Darling?«

»Ich hab sie nie singen gehört«, erwiderte er kurz angebunden. »Ich glaube nicht, daß sie besonders musikalisch war.«

Dalgliesh wandte sich abermals an Mark Rawlstone. »Am Dienstag, dem Tag bevor sie starb, waren Sie spätabends bei ihr zu Hause. Sie werden verstehen, daß alles, was kurz vor ihrem Tod geschah, für uns von Interesse ist. Ich muß Sie also fragen: Warum haben Sie Miss Aldridge aufgesucht?«

Falls die Frage Rawlstone in Verlegenheit brachte, ließ er es sich nicht anmerken. Aber er mußte schließlich wissen, dachte Kate, daß Octavia ihn gesehen und sogar etwas von ihrem Streit mitbekommen hatte. Das zu leugnen wäre ebenso sinnlos wie unklug gewesen.

»Venetia rief mich gegen halb zehn an«, begann er. »Sie sagte, sie müsse etwas mit mir besprechen, und es sei dringend. Als ich hinkam, war sie in einer ganz merkwürdigen Stimmung. Sie trage sich mit dem Gedanken, sagte sie, für ein Richteramt zu kandidieren – ob ich dächte, daß sie eine gute Richterin abgeben würde? Und ob es ihre Aussichten verbessere, wenn sie Huberts Nachfolge als Kanzleivorstand antrete? Letzteres brauchte sie mich kaum zu fragen. Natürlich wäre das hilfreich gewesen. Was nun ihre Befähigung fürs Richteramt betraf, so sagte ich, ja, ich hielte sie für geeignet, aber ob das auch wirklich die Position sei, die sie anstrebe, und – was mir noch wichtiger schien – ob sie sich einen solchen Schritt leisten könne?«

»Fanden Sie es denn nicht merkwürdig«, fragte Dalgliesh, »daß sie Sie so spätabends zu sich bestellte, um etwas zu besprechen, worüber sie sich doch mit Ihnen oder auch anderen Bekannten ebensogut zu einer passenderen Zeit hätte unterhalten können?«

»Sicher, das war schon komisch. Auf dem Heimweg habe ich mir die gleiche Frage gestellt, und ich kam zu dem Schluß, daß sie wahrscheinlich etwas ganz anderes auf dem Herzen hatte, aber sich entweder eines Besseren besann, während ich unterwegs zu ihr war, oder daß sie nach meiner Ankunft den Eindruck gewonnen hatte, ich könne ihr doch nicht helfen. Deshalb hat sie sich dann vielleicht gar nicht mehr die Mühe gemacht, das Thema zur Sprache zu bringen.«

»Und Sie haben keine Ahnung, worum es ihr gegangen sein könnte?«

»Nicht die leiseste. Ich sagte ja, sie war in einer merkwürdigen Stimmung. Jedenfalls war ich, als ich von ihr wegging, genauso schlau wie vorher.«

»Aber Sie haben sich doch gestritten?«

Rawlstone schwieg einen Moment, dann sagte er: »Wir hatten eine Meinungsverschiedenheit, einen Streit würde ich das kaum nennen. Ich nehme an, Sie haben mit Octavia gesprochen. Ich brauche Ihnen wohl nicht zu sagen, wie trügerisch solche zufällig erhaschten Informationen sein können. Nein, unser Gespräch hatte nichts mit der Trennung zu tun, oder jedenfalls nicht direkt.«

»Also, worum ging es?«

»Vorwiegend um Politik. Venetia war kein politischer Mensch, aber sie hat mir auch nie vorgemacht, daß sie Labour wählen würde. Wie schon gesagt, sie war an dem Abend in einer seltsamen Stimmung, und vielleicht hatte sie es sogar auf einen Streit abgesehen. Weiß der Himmel, warum. Wir hatten uns monatelang nicht gesehen. Nun warf sie mir plötzlich vor, über meinen politischen Ambitionen die menschlichen Beziehungen zu vernachlässigen. Sie sagte, unser Verhältnis hätte vielleicht eine Chance gehabt – sie wäre nicht so darauf erpicht gewesen, es zu beenden, wenn sie nicht immer hinter meiner Partei hätte zurückstehen müssen. Was natürlich nicht stimmte. Nichts hätte diese Beziehung am Leben erhalten können. Dementsprechend habe ich ihr auch geantwortet, und ich sagte, eine solche Kritik aus ihrem Munde sei ein starkes Stück, nachdem sie doch sogar die eigene Tochter zugunsten ihrer Karriere vernachlässige. Das war vermutlich der Satz, den Octavia mitbekommen hat. Denn im nächsten Moment sahen wir sie in der offenen Tür stehen. Wirklich bedauerlich das, aber andererseits hat sie nur die Wahrheit gehört.«

»Können Sie mir sagen«, fragte Dalgliesh, »wo Sie gestern abend zwischen halb acht und zehn Uhr gewesen sind?«

»Im Temple nicht, das versichere ich Ihnen. Ich habe meine Kanzlei in Lincoln's Inn kurz vor sechs verlassen, mich im ›Wig & Pen‹ mit einem Journalisten – Pete Maguire – auf einen Drink getroffen und war kurz nach halb acht hier zu Hause. Um Viertel nach acht hatte ich eine Verabredung mit vier Wählern im Hauptfoyer des Parlamentsgebäudes. Die Herren sind begeisterte Jäger und wollten mich als ihren Abgeordneten dafür gewinnen, mich für die Zukunft ihres Lieblingssports einzusetzen. Ich bin um fünf vor acht hier weg und durch die John Islip Street und über den Smith Square zum Parlament gegangen.« Er langte in eine Schreibtischschublade und zog ein zusammengefaltetes Blatt Papier heraus. »Ich habe Ihnen die Namen meiner Wähler notiert, für den Fall, daß Sie das nachprüfen möchten. Wenn ja, dann würde ich es begrüßen, wenn Sie dabei einigermaßen taktvoll vorgehen könnten. Mit Venetia Aldridges Tod habe ich absolut nichts zu tun. Und falls anderslautende Gerüchte in Umlauf kommen, sähe ich mich genötigt, in aller Form dagegen vorzugehen.«

Dalgliesh sagte: »Sollten Gerüchte entstehen, dann haben die ganz bestimmt nicht wir in die Welt gesetzt.«

Hier ergriff Mrs. Rawlstone das Wort. »Ich kann bestätigen«, sagte sie ruhig, »daß mein Mann gegen halb acht zu Hause war und sich kurz vor acht wieder auf den Weg ins Parlament gemacht hat. Eine Stunde später war er zum Essen zurück. Besuch hatten wir an diesem Abend keinen. Ein paar Anrufe, ja, aber die waren alle für mich.«

»Und zwischen halb acht und etwa neun Uhr, als Ihr Mann zurückkam, war niemand bei Ihnen?«

»Nein, niemand. Meine Köchin wohnt zwar im Haus, aber sie hat Mittwochabend Ausgang, und die Zugehfrau geht täglich so gegen halb sechs. Mittwochs koche ich immer selbst für meinen Mann – sofern er keinen Termin außer Haus oder nicht im Parlament zu tun hat. Wir ziehen es vor, an diesem einen Tag daheim zu essen. Einfach, weil wir dazu so selten Gelegenheit haben. Und mein Mann hat das Haus auch nicht mehr verlassen, nachdem ich um elf zu Bett gegangen war. Denn um zur Treppe zu gelangen, muß er durch mein Zimmer, und ich habe einen leichten Schlaf. Ich hätte ihn ganz bestimmt gehört.« Sie blickte Dalgliesh fest in die Augen und fragte: »Ist es das, was Sie wissen wollten, Commander?«

Dalgliesh dankte ihr zurückhaltend und wandte sich wieder an Rawlstone. »Wenn Ihr Verhältnis mit Miss Aldridge vier Jahre dauerte, dann haben Sie sie bestimmt sehr gut gekannt. Waren Sie überrascht, als Sie von dem Mord erfuhren?«

»Und ob! Empfunden habe ich das gleiche, was wahrscheinlich jeder angesichts einer so tragischen Nachricht fühlt: Entsetzen, Schock, Trauer über den Tod eines Menschen, der mir einmal nahestand. Aber ich war auch empört, ja. Es ist immer empörend, wenn jemandem, den man persönlich kennt, etwas Unfaßbares, Gräßliches zustößt.«

»Und sie hatte keine Feinde?«

»Nicht in dem Sinne, daß jemand sie mit tödlichem Haß verfolgt hätte. Sie konnte schwierig sein – aber das trifft ja wohl auf uns alle zu. Wenn eine Frau ehrgeizig ist, wenn sie Erfolg hat, dann weckt das manchmal Neid oder auch Groll. Aber ich kenne niemanden, der ihr den Tod gewünscht hätte. Allerdings bin ich da vielleicht nicht der richtige Ansprechpartner. Ihre Kollegen in der Kanzlei können Ihnen dazu vermutlich mehr sagen. Ich weiß, es klingt merkwürdig, aber in den letzten zwei, drei Jahren haben wir uns nicht oft gesehen, und wenn, dann berührten unsere Gespräche – sofern wir überhaupt miteinander sprachen – kaum persönliche Themen. Jeder hatte sein Privatleben, und dabei wollten wir es auch belassen. Sie erzählte mir von ihrer Freundschaft mit Drysdale Laud, und ich wußte, daß sie Probleme mit ihrer Tochter hatte. Aber wer hat keinen Ärger mit seinen Töchtern, wenn sie in dem Alter sind?«

Mehr war nicht aus ihm herauszubringen. Dalgliesh und Kate verabschiedeten sich von Lucy Rawlstone, und ihr Mann brachte sie hinunter.

Als er die Haustür aufschloß, sagte er: »Ich hoffe, Sie können das vertraulich behandeln, Commander. Die Sache betrifft nur meine Frau und mich, niemanden sonst.«

»Wenn Ihre Beziehung zu Miss Aldridge nichts mit dieser Untersuchung zu tun hat«, versetzte Dalgliesh, »dann braucht sie auch nicht publik zu werden.«
»Da gab es keine Beziehung mehr. Das war seit über einem Jahr aus und vorbei. Ich dachte, das hätte ich deutlich gemacht. Ich will nicht, daß Paparazzi mit Teleobjektiven vor meinen Fenstern Posten beziehen und man meine Frau belagert, wann immer sie zum Einkaufen geht – besonders jetzt nicht, wo gewisse Presseorgane so aufdringlich und schonungslos Jagd auf vermeintliche Skandale machen. Man will uns wohl vorgaukeln, jeder Pressezar hätte vor seiner Hochzeit ein Leben in untadeliger Keuschheit geführt und danach unwandelbar die eheliche Treue hochgehalten, und die Spesenabrechnungen aller Journalisten würden selbst peinlichsten Überprüfungen standhalten. Ich bitte Sie, irgendwo muß die Heuchelei doch ihre Grenzen haben!«
»Ich bin noch an keine gestoßen«, gab Dalgliesh trocken zurück. »Jedenfalls besten Dank für Ihre Hilfe, Sir.«
Aber Rawlstone hatte offenbar noch etwas auf dem Herzen. »Sagen Sie, Commander, wie ist sie eigentlich ums Leben gekommen? Man hört natürlich so allerlei, aber niemand scheint etwas Konkretes zu wissen.«
Dalgliesh sah keine Veranlassung, ihm nicht zumindest einen Teil der Wahrheit zu offenbaren. Zumal die Fakten ohnehin bald genug durchsickern würden. Also sagte er: »Verbindlich können wir uns bis nach der Obduktion nicht festlegen, aber es deutet alles darauf hin, daß sie erstochen wurde.«
Rawlstone schien etwas erwidern zu wollen, besann sich dann aber und ließ die beiden gehen.
Als sie um die nächste Straßenecke bogen, sagte Kate: »Viel Mitgefühl haben die Rawlstones nicht an den Tag gelegt. Aber wenigstens hat uns keiner von ihnen vorgeschwärmt, daß sie eine brillante Juristin war. Ich kann diesen trostlosen Grab-

spruch bald nicht mehr hören. Was meinen Sie, Sir, wieviel ist Rawlstones Alibi wert?«

»Es wird jedenfalls nicht leicht zu widerlegen sein. Sollte Ihre eigentliche Frage jedoch lauten: Haben die beiden miteinander paktiert und den Mord an Venetia Aldridge gemeinsam geplant, dann dürfte es Ihnen verteufelt schwerfallen, mich davon zu überzeugen – und das gilt mit Sicherheit auch für die Geschworenen. Lucy Rawlstone ist ein Muster an Tugend; eine fromme, praktizierende Katholikin, die sich aktiv für ein halbes Dutzend Wohltätigkeitsorganisationen – meist zugunsten von Kindern – engagiert und einen Tag pro Woche ehrenamtlich in einem Kinderkrankenhaus arbeitet. Eine zurückhaltende, aber sehr tüchtige Frau, die allgemein als die perfekte Politikergattin gilt.«

»Und als perfekte Mutter?«

»Die Rawlstones haben keine Kinder. Könnte mir vorstellen, daß sie darunter leidet.«

»Und Sie meinen, diese tugendhafte Frau sei unfähig zu lügen?«

»Nein, wer ist das schon? Aber eine Lucy Rawlstone würde sich nur aus einem mehr als gewichtigen Grund zu einer Lüge verstehen.«

»Zum Beispiel, um ihren Mann vor dem Gefängnis zu bewahren? Diese Geschichte, warum die Aldridge ihn zu sich gebeten hat, klingt mir nicht glaubwürdig. Sie wird ihn doch kaum aus heiterem Himmel spätabends angerufen haben, nur um zu erfahren, welche Chancen er ihrer Bewerbung um ein Richteramt gibt. Aber als Sie ihn darauf hinwiesen, hat er clever pariert. Seine Erklärung war geradezu genial.«

»Und könnte obendrein wahr sein«, sagte Dalgliesh. »Es klingt durchaus plausibel, daß sie ursprünglich etwas Wichtigeres mit ihm besprechen wollte, es sich dann aber anders überlegt hat.«

»Octavias Verlobung zum Beispiel. Aber warum hat er das dann nicht angegeben? Nein, halt, wenn sie's ihm nicht gesagt hat, weiß er womöglich noch gar nichts davon. Ja, sie könnte einen Ratschlag wegen ihrer Tochter im Sinn gehabt und sich dann überlegt haben, daß er ihr mit dem Problem doch nicht würde helfen können. Was hätte er schließlich auch tun sollen? Er oder sonst jemand? Octavia ist volljährig. Aber es hat ganz den Anschein, als sei ihre Mutter ziemlich verzweifelt gewesen über diese Verbindung. Sie hat ja immerhin auch Drysdale Laud um Hilfe gebeten und keinen Erfolg damit gehabt.«

Dalgliesh sagte gedankenvoll: »Ich wüßte zu gern, wann dieses Verhältnis wirklich geendet hat. Vor über einem Jahr, wie er behauptet, oder erst am Dienstagabend? Die Antwort darauf kennen wahrscheinlich nur zwei Menschen. Einer gibt sie nicht preis, und der andere ist tot.«

22

Desmond Ulrick pflegte donnerstags länger zu arbeiten und sah keinen Grund, heute von dieser Gewohnheit abzuweichen. Das Mordzimmer war von der Polizei abgesperrt und versiegelt worden, und Dalgliesh hatte, als sie abzogen, einen Satz Schlüssel an sich genommen. Ulrick arbeitete konzentriert bis sieben, dann warf er den Mantel über, schob die Papiere, die er daheim benötigen würde, in seine Aktenmappe und verließ, nachdem er die Alarmanlage eingeschaltet und die Haustür hinter sich verschlossen hatte, die Kanzlei.

Er lebte allein in einem reizenden kleinen Haus in der Markham Street in Chelsea, das seine Eltern bewohnt hatten, seit der Vater sich von seinen Geschäften in Japan und Malaysia zurückgezogen hatte. Er lebte dort mit ihnen zusammen, bis die Eltern vor fünf Jahren starben. Anders als die meisten ihrer Landsleute, die nach langen Jahren in der Fremde zurückkehren, um ihren Lebensabend in der Heimat zu verbringen, hatten sie keine Erinnerungsstücke mitgebracht, außer ein paar duftigen Aquarellen, von denen jetzt nur noch wenige übrig waren. In die besten hatte sich Lois verguckt, und seine Nichte besaß ein erstaunliches Talent dafür, alle Wertsachen aus der Markham Street, die ihr ins Auge stachen, in ihren Besitz zu bringen.

Seine Eltern hatten das Haus seinerzeit mit den wenigen eingelagerten Möbelstücken, die noch von seinen Großeltern stammten, eingerichtet und alles, was sie darüber hinaus brauchten, in den billigeren Londoner Auktionshäusern hin-

zugekauft. So war er eingepfercht von wuchtigem viktorianischen Mahagonimobiliar, klobigen Lehnsesseln und kunstvoll geschnitzten Schränken, die so schwer waren, daß es manchmal schien, als müsse das fragile Häuschen unter ihrem Gewicht zusammenbrechen. Alles war so geblieben, wie es war, als der Krankenwagen seine Mutter zu ihrer allerletzten Operation abgeholt hatte. Ulrick hatte weder den Wunsch noch den Willen, die massiven Erbstücke auszutauschen, die er ohnehin nicht mehr wahrnahm und auch nur selten zu Gesicht bekam, da er den Großteil seiner Zeit in dem Arbeitszimmer im obersten Stock zubrachte. Hier standen der Schreibtisch, den er seit den Studientagen in Oxford besaß, ein hochlehniger Ohrensessel, der zu den glücklicheren Erwerbungen seiner Eltern zählte, und seine Bücher, peinlich genau katalogisiert und in den Regalen eingeordnet, die an drei Wänden des Zimmers vom Boden bis zur Decke reichten.
In diesem Revier rührte selbst Mrs. Jordan nichts an, die an drei Tagen der Woche bei ihm saubermachte und im übrigen Haus ein strenges Regiment führte. Sie war eine korpulente, schweigsame Frau mit unbändiger Energie. Die Möbel wachste sie ein, bis die Flächen spiegelblank waren, und der starke Lavendelduft der Politur, die sie benutzte und der ihm entgegenschlug, wann immer er von draußen hereinkam, durchdrang das ganze Haus. Manchmal fragte er sich, ohne daß es ihn ernsthaft interessierte, ob auch seine Kleider danach rochen. Mrs. Jordan kochte nicht für ihn. Eine Frau, die Mahagoni anging, als wolle sie es sich mit Gewalt gefügig machen, empfahl sich schwerlich als gute Köchin, und sie war auch keine. Was ihm nichts weiter ausmachte, denn in der Umgebung gab es genug Restaurants, und so aß er an fast allen Abenden auswärts, in der Regel allein. In seinen beiden Stammlokalen wurde er stets respektvoll begrüßt und unverzüglich zu seinem Tisch in einer ruhigen Nische geführt.

Wenn Lois mit ihm speiste – und bis zur Geburt der Zwillinge hatte sie das einmal wöchentlich getan –, besuchten sie ein extravagantes Restaurant ihrer Wahl, das für gewöhnlich weit vom Schuß lag. Hinterher nahmen sie dann in der Markham Street einen Kaffee, den sie zubereitete. Wenn sie mit dem Tablett ins Wohnzimmer kam, rief sie oft aus: »Also diese Küche ist vorsintflutlich! Ich muß sagen, Mrs. Jordan hält auf Sauberkeit, aber ansonsten – also ehrlich! Und Duncs, mein Lieber, du solltest wirklich mal was aus diesem Zimmer machen – vor allem den ganzen Plunder von Großmama rauswerfen. Der Raum könnte direkt nobel wirken, mit anderen Tapeten und Gardinen und den passenden Möbeln. Du, ich wüßte genau den richtigen Innenarchitekten für dich. Oder ich stelle ein paar Anregungen und eine Farbvorlage zusammen, und wir gehen zusammen einkaufen, wenn dir das lieber ist. Du wirst sehen, was das für einen Spaß macht.«

»Nein, danke, Lois. Ich nehme das Zimmer überhaupt nicht mehr wahr.«

»Das solltest du aber, mein Lieber. Und wenn ich es erst einmal richtig hergerichtet hätte, würde es dir auch gefallen, da bin ich ganz sicher.«

Der Donnerstag war einer der Tage, an denen Mrs. Jordan kam, und Desmond hatte den Eindruck, als rieche die Diele noch penetranter als sonst.

Auf dem Garderobentisch lag ein Zettel. »Mrs. Costello hat dreimal angerufen. Sie sollen sie bitte zurückrufen.« Simon mußte sie daheim oder in ihrem Büro angerufen und ihr von dem Mord erzählt haben. Ja, natürlich, einer wie er würde nicht warten, bis er nach Hause kam. Und Lois hatte sich wahrscheinlich gescheut, in der Kanzlei anzurufen, für den Fall, daß die Polizei noch dort war.

Er drehte den Zettel um, kramte einen Bleistift aus der Tasche und schrieb in seiner gestochenen Handschrift auf die Rückseite: »Vielen Dank, Mrs. Jordan. Meine für Samstag geplante Operation ist verschoben worden, so daß Sie nicht außer der Reihe zu kommen brauchen, um Tibbles zu füttern.« Er unterzeichnete mit seinen Initialen, und als er anschließend die Treppe zu seinem Arbeitszimmer hinaufstieg, hielt er sich wie ein alter Mann am Geländer fest.

Auf der obersten Stufe des ersten Treppenlaufs lag Tibbles in ihrer gewohnten Pose: die Hinterbeine ausgestreckt, die Vorderpfoten wie zum Schutz gegen das Licht vor den Augen gekreuzt. Sie war eine weiße, langhaarige Katze, die er von seinen Eltern geerbt und die nach ein paar erfolglosen Ausflügen in die Nachbarschaft gnädig geruht hatte, mit seiner Gesellschaft vorliebzunehmen. Jetzt öffnete sie das rosa Schnäuzchen zu einem lautlosen Miau, rührte sich aber nicht vom Fleck. Mrs. Jordan hatte sie wie üblich um fünf gefüttert, weitere Zuwendungen waren also nicht vonnöten. Ulrick machte einen großen Schritt über sie hinweg und ging nach oben ins Arbeitszimmer.

Das Telefon klingelte, kaum, daß er in der Tür stand. Er nahm ab und hörte die Stimme seiner Nichte.

»Duncs, endlich! Ich versuche schon den ganzen Tag, dich zu erreichen. Aber in der Kanzlei wollte ich nicht anrufen. Zumal ich dachte, du würdest früher daheim sein. Hör zu, ich kann nicht lange sprechen. Simon ist bei den Zwillingen, aber er wird jede Minute runterkommen. Duncs, ich muß dich sehen. Am besten, ich komme vorbei. Ich werde schon einen Vorwand finden.«

»Nein, tu das nicht!« sagte er. »Ich habe zu arbeiten, und da kann ich niemanden um mich brauchen.«

Der angstvolle, fast an Panik grenzende Unterton drang deutlich zu ihm durch: »Aber wir müssen uns sehen, Duncs, mein Lieber. Ich fürchte mich. Wir müssen reden.«

»Nein«, sagte er wieder. »Wir haben nichts zu besprechen,

rein gar nichts. Wenn du unbedingt reden willst, dann rede mit deinem Mann! Sprich mit Simon!«
»Aber Duncs, das ist Mord! Das hab ich nicht gewollt! Und ich glaube, die Polizei wird herkommen. Die werden doch auch mit mir sprechen wollen.«
»Dann sprich mit ihnen. Und, Lois, ich bin ja zu mancher Torheit fähig, aber hast du wirklich gedacht, ich sei imstande, einen Mord zu planen, selbst dir zu Gefallen?«
Er legte auf, bückte sich und zog den Stecker aus der Dose. »Duncs«, sagte er laut. So hatte sie ihn von Kind auf genannt. Uncle Desmond: Duncs. Duncs, auf den man sich verlassen konnte, wenn es um Geschenke ging und ein Essen im Restaurant oder im Notfall auch um einen Scheck zwischendurch, den Scheck, von dem Simon nichts erfahren durfte, von anderen, weniger handfesten Beweisen seiner Vernarrtheit ganz zu schweigen. Er legte seine abgewetzte, ausgebeulte Aktenmappe auf den Schreibtisch, zog den schmalen, ledergebundenen Marc-Aurel-Band aus dem Bücherregal, in dem er beim Essen lesen wollte, und ging eine Treppe tiefer ins Bad, um sich die Hände zu waschen. Zwei Minuten später schloß er die Haustür hinter sich zu und machte sich auf den Weg zu seinem etwa fünfzig Meter entfernt gelegenen Donnerstagsrestaurant und einem einsamen Abendessen.

23

Es war jetzt kurz nach zehn. Dalgliesh, der immer noch in seinem Büro im siebten Stock von New Scotland Yard am Schreibtisch saß, klappte den Aktenordner, an dem er gearbeitet hatte, zu und lehnte sich einen Moment mit geschlossenen Augen zurück. Piers und Kate würden in Kürze zum Tagesrapport erscheinen. Er hatte sich von den beiden bei der für acht Uhr anberaumten Obduktion vertreten lassen, und Miles Kynaston hatte versprochen, ihm seinen Bericht durchzufaxen, sobald der fertig sei. Zum erstenmal spürte der Commander, wie erschöpft er war. Wie alle mit vielfältigen geistigen wie körperlichen Anstrengungen überfrachteten Tage schien auch der heutige länger gedauert zu haben als die fünfzehn Stunden, die er mittlerweile im Dienst war. Die Zeit, dachte er, vergeht entgegen landläufiger Meinung rascher, wenn die Stunden mit monotonen Routineaufgaben angefüllt sind.

Der heutige Tag war alles andere als monoton verlaufen. Die Nachmittagssitzung einer Delegation leitender Beamter des Yard und ihrer Ansprechpartner aus dem Innenministerium, die zum wiederholten Male über die problematische Gesetzesvorlage zur Eingliederung der Abschirmdienste beraten hatten, war nicht aggressiv verlaufen. Vielmehr hatten sich beide Seiten fast überkorrekt und diplomatisch um die brisantesten Punkte gedrückt. Dabei wäre es vielleicht ganz hilfreich gewesen, wenn man gewisse taktvoll vermiedene Worte endlich einmal offen ausgesprochen hätte. Allein, die Zusammenarbeit zwischen beiden Gremien hatte sich mit dem jüngsten erfolgreichen Schlag gegen die IRA bewährt; und natürlich hatte keine Partei ein Interesse daran, die so mühsam errungenen Anfangserfolge wieder zu gefährden. Aber wie bei der Zusammenlegung zweier Regimenter brachte auch hier jede Fraktion mehr ein als nur ihre Insignien. Man hatte seine Geschichte und Tradition, unterschiedliche Arbeitsweisen und Feindbilder, ja man sprach nicht einmal dieselbe Sprache, sondern pflegte den jeweiligen Fachjargon. Darüber hinaus wurde man, wie in allen Schichten der englischen Gesellschaft, immer wieder mit den komplizierten, snobistischen Klassenvorurteilen konfrontiert, deren Verfechter stillschweigend darauf beharren, daß Spitzenleistungen eigentlich nur im Zusammenwirken Gleichgestellter zu erzielen sind. Dalgliesh gewann den Eindruck, daß der Ausschuß, dem er angehörte, seine beste Phase bereits hinter sich habe und sich nun zäh und mühsam durch die langweiligen Etappengefechte laviere.

Und so war er direkt froh gewesen, Denkkraft und Energie wieder auf das geradlinige Reglement einer Morduntersuchung konzentrieren zu können. Allein, selbst hier stieß er plötzlich auf unerwartete Komplikationen. Dabei hätte der neue Fall relativ überschaubar sein müssen – eine kleine, homogene Gemeinschaft, das vergleichsweise gut gesicherte Gebäude, ein zwangsläufig begrenzter Kreis von Verdächtigen –, all das sprach für ein nicht besonders schwieriges Ermittlungsverfahren. Aber nun kam ihm schon nach dem ersten Tag der Verdacht, dieser Fall könne sich zu einem von denen entwickeln, die der Alptraum eines jeden Kriminalisten sind: die Konstellation, in der der Mörder bekannt ist, aber die Beweislage in den Augen des Oberstaatsanwalts für eine strafrechtliche Verfolgung nicht ausreicht. Und obendrein hatten seine Leute es diesmal mit Juristen zu tun, mit ausgefuchsten

Anwälten, die besser als der Durchschnittsbürger wußten, daß es den Kopf kosten konnte, wenn einer sich nicht darauf verstand, den Mund zu halten.

Dalgliеshs Büro war ein schlichter, funktionaler Raum, der höchstens einem sehr scharfsichtigen Besucher Rückschlüsse auf seinen Inhaber erlaubt hätte – und sei es auch nur dadurch, daß der offenkundig alles daransetzte, gerade dies zu verhindern. Die Einrichtung beschränkte sich strikt auf das minimale Mobiliar, das die Londoner Polizeibehörden bei einem Commander für unabdingbar hielten: ein großer Schreibtisch nebst Sessel, zwei bequeme, aber ungepolsterte Besucherstühle, ein Besprechungstisch für maximal sechs Personen, ein Bücherschrank. Die Regale enthielten neben den üblichen Nachschlagewerken diverse Bände über Polizei- und Strafrecht, Handbücher, Geschichtswerke, eine Sammlung neuerer Publikationen des Innenministeriums, die jüngsten Gesetzesvorhaben, Vorlagen für Parlamentsdebatten und Weißbücher – eine Arbeitsbibliothek also, die streng berufsorientiert war und der Position des Commanders Rechnung trug. Drei Wände waren kahl, die vierte schmückte eine Reihe von Stichen, ein Zyklus, der die Polizeiarbeit im London des achtzehnten Jahrhunderts dokumentierte. Als junger Kriminalmeister hatte er diese Bilder in einer Antiquariats- und Grafikhandlung gleich hinter der Charing Cross Road aufgestöbert und sich erst nach peinlichen Kalkulationen zum Kauf entschlossen, obwohl sein Fund ein echtes Schnäppchen war. Heute, da die Stiche das Zehnfache dessen wert waren, was er dafür hatte bezahlen müssen, gefielen sie ihm zwar immer noch, aber nicht mehr so wie damals, als er sie entdeckt hatte. Manche seiner Kollegen zelebrierten in ihren Büros eine ostentativ zur Schau gestellte Männerbündelei, schmückten die Wände mit den Dienstmarken anderer Polizeieinheiten, mit Wimpeln, Gruppenfotos und Karikaturen und krönten ihre Schränke mit Siegerpokalen und anderen Trophäen. Auf Dalgliesh wirkte dergleichen bedrückend gewollt, als habe ein Requisiteur mit mehr als nebulösem Szenenkonzept vor lauter Unsicherheit weit übers Ziel hinausgeschossen. Für ihn war die Dienststelle kein Ersatz fürs Privatleben, für Heim und eigene Identität. Dieses Büro war nicht sein erstes im Yard und würde wahrscheinlich auch nicht das letzte sein. Über die beruflichen Anforderungen hinaus brauchte es keinen sonstigen Bedürfnissen Rechnung zu tragen. Und der Beruf, das war – ungeachtet aller Vielfalt, aller Anreize und der Faszination – sein Arbeitsfeld und nichts weiter. Es gab auch noch eine Welt außerhalb des Yard; für Dalgliesh hatte es sie immer gegeben.

Er trat ans Fenster und blickte hinunter auf das nächtliche London. Das war seine Stadt, an ihr hing sein Herz, seit ihn der Vater an einem Geburtstag zum erstenmal zu einer Besichtigungsfahrt mitgenommen hatte. Damals hatte die Stadt den Knaben in ihren Bann gezogen, und auch wenn die Liebschaft mit ihr, wie jedes Liebesverhältnis, Momente der Ernüchterung und Enttäuschung brachte, ja wenn manchmal gar ein Treuebruch drohte, so hatte der Zauber sich doch in all den Jahren nicht abgenutzt. Ungeachtet aller Metamorphosen und Verdichtungen, die die Stadtlandschaft im Laufe der Zeit verändert hatten, bewahrte sie sich ihren Kern, der so gediegen war wie der Londoner Lehm und dessen traditionelle, historische Würde selbst auf die schäbigeren Viertel der Metropole noch einen schwachen Abglanz warf. Dalgliesh stellte sich das Panorama dort unten, das seine Wirkung auf ihn nie verfehlte, immer als irgendein Kunstwerk vor: mal als farbige Lithographie in den duftigen Schattierungen eines Frühlingsmorgens, mal als zarte Federzeichnung, auf der jeder Kirchturm, jedes Hochhaus und jeder Baum liebevoll konturiert war, bisweilen auch als ausdrucksvoll pralles Ölgemälde.

Heute abend war es ein psychedelisches Aquarell: der blauschwarze Abendhimmel aufgelockert durch rote und graue Farbtupfer, die Straßen im Schalttakt der Ampeln abwechselnd in flüssiges Rot und Grün getaucht, die Gebäude mit ihren hellen Fenstervierecken wie bunte Prospekte vor dem nächtlichen Bühnenhintergrund aufgepflanzt.
Wo Kate und Piers nur so lange blieben? Für sie war der Tag noch nicht zu Ende. Aber in ihrem Alter hielten einen die heftigen Adrenalinstöße noch relativ mühelos auf Trab. Ein Fünfzehn-Stunden-Tag mit einem Imbiß im Stehen zur Stärkung zwischendurch: Darauf waren die beiden eingestellt, wenn ein Ermittlungsverfahren auf vollen Touren lief. Er hatte sogar den Verdacht, daß sie solch aufreibend hektische Tage genossen.
Trotzdem machte er sich Sorgen um Kate. Seit Daniel Aaron aus dem Polizeidienst ausgeschieden war und Piers seinen Platz im Dezernat übernommen hatte, war ihm eine allmähliche Veränderung an ihr aufgefallen, etwas wie ein kleiner Vertrauensverlust, als sei sie auf einmal nicht mehr sicher, was sie zu tun habe und warum. Er bemühte sich, nicht zuviel Aufhebens davon zu machen; gelegentlich konnte er sich sogar einreden, daß gar kein Unterschied zu früher bestand, daß sie immer noch die alte, zuversichtliche, dickschädelige Kate war, die das rührige, fast naive Engagement des Neulings mit der Erfahrung und Toleranz verband, die sich in jahrelangem aktiven Polizeidienst aufbauten. In dem Glauben, daß ihr eine Auszeit willkommen sei, hatte er vor ein paar Monaten vorgeschlagen, sie solle sich doch für eins der Universitätsfortbildungsprogramme bewerben und auf diese Weise ein Studium nachholen. Worauf sie einen Moment lang sprachlos blieb und dann fragte: »Glauben Sie, das würde eine bessere Polizeibeamtin aus mir machen, Sir?«
»Darum geht's mir nicht. Ich dachte, drei Jahre auf der Uni-

versität, das wäre eine Erfahrung, die Ihnen Freude bereiten könnte.«
»Und meine Aufstiegschancen verbessern?«
»Das auch, obwohl ich daran nicht in erster Linie gedacht habe. Aber ja, ein akademischer Grad ist sicher karrierefördernd.«
Darauf hatte sie gesagt: »Ich habe zu viele Studentendemonstrationen überwacht, als daß mich so was reizen könnte. Und wenn ich mich mit überdrehten Kids messen wollte, dann würde ich mich zur Jugendbehörde versetzen lassen. Den Studenten scheint es vor allem Spaß zu machen, jeden niederzubrüllen, der nicht ihrer Meinung ist – aber wozu taugt eine Universität, die nicht mal die Redefreiheit hochhält?«
Sie hatte ihre Meinung gesagt, wie sie es immer tat, ohne erkennbares Ressentiment, und doch hatte etwas, das dem sehr nahe kam, in ihrer Stimme mitgeschwungen, ja er hatte erstaunt eine Spur unterdrückten Zorns herausgehört. Sein Vorschlag war mehr als ungnädig aufgenommen worden; er hatte sie damit verärgert. Und Dalgliesh hatte sich damals gefragt, ob ihr Unmut wirklich der Unterdrückung der Redefreiheit galt und der sporadischen Unkultur der Überprivilegierten oder ob nicht ein subtilerer Widerstand dahintersteckte, der indes nicht so leicht zu artikulieren war. Der gewisse Begeisterungsschwund, den er derzeit bei ihr konstatierte, mochte sich aus Daniels Weggang erklären. Sie hatte ihn gern gehabt; herauszufinden wie gern hatte er sich nie berufen gefühlt. Vielleicht hatte sie ja eine Aversion gegen den Neuen und versuchte, da sie in ihrer Aufrichtigkeit eine solche Antipathie als ungerecht erkannte, auf eigene Weise damit fertig zu werden. Er würde die Situation im Auge behalten, mehr zum Wohle des Dezernats als in Kates Interesse, die ihm gleichwohl viel bedeutete. Er wollte sie glücklich sehen.
Als er sich vom Fenster abwenden wollte, kamen die beiden

herein. Piers im offenen Regenmantel mit wehenden Schößen. In der Innentasche steckte eine Weinflasche, die er jetzt herauszog und mit einer gewissen Förmlichkeit auf Dalgliesh Schreibtisch stellte.

»Geburtstagsgeschenk von einem einfühlsamen Onkel. Ich denke, wir haben uns einen Schluck verdient, Sir.«

Dalgliesh warf einen Blick auf das Etikett. »Kaum der richtige Tropfen für einen zwanglosen Umtrunk, oder? Heben Sie den für ein Festessen auf, das ihm gerecht wird! Wir trinken lieber einen Kaffee. Judy hat alles Nötige nebenan stehenlassen. Wollen Sie so gut sein, Piers?«

Piers warf Kate einen zerknirschten Blick zu, sackte die Flasche wortlos wieder ein und ging hinaus.

»Entschuldigen Sie die Verspätung, Sir«, sagte Kate. »Aber Doc Kynaston war mit seinen Terminen in der Leichenhalle im Verzug. Sein Bericht sollte jetzt allerdings jeden Moment kommen.«

»Irgendwas Unvorhergesehenes?«

»Nein, Sir.«

Sie warteten schweigend, bis Piers mit Kaffeekanne, Milch und drei Tassen zurückkam und das Tablett auf dem Besprechungstisch absetzte. Fast gleichzeitig ratterte das Faxgerät los, und die drei beugten sich gespannt über den Apparat. Miles Kynaston hatte sein Versprechen gehalten.

Der Bericht begann mit den üblichen Präliminarien: Zeit und Ort der Obduktion, Personalien der anwesenden Beamten, einschließlich der Mitglieder des Ermittlungsteams, der Fotografen, Spurensicherungsspezialisten, Laborvertreter, Gerichtsmediziner und des Fachpersonals der Leichenhalle. Das eigentliche Procedere begann damit, daß die Leiche nach Anweisung des Pathologen entkleidet und die Perücke, unter den gehörigen Schutzvorkehrungen, dem Beamten übergeben wurde, der für die Katalogisierung der Beweisstücke verantwortlich war. Das Labor würde später bestätigen, was Dalglieshs Leute bereits wußten: daß das Blut an der Perücke von Desmond Ulrick stammte. Und dann kam der Teil des Berichts, auf den sie gewartet hatten.

Obduziert wurde der Leichnam einer wohlgenährten Person weiblichen Geschlechts, mittleren Alters, europäischer Herkunft. Der bei der ersten Untersuchung der Leiche um zehn Uhr morgens voll ausgebildete Rigor mortis hatte sich in allen Muskelschichten zurückgebildet. Die Fingernägel waren von mittlerer Länge, sauber und unversehrt. Das Haupthaar war echt, kurz geschnitten, von dunkelbrauner Farbe. Über der vorderen Brustwand, 5 cm links vom Sternum, befand sich eine einzelne kleine Stichwunde: annähernd horizontal, 1,2 cm lang. Die Sektion ergab, daß der Einstichkanal frontal in die Brusthöhle führte, zwischen siebtem und achtem Rippenbogen ins Perikard eindrang und die linke Kammerscheidewand durchstieß, was eine 0,7 cm große Verletzung zur Folge hatte. Der Einstichkanal endete in der Herzscheidewand, die bis zu einer Tiefe von circa 1,5 cm durchbohrt wurde. Die Primärwunde sowie das Perikard wiesen minimale Hämorrhagie auf. Geführt wurde der Stich nach meinen Erkenntnissen mit dem stählernen Brieföffner, sichergestellt als Beweisstück A.
Äußere Verletzungen sind weiter keine vorhanden, mit Ausnahme eines Hämatoms von circa 2 cm Durchmesser am Hinterkopf. Hände und Arme waren frei von Abwehrverletzungen. O. g. Hämatom läßt darauf schließen, daß man das Opfer mit ziemlicher Wucht gegen eine Wand oder Tür stieß – vermutlich in dem Moment, da der tödliche Stich geführt wurde.

Es folgte eine lange Darstellung von Venetia Aldridges Organen, zentralem Nerven- und Atmungssystem, Kardiovaskulärsystem, Inhalt von Magen und Speiseröhre sowie der Därme. Die Diagnosen krochen eine nach der anderen aus dem Ge-

rät, jede mit dem Vermerk, das jeweilige Organ hätte keinerlei Auffälligkeiten gezeigt.
Dem Bericht über die inneren Organe folgte die Liste der Proben, die dem zur Sicherung der Beweismittel abgestellten Beamten übergeben worden waren, einschließlich Abstriche und Blutproben. Im Anschluß daran war das Gewicht der einzelnen Organe aufgeführt. Für die Untersuchung war es kaum von Belang, daß Venetia Aldridges Gehirn eintausenddreihundertfünfzig Gramm wog, ihr Herz zweihundertsiebzig und ihre rechte Niere zweihundert, aber in Dalglieshs Kopf überlagerte diese nüchterne Zahlenkolonne nur das Konterfei von Miles Kynastons Assistenten, der mit seinen blutigen, behandschuhten Händen die Organe zur Waage trug wie ein Metzger, der Innereien abwiegt.
Dann kamen die Schlußfolgerungen:

> Die Tote war eine wohlgenährte Frau ohne jegliche Symptome jedweder natürlichen Krankheit, die den Tod herbeigeführt oder mit verursacht haben könnte. Die Verletzung in der Brust entspricht einer tiefgehenden Stichwunde, herbeigeführt durch eine Waffe mit sehr schmaler Klinge, die bis in die Herzscheidewand vordrang. Der fehlende Blutaustritt entlang des Einstichkanals läßt darauf schließen, daß der Tod fast gleichzeitig mit besagter Verletzung erfolgte. Die Untersuchung auf Abwehrverletzungen verlief negativ. Abschließend erkläre ich die Herzstichwunde für die Todesursache.

Dalgliesh fragte: »Hat Kynaston den Todeszeitpunkt präzisieren können?«
»Er hat die erste Schätzung bestätigt, Sir«, antwortete Kate. »Unsere Arbeitshypothese lautet also: zwischen sieben Uhr dreißig und acht Uhr dreißig. Ich glaube nicht, daß er sich vor Gericht zu einer weiteren Eingrenzung bereit finden wird, aber vertraulich meinte er, es sei um acht oder kurz danach geschehen.«

Die Eingrenzung der Todeszeit war immer heikel, doch Kynaston war in Dalglieshs Erinnerung noch nie widerlegt worden. Ob durch Instinkt oder Erfahrung oder auch eine Mischung aus beidem – jedenfalls schien der Doktor eine regelrechte Witterung für den Eintritt des Todes entwickelt zu haben.

Die drei gingen zurück zum Tisch, und Piers schenkte den Kaffee ein. Dalgliesh wollte ihn und Kate nicht lange aufhalten. Es wäre kaum sinnvoll gewesen, aus einer Untersuchung einen Durchhaltetest zu machen, aber er hielt es für wichtig, abschließend die Fortschritte des Tages zu rekapitulieren.

»Also«, sagte er, »wie weit sind wir? Kate?«

Kate vergeudete keine Zeit mit langen Vorreden, sondern kam direkt auf den Punkt. »Venetia Aldridge wurde kurz vor halb sieben zum letztenmal lebend gesehen, und zwar vom Büroleiter Harold Naughton, der ihr zu diesem Zeitpunkt eine durch Boten gelieferte Akte sowie eine Nummer des ›Evening Standard‹ brachte. Gelebt hat sie auch noch um sieben Uhr fünfundvierzig, als ihre Haushälterin Mrs. Buckley sie anrief, um sich über die Allüren ihrer Tochter Octavia Cummins zu beschweren. Mithin ist sie nach sieben Uhr fünfundvierzig gestorben, wahrscheinlich gegen acht Uhr oder kurz danach. Als Mrs. Buckley mit ihr telefonierte, hatte Miss Aldridge Besuch. Die fragliche Person kommt, aus zeitlicher Sicht, als Mörder in Betracht. In dem Fall war es entweder ein Mitglied der Kanzlei oder ein Mann respektive eine Frau, die Miss Aldridge selbst hereinließ und dem oder der gegenüber sie offensichtlich ganz arglos war. Niemand aus der Kanzlei ist angeblich um sieben Uhr fünfundvierzig mit ihr zusammen gewesen. Alle behaupten, sie hätten zu dem Zeitpunkt das Haus bereits verlassen. Nach eigener Aussage war Desmond Ulrick der letzte; er gibt an, gleich nach sieben Uhr fünfzehn gegangen zu sein.«

Piers breitete unterdessen die Karte des Temple-Bezirks auf dem Tisch aus. »Wenn sie gegen acht Uhr starb«, sagte er, »dann muß der Mörder schon zu einem früheren Zeitpunkt auf dem Gelände gewesen sein. Alle unbewachten Tore werden um acht geschlossen, also hat entweder Miss Aldridge ihren Mörder selbst hereingelassen, oder er beziehungsweise sie war bereits im Temple, als die Tore geschlossen wurden. Der Eingang an der Tudor Street hat eine Schranke und ist rund um die Uhr besetzt. Dort ist nach acht niemand mehr hereingekommen. Der Eingang, der von der Strand durchs Wren Gate zum Middle Temple Lane führt, ist vorübergehend wegen Restaurierungsarbeiten geschlossen. Bleiben noch fünf Eingänge, von denen am ehesten der vom Devereux Court durchs Richtertor in Frage kommt, weil den die meisten Kanzleiangehörigen benutzen. Aber wir haben uns davon überzeugt, daß all diese Eingänge Punkt acht Uhr gesperrt werden. Der Mörder hätte also einen Schlüssel haben müssen.«
»Und der Mord selbst?« fragte Dalgliesh. »Wie stellen wir uns den vor?«
Kate ergriff wieder das Wort. »Der Mörder drängte sein Opfer so heftig gegen die Wand, daß sie mit dem Kopf aufschlug, und stieß ihr die Klinge direkt ins Herz. Entweder war das schieres Glück, oder aber er verfügte über anatomische Kenntnisse. Anschließend schleifte er den Leichnam über den Teppich – wie die Absatzspuren im Flor beweisen – und setzte ihn in den Schreibtischsessel. Die Strickjacke muß offen gewesen sein, als der tödliche Stich erfolgte. Der Mörder knöpfte sie nachträglich zu und verdeckte so die Einstichstelle in der Bluse, fast als wolle er sein Opfer adrett und gepflegt erscheinen lassen. Das hat mich stutzig gemacht, Sir. Ich meine, er durfte schließlich nicht darauf hoffen, den Mord als natürlichen Tod kaschieren zu können. Anschließend wickelte er

den Brieföffner in den Börsenteil des ›Evening Standard‹ und ging womöglich damit hinunter in den Waschraum im Souterrain, um die Waffe zu säubern. Die Zeitungsblätter zerriß er und spülte die Fetzen im Klo hinunter. Bevor er sich davonmachte, legte er den Brieföffner in die unterste Schublade von Valerie Caldwells Aktenschrank. Irgendwann hat dann er – oder jemand anders – die Allongeperücke aus der Dose im Geschäftszimmer genommen, den Blutbeutel aus Mr. Ulricks Kühlschrank entwendet und der Leiche die blutbesudelte Perücke übergestülpt. Falls es der Mörder selber war, der das getan hat, würde das den Kreis der Verdächtigen reduzieren. Denn dann hätte der Mörder wissen müssen, wo Perücke und Blut zu finden waren, und das Blut wurde erst am Montag im Kühlschrank deponiert.«

»Aber es ist doch klar«, fuhr Piers ungeduldig dazwischen, »daß der Mörder und dieser makabre Schelm identisch sind. Warum hätte der Täter sich sonst die Mühe machen sollen, die Leiche quer durchs Zimmer zu schleifen und in den Sessel zu hieven? Warum ließ er sie nicht einfach da liegen, wo sie zu Boden gesunken war? Die Kanzlei war schließlich leer. Vor dem nächsten Morgen hätte niemand sie gefunden. Da war es doch ganz sinnlos, sie so zu arrangieren, als säße das Opfer lebendig in ihrem Sessel. Nein, das hat der Mörder nur gemacht, damit er sie mit der Perücke und dem Blut dekorieren konnte. Damit wollte er ein Statement abgeben: Die Aldridge wurde wegen ihres Postens getötet. Der Anschlag galt nicht der Frau, sondern der Juristin. Damit hätten wir schon mal einen Hinweis, was das Motiv angeht.«

»Es sei denn«, sagte Dalgliesh, »jemand wollte uns genau das glauben machen. Aber warum wurde sie so nahe bei der Tür getötet?«

»Vielleicht war sie gerade dabei, einen Ordner in den Aktenschrank links von der Tür zurückzustellen. Oder sie wollte ihren Besucher rausbringen. Da packt der aus einem Impuls heraus den Brieföffner, und als sie sich umdreht, stürzt er sich auf sie. Wenn es sich so abgespielt hat, war's kein Angehöriger der Kanzlei. Denn einen Kollegen hätte sie nicht zur Tür begleitet.«

»Unter gewissen Umständen vielleicht doch«, wandte Kate ein. »Angenommen, die beiden hätten sich gestritten. Sie brüllt: ›Raus mit Ihnen!‹ und reißt die Tür auf. Okay, so ein theatralischer Gefühlsausbruch paßt nicht in das Bild, das man uns von ihr gezeichnet hat, aber es ist trotzdem denkbar, daß es sich so abspielte. Schließlich soll sie ja in letzter Zeit in einer recht absonderlichen Verfassung gewesen sein.«

»Wer sind also unsere Hauptverdächtigen, angenommen, der Mörder und der degoutante Witzbold sind identisch?«

Kate konsultierte ihr Notizbuch. »Zur Kanzlei gehören noch insgesamt zwanzig Personen. Die Kollegen aus der City haben für uns die meisten Alibis überprüft. Natürlich haben alle Kanzleimitglieder Schlüssel, aber es sieht so aus, als ob sechzehn von ihnen entlastet wären. Ihre Personalien haben wir. Drei bereisen den Gerichtsbezirk, vier arbeiten im Salisbury Annex, die beiden Anwälte für internationales Recht sind in Brüssel, fünf arbeiten daheim und können nachweisen, wo sie sich ab sechs Uhr dreißig aufgehalten haben, einer liegt im St.-Thomas-Krankenhaus, und einer besucht seine Tochter in Kanada, die gerade sein erstes Enkelkind zur Welt gebracht hat. Bei dreien werden wir noch etwas intensiver nachhaken müssen, um zu sehen, ob das Alibi wasserdicht ist. Einer der Referendare, Rupert Price-Maskell, hat sich kürzlich verlobt und war gestern abend ab sieben Uhr dreißig auf einem Festbankett im Connaught. Da unter den Gästen zwei Richter waren und ein Mitglied der Standesorganisation der Barrister, dürfte Price-Maskell wohl aus dem Schneider sein. Der andere Referendar, Jonathan Skollard, bereist mit seinem Präzep-

tor den Gerichtsbezirk. Die dritte im Bund, Catherine Beddington, habe ich noch nicht sprechen können, die hat sich irgendein Virus eingefangen und ist krank geschrieben. Ach, und die beiden Mitarbeiter von Harold Naughton sind auch entlastet. Einer der Kanzleisekretäre von Lord Collingford hatte gestern seinen Herrenabend in einem Pub in der Earls Court Road. Die beiden sind gegen halb acht dazugestoßen, und die Party hat bis elf gedauert.«
Dalgliesh faßte zusammen: »Wenn wir uns also für den Augenblick auf diejenigen konzentrieren, die Schlüssel zur Kanzlei hatten, sich am Mittwoch im Hause aufhielten und wußten, wo Perücke und Blut zu finden waren, dann reduziert sich die Zahl der Verdächtigen auf den Büroleiter Harold Naughton, die Putzfrau Janet Carpenter und vier Anwälte der Sozietät: den Kanzleichef Hubert St. John Langton, Drysdale Laud, Simon Costello und Desmond Ulrick. Eure vorrangige Aufgabe für morgen wird sein, die Aktivitäten dieser Herrschaften nach sieben Uhr dreißig am gestrigen Abend systematisch zu durchleuchten. Und ihr solltet tunlichst auch erfragen, wann die Pause im ›Savoy‹ beginnt, wie lange sie dauert, und nachprüfen, ob Drysdale Laud es in der Zeit hätte schaffen können, in die Kanzlei zurückzukehren, den Mord zu begehen und zu Beginn des nächsten Aktes wieder in seinem Theatersessel zu sitzen. Finden Sie heraus, ob er einen Eckplatz hatte, und wenn möglich auch, wer sein Sitznachbar war. Ulrick behauptet, er sei zuerst nach Hause gegangen, um seine Aktenmappe loszuwerden, und habe sich gegen acht Uhr fünfzehn im ›Rules‹ zum Essen eingefunden. Lassen Sie sich das vom Restaurant bestätigen, und fragen Sie, ob man sich dort an eine Aktenmappe erinnern kann, die er dabei hatte, entweder am Tisch oder an der Garderobe abgegeben. Ja, und sobald sie wieder vernehmungsfähig ist, müssen Sie sich noch die Aussage von dieser Catherine Beddington besorgen.«

Kate fragte: »Was ist mit Mark Rawlstone, Sir?«

»Gegenwärtig haben wir keine konkreten Anhaltspunkte, die ihn mit dem Mord in Verbindung bringen. Ich denke, wir dürfen davon ausgehen, daß er gegen acht Uhr fünfzehn im Parlament war. Er würde kaum vier Wähler zu einer Falschaussage überreden, und umgekehrt hätte er uns nicht ihre Namen gegeben, wenn er nicht darauf vertrauen könnte, daß sie seine Geschichte bestätigen werden. Aber es kann nichts schaden, wenn Sie ein Wort mit dem Polizisten am Abgeordneteneingang wechseln. Der erinnert sich vielleicht, ob Rawlstone mit dem Taxi kam oder tatsächlich zu Fuß und wenn ja, aus welcher Richtung. Den Beamten, die dort Dienst tun, entgeht in der Regel so leicht nichts. Oh, und noch was könnten Sie morgen eruieren, falls die Zeit reicht. Ich habe vor dem Verlassen der Kanzlei einen Blick in Miss Aldridges blaue Arbeitsbücher geworfen. Ihre Notizen zum Fall Ashe sind sehr aufschlußreich. Erstaunlich, welche Mühe sie sich gemacht hat, um soviel wie möglich über den Angeklagten in Erfahrung zu bringen. Offenbar vertrat sie die für einen Anwalt fast schon exzentrische Ansicht, daß die meisten Prozesse aufgrund nachlässiger Verteidigungsstrategien verloren werden. Was mal eine erfreuliche Abwechslung ist. Aber nach dem, was ich gelesen habe, wundert es mich nicht, daß sie über das Verlöbnis zwischen Ashe und ihrer Tochter so entsetzt war. Das, was sie über den jungen Mann wußte, hätte jeder Mutter in ihrer Situation den Seelenfrieden geraubt. Und dann habe ich mir noch ihren letzten Fall angesehen. Schwere Körperverletzung. Ein gewisser Brian Cartwright. Wie wir gehört haben, wirkte Miss Aldridge sonderbar verstimmt, als sie am Montag vom Gericht in die Kanzlei zurückkam. Nun ist kaum anzunehmen, daß Ashe und ihre Tochter eigens im Bailey aufgekreuzt sind, um ihr das mit der Verlobung auf die Nase zu binden, weshalb da möglicherweise noch was anderes vorgefallen ist. Es ist zwar nur ein Schuß ins Blaue, aber ich denke, es lohnt sich, diesen Cartwright zu befragen, um herauszufinden, ob es am Ende der Verhandlung irgendeine unvorhergesehene Wendung gegeben hat. Seine Personalien stehen in ihrem Arbeitsbuch. Und dann möchte ich mehr über Janet Carpenter wissen. Vielleicht kann da die Agentur weiterhelfen. Mit der Chefin, Miss Elkington, müssen wir ohnehin noch reden. Schließlich haben sowohl sie als auch ihre Raumpflegerinnen Schlüssel zur Kanzlei. Und versuchen Sie's auch noch mal bei Harold Naughton. Vielleicht, daß er über Nacht wieder einen klaren Kopf bekommen hat und sich doch auf irgend jemanden besinnen kann, der ihn auf der Heimfahrt in der U-Bahn gesehen hat.«

»Sir, ich habe mir Gedanken über die Tatwaffe gemacht«, sagte Kate, nachdem sie alles notiert hatte. »Wieso wurde die im Aktenschrank der Sekretärin deponiert? Das war doch wohl kaum ein brauchbares Versteck, oder? Wenn wir sie nicht so rasch gefunden hätten, dann wäre sie über kurz oder lang Valerie Caldwell in die Hände gefallen.«

»Der Mörder oder die Mörderin«, versetzte Dalgliesh, »hat die Waffe auf dem Weg zum Ausgang am strategisch günstigsten Punkt verschwinden lassen. Er hatte nur die Wahl, sie in der Kanzlei loszuwerden oder mitzunehmen. Ließ er sie dort, mußte er die Fingerabdrücke entfernen. Nahm er sie mit, vielleicht mit dem Vorsatz, sie in die Themse zu werfen, hätten wir den Dolch, wann immer er wieder aufgetaucht wäre, trotzdem als die Mordwaffe identifiziert. Ein wirklich sicheres Versteck zu finden hätte Zeit gebraucht, und genau die hatte der Mörder nicht. Denn um acht Uhr dreißig kam Mrs. Carpenter zum Putzen.«

»Sie glauben also, der Täter wußte, wann der Putzdienst anrückte?«

»O ja«, sagte Dalgliesh, »ich denke, das hat unser Mörder gewußt.«
Piers hatte sich in den letzten Minuten nicht am Gespräch beteiligt. Jetzt sagte er zuversichtlich: »Sir, für mich ist Harold Naughton der Hauptverdächtige. Er wußte von dem Blut im Kühlschrank und natürlich auch, wo die Perücke aufbewahrt wurde, er gibt zu, daß niemand gesehen hat, wie er die Kanzlei verließ oder wann er an seiner Station aus der U-Bahn stieg. Und dann sein auffälliges Benehmen heute morgen. Er fährt die Strecke von Buckhurst Hill nun schon – wie lange? – seit fast vierzig Jahren, und immer ist er auf direktem Weg durch den Chancery Lane in die Kanzlei marschiert. Wieso dann ausgerechnet heute das Bedürfnis, vorher noch einen Spaziergang zu machen?«
»Sagte er nicht, er mußte sich über ein paar persönliche Entscheidungen klarwerden?«
»Jetzt mach aber mal halblang, Kate! Er hätte doch die ganze Strecke von Buckhurst Hill an Zeit zum Nachdenken gehabt. Aber könnte es nicht sein, daß er sich einfach nicht gleich in die Kanzlei reingetraut hat? Weil er verdammt genau wußte, was ihn dort erwartet? Sein Verhalten heute morgen, das war doch völlig irrational.«
»Na und?« gab Kate zurück. »Menschen reagieren eben nicht immer rational. Und überhaupt: Warum hast du ausgerechnet ihn auf dem Kieker? Heißt das, für dich ist es unvorstellbar, daß ein distinguierter Anwalt einen Mord begeht?«
»Natürlich nicht, Kate! Was für 'ne saublöde Unterstellung!«
Dalgliesh machte dem Streit ein Ende. »Schluß für heute!« sagte er. »Morgen vormittag bin ich übrigens nicht in London. Ich will runter nach Dorset und Venetia Aldridges Exmann und seine neue Frau aufsuchen. Mit ihrem Appell an Drysdale Laud, etwas gegen die Verlobung ihrer Tochter zu unternehmen, hatte Miss Aldridge offenbar keinen Erfolg. Vielleicht

hat sie sich ja auch an Octavias Vater gewandt. Wie dem auch sei, wir brauchen die Aussage von Luke Cummins und seiner Frau.«

»Da kommen Sie in eine hübsche Gegend, Sir«, sagte Piers. »Und wie's aussieht, spielt morgen auch das Wetter mit. Da soll eine interessante kleine Filialkirche am Weg liegen, in Wareham, glaube ich, vielleicht finden Sie ja Zeit, sich die anzuschauen. Und natürlich könnten Sie einen Abstecher nach Salisbury zur dortigen Kathedrale machen, Sir.« Sein lächelnder Blick hinüber zu Kate verriet, daß er seine gute Laune wiedergefunden hatte.

»Und Sie, Piers, könnten einen Abstecher zur Westminster-Abtei machen, wenn Sie zu Miss Elkington fahren«, sagte Dalgliesh. »Wie schade, daß Ihre Zeit nicht für ein kurzes Gebet reichen wird.«

»Um was sollte ich denn beten, Sir?«

»Um Bescheidenheit, Piers, um Bescheidenheit. Also dann, Schluß für heute, ja?«

24

Es war schon nach Mitternacht, also Zeit für das allabendliche Ritual, mit dem Kate unfehlbar ihren Tag ausklingen ließ. Sie schlüpfte in den wärmeren ihrer beiden Bademäntel, goß sich einen kleinen Whisky ein und öffnete die Tür zu dem Balkon, der auf die Themse hinausging. Weit und breit kein Schiff auf dem Strom, der sich träge unter ihr dahinwälzte, eine wogende schwarze Wasserwüste, auf der unstete, quecksilbrige Lichtreflexe tanzten. Von ihrer Wohnung aus konnte sie zwischen zwei Aussichten wählen: der auf die gigantischen, glitzernden Bleistifttürme der Canary Wharf inmitten der funkelnden Glas- und Betonlandschaft der Docklands und diesem ihrem Lieblingsblick auf den Fluß. Normalerweise genoß sie jenen beschaulichen Moment vor dem Schlafengehen ganz besonders: wenn sie mit dem Glas in der Hand an der grobkörnigen Backsteinmauer lehnte, die frische Meeresbrise schnupperte, die mit der Flut hereingeweht kam, in klaren Nächten die Sterne bewunderte, sich eins fühlte mit dem hektischen Pulsschlag der nimmermüden Stadt und doch auch empor- und hinausgehoben über sie, eine Zuschauerin auf einem privilegierten Logenplatz, geborgen in ihrer heilen Welt. Nicht so heute abend. Da wollte sich diese gelöste Stimmung nicht einstellen. Irgend etwas stimmte nicht, und sie mußte es wieder ins Lot bringen, denn es bedrohte nicht nur ihr privates, sondern auch ihr berufliches Leben. Mit dem Beruf an sich hatte es nichts zu tun; der faszinierte sie nach wie vor, und auch von ihrer Loyalität und ihrem Engagement hatte sie nichts eingebüßt. Sie hatte die schlimmsten und die besten Seiten der Londoner Polizeiarbeit kennengelernt und sich immer noch etwas von ihrem ursprünglichen Idealismus bewahrt und von der Überzeugung, daß der Job ihren ganzen Einsatz wert sei. Woher aber dann diese plötzliche Unrast? Gewiß, der Ehrgeiz hatte sich noch nicht gelegt. Wenn sich die Chance bot, wäre sie immer noch auf eine Beförderung erpicht gewesen. Zwar hatte sie schon viel erreicht: einen höheren Dienstgrad, einen renommierten Posten unter einem Chef, den sie mochte und bewunderte, diese Wohnung, ihren Wagen und mehr Geld, als sie je zuvor verdient hatte. Es war, als habe sie eine Zwischenstation erreicht, auf der sie sich ausruhen und auf die bewältigte Strecke zurückschauen konnte, sich der überwundenen Hürden freuen und Kräfte für künftige Herausforderungen sammeln. Doch statt dessen spürte sie diese nagende Unrast, fühlte sich verfolgt von etwas, das sich in den harten Zeiten hatte verdrängen lassen, dem sie sich nun aber stellen mußte, das es zu bewältigen galt.

Daniel fehlte ihr, das war klar. Seit seinem Ausscheiden aus dem Polizeidienst hatte er sich nicht mehr gemeldet, und sie hatte keine Ahnung, wo er steckte, was er machte. Piers Tarrant, der für ihn nachgerückt war, hatte unter ihrer Animosität zu leiden, eine Belastung, die dadurch, daß sie wußte, wie ungerecht ihre Vorbehalte waren, nicht leichter wurde.

»Warum Theologie?« hatte sie gefragt. »Wollten Sie Geistlicher werden?«

»Großer Gott, nein! Ich und Pfarrer?«

»Aber wenn Sie gar nichts mit der Kirche im Sinn haben, wozu dann das Studium? Nützt es Ihnen sonst irgendwas?«

»Nun, ich habe nicht Theologie belegt, um einen Nutzen davon zu haben. Aber wenn man so will, ist es tatsächlich ein ganz gutes Training für den Polizeiberuf. Jedenfalls ist man schon mal vor dem Staunen über das Unfaßbare gefeit. Theologie und Strafrecht sind als Disziplinen nicht allzu verschieden. Beide fußen auf einem komplizierten philosophischen Gedankensystem, das sich nicht unbedingt an der Realität orientiert. Ich habe Theologie gewählt, weil es mit diesem Fach leichter war, einen Studienplatz in Oxford zu kriegen, als mit Geschichte und Philosophie oder VWL und BWL, meinen anderen möglichen Fächerkombinationen.«

Kate fragte nicht, wofür VWL und BWL stehen, aber sie nahm ihm übel, daß er offensichtlich vorausgesetzt hatte, sie wisse es. Und sie überlegte, ob sie eifersüchtig war auf Piers – nicht in sexueller Hinsicht, was lächerlich und erniedrigend gewesen wäre, nein, eifersüchtig auf dieses unkompliziert kameradschaftliche Verhältnis zwischen ihm und Dalgliesh, von dem sie sich als Frau auf subtile Weise ausgegrenzt fühlte. Beide Männer benahmen sich ihr gegenüber und auch im Umgang miteinander völlig korrekt. Da war überhaupt nichts Greifbares, auf das sie den Finger hätte legen können, und doch war der ganze Teamgeist von früher dahin. Auch hegte sie den Verdacht, daß Piers nichts übermäßig wichtig oder auch nur wirklich ernst nahm, weil er das Leben wie einen Privatwitz behandelte, einen, den er vermutlich nur mit seinem Gott teilte, wenn überhaupt. Sie hatte ihn im Verdacht, daß er sich über die Traditionen, die Konventionen und die Hierarchie des Polizeidienstes lustig machte, ja diese sogar ein bißchen albern fand. Und ihr Instinkt sagte ihr, daß AD für eine solche Sichtweise zumindest partiell Verständnis hatte, selbst wenn er sie nicht teilte. Sie dagegen konnte so nicht leben, konnte ihre Karriere nicht auf die leichte Schulter nehmen. Dafür hatte sie sich alles zu hart erarbeitet, zuviel dafür geopfert; für sie war es ein Sprungbrett gewesen, das ihr aus dem alten Leben als uneheliches und allzufrüh mutterlos gewordenes Kind in einer Hochhauswohnung in der Innenstadt heraushalf. War das am Ende der wahre Grund ihrer momen-

tanen Unzufriedenheit – begann sie auf einmal, sich gesellschaftlich und bildungsmäßig benachteiligt zu fühlen?
Energisch schob sie den Gedanken beiseite. Schließlich hatte sie dem heimtückischen, weil destruktiven Einfluß von Neid und Mißgunst noch immer widerstanden und lebte heute wie damals nach jenem alten Motto, das ihr immer präsent war, auch wenn sie nicht wußte, woher es stammte:

Was war, was kommt, ist einerlei.
Ich will fortan nur in mir selber ruhn.

Doch vor drei Tagen, unmittelbar ehe der Aldridge-Mord geschah, war sie zurückgekehrt in ihr altes Viertel, in die Ellison-Fairweather-Blöcke, und war, den Aufzug verschmähend, die Betontreppen bis in den siebten Stock hinaufgestiegen, wie sie es als Kind so oft hatte tun müssen, wenn der mutwillig beschädigte Lift wieder einmal außer Betrieb gewesen und sie stoisch hinter der klagenden Großmutter hergetrottet war, beladen mit Einkaufstüten und das schwerfällige Keuchen der alten Frau im Ohr. Die Tür von Nummer achtundsiebzig war jetzt hellblau gestrichen und nicht mehr grün, wie in ihrer Erinnerung. Kate klopfte nicht. Sie wollte nicht hineinschauen, selbst wenn die gegenwärtigen Bewohner nichts dagegen gehabt hätten. Statt dessen klingelte sie nach kurzem Besinnen bei Nummer neunundsiebzig. Die Cleghorns waren bestimmt zu Hause; wegen Georges Emphysem gingen sie nur selten das Risiko ein, bei der Rückkehr vor einem defekten Fahrstuhl zu stehen.
Enid war es, die öffnete, und ihr breites Gesicht zeigte weder Überraschung noch ein Lächeln des Willkommens. »So, da bist du also wieder«, sagte sie. »George, es ist Kate, Kate Miskin.« Und bereitwillig, denn soviel Gastfreundschaft mußte sein, fügte sie hinzu: »Dann setz ich mal Teewasser auf.«

Die Wohnung war kleiner, als Kate sie in Erinnerung hatte, doch das war nur natürlich, jetzt, nachdem sie an ihre beiden ineinandergehenden luftigen Räume über der Themse gewöhnt war. Und das Wohnzimmer war noch vollgestopfter als früher. Der Fernseher war der größte, den Kate je gesehen hatte. Auf dem Regal links neben dem Kamin stapelten sich die Videokassetten. Eine moderne Stereoanlage gab es inzwischen auch, und die Sitzgruppe – Sofa nebst zwei Sesseln – war augenscheinlich ebenfalls neu. George und Enid konnten sich schon etwas leisten von ihren beiden Renten und der Pflegepauschale, die Enid für ihren kranken Mann bekam. Finanzielle Not war es nicht, die ihnen das Leben zur Hölle machte. Beim Tee sagte Enid: »Du weißt doch, wer hier in den Blöcken das Sagen hat, oder?«

»Ja, die Kinder.«

»Genau, die verdammten Blagen. Wenn man sich bei der Polizei beschwert oder beim Magistrat, fliegt einem postwendend ein Ziegelstein ins Fenster. Liest man den Gören selber die Leviten, überschütten sie einen mit den wüstesten Schimpfworten, falls man nicht gar am nächsten Tag kokelnde Lumpen im Briefkasten findet. Und ihr Typen? Was unternehmt ihr dagegen?«

»Das ist nicht so einfach, Enid. Ohne handfeste Beweise sind Staat und Gesetz machtlos.«

»Staat und Gesetz? Komm mir bloß nicht damit! Was hat der Staat je für unsereins getan? An die dreißig Millionen, heißt es, haben sie verpulvert, um diesen Kevin Maxwell festzunageln, und wer hat sich dabei gesundgestoßen? Die Anwälte! Na, und dieser letzte Mordfall, in den du verwickelt warst, der muß doch auch ganz schön was verschlungen haben.«

»Gesetzt den Fall, jemand aus diesem Block wird ermordet, dann verfährt man ganz genauso«, sagte Kate. »Mord hat immer Vorrang.«

»Aha, dann wartet ihr also, bis sie einen von uns abmurksen? Lange wird's nicht mehr dauern, so wie's hier zugeht, das sag ich dir.«

»Habt ihr denn keinen Streifenpolizisten mehr, der für das Viertel zuständig ist? Früher war doch da immer jemand.«

»Ach, das arme Schwein. Der Mann tut sein Bestes, aber diese Halbstarken, die lachen den doch bloß aus. Nein, was hier fehlt, das sind 'n paar anständige Väter, die Ohrfeigen austeilen, wenn's not tut, und ab und zu den Riemen abschnallen und den Jungs Zucht und Ordnung beibringen. Aber Väter sind hier sowieso Mangelware. Die Mädels vögeln und ihnen Kinder machen, das können die jungen Burschen heutzutage, aber dann machen sie sich aus dem Staub. Nicht, daß die Mädels ihnen groß nachweinen, und wer will's ihnen verdenken? So 'ne Frau ist doch mit dem Geld von der Stütze besser dran, als wenn sie sich jeden Samstag, wenn die Mannschaft von ihrem Alten verliert, dafür vermöbeln lassen muß.«

»Haben Sie sich beim Sozialamt um eine andere Wohnung bemüht?«

»Stell dich nicht dümmer, als du bist, Kate! Jede anständige Familie in der Siedlung hat so 'nen Antrag eingereicht, und noch gibt's hier anständige Familien.«

»Ich weiß. Großmutter und ich, wir haben auch hier gewohnt – schon vergessen? Wir gehörten auch zu diesen Familien.«

»Aber ihr habt den Absprung geschafft, stimmt's? Und habt euch hernach nie wieder blicken lassen. Ich sag dir: Montags kommt die Müllabfuhr, ja? Da sind die Blagen schon in aller Frühe zugange, schmeißen die Tonnen um und verstreuen den Dreck im Treppenhaus. Die Hälfte von denen weiß nicht, wozu 'n Klo da ist, und wenn, dann ist's ihnen wurscht. Hast du gemerkt, wie's im Fahrstuhl stinkt?«

»Das war immer schon so.«

»Ja, aber damals haben sie reingepinkelt und nicht ... na, du weißt schon. Und wenn sie wirklich mal einen von diesen Mistkerlen schnappen und vors Jugendgericht bringen, was passiert? Nichts, verdammt noch mal, gar nichts! Die grinsen sich noch eins, wenn sie zurückkommen. Heutzutage sind schon die Achtjährigen in 'ner Gang, so sieht's aus.«

Natürlich sind sie das, dachte Kate. Wie könnten sie sonst hier überleben?

»Aber uns lassen sie jetzt in Frieden«, fuhr Enid fort. »Dafür hab ich gesorgt. Ich flüstere ihnen, daß ich 'ne Hexe bin. ›Und wenn ihr mir Ärger macht‹, sag ich, ›mir oder meinem George, dann seid ihr so gut wie tot.‹«

»Und das macht ihnen tatsächlich angst?« Kate konnte es kaum glauben.

»Da kannste Gift drauf nehmen, den Blagen *und* ihren Müttern. Angefangen hat's mit Bobby O'Brian, einem Jungen hier aus dem Block, der Leukämie hatte. Als den der Krankenwagen holte, da hab ich gewußt, der kommt nicht wieder. Wenn man erst mal in meinem Alter ist, erkennt man den Tod, wenn er einem aus einem Gesicht entgegenblickt. Dieser Bobby, das war der Schlimmste von allen, bevor er krank wurde. Also hab ich mit Kreide ein weißes Kreuz an seine Tür gemalt und den anderen Jungs erzählt, ich hätt den Bengel verflucht, und nun müßte er sterben. Ging schneller, als ich dachte: Nach drei Tagen war er hin. Seitdem hab ich keinen Ärger mehr. Den Bengels sag ich bloß: Wenn ihr mir in die Quere kommt, dann habt ihr auch 'n Kreuz an der Tür. Und ich halt die Augen offen. Irgendeinen Mist hecken die immer aus, aber ich hab meine Kreide griffbereit.«

Kate hatte es die Sprache verschlagen. Es empörte sie dermaßen, daß jemand so skrupellos sein und die Qual eines Kindes, ja gar seinen Tod derart kaltblütig ausnutzen konnte, daß sie schon fürchtete, Enid würde ihr den Abscheu an der Miene ablesen. Und vielleicht war es so. Jedenfalls musterte Enid sie durchdringend, sagte aber nichts. Was hätte sie auch sagen sollen? Wie alle anderen hier taten auch Enid und George nur das, was sie tun mußten, um zu überleben.

Nein, dieser Besuch hatte Kate nicht weitergeholfen. Wie hatte sie sich überhaupt etwas davon versprechen können? Die Vergangenheit konnte man nicht abschütteln, weder indem man zu ihr zurückkehrte noch indem man von ihr davonlief. Man konnte sie nicht aus Gedanken und Erinnerung verbannen, weil sie Teil der Gedanken und der Erinnerung war. Zurückweisen konnte man sie auch nicht, weil sie einen geprägt und zu dem gemacht hatte, was man war. Man mußte die Vergangenheit im Gedächtnis behalten, an sie denken, sie akzeptieren, vielleicht sogar dankbar für sie sein, weil sie einen gelehrt hatte zu überleben.

Kate schloß die Balkontür, sperrte die Nacht aus und den Fluß, und auf einmal tauchte vor ihr das Bild von Venetia Aldridge auf, wie sie scheinbar selbstvergessen, mit anmutig über die Armlehnen hängenden Händen in ihrem Sessel gelehnt und sie aus dem einen weitaufgerissenen toten Auge angestarrt hatte. Und sie fragte sich, welchen Ballast diese Frau wohl aus ihrer privilegierten Vergangenheit mitgeschleppt hatte in ihr erfolgreiches Leben, ihren einsamen Tod.

III

Ein Brief aus dem Jenseits

25

Die Agentur Elkington für Hauspersonal und Reinigungsdienste befand sich in einer von ansehnlichen Wohnhäusern aus dem frühen neunzehnten Jahrhundert gesäumten Stichstraße gleich hinter dem Vincent Square, eine Lage und ein Ambiente, die Kate so sehr verblüfften, daß ihr ohne das blanke Messingschild über den beiden Klingeln Zweifel gekommen wären, ob man ihnen auch die richtige Adresse gegeben habe. Sie war mit Piers die halbe Meile von New Scotland Yard her zu Fuß gekommen. Als sie den lärmend geschäftigen Straßenmarkt von Strutton Ground überquert hatten, schienen die vollgepackten Ständer mit knallig bunten Baumwollblusen und -kleidern, die leuchtend frischen, appetitlich glänzenden Obst- und Gemüseberge, die Essens- und Kaffeedüfte und die rauhe Herzlichkeit, mit der diese Dorfgemeinde im Herzen Londons ihrem Tagwerk nachging, den ohnehin gut aufgelegten Piers richtiggehend zu beflügeln. Leise summte er eine vertrackte Melodie vor sich hin, die Kate irgendwie bekannt vorkam.

»Wo hast du das denn aufgeschnappt?« fragte sie. »Letzten Samstag in Covent Garden?«

»Nein, heute morgen im Klassik-Radio.« Er summte munter weiter und meinte dann: »Also, ich muß sagen, ich bin direkt gespannt auf diese Vernehmung. Schon wegen Miss Elkington, von der verspreche ich mir allerhand. Allein, daß die überhaupt existiert, ist erstaunlich, wo es doch viel naheliegender gewesen wäre, daß die echte Miss Elkington bereits anno 1890 das Zeitliche gesegnet hat und die Agentur bloß noch die übliche Nullachtfünfzehn-Vermittlung ist, die lediglich den Namen weiterführt. Du kennst die Art Laden: verglaste Geschäftsräume, unvorteilhafte Gegend, die Empfangssekretärin ein deprimiertes Häuflein Elend, das sich von der mäkelnden Kundschaft hat kleinkriegen lassen, und eine Klientel, in die sich gelegentlich eine unheimliche Haushälterin auf der Suche nach einem reichen Witwer ohne Anhang einschleicht.«

»Mit deiner blühenden Phantasie bist du bei der Polizei fehl am Platz. Damit wärst du besser Schriftsteller geworden.«

Neben der oberen Klingel stand »Privat«, neben der unteren »Büro«. Piers drückte auf den Büroknopf, und fast gleichzeitig öffnete sich die Tür. Eine junge Frau mit lachendem Gesicht und kurzen Haaren, bekleidet mit Ringelpulli und schwarzem Minirock, vollführte einen regelrechten Freudentanz auf der Schwelle und war nahe daran, sich Piers an den Hals zu werfen, während sie die Besucher ins Haus führte.

»Lassen Sie Ihre Dienstmarke ruhig stecken! Polizisten weisen sich immer aus, stimmt's? Das muß doch mit der Zeit furchtbar langweilig werden. Außerdem wissen wir ja, wer Sie sind. Miss Elkington erwartet Sie. Bestimmt hat sie die Klingel gehört, tut sie immer, und sobald ihr danach ist, wird sie herunterkommen. Setzen Sie sich doch inzwischen! Möchten Sie einen Kaffee? Tee? Wir haben Darjeeling, Earl Grey und Kräutertee. Gar nichts, nein? Auch gut, dann schreib ich eben meine Briefe fertig. Mich auszuquetschen wär übrigens ganz zwecklos. Ich bin bloß 'ne Aushilfskraft und arbeite erst seit zwei Wochen hier. Komischer Laden, aber Miss Elkington ist okay, man muß sie nur zu nehmen wissen. Ach, Entschuldigung, hätt ich glatt vergessen: Ich heiße Eager, Alice Eager, *eager* wie eifrig. Nomen est omen, Sie wissen schon.«

Und wie um ihren Namen zu rechtfertigen, setzte Miss Eager

sich an die Schreibmaschine und hieb so beherzt in die Tasten, daß man annehmen durfte, sie sei den Anforderungen ihres Jobs zumindest in dieser Hinsicht gewachsen.
Das Büro, ein Raum mit lindgrün gestrichenen Wänden, war augenscheinlich früher einmal das Paradewohnzimmer des Hauses gewesen. Gesims und Deckenrose schienen original erhalten. Eingebaute Bücherregale umrahmten den elegant geschwungenen Kamin, in dessen Feuerstelle Gasflammen an den aufgeschichteten Kohleattrappen emporzüngelten. Auf den hellgebeizten Eichendielen lagen zwei verschossene Teppiche. Die Einrichtung beschränkte sich auf das Nötigste. Rechts von der Tür standen zwei metallene Aktenschränke mit je vier Fächern. Die einzigen anderen Möbelstücke außer Miss Elkingtons Schreibtisch und dem kleineren, mehr funktionell gestalteten Tisch der Sekretärin waren zwei Sessel und ein Sofa an der Wand, auf dem sich Kate und Piers niederließen. Wirklich deplaziert wirkten die Bilder: gerahmte Strandplakate – offenbar lauter Originale – aus den dreißiger Jahren; ein Fischer, der, vor Gesundheit strotzend, in Gummistiefeln und Südwester über die Promenade des heilkräftigen Seebades Skegness tollte; kurzbehoste Wandervögel mit Rucksack, deren Bergstöcke auf die pittoresken Klippen von Cornwall gerichtet waren; Dampfloks, die durch eine idealisierte Landschaft mit einem Mosaik von Feldern pufften. Kate konnte sich nicht erinnern, wann sie das letzte Mal solche Plakate gesehen hatte; trotzdem kamen sie ihr vage bekannt vor. Vielleicht während der Schulzeit, dachte sie, anläßlich des Besuchs einer Ausstellung über die Alltags- und Kunstwelt der dreißiger Jahre. Angesichts der Motive glaubte sie sich zurückversetzt in eine längst vergangene Epoche, eine unbekannte, unbegreifliche Zeit, die dennoch seltsam tröstliche, ja nostalgische Gefühle weckte.
Es dauerte exakt fünf Minuten, bis die Tür aufging und Miss

Elkington forschen Schritts den Raum betrat. Die beiden erhoben sich und warteten stehend, während sie ihre Ausweise prüfte und ihnen dann nacheinander forschend ins Gesicht blickte, wie um sich persönlich zu vergewissern, daß keiner von beiden ein Betrüger sei. Anschließend bedeutete sie ihnen, wieder auf dem Sofa Platz zu nehmen, während sie sich hinter ihren Schreibtisch setzte.

Ihr Erscheinungsbild wirkte ebenso ausgesucht unzeitgemäß wie die Ausstattung ihres Büros. Sie war hochgewachsen und schlank, mit einem Anflug von Verschrobenheit; ihre Größe schien sie durch die Kleidung noch betonen zu wollen. Der rehbraune Rock aus feiner Wolle war schmal geschnitten und fast knöchellang; darüber trug sie eine farblich passende, seidig schimmernde Strickjacke und eine hochgeschlossene Bluse. Die Schuhe mit den gekreuzten Riemchen waren auf Hochglanz poliert, lang und schmal und leicht spitz zulaufend. Aber es war in der Hauptsache ihre Frisur, die den Eindruck vermittelte, hier habe sich eine Frau dahingehend stilisiert, eine weniger hektische Ära zu verkörpern, vielleicht sogar zu zelebrieren: Über dem fast vollkommenen Oval ihres Gesichts mit den weit auseinanderstehenden grauen Augen war das Haar in der Mitte gescheitelt und in festgeflochtenen Zöpfen über den Ohren zu kunstvollen Schnecken gewunden.

Zum Zeichen, daß sie mit der zur Debatte stehenden Angelegenheit nichts zu schaffen habe, hielt Alice Eager den Blick unverwandt auf die Schreibmaschine gesenkt. Miss Elkington zog einen Umschlag aus dem Fach zu ihrer Rechten, reichte ihn ihrer Aushilfskraft mit ausgestreckter Hand und sagte: »Miss Eager, wollen Sie so gut sein und das neue Schreibpapier von John Lewis abholen? Die Firma hat gestern angerufen und ausrichten lassen, die Lieferung sei eingetroffen. Sie können zur Victoria Station rüberlaufen und mit der Jubilee Line zum Oxford Circus fahren. Für den Rückweg werden Sie

ein Taxi brauchen, denn das Paket wird ordentlich was wiegen. Nehmen Sie sich zehn Pfund aus der Portokasse! Und vergessen Sie nicht, sich eine Quittung geben zu lassen!«
Unter vielen Dankesbezeugungen und begeisterten Pirouetten zog Miss Eager ab. Die Aussicht auf eine Stunde fern vom Büro entschädigte sie zweifellos dafür, eine womöglich recht spannende Unterhaltung zu versäumen.
Miss Elkington kam mit bewundernswerter Promptheit zur Sache. »Sie sagten am Telefon, daß Sie sich für die Schlüssel zur Kanzlei Langton St. John interessieren und für die Vertragsvereinbarungen mit diesem Kunden. Da letztere zwei meiner Angestellten betreffen – Mrs. Carpenter und Mrs. Watson –, habe ich heute früh mit den beiden telefoniert, um ihr Einverständnis dafür einzuholen, daß ich alle gewünschten Informationen über ihre Abmachungen mit meiner Agentur an Sie weitergeben darf. Sollten Sie darüber hinaus noch etwas über ihr Privatleben erfahren wollen, müssen Sie die Damen schon persönlich kontaktieren.«
»Mit Mrs. Carpenter haben wir bereits gesprochen«, sagte Kate. »Wenn ich recht informiert bin, verwahren Sie einen Satz Reserveschlüssel zur Kanzlei Langton?«
»Ganz recht, einen für die Eingangstür und einen für das Hoftor zum Devereux Court. Ferner habe ich Schlüssel zu zehn der Büros, die von uns betreut werden. Das ist für den Fall gedacht, daß eine der Frauen kurzfristig ausfällt und ich eine Vertretung brauche. Manche Büros stellen zu dem Zweck gern Ersatzschlüssel zur Verfügung, andere nicht. Ich bewahre alle Schlüssel hier im Safe auf. Wie Sie sehen werden, trägt keiner ein Namensschild. Und ich kann Ihnen versichern, daß ich im letzten Monat keinen einzigen aus der Hand gegeben habe.«
Damit ging sie hinüber zu den Bücherregalen rechts vom Kamin, bückte sich und betätigte eine Vorrichtung unter dem un-

tersten Bord. Die Bücher, die offenkundig nur Attrappen waren, schwenkten auseinander, und dahinter kam ein kleiner, moderner Safe zum Vorschein. Kate hatte den Eindruck, daß die Buchattrappen nicht einmal einen unerfahrenen Einbrecher getäuscht hätten. Um so mehr Respekt hatte sie vor dem Safe: Sie kannte das Modell; der war nicht so leicht zu knakken. Miss Elkington drehte an dem Knauf, öffnete die Tür und holte eine Kassette heraus.

»Hier drin«, sagte sie, »sind zehn Schlüsselbunde. Der Bund da gehört zur Kanzlei von Mr. Langton St. John. Zu den Schlüsseln hat, wie gesagt, niemand Zugriff außer mir. Sie sind, wie Sie sehen, numeriert, aber nicht namentlich gekennzeichnet. Und den Code trage ich immer in der Handtasche bei mir.«

»Arbeiten denn so viele Ihrer Raumpflegerinnen in den Kanzleien der Inns of Court?« fragte Piers.

»Ein Großteil. Mein Vater war Jurist, und so kenne ich mich in dem Milieu ein bißchen aus. Was ich anbiete, das ist zuverlässige, effiziente und diskrete Dienstleistung. Sie würden es nicht für möglich halten, wie fahrlässig viele Leute im Umgang mit dem Personal sind. Chefs und Chefinnen, denen es nicht im Traum einfallen würde, selbst engsten Freunden die Büroschlüssel zu überlassen, händigen diese ganz seelenruhig ihrer Putzfrau aus. Darum ist bei all meinen Angestellten Ehrlichkeit und Zuverlässigkeit gewährleistet. Ich hole persönlich die Referenzen ein und überprüfe sie genau.«

»So auch die von Mrs. Carpenter«, sagte Kate. »Könnten Sie uns kurz skizzieren, wie sie zu Ihnen kam?«

Miss Elkington trat an den Aktenschrank und holte einen Ordner aus dem untersten Fach, den sie auf ihren Schreibtisch legte und aufschlug.

»Mrs. Janet Carpenter«, sagte sie, »ist vor über zweieinhalb Jahren zu mir gekommen, am 7. Februar 1994, um genau zu sein. Sie rief im Büro an und bat um einen Termin. Als sie sich vorstellte, erklärte sie mir, sie sei Witwe, kürzlich von Hereford nach London übersiedelt und suche nun für ein paar Stunden pro Woche Arbeit. Sie könne sich vorstellen, daß die Inns of Court genau das richtige für sie wären, da sie und ihr verstorbener Mann früher regelmäßig die Morgenandacht in der Temple-Kirche besucht hätten. Anscheinend hatte sie schon von sich aus in Mr. Langtons Kanzlei nachgefragt, ob dort eine Stelle frei sei, und irgend jemand – die Sekretärin vom Empfang, nehme ich an – verwies sie an mich. Nun war in dieser Kanzlei gerade kein Bedarf, aber ich konnte sie in der Sozietät von Sir Roderick Matthews unterbringen. Dort war sie dann etwa sechs Monate, doch als eine Stelle in der Kanzlei von Mr. Langton frei wurde, bat sie mich, dorthin wechseln zu dürfen.«

»Und nannte sie irgendeinen Grund dafür, daß sie diese Sozietät bevorzugte?« wollte Kate wissen.

»Nein, eigentlich nicht, außer daß sie dort sehr freundlich aufgenommen worden sei, als sie sich seinerzeit nach einer Anstellung erkundigte. Offenbar hatte die Kanzlei einen guten Eindruck auf sie gemacht. Bei Sir Roderick war sie sehr geschätzt, und man bedauerte ihren Weggang. Nun arbeitet sie schon seit über zwei Jahren zusammen mit Mrs. Watson in den Langtonschen Büros: beide Frauen gemeinsam montags, mittwochs und freitags von abends acht Uhr dreißig bis zehn, dienstags und donnerstags erledigt Mrs. Carpenter allein das Nötigste. Soviel ich weiß, half sie gelegentlich auch am Pelham Place aus, wenn Miss Aldridges Haushälterin einmal nicht da war oder Unterstützung brauchte. Das war allerdings eine private Regelung, die nicht über meine Bücher lief.«

»Und die Referenzen?« fragte Piers.

Miss Elkington blätterte ein paar Seiten weiter. »Ich hatte

drei, eine vom Filialleiter ihrer Bank, eine von ihrem Gemeindepfarrer und eine dritte vom Friedensrichter ihrer Heimatgemeinde. Die Herren machten keine näheren persönlichen Angaben, verbürgten sich aber ausnahmslos für ihre Ehrlichkeit, Integrität, Zuverlässigkeit und Diskretion. Ich habe sie dann selbst nach ihren Qualifikationen für die gewünschte Anstellung gefragt, worauf sie mir entgegnete, jede Frau, die ihr eigenes Heim ein Leben lang tadellos saubergehalten hat und eine penible Hausfrau ist, könne sehr wohl auch in einem Büro für Ordnung sorgen, was natürlich stimmt. Ich frage jeweils nach einem Monat bei den Kunden nach, ob sie mit einer neuen Kraft zufrieden sind, und in ihrem Fall waren beide Kanzleien voll des Lobes. Jetzt hat sie mir mitgeteilt, daß sie für ein, zwei Monate aussetzen möchte, aber ich hoffe, daß sie danach wiederkommt. Der Mord war sicher ein Schock für sie, aber es wundert mich doch ein bißchen, daß eine Frau von ihrem Format und ihrer Intelligenz sich dadurch so aus dem Gleis werfen läßt.«

»Ist es nicht sehr ungewöhnlich«, fragte Kate, »daß eine Frau wie Mrs. Carpenter sich als Raumpflegerin verdingt? Schon als wir sie vernommen haben, hatte ich den Eindruck, daß jemand aus ihrem Milieu sich normalerweise eher um eine Bürotätigkeit bewerben würde.«

»Ach ja? Und ich hätte gedacht, Sie als erfahrene Polizeibeamtin wären vorsichtiger mit solchen Pauschalurteilen. Wissen Sie, Bürojobs bieten einer Frau im reiferen Alter keine guten Aussichten. Dort muß sie mit sehr viel jüngeren Frauen konkurrieren, und die moderne Technik ist auch nicht jedermanns Sache. Hausarbeit dagegen hat den Vorteil, daß die Frauen sich nicht nur ihre Zeit einteilen, sondern sich auch noch die Firma aussuchen können, in der sie gern tätig sein würden, und daß sie während der Arbeit unbeaufsichtigt sind. Mrs. Carpenters Wahl scheint mir sehr gut nachvollziehbar.

Falls Sie keine wichtigen Fragen mehr haben, möchte ich mich jetzt entschuldigen: Die Arbeit ruft.«

Eine klare Feststellung, und von Kaffee oder Tee war nun nicht mehr die Rede.

Kate und Piers gingen ziemlich einsilbig nebeneinander her, bis sie die Horseferry Road erreichten. Dann fragte er unvermittelt: »Sag mal, findest du nicht auch, daß diese Agentur fast zu schön ist, um wahr zu sein?«

»Wie meinst du das?«

»Na, mir kam dort alles so unwirklich vor. Die Frau, ihr Büro, diese vornehme, museumsreife Atmosphäre. Man fühlte sich ja direkt in die dreißiger Jahre zurückversetzt: reinste Agatha Christie.«

»Ich kann mir nicht vorstellen, daß du je was von der gelesen hast. Und was weißt du schon von den dreißiger Jahren?«

»Man muß Agatha Christie nicht lesen, um ihre Welt zu kennen, und für die dreißiger Jahre interessiere ich mich im übrigen sehr. Unter anderem, weil ich finde, daß die Maler dieser Zeit betrüblich unterschätzt werden. Aber Miss Elkingtons Stil entspricht nicht wirklich den Dreißigern, oder? Ihre Kleidung zumindest würde eher in die Zeit um 1910 passen. In was für einer Welt sie auch lebt, unsere ist es jedenfalls nicht. Sie hat ja noch nicht mal einen Computer. Und Miss Eagers Schreibmaschine sieht aus wie eines von den frühesten elektrischen Modellen. Weißt du, und dann die Logistik dieses Ladens! Da fragt man sich doch unwillkürlich, wie zum Teufel kriegt sie ihre Kosten gedeckt, von Gewinn ganz zu schweigen?«

»Kommt drauf an«, sagte Kate, »wie viele Frauen sie beschäftigt. Als sie den Aktenschrank aufmachte, da kam mir der ziemlich voll vor.«

»Nur weil einige Ordner so prall waren. Sie scheint ja jede Kleinigkeit zu archivieren. Wer hat je gehört, daß sich der Leiter einer Vermittlungsagentur soviel Mühe macht? Wozu soll das gut sein?«

»Wir profitieren jedenfalls davon.«

Er sah aus, als überschlage er im Kopf alle möglichen Kalkulationen, dann sagte er: »Angenommen, sie hat dreißig Frauen unter Vertrag, und die arbeiten im Schnitt zwanzig Stunden die Woche. Macht sechshundert Stunden. Sagen wir, jede verdient sechs Pfund, was ein hoher Stundenlohn wäre, und sie kassiert fünfzig Pence pro Stunde, dann macht das dreihundert Pfund pro Woche. Davon muß sie aber noch das Büro unterhalten und ihre Mitarbeiterinnen bezahlen. Nein, das ist einfach nicht rentabel!«

»Aber das sind doch alles nur Mutmaßungen, Piers. Du weißt ja nicht, wie viele Frauen sie tatsächlich beschäftigt, und auch nicht, wie hoch ihre Provision ist. Aber gut, angenommen, sie holt bloß dreihundert raus – na und?«

»Ich frage mich, ob die Agentur nicht nur als Fassade für ganz andere Geschäfte dient. Mit so einer Tarnung könnte man doch die schönsten Gaunereien durchziehen, oder? Eine Riege gut beleumundeter Frauen, alle sorgsam überprüft, werden in strategisch wichtige Büros eingeschleust und leiten wertvolle Informationen zurück. Gefällt mir – ich meine, die Theorie gefällt mir.«

»Falls du dabei an Erpressung denkst«, sagte Kate, »dann finde ich das eher unwahrscheinlich. Was kann man in Anwaltsbüros schon groß aufschnappen?«

»Ach, ich weiß nicht – hängt davon ab, woran Miss Elkington interessiert ist. Manche Leute würden eine Menge Geld für die Kopien gewisser juristischer Dokumente zahlen. Für das Gutachten eines Gegenanwalts zum Beispiel. He, das wär doch 'ne Möglichkeit: Angenommen, Venetia Aldridge hat diese Gaunerei aufgedeckt. Da hätten wir glatt ein Mordmotiv!«

Es war unmöglich festzustellen, ob es ihm ernst war mit dem, was er sagte. Wahrscheinlich nicht. Aber ein Blick auf seine aufgeweckte, belustigte Miene ließ sie vermuten, daß er eben jetzt nur zu seinem Privatvergnügen einen genialen Plan ausheckte, einen, nach dem er so eine Gaunerei aufziehen würde: mit maximalem Gewinn und minimalem Risiko.

»Das ist alles zu weit hergeholt«, sagte sie. »Aber vielleicht hätten wir die Dame etwas mehr in die Mangel nehmen sollen. Immerhin hat sie die Schlüssel. Und wir haben sie nicht mal nach einem Alibi gefragt. Wer weiß, ob AD nicht denken wird, daß wir die Sache zu sehr auf die leichte Schulter genommen haben. Wir haben uns nach Janet Carpenter erkundigt, ja, aber Miss Elkington selber, die haben wir darüber vergessen. Wir hätten sie auf jeden Fall fragen müssen, wo sie am Mittwochabend gewesen ist.«

»Dann gehn wir noch mal zurück?«

»Ich denke schon. Mit so einer halben Sache sollten wir uns nicht zufriedengeben. Willst du mit ihr reden?«

»Klar, diesmal bin ich dran.«

»Du hast doch hoffentlich nicht vor, sie rundheraus zu fragen, ob die Agentur Elkington ein Tarnunternehmen für Nötigung, Erpressung und Mord ist, oder?«

»Wenn ich's täte, würde sie das spielend parieren.«

Diesmal öffnete ihnen Miss Elkington persönlich. Sie schien nicht überrascht, die beiden Kriminalbeamten so bald wiederzusehen. Wortlos führte sie sie ins Büro und setzte sich hinter ihren Schreibtisch. Piers und Kate blieben stehen.

Piers sagte: »Entschuldigen Sie, daß wir noch mal stören, aber wir hatten vorhin etwas vergessen. Oder vielmehr übersehen, und zwar, weil es sich eigentlich nur um eine Formalität handelt. Aber wir hätten daran denken sollen, Sie zu fragen, wo Sie am Mittwochabend gewesen sind.«

»Sie fragen mich nach einem Alibi?«

»So können Sie's allerdings auch auslegen, ja.«

»Ich wüßte nicht, wie man es sonst auslegen sollte. Wollen Sie mir unterstellen, ich hätte meine Schlüssel genommen und wäre in Mr. Langtons Kanzlei spaziert, auf den bloßen Verdacht hin, Miss Aldridge vielleicht – und obendrein allein – in ihrem Büro anzutreffen, so daß ich sie bequem umbringen konnte, bevor Mrs. Carpenter zum Putzen kam?«

»Wir unterstellen überhaupt nichts, Miss Elkington. Wir bitten Sie lediglich, uns eine einfache Frage zu beantworten, eine, die wir jedem stellen müssen, der über Schlüssel zur Kanzlei verfügt.«

»Zufällig«, erwiderte Miss Elkington, »zufällig kann ich für den fraglichen Abend und einen Großteil der Nacht ein Alibi vorweisen. Ob es Ihnen genügt, das müssen Sie natürlich selbst entscheiden. Wie die meisten Alibis steht und fällt auch das meine mit der Bestätigung durch eine andere Person. Ich war mit einem Freund zusammen, mit Carl Oliphant, dem Dirigenten. Er kam um halb acht zum Essen zu mir und blieb bis in die frühen Morgenstunden. Da Sie mir nicht gesagt haben, um welche Zeit der Mord geschah, weiß ich nicht, ob Ihnen das weiterhilft. Ich werde mich natürlich mit Mr. Oliphant in Verbindung setzen, und wenn er einverstanden ist, gebe ich Ihnen seine Nummer.« Sie sah Piers offen an. »Und das ist alles, weswegen Sie zurückgekommen sind, mein Alibi?«

Falls sie gehofft hatte, Piers einzuschüchtern, so sah sie sich enttäuscht. Ohne eine Spur von Verlegenheit sagte er: »Aus diesem Grund sind wir zurückgekommen, ja, aber da ist noch etwas, das ich gern wissen möchte. Rein aus gewöhnlicher Neugier, wie ich gestehen muß.«

»Sie müssen ein schweres Leben haben, Inspector. Da brennen Sie nun darauf, etwas Bestimmtes zu erfahren, sind aber nicht befugt, danach zu fragen. Ich nehme an, bei den ängstlichen Kandidaten, den kleinen Leuten oder solchen, die sich nicht auskennen, fragen Sie einfach forsch drauflos. Und wer

Ihnen rät, sich lieber um Ihren eigenen Kram zu kümmern, der handelt sich schon Minuspunkte für die Zukunft ein. Aber meinetwegen, fragen Sie ruhig!«

»Danke. Also ich wüßte gern, wie Sie es schaffen, mit so exzentrischen Methoden ein erfolgreiches Unternehmen zu führen.«

»Ist das für Ihre Ermittlungen relevant, Inspector?«

»Möglicherweise – für uns kann alles von Bedeutung sein. Im Augenblick sieht es allerdings nicht so aus.«

»Na, wenigstens haben Sie mir einen akzeptablen Grund genannt. ›Gewöhnliche Neugier‹ überzeugt mich mehr als diese Floskel von der ›Polizeiroutine‹. Nun denn: Meine Firma habe ich vor zehn Jahren von einer unverheirateten Tante gleichen Namens geerbt. Das Geschäft ist seit den zwanziger Jahren im Besitz unserer Familie. Ich führe es teils aus Pietätsgründen weiter, hauptsächlich aber, weil es mir Spaß macht. Ich komme mit interessanten Leuten in Kontakt, auch wenn Inspector Miskin das ohne Zweifel überraschen wird, wo sich doch die meisten meiner Angestellten mit simpler Hausarbeit zufriedengeben. Ich verdiene genug, um ein kleines Privateinkommen aufzubessern und mir eine Assistentin leisten zu können. Und jetzt wollen Sie mich bitte entschuldigen, ich habe zu arbeiten. Meine Empfehlung an Commander Dalgliesh. Er sollte Sie gelegentlich zu so einer Routinebefragung begleiten. Wäre er dabeigewesen, hätte ich meinerseits eine Frage zu einem der Gedichte in seinem letzten Buch gehabt. Ich hoffe, er verfällt nicht auch diesem modischen Irrtum, wonach der wahre Dichter sich durch Unverständlichkeit auszeichnet. Und Sie können ihm versichern, daß ich Venetia Aldridge nicht umgebracht habe. Schon weil sie nicht auf meiner Liste jener Leute stand, die zum Wohle der Menschheit besser tot wären.«

Schweigend machten Kate und Piers sich abermals auf den

Weg zur Horseferry Road. Sie sah aus dem Augenwinkel, daß er lächelte.
»Eine erstaunliche Frau«, sagte er endlich. »Ich fürchte, wir werden keinen Vorwand finden, sie noch mal aufzusuchen. Das gehört zu den Frustrationen unseres Berufs: Man lernt Menschen kennen, befragt sie, ist fasziniert von ihnen, streicht sie von der Liste der Verdächtigen und sieht sie nie wieder.«
»Bei den meisten bin ich heilfroh, daß ich sie nicht wiedersehen muß, Miss Elkington eingeschlossen.«
»Ja, ihr beide wart euch nicht sehr sympathisch. Aber hat sie dich denn nicht interessiert – als Frau meine ich, nicht als potentielle Verdächtige oder nützliche Informantin?«
»Neugierig gemacht hat sie mich schon. Gut, sie spielt Theater, aber wer tut das nicht? Interessant wäre die Frage, warum sie sich ausgerechnet diese Rolle ausgesucht hat, aber für uns ist das nicht von Bedeutung. Wenn sie lieber in den Dreißigern lebt – falls es das ist, was sie da treibt –, dann ist das ihre Sache. Mich interessiert mehr, was sie uns über Janet Carpenter erzählt hat. Die wollte doch, scheint es, mit aller Gewalt in dieser einen Kanzlei arbeiten. obwohl sie mit ihrer Stelle bei Sir Roderick Matthews vollauf zufrieden sein konnte. Warum dann der Wechsel? Und warum ausgerechnet zum Pawlet Court?«
»Daran finde ich nichts Verdächtiges. Sie hatte sich zufällig schon mal bei Langton vorgestellt, die Kanzlei gefiel ihr, sie fand die Sekretärin sympathisch, erhoffte sich ein angenehmes Arbeitsklima. Als sich dann die Gelegenheit bot, ließ sie sich eben versetzen. Sieh mal, wenn sie sich auf Langtons Kanzlei versteift hätte, weil sie darauf aus war, Venetia Aldridge umzubringen, warum hätte sie über zwei Jahre warten sollen? Du willst mir doch nicht erzählen, daß diese Mrs. Watson am Mittwochabend zum erstenmal verhindert war?«

Kate fuhr fort, als hätte sie ihn nicht gehört: »Und dann ist sie anscheinend auch noch mit Freuden eingesprungen, wann immer die Haushälterin von der Aldridge, Mrs. Buckley, eine Aushilfe brauchte. Sieht so aus, als wäre Janet Carpenter jedes Mittel recht gewesen, um der Aldridge nahezukommen. Warum? Die Antwort darauf könnte in ihrer Vergangenheit liegen.«

»In Hereford?«

»Möglich. Ich denke, man sollte sich dort mal ein bißchen umhören. Ist 'n kleines Nest. Falls es da was aufzuspüren gibt, dürfte das nicht allzuviel Zeit in Anspruch nehmen.«

»Von wegen kleines Nest«, sagte Piers. »Hereford ist Bischofssitz. Ich hätte nichts einzuwenden gegen einen Tag auf dem Lande, schon wegen der Kathedrale, aber wahrscheinlich überlassen wir das besser einem Sergeant und einer Kriminalbeamtin von der innerstädtischen Polizei. Willst du abwarten, bis AD sich telefonisch meldet, und es mit ihm klären?«

»Nein, das leiern wir gleich an. Ich hab so ein Gefühl, als könnte es wichtig sein. Organisier du das, ja? Ich werde derweil mit Robbins dieser Catherine Beddington auf den Zahn fühlen, die so schön auf Bestellung krank geworden ist.«

26

Catherine Beddington wohnte in einer engen Gasse mit lauter einheitlichen Reihenhäusern irgendwo hinter den Anlagen von Shepherd's Bush Green. Die Siedlung, ursprünglich gewiß ein Quartier für biedere viktorianische Arbeiterfamilien, hatte sich inzwischen zu einer Kolonie für Jungakademiker gemausert, die durch die günstige Entfernung zur Central Line angelockt wurden und, im Falle diverser Medienvertreter, sicher auch durch die Nähe der Fernsehstudios sowie der Zentralverwaltung der BBC. Türen und Fensterrahmen glänzten frisch gestrichen, Blumenkästen setzten fröhliche Akzente, und die Autos parkten so dicht an dicht, daß Kate und Robbins zehn Minuten herumkurven mußten, ehe sie eine Lücke fanden.

Die Tür zu Nummer neunzehn wurde von einer dicken jungen Frau geöffnet, die Hosen trug und darüber ein Jeanshemd in Übergröße. Das dunkelbraune, in der Mitte gescheitelte Kraushaar sträubte sich in zwei üppigen Zwillingsbüschen zu beiden Seiten ihres freundlichen Gesichts. Das auffallend kluge Augenpaar hinter der Hornbrille taxierte die Besucher mit raschem Blick.

Noch bevor Kate sich und ihren Begleiter richtig hatte vorstellen können, sagte sie: »Schon gut, Ihre Dienstmarken, oder was immer Sie einem vor die Nase zu halten pflegen, brauche ich nicht zu sehen. Ich merk's auch so, wenn die Polizei vor mir steht.«

»Besonders«, versetzte Kate mit mildem Tadel, »wenn sie sich

vorher telefonisch angemeldet hat. Wie geht's Miss Beddington? Können wir mit ihr sprechen?«
»Sie meint, ja. Ich bin übrigens Trudy Manning. Die Hälfte vom Pädagogikstudium hab ich schon hinter mir, und ich bin Cathys Freundin. Sie haben doch nichts dagegen, daß ich bei der Vernehmung dabei bin?«
»Durchaus nicht, wenn Miss Beddington das wünscht.«
»Ich wünsche es. Außerdem werden Sie mich brauchen. Ich bin nämlich ihr Alibi und umgekehrt. Und ich nehme doch an, daß Sie wegen eines Alibis gekommen sind. Wir alle wissen, was es heißt, wenn die Polizei einen bittet, ihr bei ihren Ermittlungen behilflich zu sein. Cathy ist da drin.«
Das Haus wirkte anheimelnd und einladender als Trudy Mannings Worte. Sie führte die beiden zu einer Tür links vom Flur und ließ ihnen den Vortritt. Der lichtdurchflutete Raum erstreckte sich über die ganze Länge des Hauses. An der Rückseite war ein mit weißen Blumenbänken ausgestatteter Wintergarten angebaut, und über die Geranientöpfe, die geflammten Lilien und Efeuranken hinweg erhaschte Kate einen Blick auf ein ummauertes Gärtchen. In dem viktorianischen Kamin mit den Kohleattrappen brannte ein Gasfeuer, dessen Flammen vom Widerschein der Sonne überstrahlt wurden. Das Zimmer vermittelte auf den ersten Blick ein Gefühl von Geborgenheit und behaglicher Wärme.
Es bot, dachte Kate, den angemessenen Rahmen für die junge Frau, die sich zu ihrer Begrüßung von der Chaiselongue vorm Kamin erhob. Das war mal eine echte Blondine. Ihr straff aus der Stirn zurückgekämmtes und mit einem pinkfarbenen Chiffonschal zurückgebundenes Haar leuchtete flachsblond, die Augen unter den geschwungenen Brauen schimmerten veilchenblau, die Gesichtszüge waren fein und ebenmäßig. Kate, die für Schönheit ohne Ansehen des Geschlechts empfänglich war, vermißte trotzdem etwas: den

bewußten Funken, den ein eigenwillig kapriziöser Charakter verleiht, oder auch jenes gewisse Prickeln erotischer Ausstrahlung. Dieses Gesicht war einfach zu makellos. Catherine Beddington mochte den Typ weiblicher Schönheit verkörpern, der rasch zur hübschen Durchschnittsfrau verblaßt und im Alter nur noch nichtssagend vor sich hin welkt. Vorerst freilich konnten weder ihre bange Miene noch die Nachwirkungen der eben überstandenen Krankheit ihren lichten Liebreiz trüben.

»Tut uns leid, daß es Ihnen so schlechtging«, sagte Kate. »Sind Sie sicher, daß Sie sich unseren Fragen schon gewachsen fühlen? Wir können auch ein andermal wiederkommen.«

»Nein, nein, bitte bleiben Sie! Mir geht's schon wieder ganz gut. Es war bloß eine schlimme Gallenkolik – vermutlich hatte ich was Schlechtes gegessen oder mir einen dieser Vierundzwanzig-Stunden-Viren eingefangen. Aber nun möchte ich doch wissen, was passiert ist. Sie wurde erstochen, nicht wahr? Mr. Langton rief mich am Donnerstag nachmittags gleich an, und heute morgen stand's natürlich auch in der Zeitung, allerdings ohne nähere Angaben. Ach, entschuldigen Sie – bitte setzen Sie sich doch! Das Sofa da ist ganz bequem.«

Kate meinte: »Zur Zeit können auch wir Ihnen kaum mehr sagen. Miss Aldridge wurde durch einen Stich ins Herz getötet nach sieben Uhr fünfundvierzig am Mittwochabend. Die Tatwaffe war höchstwahrscheinlich ihr stählerner Brieföffner. Können Sie sich erinnern, ob Sie den mal bei ihr gesehen haben?«

»Diesen kleinen Dolch? Es war nämlich eher ein Dolch als ein Brieföffner, wissen Sie. Ja, den verwahrte sie in ihrem Schreibtisch, in der obersten Schublade rechts, und benutzt hat sie ihn, um die Post zu öffnen, das ist richtig. Das Ding war furchtbar scharf.« Nach einer kleinen Pause stammelte sie: »Mord also. Daran ist wohl nicht mehr zu zweifeln, oder?

Ich meine, es hätte nicht auch ein Unfall sein können? Sie … sie könnte es nicht selbst getan haben?«
Das Schweigen der beiden Beamten war Antwort genug. Als sie nach kurzem Besinnen fortfuhr, war ihre Stimme kaum mehr als ein Flüstern. »Armer Harry! Es muß ein entsetzlicher Schock für ihn gewesen sein, als er sie fand. Mr. Langton hat mir erzählt, daß es Harry war, der die Leiche entdeckt hat. Aber ihn trifft es noch schlimmer – ich meine Mr. Langton. Und noch dazu so kurz vor dem Ende seiner Amtszeit. Sein Großvater war schon Chef dieser Kanzlei, wußten Sie das? Der Pawlet Court Nummer acht, das war sein Lebensinhalt.«
Die veilchenblauen Augen schwammen in Tränen, als sie sagte: »Das wird ihn umbringen.«
Vielleicht um sie auf andere Gedanken zu bringen, womöglich aber auch aus einem anderen, nur ihm selbst bekannten Grund wechselte Robbins unvermittelt das Thema. »Was für eine schöne Wohnung, Miss Beddington. Kaum zu glauben, daß man hier nur ein paar Minuten vom Marble Arch entfernt ist. Gehört Ihnen das Haus?«
Die Frage hätte Kate selber gern gestellt, wäre sie sich nicht bewußt gewesen, daß ihr dafür praktisch jede Rechtfertigung fehlte: Miss Beddingtons Wohnverhältnisse gingen die Polizei schwerlich etwas an. Robbins konnte sich solche Abschweifungen schon eher leisten. Den hat man vielleicht, dachte Kate manchmal, glatt mit den Hintergedanken eingestellt, ängstlichen oder auch zynischen Mitbürgern das Gefühl zu geben, die Metropolitan Police habe Beamte in ihren Reihen, die der Stolz jeder Mutter wären. Robbins war ein treuer Anhänger seiner Methodistengemeinde; ein Mann, der weder rauchte noch trank und in seiner Freizeit als Laienprediger einsprang. Aber er war auch einer der größten Skeptiker, mit denen Kate je zusammengearbeitet hatte; sein mutmaßlicher Optimismus in bezug auf die Erlösungschancen des

Menschengeschlechts schien ihn nicht daran zu hindern, grundsätzlich erst einmal mit dem Schlimmsten zu rechnen und dies gegebenenfalls, ohne daß er über jemanden den Stab brach, mit stoischer Ruhe hinzunehmen. Es kam nur ganz selten vor, daß jemand Robbins irgendeine Frage übelnahm; ganz selten auch, daß er sich durch eine unwahre Antwort täuschen ließ.

Trudy Manning, die ihrer Freundin gegenüber Platz genommen hatte und offenbar die Aufpasserin spielen wollte, machte Miene, einzuschreiten, besann sich aber eines Besseren, vielleicht aus der Überlegung heraus, daß es klüger sei, sich ein Veto für die wirklich unangenehmen Fragen aufzusparen, die noch folgen mochten.

»Eigentlich gehört es Daddy«, antwortete Miss Beddington ganz unbefangen. »Er hat es für mich gekauft, als ich anfing zu studieren. Und nun bewohne ich es gemeinsam mit Trudy und noch zwei anderen Freundinnen. Jede von uns hat ein Wohn-Schlaf-Zimmer, und die Küche im Souterrain und das Eßzimmer, die teilen wir uns. Mummy und ich haben dieses Haus wegen der günstigen Lage zur Central Line ausgesucht. Wenn ich am Chancery Lane aussteige, bin ich zu Fuß in ein paar Minuten in der Kanzlei.«

»Du brauchst hier nicht gleich deine ganze Lebensgeschichte auszubreiten, Cathy«, wandte Trudy ein. »Predigt ihr das nicht dauernd euren Klienten? Daß man der Polizei sowenig wie möglich anvertrauen soll?«

»Aber Trudy, jetzt sei doch nicht zickig. Warum sollen sie denn nicht wissen, wem das Haus gehört?«

Hab ich also richtig getippt, dachte Kate. Diese Praxis war ja auch unter Studenten mit reichen Vätern oder eigenem Vermögen weit verbreitet. Das Haus stieg während des Studiums im Wert, so daß Daddy es hinterher gewinnbringend weiterverkaufen konnte, die jungen Studenten entgingen den finanziellen oder sexuellen Repressionen unangenehmer Zimmerwirte, und die gemeinschaftliche Nutzung des Hauses deckte Heizungs- und Unterhaltskosten und gewährleistete darüber hinaus, daß Daddys Goldtöchterchen sich mit jungen Leuten aus den eigenen Kreisen umgab. Wenn man Glück hatte, eine vernünftige Regelung, und Catherine Beddington zählte offenbar zu den Glücklichen. Aber das war Kate schon in dem Moment klargeworden, als sie dieses Zimmer betreten hatte. Die Einrichtung mochte aus angejahrten Möbelstücken bestehen, die daheim entbehrlich waren, aber sie war sorgfältig ausgesucht und auf die räumlichen Proportionen abgestimmt. Und das Sofa, eine offensichtliche Neuerwerbung, war nicht billig gewesen. Die gewachsten Eichendielen waren großzügig mit Teppichen belegt; die Familienfotos auf einem Beistelltisch steckten in silbernen Rahmen; auf dem mit cremeweißem Leinen bezogenen Diwan an der Wand stapelten sich Kissen mit kostbarer Stickerei.

Auf einer der Fotografien stand Catherine Beddington neben einem jungen Mann im Talar. Ihr Bruder? fragte sich Kate. Oder der Verlobte? Ihr war aufgefallen, daß Catherine einen Verlobungsring trug, eine Blume aus Granatsplittern, mit einem Kranz kleiner Brillanten ringsum; der Fassung nach ein sehr altes Schmuckstück.

Doch es war an der Zeit, endlich zur Sache zu kommen. »Könnten Sie uns sagen«, bat Kate, »wo Sie am Mittwoch ab halb acht Uhr abends gewesen sind und was Sie gemacht haben? Eine reine Routinefrage, Sie verstehen – die müssen wir jedem stellen, der Schlüssel zur Kanzlei hat.«

»Natürlich. Ich war mit Miss Aldridge und ihrem Assistenten bei einer Verhandlung in Snaresbrook. Die endete früher als erwartet, weil der Richter sich seine Rechtsbelehrung an die Geschworenen bis zum nächsten Morgen aufheben wollte. Miss Aldridge ist mit dem Wagen nach London zurückgefahren, und ich habe am U-Bahnhof Snaresbrook die Central Line genommen und bin am Chancery Lane ausgestiegen. Daddy möchte nicht, daß ich in London Auto fahre, darum hab ich keinen Wagen.«

»Warum sind Sie denn nicht bei Miss Aldridge mitgefahren? Wäre das nicht das Nächstliegende gewesen?«

Catherine errötete. Mit einem Blick auf Trudy Manning sagte sie: »Doch, wahrscheinlich schon. Sie hat mir auch ganz selbstverständlich angeboten, mich mitzunehmen, aber ich hatte das Gefühl, sie würde eigentlich lieber allein bleiben. Darum sagte ich ihr, ich sei mit einem Freund am Bahnhof Liverpool Street verabredet und wollte lieber mit der U-Bahn fahren.«

»Und waren Sie verabredet?«

»Nein, das war geflunkert. Ich ... ich dachte nur, daß ich mich allein wohler fühlen würde.«

»War an dem Tag bei Gericht irgend etwas vorgefallen, worüber Sie oder Miss Aldridge sich aufgeregt oder geärgert haben?«

»Eigentlich nicht. Jedenfalls gab's keine schlimmeren Zwischenfälle als sonst.« Wieder wurde sie rot.

»Sie können ruhig die Wahrheit erfahren«, mischte sich Trudy ein. »Venetia Aldridge war Cathys Betreuerin. Als Juristin ist sie – war sie – brillant, das wird Ihnen jeder bestätigen. Ich hab sie nie persönlich kennengelernt, weshalb ich darüber nicht urteilen kann, aber ich weiß, was sie für einen Ruf hatte. Nur bedeutete das leider nicht, daß sie auch mit Menschen umgehen konnte, erst recht nicht mit jungen Leuten. Sie war furchtbar ungeduldig, hatte eine scharfe Zunge und stellte aberwitzig hohe Ansprüche.«

Catherine Beddington wandte ein: »Das ist nicht ganz fair, Trudy. Als Tutorin konnte sie großartig sein, bloß mit mir kam sie nicht zurecht. Ich hatte einfach zuviel Angst vor ihr, und je mehr sie mich einschüchterte, desto mehr Fehler hab ich gemacht. Im Grunde lag die Schuld bei mir. Ich glaube, weil sie meine Betreuerin war, fühlte sie sich verpflichtet, sich ernsthaft um mich zu kümmern – obwohl ja Mr. Costello mein Präzeptor ist. Kronanwälte bilden keine Referendare aus. Jedenfalls haben alle gesagt, ich hätte großes Glück, sie als Betreuerin zu kriegen. Und wenn ich klüger gewesen wäre und mich gegen sie hätte behaupten können, wäre es bestimmt auch gutgegangen.«

»Und wenn du ein Mann gewesen wärst«, ergänzte Trudy. »Sie mochte nämlich keine Frauen. An deiner Intelligenz ist doch nichts auszusetzen. Deine Noten sind glänzend, oder? Warum müssen Frauen sich nur immer so klein machen, verdammt?«

»Trudy, du bist schon wieder ungerecht. Was heißt, sie mochte keine Frauen? Für mich hatte sie nicht sonderlich viel übrig, ja, aber deswegen war sie doch noch lange nicht frauenfeindlich. Außerdem ist sie mit Männern genauso streng gewesen.«

»Aber gefördert hat sie das eigene Geschlecht auch nicht gerade, oder?«

»Sie fand eben, wir sollten chancengleich miteinander konkurrieren.«

»Ach ja? Und seit wann haben Frauen Chancengleichheit? Jetzt mach aber mal 'n Punkt, Cathy! Wir haben das doch oft genug diskutiert. Sie hätte alles darangesetzt, um zu verhindern, daß die Kanzlei dir eine feste Anstellung gibt.«

»Aber Trudy, sie hatte ja recht. Ich bin nicht so gut wie die beiden anderen Referendare.«

»Bist du wohl. Das einzige, was dir fehlt, ist Selbstvertrauen.«

»Na und, das zählt doch auch, oder? Was ist schon ein Anwalt, dem es an Selbstvertrauen mangelt?«

Kate unterbrach die Freundinnen mit einer Frage, die sie di-

rekt an Trudy Manning richtete: »Sie gehören zu dieser Frauenoffensive Redress, nicht wahr?«
Falls sie gehofft hatte, Trudy mit diesem Einwurf zu überraschen, sah sie sich enttäuscht. Das Mädchen lachte bloß.
»Ach Gott! Sie haben wohl unser Rundschreiben in Venetia Aldridges Schreibtisch gefunden. Ja, das stammt von mir. Ich hab's mit drei Freundinnen zusammen aufgesetzt, und eine davon stellt uns ihre Adresse zur Verfügung. Der Rundbrief hat ganz schön was gebracht – das Echo war größer als erwartet. Unser Land wird ja praktisch von Minderheiten beherrscht, die sich lautstark genug zu Wort melden, um die Regierung unter Druck zu setzen. Und das ist zufällig mal eine Initiative, mit der ich mich identifizieren kann. Nicht, daß Frauen in der Minderheit wären, das ist ja der eigentliche Skandal. Wir versuchen die Arbeitgeber zu motivieren, damit sie den Frauen eine faire Chance geben. Und an jene Frauen, die es geschafft und Karriere gemacht haben, appellieren wir, ihre Verantwortung dem eigenen Geschlecht gegenüber nicht zu vergessen und etwas für die Frauenförderung zu tun. Die Männer machen's schließlich umgekehrt genauso. Gelegentlich schreiben wir auch ganz gezielt bestimmte Firmen an. Statt zu antworten, daß sie mit absolut fairen Beförderungskriterien arbeiten und wir uns gefälligst um unseren eigenen Kram kümmern sollen, schicken die uns dann ellenlange Rechenschaftsberichte als Beleg dafür, was sie schon alles im Dienste der Chancengleichheit tun. Aber vergessen werden diese Typen unseren Aufruf nicht. Ich meine, wenn das nächste Mal eine Beförderung ansteht, überlegen sie es sich vermutlich zweimal, ob sie wirklich eine bestens qualifizierte Frau zugunsten eines Mannes ablehnen.«
»In Ihrem Rundschreiben«, sagte Kate, »haben Sie Venetia Aldridge namentlich genannt. Wie hat sie denn darauf reagiert?«

Trudy lachte wieder. »Gefallen hat's ihr natürlich nicht. Sie hat Cathy zur Rede gestellt – sie wußte, daß wir befreundet sind –, und dunkle Andeutungen von wegen Verleumdungsklage fallenlassen. Uns konnte sie damit aber nicht ins Bockshorn jagen. Wir wußten, daß sie viel zu intelligent war, um sich auf so was einzulassen. Schon wegen der peinlichen Publicity. Trotzdem war es ein Fehler, sie in unserem Rundbrief namentlich zu erwähnen. Solche Aktionen haben wir inzwischen auch eingestellt, denn sie sind gefährlich und obendrein destruktiv. Viel wirksamer ist es, bestimmte Personen direkt anzuschreiben.«
Kate sagte nichts dazu, sondern wandte sich wieder an Catherine Beddington. »Könnten wir noch einmal auf den Mittwochabend zurückkommen? Sie sind also von Snaresbrook mit der U-Bahn in die Stadt zurückgefahren?«
»Genau. Das Gericht in Snaresbrook liegt ganz in der Nähe der Haltestelle. Ich war gegen halb fünf wieder in der Kanzlei. Dort habe ich bis kurz vor sechs in der Bibliothek gearbeitet, und dann hat Trudy mich abgeholt. Sie hatte mir meine Oboe von zu Hause mitgebracht und begleitete mich zu einer Konzertprobe in die Temple-Kirche. Ich gehöre nämlich zum dortigen Orchester, wissen Sie. Die meisten der Mitwirkenden sind Juristen. Die Probe war für sechs bis acht angesetzt, aber wir waren schon kurz vor acht fertig. Ich denke, es wird so fünf nach acht gewesen sein, als wir den Temple-Bereich verließen.«
»Und welchen Ausgang haben Sie benutzt?« fragte Kate.
»Das Judges' Gate wie üblich, das Tor des Devereux Court.«
»Und während der Konzertprobe waren Sie beide die ganze Zeit über in der Kirche?«
Diesmal antwortete Trudy. »Waren wir, ja. Ich gehöre natürlich nicht zum Orchester, aber ich bin mitgegangen, weil eine Probe unter Malcolm Beeston immer Unterhaltungswert hat.

Er sieht sich selber als eine Art Thomas Beecham, gepaart mit dem Aplomb eines Malcolm Sargent. Außerdem probten sie an dem Abend ein Programm, für das meine musikalischen Kenntnisse gerade noch ausreichten.«

Catherine Beddington ergänzte: »Wir spielen doch wirklich nicht schlecht, auch wenn wir alle Amateure sind. Am Mittwoch standen nur englische Komponisten auf dem Programm: Delius mit ›*On Hearing the First Cuckoo in Spring*‹, Elgars ›*Serenade for Strings*‹ und Vaughan Williams ›*Folksong Suite*‹.«

»Ich habe mich ganz nach hinten gesetzt«, sagte Trudy, »um nicht aufzufallen. Vermutlich hätte ich unbemerkt hinausschlüpfen können, um durch den Pump Court und über den Middle Temple Lane in den Pawlet Court zu sausen, Venetia Aldridge zu erstechen und mich dann heimlich in die Kirche zurückzuschleichen. Aber ich hab's nicht getan.«

»Du hast doch ziemlich nahe bei Mr. Langton gesessen, stimmt's?« fiel Catherine ein. »Sicher kann er bestätigen, daß du in der Probe warst – zumindest während der ersten Hälfte.«

»Demnach war Mr. Langton auch auf der Probe, ja?« fragte Kate. »Hat Sie das überrascht?«

»Ein bißchen schon, doch. Ich meine, er war nie zuvor zu einer Orchesterprobe gekommen. Normalerweise besucht er nur unsere offiziellen Konzertabende, aber vielleicht wird er es dieses Jahr nicht einrichten können und hat sich deshalb wenigstens mal eine Probe angehört. Er ist auch nicht sehr lange geblieben. Als ich nach einer Stunde – vielleicht auch eher – mal zu seinem Platz hinschaute, war er verschwunden.«

»Hat er Sie angesprochen?« wollte Kate von Trudy wissen.

»Nein, aber ich kenne ihn auch nur vom Sehen. Übrigens wirkte er an dem Abend ziemlich geistesabwesend. Ich weiß nicht, ob das an der Musik lag. Einmal hatte ich sogar den Eindruck, er sei eingeschlafen. Jedenfalls ist er dann, nach etwa einer Stunde, aufgestanden und gegangen.«

»Und nach der Probe waren Sie noch zum Essen aus?« fragte Robbins.

»So war's verabredet, aber es kam nicht dazu. Cathy hatte sich schon den ganzen Abend nicht wohl gefühlt. Wir hatten in dem Steak-House im Hotel ›Strand Palace‹ essen wollen, aber als wir hinkamen, da sagte sie, eine volle Mahlzeit würde sie unmöglich runterkriegen, sie wolle einfach eine Suppe bestellen, um mir Gesellschaft zu leisten. Doch wenn man schon ins Steak-House geht, dann nur, um sich den Proteinvorrat für 'ne ganze Woche anzufuttern. Es wär ja blöd, denen ihre Pauschale hinzublättern, ohne daß man anständig was verzehrt. Nein, so wie Cathy sich fühlte, schien es das vernünftigste, gleich nach Hause zu fahren, und das haben wir dann auch gemacht. Da es sich quasi um einen Notfall handelte und wir das Geld fürs Abendessen eingespart hatten, leisteten wir uns ein Taxi. Es herrschte ziemlich viel Verkehr, aber wir waren rechtzeitig zu den Neun-Uhr-Nachrichten daheim. Das heißt, nur ich hab sie gesehen, Cathy schaffte es mal grade so bis ins Bad. Sie mußte sich fürchterlich übergeben und ist dann gleich ins Bett gegangen. Ich hab mir noch ein paar Rühreier gemacht und den Rest des Abends damit verbracht, ihr den Kopf zu halten und die Wärmflaschen zu wechseln.«

Robbins fragte, scheinbar zusammenhanglos: »In welcher Reihenfolge haben sie die einzelnen Kompositionen geprobt?«

»Erst Delius, dann Vaughan Williams und zum Schluß Elgar. Warum?«

»Nun, ich wundere mich, wieso Sie nicht früher gegangen sind, wenn Ihnen so schlecht war. In dem Stück von Elgar kommen keine Holzbläser vor – sie hätten also das letzte Drittel der Probe getrost schwänzen können.«

Die verdutzte Kate war halb und halb darauf gefaßt, daß diese Frage die Mädchen entweder in eine peinliche Verlegenheit stürzen oder Trudy zu einer aufgebrachten Retourkutsche anstacheln würde. Aber zu ihrem großen Erstaunen sahen die beiden sich nur überlegen lächelnd an.

Endlich sagte Catherine: »Man merkt, daß Sie noch nie bei einer Probe mit Malcolm Beeston waren. Wenn der eine Probe ansetzt, dann sind alle Mitwirkenden von Anfang bis Ende gefragt; schon weil man nie weiß, ob er die Programmfolge umschmeißt.« Und an Trudy gewandt, fuhr sie fort: »Weißt du noch, wie der arme Solly sich mal auf ein Bier rausgeschlichen hat, weil er dachte, das Schlagzeug würde nicht gebraucht?« Und nun ahmte sie eine quengelige Fistelstimme nach: »›Wenn ich eine Probe ansetze, Mr. Solly, dann erwarte ich, daß alle Mitwirkenden mir soviel Höflichkeit entgegenbringen, ganzzeitig anwesend zu sein. Wenn Sie noch mal so aus der Reihe tanzen, werden Sie nie wieder unter meiner Stabführung spielen!‹«

Als nächstes erkundigte Kate sich nach der Perücke und dem Blut. Catherine gab ohne weiteres zu, von beidem gewußt zu haben: von der Perücke sowieso, und dann war sie zufällig im Eingangsbereich gewesen, als Mr. Ulrick Miss Caldwell mitteilte, er wolle das Eigenblut für seine bevorstehende Operation in seinem Kühlschrank aufbewahren. Sowohl Catherine als auch Trudy schienen sich über diese Frage zu wundern, selbst wenn sie das nicht offen sagten. Kate hatte sich auch erst nach langem Hin und Her dazu durchgerungen, denn weder die Polizei noch die Anwälte vom Pawlet Court hatten ein Interesse daran, daß die makabre Schändung öffentlich bekannt wurde. Andererseits war es wichtig zu erfahren, ob Catherine Beddington von dem Blut gewußt hatte.

Kate stellte ihre letzte Frage: »Als Sie circa fünf nach acht das Tor am Devereux Court passierten, haben Sie da jemanden im Pawlet Court gesehen? Oder hat vielleicht gerade jemand den Middle Temple betreten?«

»Nein, niemand«, sagte Catherine. »Sowohl der Devereux Court als auch die Gasse rüber zur Strand waren menschenleer.«

»Aha. Und hat eine von Ihnen gesehen, ob im Pawlet Court Nummer acht irgendwo Licht brannte?«

Die Mädchen sahen einander an und schüttelten den Kopf.

»Ich fürchte«, sagte Catherine, »wir haben auch gar nicht drauf geachtet.«

Weiter war hier anscheinend nichts in Erfahrung zu bringen, und die Zeit drängte. Trudy erbot sich, Kaffee zu kochen, doch Kate und Robbins lehnten beide ab und verabschiedeten sich bald darauf. Wortlos gingen sie zum Wagen zurück. Erst dann sagte Kate: »Ich wußte gar nicht, daß du so musikalisch bist.«

»Man braucht nicht musikalisch zu sein, um zu wissen, daß in einer Serenade für Streicher keine Oboe vorkommt.«

»Komisch, daß sie sich nicht früher rausgeschlichen haben. Gemerkt hätte das doch sowieso keiner. Der Dirigent hatte sein Orchester im Visier, und die Musiker mußten sich auf ihn konzentrieren, da hatten sie bestimmt keine Augen für das spärliche Probenpublikum. Zumindest Trudy Manning hätte sich also jederzeit für zehn Minuten verdrücken können, ohne daß es irgendwem aufgefallen wäre. Und selbst wenn beide die Kirche verlassen hätten, sobald die Elgar-Serenade geprobt wurde – was hätten sie schon riskiert? Hätte Beeston die Beddington hinterher wirklich ins Gebet genommen, dann hätte sie sich damit herausreden können, ihr sei plötzlich schlecht geworden. Mein Gott, es war schließlich nur eine Probe, und solange sie gebraucht wurde, war sie ja zur Stelle. Und es wäre eine Sache von Minuten gewesen, durch den Torbogen beim Pump Court, der Middle Temple und Inner Temple verbindet, zur Kanzlei zu gelangen. Die Beddington hatte einen Schlüssel. Sie wußte, wann Venetia Aldridge abends länger arbeitete. Sie hatte von Ulricks Blutvorrat gehört, wußte, wo die Perücke aufbewahrt wurde, und auch, wie scharf dieser dolchähnliche Brieföffner war. Wie dem auch sei, eines steht fest: Wenn die beiden tatsächlich früher gegangen sind, egal ob zusammen oder getrennt, dann kriegen wir diese Trudy Manning nie soweit, es zuzugeben.«

Robbins antwortete nicht. Und Kate sagte nach einer Weile: »Ich nehme an, du wirst mir jetzt erklären, daß die ätherische Miss Beddington nicht der Typ Frau ist, der einen Mord begeht?«

»Nein«, versetzte Robbins, »ich wollte gerade sagen, sie ist der Typ Frau, der zuliebe andere zum Mörder werden können.«

27

Es war wieder ein strahlend schöner Herbsttag, und Dalgliesh atmete befreit auf, als er endlich die westlichen Ausläufer Londons hinter sich gelassen hatte. Sobald die ersten grünen Fluren die Straße säumten, lenkte er den Jaguar auf den Seitenstreifen und klappte das Verdeck herunter. Eigentlich wehte nur eine leichte Brise, aber der Fahrtwind, der ihm das Haar zerzauste, schien mehr zu reinigen als bloß seine Lungen. Der Himmel war durchsichtig wie Glas; ein paar weißgefiederte Wolkenschleier lösten sich nebelgleich in der klaren Bläue auf. Von den tiefgefurchten Äckern rechts und links der Fahrbahn lagen manche brach, andere schimmerten im lichten Grün der keimenden Wintersaat. Piers' spöttische Bemerkung hielt den Commander nicht davon ab, wie geplant einen kurzen Abstecher zur Kathedrale von Salisbury zu machen, trotz der leidigen Suche nach einem Parkplatz. Nach einstündigem Aufenthalt fuhr er weiter. Sein Weg führte ihn durch Blandford Forum, dann über schmale, gewundene Landstraßen südwärts Richtung Wareham, vorbei an Winterborne Kingstone und am Bovington Camp.

Ganz plötzlich aber verspürte er das dringende Bedürfnis, das Meer zu sehen. Also bog er von der Hauptstraße ab und fuhr weiter Richtung Lulworth Cove. Auf einer Anhöhe parkte er den Wagen an einem Weidegatter und stieg über den Zauntritt auf eine kurzgeschorene Wiese, wo ihm ein paar grasende Schafe schwerfällig Platz machten. Er ging bis zu einer zerklüfteten Felsnase, setzte sich mit dem Rücken gegen einen

Stein und genoß die Aussicht. Der Blick reichte über die welligen Hügel, über grüne Wiesen und Felder, durchsetzt von lichten Wäldchen und Baumgruppen, bis hinunter zum breiten blauen Band des Kanals. Dalgliesh beschloß, hier sein mitgebrachtes Picknick zu verzehren. Er hatte eine Baguette dabei, Käse und Pâté, und daß der Wein fehlte, machte ihm fast nichts aus, als er jetzt seine Thermosflasche aufschraubte und sich einen Kaffee eingoß. Er war so sehr mit sich im Einklang, daß es keiner anregenden Stimulantia bedurfte. Das Blut pulste so lebensfroh durch seine Adern, daß ihm fast bange wurde vor dieser rauschhaften Glückseligkeit, die man, ist die Jugend erst vorüber, immer seltener erlebt. Nach der Mahlzeit blieb er zehn Minuten still in sich gekehrt sitzen, dann machte er sich wieder auf den Weg. Er hatte gehabt, wonach ihn verlangt hatte, und war dankbar dafür. Nach wenigen Meilen Richtung Wareham kam er ans Ziel.

»Töpferei Perigold« stand in schwarzen Lettern auf einem weißgestrichenen Wegweiser, der an einem Pfahl in den grasbewachsenen Randstreifen gerammt war. Dalgliesh nahm die angezeigte Abzweigung, die ihn auf einen schmalen, von hohen Hecken gesäumten Feldweg führte. Die Töpferei, die in dem leicht ansteigenden Gelände bald in Sicht kam, lag etwa fünfzig Meter abseits der Straße und entpuppte sich als einzeln stehendes, weißgetünchtes Cottage mit Ziegeldach. Die Zufahrt bestand aus einem grasüberwucherten Pfad, der sich vor dem Haus fächerförmig öffnete und Platz für zwei oder drei parkende Autos bot. Der Jaguar rollte fast geräuschlos auf der holprigen Grasnarbe aus. Dalgliesh schloß ihn ab und ging auf das Haus zu.

Friedlich, anheimelnd, still und einsam lag es da im Schein der Nachmittagssonne. Die Veranda vor dem Eingang war mit einer Auswahl von Terrakottavasen dekoriert, die kleineren zu Gruppen arrangiert. Zwei große bauchige Blumengefäße mit rotgelben Strauchrosen, die noch ein paar verspätete Knospen trugen, flankierten stilvoll die Haustür. Die Fuchsien, deren Zeit vorüber war, ließen ihre welken braunen Blätter über die wulstigen Topfränder hängen. Eine Fuchsie stand dagegen noch in Blüte, und die Geranien wurden zwar schon holzig, waren aber noch nicht ganz hinüber. Rechts vom Haus entdeckte Dalgliesh einen Gemüsegarten, der, den ländlichen Gerüchen nach zu schließen, die von dort herüberwehten, frisch gedüngt worden war. Die Stützpfähle für die Stangenbohnen hatte man teilweise bereits entfernt; hinter dichtgepflanzten Herbstasternstauden sah er die ersten Wintergemüse: Grünkohl, Lauch und Mohrrüben. Auf einem Hühnerhof jenseits des Gartens stocherten ein paar Hennen emsig im Erdreich.

Ansonsten kein Lebenszeichen weit und breit. Aber das Tor einer umgebauten Scheune links neben dem Cottage stand weit offen, und von drinnen hörte man ein leises, emsiges Surren. Dalgliesh, der schon die Hand nach dem Türklopfer ausgestreckt hatte – Klingel gab es keine –, ließ sie wieder sinken und ging über die Terrasse zum Nebengebäude, in dem allem Anschein nach die Werkstatt untergebracht war.

Der Raum war in helles Licht getaucht; es ergoß sich über den ziegelroten Steinfußboden und drang mit seinem milden Leuchten bis in den hintersten Winkel des Ateliers. Die Frau, die sich im Vordergrund über die Töpferscheibe beugte, hatte ihn gewiß kommen hören, auch wenn sie ihn zunächst nicht zur Kenntnis nahm. Über den tonverschmierten Jeans trug sie einen verwaschenen Malerkittel. Ihr Haar war unter einem grünen Baumwolltuch verborgen, das weit in die hochgewölbte Stirn reichte. Im Nacken lugte ein dicker rotblonder Zopf hervor, der der Frau bis auf den Rücken hing. Sie hatte ein Kind bei sich, ein Mädchen von zwei oder drei Jahren, dessen zartes Gesicht von seidig weißem Flaum umrahmt war. Die

Kleine saß an einem niedrigen Tisch, knetete an einem Batzen Ton und plapperte stillvergnügt vor sich hin.
Die Frau an der Töpferscheibe vollendete eben ein Werkstück. Als Dalglieshs hochgewachsene Gestalt ins Licht trat, nahm sie den Fuß vom Pedal, und die Scheibe rollte langsam aus. Mit einer Drahtschlinge löste sie das Gefäß von der Scheibe und trug es vorsichtig hinüber zum Tisch. Erst dann drehte sie sich um und maß Dalgliesh mit prüfendem Blick. Trotz des weitgebauschten Kittels konnte er sehen, daß sie schwanger war.
Er hatte sie sich nicht so jung vorgestellt. Sie hatte ruhig abwägende Augen, die weit auseinanderstanden, hohe, vorspringende Wangenknochen, einen leicht gebräunten, sommersprossigen Teint, schöngeschwungene Lippen und ein kleines Grübchen im Kinn. Bevor einer von beiden etwas sagen konnte, rutschte das Mädchen von seinem Stühlchen und tappte auf Dalgliesh zu. Sie zupfte ihn am Hosenbein und hielt ihm dann wie zur Begutachtung einen ziemlich unförmigen Tonklumpen hin, zu dem er sich offenbar lobend oder kritisch äußern sollte.
»Du bist ein kluges Mädchen«, meinte Dalgliesh. »Sag mir, was das ist!«
»Ein Hund. Er heißt Peter, und ich bin die Marie.«
»Ich heiße Adam. Aber dein Hund hat ja gar keine Beine.«
»Ist ja auch ein Sitzhund.«
»Und wo ist sein Schwanz?«
»Er hat keinen.«
Sie trollte sich wieder an ihren Tisch, sichtlich empört über die unglaubliche Dummheit dieses erwachsenen Besuchers.
Ihre Mutter sagte: »Sie müssen Commander Dalgliesh sein. Ich bin Anna Cummins. Ich habe Sie erwartet. Aber kommt die Polizei nicht für gewöhnlich zu zweit?«
»In der Regel schon. Und vielleicht hätte ich einen Kollegen

mitbringen sollen. Doch der schöne Herbsttag und eine einsiedlerische Anwandlung haben mich dazu verführt, aus der Reihe zu tanzen. Es täte mir leid, wenn ich zu früh komme, und mehr noch, falls ich Ihre Arbeit verdorben haben sollte. Ich hätte mich sicher erst drüben im Cottage melden sollen, aber ich hörte Ihre Töpferscheibe und ...«

»Sie haben gar nichts verdorben, und zu früh kommen Sie auch nicht. Ich war nur so in meine Arbeit vertieft, daß ich darüber die Zeit vergessen habe. Möchten Sie einen Kaffee?«

Sie hatte eine tiefe, angenehme Stimme, in der ganz leicht der singende walisische Tonfall zum Tragen kam.

»Sehr gern, wenn es nicht zu viele Umstände macht.« Er hatte keinen Durst, aber es schien ihm höflicher, ihr keinen Korb zu geben.

Sie ging an den Spülstein und sagte: »Sie wollen natürlich mit Luke sprechen. Er bringt nur gerade eine Lieferung runter nach Poole. Ein Laden dort nimmt mir jeden Monat ein paar meiner Arbeiten ab. Luke wird bald zurück sein, falls er nicht aufgehalten wird. Manchmal halten die Leute gern einen Schwatz mit ihm, oder er trinkt irgendwo einen Kaffee, und heute hat er auch noch ein paar Besorgungen zu machen. Aber setzen Sie sich doch bitte!«

Sie wies auf einen reichlich mit Kissen gepolsterten Korbsessel mit hoher, geschwungener Rückenlehne. »Wenn Sie weiterarbeiten möchten«, sagte er, »kann ich noch einen Spaziergang machen. Sagen Sie mir nur, wann Sie Ihren Mann ungefähr zurückerwarten, dann komme ich um diese Zeit wieder.«

»Ach, ich denke, damit würden Sie nur Zeit vertrödeln. Es dauert bestimmt nicht mehr lange, bis er kommt. Und in der Zwischenzeit kann ich Ihnen wahrscheinlich auch schon einige Fragen beantworten.«

Da kam ihm zum erstenmal der Gedanke, daß die Abwesenheit des Ehemanns vielleicht vorsätzlich inszeniert war. Schon

weil man seinen Besuch so außerordentlich gefaßt zu nehmen schien. Die meisten Leute bemühen sich, eine Verabredung mit einem höheren Polizeibeamten pünktlich einzuhalten, besonders, wenn sie selbst den Termin vorgeben. Hatten die beiden es also absichtlich so eingerichtet, daß die Frau allein war, als er kam?
Er setzte sich und sah ihr beim Kaffeekochen zu. Zu beiden Seiten der Spüle befanden sich zwei niedrige Schränkchen; auf dem einen stand ein elektrischer Wasserkessel, auf dem anderen ein Gaskocher mit zwei Flammen. Sie füllte den Kessel und stöpselte ihn ein, holte zwei Becher und einen kleinen Krug von einem Bord, auf dem eine ganze Auswahl aufgereiht war, bückte sich dann und holte eine Tüte Zucker, Milch und eine Dose gemahlenen Kaffee aus einem der Schränkchen. Dalgliesh hatte selten eine Frau gesehen, die sich mit solch natürlicher Anmut bewegte. Keine ihrer Gesten wirkte einstudiert oder irgendwie befangen. Weit davon entfernt, sich an ihrem selbstvergessenen Gebaren zu stören, empfand er es als ausgesprochen wohltuend. Der Raum war sehr gemütlich, der Korbsessel mit der hohen Rückenlehne und den breiten Armstützen umschloß ihn mit verführerischer Behaglichkeit. Er löste den Blick von ihrem bloßen, sommersprossigen Arm, als der sich senkte, weil sie die Kaffeedose aufschraubte, und nahm statt dessen die Werkstatt in Augenschein. Abgesehen von der Töpferscheibe war das auffallendste Ausstattungsstück ein großer Bullerofen. Die Klappe stand offen, das Anmachholz lag in Erwartung der herbstlichen Abendkühle griffbereit. An der Nordwand des Ateliers stand ein Rollschreibtisch mit drei Borden darüber, in denen sich neben Telefonbüchern und Nachschlagewerken etliche Aktenordner stapelten. Auf den Einbauregalen an der Längswand gegenüber dem Eingang waren die Töpferarbeiten ausgestellt: Tassen, kleine Schüsseln, Krüge, Becher. Die vorherrschende

Farbe war ein lichtes Grünblau, die Formen hübsch, aber konventionell. Unter den Regalen standen auf einem Tisch die größeren Keramiken: Zierteller, Obstschalen, Servierplatten; sie zeugten von einem individuelleren Geschmack und einer gewissen kreativen Experimentierfreude.
Sie brachte ihm seinen Kaffee und stellte die Tasse auf das niedrige Tischchen neben seinem Sessel. Dann ließ sie sich in einem Schaukelstuhl nieder und betrachtete gedankenverloren ihr Kind. Marie hatte ihren Hund wieder in der Tonmasse verschwinden lassen und schnitt nun mit einem stumpfen Messer lauter kleine Stücke von ihrem Klumpen herunter, die sie zu Schüsselchen und Tellern formte. Die drei, von denen nur das Kind beschäftigt war, schwiegen.
Als er merkte, daß sie das Gespräch nicht eröffnen würde, sagte Dalgliesh: »Ich bin natürlich gekommen, um mit Ihrem Mann über seine verstorbene Frau zu sprechen. Ich weiß, daß sie vor elf Jahren geschieden wurden, aber vielleicht kann er mir doch noch etwas über sie, ihre Freunde, ihr Leben, womöglich gar über etwaige Feinde sagen, das mir weiterhilft. Wenn man in einem Mordfall ermittelt, sollte man soviel wie möglich über das Opfer in Erfahrung bringen.«
Er hätte noch hinzufügen können: Das ist meine Entschuldigung dafür, mich an diesem wunderschönen Herbsttag aus London fortzustehlen.
Als hätte sie seinen unausgesprochenen Gedanken erraten, sagte sie: »Und Sie sind persönlich gekommen.«
»Wie Sie sehen.«
»Ich nehme an«, fuhr sie fort, »für einen Schriftsteller oder Biographen ist es faszinierend, über Menschen etwas herauszufinden – sogar über Tote –, aber was sie erfahren, ist doch immer Wissen aus zweiter Hand, nicht wahr? Und die ganze Wahrheit über einen Menschen, die erfährt man ohnehin nie. Andererseits geht es einem mit den eigenen Eltern und Groß-

eltern oft so, daß man überhaupt erst anfängt, sie zu verstehen, wenn sie tot sind – und dann ist es zu spät. Manche Menschen scheinen nach ihrem Tod stärker präsent zu sein, als sie es im Leben je waren.«

Sie sagte das ganz beiläufig, so als gebe sie eine eben erst gewonnene, sehr persönliche Erkenntnis preis. Dalgliesh fand, es sei an der Zeit, das Thema direkt anzugehen.

»Wann haben eigentlich Sie Miss Aldridge zum letztenmal gesehen?« fragte er.

»Vor drei Jahren, als sie Octavia herbrachte, die eine Woche bei ihrem Vater verbringen sollte. Venetia ist nur eine Stunde geblieben. Abgeholt hat sie Octavia dann nicht mehr selbst. Luke setzte das Mädchen in Wareham in den Zug.«

»Und seitdem ist sie nicht mehr hier gewesen – ich meine jetzt Octavia?«

»Nein. Ich dachte ursprünglich – das heißt, wir dachten es –, sie solle den Kontakt zu ihrem Vater nicht verlieren. Ihre Mutter hatte das Sorgerecht, gewiß, aber ein Kind braucht beide Eltern. Leider war gleich der erste Versuch ein Fehlschlag. Octavia langweilte sich auf dem Lande, und sie war häßlich zu unserer Kleinen. Marie war damals erst zwei Monate alt, aber Octavia hat sie tatsächlich geschlagen. Gut, es war mehr ein Klaps, aber ein gezielter. Danach mußte sie natürlich gehen.«

So einfach war das. Die endgültige Zurückweisung. Sie mußte gehen.

»Und ihr Vater war damit einverstanden?« fragte er.

»Nachdem sie Marie geschlagen hatte? Selbstverständlich. Wie ich schon sagte, ihr Besuch hier war kein Erfolg. Als Octavia noch klein war, hatte Luke ihr nie ein wirklicher Vater sein dürfen. Schon mit acht Jahren kam sie auf ein Vorbereitungsinternat fürs Gymnasium, und nach der Scheidung sahen Vater und Tochter sich nur noch ganz selten. Ich glaube nicht, daß sie je wirklich etwas für ihn übrig hatte.«

Oder er für sie, dachte Dalgliesh. Aber es war gefährlich dergestalt über rein persönliche Beziehungen zu spekulieren. Noch dazu als Polizeibeamter und nicht als Familientherapeut. Andererseits verfestigten diese Informationen das krude Schwarzweißporträt von Venetia Aldridge, das schon die anderen Zeugen gezeichnet hatten. Seine Aufgabe aber war es, ihr Bild mit lebendigen Farben auszumalen.

»Und seitdem haben weder Sie noch Ihr Mann Miss Aldridge wiedergesehen?«

»Nein. Das heißt, ich hätte sie natürlich an dem Abend, als sie starb, gesehen, wenn sie ans Tor gekommen wäre.«

Die gleiche sanfte, unbetonte Stimme. Sie sprach so ruhig, als hätte sie nur eine Bemerkung über die Stärke des Kaffees gemacht. Dalgliesh hatte gelernt, sich nichts anmerken zu lassen, wenn ein Verdächtiger mit einer unerwarteten Aussage kam. Nur hatte er Anna Cummins nie zu den Verdächtigen gezählt.

Er stellte seinen Kaffee hin und sagte ruhig: »Heißt das, Sie waren in der Mordnacht in London? Wir sprechen hier über den bewußten Mittwoch, den 9. Oktober?«

»Ja. Ich fuhr nach London, um Venetia in ihrer Kanzlei zu treffen. Auf ihren Vorschlag hin. Es war vereinbart, daß sie mir die kleine Pforte im Tor zum Devereux Court aufschließen sollte, aber sie ist nicht gekommen.«

Ihre Worte machten die friedvolle Atmosphäre, von der Dalgliesh sich beinahe träge hätte einlullen lassen, mit einem Schlag zunichte. Auch die scheinbar so anspruchslose Attitüde fruchtbarer Weiblichkeit verfing nicht mehr. Er hatte sich von diesem Besuch kaum mehr versprochen als ein paar Hintergrundinformationen; ein Alibi hatte er überprüfen wollen, das nie ernsthaft in Zweifel gezogen war – reine Routine also. Doch nun entpuppte sich dieser nicht zuletzt zum eigenen Vergnügen unternommene Ausflug in die ländliche Idylle als

herber Selbstbetrug. Konnte eine Frau wirklich so naiv sein? Er hoffte bloß, daß seine Stimme ebenso ruhig und arglos klingen würde wie die ihre.
»Mrs. Cummins, war Ihnen denn nicht klar, wie wichtig diese Information für uns gewesen wäre? Sie hätten sich wirklich früher mit mir in Verbindung setzen sollen!«
Falls sie seine Bemerkung als Tadel begriff, ließ sie es sich nicht anmerken. »Aber ich wußte doch, daß Sie herkommen würden. Sie hatten ja angerufen. Und ich hielt es für besser, diese Sache persönlich zu besprechen. Es hat doch nur einen Tag Verzögerung bedeutet. War das unrecht von mir?«
»Unrecht vielleicht nicht. Aber auch nicht gerade hilfreich.«
»Das tut mir sehr leid, aber jetzt können wir doch alles nachholen, nicht wahr?«
Im dem Moment rutschte das Kind von seinem Stühlchen, kam zu seiner Mutter gelaufen und zeigte ihr auf der ausgestreckten Patschhand eine Art flache Torte, belegt mit kleinen Kügelchen. vielleicht sollten sie Johannisbeeren darstellen oder Kirschen. Sie hob der Mutter das Gebilde entgegen und erwartete deren Beifall. Mrs. Cummins bückte sich zu der Kleinen nieder, zog sie an sich und flüsterte ihr etwas ins Ohr. Marie nickte stumm, ging auf ihren Platz zurück und begann abermals, selbstvergessen zu basteln.
»Können Sie mir erzählen, was genau passiert ist? Von Anfang an?« bat Dalgliesh. Welchen Anfang er meinte, das ließ der Commander wohlweislich offen: Wie weit reichte die Geschichte zurück? Bis zu Mrs. Cummins Hochzeit? Bis zur Scheidung ihres Mannes? »Ich muß wissen, warum Sie nach London gefahren sind«, setzte er hinzu. »Und was dort geschah.«
»Venetia rief mich an. Am Mittwochmorgen in aller Frühe, kurz vor acht. Ich hatte noch nicht angefangen zu arbeiten. Luke stieg gerade in den Lieferwagen. Er wollte zu einem

Bauernhof außerhalb von Bere Regis, wo man uns Stallmist als Dünger für den Garten versprochen hatte, und auf dem Rückweg waren in Wareham noch ein paar Besorgungen zu machen. Wenn ich gleich rausgelaufen wäre, hätte ich ihn wahrscheinlich noch aufhalten können, aber ich sagte zu Venetia, er sei schon fort, und darum hinterließ sie mir die Nachricht: Es ging um Octavia. Venetia machte sich Sorgen wegen dieses Jungen, mit dem ihre Tochter sich eingelassen hatte, jemand, dessen Verteidigerin sie vor kurzem gewesen war. Luke sollte da einschreiten.«

»Wie hat sie denn am Telefon geklungen?«

»Eher verärgert als besorgt. Und sie war sehr in Eile. Sie sagte, sie habe gleich einen Gerichtstermin. Bei jeder anderen hätte ich gedacht, die Frau hat panische Angst, aber Venetia war viel zu diszipliniert, um in Panik zu geraten. Sie machte es allerdings sehr dringend. Bis Luke zurück sei, könne sie nicht warten, sagte sie, ich solle ihm alles Wichtige ausrichten.«

»Und was genau erwartete sie von Ihrem Mann?« fragte Dalgliesh.

»Daß er der Sache ein Ende macht. Sie sagte: ›Er ist ihr Vater, also soll er zur Abwechslung auch mal die Verantwortung übernehmen. Diesen Ashe auszahlen und mit Octavia für eine Weile ins Ausland reisen. Ich komme dafür auf.‹ Ashe, das ist der Name des Jungen«, setzte Mrs. Cummins hinzu, »aber das wissen Sie wahrscheinlich schon.«

»Ja«, bestätigte Dalgliesh, »das wissen wir.«

»Venetia sagte noch: ›Bestellen Sie Luke, wir müßten unbedingt darüber reden. Und zwar persönlich. Ich will ihn heute abend in meinem Büro in der Kanzlei sehen. Das Tor zum Middle Temple Lane ist nach acht geschlossen, aber er kann den Eingang am Devereux Court benutzen.‹ Sie gab mir dann noch eine sehr detaillierte Wegbeschreibung. Der Eingang zum Devereux Court befinde sich gegenüber dem Gerichtsgebäude, und die kleine Gasse, die dorthin führe, zweige gleich neben einem Pub mit Namen ›George‹ ab. Man folge der Gasse, bis erst links und dann ein Stück weiter noch einmal rechts ein Seitenweg komme, und stoße schließlich gegenüber von einem zweiten Pub, dem ›Devereux‹, auf ein schwarzbeschlagenes Tor mit einer kleinen eingelassenen Pforte. Wir vereinbarten, daß Luke um Viertel nach acht dort sein würde. Venetia sagte, das Tor sei dann zwar schon geschlossen, aber sie werde hinkommen und ihm aufsperren. Sie sagte: ›Ich werde ihn nicht warten lassen und bitte mir umgekehrt auch von ihm Pünktlichkeit aus.‹«

Dalgliesh sagte: »Fanden Sie es denn nicht merkwürdig, daß sie Ihren Mann in die Kanzlei bestellte, statt zu sich nach Hause, und obendrein zu einer Zeit, da die Zugänge zum Temple-Bezirk bereits geschlossen sind?«

»Nein, daß sie Luke nicht am Pelham Place würde treffen wollen, war mir schon klar – er wäre dort übrigens auch nicht hingegangen. Außerdem sollte Octavia sicher nicht erfahren, daß Venetia ihren Vater eingeschaltet hatte – nicht bevor sie einen Plan gefaßt hatten. Und den Zeitpunkt, den habe ich vorgeschlagen. Ich sah keine Möglichkeit, einen früheren Zug zu erreichen als den Siebzehn-Uhr-Zweiundzwanziger, der um neunzehn Uhr neunundzwanzig am Waterloo-Bahnhof eintrifft.«

»Demnach hatten Sie schon während des Telefonats entschieden, daß Sie an Stelle Ihres Mannes nach London fahren würden?«

»Ja, das stimmt, aber als Luke zurückkam und ich ihm alles erzählte, war er damit einverstanden. Ich hatte Angst, Venetia könnte ihn gegen seinen Willen zu irgend etwas überreden. Und was hätte er schon ausrichten können? Nachdem sie ihn, solange Octavia noch klein war, nie wie deren Vater behandelt hatte, war es zwecklos, ihn jetzt um Hilfe anzurufen. Octavia hätte sich nichts von ihm sagen lassen – warum sollte sie auch? Und er konnte nicht mit ihr ins Ausland fahren, selbst wenn sie dazu bereit gewesen wäre. Sein Platz ist hier bei seiner Familie.«

»Er ist immerhin ihr Vater«, sagte Dalgliesh.

Eine Bemerkung, die indes nicht als Kritik gemeint war. Venetias Verhältnis zu ihrem Exmann interessierte ihn nur insofern, als es mit ihrem Tod in Zusammenhang stand. Trotzdem war es so, daß eine Scheidung, juristisch gesehen, Mann und Frau zwar trennte, nicht aber Vater und Kind. Schwer verständlich, daß ausgerechnet eine so mütterliche Person wie Mrs. Cummins Venetias Forderung, ihr Exmann möge sich um das Wohlergehen seiner Tochter kümmern, derart gleichgültig beiseite schob. Und dabei hatte sie ihren Standpunkt ohne ein Wort der Entschuldigung oder spürbaren Bedauerns dargelegt. Es war, als wolle sie sagen: Es ist nun einmal, wie es ist; daran läßt sich nichts ändern; die Vergangenheit geht uns nichts mehr an.

»Wegen Marie und auch wegen meiner Werkstatt konnten wir unmöglich beide nach London fahren«, sagte sie. »Unsere Kunden kommen oft spontan vorbei und erwarten, daß der Laden jederzeit offen ist. Aber ich glaube nicht, daß Venetia sich darüber Gedanken gemacht hat, als sie anrief.«

»Und wie hat Miss Aldridge auf die Nachricht reagiert, daß ihr Exmann nicht selber kommen würde?«

»Das habe ich ihr nicht gesagt. Ich ließ sie in dem Glauben, Luke würde fahren. Schien mir die beste Lösung. Natürlich hätte sie sich weigern können, statt seiner mit mir vorliebzunehmen, aber das hielt ich nicht für wahrscheinlich. Wenn ich erst einmal vor ihr stand, blieb ihr kaum eine Wahl, und meinen – unseren – Standpunkt würde ich ihr genausogut erklären können wie Luke.«

»Was war denn Ihr Standpunkt, Mrs. Cummins?«

»Ich fand, wir könnten uns Octavia nicht aufdrängen oder uns in ihr Leben einmischen. Sollte sie uns um Hilfe bitten, würden wir uns für sie einsetzen, aber dafür, daß Venetia jetzt anfing, Luke in die Vaterrolle zu drängen, war es einfach zu spät. Octavia ist achtzehn, vor dem Gesetz mithin eine mündige Frau.«

»Gut, Sie sind also nach London gefahren. Ich wäre Ihnen dankbar, wenn Sie mir genau schildern würden, was dort passiert ist.«

»Aber es ist doch nichts passiert! Ich sagte ja schon, daß sie nicht da war, als ich ans Tor kam. Sehen Sie, ich habe den Siebzehn-Uhr-Zweiundzwanziger von Wareham genommen. Luke brachte mich mit Marie zum Bahnhof. Ich hatte mich darauf eingerichtet, über Nacht wegzubleiben, denn Luke konnte Marie nicht allein lassen, um mich abzuholen, und ich wollte nicht, daß er spätnachts mit dem Kind zum Bahnhof fährt. Geld für ein Hotel wollte ich zwar auch nicht ausgeben – noch dazu, wo London so ein teures Pflaster ist –, aber ich habe eine alte Schulfreundin dort, die mir ihre Wohnung in der Nähe des Waterloo-Bahnhofs gern überläßt, wenn sie selber nicht da ist. Sie hat viel im Ausland zu tun. Ich mache nur ganz selten von dem Angebot Gebrauch, wenn jedoch, dann rufe ich vorher ihren Nachbarn an, damit der Bescheid weiß und nicht denkt, bei Alice wären Einbrecher in der Wohnung. Ich habe einen Schlüssel, kann also unbemerkt kommen und gehen.«

»Hat dieser Nachbar Sie ankommen sehen?«

»Nein, aber am nächsten Morgen habe ich kurz vor halb neun bei ihm geklingelt, um zu sagen, daß ich wieder abreise und die Bettwäsche in die Waschmaschine gesteckt habe. Er hat auch einen Schlüssel, und er versprach mir, später rüberzugehen und die Wäsche in den Trockner zu tun. In solchen Dingen ist er immer sehr hilfsbereit. Er ist ein älterer Junggeselle, der Alice sehr gern hat und sich, wenn sie verreist ist, um ihre Wohnung kümmert, als wäre es seine eigene. Ich sagte ihm auch noch, daß ich eine Tüte Milch im Kühlschrank gelassen und für Alice als Gastgeschenk einen kleinen Krug aus meiner Werkstatt hingestellt hätte.«

Damit war ihre Anwesenheit in der Londoner Wohnung für den Donnerstagmorgen bewiesen. Was aber noch nicht hieß, daß sie allein in die Stadt gefahren war. Ihr Mann hätte sich schon vor halb neun heimlich aus dem Haus stehlen können. Und ob der gefällige Nachbar sagen konnte, daß er nachts eine oder mehrere Personen in der Wohnung nebenan gehört hatte, das würde davon abhängen, wie dick die Wände waren. Aber da war ja noch Marie. Die hätte nicht allein im Cottage bleiben können. Falls das Ehepaar Cummins gemeinsam nach London gefahren war, hatte sich zu Hause jemand um das Kind kümmern müssen. Und dieser Jemand war sicher nicht schwer zu finden. Oder hatte sie ihre Tochter mitgenommen? Die Anwesenheit eines Kindes, so leise es auch sein mochte, wäre in der Wohnung am Waterloo-Bahnhof nur sehr schwer zu verheimlichen gewesen. War Mrs. Cummins mit Marie in der Wohnung geblieben, während ihr Mann zum vereinbarten Treffpunkt ging – und Venetia Aldridge tötete? Aber wie kamen dann die Perücke und das Blut ins Spiel? Wo die Perücke zu finden war, das hätte er unter Umständen noch wissen können, aber wie sollte er von dem Blutvorrat erfahren haben? Relevant war dieser Einwand freilich nur, wenn man davon ausging, daß der Mörder und der Leichenschänder ein und dieselbe Person waren. Und das Motiv, wie stand es damit? Dalgliesh hatte zwar Luke Cummins noch nicht kennengelernt, ging aber davon aus, daß der Mann geistig normal war. Würde ein normaler Mensch zum Mörder werden, nur um sich den lästigen Forderungen einer Exfrau zu entziehen – einer, von der er seit elf Jahren geschieden war? Oder würde er für lumpige achttausend Pfund töten? Auch das war ein interessanter Punkt: In Relation zu Venetias Gesamtvermögen kam diese Erbschaftssumme fast einer Beleidigung gleich. Hatte sie damit zum Ausdruck bringen wollen: Manchmal hat's auch Spaß gemacht mit dir. Unsere Ehe war nicht nur ein Reinfall. Ich bewerte sie mit einem Tausender pro Jahr? Eine einfühlsame Frau hätte ihm entweder mehr hinterlassen oder gar nichts. Was also sagte dieses Vermächtnis über die Beziehung der beiden aus?

In Sekundenschnelle schossen Dalgliesh diese Fragen und Hypothesen durch den Kopf, während Anna Cummins sich entspannt in ihrem Schaukelstuhl wiegte, bevor sie in ihrer Erzählung fortfuhr. Aber der hübsche Raum hatte in dieser kurzen Zeit seine Unschuld verloren, und auch die Frau sah er nun mit anderen, kritischeren Augen. Vor die Ikone der Mutterschaft, dieses erquickliche Bild heiterer Gelassenheit, drängte sich jetzt eine eindringlichere Vision: die von Venetia Aldridges Leichnam. Er sah die still und wehrlos herabhängenden Hände, den gesenkten Kopf unter dem angetrockneten Bluthelm. Natürlich hätte er Marie fragen können, ob sie mit den Eltern in London gewesen sei. Aber er wußte, daß er das nicht fertigbringen würde. Außerdem dünkte ihn der Gedanke an ein gemeinschaftlich ersonnenes Mordkomplott der Cummins schon im nächsten Moment aberwitzig und grotesk.

Die melodiöse Stimme sprach unterdessen leise weiter: »Ich hatte mir ein Stück Quiche eingepackt und einen Joghurt, damit ich während der Fahrt etwas zu essen hatte und mich in London nicht mehr um mein Abendbrot zu kümmern brauchte. Vom Bahnhof bin ich rasch in die Wohnung gefahren, um mein Köfferchen abzustellen, und habe mich dann gleich auf den Weg zum Temple gemacht. Ich wollte mich auf keinen Fall verspäten. Ich hatte Glück und bekam an der Waterloo

Bridge direkt ein Taxi. Ich bat den Fahrer, mich gegenüber dem Gerichtsgebäude an der Strand abzusetzen, überquerte die Straße und fand auch gleich den Durchgang zum Devereux Court. Es war wirklich ganz einfach. Ach, beinahe hätte ich's vergessen: Bevor ich die Wohnung meiner Freundin verließ, rief ich noch in der Kanzlei an, um sicherzugehen, daß Venetia auch da war. Als sie sich meldete, sagte ich bloß, wir seien unterwegs, und legte gleich wieder auf. Sie war also kurz nach halb acht noch in ihrem Zimmer, und durch den Anruf wußte ich, daß sie wartete.«

Er warf die obligatorische Routinefrage ein: »Und was die Zeit angeht, sind Sie sich absolut sicher?«

»Ja, natürlich. Ich habe dauernd auf die Uhr gesehen, um mich nur ja nicht zu verspäten. Tatsächlich war ich dann zu früh am Treffpunkt. Weil ich mich nicht dadurch verdächtig machen wollte, daß ich in dieser kleinen Gasse vor dem Eingang zur Kanzlei herumlungerte, bin ich noch fünf Minuten die Strand auf und ab gegangen. Um zehn nach acht stand ich wieder vor dem Tor. Dann habe ich bis zwanzig vor neun gewartet. Aber Venetia kam nicht.«

»Haben Sie sonst jemanden den Eingang benutzen sehen?«

»Ja, drei oder vier Leute sind herausgekommen, lauter Männer. Ich glaube, es waren Musiker. Jedenfalls hatte jeder so eine Art Instrumentenkasten dabei. Wiedererkennen würde ich sie allerdings kaum. Aber dann, um Viertel nach acht, kam einer, an den ich mich ganz gut erinnere. Er war kräftig gebaut und hatte leuchtend rotes Haar. Er ist mir aufgefallen, weil er die kleine Pforte im Tor aufschloß – ja, er hatte einen Schlüssel – und hineinging, aber schon nach einer Minute zurückkam und durch die kleine Gasse verschwand. Er hatte den Temple kaum betreten, da war er auch schon wieder draußen. Das fand ich eigenartig.«

»Und Sie glauben, Sie würden ihn wiedererkennen?«

»Ich denke schon. Da steht eine Laterne gleich beim Tor, und der Lichtschein fiel direkt auf seine feuerroten Haare.«

»Das hätte ich gern früher erfahren«, sagte Dalgliesh. »Man hat Ihnen doch mitgeteilt, daß Miss Aldridge tot ist und daß es aller Wahrscheinlichkeit nach Mord war. Sind Sie da wirklich nicht von allein auf den Gedanken gekommen, daß Ihre Aussage wichtig sein könnte?«

»Mir war klar, daß Sie von meinem Besuch erfahren müssen, ja. Aber ich dachte, Sie wüßten bereits Bescheid. Hat Ihnen Octavia denn nichts gesagt? Ich war der Meinung, daß Sie hier sind, um sich ihre Geschichte bestätigen zu lassen.«

»Octavia wußte von Ihrem Besuch in London?« Es hatte keinen Sinn, so zu tun, als sei das keine Neuigkeit für ihn; trotzdem merkte man seiner Stimme die Überraschung nicht an.

»Ja, sie wußte Bescheid. Als ich wieder in Alices Wohnung war, kam mir auf einmal der Gedanke, Venetia könne vielleicht deshalb nicht ans Tor gekommen sein, weil sie sich plötzlich nicht wohl fühlte. Das war zwar alles andere als wahrscheinlich, aber ich konnte einfach nicht schlafen gehen, bevor ich nicht jemanden benachrichtigt hatte – für alle Fälle. Venetia hatte so dringlich auf diesem Treffen bestanden. Also rief ich am Pelham Place an. Zuerst war ein Mann am Telefon – der Stimme nach ein junger Mensch –, und dann kam Octavia an den Apparat. Ich erklärte ihr, worum es sich handelte – nicht, warum ich nach London gekommen war, nur daß ihre Mutter mit mir verabredet gewesen, aber nicht erschienen sei. Ich bat sie, in der Kanzlei anzurufen, um festzustellen, ob mit ihrer Mutter alles in Ordnung sei – sofern sie inzwischen nicht schon zu Hause war. Octavia sagte: ›Ich nehme an, sie hat es sich anders überlegt und wollte dich nicht sehen. Hier will übrigens keiner etwas mit dir zu tun haben. Und versuch ja nicht, dich in mein Leben einzumischen!‹«

»Was darauf schließen läßt«, sagte Dalgliesh, »daß sie wußte, worum es bei Ihrem Treffen mit Venetia gegangen wäre.«

»Das war ja auch nicht schwer zu erraten, oder? Na, jedenfalls dachte ich, ich hätte das Meine getan, und ging zu Bett. Am nächsten Morgen bin ich dann wieder nach Hause gefahren. Luke und Marie holten mich von der Bahn ab. Nicht lange nachdem wir hier angekommen waren, rief Drysdale Laud an. Er hatte schon ein paarmal versucht, uns zu erreichen, um uns mitzuteilen, daß Venetia tot war.«

»Und da haben Sie nichts unternommen? Haben Ihren Besuch in London einfach verschwiegen?«

»Was hätten wir denn tun sollen? Octavia wußte Bescheid. Wir nahmen an, die Polizei würde sich mit uns in Verbindung setzen, um sich ihre Aussage bestätigen zu lassen. Und Sie haben ja dann auch angerufen und Ihren Besuch angekündigt. Ich dachte, es sei besser zu warten, bis wir uns persönlich sprechen könnten. Ich wollte so was nicht am Telefon erörtern.«

In dem Moment hörten sie draußen den Lieferwagen vorfahren. Im Nu war das Kind aufgesprungen und rannte zur Tür, wo es unter Freudenjuchzern erwartungsvoll über die Schwelle hopste. Und sowie der Motor verstummte, flitzte die Kleine wie auf ein verabredetes Zeichen hin nach draußen. Man hörte die Wagentür aufgehen und zuschlagen, eine Männerstimme sprach ein paar Worte, und gleich darauf erschien Luke Cummins mit seiner Tochter auf den Schultern.

Seine Frau erhob sich und wartete schweigend. Als er eintrat, bewegten sie sich lautlos aufeinander zu. Cummins setzte Marie behutsam zu Boden und umarmte seine Frau, indes das Kind, das sich an ihn geschmiegt hatte, sein Bein mit beiden Ärmchen umfing. Diese kleine Familienszene wirkte so intensiv, daß Dalgliesh sich seiner Außenseiterrolle fast schmerzlich bewußt wurde. Er musterte Luke Cummins und versuchte, ihn sich als Venetia Aldridges Ehemann vorzustellen, als ein Teil ihrer Welt und ihres hektischen, erfolgsorientierten Lebens.

Luke war sehr groß und schlaksig, mit sonnengebleichten, aschblonden Haaren und einem jungenhaften, wettergegerbten Gesicht, feinknochig und sensibel, aber mit einem Anflug von Schwäche um den Mund. Die derben Kordhosen und der grobgestrickte Rollkragenpullover verliehen einem Körper Statur, der seine Kräfte eigentlich schon im Wachstum aufgezehrt zu haben schien. Über die Schulter seiner Frau bedachte er Dalgliesh mit einem flüchtigen Blick und einem freundlichen Lächeln, ehe er sich wieder über Frau und Kind beugte. Er verwechselt mich mit einem Kunden, dachte Dalgliesh, stand auf und trat an den Ausstellungstisch, ohne recht zu wissen, was ihn dazu veranlaßt hatte: der Wunsch, die ihm zugedachte Rolle zu spielen, oder die Scheu davor, die intime Begrüßung der Eheleute zu beobachten. Gleichwohl verstand er, was Cummins leise mit seiner Frau besprach.

»Freu dich, Darling! Die wollen bis Weihnachten noch drei weitere Käseplatten, falls du das bis dahin schaffst. Was meinst du?«

»Das Gartenmotiv mit den Geranien am offenen Fenster?«

»Davon noch eine. Die beiden anderen sind Auftragsarbeiten, und die Kunden möchten selber mit dir besprechen, was sie sich vorstellen. Ich hab gesagt, du würdest anrufen und einen Termin ausmachen.«

Die Stimme seiner Frau klang besorgt. »Aber die werden sie doch nicht miteinander ins Schaufenster stellen, oder? Dann sieht's nämlich immer gleich wie Massenware aus.«

»Das wissen die doch auch. Nein, ins Fenster kommt nur der eine Teller, und weitere gibt's dann bloß auf Bestellung. Aber zeitlich wird das ganz schön knapp, und ich will nicht, daß du dich überanstrengst.«

»Nein, nein, das schaff ich schon.«
Erst jetzt drehte Dalgliesh sich nach den dreien um. »Darling«, sagte Anna Cummins, »das ist Mr. Dalgliesh von der Metropolitan Police. Du erinnerst dich? Er hatte uns seinen Besuch angekündigt.«
Cummins trat ihm mit ausgestreckter Hand entgegen. So hätte er auch einen Kunden begrüßen können oder einen guten Bekannten. Sein Händedruck war überraschend fest; er hatte die kräftige, schwielige Hand eines Gärtners.
»Entschuldigen Sie, daß ich nicht hier war, als Sie angekommen sind«, sagte er. »Aber ich nehme an, Anna hat Ihnen alles gesagt, was wir wissen. Viel ist es ja nicht. Aber wir hatten auch drei Jahre lang nichts von meiner Exfrau gehört, bis dann dieser Anruf kam.«
»Den Sie nicht persönlich entgegennehmen konnten.«
»Das stimmt. Und Venetia hat sich nicht noch einmal gemeldet.«
Und das, dachte Dalgliesh, ist in der Tat merkwürdig. Wenn ihr so viel an dem Treffen lag, warum hatte Venetia Aldridge dann nicht versucht, sich von Cummins persönlich bestätigen zu lassen, daß er die Verabredung einhalten würde? Die Zeit hätte sie sich untertags gewiß irgendwann nehmen können. Aber vielleicht hatte sie ihren Anruf ja im nachhinein auch bereut. Nach Anna Cummins' Eindruck hatte sie sich aus einer spontanen Eingebung heraus gemeldet – Mrs. Cummins hatte gar von Panik gesprochen –, auch wenn sie nicht zu den Frauen gehörte, die leicht in Panik gerieten. Jedenfalls schien sie keinen durchdachten Plan zur Lösung ihres Problems mit Octavia zu verfolgen, und vielleicht hatte sie nachträglich beschlossen: Ich werde mich nicht dadurch erniedrigen, daß ich ihn ein zweites Mal anrufe. Kommt er, so werden wir die Sache bereden; kommt er nicht, ist auch nichts verloren.
Anna Cummins sagte unterdessen: »Mr. Dalgliesh meinte vor-

hin, er könne sich die Wartezeit mit einem Spaziergang vertreiben. Wie wäre es, wenn du jetzt ein Stück mit ihm gehst und ihm die Aussicht zeigst? Und dann trinken wir zusammen Tee, bevor der Commander zurückfährt.«

Sie äußerte ihren Vorschlag zurückhaltend, mit sanfter Stimme, und doch hatte er beinahe Befehlscharakter. Dalgliesh sagte, den Spaziergang würde er gern mitmachen, aber zum Tee könne er leider nicht mehr bleiben. Cummins machte sich behutsam von seiner Tochter los und ging mit Dalgliesh durch den Garten, am Hühnerstall vorbei, von wo ihnen allerhand Federvieh gackernd entgegenflatterte. Sie stiegen über einen Zauntritt und kamen endlich hinaus auf einen Acker, der sanft hügelan stieg. Die Wintersaat war eben erst aufgegangen, und Dalgliesh fragte sich, wie fast jedes Jahr, woher die zarten Triebe nur die Kraft nahmen, sich so keck durch das schwere Erdreich zu stemmen. Zwischen hohen verwilderten Brombeer-, Stechginster- und Dornbuschhecken verlief ein Pfad, der gerade so breit war, daß die beiden Männer nebeneinander gehen konnten. Die Brombeeren waren reif. Cummins streckte von Zeit zu Zeit die Hand aus, pflückte eine Frucht und schob sie in den Mund.

»Ihre Frau hat mir von ihrer Fahrt nach London erzählt«, begann Dalgliesh. »Wäre das Treffen mit Miss Aldridge zustande gekommen, dann hätten die beiden wohl kaum eine angenehme Unterhaltung geführt. Ich habe mich, ehrlich gesagt, gewundert, daß Sie Ihre Frau allein fahren ließen.« Er sagte nicht: noch dazu, wo sie schwanger ist.

Luke Cummins reckte sich nach einem hohen Ast und bog ihn zu sich herunter. »Anna hielt das für die beste Lösung«, sagte er. »Ich glaube, sie hatte Angst, ich würde mich von Venetia unter Druck setzen lassen. Was in der Regel der Fall war.« Er lächelte, als ob ihm das rückblickend amüsant vorkomme, und fügte dann hinzu: »Beide konnten wir nicht fahren – wegen Marie und wegen Annas Kunden. Vielleicht wäre es klüger gewesen, wir hätten es ganz gelassen, aber Anna hielt es für besser, Venetia ein für allemal klarzumachen, daß wir uns nicht in Octavias Leben einmischen können. Das Mädchen ist achtzehn und volljährig. Auf mich hat sie schon als Kind nicht gehört. Warum sollte sich das auf einmal ändern?«

Aus seinen Worten klang keine Bitterkeit. Dalgliesh hatte auch nicht den Eindruck, daß er nach Ausflüchten suchte, sich rechtfertigen oder entschuldigen wollte; er stellte ganz einfach einen Tatbestand fest.

»Darf ich fragen, wo und wie Sie Ihre erste Frau kennengelernt haben?«

Für seine Ermittlungen war die Frage kaum relevant, aber Cummins schien ihm seine Neugier nicht weiter übelzunehmen.

»In der Cafeteria der National Gallery. Es war sehr voll an dem Tag – Venetia saß allein an einem Zweiertisch, und ich fragte, ob ich mich dazusetzen dürfe. Sie hatte nichts dagegen, nahm aber kaum Notiz von mir. Wahrscheinlich wären wir nie ins Gespräch gekommen, wenn nicht ein junger Mann im Vorbeigehen unseren Tisch angerempelt hätte, so heftig, daß Venetias Weinglas umfiel. Der Kerl entschuldigte sich nicht einmal, und sie regte sich über seine schlechten Manieren auf. Ich hab ihr dann geholfen, den Wein aufzuwischen, und ihr ein neues Glas besorgt. Anschließend unterhielten wir uns. Ich unterrichtete damals an einer Gesamtschule in London, und wir sprachen über den Lehrberuf und die Disziplinprobleme an der Schule. Daß sie Anwältin war, sagte sie nicht, aber sie erzählte mir, daß ihr Vater auch Lehrer gewesen sei. Ach ja, und dann haben wir uns auch noch ein wenig über die Bilder unterhalten. Von uns selber war eigentlich kaum die Rede. Sie war es, die den Vorschlag machte, wir könnten doch einmal miteinander ausgehen – ich hätte mich nicht getraut. Sechs Monate später waren wir verheiratet.«

»Wußten Sie, daß sie Sie in ihrem Testament bedacht hat? Mit achttausend Pfund.«

»Ja, ihr Anwalt rief mich deswegen an. Ich hatte nicht damit gerechnet. Und ich weiß nicht, ob dieses Geld eine Belohnung dafür sein soll, daß ich sie geheiratet habe, oder ob sie mich bestrafen wollte, weil ich sie verlassen habe. Sie war froh über die Scheidung, aber ich glaube, es wäre ihr lieber gewesen, sie hätte mich sitzenlassen und nicht umgekehrt.« Er schwieg einen Moment und fuhr dann fort: »Wir wollten diese Erbschaft zuerst ablehnen. So was ist doch möglich?«

»Die Testamentsvollstrecker könnte es in Verlegenheit bringen, aber Sie brauchen das Geld ja nicht für sich zu verwenden, wenn Sie Bedenken haben.«

»Das hat Anna auch gemeint, aber ich glaube, wir werden es am Ende doch annehmen. Man hat so seine noblen Vorsätze, aber wenn's dann drauf ankommt, spielen in der Regel ganz andere Überlegungen mit, nicht wahr? Und Anna braucht dringend einen neuen Brennofen.«

Ein paar Minuten gingen sie schweigend nebeneinander her, dann fragte Cummins unvermittelt: »Wieweit ist meine Frau in diese Sache verwickelt? Ich möchte nicht, daß man sie bedrängt. Sie soll sich nicht aufregen – besonders jetzt, wo bald das Baby kommt.«

»Ich hoffe, daß wir sie schonen können. Aber wir werden wohl ein Protokoll mit ihr aufnehmen müssen.«

»Das heißt, Sie kommen noch einmal wieder?«

»Nicht unbedingt persönlich. Vielleicht schicke ich Ihnen zwei meiner Kollegen.«

Unterdessen waren sie am oberen Rand des Ackers angekommen und blickten hinunter auf das ländliche Mosaik der Äcker und Weiden. Dalgliesh hätte gern gewußt, ob Anna

Cummins sie vom Fenster aus beobachtete. Und dann beantwortete Cummins eine Frage, die der Commander ihm gar nicht gestellt hatte.
»Ich war froh, als ich den Lehrberuf an den Nagel hängen konnte, zumindest in London; froh, den Lärm und die Aggressionen hinter mir zu lassen, die Intrigen des Lehrkörpers und den ständigen Kampf um die Disziplin im Klassenzimmer. Ich war nie besonders durchsetzungsfähig. Hier unterrichte ich ab und zu vertretungsweise, aber die Situation auf dem Lande ist eine völlig andere. In der Hauptsache kümmere ich mich allerdings um den Garten und um den Bürokram für unsere Töpferei.« Er hielt kurz inne und sagte dann ruhig: »Ich hätte früher nie gedacht, daß ein Mensch so glücklich sein kann.«
Den Rückweg legten sie in seltsam einträchtigem Schweigen zurück. Als sie sich dem Haus näherten, hörten sie schon von weitem die Töpferscheibe summen. Anna Cummins saß über ein neues Werkstück gebeugt. Der Tonklumpen drehte sich mit rasender Geschwindigkeit, wuchs und verjüngte sich und nahm unter ihren Händen Gestalt an. Die Männer sahen zu, wie ihre Finger behutsam über den oberen Rand glitten und den Schnabel des Kruges modellierten. Doch ganz plötzlich und scheinbar ohne jeden Grund drückte sie die Hände zusammen, der Ton wand und krümmte sich wie ein lebendes Wesen, und während die Töpferscheibe langsam zum Stillstand kam, sackte er zu einem glitschigen Klumpen zusammen. Anna Cummins blickte zu ihrem Mann auf und fing an zu lachen.
»Darling, dein Mund! Du bist ja ganz verschmiert! Lauter rote und lila Flecken. Du siehst aus wie Dracula.«
Ein paar Minuten später verabschiedete sich Dalgliesh. Die beiden Eheleute standen, das Kind zwischen sich, in der Tür und sahen ihm nach, ohne zu lächeln. Er spürte, daß sie froh waren, ihn los zu sein. Als er sich verstohlen umblickte und

sie in die Werkstatt zurückgehen sah, überkam ihn flüchtig eine melancholische Schwermut, in die sich auch eine Spur von Mitleid mischte. Dieses beschauliche Atelier, die Keramiken, die so naiv waren in Entwurf und Ausführung, dieses kleine Experiment der Selbstversorgung, repräsentiert durch Garten und Hühnerstall: symbolisierte das alles nicht ein Fluchtgebaren, ein friedliches Idyll, das ebenso trügerisch war wie die nach außen hin würdevoll geordnete Atmosphäre in den zweihundert Jahre alten Höfen der Temple-Enklave, so utopisch wie alles menschliche Streben nach dem Guten im Leben und nach vollkommener Harmonie?

Es reizte ihn nicht mehr, einen Umweg über die Dörfer zu machen. Vielmehr beeilte er sich, auf dem kürzesten Weg zur Fernstraße zu kommen, wo er mit Höchstgeschwindigkeit Richtung London brauste. Seine Freude über diesen schönen Tag war einem bohrenden Unmut gewichen, der sich teils gegen die Cummins, vor allem aber gegen ihn selbst richtete – eine Reaktion, die so unsinnig war, daß sie ihn erst recht verdroß. Wenn Anna Cummins die Wahrheit gesagt hatte, was er für wahrscheinlich hielt, dann hätte er mindestens einen Grund gehabt, zufrieden zu sein. Denn dann wären die Ermittlungen um einen entscheidenden Schritt vorangekommen: Man konnte den Zeitpunkt des Todes nun zwischen sieben Uhr fünfundvierzig (Mrs. Buckleys Anruf in der Kanzlei) und acht Uhr fünfzehn festmachen, als Venetia Aldridge nicht am verabredeten Treffpunkt erschienen war, um die Frau ihres Exmannes einzulassen.

Ein paar von Mrs. Cummins' Aussagen ließen sich nachprüfen. Bevor er die Töpferei verließ, hatte er sich noch Namen und Anschrift der Freundin geben lassen, der die Wohnung am Waterloo-Bahnhof gehörte. Auch den Namen des Nachbarn hatte er notiert. Aber Luke Cummins konnte keinen Zeugen dafür beibringen, daß er daheim im Cottage geblieben war. An dem Abend waren keine Kunden mehr gekommen. Dann war da noch der rothaarige Mann, den Anna Cummins so kurz hintereinander hatte kommen und gehen sehen. Falls sie Simon Costello eindeutig identifizieren konnte, durfte man auf seine Erklärung für diesen Blitzbesuch im Temple gespannt sein.

Eine Frage machte ihm ganz besonders Kopfzerbrechen: Weder Luke Cummins noch seine Frau hatten sich erkundigt, ob die Polizei schon irgendwelche Ermittlungserfolge zu verzeichnen habe, waren überhaupt nicht neugierig darauf gewesen, wer der vermutliche Mörder sein könne. Lag das wirklich nur daran, daß sie sich vorsätzlich von der unglücklichen Vergangenheit und der gewalttätigen Gegenwart distanziert hatten, von allem abgerückt waren, was ihre selbstgenügsame kleine Welt gefährden konnte? Oder hatten sie geschwiegen, weil sie nicht zu erfragen brauchten, was sie bereits wußten?

Nachdem er etwa eine Stunde gefahren war, steuerte er einen Rastplatz an, ging in eine Telefonzelle und wählte die Nummer der Einsatzzentrale. Kate war nicht da, aber er sprach mit Piers, und sie tauschten die neuesten Informationen aus.

Piers sagte: »Wenn es wirklich Costello war, den Mrs. Cummins durchs Tor vom Devereux Court gehen und schon nach einer Minute wieder herauskommen sah, dann ist der Mann aus dem Schneider. In der Zeit hätte er nicht mal die Kanzlei von Nummer acht erreichen können, geschweige denn drinnen die Aldridge töten. Und falls er den Mord früher begangen hätte, wäre es mehr als töricht gewesen, so bald noch einmal zum Tatort zurückzukehren. Bringen Sie Mrs. Cummins zu einer Gegenüberstellung mit nach London, Sir?«

»Noch nicht. Erst will ich mit Costello sprechen. Bei der Gelegenheit werde ich mich auch gleich noch mal mit Langton unterhalten. Ist doch merkwürdig, daß er diese Orchesterprobe nicht erwähnt hat. Was haben denn seine beiden Hausangestellten ausgesagt? Habt ihr die schon vernommen?«

»Ja, Sir, in ihrem Antiquitätenladen. Beide geben an, daß Mr. Langton am Mittwoch später heimgekommen sei als gewöhnlich. Aber um wieviel er sich verspätet hat, das wissen sie angeblich nicht. Sie behaupten, sich nicht erinnern zu können, was natürlich Quatsch ist. Sie haben sein Dinner vorbereitet, da dürften sie fast auf die Minute genau registriert haben, wie lange sie mit dem Essen auf ihn warten mußten. Trotzdem – als Täter kommt Langton doch wohl kaum in Frage?«

»Ganz meine Meinung. Irgend etwas scheint ihn zu belasten, und ich habe den Eindruck, es handelt sich da um was Persönliches, aber wenn er etwas auf dem Gewissen hat, dann wohl kaum den Mord an Venetia Aldridge. Habt ihr euch auch schon mit Brian Cartwright befassen können?«

»Ja, Sir. Er war so gnädig, uns nach dem Lunch in seinem Club für ein Fünfminutengespräch einzuschieben. Hat leider nichts gebracht. Er behauptet, nach seiner Verhandlung im Bailey sei nichts weiter vorgefallen, und Miss Aldridge habe ganz normal gewirkt.«

»Und? Fanden Sie ihn glaubwürdig?«

»Nicht ganz. Ich hatte das Gefühl, er hielt mit irgendwas hinterm Berg, aber womöglich war ich voreingenommen. Seine Art gefiel mir nicht: Mit Kate hat er geflirtet und mich so arrogant von oben herab behandelt. Doch zu Anfang unseres Gesprächs, da hatte ich das Gefühl, er versuche zu taxieren, was eher zu seinem Vorteil wäre: der Polizei einen Gefallen zu tun und auszupacken oder Vorsicht walten zu lassen und sich aus allem rauszuhalten. Die Vorsicht siegte. Ich glaube nicht, daß wir jetzt noch was aus ihm rauskriegen werden, Sir. Aber wenn Sie's wichtig finden, können wir ihn natürlich noch mal härter in die Mangel nehmen.«

»Das hat Zeit«, sagte Dalgliesh. »Eure Unterredung mit

Miss Elkington, die war aufschlußreich. Gut, daß ihr jemanden nach Hereford geschickt habt. Gebt mir Bescheid, sobald die Kollegen sich melden. Was Neues über Drysdales Alibi?«

»Das scheint soweit in Ordnung, Sir. Wir haben im Theater nachgefragt. Die Vorstellung begann um halb acht, um zehn vor neun war Pause. Laud hätte frühestens um neun in der Kanzlei sein können. Das Foyer war die ganze Zeit besetzt, und sowohl der Kassenwart als auch der Pförtner sind sicher, daß niemand das Haus vor der Pause verlassen hat. Ich denke, das Alibi ist glaubhaft, Sir.«

»Vorausgesetzt, Laud war tatsächlich im Theater. Konnte er euch seine Platznummer angeben?«

»Parkett, fünfte Reihe. Er hatte den Eckplatz, sagt er. Ich hab den Plan vom Mittwochabend eingesehen, und der fragliche Eckplatz wurde tatsächlich einzeln verkauft, aber an wen, ob an einen Mann oder eine Frau, daran konnte sich das Mädchen an der Kasse nicht mehr erinnern. Wir könnten ihr natürlich ein Foto von Laud zeigen, aber ich glaub nicht, daß was dabei rauskommt. Eigenartig ist es allerdings schon, nicht, daß Laud ganz allein im Theater war?«

»Aber wir können schwerlich jemanden verhaften, nur weil er sich an der eigenen Gesellschaft delektiert. Wie steht's mit Desmond Ulricks Alibi?«

»Wir haben uns im Restaurant erkundigt, Sir. Er war um acht Uhr fünfzehn dort, wie er gesagt hat. Er hatte nicht reserviert, aber er gehört zu den Stammgästen, und das Personal hat ihm binnen fünf Minuten einen Tisch organisiert. Er gab seinen Mantel an der Garderobe ab und eine Zeitung, den ›Standard‹, aber keine Aktenmappe. Da war sich der Portier ganz sicher. Er kennt Ulrick gut und hat sich mit ihm unterhalten, während der auf seinen Tisch wartete.«

»Danke, Piers, wir sehen uns dann in etwa zwei Stunden.«

»Ach, da wär noch was, Sir. Vor einer Stunde ungefähr ist ein ganz sonderbarer kleiner Mann bei uns aufgetaucht, der Sie zu sprechen wünscht. Anscheinend kannte er die Aldridge, als sie noch ein Kind war. Hat in einem Internat als Lehrer gearbeitet, das von ihrem Vater geleitet wurde. Als der Mann hier ankam, hielt er ein großes flaches Paket vor die Brust gepreßt – wie ein Kind, das Angst hat, jemand könnte ihm sein Geschenk wegnehmen. Ich hab ihm angeboten, sein Anliegen mir oder Kate vorzutragen, aber da war nichts zu machen: Er will nur mit Ihnen sprechen. Nun haben Sie aber am Montagvormittag einen Termin beim Polizeipräsidenten und anschließend Sitzung im Innenministerium. Nachmittags ist dann die gerichtliche Untersuchung – eine Formalität, ich weiß, und wir werden Vertagung beantragen, aber ich war mir nicht sicher, ob Sie nicht doch dabeisein wollen. Jedenfalls hab ich dem Mann gesagt, er soll am Montag abends um sechs vorbeikommen. Wahrscheinlich ist es nur Zeitverschwendung, aber ich dachte, Sie möchten ihn sich vielleicht doch mal anschauen. Froggett heißt er. Edmund Froggett.«

28

Das Dezernat war seit dem Mord sechzehn Stunden täglich im Einsatz gewesen, aber am Samstag ging es weniger hektisch zu, da die meisten Verdächtigen das Wochenende außerhalb Londons verbrachten, und am Sonntag gönnten auch Dalgliesh, Kate und Piers sich einen Ruhetag.

Keiner vertraute den anderen an, was er vorhatte. Es war, als müßten die drei sich einmal sogar von der Anteilnahme oder Neugier ihrer Kollegen erholen. Doch am Montag war es mit der Muße wieder vorbei. Nach einem morgendlichen Sitzungsmarathon wurde am frühen Nachmittag eine Pressekonferenz einberufen, an der Dalgliesh trotz seiner Abneigung gegen solche Veranstaltungen teilnahm, weil er an der Reihe war und es unfair gefunden hätte, sich zu drücken. Ein Mord, der das geheiligte Zentrum des Rechtswesens entweihte, und die Prominenz des Opfers verliehen dem Fall eine Brisanz, die zwangsläufig für ein reges Medieninteresse sorgte. Allerdings war, wie Dalgliesh einigermaßen überrascht, aber auch hochzufrieden feststellte, die makabre Scharade mit der blutgetränkten Perücke nicht durchgesickert. Das Opfer sei erstochen worden, mit einer unmittelbaren Festnahme sei nicht zu rechnen – das war im wesentlichen alles, was die Polizei bekanntgab. Genauere Angaben würden zum gegenwärtigen Zeitpunkt nur die Ermittlungen erschweren, aber sobald neuere Erkenntnisse vorlägen, werde man die Presse in Kenntnis setzen.

Über der Vertagung der gerichtlichen Untersuchung am Spätnachmittag, einer reinen Formalität, die trotzdem einen leidigen Zeitverlust bedeutete, war dem Commander sein Sechsuhrtermin ganz entfallen. Aber Edmund Froggett war pünktlich zur Stelle. Piers, der ihn heraufbegleitete, führte ihn nicht in eines der kleinen Verhörzimmer, sondern direkt in Dalglieshs Büro.

Einem Wink des Commanders folgend, nahm Froggett auf dem ihm zugewiesenen Stuhl Platz, deponierte ein großes, flaches, mit Bindfaden verschnürtes Paket sorgsam auf dem Schreibtisch, zog seine Wollhandschuhe aus, legte sie daneben und wickelte sich einen langen Strickschal vom Hals. Seine mädchenhaft zarten Hände waren sehr blaß und peinlich sauber. Der kleine Mann hatte wenig Einnehmendes, und doch wirkte er weder häßlich noch abstoßend, vielleicht weil er die ruhige Würde eines Menschen ausstrahlte, der nicht viel von der Welt erwartet, dessen sanfte Duldsamkeit aber auch nichts Unterwürfiges hatte. Er versank fast in einem schweren Mantel aus grobem Tweed, ein gutgeschnittenes und ursprünglich gewiß auch teures Stück, das aber viel zu weit für seine schmächtige Gestalt war. Unter den Aufschlägen der Gabardinehose mit den messerscharfen Bügelfalten blitzten auf Hochglanz polierte Schuhspitzen hervor. Mit dem schweren Wintermantel, den leichten Hosen und den hellen Sommersocken wirkte er irgendwie zusammengestückelt, so als habe man ihn und seine Kleider aus dem abgelegten Fundus anderer Leute rekrutiert. Nachdem er noch seinen Schal ordentlich über die Stuhllehne gehängt hatte, wandte er sich jetzt endlich dem Commander zu.

Das kluge Augenpaar hinter den dicken Brillengläsern blickte Dalgliesh wachsam an. Als er zu sprechen begann, tat er dies mit einer Fistelstimme, die gelegentlich ins Stottern geriet und der über einen längeren Zeitraum zuzuhören gewiß kein Vergnügen war. Er entschuldigte sich nicht für seinen eigenmächtigen Vorstoß; offensichtlich war er überzeugt, sein Drängen auf eine Unterredung mit einem höheren Beamten rechtfertigen zu können.

»Wie Sie wissen, Commander«, begann er, »komme ich wegen des Mordes an Venetia Aldridge. Mein Interesse an dem Fall bedarf der Erläuterung, doch zuvor benötigen Sie vermutlich meine Personalien.«

»Ja, danke«, sagte Dalgliesh. »Die Personalien ... Das wäre in der Tat hilfreich.«

Der Mann erwartete offenbar, daß er sich seine Angaben notierte. Dalgliesh tat ihm den Gefallen, und sein Besucher beugte sich aufmerksam vor, als zweifle er an Dalglieshs Fähigkeit, richtig mitzuschreiben. »Edmund Albert Froggett, Melrose Court vierzehn, Melrose Road, Goodmayes, Essex.«

Der Nachname paßte so trefflich zu dem breiten Froschmund mit den herabgezogenen Mundwinkeln und den vorstehenden Glupschaugen, daß es fast zum Lachen reizte. Bestimmt hatte Froggett als Kind grausam unter den Hänseleien seiner Kameraden gelitten, und sein leicht gespreiztes, selbstbewußtes Gehabe war vermutlich der Panzer, den er sich als Abwehr zugelegt hatte. Was blieb einem von der Natur so stiefmütterlich behandelten Geschöpf auch anderes übrig? Und welcher Mensch, dachte Dalgliesh, kann schon ohne alle Schutzmechanismen auskommen? Keiner von uns bietet doch sein Innerstes gänzlich wehrlos den Anfeindungen der Außenwelt dar.

»Sie können Angaben machen, die Miss Aldridges Tod betreffen?« fragte Dalgliesh.

»Nicht direkt, Commander, aber ich habe Informationen über ihr Leben gesammelt. Und bei einem Mord sind Leben und Tod unlösbar verquickt, doch das brauche ich Ihnen ja nicht zu sagen. Ein Mord ist immer auch eine Form der Abrechnung. Ich glaube, es Miss Aldridge – und der Sache der Gerechtigkeit – schuldig zu sein, Informationen beizusteuern, die Ihnen anderweitig vielleicht gar nicht oder wenn, dann nur auf zeitraubende Weise zugänglich sind. Inwieweit sie Ihnen weiterhelfen, das müssen Sie selbst entscheiden.«

Zeitraubend versprach auch die Aussage von Mr. Froggett zu werden, falls es in diesem Tempo weiterging, aber Dalgliesh verfügte über ein Geduldspotential, das seine Untergebenen zuweilen verblüffte und das ihn nur angesichts arroganter, inkompetenter oder sich absichtlich dumm stellender Zeitgenossen im Stich ließ. In diesem Fall verspürte er bereits eine vertraute Regung: ein fast peinliches Mitgefühl, das ihm einerseits unangenehm war, das er gleichwohl nie zu kontrollieren gelernt hatte und das er irgendwo im Hinterkopf auch als Schutz vor einem eventuellen Machtdünkel akzeptierte. Diese Unterredung würde sich allem Anschein nach länger hinziehen, aber er brachte es nicht fertig, seinen Besucher schonungslos zur Eile zu mahnen.

»Vielleicht schildern Sie mir erst einmal der Reihe nach, was Sie wissen, Mr. Froggett, und woher Ihre Informationen stammen.«

»Gewiß. Ich darf Ihre Zeit nicht über Gebühr in Anspruch nehmen. Wie ich schon Ihrem Inspector sagte, habe ich Miss Aldridge als Kind gekannt. Ihr Vater leitete, wie Sie vielleicht bereits wissen, ein Knabeninternat: Danesford in Berkshire. Ich war fünf Jahre lang sein stellvertretender Direktor und zuständig für den Englisch- und Geschichtsunterricht der höheren Klassen. Es war sogar vereinbart, daß ich die Schule eines Tages übernehmen solle, aber dazu kam es nicht mehr. Für die Juristerei habe ich mich zeitlebens interessiert, doch leider fehlen mir die physischen und stimmlichen Voraussetzungen, die vor Gericht so entscheidend zum Erfolg eines Anwalts beitragen. Aber das Studium des Strafrechts war und blieb mein Steckenpferd, und damals, an der Schule in Danesford, pflegte ich kriminaltechnisch besonders interessante oder menschlich anrührende Fälle mit Venetia zu diskutieren. Sie war vierzehn, als wir mit unseren Lektionen begannen, und zeigte schon damals ein erstaunliches Talent zur Beweisanalyse und ein untrügliches Gespür für die wesentlichen Elemente eines Falles. Nach dem Abendessen wurden im Wohnzimmer ihrer Eltern oft spannende Debatten ausgetragen. Venetias Eltern hörten sich unsere Argumente wohl an, nahmen aber selber kaum an unseren Disputen teil. Venetia dagegen ließ sich mit Feuereifer auf diese Wortgefechte ein, die sie mit ihrer regen Vorstellungskraft bereicherte. Natürlich mußte ich ein bißchen aufpassen: So waren etwa im Falle Rouse nicht alle Details für die Ohren eines jungen Mädchen geeignet. Aber ein ähnlich klares Urteilsvermögen, wie sie es hatte, ist mir bei einem Menschen dieser Altersstufe nie wieder begegnet. Ich glaube, Mr. Dalgliesh, ich darf ohne falsche Scham behaupten, daß ich es war, der den Grundstein für ihre Laufbahn als Strafverteidigerin gelegt hat.«

Dalgliesh fragte: »War sie ein Einzelkind? Uns sind keine Anverwandten bekannt, und ihre Tochter sagt, es gebe auch keine. Nur wissen Kinder da natürlich nicht unbedingt Bescheid.«

»Doch, ich denke, das ist richtig. Sie war auf jeden Fall ein Einzelkind, und ein solches waren, glaube ich, auch ihre beiden Eltern.«

»Dann hatte sie eine einsame Kindheit?«

»Sehr einsam, ja. Sie besuchte das örtliche Gymnasium, aber ich hatte den Eindruck, daß ihre Freunde – so sie denn welche hatte – in Danesford nicht willkommen waren. Vielleicht meinte ihr Vater, er habe während des Arbeitstages schon genug junges Volk um sich. Ja, ich denke, man kann sagen, sie war ein einsames Kind. Vielleicht haben ihr unsere Fachsimpeleien auch deshalb soviel bedeutet.«

»In ihrem Büro in der Kanzlei«, sagte Dalgliesh, »haben wir einen Band aus der Reihe der ›Bedeutenden britischen Prozesse‹ gefunden, den über den Fall Seddon; mit Miss Aldridges und Ihren Initialen auf der Titelseite.«
Die Wirkung auf Froggett war ganz außerordentlich. Seine Augen leuchteten auf, und er strahlte vor Freude übers ganze Gesicht. »Dann hat sie das Buch also behalten. Und sogar in die Kanzlei gestellt. Das ist erfreulich, wirklich sehr erfreulich. Es war ein kleines Abschiedsgeschenk anläßlich meines Weggangs. Über den Fall Seddon hatten wir öfter diskutiert. Ich nehme an, Sie erinnern sich an Marshall Halls Worte? ›Der schlimmste Fall, mit dem ich je befaßt war.‹«
»Sind Sie nach Ihrem Ausscheiden aus dem Internat mit ihr in Kontakt geblieben?«
»Nein, wir haben uns nicht wiedergesehen. Zum einen ergab sich nie die Gelegenheit, und im übrigen wäre es nicht schicklich gewesen. Wir verloren uns völlig aus den Augen. Halt, das ist nicht ganz korrekt; ihr Kontakt zu mir fand ein jähes Ende, aber für mich galt das umgekehrt nie. Es war ja auch nur natürlich, daß ich ein lebhaftes Interesse an ihrer Karriere genommen habe. Ich machte es mir zur Aufgabe, ihre Laufbahn aufmerksam zu verfolgen. Sie könnten sogar sagen, Miss Venetia Aldridges Karriere war die letzten zwanzig Jahre über mein Steckenpferd. Und das bringt mich zum Anlaß meines Besuches. Dieses Päckchen hier enthält ein Album, in das ich alle Zeitungsausschnitte mit Kommentaren über ihre wichtigen Fälle eingeklebt habe, deren ich habhaft werden konnte. Nun ist mir der Gedanke gekommen, der Schlüssel zum Rätsel ihres Todes könne in ihrem beruflichen Umfeld zu finden sein: ein enttäuschter Mandant; jemand, gegen den sie erfolgreich prozessiert hat; ein Exsträfling mit Rachegelüsten. Wenn ich's Ihnen mal zeigen darf?«
Dalgliesh nickte zustimmend in ein Augenpaar, das jetzt halb

flehend, halb enthusiasmiert auf ihn gerichtet war. Er brachte es nicht über sich, dem Mann zu sagen, daß die Polizei sich sämtliches Dokumentationsmaterial, das sie brauchte, aus dem Archiv der Kanzlei beschaffen konnte. Mr. Froggett war offenbar schon lange darauf erpicht gewesen, sein Album jemandem zu zeigen, der sich vielleicht für seine Fleißarbeit interessierte, und Venetia Aldridges Tod hatte ihm nun endlich den nötigen Vorwand geliefert. Dalgliesh sah zu, wie die gepflegten kleinen Finger an einer Überfülle von Knoten herumnestelten. Der Bindfaden, mit dem das Päckchen verschnürt gewesen war, wurde sorgsam aufgewickelt. Dann erst enthüllte Froggett seinen Schatz.

Es war ohne Zweifel eine beachtliche Sammlung. Nach Fällen geordnet und mit den dazugehörigen Daten und Namen versehen, waren Pressefotos eingeklebt und Zeitungsausschnitte, Gerichtsprotokolle und Illustriertenartikel, die sich mit den Urteilen in den berüchtigteren Fällen auseinandersetzten. Froggett hatte auch verschiedene Seiten aus einem Stenoheft mit eigenhändigen Kommentaren beigefügt, Kommentare, die, hervorgehoben durch Unterstreichungen und gelegentliche Ausrufezeichen, die jeweilige Prozeßstrategie bewerteten. Offensichtlich war er den Beweisführungen und Plädoyers mit der Aufmerksamkeit und Disziplin eines Kanzleireferendars gefolgt. Beim Blättern stellte Dalgliesh fest, daß die frühen Fälle meist nur durch Pressenotizen dokumentiert, die der letzten zwei Jahre indessen sehr ausführlich behandelt waren. Den Prozessen dieser Phase hatte Froggett anscheinend persönlich beigewohnt.

»Es muß Sie einige Mühe gekostet haben«, sagte er, »herauszufinden, wann Miss Aldridge in welchem Prozeß auftrat. In den letzten Jahren waren Ihre Recherchen aber wohl sehr erfolgreich.«

Die implizite Frage kam seinem Besucher, wie Dalgliesh sah,

gar nicht gelegen. Es entstand eine Pause, bevor Mr. Froggett antwortete: »Ich hatte neuerdings Glück. Ein Bekannter von mir arbeitet in einer Registratur, und der konnte mich über die anstehenden Prozesse informieren. Da die Verhandlungen ohnehin öffentlich sind, fand ich nichts Unrechtes dabei. Trotzdem wäre es mir lieber, Sie würden mich nicht nach seinem Namen fragen.«

Dalgliesh sagte: »Ich danke Ihnen, daß Sie uns Ihr Album zur Verfügung stellen. Wenn Sie erlauben, behalte ich es eine Weile? Sie bekommen natürlich eine Quittung.«

Der kleine Mann war sichtlich geschmeichelt. Aufmerksam schaute er zu, wie Dalgliesh ihm die Empfangsbestätigung ausstellte.

Dalgliesh sagte: »Sie sprachen eingangs davon, daß ursprünglich Sie als Schulleiter hätten nachrücken sollen, dann aber etwas dazwischengekommen sei. Was genau ist da passiert?«

»Ach, davon haben Sie nicht gehört? Na ja, wahrscheinlich ist das längst Schnee von gestern. Also dieser Clarence Aldridge, der hatte eine sadistische Ader. Ich habe ihn oftmals wegen der Häufigkeit und vor allem der drakonischen Strenge, mit der er die Knaben zu züchtigen pflegte, zur Rede gestellt, doch leider hatte ich, trotz meiner leitenden Position an der Schule, nur wenig Einfluß auf ihn. Er ließ sich von keinem etwas sagen. Und irgendwann war es für mich nicht mehr vertretbar, mit einem Mann zusammenzuarbeiten, vor dem ich immer mehr die Achtung verlor, und darum reichte ich meine Kündigung ein. Ein Jahr nach meinem Weggang kam es dann zu der unvermeidlichen Tragödie. Einer der Schüler, ein gewisser Marcus Ulrick, erhängte sich mit der Schnur seiner Schlafanzugshose am Treppengeländer. Er hätte am nächsten Morgen eine Prügelstrafe über sich ergehen lassen müssen.«

Hier folgte also endlich doch noch die lange erwartete, aufschlußreiche Information. Eine, die Dalgliesh ohne seine beispielhafte Geduld womöglich entgangen wäre. Er ließ sich indes nicht anmerken, daß ihm der Name, der soeben gefallen war, in irgendeiner Weise bekannt vorkam.

Statt dessen fragte er noch einmal: »Und Sie haben Miss Aldridge seither nicht wiedergesehen?«

»Nicht, seit ich das Internat verließ, nein. Es schien mir nicht recht, mit ihr in Kontakt zu treten, sie anzusprechen. Und es war ganz leicht, einer Gerichtsverhandlung beizuwohnen, ohne von ihr gesehen zu werden. Zum Glück gehörte sie zu den Anwälten, die im Gerichtssaal nie zu den Zuschauerrängen hinaufblicken, und natürlich hütete ich mich davor, einen Platz in der ersten Reihe zu belegen. Ich wollte nicht, daß sie sich gewissermaßen von mir verfolgt fühlte. Womöglich hätte sie noch gedacht, ich sei einer von diesen Voyeuren. Nein, ich hatte nie den Wunsch, mich in irgendeiner Weise in ihr Leben zu drängen oder einen Nutzen aus unserer früheren Freundschaft zu ziehen. Und ich brauche wohl kaum zu betonen, daß ich ihr nur Gutes wünschte. Aber natürlich haben Sie dafür nichts als mein Wort, Commander. Vielleicht sollte ich für die Mordnacht ein Alibi beibringen? Nichts leichter als das. Ich war von halb sieben bis halb neun in der Abendschule im Wallington Institute in der Innenstadt. Da gehe ich jede Woche hin. Von halb sieben bis acht studieren wir die Londoner Architektur, und von acht bis neun besuche ich einen Italienischkurs. Ich hoffe, im nächsten Jahr meine erste Romreise anzutreten. Ich kann Ihnen natürlich die Namen der Lehrer für beide Lehrveranstaltungen nennen, und sie und alle übrigen Kursteilnehmer werden Ihnen bestätigen, daß ich die ganze Zeit anwesend war. Ich hätte mindestens eine halbe Stunde gebraucht, um vom Institut zum Temple zu gelangen, und wenn Miss Aldridge um halb zehn bereits tot war, dann bin ich wohl aus dem Schneider.«

Es klang fast bedauernd, so als sei der kleine Mann ent-

täuscht, nicht als Hauptverdächtiger in Betracht zu kommen. Dalgliesh dankte ihm mit ernster Miene und erhob sich.
Doch sein Besucher ließ sich weiterhin Zeit. Er schob die Quittung für sein Album in ein Fach einer ziemlich lädierten Brieftasche, verstaute dieselbe in einer Innentasche seines Jacketts, die er beklopfte, wie um sich zu vergewissern, daß sein Beleg auch sicher aufgehoben sei. Dann schüttelte er erst Dalgliesh und anschließend Piers feierlich die Hand, als habe man eben zu dritt ein kompliziertes und im höchsten Grade vertrauliches Geschäft unter Dach und Fach gebracht. Er warf einen letzten Blick auf sein Album auf Dalgliesh Schreibtisch und schien etwas sagen zu wollen, ja bewahrte sich vielleicht mit knapper Not vor dem Lapsus, den Commander an die sichere Aufbewahrung seines Sammelbandes zu gemahnen.
Piers brachte ihn hinaus. Als er mit gewohnter Verve ins Zimmer zurückgestürzt kam, rief er: »Ein sonderbarer kleiner Kerl! Mein Gott, war das ein komischer Kauz! So ein verquerer Fall von Spannertum ist mir noch nie untergekommen. Was glauben Sie, wie das angefangen hat, Sir?«
»Er verliebte sich in sie, als sie ein Schulmädchen war, und das wuchs sich zu einer Manie aus – einer Leidenschaft für sie oder für das Strafrecht, vielleicht auch für beides.«
»Merkwürdiges Hobby. Schwer nachzuvollziehen, was ihm das bringt. Aber die Aldridge, die betrachtet er offensichtlich als sein Protegé. Was sie wohl davon gehalten hätte? Nach allem, was wir von ihr wissen, wohl nicht viel.«
Dalgliesh sagte: »Er hat ihr in keiner Weise geschadet. Traf alle Vorkehrungen, damit sie nicht merkte, daß er ihren Spuren folgte. Echte Spanner pflegen ihre Opfer zu belästigen; das hat er nicht getan. Ich fand, er hatte eine ganz sympathische Art.«
»Die ist mir entgangen. Mir war er, ehrlich gesagt, nicht ge-

heuer. Warum lebt er nicht sein eigenes Leben, statt wie eine Schmeißfliege an dem ihren zu saugen? Okay, Sie mögen das mitleiderregend finden, aber für mich ist es obszön. Und ich wette, daß diese Juristengespräche nicht im elterlichen Wohnzimmer stattgefunden haben.«

Dalgliesh war erstaunt über Piers' vehementen Ausbruch – normalerweise war man von dem Jungen eher Toleranz gewöhnt als eine so unverhohlene moralische Entrüstung. Allein, Piers' Reaktion kam seiner eigenen ziemlich nahe. Für jeden Menschen, der seine Privatsphäre hochhielt, mußte der Gedanke, jemand anderer könne sein sorgsam abgeschirmtes Leben indirekt mitführen, einfach abstoßend sein. So ein Spürhund, der sich einem an die Fersen heftete, war störend genug; einer, der das heimlich tat, war verabscheuungswürdig. Aber Froggett hatte seiner Zielperson keinen Schaden zugefügt und ihr auch gar nicht schaden wollen. Piers nannte sein Betragen zu Recht zwanghaft, doch gesetzwidrig hatte der Mann sich nicht verhalten.

Piers sagte: »Eine interessante Information hat er uns immerhin geliefert, auch wenn wir die sicher auch auf anderem Wege bekommen hätten. Falls Marcus Ulrick der jüngere Bruder von Desmond Ulrick war, dann hätten wir ein eindeutiges Motiv.«

»Tatsächlich, Piers? Nach all den Jahren? Wenn Ulrick die Aldridge aus Rache für die Grausamkeit ihres Vaters hätte töten wollen, warum dann über zwanzig Jahre warten? Und was hatte er ihr überhaupt vorzuwerfen? Sie traf doch bestimmt keine Schuld. Trotzdem sollten wir der Sache vielleicht nachgehen. Ulrick arbeitet abends gewöhnlich länger. Rufen Sie in der Kanzlei an, und fragen Sie nach, ob er noch im Haus ist. Wenn ja, dann richten Sie aus, daß ich ihn sprechen möchte. Und wenn's geht, Langton und Costello auch.«

»Heute abend noch, Sir?«

»Heute abend.«
Dalgliesh packte Froggetts Album wieder ein. Als Piers sich zum Gehen wandte, fragte er: »Was gibt's Neues über Janet Carpenter?«
Verblüfft sah Piers ihn an. »Am Freitag«, sagte Dalgliesh, »habe ich darum gebeten, daß man mir Bescheid gibt, falls irgend etwas über die Vergangenheit der Frau ans Tageslicht kommt. Wen habt ihr übrigens nach Hereford geschickt? Wer kümmert sich darum?«
»Sergeant Pratt von der City Police und eine unserer Beamtinnen. Sie müssen schon entschuldigen, Sir, aber ich dachte, man habe Ihnen Bericht erstattet. Die Frau hat keinerlei Vorstrafen. Sie ist pensionierte Englischlehrerin – verwitwet – ihr einziger Sohn starb vor fünf Jahren an Leukämie. Sie wohnte mit ihrer Schwiegertochter und einer Enkelin zusammen in einem Dorf außerhalb von Hereford. Die Enkelin wurde 1993 ermordet. Kurz darauf nahm die Schwiegertochter sich das Leben. Danach wollte Mrs. Carpenter alle alten Verbindungen abbrechen. Das mit ihrer Enkelin, das war der Fall Beale – ich weiß nicht, ob Sie sich erinnern, Sir? Er hat lebenslänglich gekriegt. Der Prozeß wurde in Shrewsbury geführt, und Beales Verteidiger war Archie Curtis. Hatte also nichts mit London oder Miss Aldridge zu tun.«
Die Familientragödie erklärte eine gewisse Befindlichkeit, die Dalgliesh intuitiv an Mrs. Carpenter wahrgenommen hatte. Eine resignative Ruhe und Gelassenheit, die aber nicht auf inneren Frieden hindeutete, sondern auf ein geduldig ertragenes, leidvolles Schicksal. »Wie lange wißt ihr das schon?« fragte er.
»Seit heute morgen, ungefähr um neun.«
Dalglieshs Stimme klang unverändert, als er sagte: »Wenn ich nähere Angaben über einen Verdächtigen erbitte, dann sehen Sie zu, daß ich die Informationen erhalte, sobald sie verfügbar

sind, und nicht erst, wenn ich mich zufällig danach erkundige.«

»Tut mir leid, Sir, aber im Moment schienen andere Dinge einfach dringlicher. Die Frau ist, wie gesagt, nicht vorbestraft, und es gibt keine Verbindung zwischen dem Mord an der Enkelin und Miss Aldridge. Ein tragischer Fall, gewiß, aber er liegt, wie gesagt, ein paar Jahre zurück, und ich dachte nicht, daß er noch relevant sein könnte.« Piers hielt inne und setzte dann hinzu: »Verzeihen Sie, Sir, das ist natürlich keine Entschuldigung.«

»Warum entschuldigen Sie sich dann?«

Piers zögerte, dann fragte er: »Möchten Sie, daß ich mitkomme in die Kanzlei?«

»Nein, Piers, mit Ulrick rede ich allein.«

Als der Inspector gegangen war, besann Dalgliesh sich einen Moment, dann zog er seine Schreibtischlade auf und nahm ein Vergrößerungsglas heraus. Als er es in die Tasche schob, ging die Tür auf, und Piers steckte den Kopf herein.

»Ulrick ist in der Kanzlei, Sir. Er läßt ausrichten, er freue sich sehr, daß Sie vorbeikommen wollen. Ich hatte den Eindruck, das war ironisch gemeint. Er war eigentlich schon im Aufbruch, aber er sagt, er werde warten. Und Mr. Langton und Mr. Costello sind noch bis acht im Haus.«

29

Dalgliesh fragte: »Haben Sie gewußt, daß Venetia Aldridge die Tochter von Clarence Aldridge war, dem Direktor eines Internats in Danesford?«

Ulrick antwortete nicht sofort, doch Dalgliesh wartete geduldig. Da alle drei Spiralen des elektrischen Öfchens in Betrieb waren, wirkte das Souterrainzimmer für einen so lauen Herbstabend unangenehm überheizt. Schon als Dalgliesh, Edmund Froggetts Album unter dem Arm, im sanften Schein der Gaslaternen über den Hof spaziert war, hatte er das Gefühl gehabt, die alten Gemäuer strahlten alle ihre aufgestaute Spätsommerwärme ab. Ulricks Büro war die reinste Gelehrtenklause. Die überfüllten Bücherregale schienen Dalgliesh von allen vier Wänden her zu Leibe zu rücken. Auf dem Schreibtisch türmten sich die Akten, und Ulrick mußte erst einen Stuhl freiräumen, bevor Dalgliesh sich setzen konnte. Es war einer von zwei hochlehnigen Sesseln, die gefährlich nahe am Kamin mit dem elektrischen Öfchen auf dem Rost standen, und Dalgliesh kam sich ganz benommen vor in dem stikkigen Dunst angesengten Leders.

Als habe er das Unbehagen seines Besuchers gespürt, kniete Ulrick sich vor den Kamin und schaltete die drei Heizelemente nacheinander ab. Er tat das mit der bedächtigen Sorgfalt eines Mannes, der eine so heikle Aufgabe verrichtet, daß Präzision geboten ist, will man eine Katastrophe vermeiden. Nachdem er sich überzeugt hatte, daß die Heizspiralen wirklich langsam ausglühten, richtete er sich auf, nahm wieder hinter dem Schreibtisch Platz und drehte seinen Sessel so, daß er Aug' in Auge mit Dalgliesh saß.

»Ja«, sagte er, »das war mir bekannt. Ich wußte, daß dieser Aldridge eine Tochter mit Namen Venetia hatte, und das Alter stimmte auch. Natürlich war ich neugierig, als sie in unsere Kanzlei eintrat, und ich habe sie auf ihre Familie angesprochen. Aber letztlich hat mich die Geschichte nur beiläufig interessiert.«

»Können Sie sich an dieses Gespräch mit Miss Aldridge noch erinnern?«

»Ich denke schon. Lange hat es nicht gedauert. Es fand in ihrem Büro statt, und natürlich waren wir zu dem Zeitpunkt ohne Zeugen. Ich fragte sie rundheraus: ›Sind Sie die Tochter von Clarence Aldridge aus Danesford?‹ Sie sah mich an und bejahte. Sie schien auf der Hut, aber nicht sonderlich beunruhigt. Ich habe ihr dann erklärt, daß ich der ältere Bruder von Marcus Ulrick sei. Sie reagierte nicht sofort, aber dann sagte sie: ›Ich dachte mir schon, daß Sie verwandt sein könnten. Es ist ja kein Allerweltsname. Und ich wußte von Marcus, daß er einen großen Bruder hatte.‹ Darauf entgegnete ich: ›Ich denke, damit ist alles gesagt, und wir können die Vergangenheit beide ad acta legen.‹«

»Wie hat sie darauf reagiert?«

»Ich weiß es nicht. Ich hab's nicht abgewartet. Ich verließ ihr Zimmer, bevor sie mir hätte antworten können. Danach haben wir beide das Thema Danesford tunlichst vermieden. Was mich angeht, so war es nicht schwer, Zurückhaltung zu üben, schon weil ich ihr weitgehend aus dem Weg ging. Sie stand in dem Ruf, ein schwieriger Mensch zu sein, und ich pflege keine privaten Kontakte in der Kanzlei. Für Strafrecht interessiere ich mich nicht. Die Jurisprudenz sollte eine intellektuelle Disziplin sein, kein öffentliches Spektakel.«

»Wäre es sehr schmerzlich für Sie, wenn ich Sie nach dem Schicksal Ihres Bruders fragte?«

»Muß das sein?« Und nach kurzem Besinnen fügte er hinzu: »Ist es wichtig für Ihre Ermittlungen?«

Die Stimme klang beiläufig, aber die grauen Augen hielten Dalglieshs Blick so unerbittlich fest wie bei einem Verhör.

»Ich weiß nicht«, entgegnete der Commander. »Es ist eher unwahrscheinlich, aber bei einem Mord läßt sich schwer voraussagen, was letztlich relevant sein wird. Wenn etwas schiefläuft, dann meistens, weil man zu wenige Fragen gestellt hat, nicht zu viele. Ich hatte immer schon das Bedürfnis, soviel wie möglich über das Opfer eines Falles zu erfahren, und das schließt die Vergangenheit ein.«

»Muß schön sein, einen Beruf zu haben, mit dem sich Praktiken rechtfertigen lassen, die man andernfalls als aufdringliche Neugier auslegen könnte.« Aber nach einer kleinen Pause begann er zu erzählen: »Marcus war elf Jahre jünger als ich. Selber war ich übrigens nicht in Danesford. Vaters Geschäfte gingen damals noch nicht so gut, daß er mich auf die Privatschule hätte schicken können, die auch er schon besucht hatte. Aber zu der Zeit, als Marcus acht war, hatte sich das Blatt gewendet. Mein Vater arbeitete in Übersee, ich studierte in Oxford, und Marcus verbrachte die Ferien unter der Obhut unseres Onkels väterlicherseits. Vater hatte eine Menge Geld verloren, und wir waren relativ arm. Er war weder Diplomat, noch arbeitete er für einen internationalen Konzern. Die Schulgebühren wurden nicht von der Firma übernommen, obwohl ich glaube, daß in seinem Gehalt eine kleine Ausgleichszahlung inbegriffen war. Danesford kostete nicht viel, lag nahe bei der Wohnung meines Onkels und meiner Tante, galt als angesehene Vorbereitungsschule und stand im Ruf, seinen Jungen, wenn sie halbwegs begabt waren, zu einem Stipendium für die Public School zu verhelfen. Die gesundheitliche Betreuung schien zufriedenstellend. Meine Eltern statteten der Schule einen Besuch ab und waren beeindruckt. Natürlich wäre es, angesichts ihrer pekuniären Verhältnisse, auch unangenehm gewesen, es nicht zu sein. Gar nicht zu reden von der Entdeckung, daß Clarence Aldridge ein Sadist war.«

Dalgliesh antwortete nicht. Und Ulrick fuhr fort: »Seine perverse Neigung ist ja so verbreitet, daß der Begriff Perversion dafür vielleicht gar nicht angemessen ist. Er hatte seinen Spaß daran, kleine Jungen zu verprügeln. Er hielt sich dabei an eine subtile Methode, die ihm vielleicht sogar Anspruch auf eine gewisse Originalität garantiert. Und zwar verordnete er eine bestimmte Anzahl von Schlägen, die er eine Woche lang täglich zu einer festgesetzten Zeit öffentlich verabreichte, in der Regel nach dem Frühstück. Es war diese täglich wiederkehrende Erniedrigung und Pein, die Marcus nicht ertragen konnte. Er war ein scheues, feinfühliges Kind. Er hat sich mit der Schnur seiner Schlafanzugshose am Treppengeländer erhängt. Es war kein rascher Tod: Er ist elend erstickt. Der Skandal, den sein Tod verursachte, bedeutete das Ende für die Schule und für Aldridge. Ich weiß nicht, was aus ihm geworden ist. So, das war eine kurze, aber hoffentlich ausreichende Zusammenfassung dessen, was Sie wissen wollten.«

»Aldridge und seine Frau sind beide tot«, sagte Dalgliesh. Und im stillen fügte er hinzu: Zurückgelassen haben sie eine Tochter, die die Männer nicht mochte, sich aber erfolgreich in ihrer Welt behauptet hat, deren Ehe mit einer Scheidung endete, deren Tochter keine Liebe für sie empfand. Mehr zu sich selbst als zu Ulrick sagte er: »Es war nicht ihre Schuld.«

»Schuld? Das Wort kommt in meinem Vokabular nicht vor. Es setzt voraus, daß wir Herr über unsere Handlungen sind, was ich weitgehend für einen Trugschluß halte. Aber Sie sind Polizist, und als solcher müssen Sie an die These von der Willensfreiheit glauben. Das Strafrecht fußt ja auf der Prämisse, daß die meisten von uns ihr Tun und Treiben kontrollieren können. Nein, es war nicht ihre Schuld. Vielleicht ihr Pech. Aber wir haben, wie gesagt, nie darüber gesprochen. Private Belange hält man aus so einer Kanzlei am besten heraus. Irgend jemand ist in höchstem Grade verantwortlich für den Tod meines Bruders, aber das ist und war nicht Venetia Aldridge. Und jetzt möchte ich, wenn Sie gestatten, gern nach Hause gehen.«

30

Simon Costello hatte sein Büro in einem der kleineren, zum Hof gelegenen Räume im zweiten Stock. Der einzig persönliche Gegenstand in dem unaufgeräumten, aber gemütlichen Zimmer war ein großes Porträtfoto seiner Frau, das im silbernen Rahmen auf dem Schreibtisch stand. Er erhob sich, als Dalgliesh hereinkam, und wies ihn zu einem der beiden Sessel, die hier nicht vor dem Kamin, sondern rechts und links von einem Tischchen am Fenster plaziert waren. Draußen warfen die von unten her angestrahlten Blätter der mächtigen Roßkastanie ein schwarzes, silbrig flimmerndes Muster an die Scheiben.

Costello setzte sich dem Commander gegenüber und sagte: »Ich nehme an, dies ist ein dienstlicher Besuch, auch wenn Sie allein gekommen sind. Aber wann führt Sie der Weg schon einmal außerdienstlich hierher? Womit kann ich Ihnen helfen, Sir?«

»Am Freitag«, begann Dalgliesh, »war ich in Wareham und habe Venetia Aldridges Exmann und seine jetzige Frau aufgesucht. Mrs. Cummins war am Mittwochabend um acht Uhr fünfzehn beim Temple-Eingang am Devereux Court mit Miss Aldridge verabredet. Doch Miss Aldridge, die sie hätte einlassen sollen, erschien nicht. Dagegen sagt die Zeugin aus, sie habe einen kräftig gebauten Mann mit leuchtend rotem Haar hineingehen sehen. Ich halte es für sehr wahrscheinlich, daß Mrs. Cummins, gesetzt den Fall, wir holten sie nach London, in der Lage wäre, Sie, Sir, als diesen Mann zu identifizieren.«

Er wußte nicht, welche Reaktion er von Costello erwartet hatte. Von allen Mitgliedern der Kanzlei hatte ihn der Mord scheinbar am meisten erschüttert. Aber er hatte auch die geringste Kooperationsbereitschaft gezeigt. Mit dieser neuen Beweislage konfrontiert, hätte er sich aufplustern, die Anschuldigung lautstark von sich weisen oder die Aussage verweigern können, solange sein Anwalt nicht zugegen war. Dalgliesh war auf alles gefaßt. Er wußte, daß es riskant war, die Sache zur Sprache zu bringen, ohne sich erst der Unterstützung seiner Zeugin zu vergewissern. Allein, Costellos Antwort verblüffte ihn dann doch.

»Ja«, sagte er ruhig, »ich war dort. Und ich habe auch eine Frau in der Gasse herumstehen sehen, wenngleich ich natürlich nicht wußte, wer sie war. Sie war schon am Tor, als ich hineinging, und als ich herauskam, stand sie immer noch da. Sie wird also bestätigen können, daß ich höchstens eine Minute im Temple gewesen bin.«

»Ja, das hat sie mir bereits gesagt.«

»Ich war gekommen, weil ich mich spontan zu einem Gespräch mit Venetia entschlossen hatte. Ich wollte etwas Wichtiges mit ihr bereden. Es ging um ihre mögliche Nachfolge als Kanzleivorstand und die Veränderungen, die sie für den Fall in Aussicht gestellt hatte. Ich wußte, daß sie mittwochs gewöhnlich über die Bürostunden hinaus arbeitete, trotzdem kam ich, wie schon gesagt, eher spontan auf die Idee, mich mit ihr zu unterhalten. Als ich in den Pawlet Court kam, sah ich, daß ihre Fenster bereits dunkel waren. Natürlich schloß ich daraus, sie sei schon gegangen, und ich machte folglich gleich wieder kehrt.«

»Bei unserer ersten Befragung haben Sie ausgesagt, Sie hätten die Kanzlei um sechs verlassen, seien direkt heimgefahren und Ihre Frau könne bestätigen, daß Sie das Haus den ganzen Abend nicht mehr verlassen haben.«

»Was sie ja auch bezeugt hat. Aber sie fühlte sich an dem Abend nicht wohl und hatte sich etwa eine Stunde ins Kinderzimmer zurückgezogen oder aufs Bett gelegt. Der Polizeibeamte, der zu uns nach Hause kam – ich glaube, er war von der City Police –, hat sie nicht gefragt, ob sie mich die ganze Zeit im Auge behalten hat. Meine Frau dachte, ich sei den ganzen Abend zu Hause gewesen. Mich hat man übrigens auch nicht gefragt, ob ich noch einmal ausgegangen sei. Einer von uns beiden – meine Frau – befand sich im Irrtum. Bewußt gelogen haben wir indes nicht.«
Dalgliesh hielt ihm entgegen: »Sie müssen aber doch gewußt haben, wie wichtig Ihre Aussage für die Bestimmung der Todeszeit gewesen wäre.«
»Ich wußte, daß Sie die bereits ziemlich genau eingegrenzt hatten. Sie vergessen vielleicht, daß ich Strafrechtler bin, Commander. Ich rate meinen Mandanten, die Fragen der Polizei zu beantworten, und zwar ehrlich, nicht aber, aus freien Stücken Informationen anzubieten. In dem Fall habe ich mich an meine eigene Empfehlung gehalten. Wenn ich Ihnen gesagt hätte, daß ich nach acht noch einmal im Pawlet Court war, dann hätten Sie nur wertvolle Zeit damit vergeudet, sich auf mich als Hauptverdächtigen zu konzentrieren. Sie hätten in meinem Privatleben herumgeschnüffelt und versucht, etwas Anrüchiges zutage zu fördern, hätten meiner Frau Kummer bereitet, meiner Ehe Schaden zugefügt und womöglich gar meinen Ruf als Anwalt zerstört. Und bei alldem wäre Venetias Mörder unentdeckt geblieben. Dieses Risiko bin ich lieber nicht eingegangen. Schließlich weiß ich aus Erfahrung, wie es unschuldigen Menschen ergehen kann, die sich der Polizei gegenüber zu vertrauensselig zeigen. Wollen Sie die Sache nun weiterverfolgen? Wenn ja, dann wäre das reine Zeitverschwendung. Aber falls Sie dennoch darauf bestehen, dann sollte ich Ihre

Fragen wohl nur in Gegenwart meines Rechtsbeistandes beantworten.«

»Das wird vorerst nicht nötig sein«, sagte Dalgliesh. »Aber wenn Sie sonst noch etwas verheimlicht, in irgendeinem Punkt nur die halbe Wahrheit gesagt oder gar gelogen haben sollten, dann empfehle ich Ihnen, sich daran zu erinnern, daß es hier um Mord geht und daß ein Mitglied der juristischen Zunft sich in dem Fall durch Behinderung der polizeilichen Ermittlungen genauso strafbar macht wie jeder andere.«

Costello blieb ganz ruhig. »Manche Ihrer Kollegen sind der Ansicht, daß ich die Polizei schon von Berufs wegen an der Ausübung ihrer Pflicht hindere.«

Hier war im Augenblick jedes weitere Wort zwecklos. Auf dem Weg hinunter zu Mr. Langtons Büro stellte Dalgliesh sich die Frage, wie viele Lügen man ihm wohl noch aufgetischt haben mochte, was sonst noch verheimlicht worden sei und durch wen. Wieder beschlich ihn das unbehagliche Gefühl, daß dieser Fall vielleicht nie aufgeklärt werden würde.

Hubert Langton arbeitete an seinem Schreibtisch. Er erhob sich und schüttelte Dalgliesh so förmlich die Hand, als träfen sie einander zum erstenmal. Dann führte er ihn zu einem der Ledersessel vor dem Kamin. Als er ihn anschaute, fiel Dalgliesh auf, wie sehr der Kanzleichef seit dem Mord gealtert war. Die scharfen, charaktervollen Züge schienen greisenhaft zu verschwimmen. Das Kinn war erschlafft, die Tränensäcke lasteten schwerer unter seinen Augen, der Teint war fleckiger geworden. Aber mit den äußerlichen Veränderungen war es nicht getan. Die Lebensgeister des alten Herrn waren geschwächt. Ruhig setzte Dalgliesh ihm auseinander, was Kate und Robbins im Gespräch mit Catherine Beddington herausgefunden hatten.

»Da bin ich also gewesen! Bei der Orchesterprobe. Sie müssen entschuldigen, daß ich Ihnen das nicht selbst gesagt

habe. Aber ich wußte es einfach nicht mehr. Fast eine ganze Stunde dieses Mittwochabends ist aus meinem Bewußtsein getilgt. Doch nun kommen Sie und erzählen mir, daß die Mädchen mich in der Kirche gesehen haben. Dann muß ich ja wohl dort gewesen sein.«
Dalgliesh hatte den Eindruck, daß ihn dieses Geständnis so hart ankam wie eine sehr viel schlimmere Enthüllung.
»Ich erinnere mich«, fuhr Langton unterdessen mit müder Stimme fort, »daß ich etwa eine Dreiviertelstunde später heimkam als gewöhnlich, aber das ist auch alles, was ich weiß. Ich begreife nicht, was passiert ist oder warum. Über kurz oder lang werde ich sicher den Mut aufbringen, zum Arzt zu gehen, aber ich bezweifle, daß der mir helfen kann. Mein Zustand gleicht, scheint mir, keiner Form von Krankheit, die mir je zu Ohren gekommen ist.« Und mit einem Lächeln setzte er hinzu: »Vielleicht bin ich ja heimlich in Catherine verliebt und kann mir deshalb nicht eingestehen, daß ich fast eine Stunde damit zugebracht habe, sie anzuhimmeln – falls es denn so gewesen ist. Wäre das nicht die Art Erklärung, mit der ein Psychiater aufwarten würde?«
»Können Sie sich erinnern, ob Sie nach dem Verlassen der Kirche auf direktem Wege nach Hause gefahren sind?«
»Leider weiß ich nicht einmal das. Aber ich bin sicher, daß ich vor acht daheim war, und meine beiden Hausgehilfen sollten das bestätigen können. Venetia hat noch um Viertel vor acht mit ihrer Haushälterin telefoniert – das stimmt doch, nicht wahr? –, mithin dürfte ich aus dem Schneider sein.«
»Für mich standen Sie nie unter Verdacht, Sir. Ich wüßte allerdings gern, ob Sie in der Kirche oder hinterher draußen im Pawlet Court irgendeinem Bekannten begegnet sind. Aber da Sie sich an diese Zeitspanne nicht erinnern können, hat es keinen Zweck, der Frage nachzugehen.«
»Nein, ich fürchte, ich kann Ihnen da nicht weiterhelfen.« Und

nach einer kleinen Pause setzte er hinzu: »Das Alter kann einem schon Angst einjagen, Commander. Mein Sohn ist sehr jung gestorben, und damals erschien mir das als das Furchtbarste, was einem auf der Welt nur passieren kann – sowohl ihn als auch mich betreffend. Aber vielleicht hat das Schicksal es in Wahrheit gut mit ihm gemeint. Ich werde selbstverständlich zum Jahresende von meinem Amt als Kanzleichef zurücktreten und auch nicht länger vor Gericht praktizieren. Ein Anwalt, der zu Gedächtnisausfällen neigt, ist nicht nur inkompetent, er ist gefährlich.«

31

Dalgliesh war mit seinen Ermittlungen in der Kanzlei noch nicht zu Ende. Etwas blieb ihm noch zu tun. Er ging wieder nach oben und schloß die Tür zu Venetia Aldridges Büro auf. Drinnen war von ihrer Ausstrahlung schon nichts mehr zu spüren. Er setzte sich in ihren bequemen Schreibtischstuhl, drehte sich einmal um die eigene Achse und stellte die Höhe entsprechend seiner einsachtundachtzig ein. Flüchtig erinnerte er sich daran, wie Naughton das Szenarium des Leichenfundes beschrieben hatte: den Stuhl, der unter seiner unachtsamen Berührung herumschwenkte und ihn direkt in das tote, aufwärts gerichtete Auge blicken ließ. Trotzdem weckte das Zimmer jetzt keine Schreckensschauder mehr; es war einfach nur ein leeres Büro – wohlproportioniert, stilvoll und doch funktional, ein Büro, das nun schon seit zweihundert Jahren etappenweise auf den nächsten Inhaber wartete, der ein paar kurze Arbeitsjahre hier verbringen würde, bevor er eines Tages für immer von einer erfolgreichen oder gescheiterten Karriere Abschied nahm.

Dalgliesh knipste die Schreibtischlampe an, wickelte Edmund Froggetts Sammelalbum aus, schlug es auf und begann erst aufs Geratewohl, dann zusehends konzentrierter darin zu blättern. Es war ein außerordentliches Dokument. Der kleine Mann hatte es sich offenbar in den letzten beiden Jahren zur Aufgabe gemacht, jedem Prozeß beizuwohnen, mit dem Venetia Aldridge beschäftigt war, in seltenen Fällen in der Rolle des Anklägers, weit häufiger aber als Verteidigerin. Froggett hatte den Verhandlungsort notiert, den Namen des Angeklagten, den des Richters, des Staatsanwalts und des Verteidigers und einen kurzen Abriß des Falles, angelehnt an das Eröffnungsplädoyer der Staatsanwaltschaft, beigefügt. Ein Resümee der beiderseitigen Argumente samt gelegentlicher Kommentare schloß sich an.

Die winzige Schrift war, ungeachtet der exakt gemalten Buchstaben, nicht immer leicht zu entziffern. Froggetts Beurteilungen zeugten von erstaunlichem Einblick in die Feinheiten des Rechtssystems. Sein Hauptaugenmerk aber galt den Leistungen des Objekts seiner Zwangsvorstellungen. Mitunter verrieten seine Kommentare den gelernten Pädagogen; er hätte der Leiter einer Kanzlei sein können, der gewissenhaft den Werdegang eines Assessors oder Referendars überwachte. Sicher hatte er jedesmal ein Notizbuch dabeigehabt und schon im Gerichtssaal oder gleich nach der Heimkehr seine Eindrücke festgehalten. Dalgliesh konnte sich vorstellen, wie der kleine Mann in die Einsamkeit seiner leeren Wohnung zurückkam, sich hinsetzte und sein Protokoll einer Juristenkarriere um ein paar Seiten Analyse, Kommentar und Kritik erweiterte. Offensichtlich hatte es ihm auch gefallen, seine Bilanz mit Bildern auszuschmücken, die er zum Teil den Zeitungsberichten entnahm, die nach der Urteilsverkündung publiziert wurden. So hatte er Pressefotos der Richter eingeklebt, die in feierlicher Prozession zum Eröffnungsgottesdienst einer neuen Sitzungsperiode schritten, und den Kopf desjenigen eingekreist, der das gerade anstehende Verfahren leitete. Und vereinzelt fanden sich zweifellos von Froggett selbst aufgenommene Momentaufnahmen, die außerhalb des Gerichtssaals entstanden waren.

Diese so sorgsam eingeklebten, in der kleinen, gestochenen Schrift kommentierten Bilder waren es, die in Dalgliesh wiederum jene unangenehme, wenn auch vertraute Mischung

aus Mitleid und Irritation wachriefen. Was würde Froggett mit seinem Leben anfangen, jetzt, da er so grausam um seine Passion gebracht und sein Album zum beklagenswerten Memento mori reduziert worden war? Einige der älteren Zeitungsausschnitte waren vermutlich durch die Lichteinwirkung bereits angegilbt. Und wie nahe ging ihm Venetia Aldridges Tod? Hinter dem würdevollen Bedauern, das aus Froggetts Worten gesprochen hatte, mochte sich eine tiefere Trauer verbergen, aber Dalgliesh hegte eher den Verdacht, daß er bislang gar nicht richtig begriffen hatte, daß sie wirklich tot war. Fürs erste stand noch die Aufregung im Vordergrund, sonnte er sich in dem Gefühl, daß er der Polizei mit seinem Album wichtige Hilfestellung leistete, daß seine Rolle noch nicht ausgespielt war. Oder hatte sein Interesse ohnehin mehr dem Strafrecht gegolten als der Anwältin in dessen Diensten? Würde er weiter regelmäßig ins Old Bailey gehen und den Sinn seines Lebens im Aufspüren dramatischer Fälle suchen? Und wie war es um die Vergangenheit dieses Lebens bestellt? Was war damals in der Schule in Danesford wirklich vorgefallen? Dalgliesh hatte Mühe, sich Froggett tatsächlich als stellvertretenden Direktor vorzustellen. Und was hatte Venetia Aldridge unter ihrem sadistischen Vater erdulden müssen? Wie war sie aufgewachsen in dieser krankhaften Welt der Unterdrückung und der Scham, in der sie nur ohnmächtig zusehen und den Opfern nicht helfen konnte?
In Gedanken halb der Vergangenheit zugewandt, schlug Dalgliesh fast unbewußt die nächste Seite auf. Und dann sah er das Foto. »Warteschlange vor dem Old Bailey anläßlich des Prozesses gegen Matthew Price, 20. Oktober 1994« stand darüber. Der Schnappschuß zeigte eine Gruppe von etwa zwanzig Männern und Frauen, die von der anderen Straßenseite aus fotografiert worden waren. Und ziemlich weit vorn in der Schlange stand Janet Carpenter.

Dalgliesh holte sein Vergrößerungsglas aus der Tasche, prüfte das Bild eingehend und fand seinen ersten Eindruck bestätigt. Das Foto an sich war so nichtssagend, daß Dalgliesh sich fragte, ob Froggett es just um dieses einen Gesichtes willen aufgenommen hatte und nicht, um die Länge der Warteschlange zu dokumentieren. Es hatte nicht den Anschein, als ob Mrs. Carpenter den Fotografen bemerkt hätte. Zwar war ihr Gesicht der Kamera zugewandt, doch blickte sie dabei über die Schulter, als habe irgend etwas – ein Zuruf, ein plötzliches Geräusch – ihre Aufmerksamkeit erregt. Sie war sorgfältig gekleidet und hatte offenbar nicht versucht, ihre Identität zu verbergen.

Natürlich konnte es auch ein ganz banaler Zufall sein. Vielleicht hatte Mrs. Carpenter plötzlich den Wunsch verspürt, einmal eine Gerichtsverhandlung mitzuerleben. Oder ein spezieller Fall hatte sie interessiert. Dalgliesh trat ans Bücherregal und ging rasch die blauen Arbeitsbücher durch. Der fragliche Prozeß war bald gefunden. Venetia Aldridge hatte einen kleinen Gauner verteidigt, der so unvorsichtig gewesen war, sich in die gefährliche Liga des großen Verbrechens vorzuwagen. Der eine Schuß, der bei einem bewaffneten Raubüberfall auf einen Juwelierladen im Vorort Stanmore gefallen war, hatte den Inhaber verletzt, aber nicht lebensgefährlich. Die Beweislast war erdrückend. Venetia Aldridge hatte kaum mehr für ihren Mandanten tun können, als ein beeindruckendes Plädoyer zu seiner Verteidigung zu halten, das seine lange Haftstrafe vielleicht um zwei, drei Jahre verkürzt hatte. Dalgliesh, der die Fakten überflog, konnte nirgends eine Verbindung zu Janet Carpenter oder zu seinem jetzigen Fall entdekken. Was also hatte die Frau bei Gericht gewollt? Warum stand sie so geduldig in der Schlange vor dem Old Bailey? Hatte man dort an dem Tag noch einen anderen Fall verhandelt, an dem sie persönlich Anteil nahm? Oder hing ihr Er-

scheinen mit ihrem auffälligen Interesse an Venetia Aldridge zusammen?
Dalgliesh wandte sich wieder dem Sammelalbum zu. Inzwischen hatte er es etwa zur Hälfte durchstudiert, und diesmal stieß er beim Umblättern nicht auf ein bekanntes Gesicht, sondern auf einen Namen: Dermot Beale, schuldig gesprochen des Mordes an Mrs. Carpenters Enkelin, verurteilt vom Bezirksgericht in Shrewsbury am 7. Oktober 1993. Sekundenlang flimmerte es vor den Augen des Commanders, ihm war, als vergrößere sich der sorgsam in Druckbuchstaben notierte Name und die Lettern auf dem Papier schienen schwärzer und schwärzer zu werden. Er ging zum Aktenschrank und suchte Miss Aldridges Notizbuch heraus. Derselbe Name; ein früherer Fall. Es war nicht das einzige Mal, daß Dermot Beale wegen Vergewaltigung und Ermordung eines Kindes vor Gericht gestanden hatte. Im Oktober 1992, ein Jahr zuvor, hatte Venetia Aldridge ihn erfolgreich gegen die gleiche Anklage verteidigt. Dermot Beale war als freier Mann aus dem Prozeß gegangen – mit der Freiheit, abermals morden zu können. Zwischen beiden Fällen bestanden verblüffende Parallelen. Der damals dreiundvierzigjährige Beale war Handelsvertreter. Beide Male war ein Mädchen mit dem Fahrrad zu Sturz gebracht, entführt, vergewaltigt und umgebracht worden. Beide Male hatte man den Leichnam erst Wochen später gefunden, verscharrt in einem flachen Grab. Sogar diese Zufallsfunde deckten sich: Familie mit Hund beim Sonntagsspaziergang, das Tier gebärdet sich plötzlich wie wild, scharrt aufgeregt im Erdreich, legt erst Kleidungsfetzen frei und dann eine kleine Hand.
Starr und reglos saß Dalgliesh am Schreibtisch und malte sich aus, was hätte geschehen können, ja was sich vielleicht tatsächlich so zugetragen hatte. Der vermeintliche Unfall, der keiner war, der rasch herbeigeeilte Nothelfer, der den schein-

heiligen Vorschlag machte, das benommene Kind, das nach seiner Mutter verlangte, solle in seinen Wagen steigen, der werde es heimfahren. Im Geiste sah Dalgliesh das Fahrrad am Straßenrand, dessen Speichen sich noch ein paarmal im Leerlauf drehten, bevor sie zum Stillstand kamen. Im ersten Fall war die Verteidigung brillant gewesen. In Venetia Aldridges blauem Arbeitsbuch war die Strategie detailliert dargelegt. »Täteridentifizierung? Hauptzeuge der Anklage leicht zu verwirren. Zeitfaktor? Konnte Beale in dreißig Minuten von dem Parkplatz am Supermarkt, wo sein Wagen zuletzt gesehen wurde, bis zum Potter Lane gelangen? Keine eindeutige Identifizierung des Wagens. Keine kriminaltechnisch verwertbaren Beweise, die Beale eindeutig mit dem Opfer in Beziehung bringen.« Für jenen zweiten Prozeß aber, der 1993 nach dem Mord an Mrs. Carpenters Enkelin stattgefunden hatte, für den würde er keine Belege finden – weder in Mr. Froggetts Album noch in den blauen Arbeitsbüchern von Miss Aldridge. Das gleiche Verbrechen, aber ein anderer Verhandlungsort, ein neuer Verteidiger. Natürlich, wie konnte es auch anders sein. Dalgliesh hatte ja gehört, daß Miss Aldridge niemals denselben Mandanten oder dieselbe Mandantin zweimal wegen des gleichen Vergehens vertrat.
Aber was mochte in ihr vorgegangen sein, als sie von diesem zweiten Mord erfuhr? Hatte sie sich in irgendeiner Weise verantwortlich gefühlt? War so eine Situation der heimliche Alptraum eines jeden Strafverteidigers? Hatte sie es als solchen empfunden? Oder hatte sie sich mit dem Gedanken getröstet, sie habe schließlich nur ihre Arbeit gemacht?
Er stellte die blaue Kladde an ihren Platz zurück. Dann rief er in der Einsatzzentrale an. Piers war nicht da, aber Kate meldete sich. In knappen Worten schilderte er ihr seine Entdekkung. Einen Moment herrschte Schweigen in der Leitung, dann sagte Kate: »Das ist das Motiv, Sir. Und diesmal haben

wir alles beisammen: Motiv, Gelegenheit, Mittel zur Durchführung. Aber etwas ist merkwürdig: Als ich das erste Mal mit ihr sprach – damals bei ihr zu Hause –, da hätte ich schwören können, daß Mrs. Carpenter von dem Mord keine Ahnung hatte.«

»Das ist auch jetzt noch nicht auszuschließen«, sagte Dalgliesh. »Trotzdem scheint zumindest partiell eine Lösung des Falles in Sicht. Morgen früh suchen wir als erstes Janet Carpenter in ihrer Wohnung auf. Ja, ich möchte, daß Sie mich begleiten, Kate.«

»Nicht heute abend noch, Sir? Jetzt, wo Mrs. Carpenter nicht mehr in der Kanzlei saubermacht, ist sie abends sicher zu Hause. Wir könnten doch mal vorbeifahren.«

»Nein, lieber nicht, es ist schon reichlich spät. Sicher würde es halb zehn, zehn werden, bis wir hinkommen. Und Mrs. Carpenter ist nicht mehr jung. Mir liegt daran, daß sie ausgeruht ist, wenn wir sie vernehmen. Nein, ich würde sagen, wir holen sie gleich morgen früh zu uns aufs Dezernat. Dann kann sie sich auch leichter einen Anwalt beschaffen. Und den wird sie brauchen.«

Der Commander, der die Ungeduld hinter Kates Schweigen spürte, setzte hinzu: »Es hat keine Eile.« Er sagte das völlig arglos, bar jeder Vorahnung eines drohenden Unheils. »Sie weiß ja nichts von Edmund Froggett. Und davonlaufen wird sie uns auch nicht.«

32

Als frischgebackener Polizeibeamter hatte Dalgliesh eine Zeitlang in South Kensington Dienst getan, und von damals war ihm der Sedgemoor Crescent als eher rauhbeinige Enklave in Erinnerung, eine dichtbevölkerte Häuserzeile in einer Straße, die sich vor allem dadurch auszeichnete, daß sie in dem verwirrenden Labyrinth des Großstadtdschungels zwischen Earls Court Road und Gloucester Road sehr schwer zu finden war. Es handelte sich um einen halbmondförmig angelegten Straßenzug, dessen spätviktorianische Prachtbauten mit ihren prunkvoll stuckierten Fassaden von gesichtslosen, modernen Betonwohnblöcken durchsetzt waren, die man nach dem Krieg anstelle der zerbombten Häuser hochgezogen hatte. Den Ausblick am anderen Ende der Straße adelte die Sicht auf den überschlanken Turm der St.-James-Kirche, ein imposanter, feinornamentierter Ziegelsteinbau – ehrwürdiges Denkmal des Traktarianismus, das bei Liebhabern viktorianischer Architektur in hohem Ansehen stand.

Seit Dalgliesh letztem Besuch schien das Viertel sich merklich gemausert zu haben. Die alten Häuser waren größtenteils restauriert und warben mit ihren weißleuchtenden Stuckfassaden und den frischgestrichenen Türen fast aufdringlich für ihr seriöses Ambiente. An noch eingerüsteten Gebäuden mit verwitterten Giebeln und bröckelndem Putz kündeten Maklertafeln von der bevorstehenden Umwandlung des Wohnraums in Luxusappartements. Sogar die Mietblocks der Nachkriegszeit, die einst widerhallten von Kindergeschrei und Elterngezänk und über deren Balkone vollgehängte Wäscheleinen gespannt waren, präsentierten sich jetzt in unauffällig tristem Einheitslook.

Die Nummer sechzehn, inzwischen umbenannt in Coulston Court, war wie die meisten der ehemaligen großen Villen in separate Wohnungen unterteilt worden. Auf der Klingelleiste mit insgesamt zehn Knöpfen klebte neben der Nummer zehn, die zum obersten Stockwerk gehörte, ein Kärtchen, auf dem nichts weiter stand als »Carpenter«. Dalgliesh, der wußte, wie unzuverlässig diese Anlagen mitunter funktionierten, faßte sich in Geduld, aber nachdem sie etwa drei Minuten lang erfolglos geläutet hatten, sagte er zu Kate: »Jetzt probieren wir einfach mal alle Klingeln durch. Irgend jemand meldet sich da in der Regel immer. Eigentlich dürfte man uns ja nicht reinlassen, ohne daß wir uns ausweisen, aber vielleicht haben wir Glück. Die meisten Hausbewohner werden freilich um diese Zeit schon zur Arbeit sein.«

Nacheinander drückte er sämtliche Klingeln. Erst ganz zum Schluß meldete sich eine tiefe Frauenstimme über die Gegensprechanlage. Ein leises Summen ertönte, und als Dalgliesh gegen die Tür drückte, gab sie nach. Im Flur stand, an die Wand gerückt, ein schwerer Eichentisch, der anscheinend für die Post bestimmt war.

»In meiner ersten Wohnung hatten wir die gleiche Einrichtung«, sagte Kate. »Wer immer morgens als erster runterkam, holte die Post herein und legte sie auf den Tisch. Besonders ordentliche oder neugierige Mieter pflegten sie nach Namen zu ordnen, aber die meisten knallten einfach den ganzen Pakken auf den Tisch, und jeder mußte sich seine Sachen selber raussortieren. Niemand machte sich die Mühe, verzogenen Nachbarn ihre Post nachzuschicken, und die Wurfsendungen, die stapelten sich endlos auf dem Tisch. Mir war es furchtbar unangenehm, wenn andere Leute meine Post durch-

sahen. Aber wer das vermeiden wollte, der mußte früh aufstehen.«
Dalgliesh warf einen Blick auf die wenigen Briefe, die in der Diele auslagen. Einer in einem Fensterkuvert und mit maschinengetippter Anschrift, der den Vermerk »persönlich« trug, war an Mrs. Carpenter adressiert.
»Sieht aus wie ein Kontoauszug«, sagte er. »Sie hat ihre Post nicht raufgeholt. Vielleicht ist die Klingel kaputt. Gehen wir mal nachsehen!«
Die oberste Etage war dank eines großen Oberlichts erstaunlich hell. Eine Wand des quadratischen Flurs, von dem vier numerierte Türen abgingen, wurde von einem geräumigen Abstellschrank eingenommen. Kate wollte schon die Klingel neben der Tür zur Wohnung Nummer zehn drücken, da hörten sie Schritte und sahen, als sie sich übers Treppengeländer beugten, ein junges Mädchen mit ängstlichem Blick nach oben spähen. Sie war anscheinend eben erst aufgestanden. Ihr verschlafenes Gesicht wurde von einer wild zerzausten Mähne umrahmt, und sie ertrank fast in dem weiten Herrenbademantel, den sie übergeworfen hatte. Als sie Kate und Dalgliesh erblickte, hellten ihre Züge sich erleichtert auf.
»Haben *Sie* vorhin geläutet? Mann, das tut mir leid, aber ich hab noch geschlafen, und als ich die Klingel hörte, da dachte ich, es wär mein Freund. Der schiebt Nachtschicht. Diese Typen von der Hausverwaltung, die bleuen uns ja immer ein, daß wir ja niemanden einfach so ins Haus lassen sollen. Aber die Sprechanlage, die rauscht immer so, und wenn man auf wen wartet, dann denkt man nicht erst lange nach, sondern drückt einfach auf den Summer. Ich bin da nicht die einzige. Die alte Miss Kemp, die macht das andauernd, das heißt, wenn sie die Klingel *hört.* Wollen Sie zu Mrs. Carpenter? Die müßte dasein. Gestern abend gegen halb sieben hab ich sie noch gesehen. Sie wollte zum Briefkasten – jedenfalls hatte

sie einen Brief in der Hand. Und später hab ich dann noch ihren Fernseher gehört – auf voller Lautstärke.«
»Um welche Zeit war das?« wollte Dalgliesh wissen.
»Der Fernseher? Ich denke mal, so gegen halb acht. Lange kann sie nicht weg gewesen sein. Normalerweise höre ich so gut wie nichts von ihr. Die Wohnungen sind gut isoliert, und sie ist eine sehr ruhige Nachbarin. Sagen Sie, stimmt irgendwas nicht?«
»Doch, doch, wir wollten sie nur mal kurz sprechen.«
Das Mädchen zögerte einen Moment, aber etwas in Dalgliesh Stimme hatte sie beruhigt oder ihr das Gefühl gegeben, sie sei hier überflüssig. »Dann ist's ja gut«, sagte sie, und Sekunden später hörte man ihre Wohnungstür zuschlagen.
Auf ihr Klingeln rührte sich nichts. Dalgliesh und Kate schwiegen beide, aber ihre Gedanken gingen in die gleiche Richtung. Mrs. Carpenter mochte in aller Frühe, noch bevor der Briefträger kam, das Haus verlassen haben, oder vielleicht war sie auch gestern abend nach halb acht noch ausgegangen und hatte bei Freunden übernachtet. Die Erwägung, ihre Tür aufzubrechen, war auf alle Fälle verfrüht. Aber Dalgliesh wußte, daß diese plötzliche lähmende Vorahnung, dieses ihm aus so vielen früheren Fällen vertraute und anscheinend intuitive Gefühl, eigentlich immer eine handfeste Bestätigung fand.
Vor der Tür von Nummer neun standen etliche Topfpflanzen. Als der Commander sich über sie beugte, fand er zwischen den Blättern einer Lilie einen zusammengefalteten Zettel. Darauf stand: »Liebe Miss Kemp, die Blumen brauchen Sie diesmal nicht bloß zu gießen, die möchte ich Ihnen schenken. Die Calla und der Nestfarn haben es gern feucht. Ich fand, daß sie am besten in der Küche gedeihen oder im Bad. Vor meiner Abreise gebe ich noch die Schlüssel ab, für den Fall eines Rohrbruchs oder wenn sonst etwas sein sollte. Ich bleibe etwa eine Woche fort. Besten Dank. Janet Carpenter.«

»Irgendein Nachbar hat normalerweise immer die Schlüssel«, sagte Dalgliesh. »Hoffen wir, daß diese Miss Kemp zu Hause ist.«

Das war sie, aber Kate mußte dreimal läuten, bevor sie einen Riegel aufschnappen hörte. Vorsichtig wurde die Tür bis zum Anschlag der Sicherheitskette aufgemacht, und eine ältliche Frau spähte durch den Spalt direkt in Dalglieshs Augen.

»Miss Kemp?« sagte er fragend. »Verzeihen Sie die Störung, aber wir sind von der Polizei. Das ist Detective Inspector Miskin, und mein Name ist Dalgliesh. Wir wollten eigentlich zu Mrs. Carpenter, aber drüben macht niemand auf, und da wollten wir uns vergewissern, ob mit ihr alles in Ordnung ist.«

Kate zückte ihre Dienstmarke. Miss Kemp griff danach, hielt sie sich dicht vor die Augen und bewegte stumm die Lippen, während sie Wort für Wort der Prägung entzifferte. Dann fiel ihr Blick auf die Topfpflanzen, die sie offenbar noch gar nicht gesehen hatte.

»Sie hat sie mir also wirklich dagelassen. Angekündigt hatte sie's ja. Das ist nett von ihr. Und Sie sind von der Polizei? Dann wird's ja wohl seine Ordnung haben. Aber Mrs. Carpenter ist nicht da. Die werden Sie nicht antreffen. Sie wollte eine kleine Ferienreise machen und mir ihre Pflanzen überlassen. Ich gieße und betreue sie immer, wenn Mrs. Carpenter wegfährt – was nicht oft vorkommt. Höchstens ab und an für ein Wochenende ans Meer. Na, die Blumen hole ich lieber rein. Bringt ja nichts, sie draußen stehenzulassen.«

Sie hakte die Sicherheitskette aus und griff mit knotigen, zitternden Händen nach dem nächsten Topf. Kate bückte sich, um ihr zu helfen. »Ach, da ist ja auch ein Zettel dabei. Sicher ein Abschiedsgruß, und wahrscheinlich hat sie mir auch noch ein paar Tips für die Blumenpflege hinterlassen. Na, sie weiß ja, daß sie's gut haben bei mir.«

»Wenn wir den Schlüssel haben dürften, Miss Kemp«, bat Dalgliesh.
»Aber ich hab Ihnen doch gesagt, daß sie nicht da ist. Sie ist auf Urlaub.«
»Wir möchten uns nur vergewissern.«
Kate hielt in jeder Hand einen Blumentopf, und nachdem Miss Kemp sie gründlich gemustert hatte, öffnete sie die Tür ganz. Kate und Dalgliesh folgten ihr in die winzige Diele.
»Stellen Sie die Pflanzen auf den Flurtisch! Die Untersetzer sind am Boden doch trocken, oder? Mrs. Carpenter hat ihre Blumen nie zu stark gegossen. Warten Sie hier!«
Rasch war sie mit zwei Schlüsseln an einem Ring zurück. Dalgliesh bedankte sich und überlegte, wie er sie dazu überreden könnte, hier in ihrer Wohnung zu bleiben. Aber die Frau schien gar nicht weiter an ihnen oder ihrem Tun interessiert zu sein und sagte nur noch einmal: »Sie werden sie nicht antreffen. Sie ist in Ferien gefahren.«
Kate trug noch die letzten beiden Blumentöpfe hinein, dann wurde die Wohnungstür nachdrücklich geschlossen.
Schon als er den Schlüssel im Schloß drehte und die Tür aufstieß, wußte der Commander, was ihn erwartete. Die Tür zum Wohnzimmer am Ende des kleinen Flurs stand offen. Das Vorgefühl drohenden Unheils ist nicht auf Gewaltverbrechen beschränkt; bevor der Schlag niedergeht, das Auto auffährt, die Leiter wegrutscht – immer gibt es diesen blitzartigen, hellsichtigen Augenblick der Erkenntnis, und sei er noch so kurz. Folglich war er unbewußt ein bißchen vorbereitet gewesen auf das, was jetzt Geruchs- und Gesichtssinn bestätigten. Aber nicht in dem Maße. Nie und nimmer. Janet Carpenter lag da mit durchschnittener Kehle. Seltsam, daß ein so blutrünstiges Spektakel zu einem so lapidaren Kommentar gerann, wenn man es in Worte faßte.
Sie lag auf dem Rücken, den Kopf der Tür zugewandt, die Bei-

ne gespreizt, eine Pose, die steif und hinfällig wirkte, aber auch irgendwie obszön. Das linke Bein war so aberwitzig abgewinkelt, daß die Ferse nach oben zeigte, während die Zehen gerade eben den Boden berührten. Dicht neben ihrer rechten Hand lag ein Küchenmesser, Klinge und Griff waren blutverschmiert. Sie trug einen braun und blau gesprenkelten Tweedrock und ein blaues Twinset mit hochgeschlossenem Pullover. Links waren beide Ärmel bis zum Ellbogen hochgeschoben, über das Handgelenk verlief ein einzelner Schnitt, und auf den Unterarm waren mit Blut ein paar Buchstaben geschrieben und eine Zahl.

Die beiden gingen neben dem Leichnam in die Hocke. Das Blut war zu einer schmierigen braunen Kruste getrocknet, aber die Lettern waren noch gut zu entziffern, das Datum las sich sogar noch deutlicher: »Kg Beale 1992«.

Kate war es, die das Augenfällige in Worte faßte, als sie wie im Selbstgespräch vor sich hin flüsterte: »Dermot Beale. Der Mörder, den die Aldridge 1992 verteidigte und freibekam. Und ein Jahr später hat er wieder ein Kind vergewaltigt und umgebracht. Diesmal die kleine Emily Carpenter.«

Wie Dalgliesh achtete auch Kate sorgsam darauf, nur ja nicht in die Blutlache zu treten. Das Blut war durchs ganze Zimmer gespritzt, bis hinauf zur Decke, an die Wand, auf den gebohnerten Holzfußboden, und es war in den Teppich gesickert, auf dem die Tote lag. Der Pullover war steif von getrocknetem Blut. Blutgeruch durchtränkte die Luft.

Es war vielleicht nicht die schrecklichste Variante eines gewaltsamen Todes. Jedenfalls war es eine rasche und weniger qualvolle Selbstmordmethode als die meisten anderen – vorausgesetzt, man hatte die physische und die Willenskraft, gleich den ersten Schnitt tief und sicher zu setzen. Allein, das gelang nur wenigen Selbstmördern. In der Regel fanden sich ein paar halbherzige Kratzer an Hals oder Handgelenk. Nicht so hier. Da war schon der vorbereitende Schnitt am Puls, der das Blut für das schriftliche Vermächtnis geliefert hatte, entschlossen geführt worden, auch wenn er nur eine geringfügige Wunde verursacht hatte, eine einzige Schmarre, von getrockneten Blutströpfchen markiert.

Dalgliesh warf einen verstohlenen Blick auf Kate, die äußerlich ruhig neben dem Leichnam stand. Ihr Gesicht war kalkweiß, verriet aber Gefaßtheit, und er hatte nicht die Befürchtung, daß sie in Ohnmacht fallen könne. Sie war eine erfahrene Polizistin; er konnte sich darauf verlassen, daß sie sich entsprechend benahm. Doch während die professionelle Gelassenheit bei seinen männlichen Kollegen auf langjähriger Erfahrung fußte, auf einer zum eigenen Schutz antrainierten Unempfindlichkeit und der phlegmatischen Anpassung an die Realien ihres Berufs, bedurfte es, wie der Commander mutmaßte, bei Kate dazu einer Herzensdisziplin, die weitaus schmerzhafter war.

Gefühllos war keiner seiner Beamten, egal ob Mann oder Frau, schon weil er nicht bereit gewesen wäre, Rohlinge oder latente Sadisten in sein Dezernat aufzunehmen, Menschen, die eines makabren Friedhofshumors bedurften, um ihre Ängste zu betäuben. Wie Ärzte, Krankenschwestern oder jene Verkehrspolizisten, die zu Brei zerquetschte Leichen aus den Autowracks herausschweißen, konnten auch er und seine Leute ihre Arbeit nur dann bewältigen, wenn die Gedanken sich nicht auf die eigenen Gefühle konzentrierten. Man mußte sich einen Panzer zulegen, so durchlässig der auch sein mochte, eine Schutzwehr aus Distanz und Ergebenheit in das Unvermeidliche, wenn man sich seine Kompetenz bewahren und nicht den Verstand verlieren wollte.

Das Grauen mochte sich einem zwar ins Hirn einschleichen, durfte sich aber dort nie dauerhaft einnisten. Allein, er spürte, welche Willensanstrengung Kate dafür mobilisieren mußte,

und fragte sich mitunter, welchen Preis sie wohl dafür bezahlte.
Sein noch aus frühkindlicher Zeit her geprägtes Gemüt wünschte sich in Momenten wie diesem, daß sie nicht mit am Tatort wäre. Sein Vater hatte den Frauen große Achtung und Liebe entgegengebracht, hatte sich sehnlichst Töchter gewünscht und war der Ansicht gewesen, eine Frau stehe dem Manne mit Ausnahme der Tätigkeiten, die besondere Körperkräfte erfordern, an Leistungsfähigkeit in nichts nach. Aber er hatte auch ihren kultivierenden Einfluß geschätzt und gesehen, daß es ohne die besondere Sensibilität und das Mitgefühl der Frauen noch weitaus schlimmer zuginge auf dieser Welt. Und der kleine Adam war in dem Glauben erzogen worden, daß man diese weiblichen Tugenden durch Ritterlichkeit und Respekt beschützen muß. In diesen wie in anderen Dingen hatte sein Vater, der Geistlicher gewesen war, die Forderungen der *political correctness* in vorbildlicher Weise vorweggenommen. Und seinem Sohn war es selbst in der veränderten und ungleich aggressiveren Zeit, in die er hineinwuchs, nie leichtgefallen, die Maximen aus frühester Jugend über Bord zu werfen; ja tief im Innern wollte er das nicht einmal.
»Die Halsschlagader ist durchtrennt«, sagte Kate. »Ein sauberer Schnitt. Sie muß mehr Kraft in den Händen gehabt haben, als man ihr zugetraut hätte. Dabei sehen sie doch wirklich nicht besonders stark aus. Aber Hände haben ja meist was Zerbrechliches. Und an einer Leiche«, setzte sie hinzu, »wirkt nichts so tot wie die Hände.« Dann errötete sie leicht, als ob ihr da eine dumme Bemerkung herausgerutscht sei.
»Ja, die Hände eines Toten sind besonders leblos und traurig, vielleicht weil sie sonst das Rührigste an uns sind.«
Immer noch in der Hocke und ohne den Leichnam anzurühren, betrachtete Dalgliesh eingehend beide Hände der Toten. Die rechte war blutgetränkt, die linke lag mit gekrümmten

Fingern und nach oben gekehrter Handfläche am Boden. Vorsichtig drückte er auf die Erhebung an der Fingerwurzel, dann fuhr er mit prüfender Hand einzeln an ihren Fingern entlang. Im nächsten Moment erhob er sich rasch und sagte: »Kommen Sie, wir wollen uns mal in der Küche umsehen!«

Falls Kate überrascht war, so ließ sie es sich nicht anmerken. Die Küche grenzte unmittelbar ans Wohnzimmer und war ursprünglich wohl ein Teil desselben gewesen; jedenfalls entsprach das hohe Bogenfenster eindeutig den beiden im geräumigen Vorderzimmer und bot den gleichen Blick ins Grüne. Der Raum war klein, aber gut ausgestattet und makellos aufgeräumt. Unter dem Fenster war eine Spüle mit Doppelbecken eingelassen, und die anschließende Arbeitsfläche mit dem imitierten Holzbelag reichte über die ganze Länge des Raums. Darüber und darunter waren Einbauschränke angebracht, und in die Arbeitsfläche integriert war ein Keramikkochfeld mit einem großen hölzernen Hackbrett links daneben. Wiederum links davon stand der Messerblock. Ein Schlitz – links hinter dem größten Messer – war leer.

Dalgliesh und Kate standen in der Tür, gingen aber nicht hinein. Dalgliesh fragte: »Kommt Ihnen da irgendwas merkwürdig vor?«

»Eigentlich nicht, Sir.« Kate stockte und sah aufmerksamer hin, dann sagte sie: »Sieht alles ganz normal aus, außer daß ich das Spülmittel wahrscheinlich links neben das Becken gestellt hätte. Und daß dieses Hackbrett und die Messer ein bißchen seltsam plaziert sind. So wie sie das arrangiert hat, muß es beim Kochen ziemlich unpraktisch gewesen sein.« Wieder stutzte sie und fragte dann: »Glauben Sie, sie war Linkshänderin, Sir?«

Statt zu antworten, zog Dalgliesh drei Schubladen auf, sah hinein und schob sie enttäuscht wieder zu. Die beiden kehrten ins Wohnzimmer zurück.

»Sehen Sie sich doch mal ihre linke Hand an, Kate. Und denken Sie daran, sie hat als Putzfrau gearbeitet.«
»Nur drei Abende die Woche, Sir, und sie trug Handschuhe.«
»Da ist eine kleine Verdickung, fast eine Schwiele, an der Innenseite des Zeigefingers. Ich glaube, sie hat mit der Linken geschrieben.«
Kate ging in die Hocke und musterte zum zweitenmal sorgsam die Hand der Toten, allerdings ohne sie zu berühren. »Falls sie wirklich Linkshänderin war, wer könnte das gewußt haben? Wenn sie zur Arbeit kam, war von den Angestellten fast niemand mehr in der Kanzlei, und schreiben hätte sie ohnehin kaum jemand gesehen.«
»Vielleicht ihre Kollegin Mrs. Watson«, sagte Dalgliesh. »Wer es aber sicher weiß, das ist Miss Elkington. Mrs. Carpenter muß ihre Lohnzahlungen quittiert haben. Rufen Sie vom Autotelefon aus in der Agentur an, ja, Kate, und falls Miss Elkington unseren Verdacht bestätigt, alarmieren Sie Dr. Kynaston, die Fotografen, die Spurensicherung, die ganze Truppe eben – und Piers natürlich auch. Und angesichts der Verteilung der Blutflecken wäre es gut, wenn das Labor einen forensischen Biologen mitschicken könnte. Und bis Verstärkung eintrifft, bleiben Sie unten, ja? Ich möchte sichergehen, daß niemand unbemerkt das Haus verläßt. Aber machen Sie's diskret. Fürs erste sagen wir nur, Mrs. Carpenter sei überfallen worden. Daß sie tot ist, wird früh genug durchsickern, aber wir wollen uns die Geier solange wie möglich vom Leib halten.«
Kate ging ohne ein weiteres Wort.
Dalgliesh trat ans Fenster und schaute hinunter in den Garten. Er hatte seinen Verstand dazu erzogen, sich aller Spekulationen zu enthalten; mit Vermutungen zu jonglieren, solange die Fakten nicht eindeutig auf dem Tisch lagen, war immer sinnlos, ja konnte sogar gefährlich sein.

Diese wenigen Minuten in Gesellschaft der nichts mehr fordernden Toten kamen ihm vor wie eine Zeitprämie, ein Augenblick der Ruhe und Einkehr, in dem er nichts weiter zu tun brauchte, als zu warten. Er hatte die Gabe, sich – weniger durch einen Willensakt als durch die Lockerung von Geist und Körper – in jenes innere Refugium zurückzuziehen, aus dem er die Kraft für sein Leben und für seine Kunst schöpfte. Er war nicht zum erstenmal mit einer Leiche allein. Und so war ihm das Gefühl vertraut, auch wenn man es zwischendurch immer wieder vergaß. Jetzt kehrte es zurück und mit ihm eine unsagbar tiefe Einsamkeit. Wäre er ganz allein im Raum gewesen, er hätte sich nicht isolierter fühlen können. Janet Carpenters Persönlichkeit konnte im Leben unmöglich stärker präsent gewesen sein als deren Abwesenheit nun im Tode.

Das Haus unter ihm teilte seine besinnliche Stille. In diesen separaten Klausen drehte sich überall das kleine Räderwerk des Alltags. Da wurden Vorhänge aufgezogen, Tee gekocht, Blumen gegossen, die Langschläfer wankten ins Bad oder unter die Dusche. Und keiner hatte eine Ahnung von dem Horrorszenario über seinem Kopf. Wenn die Wahrheit ans Licht kam, würden die Reaktionen so unterschiedlich ausfallen wie immer: Furcht, Mitleid, gebanntes Interesse, Wichtigtuerei, ein erhöhter Adrenalinschub aus dem Bewußtsein heraus, daß man selber noch am Leben war; der Nervenkitzel und der Wunsch, so eine Sensation mit den Arbeitskollegen zu teilen oder mit Freunden; die halb verschämte Erregung, die sich einstellt, wenn fremdes Blut vergossen wird. Falls es wirklich Mord war, würde das Haus sich dem schleichenden Gift des Verbrechens nie mehr entziehen können, aber man würde sich dessen in der Anonymität dieser Wohnanlage nicht so bewußt werden wie in der entweihten Kanzlei im Middle Temple. Dort hatte man mehr verloren als einen Freund oder Kollegen.

Das Läuten seines Mobiltelefons zerriß das Schweigen, und als er auf Empfang schaltete, vernahm er Kates Stimme. »Janet Carpenter war Linkshänderin, Sir. Daran besteht kein Zweifel.«
Also war es Mord. Irgendwo im Hinterkopf hatte er das von Anfang an gewußt. »Hat Miss Elkington Sie gefragt, warum Sie das wissen wollen?«
»Nein, Sir, und ich habe natürlich nichts gesagt. Doc Kynaston hat heute morgen einen Termin in der Klinik, ist dort aber noch nicht eingetroffen. Ich habe eine Nachricht hinterlassen. Piers und die Leute von der Spurensicherung sind unterwegs. Das Labor kann erst nachmittags jemanden schicken. Ein paar von den Leuten dort sind krank geschrieben, und zwei wurden bereits an einen anderen Tatort gerufen.«
»Dann müssen wir uns eben bis zum Nachmittag gedulden«, sagte Dalgliesh. »Ich möchte jedenfalls, daß sie sich die Verteilung der Blutspritzer ansehen. Und daß mir niemand das Haus verläßt, ohne daß wir eine Aussage haben. Die meisten Mieter sind wahrscheinlich längst zur Arbeit gegangen, aber wir können uns ja die Namen von den Klingelschildern notieren. Die Befragung der Hausbewohner können Sie mit Piers zusammen übernehmen. Miss Kemp kann uns wahrscheinlich am meisten über ihre Nachbarin erzählen. Und vergeßt nicht die junge Frau, die uns reingelassen hat. Wann genau hat sie gestern abend den Fernseher gehört, und wann wurde er wieder ausgeschaltet? Ach, und geben Sie mir Bescheid, ehe Sie raufkommen, Kate. Ich habe ein kleines Experiment vor.«
Fünf Minuten vergingen, bevor sie wieder anrief: »Robbins und Constable Meadows können mich jetzt an der Tür ablösen, Sir. Ich komme rauf.«
Dalgliesh verließ die Wohnung und drückte sich draußen auf dem Flur flach gegen die Wand neben dem Abstellschrank.

Schon hörte er Kates raschen Schritt. Als sie über den Treppenabsatz kam und zur Wohnungstür ging, schlich er sich geräuschlos von hinten an sie heran. Sie schnappte nach Luft, als sie seine Hand im Nacken spürte und er sie in Windeseile in die Wohnung stieß.

Als sie sich von ihrem Schrecken erholt hatte, sagte Kate: »So könnte er sich also Zutritt verschafft haben.«

»Möglich wär's. Das würde natürlich bedeuten, daß er wußte, wann sie nach Hause kam. Sie könnte ihn auch reingelassen haben, aber wäre sie einem Fremden gegenüber so vertrauensselig gewesen?«

»Sie war nicht so ängstlich auf Sicherheit bedacht wie die meisten alten Leute. Sehen Sie, Sir: zwei Schlösser zwar, aber nicht mal 'ne Sicherheitskette.«

Miles Kynaston war als erster am Tatort, aber Piers und die Fotografen ließen nicht lange auf sich warten. Der Gerichtsmediziner war offenbar kurz nach Kates Anruf in seinem Kliniklabor eingetroffen und hatte sich unverzüglich auf den Weg gemacht. Er blieb in der Tür stehen; ruhig ließ er den Blick durch den Raum schweifen, ehe er sich auf das Opfer konzentrierte. In seinen Augen spiegelte sich dabei immer das gleiche: zuerst flackerte ein Mitleidsfunke auf, so flüchtig, daß er denen, die ihn nicht kannten, einfach entging, und dann behauptete sich die gründliche, gewissenhafte Neugier eines Mannes, der wieder einmal mit einem faszinierenden Zeugnis menschlicher Entartung konfrontiert war.

»Janet Carpenter«, sagte Dalgliesh. »Eine der Verdächtigen im Mordfall Aldridge. Kate und ich, wir haben sie gefunden, als wir herkamen, um sie zu vernehmen. Das war vor vierzig Minuten.«

Kynaston nickte stumm und hielt sich so lange von der Leiche fern, wie die ebenso schweigsamen Fotografen, die sich an ihm vorbeischoben und Dalgliesh kurz zunickten, ihre Arbeit verrichteten. Die Lage des Leichnams und die Blutspuren waren in diesem Fall wichtige Beweismittel. Darum kam zuerst das Kameraauge, das die nackte Realität festhielt, und dann erst konnten Kynaston und Dalgliesh es wagen, die Position der Toten, wenn auch nur geringfügig, zu verändern. Für Dalgliesh war diese Vorstufe der Ermittlungen, waren die Fotografen, die vorsichtig um den Leichnam herumstrichen und ihr nüchternes Objektiv auf ausdruckslos glasige Augen richteten und auf das rohe Gemetzel klaffender Fleischwunden, der erste Schritt zur Schändung der wehrlosen Toten. Aber war das, was hier geschah, wirklich schlimmer als die inhumanen Praktiken, denen heute auch die unterzogen wurden, die eines natürlichen Todes starben? Die fast abergläubisch hochgehaltene Tradition, wonach man einen Toten mit Ehrerbietung zu behandeln habe, blieb doch immer irgendwo auf dem sorgsam dokumentierten letzten Weg zum Krematorium oder Friedhof auf der Strecke.

Ferris kam mit seinem Team von der Spurensicherung herein. Auf der Treppe waren sie so leise gewesen, daß die drinnen erst durch das Klopfen auf sie aufmerksam geworden waren.

Ferris folgte mit flammendem Blick und ängstlichem Stirnrunzeln den Bewegungen der Fotografen, er wollte sich unbedingt an die Arbeit machen, bevor der Tatort mit fremden Spuren verseucht war. Aber auch er mußte sich gedulden. Denn als die Fotografen ihr Gerät so zurückhaltend routiniert zusammengepackt hatten, wie sie ihre Arbeit zu verrichten pflegten, hockte sich erst einmal Kynaston, der zuvor sein Jackett ausgezogen hatte, neben die Leiche und begann mit seiner Untersuchung.

»Sie war Linkshänderin, Doc«, sagte Dalgliesh, »aber Selbstmord wäre ohnedies fragwürdig erschienen. Diese Blutspritzer an der Decke und auf der oberen Wandhälfte deuten dar-

auf hin, daß sie aufrecht stand, als ihr die Kehle durchgeschnitten wurde.«
Kynastons behandschuhte Hände arbeiteten flink, berührten die Leiche indes so behutsam, als stecke immer noch Gefühl in den toten Nerven. »Ein einziger Schnitt«, sagte er, »von links nach rechts, hat die Halsader durchtrennt. Oberflächliche Verletzung am linken Handgelenk. Vermutlich hat er sie von hinten angefallen, ihr den Kopf zurückgebogen, einen raschen Schnitt geführt und den Körper dann vorsichtig zu Boden gleiten lassen. Sehen Sie sich nur dieses ungelenk verrenkte Bein an. Die Frau war tot, als sie auf dem Boden auftraf.«
»Und er wäre durch ihren Körper vom ärgsten Blutstrahl geschützt gewesen. Aber was ist mit seinem rechten Arm?«
»Schwer zu sagen. Der Schnitt wurde rasch und sicher geführt. Trotzdem dürfte der rechte Arm ordentlich was abgekriegt haben. Bestimmt mußte er sich waschen, bevor er die Wohnung verließ. Falls er ein Jackett trug, dürften die Stulpe und das untere Stück des Ärmels blutverschmiert sein. Und sie würde ja wohl kaum geduldig dabeigestanden haben, während er sich seiner Kleider entledigte.«
Dalgliesh sagte: »Eventuell finden wir Blutspuren im Abfluß vom Waschbecken oder im Bad, aber viel Hoffnung habe ich nicht. Dieser Mörder verstand, denke ich, sein Geschäft. Er hätte das Wasser lange genug laufen lassen, um alle Reste wegzuspülen. Das Messer da stammt aus dem Küchenblock, aber ich glaube nicht, daß es die Mordwaffe ist. Das war ein vorsätzlicher Mord. Ich glaube, der Täter hatte sein eigenes Messer dabei.«
»Wenn er dieses Messer nicht benutzt hat, dann muß er ein ganz ähnliches gehabt haben«, sagte Kynaston. »Gut, rekapitulieren wir: Er bringt sie um, wäscht sich und auch sein Messer, holt ein anderes aus der Küche, das er mit ihrem Blut be-

schmiert und auf dessen Griff er ihre Fingerabdrücke praktiziert. Haben Sie es sich ungefähr so vorgestellt?«
»Vorläufig ist es nur eine Arbeitshypothese, Doc. Würde die Tat viel Kraft erfordern? Hätte es auch eine Frau sein können?«
»Mit der nötigen Entschlossenheit und einem ausreichend scharfen Messer. Aber für mich trägt dieser Mord keine Frauenhandschrift.«
»Für mich auch nicht.«
»Wie ist er reingekommen?«
»Als wir kamen, war die Tür abgeschlossen. Ich denke, er wird sich draußen im Schatten des Flurschranks versteckt und sie abgepaßt haben. Als sie die Tür aufschloß, packte er sie von hinten und stieß sie in die Wohnung. Ins Haus reinzukommen war bestimmt nicht schwer. Man drückt einfach auf sämtliche Klingeln, irgendwer macht schon auf.«
»Und dann hat er gewartet. Also ein geduldiger Mensch.«
»Wenn es sein muß, ja. Aber vielleicht kannte er auch ihre Gewohnheiten, wußte, wo sie war und wann sie voraussichtlich wieder nach Hause kommen würde.«
»Wenn er so viel von ihr wußte«, sagte Kynaston, »dann wundert es mich, daß er nicht auch gewußt hat, daß sie Linkshänderin war. Diese mit Blut geschriebenen Buchstaben und Zahlen – die haben doch wohl was zu bedeuten?«
Dalgliesh erklärte ihm die Abkürzung kg Beale und setzte hinzu: »Im Aldridge-Mord hatten wir sie gerade als Hauptverdächtige ausgemacht. Über Mittel und Gelegenheit verfügte sie ohnehin. Der Fall aus dem Jahr 92, bei dem die Aldridge diesen Beale freibekommen hat, der lieferte noch das Motiv. Ihr Tod sollte wie ein Selbstmord aussehen, und ich fürchte, wenn sie Rechtshänderin gewesen wäre, dann hätten wir das nicht widerlegen können. Aber ich war von Anfang an mißtrauisch. Wer würde sich schon im Stehen die Kehle durch-

schneiden, wo es doch viel einsichtiger wäre, sich über das Waschbecken oder die Wanne zu beugen. Sie war eine sehr penible Frau, diese Schweinerei wäre ihr peinlich gewesen. Komisch, wie heikel Selbstmörder in dieser Beziehung oft sind. Und warum sollte man seine Abschiedsbotschaft mit dem eigenen Blut schreiben, wenn Papier und Stift vorhanden sind? Und die Kehle durchgeschnitten hätte sie sich erst recht nicht. Es gibt auch sanftere, weniger brutale Methoden.«

Allein, so widersprüchlich die äußeren Umstände auch sein mochten: Ein Verdacht war kein juristisch zulässiger Beweis. Und die Geschworenen neigten gern zu der Ansicht, daß ein Selbstmörder, der sich einmal zu diesem unfaßbaren Schritt durchgerungen hat, zu jeder Wahnsinnstat fähig ist.

»Der eine klassische, verhängnisvolle Fehler«, bemerkte Kynaston. »Und die den begehen, das sind in der Regel die besonders Schlauen.«

Währenddessen hatte er seine Voruntersuchung beendet, wischte das Thermometer ab und verstaute es sorgfältig wieder in seinem Etui. »Der Tod«, sagte er, »ist gestern abend zwischen sieben und acht eingetreten. Soviel kann ich Ihnen anhand der Körpertemperatur und des Stadiums der Leichenstarre sagen. Nach der Obduktion können wir den Zeitraum vielleicht noch etwas eingrenzen. Ich nehme an, es eilt? Wie immer bei Ihnen. Ich könnte sie heute abend einschieben, aber das wird spät: Ich schätze so acht bis halb neun. Na, ich ruf Sie vorher noch mal an.« Und nach einem letzten Blick auf den Leichnam setzte er hinzu: »Die arme Frau. Aber wenigstens ist es schnell gegangen. Der Kerl hat sich sehr genau ausgekannt. Hoffentlich kriegen Sie ihn, Adam.«

Es war das erste Mal, daß Dalgliesh erlebte, wie Miles Kynaston sich ermunternd zur erfolgreichen Lösung eines Falles äußerte.

Sobald Kynaston weg war, gingen die Spurensicherungsexperten ans Werk. Dalgliesh machte ihnen Platz und sorgte dafür, daß das entscheidende Feld zwischen Leiche und Küche beziehungsweise Badezimmer frei blieb. Kate und Piers befragten immer noch die Hausbewohner. Sie hatten nebenan mit Miss Kemp angefangen, aber inzwischen war fast eine Dreiviertelstunde vergangen, seit er die Tür der Nachbarwohnung gehört hatte und gleich darauf die Schritte seiner beiden Mitarbeiter auf der Treppe. Sie brauchten länger, als er gedacht hatte, und der Commander konnte nur hoffen, daß sich die Mühe lohnen würde. Er selbst wandte sich jetzt der Wohnungseinrichtung zu.

Das auffallendste Möbelstück war der Sekretär an der Wand zur Rechten im Wohnzimmer. Den hatte Mrs. Carpenter offenbar aus ihrem früheren Heim mitgebracht, denn der massive Arbeitsschreibtisch aus polierter Eiche war zum einen viel zu wuchtig für die kleine Wohnung und schien zum anderen als einziger nicht neu gekauft zu sein. Das zweisitzige Sofa an der gegenüberliegenden Wand, der runde abklappbare Tisch mit den vier Stühlen, der einzelne Sessel vor dem zwischen den Fenstern angeschlossenen Fernseher, all das sah aus wie frisch geliefert. Diese scheinbar unbenutzten Möbel waren unauffällig und modern – die Art von Durchschnittsinventar, das man in einem Drei-Sterne-Hotel erwarten würde. Im Wohnzimmer hingen keine Bilder, standen weder Fotografien noch Nippes. Es war die Umgebung einer Frau, die ihre Vergangenheit abgeschüttelt hatte, eine Umgebung, die dem Körper den nötigen Grundkomfort bot und dem Geist Raum ließ, sich ungehindert in den eigenen Sphären zu tummeln. Das kleine Bücherregal rechts vom Schreibtisch enthielt nur moderne Ausgaben bedeutender Lyriker und klassische Romanwerke; eine sorgfältig ausgewählte, sehr persönliche Bibliothek, die im Bedarfsfall handfesten literarischen Beistand bot.

Dalgliesh ging hinüber ins Schlafzimmer. In dem nur knapp zwölf Quadratmeter großen Raum mit dem einzelnen hohen Fenster war der bescheidene Komfort eindeutiger Kargheit gewichen: ein schmales Bett mit einer leichten Steppdecke, ein eichener Nachttisch mit Abstellbrett und Lampe, ein einfacher Stuhl, ein eingebauter Schrank. Auf dem Fußboden neben dem Bett stand eine schlichte braune Handtasche. Sie enthielt nichts Überflüssiges und war genauso aufgeräumt wie die von Venetia Aldridge. Was den Commander indes verwunderte, war der Umstand, daß zweihundertfünfzig Pfund in brandneuen Zehner- und Zwanzigerscheinen in der Brieftasche steckten.

An einem Haken hinter der Tür hing ein Morgenrock aus zartgemusterter Wolle. Eine Frisierkommode suchte er vergebens. Wahrscheinlich machte sie vor dem Spiegel im Badezimmer Toilette, doch das Bad war tabu, solange Ferris nicht damit fertig war. Bis auf den Teppichboden hätte das Schlafzimmer eine Klosterzelle sein können; ja, Dalgliesh vermißte fast das Kruzifix über dem Bett.

Er kehrte an den Sekretär zurück, klappte die Schreibplatte herunter und begann, in den Fächern nachzuforschen, ohne recht zu wissen, wonach er suchte. Dieses Stöbern in der Hinterlassenschaft eines Toten war für ihn ein wichtiger Bestandteil der Ermittlungen. Wenn ein Mord verübt wurde, dann kamen als Grund mindestens einer von vier Faktoren in Frage: die Person des Opfers, sein Aufenthaltsort, etwas, das es getan hatte oder etwas, wovon es wußte. Die Spur zum Mörder führte immer über das Leben des Opfers. Trotzdem wollten ihm seine Nachforschungen manchmal wie der dreiste Übergriff auf eine Privatsphäre erscheinen, die das Opfer nicht mehr schützen konnte, und dann kam es ihm vor, als tasteten sich seine Finger in den Latexhandschuhen in der trügerischen Hoffnung durch persönliches Eigentum, allein durch

die Berührung der Dinge zum Wesen ihres Besitzers vordringen zu können.
Für Mrs. Carpenters Hinterlassenschaft hätte auch ein sehr viel kleinerer Schreibtisch gereicht. Vier der sechs Fächer waren leer. In den letzten beiden steckten ein Kuvert mit offenen Rechnungen und ein größeres braunes, auf dem in sauberer Handschrift der Vermerk »Zahlungsquittungen« stand. Wie sich zeigte, beglich sie ihre Rechnungen pünktlich und hob die Quittungen nur jeweils sechs Monate auf. Privatbriefe fand er keine. Die Parallele zu Venetia Aldridges Schreibtisch, zu Venetia Aldridges Hinterlassenschaft war fast unheimlich. Unter der Reihe mit den offenen Fächern befanden sich zwei schmale Schubladen. Die rechte enthielt zwei schwarze Plastikordner mit dem Aufdruck ihrer Bank. In dem einen verwahrte sie ihre Girokontoauszüge, in dem anderen, einer dünneren Kladde, die Belege eines Sparbuchs, das derzeit einen Kontostand von 146 000 Pfund aufwies. Da es ein Sparbuch ohne Sperrfristen war, blieben die Zinserträge relativ niedrig. Bewegungen hatten bis zum 9. September dieses Jahres kaum stattgefunden, an dem Tag aber hatte sie 50 000 Pfund auf ihr Girokonto überweisen lassen. Dalgliesh blätterte in den dazugehörigen Kontoauszügen nach und stellte fest, daß der Betrag ordnungsgemäß gutgeschrieben war und daß sie zwei Tage später 10 000 Pfund in bar abgehoben hatte.
Als nächstes öffnete er die Tür links von der Aussparung für die Knie und dann die drei Schubladen zur Rechten. Das Schränkchen auf der linken Seite war leer. Die oberste Schublade gegenüber enthielt nur drei Telefonbücher, im Fach darunter fanden sich ein Karton mit einfachem Schreibpapier und ein Packen Kuverts. Erst in der dritten, der untersten Lade konnte er etwas Interessantes entdecken.
Dalgliesh zog einen Faltordner heraus, in dem er, fein säuberlich in chronologischer Reihenfolge aufgeschlüsselt, die Er-

klärung dafür fand, woher die 146 000 Pfund auf dem Sparbuch stammten. Im Dezember 1993 hatte Janet Carpenter das Haus in Hereford verkauft und die Wohnung in London erworben. Der Vorgang war mit Briefen des Maklers und ihres Rechtsanwalts belegt sowie mit Baugutachten und Kostenvoranschlägen einer Umzugsfirma. Ein Angebot in bar für das Haus in Hereford war, obgleich es 5000 Pfund unter der ursprünglich angesetzten Verhandlungsbasis lag, rasch akzeptiert worden. Möbel, Bilder und Wertsachen hatte sie nicht etwa einlagern lassen, sondern schlankweg verkauft. Und was sich nicht mehr zu verkaufen lohnte, das hatte sie der Heilsarmee gestiftet. Als das Haus schließlich geräumt war, wies sie ihren Anwalt in einem Brief, dessen Kopie sie aufbewahrt hatte, an, den neuen Besitzer zu bitten, ihre Post über die Anwaltsadresse weiterzuleiten. Sie hatte also niemandem ihre Londoner Adresse geben wollen, hatte sich unerbittlich, geschickt und so unauffällig wie möglich von ihrem früheren Leben losgesagt, als sei mit dem Tod ihrer Enkelin und der Schwiegertochter mehr als derer beider Leben zu Ende gegangen.

Etwas hatte sie freilich außer dem eichenen Sekretär doch noch mitgebracht. In dessen unterster Schublade lag ein praller brauner Umschlag – unbeschriftet, mit zugeklebter Lasche. Da er keinen Brieföffner zur Hand hatte, zwängte Dalgliesh den Daumen unter die Lasche. Halb schuldbewußt, halb irritiert starrte er auf das unregelmäßig eingerissene Papier. Zum Vorschein kamen ein zusammengefalteter Brief, ein Stapel Fotos und ein Stoß Geburtstags- und Weihnachtskarten, die mit einem Gummiband zusammengehalten waren. Die Fotos waren ausnahmslos Aufnahmen von der Enkelin, ein paar arrangiert, die anderen einfache Schnappschüsse, die das Leben des Kindes vom Babyalter in den Armen der Mutter bis hin zu dem festlich begangenen zwölften Geburtstag dokumentierten. Das zutrauliche Gesicht mit den wachen Augen lächelte sich brav durch alle Initiationsriten eines Kinderlebens: in tadelloser Uniform am ersten Schultag, wo sich Eifer und Bangigkeit in ihren Zügen mischten; als Blumenmädchen bei der Hochzeit von Freunden, bei der sie ein Rosenkränzchen im dunklen Haar trug; mit feierlichem Blick unterm weißen Schleier anläßlich der Erstkommunion. Die Geburtstags- und Weihnachtskarten waren allesamt an die Großmutter gerichtet: vom vierten Lebensjahr an bis zum Tod hatte das Kind ihr – offensichtlich mit eigenen Worten – seine kleinen Kümmernisse anvertraut, von Erfolgen in der Schule berichtet und die Großmutter mit alltäglichen Botschaften seiner Liebe versichert.

Als letztes widmete sich Dalgliesh dem Brief. Er war mit der Hand geschrieben, nur eine Seite lang und trug weder Datum noch Anschrift.

Liebste Janet,
bitte verzeih mir. Was ich tue, ist egoistisch, ich weiß, und ich weiß auch, daß ich Dich nicht verlassen dürfte. Jetzt, wo nach Ralph auch Emily tot ist, hast Du doch nur noch mich. Aber ich würde Dir keine Stütze sein können. Ich weiß, Du leidest genauso wie ich, doch ich kann Dir nicht helfen. In mir ist keine Liebe mehr, ich kann nichts empfinden, nur noch Schmerz. Den ganzen Tag sehne ich die Nacht herbei, damit ich meine Tabletten nehmen und vielleicht ein bißchen schlafen kann. Der Schlaf ist wie ein kleiner Tod, aber bisweilen kommen auch Träume, und dann höre ich sie nach mir rufen und weiß, ich kann nicht zu ihr, werde sie nie erreichen. Und ich wache jedesmal wieder auf, obwohl ich darum bete, daß es nicht geschieht, und dann senkt sich der Schmerz auf mich nieder wie eine große, schwarze Last. Ich weiß, daß diese Last nie leichter werden wird, und ich halte sie nun nicht länger aus. An Ralph konnte ich mich in Liebe erinnern, selbst dann, wenn die Erinnerung schrecklich weh tat, denn ich war

bei ihm, als er starb, und ich habe seine Hand gehalten, und er wußte, daß ich ihn liebe, und wir hatten gemeinsam erfahren, was es heißt, glücklich zu sein. An Emilys Tod aber kann ich nicht denken, ohne daß mich Schuldgefühle martern und diese schrecklichen Horrorphantasien, die ich nicht ein Leben lang ertragen kann. Verzeih mir, Janet! Verzeih mir und versuche mich zu verstehen! Ich hätte mir keine bessere Schwiegermutter wünschen können. Emily hat dich sehr, sehr liebgehabt.

Dalgliesh wußte nicht, wie lange er – halb in Trance – vor den Fotos gesessen hatte, die rings um ihn ausgebreitet lagen, als plötzlich Piers neben ihm stand.

»Kate wollte noch mal mit Miss Kemp reden, Sir, für den Fall, daß sie einer Frau gegenüber unter vier Augen gesprächiger ist, als wenn ich dabei bin. Glaube allerdings nicht, daß was dabei rauskommt. Ja, und der Leichenwagen wäre da, Sir. Ist es Ihnen recht, wenn die Uniformierten sie jetzt wegschaffen?«

Dalgliesh antwortete nicht gleich, sondern reichte Piers nur den Brief. Dann sagte er: »Die Leiche? Ja, ja, die können sie mitnehmen.«

Auf einmal drängten sich lauter vierschrötige Uniformierte ins Zimmer, und man hörte überall gedämpfte Männerstimmen. Piers nickte und verfolgte dann, wie erst Kopf und Hände der Toten in Plastik gepackt wurden und sie anschließend in einen Leichensack gelegt und der Reißverschluß zugezogen wurde. Als sie mit ihrer Last die Treppe hinunterstapften, hörte man plötzlich von der ersten Biegung her ein jähes Auflachen, wie ein Bellen, das aber gleich wieder unterdrückt wurde. Oben zeugten jetzt nur noch der blutgetränkte Teppich unter der Schutzfolie und die Blutspritzer an Wänden und Decke von der grausigen Tat. Ferris und seine Leute waren immer noch im Bad, doch sie arbeiteten so leise, daß man

ihre Anwesenheit eher fühlen als hören konnte. Piers und Dalgliesh waren allein.
Piers las den Brief und gab ihn dem Commander zurück. »Werden Sie den auch Kate zeigen, Sir?«
»Wahrscheinlich nicht.«
Es entstand eine Pause, dann fragte Piers betont beiläufig: »Haben Sie ihn mir gezeigt, weil ich nicht so sensibel bin oder weil Sie dachten, ich bräuchte eine Lektion?«
»Eine Lektion worin, Piers?«
»Vielleicht darin, was Mord unschuldigen Menschen antun kann.«
Das klang schon gefährlich nach Zweifel, wenn nicht gar Kritik an einem Vorgesetzten, und falls Piers sich darauf eine direkte Antwort erhoffte, so wartete er vergebens.
Dalgliesh sagte: »Wenn Sie das bis jetzt noch nicht wüßten, würden Sie's dann jemals begreifen? Dieser Brief war weder für Ihre noch für meine Augen bestimmt.«
Damit steckte er das Blatt wieder in den Umschlag und begann Karten und Fotos einzusammeln. »Sie hat natürlich recht«, sagte er, »unsterblich werden die Toten nur durch unsere Erinnerung an sie. Wenn die aber von Grauen und Gewalt vergiftet wird, dann sind sie endgültig tot. Ja, Piers, wir sollten uns vorrangig um die Kontoauszüge und um die Akte über ihren Hausverkauf kümmern.«
Der Commander überließ Piers das Studium der Papiere und ging hinüber zu Ferris. Der hatte die Spurensicherung inzwischen abgeschlossen, schien aber über das Ergebnis enttäuscht. Weder am Spülbecken in der Küche noch im Bad ließen sich Blutspuren nachweisen, im Teppichflor fanden sich weder schwere Fußabdrücke, noch Öl-, Schmierfett- oder Schmutzreste von fremden Schuhen.
Ob der Mörder einen Lappen mitgebracht und sich die Schuhe abgeputzt hatte, während er im Schatten des Flurs auf sein

Opfer wartete? War es möglich, daß einer so vorsichtig zu Werke ging?
Als Ferris und seine Kollegen von der Spurensicherung sich mit ihrer mageren Ausbeute auf den Weg machten, stießen sie am Eingang mit Kate zusammen. Sie schloß die Tür hinter ihnen, und die drei waren allein.

33

Bevor Kate und Piers von ihren Ermittlungen berichteten, bat Dalgliesh: »Würden Sie mal nachsehen, ob's in der Küche Kaffee gibt, Piers?«

Es war alles da: Bohnen, Kaffeemühle und Kaffeemaschine. Dalgliesh setzte Kate ins Bild, während Piers in der Küche zugange war, und als der Kaffee kam – in grünen Denby-Bechern, auf einem Tablett serviert –, war er schwarz und stark.

»Sie hätte sicher nichts dagegen, daß wir ihren Kaffee trinken«, meinte Piers. »Whisky ist keiner da. Andernfalls wäre ich, ehrlich gesagt, schwach geworden.«

Dalgliesh rückte sich den Fernsehsessel heran, Piers und Kate nahmen auf dem Sofa Platz, und bald saßen die drei so gesellig und entspannt an einem Tischchen beisammen, als ob sie hier zu Hause wären. Nach dem ständigen Kommen und Gehen wirkte die Wohnung auf einmal unnatürlich ruhig. Polizisten in Uniform bewachten die Tür. Sergeant Robbins und ein Constable würden die Personalien aller Mieter, die das Haus betraten, aufnehmen und sie nach eventuellen Beobachtungen befragen. Doch bis zum Feierabend würde es vermutlich ziemlich ruhig bleiben, zumal der Mord noch nicht über den Coulston Court hinaus bekanntgeworden war. Also nutzten die drei Kriminalbeamten die Flaute zwischen den Schüben hektischer Betriebsamkeit, um Bilanz zu ziehen.

»Nun«, begann Dalgliesh, »wie weit sind wir inzwischen?«

Kate hatte gerade einen Schluck Kaffee im Mund, weshalb

Piers, der sich offenbar schon eine Art Resümee zurechtgelegt hatte, als erster zum Zuge kam.
»Die verwitwete Janet Carpenter lebt mit Schwiegertochter und Enkelin zusammen in einem Vorort von Hereford. Vor drei Jahren wird das Kind vergewaltigt und umgebracht. Der Mörder Dermot Beale wird gefaßt und kriegt lebenslänglich. Aber er stand ein Jahr zuvor schon einmal wegen fast des gleichen Verbrechens vor Gericht. Damals, 1992, war die Beweislage nicht ganz so eindeutig, und er wurde freigesprochen. Die Anwältin, die ihn im ersten Prozeß vertreten hatte, war Venetia Aldridge. Die Mutter des Opfers nimmt sich in ihrer Verzweiflung das Leben. Nach dem Selbstmord der Schwiegertochter verkauft Janet Carpenter ihr Haus, bricht alle Brücken zu ihrem früheren Leben ab und verschwindet klammheimlich nach London. Hier setzt sie alles daran, sich Zugang zu Venetia Aldridges Kanzlei zu verschaffen. Es fällt ihr nicht schwer, sich über einen Reinigungsdienst als Putzfrau einzuschleusen: Sie ist anständig und tüchtig, hat zufriedenstellende Referenzen vorzuweisen. Zwar muß sie zuerst mit einer anderen Kanzlei vorliebnehmen, aber als sie bei der nächstbesten Gelegenheit um Versetzung bittet, erfüllt man ihr den Wunsch. Außerdem hilft sie gelegentlich privat bei Miss Aldridge aus und kauft sich eine Wohnung, die nur zwei U-Bahn-Stationen vom Haus der Aldridge entfernt liegt. Sie arbeitet nur an drei Abenden die Woche. Was an sich schon auffällig ist: Wer mit Putzen seinen Lebensunterhalt verdienen muß, der würde so sicher nicht genug verdienen. Aber Mrs. Carpenter reichen die drei Abende vollauf, denn sie sucht ja in Wahrheit nichts weiter als Zugang zur Kanzlei Langton. Am Mittwoch, den 9. Oktober, wird Venetia Aldridge ermordet. Man durchbohrt ihr das Herz mit einem Zierdolch, den sie als Brieföffner benutzt. Der Leiche stülpt man eine Allongeperücke über den Kopf, getränkt mit einem Quantum Blut,

das in einem Kühlschrank im Souterrain aufbewahrt wurde. Mrs. Carpenter hat Miss Aldridges Büro saubergemacht, kannte also den kleinen Dolch auf ihrem Schreibtisch. Sie wußte, daß und wo Mr. Ulrick das Blut verwahrte, und auch, wo die Allongeperücke zu finden war. Mittel, Motiv, Gelegenheit – alles trifft zusammen. Mithin ist und bleibt sie die Hauptverdächtige für den Aldridge-Mord.«

Hier mischte Kate sich ein: »Aber jetzt hat man auch sie umgebracht, und damit entsteht ein völlig verändertes Bild. Denn wer immer sie getötet hat, schrieb ihr mit ihrem Blut diese Botschaft auf den Arm. Und warum? Um ihr den Aldridge-Mord anzuhängen. Wozu die Mühe, wenn sie ohnehin die Hauptverdächtige ist? Und das war sie, insofern gebe ich dir recht, bloß ist die Sache nicht so einfach, wie du sie dargestellt hast. Wenn sie die Arbeit in der Kanzlei nur angenommen hätte, um die Aldridge töten zu können, warum wartet sie dann über zwei Jahre? Es muß doch auch zuvor schon Abende gegeben haben, an denen sie allein, ohne Mrs. Watson, in der Kanzlei geputzt hat. Und außerdem hatte sie die Schlüssel, hätte sich also jederzeit Zutritt verschaffen können. Und warum sollte sie eine Methode wählen, mit der sie sich unweigerlich verdächtig macht? Und die obendrein auch nicht die sicherste war. Nein, nein, wenn es Mrs. Carpenter gewesen ist, dann hätte sie sich sehr dumm angestellt, und ich glaube nicht, daß sie dumm war. Und dann noch etwas: Nach dem Mord habe ich sie doch als erste vernommen, und ich könnte schwören, daß sie überrascht war. Mehr als das, sie war zutiefst bestürzt.«

»Das beweist gar nichts«, sagte Piers. »Ich wundere mich ständig über das schauspielerische Talent der Leute. Du hast es doch selber oft genug erlebt, Kate, wie sie tränenüberströmt im Fernsehen auftreten und mit brüchiger Stimme die Rückkehr ihres Lieblings erflehen, obwohl sie verdammt gut wissen, daß ihr Liebling sich die Radieschen von unten besieht, weil sie ihn nämlich eigenhändig unter die Erde gebracht haben. Und davon abgesehen, was ist mit dem Geld? Wie erklärst du dir die 10 000 Pfund, die sie abgehoben hat?«

»Die naheliegendste Erklärung wäre Erpressung, aber sie hat das Geld vor dem Mord an der Aldridge abgehoben, nicht hinterher, mithin scheidet diese Möglichkeit aus. Theoretisch hätte sie auch einen gedungenen Mörder beauftragt haben können, ist aber eher unwahrscheinlich. Wie sollte eine Frau wie sie an einen Profikiller rankommen? Außerdem war das mit der Aldridge kein Auftragsmord. Profis arbeiten mit Schußwaffen und Fluchtautos. Nein, der erste Mord, das war eine Insidersache. Und wir kommen nicht drum herum, daß der zweite inszeniert wurde, um Janet Carpenter den ersten anzuhängen. Was womöglich auch geklappt hätte, wäre sie nicht Linkshänderin gewesen.«

Jetzt, nachdem die Leiche abtransportiert worden war und die Kriminaltechniker sich nach getaner Arbeit entfernt hatten, wirkte die Wohnung nicht mehr ganz so beklemmend wie zuvor, aber die vom Pesthauch des Todes geschwängerte Luft lastete immer noch bleischwer über dem Raum; nur schien es jetzt, als hätten die Lebenden ihr alle Frische geraubt. Dalgliesh trat ans Fenster und schob das untere Paneel hoch. Herbstlich kühl und mit reinigender Kraft wehte die Morgenbrise herein. Fast war ihm, als könne er das Laub riechen und den taufeuchten Rasen. Die drei setzten ihre Diskussion fort. Sie fühlten sich nicht als Eindringlinge, was vielleicht daran lag, daß es in dem schlichten, kärglich möblierten Raum so wenig gab, was die Tote hätte zum Leben erwecken können.

»Habt ihr aus den Nachbarn was rausgekriegt?« fragte Dalgliesh.

Diesmal ließ Piers Kate den Vortritt. »Nicht sehr viel, Sir. Miss Kemp konnte uns kaum mehr berichten, als was wir schon

heute früh erfahren haben. Sie hat gestern abend nichts Ungewöhnliches gehört, aber sie ist eben auch fast taub. Mrs. Carpenter hat sie das letzte Mal gestern nachmittag gesehen, als die bei ihr klopfte, um ihr zu sagen, daß sie verreisen und ihr die Blumen und die Schlüssel übergeben würde. Gut gekannt hat sie Mrs. Carpenter übrigens nicht. Die beiden haben sich zum Beispiel nie gegenseitig in ihrer Wohnung besucht. Nur wenn sie sich auf der Treppe trafen, haben sie gelegentlich ein Schwätzchen gehalten. Daher wußte Mrs. Carpenter auch, daß ihre Nachbarin ein Faible für Topfblumen hatte. Und wenn die eine verreist war, hat sie ihren Ersatzschlüssel bei der anderen deponiert und umgekehrt. Eine Regelung, die von der Hausverwaltung unterstützt wird, seit es im letzten Jahr wegen eines undichten Wasserhahns zu einer Überschwemmung kam und niemand in die betreffende Wohnung konnte, um den Schaden zu beheben. Miss Kemp verläßt das Haus nur, wenn ab und an ihr Neffe vorbeikommt, um sie zu sich einzuladen oder auf eine Spazierfahrt mitzunehmen. Sie hat ihre Zweitschlüssel ständig bei Mrs. Carpenter deponiert. Zweimal die Woche geht sie zum Einkaufen in den Laden an der Ecke, und sie hat Angst, daß ihr dabei mal jemand die Handtasche entreißen könnte. Da ist es ihr eine kleine Beruhigung zu wissen, daß Mrs. C. ihren Ersatzschlüssel hat. Aber sie läßt ausrichten, wenn Mrs. C. im Krankenhaus ist, dann möchte sie sie bitte wiederhaben. Sie scheint sich mehr Sorgen um ihre Schlüssel zu machen als um Mrs. C. Sie hat nicht mal gefragt, was der zugestoßen oder wie es passiert ist. Ich glaube, sie denkt, es handele sich um einen Sturz. Davor fürchtet sie sich nämlich, außer vor einem möglichen Überfall, am meisten. Und ich hatte den Eindruck, sie hält zumindest eines davon im Alter für unvermeidlich.«
»Konnte sie euch sagen, wann Mrs. Carpenter ihr die Schlüssel durch den Türschlitz geworfen hat?« fragte Dalgliesh.

»Als sie gestern abend abgeschlossen hat, waren sie noch nicht da, aber das war auch ziemlich früh, noch vor sechs, ehe sie sich vor den Fernseher setzte. Doch heute früh, als sie nachsehen ging, ob die Post schon da sei, lagen sie auf der Fußmatte. Mrs. Carpenter brachte ihr normalerweise die Post mit rauf und warf sie durch den Briefschlitz. Sie hat Teppichboden im Flur, hätte also die Schlüssel nicht durch den Schlitz fallen hören, selbst wenn sie nicht halb taub wäre.«

»War das denn die Regel, daß Mrs. C. ihr die Schlüssel einfach ohne einen Begleitzettel durch den Briefschlitz warf?«

»Nein, war's nicht. Normalerweise steckten sie in einem kartonierten Umschlag mit Mrs. Carpenters Namen drauf, der Wohnungsnummer und dem Datum ihrer voraussichtlichen Rückkehr. Falls man die Schlüssel einmal dringend brauchen sollte, hätte diese Etikettierung Zeit gespart.«

»Aber diesmal lagen die Schlüssel einfach so auf der Matte. Mein Gott, unser Mörder hat seine Chance ja buchstäblich auf dem Tablett serviert bekommen! Den Zettel mit den Instruktionen zur Blumenpflege, den hatte Mrs. C. schon geschrieben. Der Mörder liest ihn, stellt die Pflanzen raus, schließt, als er die Wohnung verläßt, hinter sich ab und wirft die Schlüssel durch den Briefschlitz von Nummer neun. Mit soviel Glück kann er unmöglich gerechnet haben.«

»Und was ist mit den anderen Mietern?« fragte Dalgliesh.

»Eine der beiden Erdgeschoßwohnungen steht leer«, sagte Piers, »und in vier weiteren hat sich keiner gemeldet. Wahrscheinlich sind die Bewohner bei der Arbeit. Das Mädchen von heute morgen, das uns reingelassen hat, war nicht sehr hilfsbereit. Ihr Freund ist inzwischen nach Hause gekommen, und der hat wohl nicht viel übrig für die Polizei. Außerdem haben die beiden gerochen, daß wir nicht wegen eines simplen Einbruchs gekommen sind. Wir waren kaum drin, da hat sie uns schon auf den Kopf zugesagt: ›Es geht um Mord, nicht wahr? Deshalb sind Sie hier. Mrs. Carpenter ist tot.‹ Hätte wohl wenig Sinn gehabt, es zu leugnen, aber bestätigt haben wir's auch nicht. Trotzdem waren beide von da an reichlich zugeknöpft, auch wenn ich nicht glaube, daß sie was zu verbergen haben, zumindest nichts, was den Mord betrifft. Nein, die beiden haben bloß Schiß, wollen sich in nichts reinziehen lassen. Die Kleine – Hicks heißt sie – steht nicht mal mehr zu ihrer Aussage, wonach der Fernseher von Mrs. C. gestern abend sehr laut gewesen sei. Auf einmal ist sie nicht mehr sicher, ob es der Fernseher war oder das Radio und von wo der Krach wirklich herkam. Als wir gingen, beschwor sie ihren Freund, auf der Stelle loszuziehen und einen massiven Innenriegel für die Tür zu besorgen, flehte ihn aber gleichzeitig an, sie ja nicht allein in der Wohnung zu lassen.«

»Hat sie gestern abend irgendwem die Haustür aufgemacht?«

»Angeblich nicht, nein. Das behauptet sie steif und fest, aber vielleicht lügt sie ja auch. Andererseits haben wir noch nicht mit den Mietern gesprochen, die zur Zeit bei der Arbeit sind. Möglicherweise hat einer von denen die Haustür geöffnet. Das Paar in Parterre ist arbeitslos. Sie kommt frisch von der PH und sucht eine Anstellung als Lehrerin. Er hat seinen Job in einer Anwaltskanzlei verloren. Die beiden waren noch im Bett und nicht gerade entzückt über unseren Besuch. Angeblich sind sie bis in die frühen Morgenstunden auf einer Party gewesen. War leider kein ergiebiges Gespräch. Sie haben die Wohnung erst vor zwei Monaten gekauft und behaupten, Mrs. C. nicht mal vom Sehen gekannt zu haben. Gestern abend hätten sie niemanden ins Haus gelassen, darauf schwören sie Stein und Bein. Außerdem sind sie angeblich schon um halb neun losgefahren zu ihrer Party.«

»In der letzten Wohnung, bei der wir's versucht haben«, sagte Kate, »hatten wir etwas mehr Glück. Gehört einer Mrs. Maud Capstick, Witwe, lebt allein. Mrs. C. kannte sie nur von einer

Eigentümerversammlung her, wo die Kosten eines neuen Außenanstrichs zur Diskussion standen – die einzige Versammlung, an der sie je teilgenommen hat. Sie saßen nebeneinander, und Mrs. Capstick war recht angetan von ihrer Nachbarin, fand, sie hätten einiges gemeinsam, aber es hat sich dann nie was draus ergeben. Von Zeit zu Zeit hat sie Mrs. C. zwar mal zum Kaffee eingeladen, aber die hatte immer eine Entschuldigung parat. Was ihr die Capstick nicht verübelt hat, denn auch sie hält sehr auf ihre Privatsphäre. Sie sagt, Mrs. C. habe sich immer gefreut, wenn man sich mal über den Weg lief, was aber nicht oft vorkam. Mrs. Capstick wohnt nach hinten raus, auf der Gartenseite, und dadurch fiel ein gelegentlicher Plausch im Treppenhaus flach.«

»Diese Mrs. Capstick, Sir, die sollten Sie kennenlernen!« fiel Piers begeistert ein. »Das ist die Gartenexpertin von einem dieser Hochglanzmagazine. So eine Monatszeitschrift, die meine Tante abonniert hat: Ich hab sie nach dem Foto wiedererkannt. Sie sieht sich selber als die Elizabeth David der Gartenredakteure – seriöse Beratung, originell und in eleganter Schreibe dargeboten. Meine Tante schwört auf sie. Mrs. Capstick berichtet immer aus ihrem herrlichen Garten in Kent. Mir hat sie gestanden, daß der nie existiert hat – außer in ihrer Phantasie. Auf diese Weise – so behauptet sie – bekämen sowohl ihre Leser als auch sie selber einen schöneren Garten, als die Natur ihn je erschaffen könnte.«

Ein unsichtbarer Zuhörer hätte sich vielleicht über Piers' fast unbekümmerten, belustigten Kommentar gewundert, aber seine Kollegen waren Maud Capstick dankbar für ihre exzentrischen Theorien, die, zumindest für den Augenblick, die Stimmung aufhellten.

»Aber was ist mit den Fotos?« fragte Dalgliesh neugierig. »Solche Artikel sind doch illustriert, oder?«

»Die Aufnahmen macht sie selber. Sie fotografiert Teilansichten berühmter Gärten, die sie besucht, oder auch mal ein Arrangement aus einem Londoner Park. Ihr macht das riesigen Spaß, sagt sie, Motive aufzuspüren, die die Leser nicht wiedererkennen. Und sie behauptet auch nie ausdrücklich, daß die Bilder aus ihrem eigenen Garten stammen. Der, den sie in Wirklichkeit hat, das ist ein Handtuch von zwei auf drei Meter: ein struppiges Rasengeviert, das die Hunde aus der Nachbarschaft frequentieren, ein Blumenbeet, in dem die Katzen ihre Krallen schleifen, und zwei, drei undefinierbare Sträucher, die regelmäßig von den Kindern demoliert werden.«

»Es wundert mich, daß sie das alles so freimütig preisgibt.«

»Er sitzt einfach bloß da«, sagte Kate, und es klang nachsichtiger, als Dalgliesh erwartet hätte, »mimt den großen Jungen und nickt teilnahmsvoll, und schon gehen ihm die Leute auf den Leim.«

»Also wiedererkannt hab ich sie wirklich. Und da hab ich sie halt gefragt, wie oft sie in Kent ist. Ich hatte den Eindruck, sie hat ihr Geheimnis seit Jahren gehütet und brannte allmählich darauf, es jemandem anzuvertrauen. Und da kommt die Faszination der Polizei ins Spiel: Entweder die Leute verbergen ihre Geheimnisse vor uns, oder sie sprudeln über vor Mitteilungsfreude. Ach, Sie hätten dabeisein sollen, Sir! Wissen Sie, was sie gesagt hat? ›Hüten Sie sich davor, allzusehr in der Realität zu leben, junger Mann! Das ist dem Glück nicht förderlich.‹«

»Na, hoffentlich lebt sie wenigstens so weit in der Realität, daß sie unsere Fragen zuverlässig beantworten kann. Laßt hören: Hatte sie irgendwas Nützliches beizusteuern – ich meine, wenn ihr nicht gerade Lebensweisheiten ausgetauscht oder über die Vorzüge der Staudenrabatten diskutiert habt?«

»Nur, daß sie gestern abend garantiert niemanden ins Haus gelassen hat. Kurz nach sieben hat jemand bei ihr geklingelt, aber da war sie unter der Dusche, und bis sie an die Tür kam und sich über die Sprechanlage meldete, war niemand mehr da. Besuch erwartete sie keinen, aber sie sagt, es kommt öfter vor, daß ein Blindgänger bei ihr läutet. Manchmal sind's die Kinder, die Schellenmännchen spielen, manchmal Leute, die sich in der Wohnungsnummer geirrt haben.«

»Es könnte der Mörder gewesen sein«, sagte Kate. »Bis sie sich abgetrocknet hatte und an die Tür ging, hat ihn vielleicht schon wer anders reingelassen.«

»Irgend jemand muß es getan haben«, meinte Dalgliesh. »Wenn wir den Betreffenden dazu bringen, es einzugestehen, dann wissen wir wenigstens, wann er ins Haus gekommen ist – vorausgesetzt, er hat diesen Weg gewählt. War das alles?«

»Wir haben Mrs. Capstick natürlich auch gefragt«, sagte Kate, »wann sie Mrs. Carpenter zuletzt gesehen hat. Das war am Sonntag um halb vier. Mrs. Capstick hatte mit einer Freundin zu Mittag gegessen, und als sie heimkam, sah sie Mrs. C. auf dem Weg zur Kirche am Ende der Straße. Das heißt, sie war Sonntagnachmittag noch am Leben. Aber das wußten wir ja bereits, also bringt es uns nicht weiter.«

Vielleicht, dachte Dalgliesh, bedeutete diese Information nicht mehr als einen überraschenden Hinweis auf den Lebenswandel der Toten. In der Wohnung hatten sie nichts entdeckt, das Mrs. Carpenter als Kirchgängerin ausgewiesen hätte, aber hier fand sich ja auch sonst nichts, was Rückschlüsse auf ihre Interessen oder ihre Persönlichkeit zuließ – außer dem, daß sie ein sehr zurückgezogenes Leben geführt hatte. Kein Menschenschicksal konnte so ballastfrei sein, wie diese Wohnung glauben machen wollte. Wie dem auch sei, Sonntagnachmittag war eine ungewöhnliche Zeit für einen Kirchgang, es sei denn, es hätte – ausnahmsweise – ein Gottesdienst stattgefunden. Aber womöglich hatte sie die Kirche als Treffpunkt benutzt. Es wäre nicht das erste Mal, daß jemand so ein stilles, leeres Gotteshaus für ein Stelldichein auserkoren hat oder als geeigneten Ort, um unbelauscht eine Nachricht weiterzugeben. Ja, wenn sie eine geheime Zusammenkunft hatte, aber nicht das Risiko eingehen wollte, den Komplizen in ihre Wohnung einzuladen, dann wäre die Kirche ein naheliegender Treffpunkt gewesen.

»Ob es sich lohnt, in St. James nachzufragen?« überlegte Kate laut. »Offen dürfte die Kirche um die Zeit zumindest sein.«

Dalgliesh trat an den Sekretär und holte eine Fotografie heraus, die Mrs. Carpenter zusammen mit ihrer Enkelin zeigte. Sein Gesicht verriet nicht, was in ihm vorging, während er das Bild betrachtete, ehe er es in seine Brieftasche legte.

»Das ist anzunehmen, denn die St.-James-Kirche ist normalerweise den ganzen Tag zugänglich. Ich kenne den Gemeindepfarrer, Pfarrer Presteign. Wenn der in diesem Fall mitzureden hat, dann werden wir uns allerdings schwertun.«

Als sie sein halb belustigtes, halb reumütiges Lächeln sah, hätte Kate ihn gern um Aufklärung gebeten, wußte allerdings nicht, wie sie es anstellen sollte. Ob es auch eine Welt gab, in der AD sich nicht zu Hause fühlte? Gut, es hieß ja, er sei selber ein Pfarrerssohn, und in dem Fall war es nur natürlich, daß er sich mit dieser Sicherheit in einer Umgebung bewegte, die ihr nicht hätte fremder sein können, wenn St. James eine Moschee gewesen wäre. Aber in der Wohnung im siebten Stock des Ellison-Fairweather-Blocks war Religion nie ein Thema gewesen – weder als praktische Lebenshilfe noch als historischer Quell der Mythen- und Legendenbildung oder gar als philosophisches Konzept. Wenigstens ihre moralische Erziehung hatte auf erfreulich unkomplizierten Prämissen basiert. Gewisse Dinge – zu schmökern, wenn sie die Wohnung hätte putzen sollen, etwas beim Einkaufen zu vergessen, obwohl es auf dem Zettel stand – waren der Großmutter lästig und zuwider und deshalb tadelnswert. Andere verstießen gegen das Gesetz und waren daher ernsthaft gefährlich. Alles in allem hatte Kate die Paragraphen des Gesetzes vernünftiger und konsequenter gefunden als die egoistischen Marotten ihrer Großmutter. Auf der überfüllten Gesamtschule in der Innenstadt, die sie besucht hatte und die vor der kolossalen Aufgabe stand, die Religionsgemeinschaften siebzehn verschiedener Nationen zu integrieren, hatte man sich damit begnügt, den Kindern einzutrichtern, daß Rassismus die größte, wenn nicht gar die einzig unverzeihliche Sünde ist und daß alle Religionen gleich viel oder gleich wenig Geltung besitzen, je nachdem, wie man zu ihnen stand. Besondere Aufmerksamkeit widmete man eigentlich nur den Festen und Riten der Minderheitenreligionen, vermutlich mit der Begründung, das Christentum habe seit jeher einen unfairen Vorsprung genossen und könne sich aus eigener Kraft behaupten. Kate zimmerte sich, ohne Wissen der Großmutter, ihren eigenen Moralkodex zusammen; als Kind, indem sie ihren Instinkten folgte, und später in der Pubertät aufgrund von Maßstäben, die sie aus sich heraus ohne Anlehnung an irgendeine fremde Autorität entwickelte. Mitunter fand sie diesen Kodex selbst ein bißchen grobgestrickt, und doch war er alles, woran sie sich halten konnte.

Warum war Mrs. Carpenter wohl in die Kirche gegangen? Um zu beten? Vermutlich war das in der Kirche irgendwie erhabener, weihevoller und die Hoffnung auf Erfüllung dementsprechend größer. Oder hatte sie sich nur kurz ausruhen wollen? Nein, bestimmt nicht; es waren ja keine hundert Meter mehr bis zu ihr nach Hause. Ob sie sich mit jemandem treffen wollte? Das wäre eine Möglichkeit; ein weitläufiges Kirchenschiff eignet sich unter Umständen recht gut für ein Stelldichein. Trotzdem versprach Kate sich eigentlich nichts von einem Besuch in der St.-James-Kirche.

Der junge Constable, der im Hauseingang Posten stand, salutierte, als sie herunterkamen, und eilte voraus zum Wagen.

»Danke, Price, aber wir gehen zu Fuß«, sagte Dalgliesh. Und an Piers gewandt: »Sie fahren zurück in die Einsatzzentrale, ja, Piers, und leiten die Ermittlungen ein. Und dann seien Sie so gut, und informieren Sie die Kanzlei am Pawlet Court. Aber halten Sie sich möglichst bedeckt. Das wird ein schwerer Schlag für Langton.«

Piers war offenbar ganz in seine eigenen Gedanken vertieft. »Ich seh da keinen Zusammenhang, Sir. Die Leute vom Pawlet Court, das sind doch keine Schlächter. Nein, dieser Mord gehört in ein ganz anderes Milieu.«

Kates Stimme klang eine Spur ungeduldig. »So delikat wie in der Kanzlei ist man hier freilich nicht vorgegangen. Trotzdem hängen die beiden Morde zusammen. Anders kann es gar nicht sein. Wenn unsere Theorie stimmt und das Motiv für den zweiten Mord wirklich darin bestand, Mrs. Carpenter den Aldridge-Mord in die Schuhe zu schieben, dann bringt uns das unweigerlich wieder zurück zum Pawlet Court.«

»Nur, falls der erste Mord tatsächlich von einem Insider verübt wurde. Woran ich langsam zweifle. Wenn wir die Dinge mal getrennt sehen, ich meine den eigentlichen Mord und die Geschichte mit der Perücke und dem Blut …«

»Für mich«, unterbrach ihn Kate, »für mich kommt da nur ein Insider in Frage, und Mrs. Carpenter ist nach wie vor die Hauptverdächtige. Bei ihr trifft alles zusammen: Motiv, Mittel, Gelegenheit.«

Dalgliesh beendete das Geplänkel diplomatisch: »Immerhin wissen wir, daß für den Carpenter-Mord drei Kanzleimitglieder ein Alibi haben, und zwar Ulrick, Costello und Langton. Mit denen habe ich gestern abend gesprochen, und es ist völlig ausgeschlossen, daß einer der drei um halb acht am Sedgemoor Crescent hätte sein können. Also, Piers: Kate und ich, wir schauen noch kurz in der Kirche vorbei, nachdem wir schon mal da sind, und kommen dann später nach.«

Die Straße war fast menschenleer. Noch hatte sich der Mord in der Nachbarschaft nicht herumgesprochen. Aber wenn es einmal soweit war, dann würde es den üblichen Auflauf geben, und die Gaffer würden mit einstudierter Lässigkeit in gebotener Entfernung herumlungern und so tun, als wären sie nur durch Zufall hier vorbeigekommen.
Es klang fast wie ein Selbstgespräch, als Dalgliesh sagte: »Pfarrer Presteign ist ein außergewöhnlicher Mensch. Man sagt, es gibt in London keinen zweiten, der so viele Geheimnisse hütet wie er – und längst nicht alle hat er im Beichtstuhl erfahren. Die Intellektuellen, die der anglikanischen Hochkirche angehören – Romanciers, Lyriker, Gelehrte –, haben ihn gewissermaßen zu ihrem Privatgeistlichen erkoren. Seine Anhänger würden sich ohne seine Mitwirkung nicht richtig getauft, verheiratet, beerdigt oder von ihren Sünden losgesprochen fühlen. Schade eigentlich, daß es ihm nicht erlaubt ist, eines Tages seine Autobiographie zu schreiben.«
Die Kirche war offen. Dalgliesh brauchte nur leicht gegen die wuchtige Eichentür zu drücken, und schon schwang sie nach innen auf. In der weihrauchduftenden, dämmrigen Tiefe des Raums flackerten von fern die Altarkerzen wie entrückte Sterne. Als Kates Augen sich an das Halbdunkel gewöhnt hatten und sie das hochgewölbte Kirchenschiff allmählich wahrnahm, verharrte sie einen Moment lang staunend. Acht schlanke Säulen strebten zur Decke empor, von der rote und blaue Medaillons herabgrüßten, flankiert von krauslockigen geschnitzten Putten mit gespreizten Flügeln. Ein vergoldetes Retabel bildete den Abschluß des Hochaltars, und im rötlichen Schimmer des Ewigen Lichts konnte Kate undeutlich den Glorienschein um die Häupter der Heiligen ausmachen und die Mitren der um sie gescharten Bischöfe, ein gewaltiges Aufgebot goldgleißender Hoheitsabzeichen. Ein Fresko in zarten Blau- und Rosétönen, das sich über die ganze Süd-

wand erstreckte, sah aus wie eine Illustration zu Scotts »Ivanhoe«. Die gegenüberliegende Front schmückten vergleichbare Historienmotive, allerdings in unfertigem Zustand, als sei dem Bauherrn vorzeitig das Geld ausgegangen.
»Eins von Butterfields neugotischen Spätwerken«, sagte Dalgliesh. »Fragt sich allerdings, ob er hier nicht zu weit gegangen ist. Was halten Sie davon?«
Eine solche Frage sah ihm gar nicht ähnlich, weshalb Kate im ersten Moment eher verstört reagierte. Doch besann sie sich und sagte: »Beeindruckend finde ich es schon, aber wohl fühlen würde ich mich in dieser Atmosphäre wahrscheinlich nicht.«
Sie hatte ihm ehrlich geantwortet und hoffte bloß, sich damit nicht als Kunstbanause entlarvt zu haben.
»Wer weiß, wie's Mrs. Carpenter erging – ich meine, ob sie sich hier wohl gefühlt hat?«
Die Kirche schien leer, nur eine Frau mittleren Alters mit heiterem Gesichtsausdruck machte sich mit Staubtuch und Möbelpolitur an einem Regal zu schaffen, in dem Gebetbücher und Kirchenführer auslagen. Kate deutete ihr flüchtiges Lächeln als Willkommensgruß, aber auch als Gewähr dafür, daß man die Besucher, so sie Einkehr halten wollten, nicht in ihrer Andacht stören würde. Die Engländer, dachte Kate, machten offenbar keinen großen Unterschied zwischen Beten und gewissen körperlichen Verrichtungen, die zwar erledigt werden mußten, aber möglichst nicht in der Öffentlichkeit.
Dalgliesh entschuldigte sich für die Störung. »Wir sind von der Kriminalpolizei«, sagte er, »und kommen leider dienstlich. Können Sie uns sagen, ob Sie zufällig am Sonntagnachmittag auch in der Kirche waren und vielleicht eine gewisse Mrs. Carpenter gesehen haben?«
»Mrs. Carpenter? Tut mir leid, aber die kenne ich gar nicht. Sie ist wohl nicht Mitglied unserer Gemeinde, oder? Ja, am

Sonntag bin ich zwischen den Gottesdiensten schon hier gewesen. Wir versuchen, die Kirche durchgehend offenzuhalten, und dazu brauchen wir einen Kreis von ehrenamtlichen Helfern, die turnusmäßig ein paar Stunden nach dem Rechten sehen. Diese Woche habe ich an zwei Tagen Dienst, weil Miss Black im Krankenhaus ist und ich für sie eingesprungen bin. Es könnte also sein, daß ich die Frau am Sonntag gesehen habe. Ist sie in Schwierigkeiten – ich meine, diese Mrs. Carpenter?«

»Schlimmer, sie ist überfallen worden.«

»Und schwer verletzt? Ach, das tut mir leid!« Auf den eben noch so heiteren Zügen spiegelte sich ehrliches Mitgefühl. »Wieder so ein Handtaschenräuber vermutlich. Und ist das ausgerechnet passiert, als sie aus unserer Kirche kam? Wie schrecklich!«

Dalgliesh holte das Foto aus der Brieftasche und reichte es der Frau. »Ach, die meinen Sie! Ja, die ist am Sonntag hier gewesen. Ich erinnere mich genau. Es waren nämlich nur drei Leute zur Beichte gekommen, und sie war eine davon. Wir haben sonntags von drei bis fünf Beichtstunde, wissen Sie. Ach, was wird Pfarrer Presteign erschüttert sein, wenn er das erfährt. Falls Sie ihn sprechen möchten – er ist in der Sakristei.«

Dalgliesh bedankte sich und steckte das Foto wieder ein. Als er und Kate durchs Seitenschiff Richtung Apsis gingen und Kate noch einmal zurückschaute, da stand die Frau, das Staubtuch geistesabwesend in der Hand haltend, immer noch auf demselben Fleck und sah ihnen nach. Doch als ihre Blicke sich trafen, beugte sie sich sofort wie ertappt über ihre Regale und wienerte so energisch drauflos, als schäme sie sich ihrer Neugier.

Die Sakristei war ein lichter, weitläufiger Raum rechts vom Hochaltar. Die Tür stand offen, und als der Schatten der beiden über die Schwelle fiel, drehte der ältliche Herr, der mit einem dickleibigen, in Leder gebundenen Folianten in der Hand vor dem Bücherschrank gestanden hatte, sich nach ihnen um. Er stellte den Band ins Regal zurück, verschloß den Schrank und sagte ohne jede Spur von Verwunderung: »Sie sind doch Adam Dalgliesh, nicht wahr? Bitte, treten Sie ein! Es muß wohl an die sechs Jahre her sein, seit wir uns zuletzt begegnet sind. Freut mich, Sie wiederzusehen. Sie sind hoffentlich wohlauf?«

Auf den ersten Blick wirkte der Pfarrer nicht so imposant, wie Kate ihn sich vorgestellt hatte. Sie hatte einen hochgewachsenen, hageren Gelehrten erwartet, das durchgeistigte Gelehrtenantlitz eines Zölibatärs. Pfarrer Presteign aber war höchstens einssiebzig groß und hatte ein rundes Mondgesicht, das nach ihrem Empfinden besser zu einem Komödianten gepaßt hätte als zu einem Priester. Er war ein alter Mann, wirkte aber durchaus nicht gebrechlich; sein immer noch dichtes graues Haar trug er kurzgeschoren; um die schmalen Lippen lag ein humorvoller Zug. Die Augen hinter der Hornbrille hatten einen ebenso klugen wie sanften Ausdruck, und seine Stimme klang so angenehm und melodiös, daß Kate kaum einen passenden Vergleich fand.

»Danke der Nachfrage, ja, mir geht es gut, Herr Pfarrer. Darf ich Ihnen Detective Inspector Kate Miskin vorstellen? Wir sind nämlich leider dienstlich hier.«

»Das habe ich mir beinahe gedacht. Womit kann ich Ihnen helfen?«

Dalgliesh zog abermals die Fotografie aus der Tasche. »Soviel ich gehört habe, war diese Frau – Mrs. Janet Carpenter – am Sonntagnachmittag bei Ihnen zur Beichte. Sie hat Coulston Court Nummer zehn gewohnt. Heute morgen haben wir sie mit durchschnittener Kehle in ihrem Wohnzimmer aufgefunden. Es war höchstwahrscheinlich Mord.«

Pfarrer Presteign betrachtete das Foto, ohne es anzufassen.

Dann bekreuzigte er sich unauffällig und verharrte einen Moment stumm und mit geschlossenen Augen.

»Wir sind auf jeden Hinweis angewiesen, den Sie uns geben können, um herauszufinden, warum sie getötet wurde und wer es getan hat.« Dalgliesh sprach ernst und mit Nachdruck, doch seine Stimme blieb sanft.

Pfarrer Presteign hatte sich nichts anmerken lassen, weder Entsetzen noch Fassungslosigkeit, aber jetzt sagte er: »Wenn ich helfen kann, dann tue ich es natürlich gern. Aus Pflichtgefühl ebenso wie aus eigenem Antrieb. Aber diese Mrs. Carpenter habe ich am Sonntag zum erstenmal gesehen. Und alles, was ich über sie weiß, fällt unter das Beichtgeheimnis. Tut mir leid, Adam.«

»So was hatte ich schon erwartet – und befürchtet.«

Er versuchte gar nicht erst, den Pfarrer umzustimmen. Würden sie denn weiter nichts erreichen? Kate kämpfte gegen ihre Enttäuschung an und gegen ein Gefühl, das mehr an Zorn grenzte. »Sie haben gewiß auch von dem Mord an einer bekannten Anwältin gehört – Miss Venetia Aldridge. Wir sind ziemlich sicher, daß zwischen beiden Verbrechen ein Zusammenhang besteht. Eines dürfen Sie uns doch bestimmt sagen: Hat es Sinn, daß wir weiter nach Miss Aldridges Mörder suchen?«

Ihre Blicke trafen sich, und sie spürte, daß das Mitgefühl, das sie in seinen Augen las, ebenso ihr galt wie den beiden toten Frauen. Und wenn sie sich darüber ärgerte, dann richtete sich ihr Unmut auch gegen den unbeugsamen Willen des Priesters, vor dem sie machtlos war.

»Hier geht's um Mord, Herr Pfarrer«, sagte sie schroff. »Wer immer diese beiden Frauen umgebracht hat, könnte wieder töten. Diese eine Frage dürfen Sie uns doch sicher beantworten: Hat Mrs. Carpenter Ihnen den Mord an Venetia Aldridge gebeichtet? Vergeuden wir nur kostbare Zeit, wenn wir anderswo nach dem Täter suchen? Mrs. Carpenter ist tot, ihr macht es bestimmt nichts mehr aus, wenn Sie Ihr Schweigegelübde brechen. Im Gegenteil: Glauben Sie nicht, es wäre ihr Wille, daß Sie uns helfen? Helfen, *ihren* Mörder zu finden?«

Pfarrer Presteign sagte ruhig: »Mein liebes Kind, es ist nicht Janet Carpenter, an der ich wortbrüchig werden würde.« Und an Dalgliesh gewandt: »Wo ist sie jetzt, Adam?«

»Man hat sie ins Leichenschauhaus gebracht. Heute abend wird die Obduktion vorgenommen, aber die Todesursache steht zweifelsfrei fest. Ich sagte es ja schon: Man hat ihr die Kehle durchgeschnitten.«

»Sollte ich jemanden benachrichtigen? Sie hat, glaube ich, allein gelebt.«

»Soweit wir wissen, ja. Angehörige hat sie jedenfalls keine. Aber Sie wissen bestimmt mehr über sie als ich, Herr Pfarrer.«

»Wenn sonst niemand da ist, der sich darum kümmern kann, dann werde ich für das Begräbnis sorgen. Ich denke, eine Totenmesse ist in ihrem Sinn. Sie halten mich doch auf dem laufenden, Adam?«

»Natürlich. Fürs erste müssen wir aber mit unseren Ermittlungen weiterkommen.«

Pfarrer Presteign begleitete sie zum Ausgang. Am Portal angekommen, sagte er auf einmal: »Vielleicht gibt es doch eine Möglichkeit, Ihnen zu helfen. Kurz bevor sie ging, sprach Mrs. Carpenter davon, daß sie mir einen Brief schreiben wolle. Wenn ich den gelesen hätte, könnte ich ihn nach eigenem Gutdünken verwenden, gegebenenfalls sogar der Polizei zeigen. Möglich, daß sie ihre Meinung geändert hat und ein solcher Brief gar nicht existiert. Wenn sie ihn aber doch geschrieben hat und wenn er mich, wie versprochen, ermächtigen sollte, Ihnen den Inhalt zugänglich zu machen, dann werde ich das in Erwägung ziehen.«

»Sie hat gestern abend noch einen Brief aufgegeben«, sagte Dalgliesh. »Genauer gesagt: Eine Zeugin hat gesehen, wie sie mit einem Kuvert in der Hand das Haus verließ.«

»Dann war das vielleicht der versprochene Brief an mich. Wenn sie ihn als First-class-Sendung aufgegeben hat, müßte er morgen früh ankommen, obwohl man sich darauf ja nie hundertprozentig verlassen kann. Eigentlich merkwürdig, daß sie ihn nicht einfach an der Kirchentür eingeworfen hat. Sie wohnte doch ganz in der Nähe. Aber vielleicht dachte sie, der Postweg sei sicherer. Unser Briefträger kommt in der Regel so kurz nach neun. Ich werde gegen halb neun hiersein und die Frühmesse lesen. Die Kirche ist also um die Zeit offen, falls Sie wiederkommen möchten.«

Dalgliesh und Kate dankten ihm und verabschiedeten sich. Mehr, dachte Kate, war im Augenblick nicht zu erreichen.

34

Am selben Abend gegen sechs lehnte Hubert Langton am Fenster seines Büros in der Kanzlei und sah zu, wie unten im Hof die Gaslaternen aufflammten.

»Erinnern Sie sich«, sagte er zu Laud, »hier habe ich auch gestanden, als wir uns über Venetias Chancen auf den Kanzleivorsitz unterhielten. Das war zwei Tage vor ihrem Tod. Scheint eine Ewigkeit her zu sein, und doch ist seitdem erst eine gute Woche vergangen. Und nun dieser zweite Mord. Als ob eine Greueltat die andere nach sich ziehen würde. Venetia mag sich in so einer Welt ausgekannt haben – die meine ist es nicht.«

»Der zweite Mord hat aber doch nichts mit unserer Kanzlei zu tun«, sagte Laud.

»Da schien Inspector Tarrant ganz anderer Ansicht.«

»Aber der vermutet ja auch – wenngleich wir Mühe hatten, das aus ihm rauszukriegen –, daß Janet Carpenter abends zwischen sieben und acht zu Tode kam. Und falls das stimmt, haben die meisten von uns das beste Alibi, das man sich nur wünschen kann: Adam Dalgliesh persönlich! Wir haben es hinter uns, Hubert! Zumindest den ärgsten Teil.«

»Wirklich?«

»Aber ja! Der Mord an Venetia – das war Janet Carpenter!«

»Der Meinung scheint die Polizei aber nicht zu sein.«

»Möglich, daß ihnen die Lösung nicht gefällt; aber sie werden keine andere finden. Außerdem: Nun haben sie doch endlich ihr Motiv! Das hat Tarrant ja indirekt selber zugegeben, als er uns erklärte, wer Janet Carpenter wirklich war. Ich kann mir lebhaft vorstellen, was passiert ist. Mrs. Watson war plötzlich verhindert, und Mrs. Carpenter fand sich unverhofft allein in der Kanzlei – allein mit Venetia, die noch über ihren Akten saß. Dieser einmaligen Gelegenheit, sie zu stellen, ihr auf den Kopf zuzusagen, daß sie indirekt schuld war am Tode ihrer Enkelin, der konnte Mrs. Carpenter nicht widerstehen. Ich sehe es direkt vor mir, wie Venetia darauf reagiert hat. Sie hatte gerade die Post aufgemacht. Der Brieföffner lag offen auf dem Schreibtisch. Die Carpenter packte ihn und stieß zu. Vielleicht nicht in der Absicht zu morden, aber es wurde ein Mord daraus. Obwohl sie, wäre es zum Prozeß gekommen, ziemlich sicher mit Totschlag im Affekt durchgerutscht wäre.«

»Und dieser zweite Mord?«

»Hubert, trauen Sie einem von uns zu, daß er hingeht und einer Frau die Kehle durchschneidet? Nein, nein, den Fall Janet Carpenter sollten wir der Polizei überlassen. Morde aufzuklären, das ist deren Aufgabe, nicht die unsere.«

Langton antwortete nicht gleich. Dann fragte er: »Wie hat Simon es aufgenommen?«

»Simon? Ich nehme an, er war erleichtert – wie wir alle. War doch ein ungutes Gefühl, sich in die Rolle eines Verdächtigen gedrängt zu sehen. Anfangs keine uninteressante Erfahrung, und sei's nur durch den Reiz der Neuheit, aber allmählich wurde es doch fatal. Ach, apropos Simon: Mir scheint, der hat was gegen Dalgliesh. Ist mir unverständlich, der Mann war doch sehr zuvorkommend.«

Nachdem er Langton einen Moment lang schweigend beobachtet hatte, wechselte er behutsam das Thema: »Sollten wir nicht lieber die Tagesordnung für den 31. festlegen, Hubert? Sind Sie mit den Hauptpunkten und der Reihenfolge soweit einverstanden? Wir bieten Rupert und Catherine die beiden freien Stellen in der Kanzlei an. Harry bekommt eine einjähri-

ge Vertragsverlängerung mit Option auf ein weiteres Jahr. Valerie wird zur offiziellen Kanzleisekretärin befördert, und wir inserieren wegen einer festen zweiten Kraft, die sie künftig entlasten soll. Harry meint, in letzter Zeit sei ihr die Arbeit über den Kopf gewachsen. Sie kündigen Ihren Rücktritt zum Jahresende an, und darüber, daß ich nachfolge, sind wir uns ja einig. Im übrigen würde ich vorschlagen, daß Sie im Sinne des Salisbury-Status mit einem kurzen Kommentar zum Tode von Venetia beginnen. Viel läßt sich ja nicht dazu sagen, solange die Polizei uns nicht ins Vertrauen zieht, doch irgendeine Stellungnahme erwartet die Kanzlei bestimmt. Aber halten Sie sich bedeckt! Neugierige Fragen und Spekulationen können wir jetzt wirklich nicht gebrauchen. Also nur eine kurze, faktische Bilanz. Sind Sie im übrigen sicher, daß Sie Ihren Rücktritt erst am Ende der Sitzung ankündigen wollen und nicht gleich zu Anfang?«
»Nein, zum Schluß. Wir wollen doch keine Zeit mit irgendwelchen Sympathiekundgebungen verschwenden, und seien sie noch so gut einstudiert.«
»Unterschätzen Sie nicht Ihre Verdienste um die Kanzlei, Hubert! Aber gut, für den offiziellen Abschied wird sich gewiß ein passenderer Zeitpunkt finden. Ich hatte übrigens einen Anruf von den Salisbury-Leuten. Die meinen, wir sollten die Sitzung mit einer Schweigeminute einleiten. Hab den Vorschlag mal an Desmond ausprobiert, und wissen Sie, was der gesagt hat? Falls wir es uns in den Kopf setzen sollten, einen Trauergottesdienst in der Temple-Kirche zu veranstalten, dann würde er sich überwinden und in angemessener Kleidung erscheinen. So weit wolle er gehen, ja, aber eine gewisse Grenze der Heuchelei solle selbst eine Anwaltskanzlei nicht überschreiten.«
Langton war kein Lächeln zu entlocken. Er trat an seinen Schreibtisch und griff nach dem in Lauds stilvoller Hand-

schrift niedergelegten Agendaentwurf. »Über den Trauergottesdienst für Venetia haben wir uns noch gar keine Gedanken gemacht. Sie ist noch nicht mal eingeäschert, und schon in der nächsten Woche werden all die Vorhaben abgesegnet, denen sie sich immer widersetzt hat. Überdauert denn gar nichts von uns, wenn wir erst einmal tot sind?«

»Den Glücklichen bleibt – vielleicht – die Liebe. Womöglich auch Einfluß. Aber Macht bestimmt nicht. Die Toten sind machtlos. Hubert, Sie sind doch bibelfest. Erinnern Sie sich nicht an diese Stelle in Prediger Salomo? Irgendwas mit dem lebendigen Hund, der besser sei als der tote Löwe?«

»›Denn die Lebendigen wissen‹«, zitierte Langton mit getragener Stimme, »›daß sie sterben werden; die Toten aber wissen nichts, sie haben auch keinen Lohn mehr – denn ihr Gedächtnis ist vergessen, daß man sie nicht mehr liebt noch haßt noch ihnen neidet – und haben kein Teil mehr auf der Welt an allem, was unter der Sonne geschieht.‹«

»Sehen Sie – und das gilt auch für die Beschlüsse einer Kanzlei. Wenn Sie damit einverstanden sind, Hubert, dann lasse ich die Tagesordnung so abtippen und kopieren. Gewisse Leute werden sich vermutlich beschweren, weil sie nicht früher in Umlauf kam, aber wir hatten schließlich andere Dinge im Kopf.«

Laud ging zur Tür, drehte sich dort aber noch einmal um. Langton dachte: Weiß er Bescheid, wird er's mir sagen, oder fragt er mich? Und dann dämmerte ihm, daß Laud sich umgekehrt die gleichen Gedanken machte. Da keiner von beiden sich dazu durchringen konnte, den ersten Schritt zu tun, ging Laud schließlich wortlos hinaus und schloß die Tür hinter sich.

35

Wieder war es Kate, die Dalgliesh am nächsten Morgen nach St. James begleiten sollte, während Piers die Ermittlungen im Middle Temple vorantrieb. Beinahe wollte es Kate so scheinen, als habe dieser zweite Mord den ersten zeitweilig in den Schatten gestellt, im Team zusätzlichen Druck erzeugt und dazu, gemessen am Tod von Miss Aldridge, ein Gefühl erhöhter Gefahr. Falls beide Morde auf das Konto ein und desselben Täters gingen – und für Kate bestand kaum ein Zweifel daran, daß es ein Mann war, der Janet Carpenter getötet hatte –, dann gehörte der zu jener gefährlichen Spezies, die nach dem ersten Mord vor keinem weiteren zurückschreckt.
Pfarrer Presteign war schon vor ihnen da und ließ sie, als Kate läutete, durch den Seiteneingang herein. »Möchten Sie einen Kaffee?« fragte er, während er seine Besucher durch den kurzen Flur zur Sakristei führte.
»Wenn's keine Umstände macht, Herr Pfarrer.«
Der Priester holte als erstes eine große Dose Kaffeepulver, eine Tüte Zucker und zwei Becher aus einem Schränkchen. Während er dann den elektrischen Wasserkocher füllte und einschaltete, sagte er: »Die Milch kommt gleich. Die bringt immer Joe Pollard mit, der Junge, der mir mittwochs ministriert. Wir trinken unseren Kaffee hinterher, Joe und ich. Ach, ich glaube, da kommt er schon. Ich höre sein Motorrad.«
Ein junger Mann, der in seiner wattierten Motorradkluft, die eher zu einer Antarktisdurchquerung gepaßt hätte als zu einem englischen Herbsttag, wie ein gepanzerter Hüne aussah,

kam atemlos in die Sakristei gestürmt und nahm eilig den Helm ab.
»Morgen, Herr Pfarrer! Entschuldigen Sie, daß ich so auf den letzten Drücker komme, aber ich war heute mit dem Frühstück für die Kleinen dran, und der Verkehr auf der Ken High Street, der ist einfach mörderisch.«
Der Priester übernahm die Vorstellung und sagte dann: »Joe klagt dauernd über den Verkehr, aber ich habe noch nie erlebt, daß er irgendwelche Probleme hat, wenn ich auf seinem Sozius mitfahre. Da flitzen wir an den Bussen vorbei oder schlängeln uns zwischen ihnen durch, daß einem Hören und Sehen vergeht – von den Flüchen, die man uns hinterherschickt, ganz zu schweigen.«
Joe, der sich unterdessen in Windeseile seiner Lederkluft sowie etlicher Schals und Pullover entledigt hatte, schlüpfte jetzt in eine Soutane und zog sich das Chorhemd mit einer Leichtigkeit über den Kopf, die lange Übung verriet.
Auch Pfarrer Presteign legte seinen Ornat an. »Dann bis nach der Messe, Adam!« war alles, was er sagte, bevor sich die Tür hinter ihm und seinem Ministranten schloß.
Es war eine massive Eichentür mit schweren Eisenbeschlägen, durch die kein Laut hereindrang. Vermutlich, dachte Kate, hatte sich in der Kirche so eine Art getreuer Grundstock seiner Gemeinde versammelt. Ein paar alte Frauen, Männer auch, aber in der Minderzahl, vielleicht noch eine Handvoll Obdachloser, die sich, da sie die Tür offen finden, in die Wärme flüchten – so stellte sie sich die Gläubigen vor, die morgens zur Andacht kamen. Ob Mrs. Carpenter auch dazu gehört hatte? Eher unwahrscheinlich. Hatte Pfarrer Presteign nicht gesagt, sie sei kein reguläres Mitglied seiner Gemeinde gewesen? Aber was hatte sie dann hierhergeführt, um seinen Rat zu suchen, die Beichte abzulegen und die Absolution zu empfangen? Absolution wovon? Nun, mit etwas Glück würden

sie das erfahren haben, bis sie die Kirche verließen. Aber natürlich nur unter der Voraussetzung, daß Mrs. Carpenter den angekündigten Brief auch wirklich geschrieben hatte. Vielleicht setzten sie zu große Hoffnung in Pfarrer Presteigns Worte. Man hatte Mrs. Carpenter zwar gesehen, wie sie mit einem Brief in der Hand das Haus verließ, aber wer weiß, an wen sie den geschrieben hatte.

Kate mahnte sich zur Geduld. Dalgliesh war offenbar nicht zum Reden aufgelegt, und sie hatte frühzeitig gelernt, sich seinen Stimmungen anzupassen und zu schweigen, wenn er schwieg.

Normalerweise fiel ihr das nicht schwer. Er war einer der wenigen ihr bekannten Menschen, mit denen zu schweigen nicht peinlich war, sondern im Gegenteil eine Atmosphäre entspannter Ruhe schuf. Jetzt wäre ihr allerdings ein wenig Ansprache sehr lieb gewesen, und es hätte ihr gutgetan zu hören, daß er ihre Ungeduld und ihre Befürchtungen teilte. Er aber saß reglos, den dunklen Schopf über seinen Becher schwarzen Kaffees gesenkt, den er mit hohler Hand umrahmte, ohne ihn zu berühren. Womöglich wartete er darauf, daß der Kaffee auskühlte, vielleicht hatte er aber auch vergessen, daß der Becher überhaupt dastand.

Endlich hielt sie es nicht mehr aus, stand auf und sagte: »Hier hören wir den Briefträger bestimmt nicht. Ich geh mal vor zur Tür und warte dort.«

Er antwortete nicht, und so ging sie, ihren Becher in der Hand, durch den schmalen Gang, der zum Seiteneingang führte. Die Minuten verstrichen aufreizend langsam. Aber ohne Dalgliesh konnte sie ihrer Ungeduld wenigstens durch forsches Aufundabgehen Luft machen und dadurch, daß sie ständig auf die Uhr sah. Punkt neun. Hatte Pfarrer Presteign nicht gesagt, die Post komme um neun oder kurz danach? »Kurz danach« war ein dehnbarer Begriff, das konnte gut und gern noch eine halbe Stunde dauern. Fünf nach neun. Sieben Minuten nach. Und dann kam er. Seine Schritte hatte sie nicht durch die schwere Bohlentür gehört, aber die Klappe des Briefkastens flog auf, und die Post fiel mit dumpfem Plumps durch den Schlitz: zwei große braune Umschläge, ein paar Rechnungen, ein längliches, pralles weißes Kuvert mit dem Vermerk »Persönlich«, adressiert an Pfarrer Presteign. Die Schrift verriet einen gebildeten, selbstbewußten Charakter. Kate hatte Umschläge dieser Größe und dieser Art in Mrs. Carpenters Wohnung gesehen. Das mußte der Brief sein, auf den sie so sehnlich warteten. Sie hob die Sachen vom Boden auf und lief mit ihnen zu Dalgliesh. »Hier ist er, Sir«, sagte sie atemlos.

Der Commander nahm den Brief, legte ihn auf den Tisch und schichtete dann die übrige Post zu einem ordentlichen Stapel daneben auf.

»Sieht so aus, Kate.«

Wieder versuchte sie, ihre Ungeduld zu zügeln. Aber der Brief, der unnatürlich weiß von der dunklen Eichentischplatte abstach, lag da wie ein unheilvolles Omen.

»Wie lange wird sie wohl dauern, Sir? Die Messe, meine ich.«

»Eine einfache Messe ohne Predigt oder Exegese – ungefähr eine halbe Stunde.«

Verstohlen schielte Kate nach ihrer Uhr. Es waren inzwischen kaum mehr als fünfzehn Minuten vergangen.

Doch es dauerte noch eine knappe halbe Stunde, bevor die Tür aufging und Pfarrer Presteign und Joe zurückkamen. Joe legte Chorhemd und Soutane ab und zwängte sich wieder in seine vielschichtige Motorradkluft, die ihn Zug um Zug in ein riesiges, metallisch glänzendes Insekt verwandelte.

»Heute morgen kann ich nicht zum Kaffee bleiben, Herr Pfarrer«, sagte er. »Ach, beinahe hätt ich's vergessen: Mary läßt Ihnen ausrichten, daß sie am Sonntag die Blumen für den Ma-

rienaltar richten wird, weil doch Miss Pritchard im Krankenhaus liegt. Daß sie heute operiert worden ist, haben Sie wahrscheinlich schon gehört, oder?«
»Ja, davon weiß ich, Joe. Und wenn sie schon Besuch empfangen darf, werde ich heute nachmittag bei ihr vorbeischauen. Und sag Mary, daß ich mich bei ihr bedanke, ja?«
Joe hatte noch allerhand zu berichten, und der Pfarrer ging mit ihm hinaus. Dröhnend fiel die Außentür hinter ihnen ins Schloß. Kate hatte das Gefühl, als habe Joe bei seinem Weggang die normale Welt, die Welt, in der sie lebte und sich auskannte, gewissermaßen mitgenommen und sie mit ihrer Orientierungslosigkeit ohnmächtig zurückgelassen. Auf einmal stieg ihr der schwere Weihrauchduft zu Kopf, die Wände der Sakristei rückten ihr bedrohlich nahe, und sie verspürte einen unsinnigen Drang, den Brief zu nehmen und hinauszutragen in die frische Luft, wo man ihn als das lesen könnte, was er war: ein wichtiges, für ihre Ermittlungen vielleicht sogar unerläßliches Dokument, aber eben doch nur ein Brief.
Unterdessen war Pfarrer Presteign zurückgekommen. Ohne sich lange zu besinnen, griff er nach dem Kuvert und sagte: »Wenn Sie mich einen Moment entschuldigen, Adam.« Damit verschwand er abermals im Kircheninnern.
»Sie glauben doch nicht, daß er ihn vernichten wird?« Kaum, daß die Frage ausgesprochen war, hätte Kate sie liebend gern zurückgenommen.
»Nein, das wird er nicht tun. Aber ob er ihn uns aushändigt, das wird davon abhängen, was drinsteht.«
Sie warteten. Ihre Geduld wurde auf eine harte Probe gestellt. Kate dachte: Er ***muß*** ihn uns geben. Dieser Brief ist doch ein Beweisstück. Er darf keine Beweismittel unterschlagen. Es muß einen Weg geben, ihn zu zwingen, den Brief herauszurücken. Einen Brief kann man nicht unter das Beichtgeheim-

nis stellen. Warum dauert das nur so lange? Er kann doch nicht über zehn Minuten brauchen, um einen einzigen Brief zu lesen. Was macht er bloß da draußen? Vielleicht kniet er vor dem Altar und hält Zwiesprache mit seinem Gott.
Ohne erfindlichen Grund fielen ihr plötzlich Bruchstücke eines Streitgesprächs ein, das sie irgendwann einmal mit Piers über seine ungewöhnliche Fächerwahl geführt hatte. Im nachhinein wunderte sie sich darüber, wie geduldig er sich von ihr hatte ins Kreuzverhör nehmen lassen.
»Was geben dir denn diese theologischen Studien? Ich meine, du verwendest immerhin drei ganze Jahre darauf. Lernst du da, wie du dein Leben leben sollst? Oder findest du die Antwort auf ein paar der bewußten Fragen?«
»Was denn für Fragen?«
»Na, die ganz großen. Die zu stellen sich nicht lohnt. Warum sind wir auf der Welt? Was kommt nach dem Tod? Haben wir wirklich so was wie einen freien Willen? Gibt es einen Gott?«
»Nein, Antworten liefert mein Studium keine. Mit der Theologie verhält es sich ganz ähnlich wie mit der Philosophie: Beide lehren dich erst einmal, die richtigen Fragen zu stellen.«
»Die weiß ich auch so. Was mir fehlt, sind nur die Antworten. Und wie steht's mit dem Leitfaden fürs Leben? Gehört so was nicht auch zur Philosophie? Apropos: Was hast du denn für eine? Lebensphilosophie, meine ich.«
Er hatte nicht lange überlegt, aber Kate hatte doch das Gefühl, daß es ihm mit seiner Antwort ehrlich war. »So viel Glück zu erringen, wie ich nur kann. Anderen Menschen nicht weh zu tun. Mich nicht selbst zu bemitleiden. In dieser Reihenfolge.«
Eine durchaus brauchbare Lebensmaxime. Eine, die sich praktisch mit ihrer eigenen deckte. Für solche Erkenntnisse braucht man nicht nach Oxford zu gehen. Aber wieviel waren diese Grundsätze wert angesichts eines geschändeten und er-

mordeten Kindes oder einer Leiche, die mit durchschnittener Kehle dalag wie ein hingeschlachtetes Tier? Vielleicht glaubte dieser Pfarrer Presteign, er habe eine Antwort darauf. Bloß, ob man die wirklich in dieser schummrigen, weihrauchgeschwängerten Atmosphäre finden konnte?

Na ja, jeder mußte eben an seinen Beruf glauben – egal, ob einer Pfarrer war oder Polizist. Ab irgendeinem Punkt mußte man sich entscheiden und sagen: Daran glaube ich, das habe ich mir ausgesucht, und dazu stehe ich. Für sie war es der Polizeidienst gewesen. Pfarrer Presteign hatte sich einem eher metaphysischen Engagement verschrieben. Falls es zu einem Loyalitätskonflikt kam, würde es für ihn und sie schwierig sein.

Die Tür ging auf, und Pfarrer Presteign trat ein. Er war sehr blaß. Er hielt Dalgliesh den Brief hin und sagte: »Sie hat mich ermächtigt, ihn an Sie weiterzugeben. Ich lasse Sie allein, damit Sie ihn ungestört lesen können. Und dann werden Sie ihn vermutlich mitnehmen müssen?«

»Ja, Herr Pfarrer, das wird sich nicht vermeiden lassen. Aber ich gebe Ihnen selbstverständlich eine Quittung.«

Pfarrer Presteign hatte den Brief nicht in das Kuvert zurückgesteckt.

»Er ist länger, als ich gedacht habe«, sagte Dalgliesh. »Wahrscheinlich hat sie's deshalb nicht geschafft, ihn am Montag einzuwerfen. Daran dürfte sie mindestens einen Tag geschrieben haben.«

»Sie war Englischlehrerin«, gab der Priester zu bedenken. »Der Umgang mit dem geschriebenen Wort war ihr ebenso geläufig wie die mündliche Konversation. Und ich glaube, es war ihr ein echtes Bedürfnis, diesen Brief zu schreiben. Sie wollte die Wahrheit ebensosehr vor sich selbst bekennen wie vor uns. Also dann! Ich komme nachher noch mal und sage Ihnen auf Wiedersehen.«

Damit verschwand er abermals in der Kirche und schloß die Tür hinter sich.
Dalgliesh breitete die Briefbogen auf dem Tisch aus. Kate zog sich einen Stuhl heran, setzte sich neben ihn, und dann lasen sie gemeinsam.

36

Janet Carpenter hatte sich nicht lange mit einleitenden Worten aufgehalten. Dieser Brief war von einer inneren Not diktiert, die weit über Pfarrer Presteigns Vermutung hinausging.

Lieber Herr Pfarrer,
fast war es eine Erleichterung für mich, als Rosie sich das Leben nahm. Ich weiß, es ist furchtbar, so etwas niederzuschreiben; schon es zu beichten ist mir furchtbar schwergefallen. Doch ich glaube nicht, daß ich, den Schmerz meiner Schwiegertochter vor Augen, hätte weiterleben können, ohne den Verstand zu verlieren. Aber sie war auf mich angewiesen, und so mußte ich denn neben ihr ausharren. Das Leid kettete uns aneinander, die Trauer um meinen Sohn, die Verzweiflung über den Tod ihrer Tochter – ja, es war Emilys Tod, der sie umgebracht hat. Und wenn sie diese Distalgesic-Tabletten nicht gehortet und dann das entsprechende Quantum mit einer Flasche Rotwein hinuntergespült hätte, wäre sie irgendwann an Herzeleid gestorben. Es hätte nur etwas länger gedauert. Sie ging ohnehin schon wie ein wandelnder Leichnam durchs Haus mit ihren glanzlosen Augen, und die kleinen Handreichungen, zu denen sie sich noch aufraffen konnte, die verrichtete sie mechanisch wie ein Roboter. Wenn sie einmal lächelte, dann flog nur ein nervöses Zucken um ihren Mund. Und ihr in sich gekehrtes, stummes Märtyrertum war fast noch schlimmer als die wilden Verzweiflungsstürme. Wenn ich versuchte, sie zu trösten, indem ich sie einfach nur still in die Arme nahm, wehrte sie mich nicht ab, reagierte aber auch nicht – nicht einmal mit Worten. Worte fanden wir beide

nicht. Vielleicht war das unser Unglück. Ich sah nur, daß sie an gebrochenem Herzen litt, und heute weiß ich, daß diese Redensart keine sentimentale Metapher ist und keine Übertreibung. Alles, was Rosie ausmachte, war zerstört und für immer dahin. Die grauenhafte Vision von Emilys Ermordung verfolgte sie von früh bis spät. Mich wundert höchstens, daß sie, so ausgelaugt und ihrer Persönlichkeit beraubt, wie sie war, noch die Kraft aufbrachte und den Willen, ihren Qualen ein Ende zu setzen und mir dieses letzte verständige Briefchen zu schreiben.

Ich grämte mich mit ihr und um sie. Natürlich tat ich das, ich hatte Emily ja auch geliebt. Ich weinte um Emily, um die Emily, die ich gekannt hatte, und mit ihr um alle toten, geschändeten Kinder. Doch mein Schmerz fand ein Ventil im Zorn – in einer schrecklichen, alles verzehrenden Wut –, und diese Wut, dieser Zorn konzentrierte sich von Anfang an auf Venetia Aldridge.

Wäre dieser Dermot Beale nicht verurteilt worden, dann hätte ich vielleicht auf Mittel und Wege gesonnen, ihn zu bestrafen. Aber Beale saß für mindestens zwanzig Jahre hinter Gittern, und ich würde seine Freilassung nicht mehr erleben. Also suchte sich mein Haß ein neues Ziel und fand es in der Frau, die ihn bei seinem ersten Prozeß verteidigt und damit eine Glanzleistung vollbracht hatte: Sie hatte damals einen großen forensischen Triumph errungen, hatte die Zeugen der Anklage im Kreuzverhör meisterhaft demontiert und einmal mehr einen brillanten persönlichen Erfolg verbuchen können. Um den Preis, daß Dermot Beale frei ausging und ungehindert weitermorden konnte. Diesmal war es Emily, die mit einem Korb voller Lebensmittel auf dem Gepäckträger die knappe Meile vom nächsten Dorfladen heimradelte und plötzlich auf der einsamen Landstraße seine Autoreifen quietschen hörte … Und diesmal stand Miss Aldridge nicht als Verteidigerin zur Verfügung. Ich habe gehört, daß sie es prinzipiell ablehnte, zweimal hintereinander denselben Mandanten wegen des gleichen Vergehens zu vertreten. Vielleicht fehlte

dazu selbst ihr die Hybris. Und diesmal kam Beale nicht davon.
Ich finde nicht, daß mein Haß auf die Aldridge naiv war. Wenngleich ich die Argumente sehr wohl kannte, die ihre Kollegen zu ihren Gunsten angeführt hätten: Sie tat lediglich ihre Arbeit. Ein Angeklagter – mag seine Schuld auch schon vor Eröffnung der Beweisaufnahme für jedermann ersichtlich sein, das Verbrechen noch so verabscheuungswürdig, seine äußere Erscheinung noch so abstoßend oder sein Charakter widerwärtig – hat immer das Recht auf eine Verteidigung. Sein Anwalt muß nicht von seiner Unschuld überzeugt sein, er hat nur die Beweise gegen ihn zu überprüfen und, falls sich in der Indizienkette der Anklage eine Lücke findet, sie so weit auszubauen, daß der Mandant hindurchschlüpfen und sich in Sicherheit bringen kann vor dem Zugriff des Gesetzes. Miss Aldridge spielte ein lukratives Spiel nach ausgeklügelten Regeln, die – so wenigstens mein Eindruck – dazu gemacht waren, ihren Gegnern eine Falle zu stellen, ein Spiel, das mitunter nur auf Kosten eines Menschenlebens zu gewinnen war. Und ich wollte nun nichts weiter, als daß sie einmal den Preis für ihren Sieg würde zahlen müssen. Die meisten Menschen sind gezwungen, mit den Folgen dessen, was sie einmal angerichtet haben, zu leben. Und jede Tat zieht Konsequenzen nach sich. Das ist eine der ersten Lektionen, die wir als Kinder zu lernen haben, auch wenn mancher von uns sie nie begreift. Wie Miss Aldridge; die fuhr ihre Siege ein, und damit war der Fall für sie erledigt. Mit den Konsequenzen mußten andere leben; andere haben für sie den Preis bezahlt. Dieses eine Mal wollte ich, daß sie selber zahlte.
Mein unbändiger Groll und meine Wut steigerten sich erst nach Rosies Tod zu Auswüchsen, von denen ich heute einsehen muß, daß sie zwanghaft waren. Zum Teil lag das vielleicht daran, daß mir, nachdem ich nicht mehr für Rosie zu sorgen und ihr Halt zu geben brauchte, Herz und Sinn frei waren, um unausgesetzt über die schreckliche Tragödie nachzugrübeln. Vielleicht auch daran, daß ich nach Rosies Tod

meinen Glauben verlor. Und damit meine ich nicht den christlichen Glauben, wurzelnd in der traktarianischen Tradition der anglikanischen Hochkirche, in der ich aufgewachsen und die mir stets Heimstatt gewesen war. Nein, ich glaubte nicht mehr an Gott. Nicht, daß ich mit ihm gehadert hätte, was immerhin noch verständlich gewesen wäre. Gott dürfte an den Zorn der Menschen gewöhnt sein – schließlich fordert Er ihn ja mächtig genug heraus. Aber ich wachte einfach eines Morgens auf – vor mir den immer gleichen Schmerz, die gleichen, eintönigen täglichen Pflichten – und wußte: Gott ist tot. Es war, als hätte ich mein Leben lang ein unsichtbares Herz schlagen hören, das nun für immer verstummt war.

Ich empfand kein Bedauern, nur eine unendliche Leere und namenlose Einsamkeit. Es war, als sei die ganze bunte Welt mit Gott aus meinem Leben geschieden. Ich hatte einen Traum, der immer wiederkehrte, aus dem ich aber nicht schluchzend und angstvoll erwachte, wie Rosie aus ihren Alpträumen um Emilys Tod aufzuschrecken pflegte, sondern nur mit der Last einer tiefen Traurigkeit in der Brust. In diesem Traum stand ich bei Sonnenuntergang an einem verlassenen Strand, das aufgewühlte Meer brandete gischtschäumend über meine Knöchel und spülte mir die Kiesel unter den Füßen weg. Weit und breit war kein Vogel zu hören, alles war totenstill, und ich wußte, daß man dem Meer, ja der ganzen Welt das Lebenselixir geraubt hatte. Und dann stiegen sie aus den Fluten empor und zogen stumm und blicklos an mir vorbei: die gewaltigen Heerscharen der Toten, und ich sah Ralph und Emily und Rosie in ihren Reihen. Aber sie konnten mich weder sehen noch hören, und wenn ich nach ihnen rief oder sie zu berühren versuchte, dann griffen meine Hände nichts weiter als kalten Meeresdunst. Im Halbschlaf taumelte ich hinunter und stellte den BBC World Service an, so verzweifelt sehnte ich mich nach dem Trost einer menschlichen Stimme. Aus dieser Leere, dieser Einsamkeit nährte sich meine Zwangsvorstellung.

Zuerst gebar sie so primitive Wünsche wie den, jemand möge die Tochter der Aldridge umbringen und ungestraft davonkommen. Aber das waren nur wirre Ausgeburten meiner Phantasie, nichts, was ich hätte in die Wege leiten können, und im Grunde auch nicht das, was ich mir im tiefsten Herzen wünschte. Ich war schließlich nicht über Nacht zum Monster geworden. Doch aus diesen obskuren Phantasien entwickelte sich langsam eine realistischere Vorstellung. Angenommen, ein junger Mann, der ein schweres Verbrechen begangen hatte (sei es Mord, Vergewaltigung, Raubüberfall), würde erfolgreich von der Aldridge verteidigt und machte sich anschließend – nach dem Freispruch – daran, ihre Tochter zu verführen, sie vielleicht sogar zu heiraten? Daß sie eine Tochter hatte, das wußte ich. Nach einem ihrer ganz großen Erfolge war ein Bild der beiden in der Zeitung erschienen, als Aufmacher für eine dieser Mutter-und-Tochter-Reportagen, die in den Wochenendbeilagen neuerdings Mode waren. Es war eine eher nüchterne Aufnahme, wenn auch sehr gut gestellt. Der starre Blick, mit dem das Mädchen – Octavia – in die Kamera schaute und der ihre widerstrebende Scheu vor dieser Prominentenscharade kaum verbarg, verriet mir mehr als der ganze glänzend geschriebene und offenkundig von der Hauptperson abgesegnete Artikel. Hier, vor dem unerbittlichen Auge der Kamera, enthüllte sich ein weiteres Mal die uralte Geschichte: die schöne, erfolgreiche Mutter, die unansehnliche, widerspenstige Tochter.

Wenn ich meinen Plan ins Werk setzen wollte, dann brauchte ich zuerst einmal Geld. Ich würde den jungen Mann bestechen müssen, und zwar mit einer so stattlichen Summe Bargeld, daß er nicht widerstehen konnte. Und ich würde nach London ziehen müssen, um Venetia Aldridges Leben auszukundschaften, ihre Gewohnheiten kennenzulernen, herauszufinden, wo sie und ihre Tochter wohnten und in welchem Gericht wann mit ihrem Erscheinen zu rechnen war. Ich mußte so viele ihrer Prozesse wie möglich verfolgen, zumindest all die, bei denen es um ein schwerwiegendes Verbrechen ging und der Angeklagte männlich war und jung. All das schien machbar. Ich hatte ohnehin schon beschlossen, das Haus zu verkaufen, in dem ich mit Rosie und Emily gewohnt hatte und das mir gehörte. Die Hypothek war längst abbezahlt. Der Erlös würde allemal reichen für den Kauf einer günstig gelegenen kleinen Wohnung in London und für die Bestechungssumme. Ich würde versuchen, als Raumpflegerin im Middle Temple unterzukommen, in der Hoffnung, mich irgendwann in die Kanzlei von Venetia Aldridge einschleusen zu können. All das würde natürlich seine Zeit dauern, aber ich hatte keine Eile. Das Mädchen, Octavia, war erst sechzehn. Mein Plan konnte indes erst aufgehen, wenn sie volljährig war. Ich wollte nicht riskieren, daß ihre Mutter sie unter Amtsvormundschaft stellte, um eine mißliebige Heirat zu verhindern. Und ich mußte den passenden Mann aussuchen. Mit dieser Wahl stand und fiel das ganze Unternehmen. Ich durfte mir keinen Mißgriff erlauben. Allerdings hatte ich einen großen Vorteil auf meiner Seite: Ich war über dreißig Jahre lang Lehrerin gewesen und hatte die meiste Zeit Jugendliche unterrichtet. Daher traute ich mir zu, die Eigenschaften zu erkennen, um die es mir zu tun war: Eitelkeit, schauspielerisches Talent, Skrupellosigkeit, Habgier. Und sobald ich mir die Stelle in der Kanzlei verschafft hätte, würde ich Zugang zu Venetia Aldridges Akten bekommen und mehr über Leben und Vergangenheit des betreffenden jungen Mannes in Erfahrung bringen können.

Alles verlief nach Plan. Einzelheiten kann ich mir sparen – die dürften den Ermittlungsbehörden inzwischen ohnehin bekannt sein, da ich weiß, daß sie mit Miss Elkington gesprochen haben. Meine ersten Hoffnungen erfüllten sich: Ich fand eine Wohnung In London, in der ich damit rechnen durfte, anonym zu bleiben, und ich bekam die Stelle in der Kanzlei von Miss Aldridge und sporadisch sogar Zugang zu ihrem Privathaus. Alles fügte sich so reibungslos, daß ich, wäre ich abergläubisch gewesen, hätte annehmen können, mein großer Rachefeldzug sei vorherbestimmt und eine strafende Schicksalshand lenke mein listenreiches Spiel. Das Wort Rache habe ich damals freilich noch nicht gebraucht. Vielmehr sah ich mich in einer weniger unehrenhaften Rolle: als eine, die auszog, ein Unrecht zu sühnen und der Schuldigen eine Lektion zu erteilen. Heute weiß ich, daß es Rachepläne waren, die ich schmiedete und auf deren Befriedigung ich zählte, und daß mein Haß auf Venetia Aldridge von subjektiveren und komplizierteren Gefühlen motiviert war, als ich mir damals eingestehen mochte. Ich weiß, daß es unrecht und verwerflich war, so zu empfinden. Und ich weiß auch, daß ich ohne diesen Haß den Verstand verloren hätte.

Ich glaube, mir war von Anfang an klar, daß das Gelingen meines Plans weitgehend vom Zufall abhängen würde. Vielleicht würde ich nie den geeigneten jungen Mann finden, oder der, den ich fand, würde bei Octavia keinen Erfolg haben. Paradoxerweise schien aber diese Erkenntnis, daß nämlich die Dinge nicht völlig meiner Kontrolle unterlagen, die praktische Realisierbarkeit des Unternehmens nur um so aussichtsreicher zu gestalten. Und es war ja nicht so, als hätte ich mein ganzes Leben um einer bloßen Laune willen umgekrempelt. Nein, ich hätte das Haus so oder so verkaufen und fortgehen müssen – weg von den neugierigen Blicken fremder Leute und dem verlegen bekundeten Mitgefühl der Freunde – oh, dieser überstrapazierte Begriff, der so bequem die ganze Palette von der Liebe hin bis zu wechselseitig praktizierter nachbarschaftlicher Toleranz umspannt. Als ich sie bat: »Schreibt mir nicht, ich muß ein paar Monate ganz für mich allein sein, um mich von der Vergangenheit zu lösen«, da sah ich die Erleichterung in ihren Augen. Allzu schwer hatte die Konfrontation mit meinem unermeßlichen Leid auf ihnen gelastet. Einige wenige, insbesondere die Freunde, die selber Kinder hatten, machten erst gar nicht den Versuch, sich damit auseinanderzusetzen, sondern zogen sich nach einem einzigen Brief oder Anstandsbesuch so rigoros zurück, als hätte ich eine ansteckende Krankheit gehabt. Es gibt Greueltaten – und der Mord an einem Kind gehört dazu –, die rühren an unsere verborgenen Ängste, Ängste, die wir uns selber kaum einzugestehen wagen, auf daß nicht ein hämisches Schicksal die Abgründe unserer

Horrorphantasien erahnt und triumphierend zuschlägt, um sie wahr zu machen. Ja, die abgrundtief Unglücklichen, das waren schon immer die Geächteten auf Erden.
Und dann lernte ich Mr. Froggett kennen. Seinen Vornamen weiß ich bis heute nicht. Für mich wird er immer Mr. Froggett bleiben, so wie ich für ihn Mrs. Hamilton war. Ich nannte ihm meinen Mädchennamen, der mir immerhin so vertraut ist, daß ich nicht zu befürchten brauchte, mich eines Tages durch eine Gedächtnislücke zu verraten. Ich verschwieg ihm, wer ich wirklich war – meinen Namen, meine Vergangenheit, wo ich wohnte und wo ich arbeitete. Kennengelernt haben wir uns auf der Besuchergalerie des Gerichtssaals Nummer zwei im Old Bailey. Die wichtigen oder interessanten Prozesse haben ein regelrechtes Stammpublikum, besonders im Old Bailey, und nach dieser ersten Begegnung sah ich ihn jedesmal, wenn ich zu einer Verhandlung kam: einen unscheinbaren kleinen Mann etwa in meinem Alter, immer adrett gekleidet, der die weitschweifigen Zwischenplädoyers ebenso geduldig über sich ergehen ließ wie ich, während die sensationshungrigen Zuschauer rechts und links von uns sich längst auf der Suche nach aufregenderer Unterhaltung davongemacht hatten. Er hatte auffallend kleine, feingliedrige Hände, und von Zeit zu Zeit machte er sich Notizen wie ein Regisseur, der die Leistungen seiner Protagonisten überprüft. Und es war in der Tat ein Schauspiel, dem wir beiwohnten, genau darin bestand die Faszination so eines Prozesses. Ja, es war wie ein Theaterstück, in dem einige der Mitwirkenden ihren Text kannten und die Handlung, während andere ungeübte Laien waren, die ihren ersten Auftritt auf der furchteinflößenden, weil ungewohnten Bühne absolvierten. Aber einem jeden war sein Part zugeteilt in einem Drama, das dem Publikum den denkbar größten Unterhaltungswert verhieß – denn keiner wußte, wie es ausging.
Nachdem wir uns fünf-, sechsmal gesehen hatten, begann Mr. Froggett, mich mit einem schüchternen »Guten Morgen« zu grüßen, doch angesprochen hat er mich erst, nachdem ich

einmal während des Eröffnungsplädoyers der Staatsanwaltschaft einen kleinen Ohnmachtsanfall erlitt. Es ging um einen besonders grausamen Fall von Kindesmißhandlung und -schändung, und für mich war es das erste Mal, daß ich einen solchen Prozeß miterlebte. Zwar hatte ich mich auf Situationen vorbereitet, in denen es mir schwerfallen würde, weiterzumachen, aber auf einen solchen Fall war ich denn doch nicht gefaßt gewesen: Da stand der Staatsanwalt in Robe und Perücke und schilderte ohne Rücksicht und scheinbar emotionslos die Martern und Demütigungen kleiner Pflegekinder. In dem Fall waren es Knaben. Mir half der Prozeß nicht weiter, was übrigens, wie ich bald lernen sollte, auf die meisten Sexualvergehen zutraf. Die Angeklagten waren entweder so widerliche Kreaturen oder häufiger noch derartige Jammergestalten, daß sie für meine Zwecke schon ausschieden, sobald sie nur den Saal betraten. Nach dem fraglichen Zwischenfall ließ ich den Kopf eine Weile zwischen den Knien ruhen, wodurch das ärgste Schwächegefühl bald vorüberging. Trotzdem konnte ich nicht länger bleiben. Ich versuchte, mich so unauffällig wie möglich hinauszustehlen, aber ich saß in der Mitte einer dichtgedrängten Menschentraube, was, als ich mich zum Ausgang durchzuschlängeln versuchte, unweigerlich eine gewisse Unruhe verursachte.

Unten in der Eingangshalle tauchte dann plötzlich der kleine Mann neben mir auf. »Bitte, verzeihen Sie meine Aufdringlichkeit«, sagte er, »aber ich habe zufällig mitbekommen, daß Sie unpäßlich waren und ohne Begleitung sind. Darf ich Ihnen meinen Beistand anbieten? Vielleicht erlauben Sie mir, Sie auf eine Tasse Tee einzuladen? Ich kenne da ein annehmbares kleines Café ganz in der Nähe. Wirklich ein sehr reinliches Etablissement.«

Wortwahl und Tonfall wie auch die formelle, schon an Zaghaftigkeit grenzende Galanterie wirkten so antiquiert, daß ich momentan die lächerliche Vision hatte, wir stünden nebeneinander auf dem Deck der »Titanic«, und er würde gleich zu mir sagen: »Bitte, gestatten Sie mir, Madam, Sie unter meine

Fittiche zu nehmen und Ihnen in dieses Rettungsboot zu helfen.« Als ich in seinen Augen sah, die hinter den dicken Brillengläsern echte Besorgnis erkennen ließen, regte sich kein Mißtrauen in mir. Meine Generation hat noch einen richtigen Instinkt dafür – einen, den die modernen jungen Frauen leider verloren haben –, wann wir einem Mann trauen können. Also gingen wir in sein ehrbares Café, eines der unzähligen kleinen Lokale, die auf Büroangestellte und Touristen eingestellt sind und in denen man außer einem guten Kaffee oder starken Tee neben Gebäck und Konfekt auch ein frisches Sandwich bekommt, je nach Wahl gefüllt mit einer Köstlichkeit aus dem Sortiment, das in Glasschüsseln hinter der Theke aufgebaut ist: Eier, Sardinenpaste, Thunfisch, Schinken. Der kleine Mann führte mich zu einem Ecktisch mit rotweiß karierter Decke und holte uns zwei Tassen Tee und zwei Schokoladeneclairs. Hinterher brachte er mich noch zur U-Bahn, und als wir uns verabschiedeten, hatten wir lediglich unsere Namen ausgetauscht. Er fragte nicht, ob ich weit zu fahren hätte oder wo ich wohnte, und ich spürte seine natürliche Scheu davor, neugierig zu erscheinen, und die Sorge, ich könne ihn für aufdringlich halten und seine Freundlichkeit für einen Vorwand dafür, mir eine Vertraulichkeit aufzunötigen, die mir vielleicht nicht angenehm war.

So begann unsere Bekanntschaft. Freunde sind wir nie geworden – wie auch, wenn ich ihm so wenig anvertraute? Aber unser Verhältnis hatte etwas von den Annehmlichkeiten einer Freundschaft, ohne deren Verpflichtungen. Es wurde zur lieben Gewohnheit, daß wir nach einer Gerichtsverhandlung in das nämliche Café gingen oder in ein ähnliches und miteinander Tee tranken. Anfangs hatte ich noch Bedenken – nicht etwa, daß er zudringlich werden könne, sondern weil ich fürchtete, es müsse ihm doch irgendwann sonderbar vorkommen, daß ich so zugeknöpft war, und mehr noch, daß ich Woche für Woche auf der Galerie saß und mir die traurige, oft genug vorhersehbare Litanei menschlicher Schwächen und Niedertracht anhörte. Aber das war offenbar das letzte, wor-

über er sich Gedanken machte. Da er selber geradezu besessen war von den raffinierten Schach- und Winkelzügen des Strafrechts, schien ihm nichts natürlicher, als daß ich sein spannendes Hobby teilte. Er sprach gern und viel von sich und schien dabei gar nicht zu merken, daß ich so zurückhaltend war und blieb. Bei unserer dritten Begegnung erzählte er mir etwas, das mir zunächst einen panischen Schrecken einjagte, bis ich begriff, daß es keine echte Gefahr bedeutete, sondern im Gegenteil als ein weiteres vielversprechendes Zeichen für das Gelingen meines Vorhabens gelten konnte. Er hatte, so erfuhr ich, an einer Vorbereitungsschule unterrichtet, deren privater Betreiber Venetia Aldridges Vater gewesen war, und er hatte sie als Kind gut gekannt. Er behauptete sogar – und das war das erste Mal, daß ich an ihm Anzeichen einer gewissen Eitelkeit entdeckte, die sich, einmal erkannt, als Teil seines Charakters herauskristallisieren sollte –, daß er es war, der ihr Interesse an der Juristerei geweckt und ihr den ersten Schritt zu ihrer glanzvollen Karriere gewiesen habe. Meine Hand zitterte so, als ich die Tasse zum Mund führte, daß ein paar Tropfen überliefen und eine kleine Lache auf der Untertasse bildeten. Ich wartete, bis der Krampf sich löste, und goß den Tee dann ganz ruhig zurück in die Tasse. Ohne seinem Blick zu begegnen und mit mühsam beherrschter Stimme erkundigte ich mich wie beiläufig: »Und wie ist das heute? Haben Sie noch Kontakt miteinander? Sicher wäre sie froh und dankbar dafür, daß Sie weiterhin so regen Anteil an ihrer Karriere nehmen. Womöglich würde sie Ihnen sogar einen Platz unten im Saal besorgen.«

»Nein, wir haben keinen Kontakt mehr. Und ich achte sehr darauf, mich immer irgendwohin zu setzen, wo sie mich nicht sieht – auch wenn die Gefahr kaum besteht. Aber es könnte doch den Anschein haben, als wolle ich mich in den Vordergrund spielen. Unsere Bekanntschaft liegt so lange zurück, daß sie mich vielleicht schon vergessen hat. Trotzdem bemühe ich mich, keinen ihrer Fälle auszulassen. Inzwischen ist das mein Steckenpferd, ihre Karriere zu verfolgen, auch wenn es

natürlich nicht immer leicht ist herauszufinden, wo sie jeweils in Erscheinung tritt.«
Worauf ich ganz spontan sagte: »Da könnte ich Ihnen vielleicht helfen. Ich habe eine Freundin, die in ihrer Kanzlei arbeitet. Natürlich würde sie Miss Aldridge nicht direkt ansprechen, sie hat nur eine untergeordnete Stellung, aber sicher gibt es Prozeßlisten, die im Büro aushängen. Ich könnte also eventuell für Sie in Erfahrung bringen, wann und vor welchem Gericht Miss Aldridge das nächste Mal erscheinen wird.«
Mr. Froggett dankte mir so überschwenglich, daß es fast schon peinlich war. »Dann brauchen Sie aber meine Adresse«, sagte er, zückte sein Notizbuch und schrieb sie mir auf, wobei er seine kleinen Hände so eng zusammenhielt wie zwei Pfötchen. Dann riß er das Blatt vorsichtig heraus und reichte es mir. Falls er sich wunderte, daß ich ihm nicht im Gegenzug den gleichen Vertrauensbeweis lieferte und meine Adresse anbot, so ließ er sich das nicht anmerken. Er wohnte – und wohnt vermutlich noch – in Goodmayes, Essex, ich nehme an, in einem dieser modernen Wohnblocks mit lauter kleinen, gesichtslosen Appartements, die sich gleichen wie ein Ei dem anderen. Von da an schickte ich ihm von Zeit zu Zeit eine Postkarte, nur mit Datum und Ortsangabe – 3. Oktober, Bezirksgericht Winchester – und unterzeichnete mit den Initialen JH. Wir haben uns natürlich nicht bei jedem Prozeß getroffen, denn wenn der Angeklagte eine Frau war oder aus anderen Gründen für meine Zwecke nicht in Frage kam, dann machte ich mir gar nicht erst die Mühe hinzugehen.
Doch diese gelegentlichen halben Stunden unverbindlich geselligen Beisammenseins waren fast die einzigen unbeschwerten Lichtblicke in meiner getriebenen Existenz. Obwohl »Lichtblick« fast schon zu sehr nach Glück klingt, und ich glaube nicht, daß ich je wieder glücklich sein könnte. Aber in seiner Gegenwart empfand ich doch so etwas wie Ruhe und Frieden, und er gab mir das Gefühl, wieder ein bißchen dazuzugehören, zur realen Welt, was ich tröstlich fand. In den Augen ei-

nes interessierten Beobachters hätten wir wohl ein seltsames Paar abgegeben, aber natürlich interessierte sich niemand für uns. Nicht in einem belebten Lokal mitten in London, wo die Stadtbediensteten vor der Heimfahrt noch rasch einen Feierabendschwatz hielten, die Touristen mit ihrem fremdländischen Geschnatter nur Augen hatten für ihre Kameras und Stadtpläne und wo nicht einmal der gelegentliche einsame Teeliebhaber einen Blick in unsere Richtung verschwendete. Das alles liegt erst kurze Zeit zurück, und doch erscheint es mir wie eine ferne Erinnerung: der tosende Rhythmus der Großstadt, der gegen die Fenster brandete wie fernes Meeresrauschen; das Zischen der Kaffeemaschine; der Duft von getoasteten Sandwiches und das Klappern von Tassen und Bechern. Vor dieser vielfältigen Geräuschkulisse ließen wir den Tag im Gericht Revue passieren, verglichen unsere Eindrücke von den Zeugen, versuchten deren Glaubwürdigkeit abzuschätzen und die Chancen von Staatsanwalt oder Verteidigung, berieten über das mögliche Urteil und darüber, ob der Richter parteiisch schien.

Nur ein einziges Mal geriet ich nahe – vielleicht sogar gefährlich nahe – daran, meine eigene Obsession zu verraten. An diesem Tag hatten wir die Beweisführung der Anklage diskutiert. »Aber sie muß doch wissen«, rief ich aufgebracht, »daß er schuldig ist!«

»Darum geht es nicht. Ihre Aufgabe ist es, ihn zu verteidigen, unabhängig davon, ob sie ihn für schuldig hält oder nicht.«

»Das weiß ich. Aber es ist doch sicher hilfreich, wenn man an die Unschuld seines Mandanten glauben kann.«

»Hilfreich vielleicht, aber keine notwendige Voraussetzung für die Übernahme des Mandats. Nehmen Sie mich zum Beispiel. Angenommen, ich würde beschuldigt – zu Unrecht beschuldigt –, ein Verbrechen begangen zu haben, sagen wir unsittliches Verhalten einem jungen Mädchen gegenüber. Ich lebe allein, ganz zurückgezogen, wirke nicht sehr anziehend. Angenommen, mein Solicitor müßte wie ein Bettler von einer Kanzlei zur anderen ziehen und verzweifelt nach einem Bar-

rister suchen, der an meine Unschuld glaubt, bevor ich überhaupt daran denken könnte, meine Verteidigung aufzubauen. Um das zu verhüten, fußt unsere Rechtsprechung auf der Unschuldsvermutung. Es gibt Länder, in denen schon eine polizeiliche Festnahme als Schuldbeweis gilt und wo die anschließende Gerichtsverhandlung kaum mehr beinhaltet als ein Nachbeten der Anklageschrift. Wir sollten froh und dankbar sein, daß wir nicht in einem solchen Lande leben.«

Seine Worte klangen so eindringlich und überzeugend, daß ich zum erstenmal ahnte, welch tiefempfundener Glaube ihn bewegte, und eine Vorstellung von seiner ganz persönlichen Antriebskraft bekam. Bis dahin hatte ich in seiner Leidenschaft für die Juristerei nicht mehr gesehen als ein – wenn auch ungemein starkes – intellektuelles Interesse. Jetzt erkannte ich erstmals, daß er einem Ideal nachhing, und das mit ungeheurem moralischen Engagement.

Obgleich Mr. Froggett zu jedem Bezirksgericht wallfahrtete, vor dem Miss Aldridge eine Verteidigung übernahm, war es jedesmal ein Festtag für ihn, wenn sie als Anklägerin oder Verteidigerin vor dem Old Bailey erschien. Und besonders die romantische Atmosphäre des Gerichtssaals Nummer eins hatte es ihm angetan. Wobei es befremdlich klingen mag, im Zusammenhang mit einer Institution von Romantik zu sprechen, die auf dem Fundament des berüchtigten Newgate-Gefängnisses ruht. Unzählige Schauergeschichten ranken sich um die öffentlichen Hinrichtungen dort und um den Folterhof, auf dem die Häftlinge sich mit Bleigewichten zu Tode quetschen ließen, nur um ihren Familien ihr Erbe zu sichern. Mr. Froggett wußte um diese Dinge – die Rechtsgeschichte unseres Landes faszinierte ihn ungemein –, ohne daß ihre schmachvollen Seiten ihn zu bedrücken schienen. Mag sein, daß seine Leidenschaft nicht frei war von einer gewissen Morbidität – schließlich war es das Strafrecht, das ihn so über die Maßen fesselte –, aber ich habe nie etwas Makabres oder gar einen sadistischen Zug an ihm entdeckt; andernfalls hätte ich mich in seiner Gesellschaft bestimmt nicht so wohl gefühlt. Nein, seine Leidenschaft war im Kern doch intellektueller Natur. Und obwohl sich die meine nicht damit vergleichen ließ, begann ich seine Passion im Laufe der Monate zu verstehen, ja, fing sogar an, sie zu teilen.

Gelegentlich, wenn im Saal Nummer eins ein besonders interessanter Fall verhandelt wurde, verabredete ich mich sogar dann mit ihm, wenn Venetia Aldridge nicht die Verteidigung übernommen hatte. Das war wichtig, denn er durfte unter keinen Umständen Verdacht schöpfen und merken, daß ich nur an dieser Verteidigerin interessiert war. Also reihte ich mich ein ums andere Mal in die Schlange vor dem Haupteingang ein, ging durch die Sicherheitsschleuse, erklomm die scheinbar endlosen kahlen Treppen zum Flur vor der Besuchergalerie, nahm meinen Platz ein und wartete auf das Erscheinen von Mr. Froggett. Oft war er allerdings auch schon vor mir da. Er saß am liebsten in der zweiten Reihe und fand es merkwürdig, daß ich seine Vorliebe für diese Platzwahl nicht teilte. Das änderte sich, als ich begriff, wie gering die Gefahr war, daß Miss Aldridge einmal zu uns heraufschauen, geschweige denn mich erkennen würde. Ich trug bei Gericht stets einen breitkrempigen Hut und meinen schicksten Mantel, sie dagegen hatte mich immer nur in meinem Arbeitskittel gesehen. Eigentlich war es also völlig unriskant, und doch vergingen etliche Wochen, ehe ich mich so weit vorn zum erstenmal wirklich sicher fühlte.

Meine Sicht auf den Gerichtssaal war fast ebenso gut wie die des Richters. Unten links befand sich die geräumige Anklagebank mit der gläsernen Trennwand seitlich und rückwärts; uns gegenüber saßen die Geschworenen, rechts der Richter und unter uns die Anwälte. Mr. Froggett erzählte mir, daß das einzige Foto eines zum Tode Verurteilten von der ersten Reihe der Besuchergalerie herab geschossen worden sei. Die Angeklagten waren Crippen und seine Geliebte Ethel Le Neve gewesen. Das Foto erschien in einer Tageszeitung, woraufhin das neue Gesetz erlassen wurde, demzufolge im Gerichtssaal keine Fotoapparate mehr zugelassen waren.

Er kannte jede Menge solch historischer Anekdoten. Als ich mich darüber wunderte, daß der Zeugenstand so klein sei und mit seinem hübschen Holzpult und dem Baldachin darüber aussehe wie eine winzige Kanzel, da erklärte er mir, der Baldachin sei ein Relikt aus den Zeiten, als man noch im Freien Gerichtstag gehalten hatte und die Zeugen einen Wetterschutz brauchten. Und als ich laut darüber nachdachte, warum der Richter in seiner prächtigen scharlachroten Robe sich nie auf den Mittelplatz setzte, da konnte er mir sagen, daß der für den Lord Mayor von London reserviert sei, den obersten Friedensrichter der Stadt. Wenngleich er nicht mehr den Vorsitz bei gewöhnlichen Prozessen führt, hält er doch viermal im Jahr mit großem Pomp Einzug im Old Bailey und begibt sich durch die große Eingangshalle in den Saal Nummer eins. Ihm voran schreiten der Polizeichef der Stadt und seine Sheriffs, die Schwertträger und der Herold mit Schwert und Amtsstab des Stadtoberhaupts. Mr. Froggett beschrieb diese feierliche Prozession in einem Ton des Bedauerns: Dieses Schauspiel hätte er gern einmal mit eigenen Augen gesehen.

Er erzählte mir auch, daß in diesem Gerichtssaal die Prozesse gegen die größten Verbrecher des Jahrhunderts stattgefunden hatten: Seddon, der schuldig befunden wurde, seine Vermieterin Miss Barrowy mit Arsen vergiftet zu haben; Rouse, der Autobrandmörder; Haigh, der seine Opfer in Salzsäure auflöste – sie alle waren auf dieser Anklagebank zum Tode verurteilt worden. Über die Stufen, die dort hinaufführten, waren Männer und Frauen im Banne verzweifelter Hoffnung oder von Todesängsten gepeinigt hinaufgewankt, und manche hatte man schreiend und stöhnend hinunterschleifen müssen. Ich hatte mir vorgestellt, daß sogar die Luft des Gerichtssaals verpestet sein müsse vom Beigeschmack des Grauens, doch dann atmete ich sie ein und spürte gar nichts. Vielleicht lag das an der gemessenen Würde des Raums, der kleiner war, als ich ihn mir vorgestellt hatte, eleganter, ja intimer, trotz der Pracht des reichverzierten königlichen Wappens hinter dem Podium, des aus dem sechzehnten Jahrhundert stammenden

Richtschwerts der Stadt, trotz der Roben und Perücken, des formelhaften Umgangstons, der kultivierten, gedämpften Stimmen, die alle miteinander eine Atmosphäre scheinbar vernunftdiktierter Ordnung schufen und einem die Möglichkeit einer gerechten Welt vorgaukelten. Und doch war das da unten in Wahrheit nur eine Arena, ja, eine Arena: so gewiß, als wenn der Boden mit blutgetränkten Sägespänen bestreut gewesen wäre und die Kontrahenten halb nackt mit Brustharnisch und Schwert zu Fanfarenklängen Einzug gehalten hätten, um ihrem Caesar zu huldigen.

Und es war eben dieser Gerichtssaal Nummer eins, in dem meine Suche endlich zum Ziel führte. Hier sah ich Ashe zum erstenmal. Am dritten Verhandlungstag wußte ich, daß ich meinen Mann gefunden hatte. Hätte ich noch beten können, dann hätte ich um einen Freispruch gebetet. Wirklich bange war mir freilich nicht. Denn auch dieses Zusammentreffen war wohl vorherbestimmt. Ich beobachtete ihn tagein, tagaus, wie er aufrecht und unbeweglich auf der Anklagebank saß und nur Augen für den Richter hatte. Ich spürte die Kraft, die von ihm ausging, seine Intelligenz, die Rücksichtslosigkeit und Habgier. Ich konzentrierte mich so intensiv auf ihn, daß mich das eine Mal, da er zur Besuchergalerie hinaufschaute und uns mit einem verachtungsvollen Blick streifte, die bange Furcht beschlich, er könne meinen Vorsatz erraten haben und suche nun nach meinem Gesicht.

Sobald das Urteil verkündet war, verließ ich den Saal. Mr. Froggett hatte sich darauf gefreut, daß wir anschließend zusammen Tee trinken und über die subtilen Finten der Verteidigung reden würden. Als ich mich zum Ausgang durchschlängelte, war er mir dicht auf den Fersen und fragte: »Sie wissen, an welchem Punkt sie gewonnen hatte, nicht wahr? Sie haben die Fangfrage erkannt?«

Ich sagte ihm, ich sei sehr in Eile, denn ich bekäme abends Besuch und müsse schleunigst nach Hause zum Kochen. Aber wir gingen noch zusammen zum U-Bahnhof von St. Paul's, von wo wir beide die Central Line nahmen, er in östlicher, ich in westlicher Richtung. Ich hatte alles genau geplant. Erst von St. Paul's bis Notting Hill Gate, dann mit der District oder der Circle Line nach Earls Court, ein kurzer Abstecher in meine Wohnung, um die beiden Nachrichten an Ashe zu schreiben, und anschließend unverzüglich weiter zu seiner Wohnung. Die knappen Botschaften – eine für den Vorder-, die andere für den Hintereingang –, waren in Minutenschnelle verfaßt. Schließlich hatte ich sie im Geiste schon vor Wochen entworfen: eine unaufdringliche Prise Schmeichelei, ein Appell an seine Neugier und endlich der Köder, der ihn vielleicht nicht gleich gefügig machen, aber immerhin dazu bringen würde, mir die Tür zu öffnen. Ich bemühte mich, sehr leserlich zu schreiben, benutzte aber keine Druckbuchstaben: Das Billett mußte persönlich wirken. Ich las den Text noch einmal durch und fand, daß ich den Ton nicht besser hätte treffen können:

»Lieber Mr. Ashe, bitte verzeihen Sie, daß ich mich Ihnen in dieser Weise aufdränge, aber ich habe Ihnen ein Angebot zu machen. Ich bin weder Journalistin, noch stehe ich in irgendeiner Verbindung zu den Behörden, der Polizei, dem Sozialamt oder irgendwelchen anderen Wichtigtuern. Ich habe einen dringenden Auftrag zu vergeben, und Sie sind der einzige, der dafür in Frage kommt. Falls Sie ihn erfolgreich durchführen, erwartet Sie eine Belohnung von 25 000 Pfund in bar. Der Auftrag ist weder gesetzwidrig noch gefährlich, erfordert allerdings ein erhebliches Quantum an Geschick und Intelligenz. Daß er vertraulich ist, brauche ich wohl nicht eigens zu betonen. Bitte gewähren Sie mir ein paar Minuten. Sollten Sie mein Angebot ablehnen, werde ich Sie nicht wieder belästigen. Ich warte vor dem Haus.«

Mein Plan sah vor, daß ich, wenn im Gebäude Licht brannte, den Zettel durch den Briefschlitz an der Vordertür werfen, klingeln oder klopfen und mich dann rasch verstecken würde. Er mußte die Nachricht lesen, bevor er mich sah. Falls er nicht zu Hause war, würde ich je einen Zettel unter Vorder- und Hintertür durchschieben und seine Rückkehr abwarten –

vorzugsweise im Garten, sofern ich mir dazu Zutritt verschaffen konnte.
Seine Adresse hatte ich längst, aber solange der Prozeß andauerte, wagte ich mich nicht dorthin, aus Angst, das Schicksal zu versuchen. Aber ich wußte, wie gesagt, daß er am Westway wohnte, einer Ausfallstraße von Shepherd's Bush, wo ich normalerweise nie hinkam. Falls dort Busse verkehrten, so hätte ich mich mit den Linien nicht ausgekannt. Um also Zeit und Kraft zu sparen, entschied ich mich kurzerhand für ein Taxi und gab dem Fahrer ein Haus an, zwanzig Nummern von dem entfernt, zu dem ich eigentlich wollte. Die letzten hundert Meter, nahm ich mir vor, würde ich zu Fuß gehen, um nicht die Aufmerksamkeit der Nachbarn zu erregen. Zum Glück wurde es inzwischen schon dunkel. Das Geschäft, das ich vorhatte, ließ sich nur im Dunkeln erledigen.
Doch als das Taxi von der Hauptstraße abbog, die Richtung zur Autobahnauffahrt einschlug und dann unvermittelt anhielt, dachte ich zuerst, der Motor sei defekt und der Chauffeur habe deshalb halten müssen. Denn wohnen konnte in dieser Wüstenei bestimmt niemand mehr: Von gleißenden Natriumdampflampen angestrahlt wie eine Filmkulisse, erstreckte sich links und rechts der Fahrbahn ein urbaner Kahlschlag mit verschalten Fenstern und Türen und Fassaden, von denen die Farbe abblätterte und der Putz bröckelte. Dem Haus, vor dem ich stand, fehlte dort, wo man bereits mit dem Abriß begonnen hatte, ein Stück vom Dach. Links davon hatte man schon ganze Arbeit geleistet: Da waren hinter dem hohen Bauzaun überhaupt keine Dächer mehr zu sehen. Auf dem Zaun prangten neben der offiziellen Ankündigung des Straßenerweiterungsprogramms die diversen Kraftausdrücke der zeitgenössischen Protestbewegung und von unartikulierter Wut diktierte obszöne Kritzeleien, die alle miteinander nur das eine erreichen wollten: Schaut mich an! Hört mir zu! Nehmt mich wahr! Hier bin ich, hier! Während ich also unter dem unbarmherzig grellen Licht an lauter dem Untergang geweihten Hausruinen entlangging und der Verkehr unablässig und

teilnahmslos an mir vorbeibrauste, war mir, als bewegte ich mich durch eine urbane Hölle.
Doch als ich das Haus Nummer 397 erreichte, sah ich, daß es zu den wenigen gehörte, die noch bewohnt wirkten. Es war ein Eckhaus, das letzte in einer langen Reihe einheitlich gesichtsloser Doppelhaushälften. Die drei Paneele des Erkerfensters rechts von der Terrasse waren ebenso wie das kleinere Fenster zur Linken mit einer Art rötlichbraunen Metallplatte verschalt, aber die Tür sah so aus, als werde sie noch benutzt, und an den Fenstern im Obergeschoß hingen sogar Gardinen. Wo ehedem ein kleiner Vorgarten gewesen war, wucherten jetzt Unkraut und verwildertes Gras. Das Tor hing windschief und mit zersplitterten Latten in den verrosteten Angeln. Ich sah nirgends Licht. Von der Veranda aus klappte ich in gebückter Haltung den Briefkastenschlitz hoch und legte mein Ohr an die Öffnung. Von drinnen war kein Laut zu vernehmen. Und als ich einen meiner Zettel durch den Schlitz warf, da war mir, als hörte ich ihn fallen.
Als nächstes probierte ich das Seitentor gleich neben dem Haus, fand es jedoch verriegelt und zum Drüberklettern viel zu hoch. Hier durchzukommen war unmöglich. Da ich aber nun einmal lieber hinter dem Haus warten als auf dem Bürgersteig herumlungern wollte, ging ich zur Straße zurück, lief bis an die nächste Ecke und bog nach links in die erste Seitenstraße ein. Von hier aus hatte ich mehr Glück. Der Garten war zwar eingezäunt, aber als ich langsam am Zaun entlangschlich und mit prüfender Hand über die Latten fuhr, da dauerte es nicht lange, bis ich eine fand, die geborsten war. Ich paßte einen Moment ab, in dem der Lärm von der Straße besonders laut herüberdröhnte, und trat mit voller Wucht dagegen. Das Holz barst splitternd, aber mit solchem Krach, daß ich schon fürchtete, die ganze Straße aufzuscheuchen. Allein, es blieb alles ruhig. Mit aller Kraft, die mir zu Gebote stand, stemmte ich mich gegen die benachbarten Planken und hörte endlich, wie die Nägel quietschend nachgaben. Der Zaun war alt und morsch, und die Querstreben wackelten bedenklich,

als ich mich mit meinem ganzen Gewicht dagegenwarf. Bald hatte ich eine Lücke freigelegt, die groß genug war, um hindurchzuschlüpfen, und dann war ich da, wo ich hinwollte: im rückwärtigen Hof von Nummer 397.

Zu verstecken brauchte ich mich nicht, denn durch die fest verrammelten Fenster konnte unmöglich jemand nach draußen spähen. Und die Häuser zur Rechten und zur Linken waren ohnehin längst verwaist, ehe die Abrißbirne zum ersten Schlag angesetzt hatte. Das rückwärtige Gärtchen, in dem das Gras hüfthoch stand, war nur noch Unland. Trotzdem fühlte ich mich sicherer, wenn ich abgeschirmt war, weshalb ich mich zwischen der schwarzen Schuppenwand und dem verschalten Küchenfenster auf den Boden kauerte.

Ich war gut gerüstet für dieses Abenteuer, hatte einen warmen Mantel an und eine Wollmütze dabei, unter die ich jetzt meine Haare stopfte, dazu eine Taschenlampe und eine Taschenbuchausgabe der Lyrik des zwanzigsten Jahrhunderts. Ich wußte, daß ich mich unter Umständen auf eine lange Wartezeit gefaßt machen mußte. Vielleicht war er mit Freunden ausgegangen, um seinen Freispruch zu feiern, obwohl ich mir Ashe nicht als einen Jungen vorstellen konnte, der Freunde hatte. Vielleicht betrank er sich irgendwo, wenngleich ich hoffte, er würde es nicht tun. Unsere Verhandlungen würden auch so schon schwierig genug werden, und ich wünschte ihn mir nüchtern. Vielleicht suchte er nach den Monaten der Enthaltsamkeit in der Untersuchungshaft nach sexuellen Abenteuern. Was ich indes nicht glaubte. Ich hatte ihn zwar nur diese paar Wochen hindurch beobachtet, und doch war mir, als würde ich ihn gut kennen und als sei dieses Treffen vorherbestimmt. Einst hätte ich solch einen Gedanken als sentimentalen Humbug von mir gewiesen. Jetzt ahnte ich zumindest in einem verborgenen Winkel meines Hirns, daß Glück oder Schicksal mich zu diesem Moment hingeführt hatten. Genauso wie ich wußte, daß er über kurz oder lang nach Hause kommen würde. Wo hätte er sonst auch hingehen sollen?

Ich hockte in meinem Versteck, doch statt mir die Wartezeit mit Lesen zu vertreiben, sinnierte ich ziellos vor mich hin. Ich wähnte mich von scheinbar absoluter Stille und Abgeschiedenheit umgeben, und da kein Mensch wußte, wo ich war, konnte ich der Illusion frönen, ich sei ganz allein auf der Welt – eine Vorstellung, die seit jeher etwas Verlockendes für mich hatte. Aber die Stille kam aus meinem Innern. Die Außenwelt lärmte unverändert weiter, und das unablässige Verkehrsgedröhn auf dem Westway war bis in mein Versteck zu hören – manchmal so nahe wie ein wildbewegtes, tosendes Meer und dann wieder so fern und gedämpft, daß ich mich fast an jene normale und ungefährlichere Welt erinnert fühlte, an der ich einmal teilgehabt hatte.

Ich merkte es sofort, als er wieder da war. Das Küchenfenster war zwar wie alle anderen mit Brettern vernagelt, aber doch nur so weit, wie es die Sicherheit erforderte. An jedem Ende war ein schmaler Spalt ausgespart, durch den jetzt ein Lichtstrahl sickerte. Da wußte ich, daß er in der Küche war. Meine verkrampften Muskeln schmerzten, als ich mich aufrichtete und ihn mit gleichsam hypnotischer Kraft beschwor, die Tür zu öffnen. Ich wußte, er würde es tun. Und wenn ihn nur die Neugier dazu zwang. Und wirklich ging zu guter Letzt die Tür auf, und ich sah ihn: eine schwarze Silhouette vor dem hellen Lichtschein. Er rief nicht nach mir. Als ich den Strahl der Taschenlampe auf mein Gesicht richtete, blieb er immer noch stumm.

»Ich sehe, Sie haben meine Nachricht erhalten«, sagte ich.

»Klar. War sie etwa nicht für mich bestimmt?«

Ich hatte seine Stimme schon gehört; bei jenen beiden mit Nachdruck gesprochenen Worten im Gerichtssaal: »Nicht schuldig« und bei seinen Antworten im Kreuzverhör. Sie war nicht unattraktiv, klang aber irgendwie nicht natürlich, so als habe er sich den Ton antrainiert und sei noch unschlüssig, ob er ihn beibehalten wolle.

»Sie sollten lieber reinkommen«, sagte er und trat beiseite.

Ich roch die Küche, bevor ich sie sah: alte, säuerliche Gerüche, die sich in Holz und Wänden und in den Winkeln der

Schränke eingenistet hatten und nicht mehr herauszubringen waren, bis das Haus in Trümmer fiel. Aber ich sah auch, daß er sich bemüht hatte, Ordnung zu schaffen, was mich verwirrte. Und dann tat er noch etwas, das mich genauso verblüffte. Er zog ein sauberes Taschentuch aus der Tasche – ich weiß jetzt noch, wie groß und wie blütenweiß es war – und wedelte damit über eine Stuhlfläche, bevor er mir bedeutete, Platz zu nehmen. Er setzte sich mir gegenüber, und wir musterten einander über die eingerissene, fleckige Wachstuchdecke auf dem Küchentisch hinweg.

Ich hatte mich all der Tricks vergewissert, die ich vielleicht würde anwenden müssen: an seine Eitelkeit und Habgier appellieren, ohne ihn merken zu lassen, daß ich ihn für habgierig und eitel hielt; ihm Geld anzubieten, ohne daß er sich begönnert fühlte oder argwöhnte, daß ich ihn für käuflich hielt. Ich hatte mich darauf gefaßt gemacht, daß ich Angst haben würde – allein mit einem Mörder. Ich hatte den Prozeß von Anfang bis Ende verfolgt und wußte, daß er seine Tante getötet hatte, und zwar nur ein paar Meter von dem Platz entfernt, auf dem ich jetzt saß. Ich hatte mir überlegt, was ich tun konnte, falls er mich gewaltsam bedrohte. Im äußersten Notfall würde ich behaupten, eine Person meines Vertrauens wisse, wo ich sei, und würde, sollte ich nicht binnen einer Stunde zurückkehren, die Polizei verständigen. Doch als ich ihm nun gegenübersaß, fühlte ich mich merkwürdigerweise ganz unbefangen. Das Gespräch kam nicht gleich in Gang, aber unser Schweigen war weder peinlich noch bedrückend. Ich hatte ihn mir impulsiver vorgestellt und auch durchtriebener, als er offenbar war.

Ich unterbreitete ihm meinen Vorschlag nüchtern und ohne Umschweife. »Venetia Aldridge hat eine Tochter, Octavia, die gerade achtzehn ist. Ich bin bereit, Ihnen 10 000 Pfund dafür zu zahlen, daß Sie sie verführen, und weitere 15 000 Pfund, falls das Mädchen sich bereit erklärt, Sie zu heiraten. Ich habe sie kennengelernt. Sie ist nicht besonders attraktiv und hat kein glückliches Naturell. Letzteres sollte Ihnen Ihre Auf-

gabe erleichtern. Im übrigen ist sie ein Einzelkind und vermögend. Mein Motiv ist Rache.«
Er antwortete nicht, aber seine Augen, die mich unverwandt ansahen, wurden so ausdruckslos, als habe er sich in eine nur ihm zugängliche Region von Kalkül und Berechnung zurückgezogen.
Nach etwa einer Minute stand er auf, füllte den Wasserkessel, schaltete ihn ein und holte zwei Becher und ein Glas Pulverkaffee von einem Bord. Neben der Spüle stand eine Plastiktüte. Auf dem Heimweg war er offensichtlich bei einem Supermarkt vorbeigegangen, um etwas zu essen und eine Tüte Milch einzukaufen. Als das Wasser kochte, goß er es über je einen gehäuften Teelöffel voll Kaffeepulver in die Becher, stellte einen vor mich und schob mir den Zucker und die Milch hin.
»Zehn Riesen dafür, sie zu vögeln, und noch mal fünfzehn, wenn wir uns verloben. Rache steht hoch im Kurs. Es würde Sie weniger kosten, die Aldridge umbringen zu lassen.«
»Falls ich wüßte, wen man dafür anheuern muß – und das Risiko einer Erpressung eingehen wollte. Außerdem liegt mir nichts an ihrem Tod, ich will sie leiden sehen.«
»Das würde sie auch tun, wenn Sie das Mädchen entführen.«
»Zu kompliziert und zu riskant. Außerdem, wie würde ich das anstellen? Wo sollte ich sie verstecken? Ich habe keine Verbindung zu Kreisen, die so etwas organisieren. Das Geniale an meiner Rache ist, daß niemand mir etwas anhaben kann, selbst wenn sich Beweise finden sollten. Aber die wird man nicht finden. Man wird uns beiden nichts anhaben können. Und sie wird mehr darunter leiden als unter einer Entführung, die ihr Sympathien einbringen würde und eine gute Presse. Was ich vorhabe, wird ihren Stolz verletzen.«
Ich hatte den letzten Satz kaum ausgesprochen, da wußte ich schon, daß ich einen Fehler gemacht hatte. Ich hätte nicht andeuten dürfen, daß eine Verlobung mit ihm eine Erniedrigung bedeutete. Ich sah meinen Lapsus in seinen Augen: erst ausdruckslose Leere, dann weiteten sich die Pupillen. Ich spürte, wie sein Körper sich straffte, als er sich mir über den Tisch

hinweg entgegenneigte – so weit, daß ich seine Männlichkeit riechen konnte wie man die Witterung eines gefährlichen Tieres aufnimmt. Ich korrigierte mich nicht voreilig; er durfte nicht merken, daß ich meinen Fehler erkannt hatte und wiedergutmachen wollte. Und als ich dann sprach, ließ ich meine Worte wie Steine in sein Schweigen fallen.

»Venetia Aldridge hat gern alles unter Kontrolle. Sie liebt ihre Tochter nicht, aber sie will trotzdem, daß sie sich anpaßt, ihr Ehre macht, es zu etwas bringt im Leben. Wenn es nach ihr ginge, würde Octavia einen erfolgreichen Anwalt heiraten, jemanden, den die Mutter ausgesucht und für gut befunden hat. Im übrigen lebt Venetia sehr zurückgezogen. Wenn es zwischen Ihnen und Octavia zu einer Romanze käme, wäre das ein gefundenes Fressen für die Regenbogenpresse; so eine Story würden sich die Boulevardblätter hübsch was kosten lassen. Sie können sich gar nicht vorstellen, was das für Schlagzeilen gäbe. Ganz und gar nicht die Art von Publicity, die der Aldridge angenehm wäre.«

Es war nicht genug. Er zog ganz ruhig Bilanz: »Fünfundzwanzig Riesen für einen kleinen gesellschaftlichen Eklat. Das glaub ich einfach nicht.«

Er wollte die Wahrheit wissen. Er ahnte sie bereits, doch er bestand darauf, daß ich sie in Worte faßte. Wenn ich es nicht tat, würden wir nicht handelseinig werden. Als ich das einsah, erzählte ich ihm von Dermot Beale und von meiner Enkelin. Emilys Namen nannte ich ihm freilich nicht. Ich hätte es nicht über mich gebracht, ihn in diesem Hause auszusprechen.

»Die Aldridge denkt«, sagte ich, »daß Sie Ihre Tante umgebracht haben. Sie hält Sie für einen Mörder. Für sie hat es einen ganz besonderen Reiz, Menschen zu verteidigen, die in ihren Augen schuldig sind. Einen Unschuldigen freizubekommen, das wäre nur der halbe Triumph. Sie liebt ihre Tochter nicht und hat deswegen Schuldgefühle. Was glauben Sie, wie ihr zumute wäre, wenn Octavia sich mit einem Mann verlobte, den sie, ihre eigene Mutter, für einen Mörder hält und dem

sie gleichwohl zum Freispruch verholfen hat? Sie wird mit dieser Ungewißheit leben müssen – ohne das geringste dagegen tun zu können. Das ist es, was ich erreichen will. Dafür bin ich bereit, einen so hohen Preis zu zahlen.«

»Und was glauben Sie? Angeblich waren Sie doch in der Verhandlung. Denken Sie auch, daß ich es getan habe?«

»Ich weiß es nicht, und es interessiert mich auch nicht.«

Er lehnte sich zurück. Fast war mir, als hätte ich einen zufriedenen Seufzer gehört.

»Sie denkt, sie hat mich rausgehauen, ja?« resümierte er. »Ist das auch Ihre Meinung?«

Jetzt mußte ich eine Schmeichelei riskieren. »Nein, das haben Sie ganz allein geschafft«, sagte ich. »Ich habe Sie im Zeugenstand erlebt. Hätten Sie nicht die Chance gehabt, für sich selbst zu sprechen, dann säßen Sie heute noch im Gefängnis.«

»Am Anfang wollte sie mich daran hindern, in den Zeugenstand zu treten. Aber ich hab ihr gleich gesagt: ›Nicht mit mir‹, hab ich gesagt.«

»Und Sie hatten recht damit. Aber sie will eben das Verdienst allein für sich in Anspruch nehmen. Ihr Sieg muß es sein, ihr Triumph.«

Wieder dieses seltsam vertrauliche Schweigen. Dann fragte er: »Also, wofür bezahlen Sie mich wirklich? Was soll ich für Sie tun?«

»Mit der Tochter schlafen. Das Mädchen in Sie verliebt machen. Und sie am Ende heiraten.«

»Und was soll ich mit ihr machen, nachdem ich sie geheiratet habe?«

Erst nach diesem Satz begann ich wirklich zu begreifen, worauf ich mich eingelassen hatte. Es war eine ganz einfache Frage, frei von jeglicher Spur von Ironie oder Sarkasmus. Doch er hätte ebensogut von einem Tier sprechen können oder von einem Möbelstück. Wenn ich in dem Moment noch zurückgekonnt hätte, dann hätte ich mein Angebot widerrufen. So aber sagte ich: »Tun Sie das, wozu Sie Lust haben: Fliegen

Sie in die Karibik, oder machen Sie eine Kreuzfahrt mit ihr, reisen Sie mit ihr in den Fernen Osten, und lassen Sie sie sitzen, oder kaufen Sie ein Eigenheim, um sich häuslich niederzulassen. Sie könnten sich jederzeit von ihr trennen, und die Scheidung würde selbst ohne ihr Einverständnis nach fünf Jahren rechtskräftig. Wahrscheinlich würde ihre Mutter Sie aber auch abfinden, falls es das ist, was Sie wollen. Ihr Schaden wäre es in keinem Fall. Was mich angeht, so werden Sie mich nach Zahlung der letzten Rate nicht wiedersehen.«

Inzwischen war mir klargeworden, daß er mehr Weitblick besaß und intelligenter war, als ich gedacht hatte. Das machte ihn einerseits gefährlicher, andererseits erleichterte es paradoxerweise auch unsere Verhandlungen. Er hatte mich taxiert, sich davon überzeugt, daß er es nicht mit einem verschrobenen alten Weib zu tun hatte, daß mein Angebot solide und das Geld verfügbar war. Sobald er das wußte, war seine Entscheidung gefallen.

Und so kam der Handel zustande: In dieser muffigen Küche, über einem fleckigen Tischtuch feilschten zwei gewissenlose Menschen um ein Menschenleben und um dessen Seele. Obwohl ich damals natürlich nicht daran glaubte, daß Octavia eine Seele hatte oder daß außer uns beiden in diesem Raum noch etwas anderes zugegen war, irgendeine höhere Macht, die unser Tun und Trachten ändern oder beeinflussen konnte. Das Schachern um den Preis ließ sich durchaus gütlich an, aber ich wußte, daß ich ihn gewinnen lassen mußte. Er durfte auf keinen Fall gedemütigt werden, nicht einmal durch eine geringfügige Niederlage. Umgekehrt aber würde er mich verachten, wenn ich gar zu leicht kapitulierte. Am Ende bewilligte ich ihm einen Tausender extra auf die erste Rate und zwei weitere auf das Endhonorar.

»Ich brauche ein bißchen Startkapital«, sagte er. »Ich kann mir Geld beschaffen, ich komme immer an Geld ran, aber noch habe ich keins. Wenn ich welches brauche, dann krieg ich's auch, aber das dauert seine Zeit.«

Und wieder hörte ich aus seiner Stimme heraus jene kindliche Prahlerei, jene gefährliche Mischung aus Eitelkeit und Selbstzweifel.
»Ja«, sagte ich, »Sie werden Geld brauchen, um sie ausführen zu können, ihr Interesse zu wecken. Geld zu haben ist für sie eine Selbstverständlichkeit, sie war ihr Leben lang wohlhabend. Ich habe 2000 Pfund in bar dabei. Die können Sie gleich haben, ich werde sie von der ersten Rate abziehen.«
»Nein, das muß extra gehen.«
Ich zögerte einen Moment, dann sagte ich: »Also schön, ich werd's nicht verrechnen.«
Ich hatte keine Bedenken, daß er mir das Geld abnehmen und mich dann womöglich umbringen könnte. Was hatte ich zu befürchten? Für ihn ging es schließlich um sehr viel mehr als diese läppischen 2000 Pfund. Ich beugte mich über meine Tasche und nahm das Geld heraus, in Zwanzig-Pfund-Noten.
»Es wäre einfacher gewesen«, sagte ich, »wenn ich Fünfziger genommen hätte, aber die sind in Moment ziemlich suspekt. Es waren zu viele Blüten im Umlauf. Zwanziger sind sicherer.«
Ich zählte ihm das Geld nicht vor, sondern legte einfach die vier Bündel zu je fünfhundert Pfund, jedes mit einem Gummiband zusammengehalten, vor ihn auf den Tisch. Er zählte auch nicht nach, sondern ließ die Banknoten unberührt zwischen uns liegen.
»Wie geht es nun weiter?« fragte er. »Wie kann ich Sie erreichen, um Sie über meine Fortschritte auf dem laufenden zu halten? Wo treffen wir uns, wenn ich mir die ersten 11 000 Pfund verdient habe?«
Seit dem ersten Prozeßtag hatte ich pausenlos darüber nachgedacht. Ich erwog die Kirche am Rand vom Sedgemoor Crescent, die St.-James-Kirche. Sie bleibt fast den ganzen Tag über offen. Zuerst schien mir das ein geeigneter Treffpunkt, doch dann verwarf ich den Gedanken wieder, und zwar aus zwei Gründen. Ein junger Mann, besonders einer wie Ashe, würde, wenn er allein eine Kirche betrat, jedem wachsamen Beobach-

ter sofort auffallen. Und obwohl ich meinen Glauben verloren hatte, widerstrebte es mir immer noch, ein Gotteshaus für einen Zweck zu mißbrauchen, von dem ich im tiefsten Innern wußte, wie verwerflich er war. Als nächstes hatte ich an ein Treffen im Freien gedacht, vielleicht bei einer der Statuen im Hyde Park, aber das wäre Ashe womöglich nicht genehm gewesen. Und ich wollte nicht riskieren, daß er mich einfach kurzerhand versetzte. Am Ende wußte ich, daß mir nichts anderes übrigblieb, als ihm meine Telefonnummer zu geben. Das Risiko schien vergleichsweise gering. Meine Adresse würde er dadurch noch lange nicht erfahren, und die Telefonnummer konnte ich, wenn nötig, auch wieder ändern lassen. Also schrieb ich sie auf und reichte ihm den Zettel. Wann immer es nötig sei, solle er morgens um acht bei mir anrufen, zunächst aber mindestens jeden zweiten Tag.

»Und jetzt«, sagte er, »muß ich noch ein bißchen was über das Mädchen wissen. Zum Beispiel, wo ich sie treffen kann.«

Ich gab ihm die Adresse. »Sie lebt mit ihrer Mutter zusammen, aber in einer separaten Wohnung im Souterrain. Sie haben auch eine Haushälterin, doch die wird Ihnen keine Schwierigkeiten machen. Octavia hat, soviel ich weiß, zur Zeit keine Arbeit, also wird sie sich vermutlich langweilen. Sobald Ihnen eine erste Annäherung geglückt ist, möchte ich Sie beide zusammen sehen. Wohin werden Sie sie ausführen? Haben Sie vielleicht einen Pub, in den Sie besonders gern gehen?«

»Ich verkehre nicht in Pubs. Ich werd Sie vorher anrufen und Ihnen Bescheid sagen, wann ich mit ihr das Haus verlasse. Wahrscheinlich nehm ich sie auf meinem Motorrad mit. Da können Sie uns dann zusammen sehen.«

»Ich muß mich aber ziemlich im Hintergrund halten. Ich kann nicht einfach vor ihrem Haus herumstehen, denn Octavia kennt mich, weil ich gelegentlich bei ihr daheim aushelfe. Wie lange glauben Sie, daß Sie für eine erste Annäherung brauchen werden?«

»Solange es eben dauert. Sobald sich was Neues ergibt, krie-

gen Sie Bescheid. Vielleicht brauche ich zwischenzeitlich auch mehr Geld.«

»Fürs erste reichen die 2000. Den Rest bekommen Sie in Raten, wann und wie Sie's benötigen, und den Endbetrag zahle ich Ihnen, sobald Sie verheiratet sind.«

Er sah mich mit seinen dunklen, in sich gekehrten Augen an und fragte: »Angenommen, ich heirate sie, und Sie weigern sich zu zahlen?«

»Wir sind doch beide nicht dumm, Mr. Ashe. Schon im Interesse meiner eigenen Sicherheit würde ich so etwas nie in Erwägung ziehen.«

Danach stand ich auf und ging. Ich weiß nicht, ob er noch etwas gesagt hat, aber ich erinnere mich an seine dunkle Silhouette vor der erleuchteten Küche, als er in der Tür stand und mir nachsah. Ich ging den ganzen Weg bis Shepherd's Bush zu Fuß, ohne zu merken, wie weit es war. Ich spürte weder meine Müdigkeit noch das schmerzlich blendende Scheinwerferlicht der vorbeibrausenden Autos. Alles, was ich fühlte, war ein berauschendes Hochgefühl, als ob ich wieder jung wäre und verliebt.

Er verlor keine Zeit, aber ich hatte auch nichts anderes erwartet. Wie vereinbart, rief er mich zwei Tage später um acht Uhr morgens an. Er berichtete mir, daß er Kontakt aufgenommen habe. Wie, verriet er mir nicht, und ich fragte nicht danach. Bald darauf rief er wieder an und erklärte, er und Octavia hätten vor, am 8. Oktober zu einer Verhandlung ihrer Mutter ins Old Bailey zu gehen. Hinterher wollten sie sich mit Venetia treffen und ihr sagen, daß sie sich verlobt hätten. Falls ich Beweise wolle, könne ich ja am selben Tag ins Old Bailey kommen und sie dort zusammen sehen. Aber ich wußte, daß das zu riskant gewesen wäre; außerdem hatte ich mir den gewünschten Beweis schon verschafft. Ashe hatte mich tags zuvor angerufen, um mir zu sagen, wann sie gemeinsam auf seinem Motorrad vom Pelham Place wegfahren würden. Zehn Uhr morgens, sagte er. Ich war dort und überzeugte mich. Außerdem hatte ich Mrs. Buckley angerufen, angeblich nur auf einen kleinen Plausch, und mich dabei nach Octavia erkundigt. Sie hatte mir nicht viel erzählt, aber das wenige, was ich erfuhr, genügte. Ashe hatte sich erfolgreich in Octavias Leben eingeschlichen.

Und nun komme ich auf den Punkt zu sprechen, der die Polizei in erster Linie interessieren wird: Venetia Aldridges Tod. Am Abend des 9. Oktober kam ich zur üblichen Zeit in die Kanzlei. Zufällig war ich an dem Tag allein, da Mrs. Watson ganz plötzlich verreisen mußte: Ihr Sohn hatte einen Unfall gehabt. Wäre sie anwesend gewesen, hätte zumindest eine Sache einen ganz anderen Verlauf genommen. Ich machte mich also an die Arbeit, konnte aber nicht so gründlich sein, als wenn wir zu zweit gewesen wären. Nachdem ich mit den Büros im Parterre fertig war, ging ich hinauf in den ersten Stock. Miss Aldridges Außentür war geschlossen, aber nicht abgesperrt. Die zweite Tür war nur angelehnt, der Schlüssel steckte von innen. Das Zimmer lag im Dunkeln wie alle Räume der Kanzlei mit Ausnahme der Eingangshalle, als ich gekommen war. Ich knipste das Licht an.

Erst dachte ich, sie sei in ihrem Sessel eingeschlafen. »Oh, verzeihen Sie!« murmelte ich, in der Annahme, daß ich sie aufgeweckt hatte. Doch sie gab keine Antwort. Da merkte ich, daß etwas nicht stimmte mit ihr, und trat näher. Sie war tot. Das sah ich sofort. Schon bevor ich die Hand an ihre Wange legte. Sie war noch warm, aber ihre weitaufgerissenen Augen, die waren glanzlos und matt wie trockene Steine, und als ich ihren Puls fühlen wollte, da regte der sich nicht mehr. Lauter Bestätigungen, die ich eigentlich nicht gebraucht hätte. Ich kannte den Unterschied zwischen einem Lebenden und einem Toten.

Es wäre mir nie in den Sinn gekommen, daß sie anders als eines natürlichen Todes gestorben sein könnte. Wie denn auch? Man sah kein Blut, keine Waffe, keine Anzeichen von Gewalt, nicht einmal ihre Kleidung war in Unordnung, der Raum schien unberührt. Sie saß ganz entspannt in ihrem Sessel, den Kopf auf die Brust geneigt, und sah richtig friedlich

aus. Ich vermutete einen Herzanfall. Und dann begriff ich mit einem Schlag, was das bedeutete: Sie hatte mich um meine große Rache betrogen. All mein Planen, all meine Mühen, von den Kosten gar nicht zu reden – alles war umsonst gewesen. Sie hatte sich einfach davongemacht. Was mir blieb, war der schwache Trost, daß sie zumindest von Ashes Verbindung zu ihrer Tochter gewußt hatte, allerdings nur so kurzfristig, daß es meine Rache erbärmlich schmälerte.
Solche und ähnliche Überlegungen brachten mich schließlich darauf, das Blut zu holen und die Perücke, um wenigstens ein letztes Fanal zu setzen. Ich wußte natürlich, wo die Allongeperücke aufbewahrt wurde, und Mr. Naughtons Schrank war nie abgeschlossen. Wegen der Fingerabdrücke brauchte ich mir keine Sorgen zu machen; ich trug ja immer noch die dünnen Gummihandschuhe, die ich jedesmal zum Putzen überstreife. Ich glaube, mir war klar, ja, ich muß gewußt haben, daß meine Tat in der Kanzlei für Aufruhr sorgen würde, doch das war mir gleichgültig. Nein, ich hoffte sogar auf einen handfesten Skandal. Beim Hinausgehen schloß ich beide Türen hinter mir ab, zog unten Hut und Mantel an, stellte die Alarmanlage ein und verließ die Kanzlei. Ihren Schlüsselring nahm ich mit und warf ihn auf dem Heimweg von der Uferpromenade gegenüber der U-Bahn-Station Temple Street, in die Themse.
Erst als Inspector Miskin mich am nächsten Morgen aufsuchte und mit in die Kanzlei nahm, erfuhr ich, daß Miss Aldridge keines natürlichen Todes gestorben war. Mein ganzes Denken galt zunächst der eigenen Sicherheit, und Rechenschaft über das, was ich getan hatte, legte ich nun nicht eher ab, bis ich wieder zu Hause war. Ich ging wie selbstverständlich davon aus, daß Ashe etwas mit dem Mord zu tun haben mußte, doch dann rief ich Mrs. Buckley an und erfuhr, daß er ein Alibi hatte. Trotzdem wußte ich jetzt, daß dies ganze unwürdige Spektakel ein für allemal ein Ende haben mußte. Als ich Venetia Aldridge das Blut über den Kopf goß, da war mir, als hätte ich damit zugleich auch all meinen Haß verströmt.

Was als schändlicher Akt der Entweihung geplant war, hatte sich als Befreiungstat erwiesen. Venetia Aldridge war meinem Zugriff auf immer entzogen. Endlich konnte ich loslassen, und indem ich meine Obsession fahrenließ, sah ich der Wahrheit ins Gesicht. Ich hatte mit dem Bösen paktiert, um Böses zu säen. Ich, die eine Enkelin durch Mord verloren hatte, hatte vorsätzlich das Kind einer anderen in die Gewalt eines Mörders gegeben. Ihre Mutter mußte sterben, damit ich das Ausmaß der Sünde begriff, in die meine Zwangsvorstellung mich hineingetrieben hatte.
Und dann kam ich zu Ihnen, lieber Herr Pfarrer, um die Beichte abzulegen. Das war der notwendige erste Schritt. Der zweite wird mir leichter fallen. Sie haben mir gesagt, was ich zu tun habe, und ich werde Ihren Rat befolgen, wenn auch auf meine Weise. Sie meinten, ich müsse auf der Stelle zur Polizei gehen. Statt dessen werde ich Ashe, wenn er mich am Dienstagmorgen wieder anruft, sagen, er soll Octavia am selben Abend um halb acht zu mir bringen. Weigert er sich, werde ich selbst zu ihr gehen. Aber ich würde es vorziehen, das klärende Gespräch hier in meiner Wohnung zu führen, in die sie nie wieder einen Fuß zu setzen braucht. Auf diese Weise bliebe wenigstens ihr Heim unbefleckt von der Erinnerung an meine perfide Tat. Hinterher werde ich wegfahren, für eine Woche nur. Ich weiß, so eine Flucht ist feige, aber ich muß einfach ein Weilchen allein sein.
Ich ermächtige Sie, verehrter Herr Pfarrer, diesen Brief der Polizei zu zeigen. Ich nehme an, dort weiß man bereits, daß ich es war, die sich an Venetia Aldridges Leiche vergangen hat. Natürlich werden sie mich einvernehmen wollen, aber das kann noch eine Woche warten. In sieben Tagen bin ich zurück, jetzt aber muß ich erst einmal raus aus London, um mir darüber klarzuwerden, was ich mit dem Rest meines Lebens anfangen soll.
Sie haben mir das Versprechen abgenommen, die Polizei zu verständigen, und dieses Versprechen werde ich halten. Sie sagten weiter, ich müsse die Sache mit Octavia in Ordnung

bringen, und auch das wird geschehen. Aber ich muß es ihr selber sagen. Ich möchte nicht, daß das ein Polizeibeamter übernimmt, und sei er noch so mitfühlend. Es wird schwer werden, ihr meinen Frevel zu beichten, doch ich sehe das als Teil meiner Strafe. Möglich, daß sie Ashe schon so verfallen ist, daß ihr Glaube an ihn sich durch nichts mehr erschüttern läßt. Vielleicht wird sie mich nicht einmal ernst nehmen und ihn womöglich immer noch heiraten wollen. Aber wenn sie es tut, dann soll sie wenigstens wissen, was er ist und was er und ich zusammen ausgeheckt haben.

Danach folgte nur noch Mrs. Carpenters Unterschrift. Dalgliesh las ein wenig rascher als Kate und wartete jedesmal die paar Sekunden, bis sie ihm das Zeichen zum Umblättern gab. Die steile, ausgeprägte Schrift war leicht zu lesen. Als sie fertig waren, faltete Dalgliesh den Brief zusammen und verharrte schweigend auf seinem Platz.

37

Kate brach schließlich das Schweigen. »Aber das war doch heller Wahnsinn, ihm mit einem solchen Ansinnen zu kommen. Ob sie wirklich geglaubt hat, er würde Octavia zu ihr bringen?«

»Vielleicht. Wir wissen ja nicht, was zwischen ihnen besprochen wurde, als er sie anrief. Womöglich hat er ihr sogar eingeredet, er freue sich, wenn Octavia die Wahrheit erfährt. Oder daß er Octavia davon überzeugen konnte, daß das, was von seiner Seite als Betrugsmanöver begonnen hatte, in Liebe umgeschlagen war. Für ihn stand immerhin eine Menge Geld auf dem Spiel.«

»Aber sie wußte doch, daß er ein Mörder war!«

»Der seiner Tante, ja, aber nicht der von Venetia Aldridge. Unter Umständen hat sie ihn sogar noch hereingelassen, als sie sah, daß er allein kam. Das würde den plötzlich so laut gestellten Fernseher erklären. Dazu wäre ihm kaum Zeit geblieben, wenn er sie überrumpelt und sich gewaltsam Zutritt verschafft hätte.«

»Vorausgesetzt, daß es wirklich er war, der den Fernseher lauter gestellt hat, was wir ja nur vermuten können.«

»Vermutungen und Spekulationen, das ist alles, was wir haben, bis auf die Tatsache, daß sie tot ist und daß er sie umgebracht hat.« Und vielleicht war es Janet Carpenter – wenn auch unbewußt und ohne es sich selbst einzugestehen – nicht einmal darauf angekommen, ob er nun Octavia mitbrachte oder den Tod.

»Er erschien vor der verabredeten Zeit«, sagte Kate, »versteckte sich im Schatten des Flurschranks und paßte ihre Rückkehr ab. Oder vielleicht klingelte er auch einfach und überwältigte sie, als sie die Tür aufmachte. Ob eventuell Octavia dabei war? Und sie haben den Anschlag auf Mrs. Carpenter gemeinsam geplant?«

»Das glaube ich nicht. Es ist doch in seinem Interesse, daß diese Hochzeit stattfindet. Besonders jetzt, wo das Mädchen eine ziemlich vermögende Erbin ist. Sie glaubt vielleicht, daß sie ihn liebt, aber ein Rest von Selbsterhaltungstrieb dürfte ihr vermutlich dennoch geblieben sein. Und ich kann mir nicht vorstellen, daß er es riskieren würde, vor ihren Augen einen Mord zu begehen, ganz zu schweigen von einer solch brutalen Schlächterei. Nein, ich denke, er kam allein. Aber wahrscheinlich wird er sich darauf verlassen, daß sie ihm ein Alibi verschafft, und so vernarrt könnte sie durchaus sein. Ab sofort wird das Haus am Pelham Place bewacht, aber unauffällig. Und rufen Sie Mrs. Buckley an, um sich zu vergewissern, daß die beiden zu Hause sind. Sagen Sie ihr, wir sind in einer halben Stunde dort, aber nicht, warum wir kommen.«

»Wir könnten uns ja auch irren, Sir. Hat Ashe auch Miss Aldridge getötet? Gibt es denn keine Möglichkeit, sein Alibi zu knacken?«

»Nein, keine. Der Aldridge-Mord geht nicht auf sein Konto. Der gehört dahin, wo wir ihn von Anfang an vermutet haben: in die Kanzlei.«

»Wenn dieser Pfarrer uns schon am Sonntag alles gesagt hätte, was er wußte, dann wäre sie noch am Leben.«

»Genausogut könnten Sie sagen, daß sie noch am Leben wäre, wenn wir gleich am Montagabend zu ihr gefahren wären. Ich hätte merken müssen, daß der Mord an ihrer Enkelin eine Schlüsselrolle spielte. Und wir hatten die Wahl – Pastor Presteign dagegen hatte keine.«

Dalgliesh überließ es Kate, die notwendigen Telefonate zu führen, und ging hinüber in die Kirche. Im ersten Moment wähnte er sich allein in dem dämmrigen Gewölbe. Die Gemeinde hatte sich zerstreut, das mächtige Portal war geschlossen. Der Wechsel aus der warmen, hell erleuchteten Sakristei in die dumpfe, weihrauchgeschwängerte Luft machte ihn frösteln. Die marmornen Säulen strebten hoch und schlank empor und verloren sich in einem schwarzen Nichts. Es ist doch seltsam, dachte er, daß ausgerechnet solche Gebäude, die speziell für große Menschenansammlungen errichtet werden – Theater, Kirchen –, immer so ein Gefühl schmerzlich enttäuschter Erwartung erzeugen, wenn sie leer sind, ein Gefühl, das pathetisch an das erinnert, was unwiederbringlich dahin ist, an Stimmen, die für immer verstummt, und Schritte, die endgültig verklungen sind. Zu seiner Rechten waren vor der Statue Mariens zwei frische Kerzen angezündet worden, und Dalgliesh fragte sich, welches Hoffen oder welche Verzweiflung wohl diese ruhig brennenden Flammen symbolisierten. Die Madonna war ungeachtet ihres himmelblauen Mantels und der goldenen Locken des Jesuskindes, das segnend sein Patschhändchen ausstreckte, nicht so kitschig wie die meisten ihrer Art. In dem ebenmäßigen Antlitz mit den ernsten Zügen spiegelte sich das westliche Ideal tugendhaft keuscher Weiblichkeit. Wie immer es auch ausgesehen haben mag, dieses unbekannte junge Ding aus dem Nahen Osten – so ganz bestimmt nicht, dachte er.
Ein Schatten glitt durch die schummrigen Säulenreihen und nahm Gestalt an, als Pfarrer Presteign vor die Marienstatue trat.
»Wenn ich sie dazu überredet hätte, Sie unverzüglich aufzusuchen, wenn ich darauf bestanden hätte, sie zu begleiten«, sagte er, »dann wäre sie heute noch am Leben.«
»Wenn ich sie einvernommen hätte, sobald ich vom Mord an

ihrer Enkelin erfuhr«, versetzte Dalgliesh, »dann wäre sie auch noch am Leben.«

»Vielleicht. Aber Sie konnten zu dem Zeitpunkt noch nicht wissen, daß Ashe in irgendeiner Beziehung zu ihr stand. Sie haben eine, gemessen am Stand Ihrer Ermittlungen, durchaus vertretbare Entscheidung gefällt, ich dagegen habe mich einer krassen Fehleinschätzung schuldig gemacht. Seltsam, daß so ein Irrtum weitaus fatalere Folgen haben kann als selbst eine Todsünde.«

»In diesen Dingen sind Sie der Fachmann, Herr Pfarrer, und ich will Ihnen da nicht dreinreden, aber wenn eine Fehleinschätzung als Sünde zählt, dann ist wohl unser aller Seelenheil bedroht. Den Brief muß ich vorläufig behalten, danke, daß Sie ihn mir gegeben haben. Ich sorge dafür, daß er von sowenig Leuten wie möglich gelesen wird.«

»Das wäre gewiß in ihrem Sinne, besten Dank auch, Adam.« Damit zog sich der Priester in Richtung Sakristei zurück.

Dalgliesh, der ihm folgte, war darauf gefaßt, daß Presteign ihm zum Abschied noch versprechen würde, für ihn zu beten. Doch dann fiel ihm ein, daß der Pfarrer das natürlich nicht eigens zu sagen brauchte. Für ihn beten würde er ganz selbstverständlich: Das war ja sein Beruf.

Sie waren schon fast an der Tür zur Sakristei, als die plötzlich von innen aufgerissen wurde und Kate vor ihnen stand. Ihre und Dalglieshs Blicke trafen sich. Bemüht, ihre Stimme ruhig und sachlich zu halten, sagte sie: »Er ist nicht da. Er ist gestern abend mit seinem Motorrad fort, ohne zu sagen, wohin. Und er hat Octavia dabei.«

Am Pelham Place empfing Mrs. Buckley sie so erleichtert wie zwei gute Freunde, deren Ankunft sie schon sehnlich erwartet hatte.

»Ach, bin ich froh, daß Sie da sind, Commander! Ich habe ja so gehofft, daß Sie die Zeit finden würden, kurz vorbeizuschauen. Ich weiß, wie töricht das klingt, da Sie doch soviel Arbeit haben, aber ich bin ganz ratlos. Octavia erzählt mir rein gar nichts, und diese letzte Woche – nein, das war der reinste Alptraum.«

»Wann sind sie fort, Mrs. Buckley?«

»Gestern abend gegen halb elf. Es kam ganz plötzlich. Ashe sagte, sie wollten eine Zeitlang allein sein und diese aufdringlichen Reporter abschütteln. Na ja, das konnte ich noch verstehen, denn zumindest die ersten beiden Tage war es wirklich schlimm. Zwar hielten wir die Tür verschlossen, und dieser nette Polizist hat uns auch sehr geholfen, aber man kam sich trotzdem vor wie belagert. Zum Glück hatte Miss Aldridge ein Konto bei Harrods, so daß ich unsere Lebensmittel telefonisch bestellen konnte und nicht zum Einkaufen zu gehen brauchte. Aber Ashe und Octavia schien der Rummel anfangs gar nichts auszumachen, und allmählich ließ der Zulauf der Journalisten ja auch nach. Und jetzt auf einmal haben sie sich in den Kopf gesetzt, daß sie einen Tapetenwechsel brauchen.«

Unterdessen waren sie durch die Diele und die Treppe hinunter ins Souterrain gelangt. Die Wohnungstür ließ sich nicht öffnen. »Sie haben von innen abgeschlossen«, sagte Mrs. Buckley. »Da müssen wir durch den Garten gehen. Ich habe einen Schlüssel für den Hintereingang. Miss Aldridge bestand darauf, für den Fall, daß wir unten einen Rohrbruch haben oder ein Feuer ausbricht. Es dauert nur einen Moment.«

Sie warteten schweigend. Kate bemühte sich, ihre Ungeduld zu bezähmen. Aber mit jeder Stunde, die tatenlos verstrich, würden Ashe und Octavia sich weiter von London entfernen, vielleicht das Motorrad irgendwo stehenlassen, und es würde immer schwieriger werden, sie aufzuspüren. Trotzdem tat Dalgliesh recht daran, Mrs. Buckley nicht zu drängen. Sie waren auf ihre Informationen angewiesen, und zu viele Ermitt-

lungen scheitern daran, daß die Polizei vorschnell und ohne ausreichende Sachkenntnis eingreift.
Die Haushälterin war rasch zurück und führte sie durch den Garten zum Souterraineingang, zu dem man ein paar Stufen hinuntersteigen mußte. Mrs. Buckley schloß die Tür auf, und sie betraten einen engen, schummrigen Flur. Als das Licht anging, sah Kate erstaunt, daß die halbe Wand mit einer leuchtenden Collage aus Buch- und Zeitschriftenillustrationen beklebt war. Die vorherrschenden Farben waren Gold und Braun, und die auf den ersten Blick befremdliche Kreation konnte sich durchaus sehen lassen.
Mrs. Buckley führte sie in das Wohnzimmer rechts vom Flur, das erstaunlich ordentlich aufgeräumt war, ansonsten aber ganz Kates Erwartungen an eine Souterrainwohnung entsprach, die eine wohlhabende Familie der Mittelklasse für ihre heranwachsenden Kinder hergerichtet hat. Die Möbel waren bequem, aber nicht wertvoll, die Wände freigelassen, auf daß die Tochter des Hauses sie ganz nach ihrem Geschmack dekorieren konnte. Octavia hatte sich für eine Posterkollektion entschlossen. Der Diwan an der linken Wand diente vermutlich auch als Gästebett.
Mrs. Buckley, die ihrem Blick gefolgt war, sagte ohne Umschweife: »Hier hat er geschlafen. Ich weiß das, weil ich inzwischen hier saubermache. Erst dachte ich, die beiden würden zusammen schlafen. Das ist doch heutzutage gang und gäbe bei den jungen Leuten, sogar wenn sie nicht verlobt sind.« Und nach einer kleinen Pause setzte sie hinzu: »Entschuldigen Sie, das hätte ich jetzt nicht sagen sollen. Es geht mich ja auch nichts an.«
Kate dachte: ganz schön clever von Ashe, Octavia so zappeln zu lassen, ihr zu beweisen, daß er nicht so ist wie die anderen.
Der Tisch in der Mitte des Zimmers war über und über mit Zeitungen bedeckt. Hier hatten sie offenbar an ihrer Collage

gearbeitet. Neben einem großen Topf Kleister lag ein Stapel Illustrierte, einige schon ausgeschlachtet, andere noch unberührt. Auch Buchillustrationen lagen herum, und Kate fragte sich, ob die wohl aus den Büchern herausgerissen waren, die oben in den Regalen standen.

»Was ist Dienstag abends vorgefallen?« fragte Dalgliesh. »Sind die beiden überstürzt aufgebrochen?«

»Das kann man wohl sagen, Sir, ja, es war ganz eigenartig. Sie waren hier unten und haben ihre Bilder ausgeschnitten, mit denen sie die Wand im Flur tapezieren wollten. Da kam Ashe rauf in die Küche und bat mich um eine zweite Schere. Das war so um neun. Ich gab ihm eine aus meiner Schublade, aber er war im Nu zurück und erklärte mir ganz verärgert, mit der könnten sie nichts anfangen. Da merkte ich erst, daß ich ihm die Schere von Mrs. Carpenter gegeben hatte. Sie hatte sie dagelassen, als sie während meines Urlaubs für mich eingesprungen war. Ich hatte mir schon ein paarmal vorgenommen, sie Miss Aldridge in die Kanzlei mitzugeben – es ist so umständlich, eine Schere für den Postversand zu verpacken –, aber dann schob ich es immer wieder auf, weil Miss Aldridge in letzter Zeit soviel um die Ohren hatte. Tja, und irgendwann muß ich die Schere dann einfach vergessen haben. Ashe konnte natürlich nichts mit ihr anfangen, weil Mrs. Carpenter nämlich Linkshänderin war.«

»Und wie hat er reagiert, als Sie ihm das erklärten?« fragte der Commander leise.

»Das war ja das Merkwürdige, Sir! Er wurde weiß wie die Wand und blieb einen Moment wie angewurzelt stehen. Aber dann stieß er auf einmal einen Schrei aus, als ob er furchtbare Schmerzen hätte, packte die Schere und versuchte mit Gewalt, sie an den Griffen auseinanderzureißen. Als ihm das partout nicht gelang, da bohrte er die Spitze voller Wut in die Tischplatte. Wenn wir nach oben kommen, kann ich Ihnen das

Loch zeigen, Sir. Es ist ganz deutlich zu sehen. Das war ein wunderlicher Auftritt, fast zum Fürchten – aber ich habe mich ja von Anfang an vor diesem Menschen gefürchtet.«

»Wie das, Mrs. Buckley? War er aggressiv, hat er Sie bedroht?«

»O nein, er war sogar sehr zuvorkommend. Eiskalt, aber von Bedrohen keine Spur. Doch er hat mich ständig beobachtet, und in seinem Blick, da war so was Abschätziges, fast möchte ich sagen Feindseliges. Und Octavia war genauso. Er hat sie natürlich beeinflußt. Ach, es macht weiß Gott keinen Spaß, in einem Haus zu leben, in dem man angefeindet, wenn nicht gar gehaßt wird. Das Mädchen braucht dringend Hilfe und Zuwendung, das weiß ich wohl, aber ich kann sie ihr nicht geben. Wie kann man Haß mit Liebe vergelten? Eigentlich bin ich froh, daß sie fortgefahren sind.«

»Und Sie haben keine Ahnung, wohin? Haben die beiden nie davon gesprochen, daß sie mal verreisen möchten, irgendein bevorzugtes Ferienziel genannt?«

»Nein, nie. Und jetzt hat Ashe mir nur gesagt, sie würden ein paar Tage wegbleiben. Sie haben auch keine Adresse hinterlassen. Ich hatte den Eindruck, sie wußten selber nicht recht, wo sie hin wollten. Und vom Verreisen haben sie zuvor nie gesprochen, aber wir haben uns überhaupt kaum unterhalten. Die meiste Zeit hat Octavia mich nur herumkommandiert.«

»Haben Sie sie aufbrechen sehen?«

»Ja, vom Wohnzimmerfenster aus. Gegen zehn, halb elf sind sie gefahren. Anschließend bin ich runter in die Wohnung, um zu sehen, ob sie mir eine Nachricht hinterlassen haben, war aber nichts zu finden. Ich glaube allerdings, daß sie campen wollen, denn sie haben fast alle meine Konserven aus dem Küchenschrank mitgenommen. Und ich habe gesehen, daß Octavia, als sie auf den Sozius stieg, ihren Rucksack umhatte, den, den Miss Aldridge ihr vor ein paar Jahren gekauft

hat, damit sie mit der Schule eine Wanderfahrt machen konnte. Ach, und einen Schlafsack hatte sie auch dabei.«
Als sie nach oben in die Küche kamen, bat Dalgliesh Mrs. Buckley, sich zu setzen, ehe er ihr so schonend wie möglich die Nachricht von Janet Carpenters Ermordung beibrachte. Sie saß erst ganz still da, und endlich sagte sie: »O mein Gott, nein! Nicht schon wieder! Was ist nur los mit uns und unserer Welt? Sie war eine so nette Person, freundlich, einfühlsam, eine ganz normale Frau. Ich meine, warum sollte jemand eine Frau wie sie umbringen? Und noch dazu in ihrer eigenen Wohnung. Demnach war es kein Straßenräuber?«
»Nein, Mrs. Buckley, so einer war es nicht. Wir fürchten, daß es Ashe gewesen sein könnte.«
Da senkte sie den Kopf und flüsterte: »Und er hat Octavia bei sich.« Als sie wieder aufblickte und Dalgliesh forschend ansah, dachte Kate mit wachsendem Respekt: Diese Frau denkt einmal nicht zuerst an sich.
Dalgliesh fragte unterdessen: »Ist Ashe am frühen Montagabend hier gewesen?«
»Das weiß ich nicht. Nachmittags waren beide mit dem Motorrad unterwegs, wie so oft. Und abends, so gegen neun, haben sie, wie gesagt, an ihrer Collage gearbeitet, aber wo sie in der Zwischenzeit waren, das kann ich Ihnen wirklich nicht sagen. Das heißt, Octavia war wahrscheinlich schon in ihrer Wohnung, denn so gegen Abend hat es von unten nach Essen gerochen – Spaghetti Bolognese, wenn ich mich recht entsinne. Aber die beiden waren immer sehr ruhig. Wenn jemand gleich runter in die Wohnung geht, bekomme ich das sowieso nicht mit, nur sein Motorrad, das höre ich normalerweise schon.«
Dalgliesh versprach ihr, das Haus unter Polizeischutz zu stellen. Er wollte sich auch um eine Beamtin kümmern, die nachts bei ihr schlafen sollte. Angesichts dieser Vorkehrun-

gen schien Mrs. Buckley sich zum erstenmal bewußt zu werden, daß auch sie in Gefahr schwebte.
»Machen Sie sich keine Sorgen!« beschwichtigte Dalgliesh sie eilig. »Sie sind sein Alibi für den Mord an Miss Aldridge. Er würde sich bloß selber schaden, wenn er Ihnen auch nur ein Haar krümmte. Aber für mich ist es trotzdem eine Beruhigung, wenn Sie nachts nicht allein sind.«
Draußen auf der Straße fragte Kate: »Wollen Sie eine Großfahndung einleiten, Sir?«
»Das werde ich wohl müssen, Kate. Er hat schon mindestens einmal getötet, und jetzt ist er anscheinend in Panik geraten, was ihn doppelt gefährlich macht. Und er hat das Mädchen bei sich. Für sie sehe ich allerdings keine unmittelbare Gefahr. Sie ist immer noch sein bester Trumpf, was das Alibi für den Montagabend angeht. Und die Chance, sich durch eine Heirat mit ihr in den Besitz ihres Geldes zu bringen, die wird er sich auch nur im äußersten Notfall entgehen lassen. Ihren Namen geben wir aber erst einmal nicht in die Fahndung. Es genügt, wenn wir sagen, Ashe wird als Zeuge gesucht und hat eventuell eine junge Frau bei sich. Wenn er nur den Eindruck gewinnt, daß seine Chancen davonzukommen allein größer sind – glauben Sie, daß er dann davor zurückschrecken würde, sie zu töten? Wir müssen uns umgehend mit der Polizei in Suffolk in Verbindung setzen und mit der dortigen Fürsorge. Wir brauchen die Adressen aller Pflegefamilien und sämtlicher Kinderheime, wo er mal gewesen ist. Wenn er sich versteckt, dann mit ziemlicher Sicherheit an einem Ort, den er von früher her gut kennt. Wir müssen unbedingt diesen Sozialarbeiter finden, der sich seinerzeit so intensiv um ihn gekümmert hat und den Venetia Aldridge in ihrem blauen Arbeitsbuch zum Fall Ashe erwähnt. Einen gewissen Michael Cole. Ashe nannte ihn Coley.«

IV

Die Insel im Schilf

38

Ashe war wortlos und ohne Zwischenstopp bis zu dem Haus am Westway durchgefahren. Sie wunderte sich, daß sie dort haltmachten, aber er gab ihr keine Erklärung, auch dann nicht, als sie abgestiegen waren und er die Kawasaki in den Hinterhof geschoben und aufgebockt hatte.

Erst als er die Küchentür aufschloß, sagte er: »Warte hier unten! Es dauert nicht lange.«

Octavia hatte indes gar nicht den Wunsch, ihm zu folgen. Sie waren seit jenem ersten Besuch, als er ihr die Fotografien gezeigt hatte, nicht mehr in dem Haus gewesen. Und doch kam ihr der Geruch, der ihr jetzt aus der Küche entgegenschlug, unangenehm bekannt vor; nur daß er noch stärker war als beim letztenmal und wie ein tückisches Gift aus den Winkeln der Küche drang. Und die Finsternis, die dahinter lag, gaukelte ihr Horrorszenarien vor, deren unmittelbare, eindringlich plastische Kraft ihr den Atem benahm. Lediglich eine dünne Wand trennte sie von jenem schmalen Diwan, der in ihrer Phantasie nicht mehr so unschuldig und harmlos erschien wie damals unter der züchtigen Decke, sondern über und über mit Blut besudelt. Blut, das sie sogar tropfen hörte. Doch nach dem ersten kopflosen Schrecken erkannte sie, daß das monotone Plop vom Wasserhahn herrührte, und sie ging hin und drehte ihn mit zitternder Hand zu. Das Bild dieses bleichen, massakrierten Körpers – der klaffende Mund, die toten Augen –, lauter Eindrücke, die sie bislang entweder hatte bannen oder mit kaum mehr als einem halbherzigen Gruseln heraufbeschwören können, überfiel sie jetzt plötzlich ungleich deutlicher als damals, als sie das Foto tatsächlich gesehen hatte. Ja, auch der Schwarzweißabzug stieg unversehens wieder vor ihren Augen auf, nur daß er diesmal das purpurne Blut und das bleiche, schon dem Verfall anheimgegebene Fleisch in grellen Farben darbot. Sie hatte bloß den einen Wunsch: fort aus diesem Haus, fort, und es niemals wiedersehen müssen! Wo Ashe nur so lange blieb? Was machte er dort oben? Octavia lauschte angestrengt auf irgendein Geräusch. Doch sie brauchte nicht mehr lange zu warten, bis auf der Treppe Schritte zu hören waren, und dann war er wieder bei ihr.

Er hatte einen großen Segeltuchrucksack über der Schulter, und in der rechten, fest zur Faust geschlossenen Hand trug er wie eine Trophäe eine blonde Perücke. Als er sie jetzt sachte ausschüttelte, daß die Locken im Licht der nackten Glühbirne tanzten, da hatte es einen Moment lang den Anschein, als erwache das Gebilde zum Leben.

»Hier. Setz die auf! Ich will nicht, daß man uns erkennt.«

Prompt regte sich in ihr ein instinktives Ekelgefühl, doch er kam ihrem Einwand zuvor.

»Die ist ganz neu. Sie hat sie nicht ein einziges Mal getragen. Komm, überzeug dich selbst!«

»Aber aufgesetzt muß sie sie doch haben. Wenigstens zur Anprobe im Geschäft.«

»Nicht sie hat sie gekauft, sondern ich. Ich sag dir doch, sie hat sie nie aufgehabt.«

Mit einer Mischung aus Neugier und Widerwillen nahm Octavia ihm die Perücke aus der Hand und drehte sie um. Das Futter aus einer Art feinem Netzgewebe wirkte in der Tat unberührt. Trotzdem wollte sie schon einwenden: Ich will aber nun mal nichts tragen, was ihr gehört hat, als sie seinem Blick begegnete und begriff, daß er der Stärkere war. Beim Hereinkommen hatte sie ihren Sturzhelm abgenommen und auf den Tisch gelegt. Jetzt zog sie sich mit einer abrupten Geste, als lasse innerer Widerstand sich durch Eile überwinden, die Perücke über den Kopf und stopfte die vereinzelten dunklen Strähnen, die im Nacken vorlugten, darunter.

»Hier, guck mal!« sagte er, umspannte gebieterisch ihre Schultern und schob sie vor einen aus einzelnen Kacheln zusammengesetzten Spiegel an der Schrankwand.

Das Mädchen, das ihr entgegenstarrte, war eine Fremde, aber eine, nach der sie sich auf der Straße in erschrockenem Wiedererkennen umgedreht hätte. Es war schwer zu begreifen, wie dieser künstliche Schopf blonder Locken eine ganze Persönlichkeit gleichsam auslöschen konnte. Und dann beschlich sie eine bange Furcht, als sei ein ohnehin gefährdetes, schwer zugängliches Gut ihrem Zugriff nun noch weiter entrückt. Sie sah sein Spiegelbild hinter ihrer Schulter auftauchen. Er lächelte, und sein kritisch grübelnder Blick schien diese Verwandlung als sein Werk zu beanspruchen, geboren aus seiner klugen Erfindungsgabe.

»Und?« fragte er. »Wie gefällt's dir?«

Sie hob die Hand und betastete das fremde Haar, das sich unnatürlich anfühlte, kräftiger, aber auch seidiger als echtes. »Ich hab noch nie eine Perücke getragen. Ist ein komisches Gefühl. Und unter dem Helm wird's bestimmt schrecklich heiß werden.«

»Bei dem Wetter nicht. Mir gefällt's. Sie steht dir. Aber nun komm! Wir haben bis Mitternacht noch 'ne hübsche Strecke vor uns.«

»Kommen wir hierher zurück?« Sie versuchte, den Abscheu in ihrer Stimme zu unterdrücken.

»Nein, wir kommen nicht zurück, niemals. Mit dem alten Kasten sind wir ein für allemal fertig.«

»Wo fahren wir denn hin?«

»An einen geheimen Ort. An dem wir ganz für uns allein sein können. Du wirst schon sehen. Es wird dir gefallen.«
Sie stellte keine weiteren Fragen, und damit war das Gespräch zu Ende. Er verließ London zunächst in westlicher Richtung und bog bei nächster Gelegenheit zur M25 ab. Sie hatte keine Ahnung, wo es hingehen sollte, außer daß sie ihrem Gefühl nach inzwischen in nordöstlicher Richtung fuhren. Sobald sie die Hauptstadt hinter sich hatten, hielt Ashe sich an die Nebenstraßen. Unterwegs ließ Octavia alle Sorgen und Bedenken fahren, ja sie verlor jedes Zeitgefühl und nahm bald nichts mehr wahr als den erhebenden Rausch der Geschwindigkeit und die schneidende Zugluft, die alle Last ihrer unscheinbaren Nichtexistenz gewaltsam von ihren Schultern blies. Wie sie so auf dem Sozius saß, die behandschuhten Hände lokker um seine Taille gelegt, gab sie sich ganz dem Gefühl des Augenblicks hin, dem Sog der Abendluft, dem Dröhnen der PS-starken Maschine und dem Dunkel der Landstraße. Vom Rand her schienen die Hecken bedrohlich gegen sie vorzurücken, während die windzerzausten Bäume, kaum daß sie ins Blickfeld rückten, auch schon wieder zu schwarzen Gaukelbildern zerflossen und die weiße Mittelmarkierung endlos Kilometer um Kilometer von ihren gefräßigen Reifen verschluckt wurde.
Endlich näherten sie sich einer Ortschaft. Hecken und Felder wurden von Reihenhäusern abgelöst, von Pubs und kleinen Läden, die zwar längst geschlossen hatten, deren Schaufenster aber noch erleuchtet waren. Hin und wieder tauchte einmal eine größere Villa auf, die weit zurückversetzt hinter hohen Mauern dalag. Ashe bog in eine Seitenstraße ein und schaltete den Motor aus. Hier gab es keine Wohnhäuser. Vielmehr hielten sie vor einem kleinen, bescheidenen Stadtpark, der an einen Kinderspielplatz mit Schaukeln und Rutschen grenzte. Gegenüber erhob sich ein Geschäftsgebäude, viel-

leicht eine kleine Fabrik. Der Name, der auf der dunklen, fensterlosen Außenmauer stand, sagte ihr nichts. Ashe stieg vom Motorrad und nahm den Helm ab. Octavia tat es ihm nach.

»Wo sind wir hier?« fragte sie.

»In 'nem Vorort von Ipswich. Du wirst die Nacht in einem Hotel verbringen, das ich von früher kenne. Liegt gleich um die Ecke. Morgen früh hol ich dich wieder ab.«

»Warum können wir denn nicht zusammenbleiben?«

»Ich hab dir doch gesagt warum: Weil ich nicht will, daß man uns erkennt. Ich will nicht, daß die uns hinterherschnüffeln. Den Typen fallen wir viel eher auf, wenn wir zu zweit sind.«

»Warum sollte man uns nachspionieren?«

»Macht ja vielleicht auch keiner, wer weiß. Aber ich will kein Risiko eingehen. Hast du Geld dabei?«

»Ja, sicher, du hast doch gesagt, ich soll reichlich Bargeld einstecken. Aber ich hab auch meine Kreditkarten mit.«

»Das Hotel ist um die Ecke, etwa fünfzig Meter in diese Richtung. Geh und verlang ein Einzelzimmer für eine Nacht! Sag, du willst im voraus bezahlen, weil du morgen früh den ersten Zug nach London erreichen mußt. Und zahl in bar, hörst du? Eintragen kannst du dich, unter welchem Namen du magst, solange es nicht dein eigener ist. Und gib auch eine falsche Adresse an. Hast du das alles behalten?«

»Es ist doch schon schrecklich spät, Angenommen, die haben kein Zimmer mehr frei?«

»Haben sie ganz bestimmt, aber ich warte vorsichtshalber zehn Minuten. Wenn du dort nichts erreichst, kenn ich noch andere Hotels. Sowie du dich eingetragen hast, gehst du direkt rauf in dein Zimmer. Nicht daß du im Speisesaal bleibst oder an der Bar! Aber die sind um die Zeit ohnehin schon geschlossen. Laß dir ein paar Sandwiches aufs Zimmer schikken! Und morgen früh um sieben treffen wir uns wieder hier an dieser Stelle. Falls ich noch nicht da bin, gehst du ein bißchen auf und ab, bis ich komme. Ich will nicht, daß irgend jemand mich hier warten sieht.«

»Und wo wirst du übernachten?«

»Ich find schon ein Plätzchen, und wenn nicht, dann kann ich auch mal im Freien kampieren, mach dir um mich keine Sorgen!«

»Ich will aber nicht, daß wir uns trennen. Ich sehe nicht ein, wieso wir nicht zusammenbleiben können.«

Sie merkte selbst, daß ihre Stimme einen quengeligen Ton angenommen hatte. Genau das, was er nicht leiden konnte. Aber er bemühte sich, geduldig zu bleiben.

»Wir werden ja auch zusammen sein«, sagte er. »Schon bald. Deswegen machen wir doch diese Tour. Wir werden zusammen sein, und niemand wird uns dreinreden können, weil kein Mensch auf der Welt wissen wird, wo wir sind. Ich muß ein paar Tage allein sein mit dir; wir haben nämlich etliches zu besprechen.« Er verstummte kurz und stieß dann so abrupt und heftig, als würden die Worte mit Gewalt aus ihm herausgepreßt, hervor: »Ich liebe dich. Wir werden heiraten. Ich will mit dir schlafen, aber nicht im Haus meiner Tante und auch nicht in dem von deiner Mutter. Wir müssen irgendwo ganz für uns sein.«

Also darum geht es! dachte sie glücklich, schlang in neu erstarkter Zuversicht die Arme um seinen Hals und hob erwartungsvoll ihr Gesicht. Er beugte sich nicht herab, um sie zu küssen, preßte sie jedoch fest an sich, auch wenn diese Umarmung eher etwas von einer heftigen Abwehr hatte. Sie konnte ihn riechen – seinen Körper, seinen Atem –, Ausdünstungen, gegen die selbst der Ledergeruch seiner Jacke nicht ankam.

»Also dann bis morgen, Liebling!« sagte er.

Es war das erste Mal, daß er sie Liebling genannt hatte. Das Wort klang seltsam aus seinem Mund, und im ersten Augenblick war ihr, als habe er zu jemand anderem gesprochen. Als sie neben ihm bis zum Ende der Straße ging und die unbehandschuhte Hand ausstreckte, da griff er nach ihr, ohne ihr ins Gesicht zu sehen, und drückte sie so fest, daß ihr die Finger schmerzten. Und doch war ihr, als könne ihr von nun an nichts und niemand mehr etwas anhaben. Sie wurde geliebt, sie würden endlich miteinander allein sein, alles würde gut werden.

39

Ashe hatte ihre Sachen umgepackt, damit der Rucksack nicht mehr so voll war, und sagte, den müsse sie mitnehmen. Im Hotel würde man mißtrauisch werden, wenn ein Gast ganz ohne Gepäck ankam, selbst wenn er im voraus bezahlte.
»Und was ist, wenn sie mir kein Zimmer geben wollen?«
»Du kriegst schon eins. Die werden beruhigt sein, sowie du den Mund aufmachst. Hast du dich denn noch nie sprechen hören?«
Und da war er wieder, dieser kleine Unmutston, so rasch und flüchtig wie ein Nadelstich und so schnell wieder verklungen, daß man ihn leicht als Einbildung abtun konnte.
Am Empfang war niemand, als sie die kleine Hotelhalle betrat. Auf dem Feuerrost in dem schäbigen Kamin stand eine Vase mit getrockneten Blumen. Über dem Sims hing ein Ölschinken von einer Seeschlacht aus dem achtzehnten Jahrhundert, der so eingerußt war, daß man außer den schlingernden Schiffen und den kleinen Rauchwölkchen vor ihren Geschützen kaum etwas erkennen konnte. Die wenigen anderen Bilder waren Stiche mit rührselig verkitschten Kind-und-Hund-Szenen. Hoch oben entlang den Wänden waren in einem rundum laufenden Bord Sammelteller aufgestellt, die freilich eher wie die kläglichen Reste eines zerschlagenen Speiseservice aussahen.
Octavia zögerte noch, ob sie die Klingel auf dem Empfangstresen betätigen sollte, als ein Mädchen, das kaum älter wirkte als sie, durch die Tür gerauscht kam, über der in großen Let-

tern »Bar« stand, und schwungvoll die klappbare Platte öffnete und schloß. Octavia sagte ihren einstudierten Spruch auf: »Hätten Sie ein Einzelzimmer für eine Nacht? Wenn ja, dann würde ich gern im voraus bezahlen, weil ich morgen früh den ersten Zug nach London erreichen muß.«
Wortlos wandte das Mädchen sich nach einem offenen Schrank um und holte einen Schlüssel vom Bord. »Nummer vier, erster Stock, Hofseite.«
»Ist das mit Bad?«
»Nicht separat. Wir haben nur drei Zimmer mit eigenem Bad, und die sind alle belegt. Macht fünfundvierzig Pfund, wenn Sie gleich zahlen wollen, aber die Rezeption ist ab sechs Uhr früh besetzt.«
»Fünfundvierzig inklusive Frühstück?« fragte Octavia.
»Das kleine Gedeck. Frühstück mit warmen Gerichten kostet extra.«
»Könnte ich jetzt noch ein paar Sandwiches aufs Zimmer bekommen? Das Frühstück lasse ich dann lieber ausfallen.«
»Was darf's sein? Wir haben Schinken, Käse, Thunfisch oder Roastbeef.«
»Schinken, bitte, und ein Glas halbfette Milch.«
»Wir haben nur Magermilch oder vollfette.«
»Gut, dann eben vollfette. Ich zahle das Essen gleich mit.«
Es war ganz einfach. Das Mädchen interessierte sich für die gewünschten Zahlungsmodalitäten ebensowenig wie für Octavias Person. Der Schlüssel wanderte über den Tresen, der Beleg ratterte aus der Kasse, die Klappe flog abermals auf und zu, und das Mädchen verschwand wieder in der Bar. Durch die offene Tür hörte man dröhnende Männerstimmen. Die Bar war um diese Zeit sicher schon geschlossen, aber es klang, als würde dort Billard gespielt. Das Klacken der Kugeln drang bis hinaus in die Halle.
Das Zimmer war klein, aber sauber, und das Bett fühlte sich

recht bequem an. Die Nachttischlampe funktionierte, der Schrank wackelte nicht und hatte eine Tür, die verschließbar war. Das Bad am Ende des Ganges war schlicht, aber mit dem Notwendigen versehen, und als sie den Heißwasserhahn aufdrehte, sprudelte ihr nach anfänglich wenig vielversprechendem Gluckern und Gurgeln ein kräftiger Strahl entgegen.
Als sie zehn Minuten später auf ihr Zimmer zurückkehrte, standen ein Teller mit Sandwiches und ein Glas Milch neben ihrem Bett, beides mit einer Papierserviette zugedeckt. Die Sandwiches waren nicht nur erstaunlich preiswert, sondern auch mit frischem Brot zubereitet und üppig belegt. Octavia stellte überrascht fest, daß sie wirklich großen Hunger hatte. Einen Moment lang erwog sie, hinunterzugehen und um eine zweite Portion zu bitten, doch dann fielen ihr Ashes Instruktionen ein.
»Gib dich ganz normal und geschäftsmäßig! Du brauchst ein Zimmer; die leben davon, daß sie Zimmer vermieten. Du bist volljährig und kannst bezahlen. Man wird dir keine Fragen stellen, das ist in Hotels nicht üblich. Jedenfalls nicht in einem wie dem da, und es geht sie ja auch nichts an. Du brauchst nicht ängstlich zu sein, aber auffallen solltest du auch nicht! Und laß dich unten möglichst wenig blicken!«
Sie hatte einen Schlafanzug obenauf in ihren Rucksack gezwängt, aber keinen Morgenmantel dabei. Ashe wollte soviel Platz wie möglich für die Konserven haben und für die Wasserflaschen. Zu Hause hatten sie ihre Wohnung und die Küche oben geplündert, und er hatte unterwegs noch einmal an einem Supermarkt gehalten, der rund um die Uhr geöffnet war, um weitere Vorräte dazuzukaufen. Octavia, die plötzlich fröstelte, hätte gern den Gasofen angemacht, aber der Zähler neben dem Kamin nahm nur Ein-Pfund-Münzen, und sie hatte kein passendes Hartgeld. Also schlüpfte sie so vorsichtig zwischen die straff gespannten Laken, wie damals in ihrer ersten

Nacht im Internat, als sie gefürchtet hatte, schon ein zerwühltes Bett könne ihr den Tadel jener allumfassenden, geheimnisvollen Autorität zuziehen, die fortan ihr Leben beherrschen sollte.

Ruhig war das Zimmer, obwohl nach hinten gelegen, nicht. Sie verharrte unbeweglich zwischen den nach Waschmitteln duftenden Laken und horchte auf die Geräusche von unten: die Stimmen, die bald leise, bald lärmend heraufdrangen und mehrmals in schmetterndes Gelächter ausbrachen, ehe sich die letzten Gäste verabschiedeten, Motoren aufheulten, Türen knallten und in der Ferne ein Hund anschlug – alles untermalt vom monotonen Rauschen des Verkehrs in der nächsten Seitenstraße. Langsam wurden ihre Beine warm, und sie entspannte sich, doch zum Schlafen war sie viel zu aufgeregt. Sie schwankte zwischen Nervosität, Furcht und dem verwirrenden Gefühl, unversehens aus ihrer gewohnten Umgebung in einen Schwebezustand hineinkatapultiert worden zu sein, in einen mitreißenden Strudel, in dem alles fremd und unwirklich war – mit Ausnahme von Ashe. Keiner weiß, wo ich bin, dachte sie, nicht einmal ich weiß, wo ich bin. Und nun war Ashe nicht mehr bei ihr. Plötzlich malte sie sich aus, wie sie am nächsten Morgen aus dem stillen Hotel hinaustreten würde ins fahle Licht des Oktobermorgens, und er wäre nicht an der verabredeten Stelle, weder er noch das Motorrad, und so lange sie auch wartete, er würde nicht kommen.

Schon bei der bloßen Vorstellung krampfte sich ihr der Magen zusammen, und als dies vorüber war, fröstelte sie aufs neue und verspürte eine leichte Übelkeit. Aber ein Quentchen gesunden Menschenverstands war ihr immerhin geblieben, und daran klammerte sie sich. Es wäre nicht das Ende der Welt: Sie hatte Geld, sie war nicht in Gefahr, sie konnte den Zug nach Hause nehmen. Allein, sie wußte, daß das nicht stimmte. Es wäre doch das Ende der Welt, es gab keine Sicherheit mehr ohne ihn, und das Zuhause, in das sie zurückkehren konnte, war ihr nie ein Heim gewesen und würde es ohne ihn erst recht nicht mehr sein. Aber natürlich würde er dasein und auf sie warten. Er würde dasein, weil er sie liebte, weil sie einander liebten. Er brachte sie irgendwohin, wo sie ganz allein sein konnten, an einen geheimen Ort, den nur er kannte, weit weg von Mrs. Buckleys vorwurfsvollen, besorgten Blicken, fort von der Souterrainwohnung, die ihr nie wirklich gehört, die man ihr eigentlich nie richtig gegönnt hatte, weit entfernt von Tod und Mord und gerichtlichen Untersuchungen, von den geheuchelten Beileidsbekundungen der anderen und ihrem eigenen erdrückenden Schuldgefühl, dem Verdacht, daß alles, der Mord an der Mutter eingeschlossen, ihre Schuld war, von Anfang an.

Natürlich würden sie irgendwann nach London zurückkehren müssen, sie konnten ja nicht ewig fortbleiben. Aber wenn sie zurückfuhren, würde alles anders sein. Sie und Ashe hätten dann miteinander geschlafen, würden endlich richtig zusammengehören, heiraten, sich von der Vergangenheit lösen, ihre eigene Existenz gründen und ihr eigenes Heim. Und sie würde nie, nie mehr ungeliebt sein, niemals wieder.

Sie war froh, daß sie in London nicht miteinander geschlafen hatten, daß er darauf bestanden hatte zu warten. Sie konnte sich nicht darauf besinnen, wann ihr Interesse an ihm, an seiner geheimnisvollen Art, seinem in sich gekehrten Schweigen und seiner Überzeugungskraft sich zur Faszination gesteigert hatte, aber an jenen Moment, in dem die Faszination in Verlangen umgeschlagen war, an den erinnerte sie sich noch genau. Es war der Augenblick gewesen, in dem der Fotoabzug, der sanft schaukelnd in der Entwicklerflüssigkeit schwamm und aussah, als könnte er jeden Moment lebendig werden, plötzlich zu einem klaren Bild gerann und sie gemeinsam in das Antlitz des Grauens starrten. Jetzt wußte sie auch, warum er dieses Foto aufgenommen hatte, noch bevor er die Polizei alarmierte: Er hatte geahnt, daß er diesem Grauen eines Tages noch einmal würde ins Gesicht sehen müssen, bevor er es für immer austreiben und es endgültig aus seinem Gedächtnis verbannen konnte. Er hatte sie dazu auserwählt, diesen Augenblick mit ihm zu teilen, auf daß die entsetzlichste Qual, die er je hatte durchmachen müssen, auch die ihre würde. Fortan würden sie keine Geheimnisse mehr voreinander haben. Nach dieser Erkenntnis war es ihr zunehmend schwergefallen, ihn nicht zu berühren; das Verlangen, sein Gesicht zu streicheln, ihm den Mund zum Kuß darzubieten, der, als er endlich kam, so förmlich, so flüchtig gewesen war, dieses Verlangen wurde zuzeiten fast übermächtig. Sie liebte ihn. Sehnte sich nach der Gewißheit, daß er sie wiederliebte. Aber natürlich liebte er sie. Sie klammerte sich an diesen Glauben, als könne er allein sie nach all den einsamen Jahren der Zurückweisung hinüberretten in ein gemeinsames Leben zu zweit. Unter der Bettdecke drückte sie den Ring so krampfhaft zwischen ihren Fingern, als wäre er ein Talisman.

Und nun stieg ihre Körpertemperatur wieder, der Lärm unten verstummte allmählich, und sie spürte, wie sie langsam hinüberglitt in den Grenzbereich zwischen Wachen und Schlafen. Und als der Schlaf endlich die Oberhand gewann, da kam er ohne Träume.

40

Sie erwachte, lange bevor es hell war, blieb aber eisern liegen und wartete, alle zehn Minuten nach der Uhr schielend, bis es sechs wurde, eine, wie ihr schien, angemessene Zeit, um aufzustehen, und sich einen Tee zu machen. Auf der Kommode in ihrem Zimmer stand ein Tablett mit zwei dicken Tassen und Untertassen, einer Schale mit Teebeuteln, Kaffee- und Zuckertütchen und ein wenig Gebäck. Auch ein kleiner Kocher war da, nur keine Kanne. Offenbar sollte man sich den Tee direkt in der Tasse zubereiten. Die Plätzchen waren in Folie eingeschweißt, schmeckten aber trotzdem altbacken. Doch da sie nicht wußte, wann sie das nächste Mal etwas zu essen bekommen würde, zwang sie sich, sie hinunterzuwürgen. Ashe hatte gesagt: »Laß dich nicht im Frühstücksraum blicken, das würde unnötige Aufmerksamkeit erregen. Außerdem ist der so früh wahrscheinlich noch gar nicht auf. Wir können unterwegs irgendwo anhalten und einen Happen essen.«

Sie verstand seinen Wunsch, aus London fortzukommen, weg von den besorgten Gesichtern, den fragenden Blicken, Mrs. Buckleys unverhohlener Feindseligkeit. All das verstand sie nur zu gut. Trotzdem fand sie es merkwürdig, daß Ashe so sehr darauf bedacht war, unterwegs nicht mit ihr gesehen zu werden, oder sogar Angst hatte, man könne sie in einem unbedeutenden kleinen Hotel erkennen. Die blonde Perücke hatte sie über die Lehne des einzigen Stuhls gehängt. Wie lächerlich das Ding aussah! Der Gedanke, sie wieder aufsetzen zu müssen, war ihr entschieden zuwider. Aber sie war als Blondine im Hotel angekommen, da würde sie es auch als Blondine verlassen müssen. Wenn sie Ashes geheimes Versteck erreichten, würde sie die Perücke endgültig abnehmen und wieder sie selber sein.

Um Viertel vor sieben war sie angezogen und fertig zum Gehen. Ashe hatte sie mit seiner übertriebenen Vorsicht schon so angesteckt, daß sie die Treppe hinunterschlich wie jemand, der sich davonstehlen will, ohne die Rechnung zu begleichen. Aber sie hatte im voraus bezahlt, brauchte sich also vor nichts zu fürchten. Außerdem war sowieso niemand da außer einem alten Hausdiener in einer langen gestreiften Schürze, der eben durch die Halle schlurfte, als sie mit ihrem Schlüssel zur Rezeption kam. Sie legte den Schlüssel auf den Tresen und rief ihm zu: »Ich reise ab. Bezahlt hab ich schon.« Aber er beachtete sie gar nicht, sondern taperte teilnahmslos durch die Pendeltür in die Bar.

Den Helm unterm Arm und ihren Rucksack über der Schulter, bog Octavia von der Hauptstraße nach links in den Weg ein, auf dem er auf sie warten wollte. Aber die kleine Nebenstraße war menschenleer. Sekundenlang schien ihr Herz stillzustehen. Bitter wie Galle schmeckte sie die Enttäuschung auf der Zunge. Und dann sah sie ihn.

Er fuhr ihr im Schrittempo entgegen. Und wie er da aus Dunkelheit und Morgendunst auftauchte, fühlte sie sich abermals ergriffen von einer nun schon vertrauten Woge der Erregung, von der Zuversicht, daß er alles im Griff habe, daß sie nach dieser einen Nacht allein nie mehr getrennt sein würden auf dieser Reise. Er hielt neben ihr, zog sie flüchtig an sich und küßte sie auf die Wange. Wortlos stieg sie hinter ihm auf.

»War das Hotel in Ordnung?« fragte er. »Hattest du's bequem?«

Die Besorgnis in seiner Stimme überraschte sie. »Doch, es war ganz in Ordnung.«
»Und man hat dich nicht ausgefragt? Wo du hinwillst?«
»Nein, warum auch? Außerdem hätte ich's ihnen gar nicht sagen können. Ich weiß es ja selber nicht, oder?«
Er warf die Maschine wieder an und rief über das Dröhnen des Motors hinweg: »Bald wirst du's erfahren. Jetzt ist's nicht mehr weit.«
Und nun fuhren sie über die A12 dem Meer entgegen. Die Morgendämmerung zog mit blassen Rot- und Rosétönen herauf und stand bald leuchtend wie eine Bergkette gegen den östlichen Himmel, ein Panorama, über dessen Hänge goldgelber Lichtschein strömte und sich in Schluchten und Felsrinnen ergoß. Noch war kaum Verkehr, aber Ashe hielt sich trotzdem streng an die Geschwindigkeitsbegrenzung. Octavia wünschte inbrünstig, er möge schneller fahren und so mit ihr dahinbrausen, wie er es oftmals in den South Downs getan hatte, wo ihr dann der Wind in den Ohren gellte, die Zugluft ungestüm am Körper zerrte und auf ihren Wangen brannte. Aber heute morgen war er übervorsichtig. Als der Himmel heller wurde, erreichten sie die Ebenen East Anglias. Durch verschlafene Dörfer und Städtchen ging die Fahrt, begleitet von niedrigen, windzerzausten Hecken. Und nun wandten sie sich südwärts und kamen durch einen Wald mit ebenen Wegen, die zwischen hohen Tannen geradewegs in eine grüne Finsternis mündeten. Doch dann hatte auch das ein Ende, und der Wald ging in Heideland über, aus dem vereinzelte Stechginstersträucher und hier und da ein Grüppchen Silberbirken aufragten. Die Straße war nur mehr ein einspuriger Feldweg. Doch das Licht gewann zusehends an Kraft, und ihr war, als spüre sie schon den salzigen Duft des Meeres. Plötzlich merkte sie, daß sie Hunger hatte. Zuvor waren sie an einer ganzen Reihe hellerleuchteter Straßencafés vorbeigekom-

men, aber entweder war Ashe nicht hungrig, oder er hatte sich entschlossen, ohne Aufenthalt durchzufahren. Doch jetzt würden sie ja sicher bald dasein, und dann konnten sie an Ort und Stelle frühstücken. Zu essen hatten sie genug dabei. Zu ihrer Rechten war die Straße von lichtem Waldgrund gesäumt. Er fuhr jetzt fast nur noch im Schrittempo und spähte aufmerksam nach allen Seiten wie auf der Suche nach einem Wahrzeichen. Nachdem sie etwa zehn Minuten so dahingeschlichen waren, fand er offensichtlich, wonach er Ausschau gehalten hatte. Auf der Ostseite der Straße stand eine Stechpalme, und ihr gegenüber erstreckte sich ein paar Meter weiter eine eingefallene Mauer.

»Hier ist es«, sagte er und stieg ab. »Aber erst müssen wir noch ein Stück durch den Wald.«

Damit schob er die Kawasaki unter den Zweigen der Stechpalme hindurch in Richtung der Bäume. Der Pfad, der wohl einmal hier entlanggeführt hatte, war längst überwuchert und von überhängenden Zweigen und austreibenden Sträuchern blockiert. Manchmal mußte sie sogar in die Hocke gehen, um unter überhängendem Gestrüpp durchzukriechen. Hin und wieder schickte Ashe sie voraus, um die zurückschnellenden Äste festzuhalten, damit er sich mit dem Motorrad durchs Dickicht zwängen konnte. Aber den Weg schien er genau zu kennen. Sie sprachen kaum miteinander. Octavia befolgte seine Anweisungen und war froh um ihre Handschuhe und die Lederkluft, die Schutz boten gegen Dornen und ineinander verflochtene, stachelige Zweige. Den Sturzhelm hatte sie längst abgenommen. Dann lichtete sich der Wald auf einmal, der Boden wurde locker und sandig, und hinter einem Saum von Silberbirken war der Wald plötzlich wie durch ein Wunder zu Ende. Vor ihnen erstreckte sich, so weit das Auge reichte, ein grünschillerndes Schilfmeer. Säuselnd und wispernd strich der Wind durch die leise schwankenden Rispen. Vor Er-

schöpfung keuchend, hielten sie einen Moment inne und ließen den Blick über die sanft wogende grüne Wüstenei schweifen. Es war eine Stätte grenzenloser Einsamkeit.
Aufgeregt fragte sie: »Ist das die Stelle? Sind wir endlich da?«
»Noch nicht ganz. Da drüben müssen wir hin.«
Und er deutete über den Schilfgürtel hinweg nach rechts, wo in etwa zweihundert Meter Entfernung und vorerst kaum erkennbar die Wipfel einer Baumgruppe das Ried überragten.
»Dort hinten steht ein verfallenes Haus«, sagte er, »auf so einer Art Insel, zu der nie jemand hinkommt. Dorthin wollen wir.«
Ashe blickte unverwandt zu der bezeichneten Stelle hinüber, und ihr war, als strahle sein Gesicht auf einmal vor Glück. Sie konnte sich nicht erinnern, ihn je so gesehen zu haben. Wie ein Kind, das ein lange ersehntes Geschenk endlich in Reichweite weiß. Es schmerzte sie, daß es eine Landschaft war und nicht sie, die dieses Leuchten, diese Freude auf sein Gesicht gezaubert hatte.
»Und wie kommen wir da hin?« fragte sie. »Gibt's einen Zugang? Und was wird mit dem Motorrad?« Sie wollte ihn nicht entmutigen, seine Euphorie nicht durch Einwände und Bedenken trüben.
»Es gibt einen Weg, aber der ist nur ganz schmal. Das letzte Stück werden wir die Maschine schieben müssen.«
Er hieß sie, einen Moment zu warten, und ging vor bis zum Saum des Schilfgürtels, den er suchend abschritt. Als er zurückkam, sagte er: »Ja, er ist noch da. Steig auf! Das erste Stück können wir fahren, der Boden scheint ziemlich trokken.«
»Kann ich die Perücke jetzt abnehmen?« fragte sie. »Ich hasse das Ding.«
»Warum nicht?« Und damit riß er ihr die falschen Locken übermütig vom Kopf und schleuderte sie aufs Geratewohl hin-

ter sich. Die Perücke blieb am Ast eines jungen Tännchens hängen, wo sie sich leuchtend gelb vom dunklen Grün der Nadeln abhob. Lächelnd wandte er sich nach ihr um. Sein Gesicht war wie verwandelt. »Das ist die letzte Etappe. Jetzt sind wir fast da.«
Er schob das Motorrad bis an den Rand des Pfades, und sie stieg hinter ihm auf. Der sandige Weg, der mitten durchs Schilf führte, war kaum einen Meter breit. Das Röhricht zu beiden Seiten stand so hoch, daß die Rispen zehn, fünfzehn Zentimeter über ihren Köpfen schwankten. Es war, als bewege man sich langsam durch einen undurchdringlichen Wald aus wisperndem Grün und lichtem Gold. Er fuhr vorsichtig, schien aber keine Angst zu haben. Octavia fragte sich, was wohl passieren würde, falls sie ausgleiten und im Moor landen sollten. Wie tief das Wasser zu beiden Seiten dieses schmalen Stegs sein mochte? Ob sie zwischen den Schilfbüscheln herumstrampeln und versuchen würden, sich wieder auf den schmalen Weg hinaufzuziehen? Von Zeit zu Zeit, wenn der Pfad noch schmäler wurde oder so unterspült war, daß die Kanten vom Wasser ausgehöhlt waren, stieg er ab und sagte: »Hier schiebe ich lieber ein Stück. Halt du dich hinter mir.«
Manchmal wurde der Steg so schmal, daß das Schilfrohr sie beiderseits an den Schultern streifte. Ihr war, als rückten die Halme ihr bedrohlich auf den Leib, und sie fürchtete schon, sie würden bald nichts mehr vor sich haben als eine schwankende und undurchdringliche Mauer aus grün- und goldschimmernden Rispen. Der Weg schien kein Ende zu nehmen. Sie konnte es kaum glauben, daß sie es bis ans Ziel schaffen, daß sie je diese ferne Insel erreichen würden. Aber dann hörte sie auf einmal das Meer; ein schwaches, rhythmisches Grollen, das seltsam beruhigend wirkte. Vielleicht würde ihre Fahrt so enden, daß das Schilf sich plötzlich teilte, und vor ihr läge die graubewegte Weite der Nordsee.

Sie überlegte gerade, ob sie es wagen dürfe, Ashe zu fragen, wie weit sie noch laufen müßten, da öffnete sich wirklich der Schilfgürtel, und sie sah vor sich die Baumgruppe, hatte festen, wenn auch sandigen Grund unter den Füßen, und hinter den Bäumen versteckt, erblickte sie ein verfallenes Cottage, von dem sie freilich noch eine etwa zehn Meter große, schilffreie Wasserfläche trennte. Die morsche Brücke, die hinüberführte, wurde in der Mitte von einem altersgeschwärzten Holzpfosten gestützt. Auf der rechten Seite hatte es offenbar auch einmal ein Geländer gegeben, aber das war längst abgefault; nur die Stützen sowie ein Querbalken standen noch. Der Zugang zur Brücke war früher durch ein Tor geregelt worden: Einer der Pfosten war noch vorhanden, sogar samt den drei rostigen Angeln im Holz.
Octavia schauderte. Von dieser olivgrünen unbewegten Wasserfläche mit der verrotteten Brücke ging etwas Bedrückendes, ja Unheimliches aus.
»Das ist also das Ende«, sagte sie, und die eigenen Worte dünkten sie wie ein unheilvolles Omen.
Ashe hatte das Motorrad das letzte Stück Wegs geschoben. Jetzt bockte er es auf und lief hinaus auf die Brücke. Vorsichtig wagte er sich bis zur Mitte vor und sprang dort ein paarmal auf und nieder, um ihre Tragfähigkeit zu testen. Die Planken gaben ächzend nach, hielten aber seinem Gewicht stand.
Während er noch einige Male nachfederte, breitete er die Arme aus, und auf seinem Gesicht erschien wieder das glückliche Lächeln, das seine Züge mit einem Schlag verwandelte.
»Wir laden unser Zeug ab und tragen die Sachen rüber«, sagte er. »Später hole ich dann die Maschine nach. Die sollte die Brücke wohl gerade noch aushalten.«
Er wirkte wie ein kleiner Junge, der ein lange ersehntes erstes Abenteuer genießt.
Er kam zurück und entlud das Motorrad. Die beiden ledernen

Satteltaschen und ihre Schlafsäcke nahm er selber, ihr überließ er die Rucksäcke. Schwer beladen folgte sie ihm über die Brücke und zwischen die Bäume. Als sie sich unter den niedrighängenden Zweigen aufrichtete, sah sie das Cottage zum erstenmal deutlich. Es mußte schon sehr lange verlassen sein, so verwahrlost war es. Die Dachpfannen waren zum Teil noch an ihrem Platz, aber die Haustür hing halb offen in den geborstenen Scharnieren, die Schwelle war von Erdreich überweht. Das Glas des hohen Fensters in einem der ursprünglich zwei Erdgeschoßräume war herausgebrochen, die Tür zwischen den Zimmern existierte nicht mehr, und nur ein fleckiges und verkratztes Spülbecken, das unter einem Wasserhahn aus der Wand gerissen war, zeugte noch davon, daß der rückwärtige Raum einmal eine Küche gewesen war. Die Hintertür war ebenfalls verschwunden, und Octavia konnte über den Schilfgürtel nach dem Meer Ausschau halten, das freilich immer noch nicht zu sehen war.
Enttäuscht fragte sie: »Wieso können wir denn das Meer nicht sehen? Dabei höre ich doch die Brandung, es kann also nicht weit weg sein.«
»Etwa eine Meile. Aber von hier aus kannst du es nicht sehen. Nirgends vom Schilf aus. Da, wo der Gürtel aufhört, schließt sich ein hoher Kieswall an, und erst dahinter kommt die Nordsee. Ist aber nicht weiter aufregend, bloß ein steiniger, öder Strand.«
Trotzdem wäre sie liebend gern dort gewesen, und sei es nur, um diesem beengenden grünen Bollwerk zu entkommen. Aber dann sagte sie sich, daß dies Ashes Lieblingsplatz sei, weshalb sie sich ihre Enttäuschung nicht anmerken lassen dürfe. Und sie war auch nicht ernsthaft enttäuscht. Es war nur alles so sonderbar. Unvermutet tauchte der Klostergarten des Internats vor ihrem inneren Auge auf, mit den gepflegten, ausgedehnten Rasenflächen, den Blumenrabatten und dem Som-

merhaus am anderen Ende mit Blick auf eine Wiese, wo sie an warmen Tagen sitzen konnten. Mit dieser Art Landschaft war sie vertraut: englisch, geordnet, überschaubar. Aber, dachte sie, wir werden ja nicht lange hierbleiben, vielleicht nur über Nacht. Und er hatte sie eigens hergebracht, weil dies sein Lieblingsplatz war. Sicher wollte er hier zum erstenmal mit ihr schlafen.

Er hörte sich an wie ein eifriges Kind, als er jetzt fragte: »Na, wie findest du's? Gut, was?«

»Ganz verschwiegen. Wie hast du's gefunden?«

Statt direkt darauf zu antworten, sagte er: »Als ich in diesem Heim in der Nähe von Ipswich war, da bin ich oft hergekommen. Keiner kennt die Stelle außer mir.«

»Warst du denn da immer allein? Hattest du keinen Freund?«

Wieder wich er der Antwort aus: »Ich geh und hol die Maschine. Dann packen wir aus und frühstücken erst mal.«

Die Aussicht heiterte sie augenblicklich auf. Sie hatte ganz vergessen, wie hungrig und durstig sie war. Sie sah ihm vom Ufer aus zu, wie er über die Brücke zurückging, den Motorradständer zurückklappte und die schwere Kawasaki rückwärts rollen ließ.

»Du wirst doch auf den morschen Planken nicht fahren wollen?« rief sie entsetzt.

»So geht's am einfachsten. Mach mal Platz!«

Er stieg auf, gab Gas und brauste mit voller Kraft auf die Brükke zu. Die Vorderräder waren schon fast wieder auf festem Grund, als der Mittelpfosten mit einem Krachen, das in Octavias Ohren dröhnte wie eine Explosion, wankend barst. Die beiden äußersten Planken fielen splitternd ins Wasser, und die Geländerreste flogen in hohem Bogen in die Luft. Beim ersten Knall hatte Ashe sich aus dem Sattel gehoben und mit einem Hechtsprung die Insel geentert, die er mit knapper Not erreichte. Aber auf dem sandigen Grund fand er kaum Halt,

weshalb Octavia eilig herbeistürzte, um ihm zu helfen. Als sie sich umdrehten, sahen sie, wie die violette Kawasaki langsam im brackigen Wasser versank. Die halbe Brücke war eingestürzt. Übrig waren nur noch wenige jenseitige Planken, deren geborstene Enden sich freilich auch schon ins Wasser senkten.
Angstvoll beobachtete Octavia Ashes Gesicht und machte sich auf einen Wutanfall gefaßt. Sie wußte, daß er jähzornig war, auch wenn er es sie nie hatte merken lassen. Trotzdem ahnte sie etwas von den schwelenden Gefühlsuntiefen, die er so eisern unter Verschluß hielt. Doch jetzt brach er nur in ein unbändiges, fast triumphales Gelächter aus.
Sie konnte ihre Verzweiflung nicht länger verbergen. »Aber wir sind hier völlig abgeschnitten! Wie sollen wir denn jetzt wieder nach Hause kommen?«
Nach Hause. Es war ihr ganz unwillkürlich herausgerutscht. Doch mit einemmal begriff sie, daß das Haus, in dem sie sich so viele Jahre fremd und unerwünscht gefühlt hatte, tatsächlich ihr Heim, ihr Zuhause war.
»Wir könnten uns ausziehen, die Kleider über Wasser halten und an Land schwimmen«, sagte er. »Drüben ziehen wir uns dann wieder an und marschieren bis zur nächsten größeren Straße. Wir haben doch Geld. Wenn wir nach Ipswich oder Saxmundham trampen, können wir dort den Zug nehmen. Das Motorrad brauchen wir sowieso nicht mehr. Wir haben ja jetzt den Porsche von deiner Mutter. Der gehört nun dir. Alles, was sie besessen hat, gehört dir. Du weißt, was der Anwalt gesagt hat.«
»Ja«, sagte sie traurig. »Ich weiß.«
Und dann hörte sie wieder seine Stimme, die Stimme eines neuen, ganz veränderten Ashe. »Guck mal, dort im Garten gibt's sogar ein altes Plumpsklo.«
Sie hatte sich schon Sorgen gemacht deswegen. Ihr war es nie

angenehm gewesen, sich irgendwo ins Gebüsch kauern zu müssen. Ashe deutete auf einen altersgeschwärzten Holzverschlag, dessen Tür so verquollen war, daß sie sich kaum noch in den Angeln bewegte. Drinnen befand sich ein ausgeschnittenes Sitzbrett. Alles roch frisch nach Erde und altem Holz und würzig milder Seeluft. Nach hinten zu wurde das Klohäuschen von einem halb vertrockneten Gebüsch gesäumt, aus dem ein knorriger alter Baum hochragte. Auf der wildwuchernden Wiese, die sich anschloß, stand das Gras kniehoch. Octavia watete ein Stück weit hinein und stieß auf der einen Seite bald wieder auf den grünschimmernden Schilfgürtel, während sich zur anderen ein schmaler, grasüberwachsener Pfad öffnete.

»Was ist mit dem Weg da?« fragte sie. »Führt der ans Meer?«

»Nein, der geht nirgends hin. Nach gut hundert Metern verläuft der einfach im Sand. Ich geh da lang, wenn ich allein sein will.«

Fort von mir, dachte sie, sprach es jedoch nicht aus. Ihr Herz aber zog sich für einen Moment wieder schmerzhaft zusammen. Dabei hätte sie glücklich sein sollen, in Jubelstimmung, denn sie war doch bei Ashe. Warum teilte sie also nicht seine Freude an diesem Frieden, dieser Stille, dem Wissen, daß dieses abgelegene Eiland niemand kannte außer ihnen beiden? Statt dessen fragte sie sich, wie lange er wohl hier bleiben wolle? Wie sie zurückkommen sollten? Daß sie die paar Meter bis zum Festland schwimmen könnten, war leicht gesagt, aber was dann?

Unterdessen packte er im Cottage die Rucksäcke aus, hatte die Schlafsäcke ausgebreitet und räumte ihre Vorräte in ein Regal rechts vom Kamin. Als sie zu ihm trat, um ihm zur Hand zu gehen, fühlte sie sich gleich besser. Er hatte an alles gedacht: Fruchtsaft, Bohnen, Dosensuppen, Eintopf- und Gemüsekonserven, ein halbes Dutzend Wasserflaschen, Ker-

zen, Zucker, Teebeutel, Pulverkaffee und Schokolade. Sogar ein kleiner Kocher war da und ein Kanister Benzin und zwei Kochtöpfe mit abschraubbaren Henkeln. Jetzt setzte er Kaffeewasser auf, schnitt das Brot in Scheiben, bestrich es mit Butter und belegte es dick mit Schinken.
Dann machten sie ein kleines Picknick im Freien, wo sie sich mit dem Rücken gegen die Hauswand lehnten und auf den Schilfgürtel blickten. Die Sonne gewann allmählich an Kraft, Octavia spürte die Wärme auf ihrem Gesicht. Und die Schinkenbrote waren das Köstlichste, was sie je gegessen hatte. Kein Wunder, daß sie vorhin so down gewesen war: Sie hatte einfach Hunger gehabt und Durst. Nun würde alles gut werden. Sie waren zusammen, und nur das allein zählte. Und heute nacht würden sie miteinander schlafen; dazu hatte er sie hergebracht.
Endlich traute sie sich doch, ihn zu fragen: »Wie lange werden wir hier bleiben?«
»Einen Tag, vielleicht auch zwei. Ist das wichtig? Gefällt es dir denn hier nicht?«
»Doch, und wie. Ich dachte bloß – ich meine, ohne das Motorrad wird es länger dauern, bis wir zu Hause sind.«
»Das ist jetzt unser Zuhause«, sagte er.

41

Kate hatte schon befürchtet, die Akten der zuständigen Lokalverwaltung könnten nicht vollständig sein, was ihren Plan, Ashes Weg von Pflegeheim zu Pflegeheim zu verfolgen, erschwert hätte. Doch ein Mr. Pender vom Sozialreferat, ein noch erstaunlich junger Mann mit vorzeitigem Kümmererblick, konnte ihr auf Anhieb einen umfangreichen, abgewetzten Ordner präsentieren.

»Es ist nicht das erste Mal, daß Ashes Akte angefordert wird«, erklärte er. »Miss Aldridge wollte sich auch einen Eindruck von seiner Vita verschaffen, als sie seine Verteidigung übernahm. Natürlich haben wir erst sein Einverständnis eingeholt, aber er hatte durchaus nichts dagegen. Ob es was geholfen hat, kann ich Ihnen allerdings nicht sagen.«

»Ja, Miss Aldridge hat gern soviel wie möglich über ihre Mandanten in Erfahrung gebracht«, sagte Kate. »Und in seinem Fall war der soziale Hintergrund in der Tat relevant. Sie hat es fertiggebracht, daß die Geschworenen Mitleid mit ihm hatten.«

Den Blick auf die geschlossene Akte gesenkt, sagte Mr. Pender: »Ja, er konnte einem wohl leid tun. Seine Chancen waren weiß Gott nicht die besten. Wenn einen die eigene Mutter rauswirft, bevor man acht Jahre alt ist, dann gibt's wenig, was die Fürsorge tun kann, um eine solche Zurückweisung wiedergutzumachen. Sein Fall ist in zahlreichen Konferenzen zur Sprache gekommen, aber er war schwer zu vermitteln. Über kurz oder lang hat ihn jede Familie zurückgeschickt.«

»Und warum wurde er nicht zur Adoption freigegeben?« fragte Piers. »Seine Mutter hatte ihn schließlich verstoßen, oder?«
»Den Vorschlag haben wir auch gemacht, solange wir noch mit der Mutter in Verbindung standen, aber sie hat abgelehnt. Vermutlich hatte sie die Hoffnung, ihn eines Tages zurückzuholen, noch nicht aufgegeben. Solche Frauen sind ein Fall für sich. Werden mit dem Leben nicht fertig und stellen ihren Liebhaber über das eigene Kind, aber das Wurm dann wirklich verlieren, das wollen sie auch nicht. Und als Ashes Mutter starb, war er als Adoptivkind schon nicht mehr vermittelbar.«
»Wir bräuchten eine Liste sämtlicher Familien, bei denen er gelebt hat. Und die Akte hier, darf ich die mitnehmen?«
Mr. Penders Miene wurde plötzlich dienstlich. »Also, so weit darf ich Ihnen wohl doch nicht entgegenkommen. Da sind streng vertrauliche Gutachten von Psychiatern und Sozialpädagogen drin.«
Piers fiel ihm ungeduldig ins Wort: »Ashe ist auf der Flucht. Er hat höchstwahrscheinlich einen Menschen umgebracht. Wir wissen, daß er ein Messer besitzt. Und er hat Octavia Cummins in seiner Gewalt. Wenn Sie Ihr Gewissen mit einem Mord belasten wollen, dann ist das Ihre Sache. Aber das Kuratorium des Sozialamts dürfte mit einer solchen Publicity kaum einverstanden sein. Schauen Sie, unsere Aufgabe ist es, Ashe zu finden, und dazu müssen wir mit den Menschen reden, die seine Gewohnheiten kennen und wissen, wo er sich möglicherweise verkriecht, wenn er sich bedroht fühlt.«
Auf Mr. Penders Gesicht spiegelten sich Angst und Unentschlossenheit. Endlich sagte er widerstrebend: »Ich denke, ich könnte vom Bezirksanwalt eine Genehmigung zur Akteneinsicht für Sie bekommen, aber das dauert seine Zeit.«
»Und genau die haben wir nicht«, rief Kate. Sie streckte die Hand aus, aber Mr. Pender war immer noch nicht zu erweichen.

Nach einigem Zögern sagte Kate: »Also schön. Geben Sie mir eine Liste mit allen Namen und Adressen, sowohl von den Kinderheimen als auch von seinen ehemaligen Pflegeeltern! Aber umgehend, bitte!«

»Dagegen ist nichts einzuwenden. Wenn Sie warten wollen, kann ich die Daten gleich für Sie zusammenstellen lassen. Möchten Sie inzwischen einen Kaffee?«

Seine Stimme klang so dringlich, als wolle er unbedingt etwas finden, das er ihnen ohne Zustimmung einer übergeordneten Dienststelle anbieten durfte.

»Nein, danke«, sagte Kate, »nur die Namen und Adressen. Ach, und dann war da ein gewisser Cole oder Coley, der sich offenbar sehr intensiv um Ashe gekümmert hat. Wir haben seinen Namen aus dem Arbeitsbuch, das Miss Aldridge während des Prozesses gegen Ashe führte. Den Mann müssen wir unbedingt finden. Er gehörte zum Personal eines Ihrer Kinderheime, Banyard Court. Dort werden wir mit unseren Ermittlungen beginnen. Wer leitet das Haus jetzt?«

»Da haben Sie leider Pech. Banyard Court wurde vor drei Jahren geschlossen, nachdem die Gebäude einem Großbrand zum Opfer gefallen waren. Brandstiftung, Sie verstehen. Heute vermitteln wir unsere Kinder, wenn es irgend geht, individuell in intakte Familien. In Banyard Court waren insbesondere schwer erziehbare Jugendliche untergebracht, die aber noch in keine geschlossene Anstalt gehörten. Leider war das Modell nicht sehr erfolgreich. Ich glaube nicht, daß wir Nachweise über den Verbleib des damaligen Personals haben, höchstens von denen, die an andere Institutionen weitervermittelt wurden.«

»Über diesen Coley haben Sie vielleicht doch eine Akte. Ashe hat ihn der sexuellen Belästigung bezichtigt. Sind Sie in solchen Fällen nicht verpflichtet, künftige Arbeitgeber zu informieren?«

»Ich werde mir die Akte noch einmal vornehmen. Soweit ich weiß, wurde er nach einer ordnungsgemäßen Untersuchung entlastet und rehabilitiert, womit wir aus der Verantwortung entlassen waren. Trotzdem kann ich Ihnen vielleicht zu seiner Adresse verhelfen, sofern er einverstanden ist – eine heikle Sache.«

»Was glauben Sie, wie heikel es erst wird, wenn Octavia Cummins etwas passiert«, sagte Piers.

Mr. Pender schwieg einen Moment beklommen. »Nach Ihrem Anruf«, sagte er endlich, »bin ich die Papiere noch mal durchgegangen. Eine deprimierende Lektüre. Wir haben mit dem Jungen nicht reüssiert, aber ich wüßte niemanden, der es hätte besser machen können. Unter anderem brachten wir ihn in einer Lehrersfamilie unter, und dort blieb er am längsten – achtzehn Monate. Lange genug, um sich im örtlichen Gymnasium zu profilieren. Seine Pflegeeltern hofften schon, daß er die Mittlere Reife machen würde. Doch ehe es soweit war, sorgte er dafür, daß man ihn rauswarf. Er hatte gelernt, was er brauchte, und nun fand er's an der Zeit zu gehen.«

»Was hat er denn angestellt?« fragte Kate.

»Die vierzehnjährige Tochter belästigt – sexuell.«

»Hat die Familie ihn verklagt?«

»Nein, der Lehrer wollte nicht, daß seine Tochter vor Gericht aussagen und womöglich ein lebenslanges Trauma davontragen müsse. Es war keine vollendete Vergewaltigung, aber schlimm genug. Das Mädchen war völlig verzweifelt. Und natürlich mußte Ashe gehen. Nach diesem Vorfall haben wir ihn in Banyard Court eingewiesen.«

»Wo er Michael Cole kennenlernte?« fragte Piers.

»Höchstwahrscheinlich. Ich glaube jedenfalls nicht, daß sie sich schon vorher kannten. Ich könnte den ehemaligen Rektor von Banyard anrufen. Er ist inzwischen pensioniert, aber vielleicht weiß er trotzdem, wo Cole steckt. Wenn ja, dann erkundige ich mich bei ihm, ob ich Ihnen seine Adresse geben darf.«

An der Tür zum Schreibbüro drehte er sich noch einmal um und sagte: »Die Pflegemutter, die Ashe noch am ehesten verstanden hat, war eine gewisse Mary McBain. Sie hat jeweils fünf Kinder verschiedener Altersgruppen unter ihrer Obhut und scheint gut mit ihnen zurechtzukommen. Alles nur mit Liebe und Streicheleinheiten. Aber sogar sie mußte Ashe gehen lassen, weil er sie bestohlen hat. Erst Pfennigbeträge aus der Haushaltskasse und dann immer größere Summen. Und er fing an, die anderen Kinder zu mißhandeln. Aber sie hat etwas sehr Scharfsinniges gesagt, als sie ihn zurückbrachte: nämlich daß Ashe es nicht ertrage, Menschen allzu nahe an sich ranzulassen. Sobald sie echte Zuneigung für ihn entwikkelten, müsse er sie mit etwas Unverzeihlichem brüskieren. Wahrscheinlich aus dem Instinkt heraus, den anderen zurückzustoßen, bevor man selbst zurückgestoßen wird. Ja, wenn eine mit ihm fertig geworden wäre, dann Mary McBain.«

Die Tür schloß sich hinter ihm, die Minuten verstrichen quälend langsam. Kate begann, im Zimmer auf und ab zu laufen.

»Wahrscheinlich ruft er doch zuerst den Bezirksanwalt an, um sich abzusichern«, sagte sie.

»Was du ihm nicht verübeln kannst. Er hat schließlich einen denkbar unerquicklichen Job. Nicht um eine Million möchte ich mit ihm tauschen. Wenn alles klappt, dankt's ihm keiner, und wenn was schiefläuft, muß er den Kopf dafür hinhalten.«

»Kommt ja auch oft genug vor, daß was schiefgeht. Gib dir keine Mühe, mich wirst du nicht dazu bringen, daß ich einen Sozialarbeiter bedauere. Ich hatte zu oft mit welchen zu tun. Ich bin voreingenommen. Wo zum Teufel steckt dieser Pender bloß? So lange kann es doch unmöglich dauern, ein Dutzend Namen abzutippen.«

Eine geschlagene Viertelstunde war vergangen, als Pender

endlich zurückkehrte und entschuldigend sagte: »Entschuldigen Sie, daß es so lange gedauert hat, aber ich hab versucht rauszukriegen, ob wir nicht doch die Anschrift von Michael Cole haben. Leider Fehlanzeige. Aber es ist ja mittlerweile auch schon etliche Jahre her, und er hat keine Adresse hinterlassen, als er von Banyard Court weg ist. Wozu auch keine Veranlassung bestand, denn er wurde nicht entlassen, sondern hat von sich aus gekündigt. Das Heim ist, wie gesagt, inzwischen geschlossen, aber ich habe Ihnen die Adresse des ehemaligen Rektors aufgeschrieben. Vielleicht kann der Ihnen weiterhelfen.«

Als sie im Wagen saßen, sagte Kate: »Die Hälfte der Namen geben wir am besten gleich telefonisch an die Suchmannschaften in Suffolk weiter. Den Rektor übernehmen wir. Ich hab so ein Gefühl, als ob dieser Cole der einzige ist, der uns wirklich weiterhelfen kann.«

Der Rest dieses Tages ebenso wie Vor- und Nachmittag des folgenden brachten nur Enttäuschungen. Sie fuhren von einer Pflegefamilie zur nächsten und folgten dabei mit wachsendem Entsetzen der selbstzerstörerischen Laufbahn des Garry Ashe. Manche Familien waren durchaus hilfsbereit, andere brauchten nur den Namen zu hören, und schon wiesen sie ihnen die Tür. Ein paar waren inzwischen verzogen, und ihr neuer Aufenthaltsort konnte nicht ermittelt werden.

Der Lehrer hatte Unterricht, aber seine Frau war daheim. Sie weigerte sich, über Ashe zu sprechen, und erklärte lediglich, daß er ihre Tochter Angela sexuell belästigt habe und daß sein Name in ihrem Hause tabu sei. Sie wäre den Beamten dankbar, wenn sie am Abend nicht wiederkommen würden. Denn da sei Angela zu Hause, und Ashes Namen würde nur alles wieder aufwühlen, was sie durchgemacht hat. Nein, sie habe keine Ahnung, wo Ashe sich derzeit aufhalte. Ja, die Familie habe allerdings Ausflüge gemacht in der Zeit, da er bei

ihnen war, aber nur zu Zielen von kulturellem Interesse. Keines davon dürfte sich als Versteck eignen. Mehr zu sagen war sie nicht bereit.
Die Adresse des ehemaligen Rektors von Banyard Court führte sie in einen Vorort von Ipswich. Dort trafen sie ihn zunächst nicht an. Untertags fuhren sie noch mehrmals bei ihm vorbei, aber erst nach sechs Uhr abends öffnete jemand auf ihr Läuten hin. Es war seine Witwe, die den Tag in London verbracht hatte. Die Frau, die um die fünfzig sein mochte, wirkte müde und abgespannt. Ihr Mann sei vor zwei Jahren an einem Herzanfall gestorben, erzählte sie. Die Frau bat sie herein – die erste, die das an diesem Tag für nötig hielt – und bot ihnen Tee und Kuchen an. Doch dazu war jetzt keine Zeit. Was sie brauchten, waren Auskünfte, keine leibliche Stärkung.
»Ich habe«, erklärte ihre Gastgeberin, »selber aushilfsweise in Banyard Court mitgearbeitet, als eine Art Hausmutter. Gelernte Sozialarbeiterin bin ich nicht, aber Michael Cole habe ich natürlich gekannt. Er war ein guter Mann und konnte wunderbar mit den Jungen umgehen. Er hat uns nie erzählt, daß er an seinen freien Tagen mit Ashe zusammen Ausflüge machte, aber ich bin überzeugt, es war alles ganz harmlos. Coley hätte nie im Leben einem Kind oder einem Jugendlichen ein Leid zugefügt. Und für Ashe hat er sich wirklich ganz besonders eingesetzt.«
»Und Sie haben keine Ahnung, wo die beiden miteinander hingefahren sein könnten?«
»Nicht die geringste. Aber ich glaube nicht, daß es sehr weit weg von Banyard Court gewesen sein kann, weil sie immer mit dem Fahrrad unterwegs waren und Ashe vor Anbruch der Dunkelheit zurück sein mußte.«
»Und wo Michael Cole hingezogen ist, als er in Banyard ausschied, das wissen Sie auch nicht?«
»Also eine Adresse kann ich Ihnen leider nicht geben, nein.

Aber ich glaube, er ist zu seiner Schwester gezogen. Wenn mich nicht alles täuscht, hieß sie Page – ja, ich bin sicher, das war der Name. Und ich glaube, sie war Krankenschwester. Falls sie noch berufstätig ist, können Sie sie vielleicht über die Klinik ausfindig machen – das heißt, sofern sie noch immer hier in der Gegend wohnt.«

Das klang nicht gerade vielversprechend, aber die beiden bedankten sich und gingen. Mittlerweile war es halb sieben.

Und diesmal hatten sie Glück. Sie riefen nacheinander drei Krankenhäuser im Bezirk Ipswich an, aber erst im vierten, einer kleinen geriatrischen Klinik, hieß es, ja, eine Mrs. Page sei bei ihnen beschäftigt, habe jedoch eine Woche Urlaub genommen, weil eines ihrer Kinder erkrankt sei. Die Adresse gab man ihnen problemlos durch.

42

Sie fanden Mrs. Page in einer modernen Siedlung aus ziegelverblendeten Betonbauten am Rande von Framsdown, einem Erschließungsgebiet, das nicht untypisch war für die immer häufiger zu beobachtenden Vorstöße der Trabantenstädte in ehemals unberührte, wenn auch nicht immer ausgesucht schöne Naturlandschaften. An der Einmündung der Sackgasse, in der auch Mrs. Pages Doppelhaushälfte stand, fiel der grelle Schein der Peitschenlampen auf einen einsamen kleinen Spielplatz mit Schaukeln, Rutsche und Klettergerüst. Garagen gab es keine, aber anscheinend gehörte zu jedem Haus und jeder Wohnung ein Pkw oder Caravan, der entweder in der Einfahrt oder auf einem Abstellplatz im asphaltierten ehemaligen Vorgarten parkte. Hinter den geschlossenen Vorhängen brannte Licht, sonst aber war kein Lebenszeichen zu entdecken.

Ein melodischer Dreiklang ertönte, als sie bei Nummer elf klingelten, und die Tür öffnete sich fast mit dem letzten Ton. Im hellen Flurlicht stand eine Schwarze mit einen Kind auf dem Arm. Als Kate ihre Dienstmarke vorzeigen wollte, winkte sie ab. »Ich weiß, wer Sie sind. Die Klinik hat angerufen. Kommen Sie rein!«

Sie ging beiseite und ließ Kate und Piers den Vortritt. Sie trug enge schwarze Hosen und ein kurzärmeliges graues Oberteil. Was für eine schöne Frau, dachte Kate. Ihr stolz erhobenes Haupt saß auf einem anmutig geformten, schlanken Hals, das kurzgeschorene Haar umrahmte den Kopf wie eine eng anlie-

gende Kappe, die Nase war schmal und gerade, die Lippen üppig und aufgeworfen, die Augen groß und glänzend, auch wenn sie die beiden Polizeibeamten jetzt ängstlich besorgt unter verschatteten Lidern anblickten.
Das Wohnzimmer, in das sie ihre Besucher führte, war sauber, aber unaufgeräumt, die neuen Möbel zeigten bereits die ersten Abnutzungserscheinungen, verursacht durch übermütiges Spiel und tapsige, klebrige Kinderhändchen. In einem Laufstall in der Ecke mühte sich ein größeres Kind, ein Mädchen, die Reihe bunter Glöckchen zu erreichen, die am Querholm über den Gittern festgebunden waren. Beim Eintritt der Fremden plumpste sie auf ihre Decke zurück, klammerte sich mit den Fäustchen an die Gitterstäbe und starrte die beiden aus großen Kulleraugen zutraulich lächelnd an. Kate ging hinüber zu ihr und streckte ihr einen Finger entgegen. Die Kleine griff unverzüglich und mit erstaunlicher Kraft zu.
Die beiden Frauen setzten sich aufs Sofa, Mrs. Page immer noch mit dem Baby auf dem Arm, während Piers in dem Sessel gegenüber Platz nahm.
Er sagte: »Wir suchen Ihren Bruder, Mr. Michael Cole. Sie haben vermutlich schon gehört, daß eine Fahndung nach Garry Ashe läuft. Wir hoffen, daß Mr. Cole uns vielleicht sagen kann, wo er möglicherweise Unterschlupf gesucht hat.«
»Michael ist nicht da.« Sie hörten die bange Sorge in ihrer Stimme. »Er ist heute in aller Frühe mit seinem Rad weg – wenigstens ist das Rad nicht mehr im Schuppen. Ich weiß nicht, wo er hinwollte, aber er hat mir eine Nachricht hinterlassen. Warten Sie!«
Sie reckte sich und fischte einen Zettel hinter einem Figurenkrug hervor, der auf dem Fernseher stand. Kate las laut vor: »Ich bin heute den ganzen Tag unterwegs. Aber mach dir keine Sorgen, ich bin zum Abendessen zurück, pünktlich um

sechs. Ruf doch bitte im Supermarkt an und sag, daß ich die Nachtschicht übernehme!«

»Wissen Sie, wann genau er weg ist?« fragte Kate.

»Nach den Acht-Uhr-Nachrichten. Ich war da schon wach und konnte ihn von meinem Zimmer aus hören.«

»Und er hat nicht angerufen?«

»Nein. Ich habe bis sieben mit dem Abendessen gewartet.«

»Und wann fingen Sie an, sich Sorgen zu machen?« fragte Piers.

»Kurz nach sechs. Michael ist immer so pünktlich. Ich war schon daran, die Krankenhäuser abzutelefonieren und dann die Polizei anzurufen, falls er bis morgen früh nicht zurück ist. Aber er ist schließlich kein Kind mehr, sondern ein erwachsener Mann. Und ich hatte Angst, die Polizei könnte mich nicht ernst nehmen, wenn ich zu früh anrufe. Doch allmählich mache ich mir richtig Sorgen. Ich war so froh, als die Klinik anrief und mir Bescheid sagte, daß Sie ihn suchen.«

»Und Sie haben keine Ahnung«, fragte Kate, »wo er hin sein könnte?«

Mrs. Page schüttelte den Kopf.

Da erkundigte Kate sich nach dem Verhältnis ihres Bruders zu Ashe. »Wir wissen, daß Ashe über seine Beziehung zu Ihrem Bruder gelogen hat. Aber wir wissen nicht, warum. Können Sie uns etwas mehr über ihre Freundschaft erzählen? Wo sie zusammen hingefahren sind, was sie gern gemeinsam unternommen haben? Wir haben nämlich das Gefühl, Ashe könnte sich in einem Versteck verkrochen haben, das Ihrem Bruder bekannt ist.«

Mrs. Page rückte das Kind auf ihrem Schoß zurecht und neigte den Kopf in mütterlich beschützender Geste über die krausen Locken. »Michael arbeitete als Betreuer in Banyard Court, als Ashe dort aufgenommen wurde. Er faßte gleich eine besondere Zuneigung zu dem Jungen und hat mir einiges

aus dessen Vergangenheit erzählt: wie er von seiner Mutter und dem Mann, mit dem sie zusammenlebte, verstoßen worden war, wie man ihn zu Hause mißhandelt und geschlagen hatte, bevor er endlich der Fürsorge unterstellt wurde. Die Polizei wollte sie vor Gericht bringen, aber die Mutter beschuldigte ihren Lover und umgekehrt, und schließlich reichten die Beweise nicht aus. Michael glaubte, daß er Ashe würde helfen können. Mein Bruder glaubt, daß in jedem Menschen ein guter Kern steckt. Natürlich konnte er ihm nicht helfen. Wer weiß, vielleicht kann da Gott einen wie Ashe erlösen, ein Mensch kann's bestimmt nicht. Menschen, die von Grund auf schlecht sind, denen kann man nicht helfen.«
»Ein schlechter Mensch«, wiederholte Piers, »also darunter kann ich mir eigentlich nichts vorstellen.«
Die großen Augen richteten sich auf ihn. »Ach, nein? Und Sie wollen Polizist sein?«
Kate griff beschwichtigend ein. »Denken Sie genau nach, Mrs. Page! Sie kennen doch Ihren Bruder! Wo könnte er hingefahren sein? Was haben sie am liebsten zusammen unternommen, er und Ashe?«
Sie überlegte einen Moment, dann sagte sie: »Also, wenn Michael seinen freien Tag hatte, dann ist er mit dem Rad los und hat sich irgendwo an der Straße mit Ashe getroffen. Ich weiß nicht, wo sie hingefahren sind, aber Michael war immer, ehe es dunkel wurde, zurück. Er hat Verpflegung mitgenommen und seinen Campingkocher. Und natürlich was zu trinken. Ich nehme an, sie sind irgendwo aufs Land gefahren, raus ins Freie. Mein Bruder mag keine dichten Wälder, er liebt es, wenn man einen freien Blick hat und ungehindert in den Himmel sehen kann.«
»Und er hat Ihnen nie erzählt, wo er gewesen ist?«
»Nur, daß er einen schönen Tag hatte. Ich glaube, er hat Ashe versprochen, daß diese Ausflüge ihr Geheimnis bleiben wür-

den. Wenn er zurückkam, war er jedesmal so glücklich, so voller Hoffnung. Er hat Ashe wirklich gern gehabt, aber nicht so, wie man's ihm dann vorgeworfen hat. Sie haben Michael rehabilitiert, weil sie keine Beweise hatten und weil sie wußten, was für ein Lügner Ashe war. Aber so eine Scharte wetzt man nicht wieder aus. Michael wird nie mehr in der Kinderbetreuung arbeiten können. Was er meines Erachtens auch gar nicht mehr will, denn er hat das Vertrauen verloren. Nach dem, was Ashe ihm angetan hat – die Anschuldigungen, die Verhöre –, da ist etwas in meinem Bruder zerbrochen. Er arbeitet jetzt in Ipswich im Supermarkt als Lagerhelfer. Er macht Nachtschicht, füllt die Regale auf. Mit unsren beiden Gehältern kommen wir gemeinsam ganz gut über die Runden. Wir sind nicht unglücklich. Wenn ihm nur nichts passiert ist! Wir brauchen ihn so sehr. Mein Mann kam letztes Jahr bei einem Verkehrsunfall ums Leben. Und die Kinder, die brauchen Michael am meisten. Er kann so wunderbar mit ihnen umgehen.«
Auf einmal hatte sie angefangen zu weinen. Das schöne Gesicht blieb unverändert, aber zwei große, glitzernde Tränen lösten sich aus ihren Augenwinkeln und rollten die Wangen hinunter. Kate hätte am liebsten Mutter und Kind in den Arm genommen, doch sie hielt sich zurück. So eine Geste mochte mißverstanden, vielleicht sogar zurückgewiesen werden. Wie schwer war es doch, auf den Schmerz und den Kummer eines Mitmenschen natürlich zu reagieren.
»Grämen Sie sich nicht!« sagte sie. »Wir werden ihn finden.«
»Aber Sie denken doch auch, er könnte mit Ashe zusammensein, nicht wahr? Sie glauben, daß er zu ihm gefahren ist.«
»Vorläufig wissen wir noch gar nichts. Möglich ist es, ja. Aber die Hauptsache ist, daß wir ihn finden.«
Mrs. Page brachte sie zur Tür. »Ich will nicht, daß Ashe herkommt. Ich werde ihn nicht in die Nähe meiner Kinder lassen.«

»Hierher kommt er bestimmt nicht«, sagte Kate. »Warum sollte er? Aber legen Sie auf alle Fälle die Sicherheitskette vor, und falls er sich mit Ihnen in Verbindung setzt, verständigen Sie uns sofort. Hier ist die Nummer.«
Sie stand, das Kind auf der Hüfte, in der Tür und blickte ihnen nach, als der Wagen aus der Einfahrt bog.
Im Auto sagte Piers: »Du glaubst also wirklich, daß Cole losgezogen ist, um Ashe zu suchen? Ohne irgendwem Bescheid zu sagen, ohne daß er die Polizei angerufen hat?«
»O ja, da bin ich ganz sicher. Er hat den Fahndungsaufruf in den Acht-Uhr-Nachrichten gehört und ist gleich losgefahren. Er spielt wieder auf eigene Faust den Seelenretter, Gott steh ihm bei!«
Gleich hinter der Dorfgrenze hielten sie an, und Kate telefonierte mit der Einsatzzentrale. Als sie Dalgliesh in kurzen Zügen ins Bild gesetzt hatte, sagte der: »Bleiben Sie mal einen Moment dran, ja?« Und als sie das Rascheln hörte, erriet Kate, daß er dabei war, eine Landkarte aufzuschlagen. »Banyard Court lag genau nördlich von einem Dorf mit Namen Ottley. Er und Ashe werden also von dort aufgebrochen sein. Angenommen, sie radelten zwischen zwanzig und dreißig Meilen bis zu ihrem Ausflugsziel, dann macht das hin und zurück etwa vier Stunden Fahrzeit. Wär ein anstrengendes Pensum, ist aber zu schaffen. Nehmen wir zur Sicherheit also einen Radius von dreißig Meilen. Waldgebiet gibt's in der Gegend kaum, außer den Rendlesham-Forst und dem Geräumde bei Tunstall. Wenn seine Schwester recht hat und er eher weite Landschaften bevorzugte, dann sind sie wahrscheinlich zur Küste gefahren. Es gibt in der Gegend ein paar ganz einsame Strände. Sowie es hell wird, starten Sie den Hubschraubereinsatz und konzentrieren sich auf die Küste. Wir sehen uns heute abend um zehn im Hotel.«
»Er kommt her«, sagte Kate zu Piers, als sie aufgelegt hatte.

»Wieso das denn, um Himmels willen? Die Bezirkspolizei hier gibt uns doch jede Unterstützung. Wir haben alles im Griff.«

»Ich nehme an, er will beim letzten Akt dabeisein.«

»Falls es einen letzten Akt gibt.«

»Den gibt's bestimmt. Die Frage ist bloß, wo und wie er endet.«

43

An diesem Morgen schliefen sie lange, jeder in seinen Schlafsack eingemummelt, Seite an Seite, aber ohne sich zu berühren. Ashe regte sich als erster und war, als er zu sich kam, sofort hellwach. Er hörte ihren leisen, gleichmäßigen Atem neben sich, hin und wieder von einem unterdrückten Stöhnen oder einem kleinen Schnarchlaut unterbrochen. Er bildete sich ein, daß er sie riechen könne, ihren Körper, ihren Atem. Und in seinem Kopf entstand der Gedanke, daß er nur den Arm aus dem Schlafsack zu strecken und hinüberzulangen bräuchte, um eine Hand auf diesen halbgeöffneten Mund zu drücken und ihn für immer zum Schweigen zu bringen. Ein paar Minuten gab er sich dieser Phantasievorstellung hin, dann lag er reglos und angespannt und wartete auf die Morgendämmerung. Endlich wurde es hell, und sie hob den Kopf und wandte ihm ihr Gesicht zu.

»Ist es schon Morgen?«

»Ja, ist es. Ich geh und mach Frühstück.«

Sie krabbelte aus dem Schlafsack und streckte sich. »Hab ich einen Hunger! Hm, riecht der Morgen nicht wundervoll hier draußen? So ein Lüftchen gibt's in London überhaupt nicht. Du, laß mich das Frühstück machen. Du hast doch bis jetzt für alles gesorgt.«

Sie bemühte sich, einen fröhlichen Ton anzuschlagen, aber ihre forcierte Munterkeit hatte einen unechten Klang.

»Nein, laß!« sagte er. »Ich mach schon.«

Etwas in seiner Stimme hielt sie davon ab, sich weiter aufzudrängen. Er zündete erst zwei Kerzen an, dann machte er Feuer im Herd. Er spürte ihre ängstlich fragenden Blicke in seinem Rücken, als er jetzt eine Dose Tomaten aufmachte und eine mit Würstchen. Sie würden zusammen frühstücken, und dann mußte er fort von ihr. Er würde zu seinem alten Platz im Schilf gehen. Nicht einmal Coley war ihm je dorthin gefolgt. Er hatte das dringende Bedürfnis, allein zu sein. Er mußte nachdenken.

Während des Essens sprachen sie kaum. Hinterher half sie ihm, Teller und Becher abzuwaschen. Als sie fertig waren, sagte er: »Komm mir nicht nach! Ich bleib nicht lange« und verschwand durch die Küchentür.

Er bahnte sich einen Weg durchs Gebüsch, hin zu dem vertrauten Pfad, der zum Meer führte und noch schmäler war und überwucherter als der, den er mit ihr gekommen war. Stellenweise mußte er sich mit bloßen Händen Bahn machen und den dichten Schilfvorhang teilen, der ihm die Sicht versperrte. Kühl und steif streiften die Halme seine Handflächen. Der Gratweg schlängelte sich immer noch so durchs Ried, wie er ihn in Erinnerung hatte: bald kahl und holprig, bald grasbewachsen und mit Gänseblümchen übersät. Dann wieder gluckerte das Wasser des moorigen Grundes so unheilvoll unter seinen Füßen, daß er Angst hatte, die dünne Erdschicht würde sein Gewicht nicht tragen. Aber endlich hatte er es geschafft. Und da war auch der Grasbuckel, an den er sich so gut erinnerte. Die spitz zulaufende Kuppe bot gerade genug Platz für ihn, wenn er sich ganz klein machte und zusammenkauerte: die Knie an die Brust gepreßt, die Arme fest um die Beine geschlungen, eine unverletzbare, wohlgeschützte Kugel. Er schloß die Augen und lauschte den vertrauten Geräuschen: dem eigenen Atem, dem unablässigen Rascheln des Schilfs, dem fernen rhythmischen Ächzen der Brandung. Ein paar Minuten blieb er vollkommen unbeweglich und mit geschlossenen Augen so sitzen und ließ den Aufruhr, der in seinem Körper und in seinem Hirn tobte, abklingen. Er wartete, bis das einkehrte, was er für Frieden hielt. Aber jetzt mußte er nachdenken.

Er hatte einen Fehler gemacht, den ersten, seitdem er die Tante getötet hatte. Er hätte London nie verlassen dürfen. Das war ein verhängnisvoller Fehler gewesen, aber er ließ sich vielleicht noch ausbügeln. Der Entschluß, sich aus dem Staub zu machen, die hastigen Vorbereitungen, die Vorwände, die er ersinnen mußte, um Octavia zu überreden, und dann die überstürzte Fahrt – was war dabei herausgekommen? Nichts weiter als Panik. Und er war zuvor noch nie in Panik geraten. Aber noch konnte er alles wieder ins Lot bringen. Die Polizei würde inzwischen die Leiche gefunden haben und bald dahinterkommen, daß es Mord gewesen war. Irgendwer würde ihnen sagen, daß die Alte Linkshänderin gewesen war – diese Hexe, die Buckley zum Beispiel. Aber er war sicher nicht der einzige gewesen, der das nicht gewußt hatte. Die Polizei würde kombinieren, daß die Carpenter dran glauben mußte, damit sie dachten, sie hätte die Aldridge umgebracht und sich danach aus Reue oder Schuldbewußtsein oder weil sie mit ihrer schrecklichen Tat nicht weiterleben konnte, vom Acker gemacht. Das allein sollte ihn eigentlich vor Verdächtigungen schützen. Denn für den Aldridge-Mord hatte er ein Alibi, ein hieb- und stichfestes, warum also hätte er die Carpenter umbringen sollen? Er brauchte doch keinen tragischen Selbstmord zu inszenieren, um den Verdacht von sich abzulenken. Er war unantastbar. Wer immer die Aldridge umgebracht hatte, er konnte es nicht gewesen sein.

Und darum mußten sie zurück. Ganz ohne Heimlichkeiten. Sobald sie wieder auf der Landstraße waren, würde er am Pelham Place anrufen und erklären, was passiert war, daß sie jetzt auf dem Rückweg seien, aber das Motorrad verloren

hätten und von der Außenwelt abgeschnitten gewesen seien. Zum Glück hatte er London nicht ohne eine Erklärung verlassen. Sie hatten der Buckley erzählt, sie würden ein paar Tage Urlaub machen, damit Octavia sich von den traumatischen Ereignissen der letzten Tage erholen könne. Da wenigstens hatte er keinen Fehler gemacht. Es war keine kopflose Flucht gewesen. Die Story war wasserdicht.
Aber damit war es noch nicht getan. Er brauchte ein Alibi für den Mord an der Carpenter. Wenn er Octavia dazu bringen konnte, ihm das zu liefern, wenn sie schwören würde, daß sie zusammen in ihrer Wohnung gewesen sind, dann konnte ihm nichts und niemand etwas anhaben. Und Octavia würde tun, was er verlangte, sagen, was er ihr eintrichterte. Was gestern nacht zwischen ihnen passiert war, diese Paarung, vor der er sich so geekelt, die er aber als unumgänglich akzeptiert hatte, die würde sie für immer an ihn binden. Er würde sein Alibi bekommen. Sie würde ihn jetzt nicht hängenlassen. Und er brauchte sie für weit mehr als das: ohne sie kam er nicht an das Geld ran. Die Heirat war wichtiger geworden denn je, und zwar so rasch wie möglich. Eine Dreiviertelmillion und obendrein das Haus, das mindestens noch einmal eine halbe Million wert war.
Und hatte der Anwalt nicht auch was von einer Lebensversicherung gesagt? Wie hatte er nur auf die Idee kommen können, sie umbringen zu wollen? Nein, das war nie eine ernsthafte Alternative gewesen, jetzt nicht mehr – und daran würde sich monate-, vielleicht sogar jahrelang nichts ändern. Aber als sie dort drinnen gelegen waren, Seite an Seite und doch himmelweit getrennt, da hatte er sich ihren Tod ausgemalt, hatte sich vorgestellt, wie er ihren Leichnam mit alten, mit Steinen gefüllten Konservenbüchsen beschwerte, damit er besser unterging und für alle Zeiten unter dem Schilf verschwand. Niemand würde ihn finden, nicht in dieser gottver-

lassenen Gegend. Aber sein Verstand war rasch mit einem unwiderlegbaren Einwand bei der Hand gewesen: Wenn sie doch jemand finden sollte, dann wären die steinbeschwerten Dosen ein Beweis dafür, daß es Mord gewesen war. Besser, man ertränkte sie einfach, tauchte ihren Kopf unter Wasser, bis sie nicht mehr zappelte, und schleppte sie dann, mit dem Gesicht nach unten, raus ins Schilf. Und wenn sie eines Tages gefunden wurde, hatte die Polizei nichts weiter als eine Wasserleiche. Es konnte ein Unfall gewesen sein oder Selbstmord. Er könnte heute noch nach London zurückkehren und sagen, sie hätten sich schon am ersten Tag nach einem Streit getrennt, sie hätte ihm das Motorrad geklaut und ihn sitzenlassen.
Aber er wußte, daß das alles nur Hirngespinste waren. Er brauchte sie lebendig, brauchte die Heirat, brauchte das Geld – Geld, das Geld zeugen würde, um Reichtümer anzuhäufen, die alle Demütigungen der Vergangenheit tilgen und ihn frei machen würden. Sie mußten nach London zurückkehren. Heute noch.
Und dann sah er die Hände. Die Hände und die Finger, die sich wie ein Schwarm kleiner Fische durchs Schilf schlängelten und nach ihm haschten. Aber das Schilf fing sie ein und hielt sie ihm vom Leibe. Es waren längst vergessene Hände, und doch erinnerte er sich nur zu gut an sie. Hände, die schlugen und boxten und Gürtel liebevoll durch ihre Finger gleiten ließen, überaus geschäftige Hände, die zärtlich sein wollten und seine Nerven zum Flattern brachten, Kundschafterhände – weich und feucht und hart wie Stahl –, die des Nachts unter seine Bettdecke geschlichen kamen, Hände über seinem Mund, Hände, die an seinem schreckensstarren Körper entlangglitten, Doktorhände, Sozialarbeiterhände, die Lehrerhände mit den breiten weißen Nägeln und den seidigen Härchen auf den Fingerrücken. Ja, so nannte er ihn bei sich: den

Schullehrer, einen Namenlosen, den, bei dem er am längsten ausgeharrt hatte.
»Hier mußt du unterschreiben, Junge. Siehst du, das ist dein Sparbuch. Die Hälfte deines Taschengeldes von der Gemeinde sollte wenigstens auf die hohe Kante kommen und nicht verpraßt werden.« Sorgfältig malte er seinen Namen, wohl wissend, daß diese kritischen Augen ihm unausgesetzt über die Schulter schauten. »Garry? Das ist doch kein Name! Und wenn schon, dann mit nur einem r – es ist nämlich die Kurzform für Gareth.«
»So steht's aber in meiner Geburtsurkunde.«
Seine Geburtsurkunde. Ein kurzes Dokument. Ohne Vatersnamen. Nur ein windiges Blatt in der amtlichen Akte, die jährlich anwuchs und zum Beweis dafür diente, daß es ihn gab. Schließlich hatte er gesagt: »Ich möchte Ashe genannt werden.« Und man rief ihn Ashe. Das war fortan sein Name. Er brauchte keinen anderen.
Und mit dem Namen kamen die Stimmen. Onkel Mackie, der kein richtiger Onkel war und der seine Mutter anbrüllte, während er, Ashe, in seine Ecke geduckt, alles mit ansah und -hörte und darauf wartete, daß die Schläge niederprasselten.
»Entweder der Scheißbengel geht oder ich. Du kannst es dir aussuchen. Er oder ich.«
Wie eine Wildkatze hatte er Onkel Mackie bekämpft, mit Kratzen, Treten, Spucken, Beißen. Ja, an dem Mistkerl hatte er seine Spuren hinterlassen!
Doch nun schwirrten die Stimmen von überall her durch die Luft, bis sie das Rascheln des Schilfs übertönten. Die besorgten Stimmen der Sozialarbeiter. Die aufgesetzt fröhliche Stimme der soundsovielten Pflegemutter, die hoffte, mit ihm fertig zu werden. Der Lehrer hatte sich eingebildet, daß es ihm gelungen sei. Dabei war es nur um die Dinge gegangen, die Ashe von ihm hatte lernen wollen: Seine und seiner Familie

Sprechweise wollte er nachahmen, abgucken, wie sie aßen, wie sie lebten. Er erinnerte sich an den Duft der frischgewaschenen Wäsche, wenn er ins Bett geschlüpft war oder ein sauberes Hemd über den Kopf gezogen hatte. Eines Tages würde er reich und mächtig sein. Und dann war es wichtig, daß man um solche Dinge wußte. Vielleicht hätte er länger bei dem Lehrer bleiben und die Prüfung machen sollen, die angeblich so lebenswichtig war. Allzu schwer konnte sie nicht gewesen sein; das Lernen für die Schule war ihm überhaupt nie schwergefallen. Er hörte wieder die Stimme des Direktors: »Der Junge ist ohne Zweifel intelligent. Ein IQ weit über dem Durchschnitt. Natürlich fehlt es ihm an Disziplin, aber ich denke, wir können noch was Rechtes aus ihm machen.«
Aber das Haus des Lehrers war fast das schlimmste Gefängnis von allen gewesen. Am Ende mußte er einfach ausbrechen, und das hatte sich ja auch ganz leicht bewerkstelligen lassen. Er lächelte nicht, aber innerlich ergötzte er sich doch an der Erinnerung an Angelas Schreie, das entsetzte Gesicht ihrer Mutter. Ob die wirklich gedacht hatten, er wollte ihre blöde, potthäßliche Tochter ficken? Er hatte ein paar kräftige Schlucke aus der Sherryflasche im Eßzimmer nehmen müssen, bevor er sich überhaupt dazu überwinden konnte. Ja, damals hatte er Alkohol dazu gebraucht, aber jetzt ging es auch ohne. Dieser eine Vorfall hatte ihn gelehrt, wie gefährlich das Zeug sein konnte: Vom Alkohol abhängig zu sein war genauso fatal wie die Abhängigkeit von Menschen. Er erinnerte sich an die hysterischen Telefonate, an die ewigen Fragen der Sozialarbeiter nach dem Warum, die Sitzungen beim Psychiater, an Angelas verheulte Mutter.
Und dann war Banyard Court gekommen und damit Coley. Coley hatte ihm den Schilfgürtel gezeigt, Coley, der so schüchtern war und wenig sprach und der anfangs überhaupt keine Forderungen gestellt hatte. Coley, der fünfundzwanzig

Meilen radeln konnte, ohne zu ermüden, der wußte, wie man im Freien Feuer macht und ein Essen aus der Dose zubereitet. Aber am Ende war auch er keinen Deut besser gewesen als all die anderen. Er erinnerte sich gut an jenes Gespräch draußen vor dem Cottage, wo sie gesessen und übers Schilf in Richtung Meer geblickt hatten.

»In drei Monaten wirst du sechzehn, dann bist du kein Fürsorgezögling mehr. Ich dachte, ich könnte mich nach einer Wohnung umschauen, vielleicht irgendwo in der Nähe von Ipswich? Oder womöglich finde ich auch ein kleines Häuschen auf dem Lande. Du könntest dir eine Arbeit suchen, und wir könnten zusammenleben, nur so als Freunde, genau wie jetzt. Und du könntest anfangen, dir ein eigenes Leben aufzubauen.«

Aber er hatte doch ein Leben! Nach diesem Gespräch mußte er auch Coley loswerden. Und Coley war es ergangen wie all den anderen. Plötzlich erfaßte ihn eine Welle von Selbstmitleid. Wenn sie ihn doch nur in Ruhe lassen würden! Nichts, was er jemals getan hat, wäre nötig gewesen, wenn sie ihn bloß in Ruhe gelassen hätten.

Es war Zeit zurückzugehen, zurück zum Cottage, zurück zu Octavia, zurück nach London. Sie würde ihm ein Alibi für den Carpenter-Mord liefern, sie würden heiraten, er würde reich werden. Mit rund zwei Millionen – und soviel kam alles in allem bestimmt zusammen – war alles möglich.

Und dann hörte er die letzte Stimme, die Stimme seiner Tante, die ihn über das wuchernde Schilf hinweg ankreischte.

»Weg? Was soll das heißen, du willst weg? Wo willst du denn hin, Menschenskind? Wen hast du denn außer mir? Du bist ja komplett verrückt! Hast du das eigentlich immer noch nicht kapiert? Darum haben sie dich alle nach 'n paar Wochen wieder rausgeschmissen, weil du einen hundertprozentigen Schatten hast. Und was paßt dir denn, verdammt noch mal, nicht in dem Haus hier? Du hast dein Essen, Klamotten, ein Dach überm Kopf. Ich mach dir Geschenke, die Kamera, die Kawasaki. War schweineteuer, das Scheißding. Und was verlang ich dafür? Nichts weiter als das, was jeder Mann, wenn er nur halbwegs ein Mann ist, mit Freude geben würde. Andere stehen Schlange dafür und müssen obendrein noch kräftig blechen.«

Die Stimme redete ungebremst weiter, schmeichelte, pöbelte, keifte. Er preßte sich die Hände über die Ohren und duckte sich zu einer noch kleineren Kugel zusammen. Nach ein paar Minuten war die Stimme verstummt, so jäh abgeschnitten, als habe er sie mit einem gezielten Streich endgültig erledigt. Aber die Wut, die blieb. Und während er noch an die Tante dachte, sich zwang, in die Erinnerung einzutauchen, schürte er diese Wut so sehr, daß er sie, als er schließlich aufstand und zurückging zum Cottage, wie ein glühendes Stück Kohle in seiner Brust trug.

44

Octavia hatte ihm nachgesehen, bis er außer Sicht war und das Schilf ihn verschluckt hatte. Dann durchquerte sie den Raum und schaute zur anderen Seite hinaus auf die Wasserfläche, die sie vom Festland trennte und von dem Pfad, der in den Wald führte. Sie sah die Baumwipfel in der Ferne, und als plötzlich die Sonne durchbrach, bildete sie sich ein, sie könne dort sogar die goldschimmernde Perücke erkennen, die wie ein exotischer Vogel an einem Tannenzweig schaukelte. Aber die Bäume schienen sehr weit entfernt, und auf einmal sehnte sie sich danach, ihre kräftigen Äste über und um sich zu spüren, frei zu sein von dieser Wildnis wispernden, raschelnden Grüns. Der Wind hatte böig aufgefrischt, und das eben noch so träge vor sich hin dümpelnde Brackwasser begann, sich zu kräuseln und Wellen zu schlagen. Das versunkene Motorrad mußte Öl verloren haben oder vielleicht auch Benzin, jedenfalls schwamm auf der Wasseroberfläche eine ölige Lache, die in allen Regenbogenfarben schillerte. Ungestüm fuhr der Wind durch den Schilfgürtel und steigerte das trockene Rascheln des Schilfs zu einem rauschenden Crescendo. Die Halme schwankten, sie wiegten und bogen sich in flirrend kreisenden Licht-und-Schatten-Spielen. Octavia stand da und schaute und dachte an die Nacht, die hinter ihr lag, und an den frostigen Morgen.

War das wirklich alles, was dazugehörte? Hatte das etwas mit Liebe zu tun? Sie wußte nicht, wie sie sich ihre erste Liebesnacht vorgestellt hatte, außer daß sie und Ashe in inniger

Umarmung beieinanderliegen würden, jeder Zoll ihres Körpers erfüllt von dem brennenden Verlangen nach der Berührung des Partners. Statt dessen war alles so unpersönlich gewesen wie eine medizinische Untersuchung. »Zum Ausziehen ist es zu kalt«, hatte er gesagt, und sie hatten sich nur der allernötigsten Kleidungsstücke entledigt, ohne einander dabei zu helfen, ja ohne sich auch nur anzusehen. Kein liebevoller Auftakt, nichts. Und nicht einmal während der kurzen Vereinigung, bei der er sie fast brutal genommen hatte, war es zu einem Kuß gekommen. Ihr schien, als könne er die Berührung ihrer Lippen nicht ertragen. Jede Intimität, jedes obszöne Spielchen war möglich, nur das nicht. Aber beim nächstenmal würde es bestimmt schöner werden. Er hatte Sorgen gehabt letzte Nacht, ihr Lager war unbequem gewesen und kalt. Sie konnte doch nicht aufhören, ihn zu lieben, nur weil ihre erste gemeinsame Nacht nicht so romantisch gewesen war, wie sie sich das erträumt hatte. Und tagsüber war es doch so schön gewesen miteinander, als sie das Cottage erkundet, ihre Vorräte auf den Regalen aufgebaut, sich häuslich eingerichtet und gewissermaßen Mann und Frau gespielt hatten. Doch, sie liebte ihn. Natürlich liebte sie ihn. Wenn sie ihn jetzt im Stich ließ – es war das erste Mal, daß ihr diese Redewendung durch den Kopf ging –, wenn sie ihn jetzt im Stich ließ, was würde dann aus *ihr* werden?
Und dann hörte sie es, hörte es trotz des Windes, der übermütig raschelnd und rauschend durchs Schilf fegte: Jemand kam auf dem schmalen Pfad direkt auf die Insel zu. Kaum hatte ihr Ohr die ersten leisen Schritte wahrgenommen, tauchte auch schon wie ein Geist aus dem Röhricht ein Mann auf, ein Schwarzer, schlank und hochgewachsen, nicht mehr ganz jung, vielleicht dreißig, fünfunddreißig. Er trug eine Sportjacke mit Gürtel, die am Hals offenstand, und darunter einen dicken Rollkragenpulli. Entgeistert starrte sie hin-

über, aber sie empfand keine Furcht. Sie wußte sofort, daß er nichts Böses im Schilde führte.

»Wo ist er?« rief er mit gedämpfter Stimme. »Wo ist Ashe?«

»An seinem Lieblingsplatz, hinten im Schilf.« Sie deutete mit dem Kopf in Richtung Meer.

»Und seit wann?«

»Seit zehn Minuten vielleicht. Wer sind Sie?«

»Ich heiße Cole. Hören Sie, Sie müssen ganz schnell da weg, sofort, bevor er zurückkommt. Sie dürfen nicht bei ihm bleiben. Wissen Sie, daß er von der Polizei gesucht wird, wegen Mordes gesucht wird?«

»Das war wegen meiner Mutter, aber wir haben schon mit der Polizei gesprochen. Er hat nichts damit zu tun. Außerdem gehen wir sowieso zurück, wenn er soweit ist.«

Jählings warf der Mann seine Jacke von sich, zog sich den Pullover über den Kopf und stürzte sich ins Wasser. Verblüfft sah sie, wie er mit kraftvollen Stößen auf sie zugeschwommen kam, die Augen unverwandt auf ihr Gesicht gerichtet. Keuchend erklomm er die Böschung, und als er strauchelte, rannte sie instinktiv los und streckte ihm die Hand hin.

»Schwimmen Sie mit mir zurück!« beschwor er sie. »Sie schaffen das. Es ist ein Klacks, keine zehn Meter. Ich werde Ihnen helfen. Sie brauchen keine Angst zu haben. Ich hab im Straßengraben ein Fahrrad versteckt. Sie können auf der Stange mitfahren, und wir sind im nächsten Dorf, bevor er uns verfolgen kann. Sie werden zwar naß dabei und ein Weilchen frieren, aber alles ist besser, als hier auszuharren.«

»Sie sind wahnsinnig! Warum sollte ich mit Ihnen gehen? Warum?«

Inzwischen war er näher gekommen, wie um sie durch die Kraft seiner körperlichen Ausstrahlung zu überzeugen. Das Wasser tropfte ihm aus den Haaren übers Gesicht. Er zitterte heftig. Sein weißes Unterhemd klebte am Körper fest, und sie

konnte sein Herz schlagen sehen. Beide waren so erregt, daß sie einander jetzt förmlich anzischten.
»Janet Carpenter ist tot«, sagte er. »Ermordet. Von Ashe. Bitte, Sie müssen hier weg! Sofort! Ich flehe Sie an, er ist gefährlich.«
»Sie lügen. Das ist nicht wahr. Die Polizei hat Sie geschickt, um uns auszutricksen.«
»Die Polizei weiß gar nicht, daß ich hier bin. Niemand weiß es.«
»Und woher haben Sie gewußt, daß Sie uns hier finden?«
»Ich hab ihm diese Stelle gezeigt. Vor langer Zeit. Das war einmal unser Lieblingsplatz.«
»Sie sind Coley!«
»Ja, aber das tut jetzt nichts zur Sache. Unterhalten können wir uns später. Jetzt müssen Sie mitkommen. Sie können nicht bei ihm bleiben. Er braucht Hilfe, aber die können Sie ihm nicht bieten. Sie nicht und ich auch nicht.«
Fast schrie sie ihm ihr »Nein, nein, nein!« entgegen, doch sie versuchte, sich selbst damit zu überzeugen, nicht ihn. Die Kraft, die er ausstrahlte, der dringliche Appell seines triefenden Körpers, das Flehen in seinen Augen, all das nahm sie zwingend für ihn ein.
Und dann hörten sie Ashes Stimme: »Du hörst doch, was sie sagt. Sie bleibt hier.«
Lautlos hatte er sich angeschlichen. Als er jetzt aus dem Halbdunkel des Cottages heraus ins Sonnenlicht trat und langsam auf sie zukam, sah sie das Messer in seiner Hand funkeln.
Von da an verschwamm alles in einem Strudel des Entsetzens. Coley machte eine Bewegung, wie um sie zu schützen, dann stürzte er sich auf Ashe. Aber er war eine Sekunde zu spät dran, Ashes Hand schoß nach vorn, und die Klinge versank im Leib des Schwarzen. Octavia, die mit flackerndem Blick

und vor Entsetzen wie gelähmt abseits stand, hörte seinen Schrei, einen tiefen, zitternden Laut, der eigentlich mehr ein Stöhnen war. Dann breitete sich der rote Fleck auf seinem Unterhemd aus, er sank fast anmutig in die Knie und kippte lautlos zur Seite. Ashe beugte sich über ihn, zog ihm das Messer aus dem Bauch und schlitzte ihm mit einem einzigen raschen Schnitt die Kehle auf. Sie sah das Blut, das wie ein Sturzbach aus dem Hals quoll, und ihr war, als blickten die dunklen Augen immer noch mit jenem ernst flehenden Ausdruck in die ihren, ehe sie sich langsam trübten und Cole sein Leben auf dem sandigen Boden aushauchte.

Sie konnte nicht schreien. Irgend etwas steckte ihr im Hals. Statt dessen hörte sie einen schrillen, langgezogenen Klagelaut und wußte, daß er aus ihrer Kehle kam. Sie wankte ins Cottage, warf sich auf ihren Schlafsack und zerrte, während sie sich bald aufbäumte, bald zusammenkrümmte, mit sinnlosen Gesten an dem groben Baumwollstoff. Sie konnte nicht atmen. Die krampfhaften Schluchzer, die sie ausstieß, zerrissen ihr fast die Brust, aber sie bekam noch immer keine Luft. Endlich sank sie, erschöpft von dem Anfall, keuchend und wimmernd zurück und schloß die Augen.

Als sie seine Stimme hörte, wußte sie, daß er über ihr stand.

»Er war selber schuld. Er hätte nicht herkommen sollen. Hätte er mich doch in Ruhe gelassen! Komm und hilf mir, ihn wegzuschaffen! Er ist schwerer, als ich dachte.«

»Nein, nein! Ich kann nicht. Das mach ich nicht«, wimmerte sie.

Sie hörte ihn im Zimmer umhergehen, und als sie den Kopf wandte, sah sie, daß er etliche von den Konservendosen einsammelte.

»Die brauch ich, um die Leiche zu beschweren. Ich nehm aber nur die, die ein ordentliches Gewicht haben. Ich werde ihn hier fortschaffen, über den Pfad, der ins Schilf führt. Seine

Kleider hol ich später. Mach dir keine Sorgen! Wir haben noch genug zu essen.«
Und jetzt schleppte er den Leichnam durchs Cottage. Sie schloß die Augen, aber sie hörte jeden einzelnen seiner rasselnden Atemzüge, hörte das schurrende Schleifen, mit dem er den Toten über den Fußboden zerrte. Und dann fand sie plötzlich wieder die Kraft zum Handeln. Sie rappelte sich hoch, rannte hinunter ans Wasser und watete hinein. Aber er war schneller als sie. Bevor sie sich von dem Kälteschock, der ihr die Beine hochfuhr, erholte hatte, hatte sein Arm sie schon gepackt. Er zerrte sie mit Gewalt zurück, und sie hatte nicht die Kraft, sich zu widersetzen, als er sie ans Ufer schleppte und mitten durch Coleys Blutlache zurück zum Haus schleifte. Hier trug er die halb Ohnmächtige über die Schwelle, lehnte sie aufrecht gegen die Wand und band ihr mit seinem Gürtel die Hände auf dem Rücken zusammen. Dann beugte er sich über Coleys Leiche, machte den Hosengürtel los und fesselte ihr mit ihm die Knöchel.
Mit einer Stimme, die auffallend sanft, fast traurig klang, sagte er: »Das hättest du nicht tun sollen.«
Octavia weinte inzwischen wie ein Kind. Sie hörte ihn keuchen, als er den Leichnam durchs Cottage zerrte und hinaus auf den überwachsenen Pfad, der ins Schilf führte. Dann wurde es still.
Sie dachte: Wenn er zurückkommt, bringt er mich um. Ich hab versucht wegzulaufen, das wird er mir nicht verzeihen. Und ich kann weder an sein Mitleid appellieren noch an seine Liebe. Es gibt keine Liebe. Hat sie nie gegeben.
Er hatte ihr die Handgelenke fest übereinandergebunden, aber die Finger hatten immer noch etwas Bewegungsfreiheit. Schluchzend begann sie, den kleinen Finger und den Mittelfinger der Rechten um den Ring an ihrer Linken zu manövrieren, und fand endlich genügend Halt, ihn abzustreifen. Selt-

sam, daß das Abstreifen eines so kleinen Gegenstands eine solch unermeßliche Erleichterung auslösen konnte. Sie hatte sich von mehr als nur von einem Ring befreit.
Die Angst war wie ein Schmerz: Sie überfiel sie, zog sich für ein paar Minuten segensreichen Friedens zurück, nur um dann stärker und qualvoller wieder aufzuflammen. Sie versuchte sich mit Denken, Planen und Listenersinnen abzulenken. Konnte sie ihm einreden, daß ihr Fluchtversuch nur ein Reflex gewesen sei, daß sie ihn liebte und ihn nie verraten würde? Aber sie wußte, das war hoffnungslos. Was sie gesehen hatte, hatte ihre Liebe für immer getötet. Sie hatte in einer trügerischen Phantasiewelt gelebt, aber hier ging es um die Wirklichkeit. Es wäre unmöglich, sich zu verstellen, und er wußte das.
Nicht einmal tapfer sterben kann ich, dachte sie. Ich werde schreien und betteln, obwohl es mir nichts nützen wird. Er wird mich genauso töten wie Coley und meine Leiche wie die des Schwarzen ins Schilf hinausschaffen, dorthin, wo uns niemals einer finden wird. Ich werde dort liegen, bis ich aufgedunsen bin und stinke, und niemand wird kommen und sich darum kümmern. Ich werde nicht mehr existieren. Wie ich eigentlich nie existiert habe. Darum konnte er mich so hinters Licht führen.
Von Zeit zu Zeit verlor sie kurz das Bewußtsein. Dann hörte sie ihn zurückkommen. Er stand über ihr, blickte auf sie herab, sagte nichts.
»Bitte, deck mich mit dem Schlafsack zu!« sagte sie. »Mir ist so kalt.«
Er sagte immer noch nichts, doch er hob sie hoch, trug sie hinüber vor den leeren Kamin und zog den Schlafsack über sie. Dann ließ er sie wieder allein.
Er erträgt meine Gegenwart nicht, dachte sie. Oder er kann sich nicht entscheiden, ob er mich umbringen oder am Le-

ben lassen soll. Sie versuchte zu beten, doch die Texte, die sie im Kloster gelernt hatte, verwirrten sich in ihrem Kopf zu einem sinnlosen Wortschwall. Immerhin betete sie für Coley: »Schenke ihm die ewige Ruhe, o Herr, und lasse Dein Licht leuchten über ihm.« Das klang richtig so. Nur daß Coley sich nicht die ewige Ruhe gewünscht hatte, sondern das Leben. Genau wie sie. Auch sie wollte leben.
Sie wußte nicht, wie lange sie so gelegen hatte. Die Stunden verrannen. Es wurde dunkel, und Ashe kam zurück. Er kam leise, und sie hatte die Augen geschlossen, trotzdem wußte sie, daß er da war. Er entzündete drei Kerzen, dann den Kocher und wärmte eine Dose Bohnen. Er kam, richtete sie auf und fütterte sie, einen Löffel Bohnen um den anderen. Sie versuchte, ihm zu sagen, daß sie nicht hungrig sei, statt dessen schluckte sie. Aber er sprach immer noch nicht. Als die Kerzen heruntergebrannt waren, legte er sich in seinen Schlafsack, und bald darauf hörte sie seine regelmäßigen Atemzüge. In der ersten Stunde wälzte er sich noch unruhig herum, murmelte wohl auch im Schlaf vor sich hin, und einmal schrie er sogar auf. Doch dann schlief er ruhig und fest. Auch sie verfiel in dieser scheinbar endlosen Nacht ab und zu in unruhigen Schlummer, aber die Kälte und die Schmerzen in ihren gefesselten Armen weckten sie immer wieder auf, und dann schluchzte sie leise vor sich hin. Sie war wieder acht Jahre alt, lag im Bett in ihrem ersten Internat und weinte nach ihrer Mutter. Das Schluchzen hatte etwas seltsam Tröstliches.
In der frühen Morgendämmerung wurde sie wach. Das erste, was sie spürte, war die schreckliche Kälte, die eisige Last ihrer nassen Hosen, das Stechen in ihren verkrampften Armen. Ashe war schon auf. Er hatte eine Kerze angezündet, aber sein Gesicht sah sie erst, als er sich über sie beugte. Es war immer noch das gleiche Gesicht, ernst und entschlossen, das

Gesicht, das sie zu lieben geglaubt hatte. Vielleicht lag es an dem weichen Kerzenlicht, daß sekundenlang eine namenlose Traurigkeit in seinen Zügen aufschien. Aber er redete immer noch nicht.

Ihre eigene Stimme klang wie ein Mittelding zwischen Schluchzen und Bibbern, als sie ihn anflehte: »Bitte, mach doch Feuer, Ashe! Bitte! Mir ist so kalt.«

Er antwortete nicht, sondern zündete eine zweite Kerze an und dann eine dritte, setzte sich mit dem Rücken gegen die Wand und starrte in die Flammen. Die Minuten verstrichen.

»Bitte, Ashe!« flüsterte sie. »Ich friere so.« Und sie hörte die Tränen in ihrer Stimme.

Da stand er auf, trat an das Regal, riß die Etiketten von den Dosen ab und knüllte sie in der Hand zusammen, bevor er sie in den Kamin warf.

Dann ging er nach draußen – und sie hörte ihn zwischen den Sträuchern herumfuhrwerken. Als er zurückkam, trug er einen Armvoll Reisig vor sich her, dürres Laub und größere Äste. Dann brach er den morschen Rahmen aus der Fensterhöhle. Endlich kniete er sich vor den Kamin und begann gewissenhaft, mit fast liebevoller Andacht das Holz aufzuschichten, so wie er es vermutlich einmal von Cole gelernt hatte. Erst schichtete er dürres Reisig um das Papier, dann baute er außen herum eine Pyramide aus Rinden und Zweigen und den dickeren Armen abgestorbener Äste. Endlich riß er ein Streichholz an, das Papier fing Feuer, und die Flamme sprang auf den Reisighaufen über. Rauch quoll aus dem Rost und erfüllte den Raum mit süßen Herbstdüften, bis er sich endlich seinen Weg in den Kaminschacht gebahnt hatte.

Das ganze Cottage war erfüllt vom Knistern und Knacken brennenden Holzes. Ashe schob die Fensterbalken in den Rost, und auch die fingen Feuer. Wohlige Wärme drang herüber zu ihr wie eine Verheißung des Lebens, und sie robbte unter Schmerzen näher an den Rost und spürte die segensreiche Kraft des Feuers auf ihren Wangen.

Ashe versuchte jetzt, sogar den Fenstersturz aus der Mauer zu brechen, und kehrte mit jedem neuen Sparren Holz zum Kamin zurück, wo er niederkniete und die Glut so sorgsam in Gang hielt, als nähre er ein heiliges Feuer oder eine geweihte Flamme. Einige Holzstücke waren noch feucht, und der beißende Rauch brannte ihr in den Augen. Aber das Feuer gewann zusehends an Kraft und füllte den Raum mit seiner Wärme.

Sie lag ganz still, und Tränen der Erleichterung netzten ihre Wangen. Jetzt war sie in Sicherheit. Er hatte für sie ein Feuer angezündet. Da konnte er sie doch bestimmt nicht töten wollen. Sie hatte jedes Zeitgefühl verloren, während sie so dalag und den Feuerschein ihr Gesicht wärmen ließ, indes draußen der Wind heulte und die launische Herbstsonne wechselnde Lichtmuster auf die Steinfliesen malte.

Und dann hörte sie das Geräusch, erst ganz schwach, bis es brummend und knatternd näher kam und endlich über ihnen kreiste, so dröhnend und stampfend, daß das Cottage in seinen Grundfesten zu beben schien. Über ihnen schwebte ein Hubschrauber.

45

Er hatte ihn schon vor ihr kommen hören. Jetzt richtete er sich auf, stellte sich hinter sie und befahl: »So, und jetzt marsch rüber zur Tür!«
Sie versuchte es, konnte sich aber nicht bewegen. Die Wärme des Feuers hatte ihre Füße noch nicht erreicht, die von den Fesseln taub waren. Kraftlos sank sie gegen ihn, so daß er sie mit der Linken auffangen mußte. In der Rechten hielt er das Messer. Halb trug, halb schob er sie vor sich her, hinaus in die frische Morgenluft.
Und dann hörte und sah sie es. Sie war zu benommen, um zu zählen, aber es schienen unermeßlich viele: kräftige Männer in Wattstiefeln; Männer in dicken Anoraks und Wollmützen; ein hochgewachsener Mann mit bloßem Kopf, das dunkle Haar vom Wind zerzaust; und eine Frau. Die beiden letzteren sahen anders aus, als sie sie in Erinnerung hatte, aber sie erkannte sie trotzdem: Commander Dalgliesh und Inspector Miskin. Sie hielten alle einen gewissen Abstand zueinander, als hätten sie genau ausgerechnet, wo ein jeder sich zu postieren habe, und alle hatten Ashe im Visier. Der zog sie fester an sich, indem er sie mit der Schlaufe über ihren Handgelenken in die gewünschte Stellung dirigierte. Sie konnte sein Herz in ihrem Rücken hämmern hören. Sie selbst empfand nichts mehr, weder Angst noch Erleichterung. Was hier geschah, spielte sich zwischen Ashe und diesen wachsamen Augenpaaren ab, zwischen ihm und den stumm wartenden Gestalten. Sie hatte keinen Anteil daran, auch wenn sie die kalte Klinge

unter ihrem Kinn spürte. Sie schloß die Augen. Und dann hörte sie eine Männerstimme – sicher die von Dalgliesh – klar und gebieterisch herüberrufen.
»Werfen Sie das Messer weg, Ashe! Es reicht. Sie sind am Ende, das kann Ihnen auch nicht mehr helfen.«
Ashes Stimme drang sanft und leise an ihr Ohr. Es war jene einschmeichelnde Stimme, die er so selten benutzte, die sie aber geliebt hatte.
»Hab keine Angst! Es geht ganz schnell und tut nicht weh.«
Als ob die Worte bis zu ihm gedrungen wären, rief Dalgliesh: »Also gut, Ashe, sagen Sie uns, was Sie wollen!«
Die Antwort war ein trotziger Verzweiflungsschrei: »Nichts, was Sie zu geben hätten!«
Sie schlug die Augen auf, als müsse sie noch einmal, zum letztenmal, das helle Tageslicht sehen. Und dann packte sie ein namenloses Entsetzen: Sie spürte die Kälte des Stahls auf der Haut und gleichzeitig einen glühenden Schmerz. Und dann explodierte die Welt rings um sie her mit einem ohrenbetäubenden Knall. Das Cottage, der Schilfgürtel, die blutgetränkte Erde zu ihren Füßen – alles löste sich auf in schrillem Gekreisch und wildem Flügelschlag. Der Knall hallte noch in ihren Ohren wider, als sie unter dem Gewicht von Ashes Körper zusammenbrach und in ihrem Nacken seinen warmen Blutstrahl spürte.
Und jetzt war die Luft erfüllt von dröhnenden Männerstimmen. Zupackende Hände befreiten sie von seinem Gewicht. Sie konnte wieder atmen. Das Gesicht einer Frau war dicht über ihr, eine Frauenstimme flüsterte an ihrem Ohr: »Schon gut, Octavia, schon gut! Es ist vorbei.«
Jemand drückte ihr eine Kompresse an den Hals. Jemand sagte: »Keine Angst, es wird alles wieder gut.« Und jetzt hoben sie sie auf eine Trage, deckten sie zu und schnallten sie fest. Verschwommen gewahrte sie ein kleines Boot, vernahm

knappe Kommandos und Warnrufe und spürte das Boot unter sich schaukeln, als man die Trage hineinhievte. Und dann dümpelte sie, leise schwankend, zwischen den Schilfhalmen. Über ihr bildeten die rauschenden Rispen ein unruhig wechselndes Muster aus Grüntönen, aber dazwischen konnte sie die jagenden Wolken erkennen und das klare Blau des Himmels.

46

Drei Tage waren vergangen. Dalgliesh saß an seinem Schreibtisch und las, als Kate hereinkam. Bei ihrem Eintritt erhob er sich wie immer halb, was sie auch heute aus dem Konzept brachte. Sie pflanzte sich vor seinem Schreibtisch auf, als hätte er sie dienstlich herbeordert.

»Ich habe eine Nachricht aus dem Krankenhaus bekommen, Sir. Von Octavia. Sie möchte mich sprechen. Aber nicht als Polizistin.«

»Kate, Ihre einzige Beziehung zu dem Mädchen ist die einer Polizistin.«

Sie dachte: Ja, das weiß ich alles. Ich kenne die Prinzipien noch von der Polizeischule. »Sie sind weder Priester noch Psychiater oder Sozialarbeiter – vor allem letzteres nicht. Also behalten Sie Ihre Gefühle außen vor!« Und sie dachte auch: Wenn Piers sagen kann, was er denkt, dann kann ich das schon lange. »Sir, ich habe Sie mit Menschen reden hören – unschuldigen Menschen –, die in einen Mordfall verwickelt waren. Und ich habe gehört, wie Sie ihnen durch Ihre Worte Trost gespendet und geholfen haben. In solchen Fällen haben Sie auch nicht als Polizeibeamter gesprochen.«

Fast hätte sie noch hinzugefügt, konnte sich aber gerade noch beherrschen: Einmal haben Sie auch zu mir so gesprochen. Und im Geiste sah sie wieder den Moment vor sich, als sie nach dem Tode ihrer Großmutter wild schluchzend den Kopf an seiner Brust geborgen und seine Jacke mit ihren blutigen Händen verschmiert hatte. Und er hatte sie inmitten des chaotischen Tumults, der Schreie und Kommandorufe ruhig und fest in seinen Armen gehalten. Doch das gehörte der Vergangenheit an.

Jetzt sagte er, und ihr war, als habe sich ein abweisender Ton in seine Stimme eingeschlichen: »Den Leuten verbal den Trost zu spenden, den sie hören wollen, das ist leicht. Schwer wird es erst, wenn das fortgesetzte Engagement gefordert ist, die Betreuung, die wir nicht leisten können.«

Ihr lag schon auf der Zunge zu sagen: Aber würden Sie dieses Engagement aufbringen, selbst wenn es unsere Dienstvorschriften zuließen? Doch eine solche Frage hätte sich nicht einmal Piers erlaubt. Also sagte sie nur: »Ich werd dran denken, Sir.«

An der Tür drehte sie sich noch einmal um. Sie mußte es einfach wissen. Sich des schroffen Tons in ihrer Stimme wohl bewußt, fragte sie: »Warum haben Sie Piers schießen lassen?«

»Und nicht Sie?« Er sah sie aus dunklen, ernsten Augen an. »Aber Kate, wollen Sie mir einreden, daß Sie einen Menschen haben töten wollen?«

»Nein. Aber ich denke, ich hätte ihn unschädlich machen können, ohne ihn umzubringen, Sir.«

»Nicht von Ihrer Position aus. Nicht mit dieser Schußlinie. Es war schon für Piers schwer genug. Ein bemerkenswerter Schuß.«

»Aber Sie verbieten mir den Besuch bei Octavia nicht?«

»Nein, Kate, verbieten werde ich ihn Ihnen nicht.«

Das Krankenhaus, in das Octavia aus der Notaufnahme in Ipswich überführt worden war, gehörte zu den modernsten in ganz London und sah aus, als habe der Architekt es ursprünglich als Hotel geplant. In der weitläufigen Atriumhalle reckte ein Baum mit silbriger Rinde seine Äste dem Glasdach entgegen. Mit seinem leuchtendgrünen Blätterkleid wirkte er irgendwie künstlich. Es gab einen Blumen- und einen Obststand, einen Zeitungskiosk und ein geräumiges Café, in dem die Gäste, die Kate weder sonderlich besorgt noch ernstlich krank vorkamen, sich bei Kaffee und Sandwiches unterhielten. Die beiden jungen Frauen, die den Informationsschalter betreuten, hätten genausogut in die Empfangshalle des »Ritz« gepaßt.

Kate ging zügig an ihnen vorbei. Sie wußte, auf welcher Station sie erwartet wurde, und traute sich zu, den Weg anhand der Beschilderung zu finden. Zusammen mit anderen Besuchern und Krankenhauspersonal schwebte sie auf einer der Rolltreppen rechts und links der großen Fahrstühle nach oben. Zum erstenmal nahm sie bewußt den antiseptischen Klinikgeruch wahr. Sie selber hatte zwar noch nie im Krankenhaus gelegen, aber schon an zu vielen Patientenbetten gesessen – bei Verdächtigen und Opfern, die vernommen werden mußten, oder bei Häftlingen, die in ärztlicher Behandlung waren –, um sich von der Atmosphäre einschüchtern zu lassen oder sie als belastend zu empfinden. Die Station oben kam ihr sogar noch vertrauter vor, weil hier alles mehr oder weniger so wie in anderen Krankenhäusern ablief: einerseits die kompetente Geschäftigkeit des Personals und andererseits die ergebene Fügsamkeit der Patienten, das leise Rascheln der Trennvorhänge zwischen den Betten und die geheimnisvollen Rituale, die man sich unwillkürlich dahinter vorstellte. Octavia war aus Sicherheitsgründen in dem einzigen Separatzimmer am Ende der Station untergebracht, und die Schwester prüfte Kates Dienstmarke sehr genau, ehe sie ihr Zutritt gewährte.

Der Fall war natürlich in die Medien gelangt. Nicht einmal der Pressesprecher der Metropolitan Police hatte die Journalisten davon abhalten können, ein solches Drama auszuschlachten. »Mordverdächtiger von der Polizei erschossen« – auf solche Schlagzeilen hätten die Behörden liebend gern verzichtet. Aber die Geschichte war leider zu einem ganz ungünstigen Zeitpunkt publik geworden: Kein öffentlicher Skandal und keine neue Klatschgeschichte über die Royal Family war da, um die Pressemeute auf eine andere Fährte zu lenken. Und im Fall Aldridge war immer noch keine Festnahme erfolgt. Solange der Mord nicht aufgeklärt war oder in Vergessenheit geriet, würde Octavia eine Figur des öffentlichen Interesses bleiben. Kate wußte, daß die Oberin des Klosters, in dem Octavia zur Schule gegangen war, dieser geschrieben und ihr angeboten hatte, sich, sobald die gerichtliche Untersuchung zu Ashes Tod vorüber sei, in ihr ehemaliges Pensionat zurückzuziehen. Octavia wäre gut beraten, darauf einzugehen. Im Kloster würde sie wenigstens vor den gewissenlosen Paparazzi sicher sein.

Das kleine Zimmer war ein einziges Blumenmeer: Nachttisch, Fensterbrett, der Schwenktisch am Fuß des Bettes, alles war vollgestellt. Ein besonders prächtiger Strauß stand in einer großen Vase in der Ecke auf dem Fußboden. Die Wand gegenüber vom Bett war mit einer langen Reihe auf einer Schnur aufgefädelten Genesungskarten geschmückt. Octavia hatte den Fernseher an, drückte aber sofort auf die Fernbedienung, als Kate eintrat. Sie saß aufrecht im Bett, doch sie wirkte so zart und verletztlich wie ein krankes Kind. Der Verband um ihren Hals war durch ein großes Pflaster ersetzt worden.

Kate zog sich einen Stuhl ans Bett. Einen Moment herrschte verlegenes Schweigen, dann sagte Octavia: »Danke, daß Sie gekommen sind! Ich dachte schon, man würde es Ihnen nicht erlauben.«

»Nein, nein, so schlimm ist es nicht. Und wie geht es Ihnen?«

»Besser. Morgen werde ich entlassen. Eigentlich hätte ich heute schon raus gedurft, aber die wollen, daß ich noch mit einem Therapeuten spreche. Muß ich das machen?«

»Nein, Sie können auch ablehnen. Aber manchmal hilft es. Wahrscheinlich hängt es davon ab, an wen Sie geraten.«
»Ich werde wohl kaum einen finden, der sich mit Mord auskennt. Der weiß, wie es ist, wenn man miterlebt, wie einem der Geliebte erschossen wird. Und wenn er von alldem keine Ahnung hat, dann wüßte ich nicht, wozu ein Therapeut in meinem Fall gut sein sollte.«
»Das war auch immer meine Einstellung, aber vielleicht irren wir uns ja. Und es ist Ihre Entscheidung.«
»Dieser Inspector Tarrant, wird der Probleme bekommen, weil er Ashe erschossen hat?«
»Das glaube ich nicht. Es wird eine gerichtliche Untersuchung geben, aber er hat ja auf Befehl gehandelt. Nein, ich denke, das geht schon in Ordnung.«
»Für ihn schon. Aber nicht für Ashe.«
»Vielleicht doch«, sagte Kate nachsichtig. »Er hat wahrscheinlich gar nichts gespürt. Und seine Zukunft wäre entsetzlich gewesen: Er wäre für wer weiß wie lange hinter Gitter gewandert. Ob er das ausgehalten hätte? Hätte er dafür am Leben bleiben wollen?«
»Er hatte ja nicht die Wahl, oder? Und er hätte mich nicht umgebracht.«
»Das Risiko konnten wir nicht eingehen.«
»Ich dachte, er liebt mich. Aber das war genauso naiv, wie zu glauben, daß Mutter mich geliebt hat. Oder Dad. Er hat mich besucht, aber es war sinnlos. Nichts hat sich geändert. Aber es ändert sich ja nie was, oder? Besucht hat er mich, sogar allein, aber im Grunde will er mich nicht. Er liebt diese Frau und seine Marie.«
Kate dachte: Liebe, immer wieder Liebe. Vielleicht ist es das, was wir alle suchen. Und wenn wir sie nicht zur rechten Zeit bekommen, dann geraten wir in Panik und fürchten, daß es nie passieren wird. Wie leicht wäre es, zu Octavia zu sagen:

Hör auf nach fremder Liebe zu hungern, liebe dich selbst, nimm dein Leben in die Hand und mach was draus! Liebe ist immer nur ein Bonus. Aber du bist jung und gesund, hast Vermögen und ein Heim. Also hör auf, dich zu bemitleiden und ständig Liebe und Zuneigung bei anderen zu suchen. Sieh erst mal zu, daß du wieder auf die Beine kommst. Aber dieses Kind hatte doch ein gewisses Recht auf Selbstmitleid. Vielleicht konnte sie Octavia Dinge erzählen, die ihr dabei helfen würden. Aber wenn, dann sollte sie es jetzt tun; Octavia verdiente es, daß man aufrichtig zu ihr war.

Sie sagte: »Meine Mutter starb bei meiner Geburt, und meinen Vater habe ich nie gekannt. Ich bin bei meiner Großmutter aufgewachsen. Ich dachte, sie würde mich nicht lieben, aber hinterher, als es zu spät war, da habe ich eingesehen, daß sie mich sehr wohl geliebt hat und ich sie auch. Wir konnten es nur beide nicht so gut zeigen. Aber als sie starb, da wußte ich, von nun an bin ich auf mich allein gestellt, wie wir alle. Lassen Sie sich von dem, was war, nicht Ihr Leben ruinieren: Damit muß längst nicht alles zu Ende sein. Wenn man Ihnen Hilfe anbietet, dann nehmen Sie sie an, wenn Ihnen danach ist. Aber am Ende müssen Sie die Kraft finden, Ihr Leben selbst in die Hand zu nehmen und aus ihm zu machen, was Ihnen vorschwebt. Und ich sage Ihnen, sogar die schlimmen Träume verblassen mit der Zeit.«

Sie dachte: Ich hab bestimmt das Falsche gesagt. Was, wenn sie diese Kraft gar nicht hat und nie haben wird? Bürde ich ihr dann nicht eine Last auf, die sie nie tragen können wird?

Einen Moment herrschte Schweigen, dann sagte Octavia: »Mrs. Buckley ist wirklich rührend zu mir, seit ich hier bin. Sie hat mich mehrmals besucht. Ich dachte, vielleicht könnte sie wieder in ihre alte Wohnung unten im Souterrain ziehen. Das würde ihr gefallen. Wahrscheinlich besucht sie mich deswegen, weil sie die Wohnung zurückhaben möchte.«

»Das mag auch ein Grund sein, ist aber bestimmt nicht der einzige. Sie ist eine nette Frau. Und, wie mir scheint, auch tüchtig. Sie brauchen jemanden im Haus, auf den Sie sich verlassen können, wenn Sie nicht da sind. Sie braucht ein Heim, Sie brauchen eine Vertrauensperson – scheint mir kein schlechtes Arrangement.«

»Ja, die ganze Zeit werde ich wahrscheinlich nicht zu Hause sein. Ich muß mich nach einer Stelle umsehen. Ich weiß, daß ich Mummys Geld erbe, aber davon kann ich doch nicht mein Leben lang zehren. Noch habe ich keine richtige Ausbildung, also dachte ich, ich mach erst mal das Abitur nach. Das wäre doch ein Anfang.«

»Ich halt's für eine gute Idee«, sagte Kate. »Aber Sie brauchen nichts zu übereilen. Und es gibt eine Menge guter Schulen hier in London, wo Sie Ihr Abitur nachmachen können. Erst einmal müssen Sie sich klar darüber werden, welche Fächer Sie interessieren. Da wird man Ihnen sicher an Ihrer alten Klosterschule weiterhelfen können. Sie gehen doch erst mal für eine Weile dorthin, wenn Sie aus dem Krankenhaus kommen, oder?«

»Fürs erste, ja. Die Mutter Oberin hat mich eingeladen. Sie schreibt, ich soll heimkommen und mich eine Zeitlang bei Freunden erholen. Vielleicht wird es ja tatsächlich so ein Gefühl wie Heimkehr sein, wenn ich erst mal dort bin.«

»Ja«, sagte Kate, »vielleicht.«

Und im stillen dachte sie: Dort werden sie dir auch eine Art Liebe anbieten, die Liebe, die auch Pfarrer Presteign kennt, und wenn dir Liebe wirklich über alles geht, dann solltest du sie besser da suchen, wo man dich nicht enttäuschen wird.

Als sie sich verabschiedete, sagte Octavia: »Wenn ich wieder mit Ihnen sprechen möchte, können Sie dann kommen? Ich will Ihnen aber nicht lästig fallen. Und dann wollte ich Ihnen

noch sagen, daß es mir leid tut, daß ich damals bei unserer ersten Begegnung so häßlich zu Ihnen war.«
»Wenn ich kann, komme ich gern. Bei der Polizei weiß man nie, wann man wirklich frei hat. Es könnte also sein, daß Sie mich sprechen wollen, wenn ich im Dienst bin und nicht kommen kann. Aber wenn es sich einrichten läßt, dann komme ich.«
Sie war schon an der Tür, als Octavia sagte: »Und was ist mit Mummy?«
Bis jetzt hatte Kate nie gehört, daß Octavia ihre Mutter »Mummy« nannte. Es klang sehr jung und hilfsbedürftig. Kate setzte sich noch einmal zu ihr ans Bett.
Octavia sagte: »Jetzt, wo Sie wissen, daß Mrs. Carpenter das mit der Perücke und dem Blut gemacht hat, wird es doch leichter für Sie sein, den Mörder zu finden, oder? Und Sie werden ihn finden, nicht wahr?«
Kate dachte: Sie hat ein Recht auf die Wahrheit, oder wenigstens auf einen Teil davon. Sie ist immerhin die Tochter. »Wir können den Mord von der nachträglichen Schändung der Leiche trennen, das ist wahr«, sagte sie. »Aber leider wird dadurch der Kreis der Verdächtigen nur noch größer. Jeder, der Schlüssel zur Kanzlei besaß, könnte der Täter sein. Und jeder, den sie möglicherweise vertrauensvoll hereingelassen hat.«
»Aber Sie werden doch nicht aufgeben?«
»Nein. Bei Mord geben wir niemals auf.«
»Und Sie haben auch jemanden in Verdacht, oder?«
»Ein Verdacht genügt nicht. Wir brauchen Beweise, Beweise, die vor Gericht standhalten. Die Polizei kann keine Anklage erheben. Das bleibt der Staatsanwaltschaft vorbehalten, und die verlangt eine wenigstens fünfzigprozentige Garantie für einen Schuldspruch. Hoffnungslose Fälle vor Gericht zu zerren bedeutet nur Zeit- und Geldverschwendung.«

»Heißt das, daß die Polizei manchmal sicher ist, den Täter zu kennen, und ihn trotzdem nicht vor Gericht stellen kann?«
»Das kommt oft genug vor. So was frustriert einen natürlich, aber es ist Sache des Gerichts, über Schuld und Unschuld zu entscheiden, nicht die der Polizei.«
»Und wenn Sie ihn fassen, wird er dann einen Verteidiger wie Mummy kriegen?«
»Ja, sicher. Darauf hätte er Anspruch. Und wenn der Anwalt so geschickt ist, wie es Ihre Mutter war, dann geht er vielleicht frei aus.«
»Ein komisches System, nicht? Mummy hat versucht, es mir zu erklären, aber damals habe ich mich nicht dafür interessiert. Ich bin auch nur das eine Mal mit Ashe im Gerichtssaal gewesen. Sie hat nie was gesagt, aber ich glaube, es hat sie gekränkt, daß ich nie zu einem ihrer Prozesse gekommen bin. Die meiste Zeit war ich wirklich ekelhaft zu ihr. Sie glaubte sogar, daß ich mit Ashe nur was angefangen habe, um sie zu ärgern. Aber das stimmte nicht. Ich dachte wirklich, ich liebe ihn.«
Ashe und Octavia. Ashe und Venetia Aldridge. Octavia und ihre Mutter. Das war ein emotionales Minenfeld, und Kate war nicht gesonnen, sich auf ein so gefährliches Terrain locken zu lassen. Also hielt sie sich an das, was Octavia zuerst gesagt hatte, und beantwortete ihr die Frage aus ihrer Sicht.
»Stimmt, es ist ein komisches System, aber das beste, das wir haben. Vollkommene Gerechtigkeit wird immer eine Illusion bleiben. Wir haben ein System, in dem die Schuldigen manchmal straffrei ausgehen, damit die Unschuldigen sicher im Schutze des Gesetzes leben können.«
»Und ich dachte, Sie waren so scharf darauf, Ashe zu schnappen, daß Sie dabei Mummy vergessen haben.«
»Nein, ganz bestimmt nicht. Kollegen von uns haben an dem Fall weitergearbeitet, während wir versuchten, Sie zu finden.«
Octavia streckte die schmale Hand aus und begann, an den

Blumen auf dem Nachttisch herumzuzupfen. Wie Blutstropfen fielen kleine rote Blütenblätter auf die Resopalplatte. »Ich weiß, er hat mich nicht geliebt, aber ein bißchen was lag ihm doch an mir. Er hat Feuer gemacht. Ich hab so entsetzlich gefroren und ihn angefleht, daß er doch Feuer machen soll. Er wußte, daß es gefährlich war, daß man den Rauch sehen würde. Aber er hat trotzdem ein Feuer gemacht. Das hat er für mich getan.«

Wenn es das war, was sie glauben wollte, warum sollte man es dann nicht dabei belassen? Warum sie zwingen, der Wahrheit ins Gesicht zu sehen? Ashe hatte das Feuer angezündet, weil er wußte, daß er verloren hatte und daß das Spiel aus war für ihn. Er war genauso gestorben, wie er es geplant hatte. Er wußte, die Polizei würde nicht unbewaffnet kommen. Die einzige Frage, die offenblieb, war, ob er vorgehabt hatte, Octavia mit in den Tod zu nehmen. Aber war nicht auch das schon wieder eine Illusion? Der erste Schnitt war schließlich tief genug gewesen. Als habe sie Kates Gedanken erraten, sagte Octavia: »Er hätte mich nicht umgebracht. Er hätte mir nicht die Kehle durchgeschnitten.«

»Doch, er war bereits dabei. Und wenn Inspector Tarrant nicht geschossen hätte, dann wären Sie jetzt tot.«

»Das können Sie nicht mit Sicherheit sagen. Sie kannten ihn nicht. Er hat nie eine Chance gehabt.«

Kate hätte am liebsten aufgeschrien: Octavia, um Gottes willen! Er war gesund und stark, intelligent war er, und er hatte genug zu essen. Das ist mehr, als Dreiviertel der Menschheit sich je erhoffen dürfen. Er hatte sehr wohl eine Chance.

Aber so einfach war es nicht, und das wußte sie. Wie konnte man einem Psychopathen mit Logik beikommen? Schon das Wort: Psychopath, ein bequemes Etikett, um im Sinne des Gesetzesrechts zu erklären, zu definieren und zu kategorisieren, was eigentlich nicht erklärbar ist: das unergründliche Geheimnis des Bösen im Menschen. Kate erinnerte sich an einen Besuch im Black Museum in Schottland vor einem Jahr, an das hohe Bord mit den langen Reihen von Totenmasken – nur daß es in dem Fall Totenschädel waren – hingerichteter Verbrecher. Geschwärzte Schädel, an deren Grund noch der Abdruck des Stricks zu erkennen war und hinter den Ohren der tiefere Einschnitt der kräftigen Lederschlaufe. Man hatte an diesen Schädeln Cesare Lambrosos Theorie nachgeprüft, wonach es einen phänotypischen Verbrecher gab, den man anhand physiognomischer Studien identifizieren könne. Diese Theorie des neunzehnten Jahrhunderts hatte man längst verworfen, aber war man deshalb der Lösung des Problems näher gerückt? Vielleicht lag sie für manche Menschen in der weihrauchgeschwängerten Luft von St. James. Wenn ja, dann hatte ihr dieser Weg nie offengestanden. Aber schließlich war der Altartisch ja auch nur ein ganz gewöhnlicher Tisch mit einem prächtigen Tuch darüber. Die Kerzen waren aus Wachs, die Madonna war von Menschenhand geformt, gemalt, gekauft und an ihren Platz gestellt worden. Und unter seinem Chorhemd und der Soutane war der Pfarrer Presteign auch nur ein Mann. War am Ende das, was er anbot, nur ein Teil eines komplizierten Glaubenssystems, reich verziert und ausgeschmückt mit Ritual und Musik, mit Bildern und Buntglas, eines Systems, das – gleich dem der Rechtsprechung – dazu dienen soll, Männer und Frauen in der tröstlichen Illusion zu wiegen, daß es eine übergeordnete, vollkommene Gerechtigkeit gibt und daß die Menschen eine Wahl haben im Leben? Kate merkte erst jetzt, daß Octavia unentwegt weitergesprochen hatte. »Sie wissen ja nicht, wo er zur Welt gekommen ist. Mir hat er's erzählt. Ich bin die einzige, die es weiß. Er stammt aus einem dieser Sozialsilos im Nordwesten von London. Eine schreckliche Gegend. Kein Grün, keine Bäume, nur Betonklötze, Lärm, Häßlichkeit, stinkende Treppenhäuser, zerbrochene Fensterscheiben. Kennen Sie die Ellison-Fairweather-Siedlung?«

Kate war es, als habe ihr Herz einen großen Satz gemacht und beginne nun so laut zu hämmern, daß Octavia es hören mußte. Einen Moment lang konnte sie nicht sprechen, nur ihr Verstand schien noch zu arbeiten. War das Absicht? Wußte Octavia Bescheid? Aber natürlich nicht! Sie hatte ohne böse Absicht gesprochen. Octavia sah sie ja nicht einmal an, sondern zupfte selbstvergessen an ihrer Bettdecke. Aber Dalgliesh hatte es gewußt. Ja, natürlich; es gab kaum etwas über Garry Ashe, was er nicht aus Venetia Aldridges Arbeitsbüchern kannte. Aber ihr hatte er sie nie gezeigt, hatte ihr nie gesagt, daß sie und Ashe eine zwar zeitlich versetzte, aber doch in den gleichen Kindheitserinnerungen wurzelnde Vergangenheit hatten. Was beabsichtigte AD damit? Wollte er ihr eine Peinlichkeit ersparen? War es so einfach? Oder hatte er befürchtet, schmerzhafte Erinnerungen in ihr zu wecken und sie dadurch mit einem neuerlichen Trauma zu befrachten? Und dann erinnerte sie sich. Der Entschluß, den sie an dem Abend gefaßt hatte, als sie auf die Themse hinausblickte, der war doch gewiß nicht so rasch in Vergessenheit geraten? Die Vergangenheit war nicht auszulöschen, sie war und blieb ein Teil von ihr. Und war denn ihre Kindheit so viel schlimmer gewesen als die von Millionen anderen? Sie war gesund, intelligent, sie hatte genug zu essen. Sie hatte ihre Chance bekommen.

Sie gaben sich die Hand. Es war ein seltsam förmlicher Abschied. Kate fragte sich einen Moment lang, ob Octavia nicht eigentlich jemanden gebraucht hätte, der sie in die Arme nahm. Aber das hätte sie nicht fertiggebracht. Als sie mit der Rolltreppe wieder hinunterfuhr, wallte für einen Moment Zorn in ihr hoch, doch ob der ihr selbst galt oder törichterweise gegen Dalgliesh gerichtet war, das hätte sie nicht zu sagen gewußt.

47

Tags darauf ging Dalgliesh zum letztenmal zum Pawlet Court Nummer acht, den er diesmal von der Uferpromenade her betrat. Es war spät am Nachmittag, aber das Licht wurde bereits schwächer, und vom Fluß wehte ein feuchter Luftzug herüber, der schon den ersten kühlen Winterhauch mit sich führte. Als der Commander den Eingang zur Kanzlei erreichte, traten eben Simon Costello und Drysdale Laud aus der Tür.

Costello maß ihn mit einem langen, scharfen Blick, der etwas unverhohlen Feindseliges hatte, und sagte: »Das war eine abscheuliche Sache, Commander. Ich hätte gedacht, ein ganzes Polizeiaufgebot wäre imstande, einen einzelnen Mann festzunehmen, ohne ihm gleich den Kopf wegzublasen. Aber vermutlich sollten wir Ihnen noch dankbar sein. Sie haben es dem Steuerzahler erspart, ihn die nächsten zwanzig Jahre im Gefängnis durchfüttern zu müssen.«

»Und Ihnen oder einem Ihrer Kollegen die Aufgabe, ihn verteidigen zu müssen. Er wäre sicher ein undankbarer und obendrein wenig lukrativer Mandant gewesen.«

Laud lächelte, als habe er seine Freude an diesem Rededuell, das ihn nicht weiter berührte. »Gibt's was Neues?« fragte er. »Sie kommen doch wohl nicht, um jemanden zu verhaften? Natürlich nicht, dann wären Sie ja zu zweit. Dafür sollte es eigentlich einen lateinischen Spruch geben: *Vigiles non timendi sunt nisi complures adveniunt.* Die Übersetzung stelle ich Ihnen anheim.«

»Nein«, sagte Dalgliesh, »ich bin nicht gekommen, um jeman-

den zu verhaften.« Und er trat beiseite, um die beiden hinauszulassen.
In der Kanzlei saß Valerie Caldwell an ihrem Schreibtisch, und Harold Naughton stand mit einem aufgeschlagenen Aktenordner neben ihr. Beide machten einen zufriedeneren Eindruck als bei Dalglieshs letztem Besuch. Das Mädchen lächelte ihn sogar an. Dalgliesh grüßte und erkundigte sich dann nach ihrem Bruder.
»Danke, der hat sich inzwischen schon viel besser eingelebt. Das klingt komisch, wenn vom Gefängnis die Rede ist, aber Sie wissen schon, wie ich's meine. Er tut alles, damit er wegen guter Führung vorzeitig entlassen wird. Dürfte nicht mehr lange dauern. Und meine Großmutter weiß inzwischen Bescheid über ihn, so daß ich ihr nichts mehr vorzumachen brauche, wenn ich ihn besuchen gehe.«
Harold Naughton erklärte: »Miss Caldwell ist befördert worden. Sie ist jetzt unsere Kanzleisekretärin.«
Dalgliesh gratulierte ihr und erkundigte sich, ob Mr. Langton und Mr. Ulrick noch im Hause seien.
»Ja, die sind beide noch da, aber Mr. Langton wollte heute früher gehen.«
»Würden Sie so gut sein und Mr. Ulrick sagen, daß ich auf dem Weg zu ihm bin?«
Er wartete, bis Valerie telefoniert hatte, ehe er sich auf den Weg ins Souterrain machte. Das Büro unten wirkte genauso bedrückend und überheizt wie bei seinem ersten Besuch, aber draußen war es diesmal frischer, und da setzte einem die Ofenwärme nicht so zu. Ulrick, der hinter seinem Schreibtisch saß, behielt Platz und deutete mit einer Handbewegung auf den bekannten Lehnstuhl. Als Dalgliesh sich setzte, spürte er wieder die klebrige Wärme der Lederpolster. Inmitten der alten Möbel, der Bücher und Skripten, die sich auf allen horizontalen Flächen türmten, und neben dem vorsintflutli-

chen Gasofen bildete der blendendweiße Kühlschrank an der Wand einen eklatanten Stilbruch, eine Konzession an die Moderne. Ulrick drehte seinen Stuhl zu Dalgliesh herum und betrachtete ihn mit ernster Miene.
Der Commander sagte: »Als wir uns das letzte Mal in diesem Zimmer unterhielten, da ging es um den Tod Ihres Bruders. Sie sagten, irgend jemand trage die Verantwortung dafür, aber dieser Jemand sei nicht Venetia Aldridge gewesen. Hinterher habe ich mir überlegt, daß Sie damit auf sich selbst angespielt haben müssen.«
»Wie scharfsinnig von Ihnen, Commander.«
»Sie waren elf Jahre älter, studierten in Oxford, nur wenige Meilen entfernt. Ein älterer Bruder – besonders wenn der Altersunterschied so groß ist – wird von dem jüngeren oft verehrt oder doch zumindest als Vorbild empfunden. Ihre Eltern waren in Übersee ... Hat Marcus Ihnen geschrieben, was für Zustände an seiner Schule herrschten?«
Ulrick schwieg eine Weile, doch als er dann sprach, klang seine Stimme ruhig und gelassen. »Ja, er hat mir geschrieben. Ich hätte daraufhin sofort zu ihm fahren sollen, aber sein Brief kam zu einem ungünstigen Zeitpunkt. Ich spielte in der Kricketmannschaft meines College, und an dem Tag hatten wir ein wichtiges Match und anschließend eine Feier in London. Drei weitere Tage vergingen wie im Flug – so ist das eben, wenn man jung ist und glücklich und den Kopf voll hat mit tausenderlei Dingen. Ich wollte ihn in seiner Schule besuchen, aber am vierten Tag kam der Anruf meines Onkels, der mir sagte, Marcus habe sich das Leben genommen.«
»Und da haben Sie den Brief vernichtet?«
»Hätten Sie das gemacht? Am Ende sind wir vielleicht doch nicht so verschieden. Ich sagte mir, es sei unwahrscheinlich, daß irgend jemand in der Schule von der Existenz dieses Briefes weiß. Also habe ich ihn verbrannt – eher eine Panikre-

aktion als das Resultat reiflicher Überlegungen. Und Beweise gegen den Schuldirektor gab es schließlich auch so genug. Wenn der Damm erst einmal bricht, sind die Fluten nicht mehr aufzuhalten.«

Wieder herrschte Schweigen, das indes nicht peinlich wirkte, sondern seltsamerweise fast etwas Kameradschaftliches hatte.

Dann fragte Ulrick: »Warum sind Sie hier, Commander?«

»Weil ich glaube, daß ich weiß, wie und warum Venetia Aldridge gestorben ist.«

»Sie wissen es, aber Sie können es nicht beweisen, weder heute noch in Zukunft. Was ich Ihnen jetzt erzähle, Commander, das tue ich vielleicht eher mir als Ihnen zuliebe. Betrachten Sie es als einen Roman, und denken Sie sich den Protagonisten als einen Mann, der erfolgreich ist im Beruf, ansonsten halbwegs zufrieden, wenn auch nicht glücklich, und der in seinem Leben nur zwei Menschen geliebt hat: seinen Bruder und seine Nichte. Haben Sie je erlebt, wie das ist, Commander, wenn Liebe zu einer Droge wird?«

»Nein. Aber ich war einmal nahe dran, vielleicht nahe genug, um es zu verstehen.«

»Und um die Macht eines solchen Gefühls zu erahnen und sich zurückzuziehen. Sie sind natürlich gewappnet, denn Sie tragen den Eisessplitter des Künstlers im Herzen. Ich hatte keinen solchen Schutzmechanismus. Von allen Tyranneien der Liebe ist die, in der die Liebe zur Sucht wird, die schrecklichste, die zerstörerischste und auch die demütigendste. Unser Protagonist – nehmen wir ruhig meinen Namen, und nennen wir ihn Desmond – wußte sehr wohl, daß seine Nichte, ungeachtet ihrer Schönheit, egoistisch war, habgierig und sogar ein bißchen dumm. Was ihn indes nicht im geringsten kurierte. Aber vielleicht möchten Sie fortfahren, jetzt, wo Sie die Charaktere haben und den Einstieg in die Handlung?«

Dalgliesh sagte: »Ich glaube, obwohl ich es nicht beweisen kann, daß die Nichte ihren Onkel anrief und ihm sagte, daß die Karriere ihres Mannes auf dem Spiel steht, daß Venetia Aldridge etwas in Erfahrung gebracht hat, was seine Chancen auf das Amt des Kronanwalts für immer vereiteln, vielleicht sogar seine Karriere als Rechtsanwalt zerstören kann. Sie flehte ihren Onkel an, das zu verhindern, all seinen Einfluß geltend zu machen, damit es nicht zum Äußersten kommt. Sie war schließlich daran gewöhnt, sich an ihren Onkel zu wenden, wenn sie Geld brauchte oder einen Rat, Hilfe, Beistand ... Was ihr Herz auch begehrte: Er hatte ihr immer jeden Wunsch erfüllt. Und so sehe ich ihn denn nach oben gehen, um Venetia Aldridge um Nachsicht zu bitten. Was ihm nicht leichtgefallen sein kann. Denn er war stolz und sehr introvertiert.

Venetia Aldridge und er waren als einzige noch in der Kanzlei. Sie telefonierte gerade, als er ihr Zimmer betrat, und er merkte an ihrer Stimme, daß der Zeitpunkt schlecht gewählt war. Sie hatte kürzlich erst von der Affäre ihrer Tochter mit einem Mann erfahren, den sie verteidigt hatte, von dem sie aber wußte, daß er ein ganz besonders brutaler Mörder war. Sie hatte sich um Rat und Beistand an Männer gewandt, von denen sie Hilfe erwarten durfte, diese aber nicht empfing. Natürlich weiß ich nicht, was dort oben gesprochen wurde, aber ich stelle mir vor, daß sie unserem Protagonisten auf seine Bitte um Gnade oder Schonung eine bittere Abfuhr erteilte. Und es gab etwas, das ihr dabei zugute kam. Sie wußte etwas, das sie ihm ins Gesicht schleudern und womit sie ihn bloßstellen konnte. Und ich denke, daß sie dieses Wissen benutzt hat. Ich kann mir vorstellen, daß es Venetia Aldridge war, die seinerzeit Marcus Ulricks Brief aufgegeben hat. Briefe von Schülern werden auf Internaten unweigerlich zensiert. Wie anders hätte Marcus seinen Brief an der Zensur vorbeischmuggeln sollen, als indem er ihn Venetia mitgab, damit die ihn auf dem Schulweg einwarf?«

»Wir entwerfen natürlich«, sagte Ulrick, »den Plot für einen Roman. Das ist kein Geständnis. Es wird weder ein Geständnis geben noch eine Bestätigung für das, was hier zwischen uns gesprochen wird. Aber das, was Sie da anführen, ist fürwahr eine geniale Bereicherung unserer Handlung. Nehmen wir also an, Ihre Variante stimmt. Wie geht es nun weiter?«

Dalgliesh sagte: »Ich denke, jetzt sind Sie wieder am Zug.«

»Sie meinen, ich soll diese interessante Fabel weiterspinnen? Also gut, nehmen wir an, alle unterdrückten Emotionen eines seinem Wesen nach introvertierten Mannes stauen sich auf und finden ein Ventil: langjährige Schuldgefühle, Selbstekel, der Zorn darüber, daß diese Frau, deren Familie die seine schon so unwiderruflich ins Unglück gestürzt hat, einen neuerlichen Akt der Zerstörung plant. Der Brieföffner lag auf dem Schreibtisch. Sie war in Richtung Tür gegangen, einen Ordner in der Hand, den sie in ihren Aktenschrank zurückstellen wollte. Und dann ihre Art zu sagen, daß sie zu arbeiten habe und das Gespräch beendet sei. Da packte er den Dolch, stürzte sich auf sie und stach zu. Es dürfte ihn überrascht haben, daß er zu einer solchen Tat fähig war, daß der Dolch so leicht in sie eindrang, daß er tatsächlich einen Menschen getötet hatte. Staunen dürfte eher als Furcht oder Entsetzen seine erste Reaktion gewesen sein. Danach wird er, denke ich, rasch gehandelt haben. Er schleifte den Leichnam zurück zum Schreibtisch und setzte ihn in den Stuhl. Ich erinnere mich, irgendwo gelesen zu haben, daß dieser Versuch, einen Toten ganz normal, ja möglichst entspannt aussehen zu lassen, typisch ist für einen Mörder, der im Affekt gehandelt hat. Er beschloß, das Zimmer offenzulassen, mit dem Schlüssel im Schloß. Auf diese Weise würde man einen Außenseiter verdächtigen. Und wer konnte das Gegenteil beweisen? Zu seiner

Erleichterung blutete die Wunde nicht, und der Dolch war, als er ihn herauszog, erstaunlich makellos. Aber selbst er wußte, daß man die Waffe auf Fingerabdrücke untersuchen würde. Also zog er vorsichtig den Mittelteil aus einer Abendzeitung, die auf dem Tisch lag, heraus, schlug den Dolch darin ein und trug ihn hinunter in die Toilette im Souterrain, wo er ihn sorgfältig abwusch und dann eine Lage Klopapier um den Griff wickelte. Die Zeitung zerriß er und spülte die Fetzen ins Klo. Dann kehrte er in sein Büro zurück und stellte den Gasofen aus. Finden Sie die Schilderung soweit als Hypothese überzeugend, Commander?«

»Ja, ich glaube, so hat es sich abgespielt.«

»Unser mutmaßlicher Desmond ist mit den Modalitäten des Strafrechts zwar überhaupt nicht vertraut, aber er weiß, daß Verbrecher es sich angelegen sein lassen, vor der Polizei mit einem Alibi aufzuwarten. Was einen alleinlebenden und ohne Komplizen arbeitenden Täter vor erhebliche Schwierigkeiten stellt. Aber er kommt auf die Idee, unverzüglich zu ›Rules‹ am Maiden Lane zu gehen, das ganz in der Nähe liegt. Seine Aktenmappe läßt er unterdessen in der Kanzlei. Damit Mrs. Carpenter sie beim Saubermachen nicht entdeckt, zwängt er sie in die unterste Schublade seines Schreibtisches. Später wird er sagen, er habe die Kanzlei um Viertel nach sieben verlassen – und nicht erst kurz nach acht – und sei nach Hause gegangen, um sich frisch zu machen und seine Tasche abzustellen. Er erkennt, daß er ohne Tasche am nächsten Morgen eventuell auffallen könnte, doch das Problem wird sich mit einem über den Arm drapierten Regenmantel und einem etwas eiligeren Auftritt als gewöhnlich überspielen lassen. Ich denke, er war recht zufrieden mit seinem Alibi. Natürlich mußte er sich versichern, daß der Pawlet Court leer war, bevor er aus dem Schutz des überdachten Hauseingangs von Nummer acht trat. Daß er also vor dem Essen gar nicht zu Hause gewesen war, würde sich nicht verifizieren lassen: Falls man die Nachbarn befragte, so würden die sich an Tage erinnern, an denen er zur gewohnten Zeit das Haus betreten hatte, aber nicht daran, ob er einmal über die gewohnte Stunde ausgeblieben war. Den Dolch ließ er in Valerie Caldwells Aktenschrank verschwinden, das Toilettenpapier steckte er ein, um es in den nächstbesten Papierkorb zu werfen. Und er dachte auch daran, die Alarmanlage nicht einzuschalten. Einen Fehler machte er allerdings doch. Angeblich eine Gesetzmäßigkeit bei Verbrechern. In einer Streßsituation ist es eben verteufelt schwer, an alles zu denken. Jedenfalls schloß er im Gehen aus alter Gewohnheit die Haustür zweimal ab. Hätte er das nicht getan, wäre es wesentlich leichter gewesen, den Verdacht auf einen Außenseiter zu lenken. Der anschließende Skandal war indes für einen Beobachter der menschlichen Natur dennoch von höchstem Interesse. Sein eigenes Entsetzen beim Anblick der Leiche am nächsten Morgen war echt und vermutlich überzeugend. Er hatte ihr schließlich weder die Perücke aufgesetzt noch sein eigenes Blut darübergegossen.«

»Nein«, sagte Dalgliesh, »das war Janet Carpenter.«

»Habe ich mir beinahe gedacht. Tja, Commander, damit hätten wir eine plausible Lösung für Ihr kleines Problem ersonnen. Wie schade für Sie, daß die Geschichte sich nicht belegen läßt. Daß es nicht den kleinsten juristischen Beweis gibt, der unseren Protagonisten mit dem Verbrechen in Verbindung bringen kann. Viel plausibler klingt die Theorie, daß Janet Carpenter die Aldridge erstochen hat, bevor sie sie mit der Perücke als dem Symbol ihres Berufsstandes dekorierte und in einer Geste das Blut über ihr ausgoß. Wie ich höre, hat sie sich nur zu der Leichenschändung bekannt. Aber würde eine Frau wie Janet Carpenter je so weit gehen, von sich aus einen Mord zu gestehen? Und wenn nicht die Carpenter, warum dann ausgerechnet Desmond? Wäre es nicht viel wahrscheinlicher, daß jemand von außerhalb der Kanzlei sich Zugang verschafft hat und daß es ein Rachemord war oder einer aus Haß? Da käme sogar Ashe noch eher in Frage. Ashe hatte ein Alibi, gut, aber Alibis sind dazu da, daß man sie demontiert. Und Ashe ist – wie die Carpenter – tot. Sie haben sich nichts vorzuwerfen, Commander. Trösten Sie sich mit dem Gedanken, daß, wie es im ersten Buch Mose heißt, nur Gott weiß, ›was gut und böse ist‹, und daß die menschliche Gerechtigkeit zwangsläufig immer unvollkommen bleibt. Es ist besser, wenn ein nützliches Mitglied der Gesellschaft weiter nützliche Arbeit leistet, statt jahrelang untätig im Gefängnis zu sitzen. Aber dazu würde es ohnehin nicht kommen, nicht wahr? Die Staatsanwaltschaft würde einen Fall, der auf so wackligen Beinen steht, nie und nimmer zulassen. Aber wenn er doch vor Gericht käme, dann bräuchte es schon eine Venetia Aldridge, um ihn erfolgreich durchzufechten. Sie sind ein erfolgsverwöhnter Mann, ich weiß. Da wurmt Sie natürlich jeder Fehlschlag, auch wenn es nur ein partieller ist. Aber vielleicht ist es auch ganz heilsam, einmal zu verlieren. Es kann uns nur guttun, wenn wir uns ab und zu daran erinnern, daß unser Rechtssystem von Menschen gemacht und daher nicht unfehlbar ist und daß das Äußerste, was wir uns erhoffen dürfen, nur ein gewisses Maß an Gerechtigkeit ist. Und wenn Sie mich jetzt bitte entschuldigen wollen – ich muß dieses Gutachten noch fertigmachen.«

Sie trennten sich ohne ein weiteres Wort. Dalgliesh ging nach oben und gab die Schlüssel zur Kanzlei bei Harold Naughton ab, der ihn hinausbegleitete. Als er den Hof überquerte, erkannte der Commander nur wenige Meter vor sich Hubert Langton. Der Kanzleivorstand ging ohne Stock, aber mit dem schlurfenden Gang eines alten Mannes. Er hörte Dalgliesh Schritte hinter sich und stockte, als wolle er sich umdrehen.

Doch dann gab er sich einen Ruck und schritt rüstig aus. Dalgliesh dachte: Er will nicht mit mir sprechen. Will mich nicht einmal grüßen müssen. Ob er Bescheid weiß? Der Commander verlangsamte seinen Schritt, um Langton einen Vorsprung zu gewähren, und folgte ihm dann gemächlich. Sorgsam Abstand haltend, setzten die beiden ihren Weg im Schein der Gaslaternen fort, überquerten erst den Hof und wandten sich dann, dem Middle Temple Lane folgend, dem Flußufer zu.

Mein aufrichtiger Dank gilt einer Reihe von Freunden in Medizin und Juristerei, die wertvolle Zeit geopfert haben, um mir bei der Entstehung dieses Buches behilflich zu sein. Insbesondere danke ich Dr. Caroline Finlayson und ihren Kollegen sowie dem Alderman Gavyn Arthur, dessen Erläuterungen zum Procedere im Old Bailey mich rechtzeitig vor allerhand peinlichen Fehlern bewahrten. Und falls sich doch noch welche eingeschlichen haben sollten, so bin ich allein für sie verantwortlich.

Zum schnöden Lohn für diese großzügige Unterstützung habe ich mich am Middle Temple vergangen und rücksichtslos einen Teil des dazugehörigen Fountain Court eingerissen, um an seiner Stelle meinen imaginären Pawlet Court zu errichten, den ich mit einem höchst skurrilen Anwaltsteam bevölkert habe. Von den Schauplätzen des Romans sind einige – einschließlich der wunderschönen, geschichtsträchtigen Temple Church – unverkennbar authentisch; die Figuren sind indes ausnahmslos frei erfunden, und jede Ähnlichkeit mit lebenden Personen wäre rein zufällig. Namentlich die Idee, ein Mitglied der Ehrenwerten Gesellschaft des Inner Temple könne womöglich etwas gegen einen seiner eigenen Standesgenossen im Schilde führen, konnte gewiß nur der blühenden Phantasie eines Kriminalschriftstellers entspringen.

Man hat mir gesagt, daß so ein obligates Dementi vor dem Gesetz nicht viel wert sei, aber ich füge es trotzdem an, weil es die Wahrheit ist, die ganze Wahrheit und nichts als die Wahrheit.

P. D. James, 1997